Alias Grace

Título original: *Alias Grace*
Traducción: M.ª Antonia Menini
1.ª edición: enero, 2016

© O. W. Toad Ltd., 1996
© Ediciones B, S. A., 2016
   para el sello B de Bolsillo
   Consell de Cent, 425-427 - 08009 Barcelona (España)
   www.edicionesb.com

Printed in Spain
ISBN: 978-84-9070-170-6
DL B 26217-2015

Impreso por QP PRINT

Margaret Atwood

Alias Grace

A Graeme y Jess

Nada importa lo que haya ocurrido durante estos años, Dios sabe que soy sincero cuando digo que mentís.

WILLIAM MORRIS,
La defensa de Ginebra y otros poemas

Para mí no hay tribunal.

EMILY DICKINSON,
Cartas

No puedo decirte qué es la luz, pero sí puedo decirte qué no es... ¿Cuál es el motivo de la luz? ¿Qué es la luz?

EUGÈNE MARAIS,
El alma de la hormiga blanca

I

EL BORDE DENTADO

En el momento de mi visita sólo había cuarenta mujeres en el penal. Eso dice mucho en favor de la formación moral del sexo más débil. El principal objetivo de mi visita al departamento era el de ver a la célebre asesina Grace Marks, de la que no sólo había oído hablar en los periódicos sino también por boca del caballero que la defendió en su juicio y cuyo hábil alegato la salvó de la horca en la que su desventurado cómplice terminó su carrera delictiva.

SUSANNA MOODIE,
Life in the Clearings, 1853

Ven a ver
las verdaderas flores
de este doloroso mundo.

BASHO

1

En la grava crecen peonías. Brotan entre los sueltos guijarros grises, sus capullos otean el aire cual si fueran ojos de caracoles y después se hinchan y se abren hasta convertirse en unas grandes flores de color rojo oscuro tan brillantes y relucientes como el raso. Finalmente estallan y caen al suelo.

En el instante que precede a su desintegración son como las peonías del jardín delantero de la casa del señor Kinnear, sólo que aquéllas eran de color blanco. Nancy las estaba cortando. Lucía un vestido de color claro con unos rosados capullos de rosa y falda de triple volante, se cubría la cabeza con una papalina de paja que le ocultaba el rostro. Llevaba un cesto plano para poner las flores y se inclinaba desde las caderas como una señora, manteniendo el talle erguido. Al oírnos, se volvió a mirarnos y se acercó la mano a la garganta como si se hubiera sobresaltado.

Agacho la cabeza mientras camino siguiendo el ritmo de mis compañeras que, con la vista fija en el suelo, recorren de dos en dos el perímetro del patio dentro del cuadrado que forman los altos muros de piedra. Cruzo las manos delante; las tengo agrietadas y con los nudillos enrojecidos. No recuerdo ni una sola vez en mi vida en que no las haya tenido así. Las punteras de mis zapatos asoman por debajo del dobladillo de la falda azul y blanca y vuelven a esconderse mientras las suelas hacen crujir la tierra del sendero. Esos zapatos se me ajustan mejor que ningún otro par que jamás haya tenido.

Estamos en el año 1851. En mi próximo aniversario cumpliré veinticuatro años. Llevo encerrada aquí desde los dieciséis. Soy una reclusa modelo y no causo problemas. Eso es lo que dice la esposa del alcaide, yo misma lo he oído. Escuchar sin que lo adviertan se me da muy bien. Si me porto bien y no armo jaleo, puede que al final me dejen salir, pero no es fácil portarse bien y no armar jaleo, es como resistir agarrada al borde de un puente cuando ya te has caído al vacío; parece que no te mueves, que simplemente estás allí colgada, pero tienes que emplear toda tu fuerza.

Contemplo las peonías por el rabillo del ojo. Sé que no tendría que haber ninguna; estamos en abril y las peonías no florecen en abril. Ahora hay tres más que acaban de brotar en el camino justo delante de mí. Alargo furtivamente la mano para tocar una de ellas. Me produce una sensación de sequedad y me doy cuenta de que está hecha de tela.

Después veo allí delante a Nancy de rodillas con el cabello alborotado y la sangre bajándole hacia los ojos. Lleva alrededor del cuello un pañuelo estampado con flores azules, arañuelas las llaman; es mío. Levanta el rostro; extiende las manos hacia mí implorando compasión; luce en los lóbulos de las orejas los aretes de oro que yo le envidiaba, pero que ahora ya no le envidio. Nancy se los puede quedar, pues esta vez todo será distinto, esta vez yo correré en su auxilio, la levantaré del suelo y le secaré la sangre con mi falda, rasgaré mi enagua para hacer una venda y nada de todo eso habrá ocurrido. El señor Kinnear regresará a casa por la tarde; le veremos acercarse cabalgando por la avenida de la entrada; McDermott se hará cargo de su caballo, él entrará en el salón y yo le prepararé el café y Nancy se lo servirá en una bandeja tal como a ella le gusta servirlo y él dirá: qué café tan bueno, y por la noche saldrán las luciérnagas en el huerto y sonará música a la luz de la lámpara. Jamie Walsh. El chico de la flauta.

Ya casi he llegado junto a Nancy, al lugar donde está arrodillada. Pero no cambio el paso, no echo a correr, sigo caminando en fila; después Nancy sonríe pero sólo con la boca; sus ojos están cubiertos por la sangre y por su cabello. Acto seguido se desparrama en manchas de color como un montón de rojos pétalos de tela sobre la grava.

Me cubro los ojos con las manos porque ha oscurecido de repente y un hombre permanece ahí de pie con una vela, bloqueando los peldaños que conducen arriba; los muros del sótano me rodean y yo sé que jamás saldré de aquí.

Eso es lo que le dije al doctor Jordan cuando llegamos a esta parte de la historia.

II

EL CAMINO PEDREGOSO

El martes sobre las doce y diez, en la Cárcel Nueva de esta ciudad, James McDermott, el asesino del señor Kinnear, sufrió la máxima pena prevista por la ley. Hubo mucha concurrencia de hombres, mujeres y niños que esperaban con ansia la ocasión de presenciar los últimos estertores de un congénere pecador. No podemos adivinar qué suerte de sentimientos se apoderaron de las mujeres que acudieron en tropel de lejos y de cerca a través del barro y la lluvia para presenciar el horrendo espectáculo. Nos atrevemos a decir que no fueron unos sentimientos muy delicados o refinados. El desventurado criminal hizo gala en aquel terrible instante de la misma frialdad e intrepidez que había caracterizado su conducta desde su detención.

Toronto Mirror,
23 de noviembre de 1843

Delito	Castigo
Hablar y reír	6 azotes; látigo de nueve colas
Hablar en el lavadero	6 azotes; látigo de cuero sin curtir
Amenazar con machacar el cerebro de un recluso	24 azotes; látigo de nueve colas
Hablar con los carceleros sobre asuntos no relacionados con su trabajo	6 azotes; látigo de nueve colas

Quejarse de las raciones al ser invitado por los guardias a sentarse
Mirar alrededor con aire distraído en la mesa del desayuno
Abandonar el trabajo e ir al retrete estando allí otros reclusos

6 azotes; látigo de cuero sin curtir y régimen a pan y agua
Pan y agua

36 horas en la celda de castigo a pan y agua

LIBRO DE CASTIGOS,
Penal de Kingston, 1843

Grace Marks, alias Mary Whitney

James Mc Dermott

Tal como comparecieron en el Palacio de Justicia. Acusados del asesinato del señor Thomas Kinnear y Nancy Montgomery

LOS ASESINATOS DEL SEÑOR THOMAS KINNEAR
Y DE SU AMA DE LLAVES NANCY MONTGOMERY
EN RICHMOND HILL Y LOS JUICIOS DE GRACE
MARKS Y JAMES MCDERMOTT Y EL AHORCAMIENTO
DE JAMES MCDERMOTT EN LA CÁRCEL NUEVA
DE TORONTO EL 21 DE NOVIEMBRE DE 1843

Grace Marks era criada,
dieciséis años tenía
cuando McDermott, mozo de cuadra,
a Thomas Kinnear servía.

Thomas Kinnear era un caballero
de vida muy regalada
y a su ama de llaves quería.
Nancy Montgomery la llamaban.

Oh, Nancy, no desesperes,
a Toronto he de ir
y con dinero de la cuenta
volveré enseguida a ti.

Aunque no es dama de noble cuna,
ni nada tiene de reina,
Nancy viste raso y seda
lo mismo que si lo fuera.

Aunque no es dama de noble cuna,
como a una esclava me trata,
tantas tareas me impone
que moriré agotada.

Si Grace a su patrón amaba,
McDermott prendado estaba de ella.
Esos amores tan desgraciados,
les llevaron a la tragedia.

Quiéreme, Grace, te lo suplico.
Qué va, no puede ser,
cuando mates a Nancy,
mi amor te daré.

El mozo con un hacha
a la bella Nancy golpeó.
Su cuerpo hasta el sótano
por la escalera arrojó.

No me mates, McDermott,
no me mates, por Dios.
No me mates, Grace Marks,
y mis tres vestidos te daré.

No es tan sólo por mí,
ni por el hijo que dentro llevo,
sino por Thomas Kinnear, mi gran amor,
que quiero ver salir el sol.

Por el cabello la agarró McDermott,
Grace Marks, por la cabeza.
Los dos la estrangularon,
los dos monstruos la asesinaron.

¿Qué he hecho?, ¡mi alma se ha perdido!,
¡qué va a ser ahora de mí!
Si la vida hemos de salvar,
a Thomas Kinnear debemos matar.

¡Oh, no hagas tal cosa, te lo imploro,
por Dios, no me causes ese dolor!
Sin remisión habrá de morir,
pues prometiste darme tu amor.

Al galope Thomas Kinnear regresó,
en la cocina de la casa
McDermott el corazón le traspasó
y el patrón en su sangre se revolvió.

Resonó la voz del buhonero:
cómprame un vestido.
No te acerques, buhonero,
que ya tengo tres vestidos.

Como hacía cada semana,
el carnicero acudió a la casa.
No te acerques, carnicero,
tenemos carne más que sobrada.

Le robaron a Kinnear la plata,
el oro también le quitaron,
le robaron el carro y el caballo,
y a Toronto con ellos se marcharon.

Era ya noche cerrada
cuando a Toronto escaparon,
y hacia los Estados Unidos
en barco el lago cruzaron.

De la mano de McDermott
y dando muestras de su audacia,
Grace en el hotel de Lewiston
por Mary Whitney se hizo pasar.

En el sótano los cadáveres hallaron,
el de ella con la cara ennegrecida,
debajo de una cuba,
el de él, tendido boca arriba.

El alguacil Kingsmill salió en su busca,
con un barco que alquiló,
y tras cruzar velozmente el lago
en Lewiston se plantó.

Llevaban seis horas acostados,
seis horas o tal vez más,
cuando al hotel de Lewiston llegó,
y a la puerta empezó a llamar.

¿Quién es?, preguntó Grace,
¿qué queréis de mí?
Mataste al buen Thomas Kinnear
y también a Nancy Montgomery.

Grace Marks ante el juez,
todo en negarlo se empeñó.
No vi que la ahorcaran,
ni que a su amigo derribaran.

Él me obligó a acompañarlo,
y dijo que si lo denunciaba,
con su fiel escopeta de caza
sin dudarlo me mataba.

En sus trece se mantuvo McDermott:
no lo hice yo solo, insistió,
fue a causa de Grace Marks,
pues ella me lo pidió.

Jamie Walsh ante el juez testificó
y toda la verdad juró decir.
El vestido de Nancy lleva Grace,
¡y su papalina se atreve a lucir!

En lo alto del patíbulo,
a McDermott del cuello colgaron.
A Grace a la cárcel enviaron,
a llorar su triste destino.

Una o dos horas colgado permaneció,
después su cuerpo bajaron
y en un pabellón de la universidad
en pedazos lo cortaron.

De la tumba de Nancy nació un rosal,
de la de Thomas Kinnear, una enredadera.
Los dos muy alto crecieron,
y entrelazados permanecieron.

Grace Marks pasará todos sus días
en la cárcel encerrada.
Por su pecado y su crimen,
en el penal de Kingston condenada.

Mas si Grace se arrepintiera,
y expiara sus pecados con dolor,
a la hora de su muerte
contemplará en su trono al Redentor.

Lo contemplará en su trono
y sus males sanarán.
Él lavará la sangre de sus manos
que blancas y puras se tornarán.

Blanca como la nieve será también ella,
y al cielo sin demora subirá.
En el Paraíso al final,
en el Paraíso habitará.

III

EL GATITO EN EL RINCÓN

Es una mujer de estatura mediana, con una figura esbelta y graciosa. Su rostro irradia una desesperanzada melancolía muy dolorosa de contemplar. Su tez es clara y, antes de que el toque de la desalentada tristeza la hiciera palidecer, debió de haber sido resplandeciente. Tiene los ojos de un intenso color azul, el cabello cobrizo y un semblante que sería bien parecido de no ser por una larga y curvada barbilla que le confiere, como a casi todas las personas aquejadas de este defecto facial, una expresión taimada y cruel.

Grace Marks te mira a hurtadillas y de soslayo; sus ojos nunca se encuentran directamente con los tuyos y, tras una mirada furtiva, ésta siempre baja hacia el suelo. Parece una persona situada algo por encima de su humilde condición...

SUSANNA MOODIE,
Life in the Clearings, 1853

La cautiva levantó un rostro tan suave y dulce
como el de una santa de mármol o el de un niño de pecho;
tan suave y dulce era, tan lindo y fresco,
que ni el dolor podría arrugarlo ni el pesar ensombrecerlo.
La cautiva levantó la mano y a la frente se la acercó;
«me han golpeado —dijo—, y ahora me aflige el dolor;
pero vuestros hierros y grilletes de poco os servirán,
y aunque de acero fueran, retenerme no podrán».

EMILY BRONTË,
«La prisionera», *1845*

3

1859

Estoy sentada en el canapé de terciopelo morado del salón del alcaide; siempre ha sido el salón de la esposa del alcaide, aunque no siempre ha sido la misma esposa, pues cambian a los alcaides según la política. Mantengo las manos plegadas sobre el regazo tal como debe ser, aunque no llevo guantes. Los guantes que yo quisiera tener serían blancos y suaves y se me ajustarían sin una sola arruga.

Estoy muchas veces en este salón, donde retiro las cosas del té y quito el polvo de las mesitas, del alargado espejo con un marco de uvas y zarcillos de parra y también del piano y del alto reloj que vino de Europa y en el que un sol de color naranja dorado y una plateada luna entran y salen según la hora del día y la semana del mes. Lo que más me gusta del salón es el reloj, a pesar de que mide el tiempo y yo de eso tengo de sobra.

Pero jamás me había sentado en el canapé, un mueble que está reservado a los invitados. La esposa del concejal Parkinson decía que una dama nunca debe sentarse en una silla de la que acaba de levantarse un caballero, pero no explicaba por qué razón. Pero un día Mary Whitney me dijo: pues porque todavía conserva el calor de su trasero, boba; lo cual era un comentario muy vulgar. Por eso no puedo permanecer en este canapé sin pensar en todos los traseros de señora que se han sentado en él, todos ellos blancos y delicados como unos trémulos huevos pasados por agua.

Las visitas llevan vestidos de tarde con hileras de botones hasta el cuello y rígidos miriñaques debajo. Es un milagro que puedan sentarse y, cuando caminan, nada roza sus piernas bajo las hinchadas faldas, excepto la ropa interior y las medias. Son como cisnes y se deslizan sobre unos pies invisibles; o como las medusas de las aguas del rocoso puerto que había cerca de nuestra casa cuando yo era pequeña, antes de emprender el largo y triste viaje a través del océano. Tenían forma de campana, eran rizaditas y se movían con encantadora gracia bajo el agua; pero, cuando se quedaban varadas en la playa y se secaban al sol, no quedaba nada de ellas. Y eso es lo que son las señoras: casi todo agua.

Cuando yo llegué aquí no había miriñaques de alambre; eran de crin de caballo, pues los otros aún no se habían inventado. Los veo colgados en los armarios cuando entro para arreglar las habitaciones y vaciar los orinales. Son como jaulas de pájaros; pero ¿qué es lo que está enjaulado? Las piernas, las piernas de las señoras, unas piernas encerradas para que no puedan salir y rozar los pantalones de los caballeros. La esposa del alcaide nunca dice «piernas», aunque los periódicos sí hablaron de las piernas al escribir que las de Nancy asomaban por debajo de la cuba de lavar la ropa.

No vienen sólo las señoras medusas. Los martes discuten la Cuestión Femenina y la emancipación de esto o de aquello con personas reformistas de ambos sexos, y los jueves se reúnen los del Círculo Espiritista para tomar el té y conversar con los muertos, lo cual es un consuelo para la esposa del alcaide, a quien se le murió un hijo de corta edad. Pero más que nada vienen las señoras. Se sientan y toman sorbitos de sus tacitas y la esposa del alcaide hace sonar una campanita de porcelana. No le gusta ser la esposa del alcaide, preferiría que el alcaide dirigiera algo que no fuera la prisión. El alcaide tenía amigos lo bastante buenos como para conseguir que lo nombraran alcaide, pero no para otra cosa.

Por consiguiente, aquí está ella, obligada a sacar el mayor provecho posible de su posición social y de sus logros. Y yo, que no sólo soy un objeto de temor, tal como podría serlo una araña, sino también de caridad, represento también uno de sus logros. Entro en el salón, hago una reverencia, me muevo de un lado para otro con la boca cerrada y la cabeza inclinada y recojo las tazas o las distribuyo, según los casos, y ellas me miran con disimulo por debajo de sus capotas.

Sólo quieren verme porque soy una célebre asesina. Al menos eso es lo que se ha escrito. Cuando lo vi por vez primera me extrañó, pues se habla de una célebre cantante, una célebre poetisa, una célebre espiritista o una célebre actriz, pero ¿qué es lo que se tiene que celebrar en un asesinato? Pese a todo, es muy duro que te apliquen la palabra «asesina». La palabra posee un opresivo olor almizcleño, como el de las flores marchitas de un jarrón. A veces, de noche, me la susurro a mí misma: «asesina», «asesina». Y me parece que cruje como una falda de tafetán sobre el suelo.

La palabra «asesino» es simplemente brutal. Como un martillo o un trozo metálico e informe. Pero, si sólo hay estas dos alternativas, prefiero ser una asesina que un asesino.

A veces, cuando quito el polvo del espejo de los racimos de uva, me miro en él a pesar de saber que lo hago por pura vanidad. A la luz vespertina del salón, mi piel es de un color malva pálido, como el de una magulladura descolorida, y mis dientes son verdosos. Pienso en todas las cosas que se han escrito sobre mí: que soy un demonio inhumano, que soy una víctima inocente de un sinvergüenza que me forzó en contra de mi voluntad y con riesgo de mi propia vida, que era demasiado ignorante para saber comportarme y que el hecho de ahorcarme sería un asesinato judicial, que me gustan los animales, que soy muy guapa y tengo una tez preciosa, que tengo los ojos azules, que tengo los ojos verdes, que tengo el cabello cobrizo y que lo tengo también castaño, que soy alta y que no supero la talla media, que visto bien y con modestia, que robé a una muerta para vestir así, que soy enérgica y diligente en el trabajo, que soy de talante arisco y temperamento pendenciero, que mi aspecto es mejor que el que correspondería a una persona de mi humilde condición, que soy una buena chica de naturaleza dócil y nada malo se ha dicho de mí, que soy astuta y taimada, que tengo el cerebro reblandecido y soy poco más que una idiota. Y yo me pregunto cómo puedo ser todas esas cosas tan distintas al mismo tiempo.

Fue mi propio abogado, el señor Kenneth MacKenzie, el que les dijo que yo era casi una idiota. Me enfadé con él por eso, pero él me dijo que tendría más oportunidades de salvarme si no parecía demasiado inteligente. Me dijo que defendería mi causa lo mejor que pudiera, pues cualquiera que fuera la verdad acerca de lo ocurrido, yo era poco más que una niña en el momento de los hechos y él suponía que todo se reducía a la cuestión del libre albedrío y a si uno la aceptaba o no. Aunque yo no saqué casi nada en claro de lo que declaró, era un señor muy amable y debió de hacer una buena defensa. Los periódicos escribieron que tuvo una actuación heroica con casi todas las probabilidades en contra. Sin embargo, no sé por qué lo llamaron defensa, pues él no defendió nada sino que trató de que todos los testigos parecieran inmorales o malintencionados o, en su defecto, equivocados.

No sé si se creyó una sola palabra de lo que conté.

Cuando me retiro del salón con la bandeja, las señoras examinan el álbum de recortes de la esposa del alcaide. Pues te aseguro que yo estoy a punto de desmayarme, dicen, y tú dejas que esta mujer ande suelta por tu casa, debes de tener unos nervios de acero, los míos no lo resistirían. Bueno, una tiene que acostumbrarse a estas cosas en nuestra situación, nosotros somos prácticamente unos prisioneros, ¿sabes?, pero tenemos que compadecernos de estas pobres e ignorantes criaturas, a fin de cuentas la educaron para criada, y es bueno mantenerla ocupada; es una costurera extraordinaria, muy hábil y experta, nos resulta muy útil en este sentido, sobre todo con los vestidos de las muchachas, se le dan muy bien los adornos y, en circunstancias más propicias, hubiera podido ser una excelente auxiliar de una sombrerería.

Como es natural, sólo puede estar aquí durante el día, yo no quisiera tenerla en casa de noche. Ya sabes que estuvo algún tiempo en el manicomio de Toronto, hace unos siete u ocho años, y, aunque parece que se ha recuperado por completo, nunca se sabe cuándo puede volver a desmandarse. A veces habla sola y canta en voz alta de una manera muy rara. No hay que correr riesgos, los carceleros se la llevan al anochecer y la encierran como Dios manda, de lo contrario, yo no podría pegar ojo. No te lo reprocho, la caridad cristiana tiene un límite, una serpiente no muda sus manchas y nadie podría acusarte de no haber cumplido con tu deber y no haberte mostrado debidamente compasiva.

El álbum de recortes de la esposa del alcaide descansa sobre la mesa redonda cubierta por un chal de seda estampado con unas ramas que parecen unos zarcillos entrelazados entre flores, frutos rojos y pájaros azules; en realidad, es un árbol muy grande y, cuando lo miras un buen rato, los zarcillos empiezan a doblarse como si los azotara un vendaval. El chal se lo envió desde la India su hija mayor, que está casada con un misionero, cosa que no quisiera para mí. Allí la gente se muere muy pronto, si no por culpa de los levantiscos nativos —como en Kanpur, donde atacaron y ultrajaron de un modo horrible a unas respetables damas, que suerte tuvieron de que las mataran y las libraran de su ignominia; piensa en la vergüenza que hubieran pasado—, por culpa de la malaria que te pone toda la piel de color amarillo y después te provoca la muerte en medio de unos terribles delirios; en cualquier caso, antes de que pudieras dar media vuelta, ya estarías enterrada bajo una palmera en tierra extraña. He visto imágenes de aquella gente en el libro de grabados orientales que saca la esposa del alcaide cuando quiere derramar una lágrima.

En la misma mesa redonda hay un montón de gacetas femeninas *Godey* con las modas que vienen de los Estados Unidos y también los álbumes de recuerdos de las dos hijas menores. La señorita Lydia me dice que soy un personaje romántico, pero es que las dos son tan jóvenes que apenas saben lo que dicen. A veces me pinchan y me gastan bromas; me dicen: Grace, ¿por qué nunca sonríes ni te ríes? Y yo contesto: supongo, señorita, que porque ya he perdido la costumbre, la cara ya no se me tuerce en esa dirección. Pero es porque, si me riera en voz alta, a lo mejor no me podría detener y, además, estropearía la idea romántica que tienen de mí. Las personas románticas nunca se ríen, lo sé por las ilustraciones.

Las hijas guardan toda suerte de cosas en sus álbumes, pequeños retales de la tela de sus vestidos, trocitos de cintas, imágenes recortadas de las revistas, las ruinas de la antigua Roma, los pintorescos monasterios de los Alpes franceses, el puente viejo de Londres, las cataratas del Niágara en verano y en invierno, que por cierto me gustaría ver, pues todos dicen que son algo impresionante, y retratos de lady Tal y lord Cual de Inglaterra. Y sus amigas les escriben cosas con su elegante caligrafía, «para Lydia de su amiga que lo será para siempre, Clara Richards; a mi queridísima Marianne en recuerdo de un pícnic maravilloso a orillas del azulísimo lago Ontario». Y también poemas:

> *Así como la hiedra afectuosa*
> *brinda su abrazo al robusto roble,*
> *así, fiel Laura, te aseguro,*
> *es mi amistad, eterna y noble. Tu fiel Laura.*

O:

> *No quieras echarte a llorar,*
> *aunque de ti me aparte ahora,*
> *pues no puede haber distancia*
> *cuando dos almas son una sola. Tu Lucy.*

Esta señorita se ahogó poco después en el lago cuando su barco zozobró durante una tormenta y sólo se encontró de ella un arca con sus iniciales en tachones de plata; aún estaba cerrada y, a pesar de la humedad, nada se perdió y a la señorita Lydia le dieron un pañuelo como recuerdo.

> *Cuando a la tumba me lleve la muerte*
> *y todos mis huesos se pudran,*
> *recuérdame si esto leyeres,*
> *para que en el olvido no me hunda.*

Éste iba firmado, «siempre estaré contigo en espíritu, tu devota "Nancy", Hannah Edmonds», y confieso que la primera vez que lo vi tuve miedo, a pesar de que se trataba naturalmente de otra Nancy. Pero lo de los huesos podridos... ahora ya lo deben de estar. Tenía toda la cara negra cuando la encontraron y debía de oler muy mal. Hacía mucho calor, estábamos en el mes de julio, pero, aun así, es curioso que se descompusiera enseguida; lo normal hubiera sido que se conservara más tiempo en la zona reservada a los quesos y la mantequilla, pues allí abajo se suele estar muy fresco. Desde luego, me alegro de no haber estado presente, pues me hubiera resultado muy doloroso.

No sé por qué tiene la gente tanto empeño en que la recuerden. ¿De qué les va a servir? Hay ciertas cosas que todo el mundo debería olvidar y jamás volver a hablar de ellas.

El álbum de recortes de la esposa del alcaide es muy distinto. Claro que ella es una mujer adulta y no una muchacha; por eso, a pesar de lo mucho que le gusta recordar, lo que ella quiere recordar no son violetas o una merienda campestre. Nada de Queridísima, Amor y Belleza, nada de Amigas Eternas, a ella esas cosas no le interesan; lo que hay allí dentro son todos los famosos criminales, los que han sido ahorcados o los que han sido conducidos aquí para que expíen sus culpas porque esto es un penal y, durante tu estancia aquí, tienes que arrepentirte y siempre te irán mejor las cosas si dices que lo has hecho, tanto si tienes algo de que arrepentirte como si no.

La esposa del alcaide recorta los crímenes de los periódicos y los pega en las páginas del álbum; incluso escribe para que le envíen periódicos antiguos en los que se habla de crímenes cometidos antes de que ella naciera. Es su colección. Es una señora y todas coleccionan cosas actualmente. Por eso ella tiene que coleccionar algo y se dedica a eso en lugar de arrancar helechos o prensar flores y además le gusta horrorizar a sus amistades.

O sea que he leído lo que dicen de mí. Ella misma me enseñó el álbum de recortes, supongo que quería ver mi reacción; pero yo he aprendido a no mover ni un solo músculo del rostro y abrí los ojos con expresión ausente como los de una lechuza a la luz de una antorcha y le dije que me había arrepentido con amargas lágrimas y ahora era una persona distinta y le pregunté si quería que retirara el servicio de té. Pero desde entonces he echado muchas veces un vistazo al álbum cuando estoy sola en el salón.

Muchas cosas son mentira. Decían en el periódico que yo era analfabeta, pero ya entonces sabía leer un poco. Me enseñó mi madre a edad muy temprana antes de que se sintiera demasiado cansada para poder hacerlo y yo bordé un dechado con restos de hilo, A de asno, B de barco; Mary Whitney me solía leer cosas en casa de la esposa del concejal Parkinson cuando remendábamos la ropa, y he aprendido muchas cosas más desde que estoy aquí porque lo que te enseñan tiene una finalidad. Quieren que puedas leer la Biblia y también algunos tratados, pues la religión y los azotes son los únicos remedios para la naturaleza depravada y hay que tener en cuenta la inmortalidad de nuestra alma. Es curioso la cantidad de crímenes que contiene la Biblia. La esposa del alcaide los tendría que recortar y pegar todos en su álbum.

Pero también decían cosas que eran verdad. Decían que yo tenía mucho carácter y era cierto, pues nadie se había aprovechado jamás de mí aunque lo habían intentado. Sin embargo, decían que James McDermott era mi amante. Lo escribieron allí mismo en el periódico. Creo que es repugnante escribir estas cosas.

Eso es lo que de verdad les interesa, tanto a los caballeros como a las señoras. Les importa un bledo que yo matara a una persona, hubiera podido cortar docenas de gargantas y se habrían quedado tan tranquilos; es lo que admiran en un soldado, lo escuchan casi sin pestañear. No, su principal interés es saber si yo era realmente una amante y ni siquiera están seguros de si quieren que la respuesta sea afirmativa o negativa.

Ahora no estoy hojeando el álbum de recortes, pues podrían entrar de un momento a otro. Permanezco sentada con las ásperas manos cruzadas y la mirada baja, contemplando las flores de la alfombra turca. O algo que tendrían que ser flores. La forma de los pétalos es como la de los diamantes de un naipe, como la de las cartas extendidas sobre la mesa del señor Kinnear cuando los caballeros se habían pasado la noche jugando. Dura y angulosa. Pero de color rojo, de un profundo e intenso color rojo.

Hoy no se espera la visita de las señoras sino la de un médico. Está escribiendo un libro. A la esposa del alcaide le gusta conocer a la gente que escribe libros, libros con propósitos progresistas, pues de esta manera demuestra que es una persona liberal y con puntos de vista avanzados y hoy en día la ciencia está haciendo unos progresos increíbles y hay un montón de inventos modernos; tenemos el Palacio de Cristal y se han reunido los conocimientos mundiales y cualquiera sabe dónde estaremos todos dentro de cien años.

Cuando hay un médico siempre es mala señal. Aunque ellos no maten directamente, significa que la muerte está cerca y, en este sentido, son como cuervos. Pero este médico no me hará daño, la esposa del alcaide me lo ha prometido. Sólo quiere medirme la cabeza. Está midiendo la cabeza de todos los delincuentes del penal para ver si, por medio de las protuberancias de su cráneo, puede adivinar qué clase de delincuentes son, si son rateros o estafadores o malversadores o lunáticos criminales o asesinos, pero no me ha dicho: como tú, Grace. De esta manera, se podría encerrar a esta gente antes de que tuviera la oportunidad de cometer cualquier delito; piensa en lo mucho que mejoraría el mundo con eso.

Tras haber ahorcado a James McDermott hicieron un vaciado de yeso de su cabeza. También lo he leído en el álbum de recortes. Supongo que para eso lo querían, para mejorar el mundo.

Y disecaron su cuerpo. Cuando lo leí por primera vez no sabía qué significaba «disecar», pero no tardé en averiguarlo. Lo hicieron los médicos. Lo cortaron en pedazos como un cerdo que se quiere conservar en sal, para ellos igual hubiera podido ser un trozo de tocino. Rebanaron con un cuchillo el cuerpo que yo había oído respirar y el corazón que había oído palpitar; la idea me resulta insoportable.

No sé qué hicieron con su camisa. ¿Era una de las cuatro que le vendió Jeremiah el buhonero? Deberían haber sido tres o cinco, pues los números impares dan más suerte. Jeremiah siempre me deseaba suerte, pero a James McDermott jamás se la deseaba.

Yo no vi el ahorcamiento. Lo colgaron delante de la cárcel de Toronto y tú hubieras tenido que verlo, Grace, me dicen los carceleros, hubiera sido una lección para ti. Me lo he imaginado muchas veces, el pobre James de pie con las manos atadas y el cuello al aire mientras le colocaban la capucha sobre la cabeza como a un gatito al que van a ahogar. Por lo menos tuvo a un cura al lado, no estuvo completamente solo. De no haber sido por Grace Marks, les dijo él, nada de todo aquello hubiera ocurrido.

Estaba lloviendo y un inmenso gentío aguardaba de pie en medio del barro; muchos se habían desplazado desde muy lejos. Si no me hubieran conmutado la pena de muerte en el último minuto, habrían presenciado cómo me ahorcaban a mí con el mismo ávido placer. Había muchas mujeres y señoras; todos querían verlo, querían aspirar la muerte como si fuera un perfume exquisito; cuando lo leí, pensé: si eso es una lección para mí, ¿qué es lo que tengo que aprender?

Ahora oigo sus pisadas, me levanto rápidamente y me aliso el delantal. Después, oigo la voz de un hombre desconocido: es usted muy amable, señora, y la esposa del alcaide contesta: estoy encantada de poder ayudarlo, y él repite: muy amable.

Después cruza la puerta y yo veo un vientre abultado,

una levita negra, un chaleco ajustado, unos botones de plata y un corbatín pulcramente anudado, pues sólo lo miro hasta la barbilla. Después él dice: no tardaré mucho, pero le agradecería, señora, que estuviera usted presente en la estancia, no basta con ser virtuoso, hay que parecerlo. Se ríe como si fuera un chiste, pero yo le noto en la voz que me tiene miedo. Las mujeres como yo siempre son una tentación para ellos, porque a falta de testigos pueden hacer lo que quieran con nosotras, y luego nadie nos cree por mucho que digamos.

A continuación veo su mano, una mano que parece un guante relleno de carne cruda, una mano que se introduce en la boca abierta de su maletín de cuero. Sale reluciendo y yo me doy cuenta de que ya he visto anteriormente una mano como ésta; levanto la cabeza, lo miro directamente a los ojos, mi corazón se encoge y suelta puntapiés dentro de mí; después me pongo a gritar.

Porque es el mismo médico, justo el mismo, el mismísimo médico de la levita negra con su maletín lleno de relucientes cuchillos.

4

Me calmaron arrojándome un vaso de agua fría a la cara, pero yo seguí gritando a pesar de que el médico ya se había ido. Me sujetaron dos criadas de la cocina y el chico del jardinero que se sentó sobre mis piernas. La esposa del alcaide había mandado llamar a la supervisora del penal, que se presentó con dos carceleros. La supervisora me propinó un fuerte bofetón y entonces me callé. En realidad, no era el mismo médico, simplemente se le parecía. La misma fría y codiciosa mirada y el mismo odio.

Es la única manera de tratar los ataques de histerismo, puede usted estar segura, señora, dijo la supervisora, tenemos mucha experiencia con esta clase de ataques, ésta era muy propensa a sufrirlos, pero nunca tuvimos contemplaciones con ella, intentamos corregirla y creíamos que ya se había enmendado; a lo mejor, le ha vuelto otra vez el antiguo trastorno, pues, por mucho que digan allá arriba en Toronto, hace siete años era una loca de atar y tiene usted suerte de que no tuviera cuchillos ni objetos cortantes a mano.

Después los carceleros me llevaron de nuevo a rastras al edificio principal de la cárcel y me encerraron en esta habitación hasta que volví a ser la misma de siempre; eso es lo que dijeron ellos, por más que yo les dije que me encontraba mejor porque el médico ya no estaba allí con sus cuchillos. Les expliqué que me daban miedo los médicos, eso era todo; temía que me abrieran con sus cuchillos de la misma manera que muchas personas temen a las serpientes, pero ellos me dijeron: ya basta de trucos, Grace, tú lo que querías era llamar la atención; él no te iba a abrir, no tenía cuchillos. Tú sólo has visto unos calibradores para medir cabezas. Le has dado un susto de muerte a la esposa del alcaide, pero le está bien empleado porque te mima más de la cuenta, te ha convertido casi en un animalito doméstico, ¿verdad?, y ahora nuestra compañía ya no te basta. Pues tanto peor para ti, tendrás que aguantarte porque ahora te van a tratar de otra manera durante algún tiempo, hasta que decidan lo que hay que hacer contigo.

Esta habitación sólo tiene una ventanita con barrotes en la parte interior y un jergón de paja. Hay un mendrugo de pan en un plato de hojalata y un cántaro de loza con agua y un cubo de madera vacío que sirve de orinal. Me pusieron en una habitación como ésta antes de enviarme al manicomio. Les dije que no estaba loca, que me habían tomado por otra, pero no me escucharon.

En cualquier caso, no hubieran sabido lo que era estar loca, pues muchas de las mujeres del manicomio no estaban más locas que la reina de Inglaterra. Muchas estaban muy cuerdas cuando no bebían, pues la locura les venía de la botella, una clase de locura que yo conocía muy bien. Una de ellas estaba allí para huir de su marido que la dejaba toda negra y azul de las palizas que le daba; el loco era él, pero nadie lo encerraba; otra decía que se volvía loca en otoño porque no tenía casa y en el manicomio se estaba calentito y, si no se las hubiera arreglado para volverse loca, se hubiera muerto congelada. Pero en primavera, cuando hacía buen tiempo, recuperaba la cordura y entonces se podía ir a pasear por el bosque y a pescar, pues como era medio piel roja todo eso se le daba muy bien.

Pero había otras que no fingían. A una pobre irlandesa se le había muerto toda la familia, la mitad de hambre durante la gran carestía y la otra mitad del cólera en el barco que la traía aquí; y ella vagaba sin rumbo llamándolos por sus nombres. Me alegro de haber dejado Irlanda antes de que todo eso ocurriera, pues los sufrimientos que ella describía eran terribles y los cadáveres se amontonaban por todas partes sin que nadie los enterrara. Otra mujer había matado a su hijo y éste la seguía por todas partes, tirando de su falda; a veces ella lo tomaba en brazos y lo besaba y otras veces se ponía a gritar al verlo y lo apartaba a golpes con las manos. Ésa me daba miedo.

Otra era muy religiosa y se pasaba el rato rezando y cantando; tras enterarse de lo que decían que yo había hecho, me daba la tabarra siempre que podía. De rodillas, me decía, no matarás, pero siempre queda la gracia de Dios para los pecadores, arrepiéntete, arrepiéntete ahora que todavía estás a tiempo, de lo contrario, te espera la condenación. Era como el predicador de una iglesia; una vez hasta intentó bautizarme con sopa de repollo y me echó una cucharada sobre la cabeza. Cuando yo protesté, la celadora me miró severamente con los labios tan apretados y rectos como la tapa de una caja y me dijo: bueno, Grace, convendría que le hicieras caso; que yo sepa, nunca te has arrepentido de verdad a pesar de lo mucho que tu endurecido corazón lo necesita; entonces me enfurecí de repente y me puse a gritar: ¡yo no hice nada, yo no hice nada! ¡Fue ella, ella tuvo la culpa!

¿A quién te refieres, Grace?, me preguntó, cálmate si no quieres que te demos baños fríos y te pongamos la camisa de fuerza; miró a la otra celadora como diciendo: ahí tienes. ¿Qué te dije? Loca como un cencerro.

Las celadoras del manicomio eran todas gordas y fuertes y tenían unos brazos muy gruesos y unas barbillas que les bajaban hasta los pulcros cuellos blancos, y llevaban el cabello recogido y enrollado hacia arriba como una cuerda desgastada. Hay que ser fuerte para ejercer allí de celadora, por si alguna loca se te echa encima por detrás y empieza a tirarte del pelo; pero nada de todo eso servía para suavizar su carácter. A veces nos provocaban, sobre todo justo antes de que vinieran visitas. Querían mostrar lo peligrosas que éramos, pero al mismo tiempo lo bien que ellas nos dominaban, pues eso las hacía parecer más valiosas y expertas.

Así pues, dejé de contarles cosas. No le decía nada al doctor Bannerling, que entraba en la habitación cuando yo permanecía atada en la oscuridad con bufandas en las manos. Estate quieta, he venido a examinarte, de nada te servirá mentirme. Y tampoco les decía nada a los demás médicos que me visitaban, oh, qué caso tan asombroso, decían, como si yo fuera un ternero con dos cabezas. Al final, dejé de hablar por completo, a no ser que se dirigieran a mí con educación, sí señora, no señora, sí, y no señor. Después me enviaron de nuevo al penal tras haber efectuado una consulta, ejem, en mi opinión, mi respetado colega; discrepo, señor. Como es natural, no podían reconocer ni por un instante que se habían equivocado al encerrarme allí.

Las personas que se visten de una determinada manera nunca se equivocan. Además, nunca sueltan pedos. Mary Whitney solía decir: si alguien se tira un pedo en la habitación donde ellos están, puedes estar segura de que lo habrás hecho tú. Y, aunque no lo hayas hecho, más te vale no decirlo, de lo contrario, te reprocharán tu insolencia, te propinarán una patada en la espalda y te echarán a la calle.

Mary solía hablar muy mal. Decía «semos» en lugar de «somos». Nadie le había enseñado a expresarse. Yo antes también hablaba de esta manera, pero en la cárcel he aprendido mejores modales.

Estoy sentada en el jergón de paja. Hace un ruido como de chapaleo. Como el agua en la orilla. Me desplazo de uno a otro lado para escucharlo. Podría cerrar los ojos y pensar que estoy al borde del mar en un día seco sin demasiado viento. Allá lejos, al otro lado de la ventana, alguien está cortando leña, me imagino el hacha bajando, un invisible destello y un sonido sordo, pero ¿cómo sé que es leña lo que efectivamente están cortando?

Hace frío en esta habitación. No tengo chal y me rodeo el tronco con los brazos porque ¿quién si no podría hacerlo? Cuando era más joven solía pensar que, si consiguiera estrecharme el tronco con los brazos lo bastante fuerte, me reduciría de tamaño, pues nunca había sitio suficiente para mí ni en casa ni en ningún otro lugar y, si lograra empequeñecerme, cabría con más holgura.

Me asoma el cabello por debajo de la cofia. Cabello pelirrojo de ogresa. Una bestia salvaje, dijo el periódico. Un monstruo. Cuando vengan con mi comida, me pondré el cubo del orinal en la cabeza y me esconderé detrás de la puerta y así les pegaré un susto de muerte. Si tanto quieren un monstruo, lo tendrán.

Pero yo nunca hago esas cosas. Sólo las pienso. Si las hiciera, creerían que me he vuelto loca otra vez. «Volverse loca», dicen y, a veces, «perder el juicio», como si el juicio fuera un objeto; como si el juicio fuera algo que se pudiera tocar o un país completamente aparte. Sin embargo, cuando te vuelves loca no te vas a otro sitio, te quedas donde estás. Y entra otra persona.

No quiero que me dejen sola en esta habitación. Las paredes están demasiado vacías, no hay cuadros en ellas ni hay cortinas en la ventanita de arriba, no hay nada que mirar y por eso miras la pared y, cuando ya llevas un buen rato haciéndolo, acabas viendo cuadros y flores rojas que crecen.

Creo que me voy a dormir.

Ahora es la mañana, pero ¿cuál? La segunda o la tercera. Hay una nueva luz al otro lado de la ventana, eso es lo que me ha despertado. Me incorporo con esfuerzo, me pellizco, parpadeo y me levanto con los miembros rígidos por culpa del susurrante colchón. Después canto una canción sólo para oír una voz que me haga compañía:

Santo, santo, santo, Dios Todopoderoso,
por la mañana celebra nuestro canto tu Majestad,
santo, santo, santo, compasivo y misericordioso,
un solo Dios uno y trino, gloriosa Trinidad.

No pueden decir nada porque es un himno. Un himno a la mañana. Siempre me ha gustado el amanecer.

Después me bebo la última agua que me queda; a continuación paseo por la habitación; más tarde me levanto las enaguas y orino en el cubo. Dentro de unas horas esta habitación apestará como una letrina. Dormir con la ropa puesta cansa mucho. La ropa se arruga y el cuerpo que hay debajo también. Siento como si me hubieran enrollado en un fardo y me hubieran arrojado al suelo. Ojalá tuviera un delantal limpio.

No viene nadie. Me dejan aquí para que medite sobre mis pecados y fechorías y eso se hace mejor en soledad o por lo menos ésta es nuestra experta opinión después de haberlo pensado muy bien, Grace, tras una larga experiencia en estas cuestiones. En confinamiento solitario y a veces a oscuras. Hay algunas prisiones en las que te tienen encerrada muchos años sin ver ni de lejos un árbol, un caballo o un rostro humano. Algunos dicen que eso purifica el cutis.

Ya he permanecido encerrada sola otras veces. Incorregible, dijo el doctor Bannerling, una taimada hipócrita. Estate quieta, he venido para examinar tu configuración cerebral y primero te mediré los latidos del corazón y la respiración, pero yo sabía lo que se proponía. Quítame la mano de la teta, hijo de puta asqueroso, hubiera dicho Mary Whitney, pero lo único que yo pude decir fue: oh, no, oh, no; no podía girarme ni doblarme en la situación en que me habían dejado, atada a la silla con las mangas cruzadas delante y atadas detrás; lo único que podía hacer era hundir los dientes en sus dedos; caímos los dos hacia atrás, maullando juntos en el suelo como dos gatos en un saco.

Sabía a salchichas crudas y a ropa interior de lana húmeda. No le hubiera venido mal una buena escaldadura antes de ponerlo a secar al sol.

No hubo cena anoche ni tampoco la noche anterior, sólo pan; ni siquiera un poco de repollo; bueno, no podía esperar otra cosa. El hambre calma los nervios. Hoy también me darán pan y agua pues la carne excita a los criminales y a los locos, les entra el olor por las ventanas de la nariz como a los lobos y entonces la culpa es tuya. Pero se me ha terminado el agua de ayer y tengo mucha sed, me muero de sed, me sabe la boca como si la tuviera llagada y se me está hinchando la lengua. Es lo que les ocurre a los náufragos, lo he leído en los reportajes de los juicios, perdidos en el mar y bebiéndose la sangre los unos a los otros. Lo echan a suerte. Atrocidades caníbales pegadas en el álbum de recortes. Estoy segura de que yo jamás lo haría por muy hambrienta que estuviera.

¿Se habrán olvidado de que estoy aquí? Tendrán que traerme más comida o por lo menos más agua, si no me moriré de hambre, me encogeré, la piel se me resecará y se me pondrá amarilla como la ropa blanca vieja; me convertiré en un esqueleto, me encontrarán dentro de unos meses, años o siglos y dirán: ¿Y ésa quién es?, debimos de olvidarnos de ella, bueno, empuja con la escoba todos estos huesos y esta porquería al rincón pero guarda los botones, sería una tontería no aprovecharlos, ahora ya no se puede hacer nada.

Cuando empiezas a compadecerte de ti, estás perdida. Entonces mandan llamar al capellán.

Oh, ven a mis brazos, pobre alma extraviada. Hay más alegría en el cielo por una oveja perdida. Serena tu turbado espíritu. Arrodíllate a mis pies. Retuércete las manos de angustia. Describe cómo te atormenta la conciencia día y noche y cómo te siguen por la habitación los ojos de tus víctimas ardiendo como carbones al rojo vivo. Derrama lágrimas de remordimiento. Confiesa, confiesa. Deja que te perdone y te compadezca. Deja que eleve una petición por ti. Cuéntamelo todo.

¿Y qué es lo que él hizo después? Oh, qué vergüenza. ¿Y después?

¿Con la mano izquierda o con la derecha?

¿Hasta dónde llegó exactamente?

Enséñame dónde.

Me parece que oigo unos murmullos. Ahora hay un ojo mirándome a través de la rendija de la puerta. No puedo verlo pero sé que está ahí. Después oigo una llamada.

Y me pregunto: ¿Quién será? ¿La supervisora? ¿El alcaide que viene a pegarme una bronca? Pero no pueden ser ellos porque aquí nadie tiene la consideración de llamar, te miran a través de la rendijita y entran sin más. Llama siempre primero, me decía Mary Whitney. Y después espera hasta que te den permiso para entrar. Nunca se sabe lo que podrían estar haciendo y la mitad de lo que hacen no quieren que tú lo veas, se podrían estar metiendo los dedos en la nariz o en algún otro sitio y hasta una señora siente la necesidad de rascarse donde le pica y, si ves asomar unos tacones por debajo de la cama, mejor que disimules. De día pueden ser muy finos pero de noche son todos unos cerdos.

Mary era una persona de opiniones democráticas.

Otra vez la llamada. Como si yo pudiera elegir.

Me empujo el cabello bajo la cofia, me levanto del jergón de paja, me aliso el vestido y el delantal, retrocedo todo lo posible hacia el rincón de la habitación y después digo con firmeza, porque es bueno conservar la dignidad cuando se puede:

Pase, por favor.

5

Se abre la puerta y entra un hombre. Es un joven, de mi edad o algo mayor, lo cual es ser joven para un hombre pero no para una mujer, pues a mi edad una mujer es una solterona pero un hombre no es un solterón hasta los cincuenta e incluso entonces sigue habiendo esperanza para las señoras, tal como Mary Whitney solía decir. Es alto, con unas piernas y unos brazos muy largos, pero no es lo que las hijas del alcaide llamarían apuesto; ellas prefieren los hombres lánguidos de las revistas, muy elegantes y discretos y con unos pies muy estrechos calzados con botas puntiagudas. Este hombre tiene una energía que no está de moda y unos pies más bien grandes a pesar de que al parecer es un caballero o le falta muy poco; no creo que sea inglés y por eso no es fácil percibir su buena crianza.

Tiene el cabello castaño y naturalmente ondulado, rebelde se podría decir, como si no se lo pudiera alisar con el cepillo. Lleva una chaqueta de calidad y de muy buen corte, pero no es nueva pues tiene los codos brillantes. Luce un chaleco a cuadros escoceses; los cuadros escoceses están de moda desde que la Reina se encaprichó de Escocia y se construyó allí un castillo lleno de cabezas de venado, o eso es lo que dicen por lo menos; pero ahora veo que no son cuadros escoceses auténticos sino simplemente unos cuadros. Amarillos y marrones. Lleva una leontina de oro, o sea que aunque vaya arrugado y descuidado no es pobre.

No lleva patillas tal como se empiezan a llevar ahora. A mí no me gustan demasiado, prefiero un bigote o una barba o, en su defecto, nada en absoluto. James McDermott y el señor Kinnear iban afeitados y Jamie Walsh también, aunque la verdad es que no tenía casi nada que afeitarse, pero el señor Kinnear llevaba bigote. Cuando le vaciaba la jofaina de afeitarse por la mañana, yo tomaba un poco de jabón mojado —usaba un buen jabón de Londres— y me frotaba la piel de las muñecas y, de esta manera, conservaba el perfume todo el día, por lo menos hasta la hora de fregar los suelos.

El joven cierra la puerta a su espalda. No la cierra con llave, pero alguien la cierra por fuera. Estamos encerrados juntos en esta habitación.

Buenos días, Grace, dice. Tengo entendido que te dan miedo los médicos. Debo decirte de entrada que soy médico. El doctor Jordan, Simon Jordan.

Le dirijo una breve ojeada y bajo los ojos al suelo. ¿Va a volver el otro doctor?, pregunto.

¿El que te asustó?, dice. No, no va a volver.

Pues entonces supongo que ha venido usted para medirme la cabeza, digo.

Eso ni lo sueño, dice sonriendo, pero me mira la cabeza como si la estuviera midiendo. Sin embargo, yo llevo la cofia y no se puede ver nada. Ahora que le he oído hablar me parece que debe de ser estadounidense. Tiene los dientes blancos y no le falta ninguno, por lo menos delante, y su cara es alargada y huesuda. Me gusta su sonrisa a pesar de que levanta un lado del labio más que el otro y parece que esté bromeando.

Le miro las manos. Están vacías. No hay nada en ellas. No veo anillos en los dedos. ¿Tiene un maletín con cuchillos dentro?, digo. Un maletín de cuero.

No, dice, no soy un médico normal. Yo no corto nada. ¿Me tienes miedo, Grace?

Aún no puedo decir que le tenga miedo. Es demasiado pronto para saberlo; demasiado pronto para saber lo que quiere. Nadie me viene a ver a menos que quiera algo.

Me gustaría saber qué clase de médico es si no es un médico normal, pero él me dice: soy de Massachusetts. O por lo menos ése es el sitio donde nací. He viajado mucho desde entonces. Vengo de recorrer la tierra y de pasearme por ella, dice. Me mira para ver si lo entiendo.

Sé que eso pertenece al Libro de Job, antes de que a Job le salieran las llagas malignas y los forúnculos y viniera el torbellino del desierto. Es lo que Satán le dice a Dios. Debe de querer decir que ha venido para ponerme a prueba, aunque llega demasiado tarde para eso, pues Dios ya me ha sometido a suficientes pruebas y supongo que ahora ya se ha cansado.

Pero eso no lo digo. Lo miro como una estúpida. Sé poner una cara de estúpida muy convincente, pues la he practicado mucho.

¿Ha estado en Francia?, pregunto. De allí vienen todas las modas.

Veo que lo he decepcionado. Sí, dice. Y también en Inglaterra e Italia y en Alemania y Suiza.

Me resulta muy raro permanecer encerrada en un cuarto del penal, hablando con un desconocido sobre Francia, Italia y Alemania. Un viajero. Debe de ser un andariego como Jeremiah el buhonero. Pero Jeremiah viajaba para ganarse el pan y los hombres de esta clase ya son muy ricos. Hacen viajes porque sienten curiosidad. Recorren el mundo y contemplan cosas, cruzan los mares como si nada y si les va mal en un sitio simplemente se largan y se van a otro.

Ahora me toca hablar a mí. No sé cómo se las arregla usted, señor, digo, entre todos esos extranjeros a los que nunca se les entiende. Cuando los pobrecillos vienen aquí por primera vez graznan como gansos, aunque los niños no tardan mucho en hablar bien.

Es verdad, pues todos los niños aprenden muy rápido.

Sonríe y después hace una cosa muy rara. Se introduce la mano izquierda en el bolsillo y saca una manzana. Se acerca lentamente a mí sosteniendo la manzana en la mano extendida como alguien que le ofreciera un hueso a un perro peligroso para ganarse su simpatía.

Eso es para ti, dice.

Estoy tan sedienta que la manzana me parece una enorme y redonda gota de agua, fresca y roja. Me la podría beber de un trago. Vacilo, pero después pienso: no tiene nada de malo una manzana, y la tomo. Llevo mucho tiempo sin tener una manzana que sea mía. Ésta debe de ser del pasado otoño, guardada en un barril del sótano, pero parece muy reciente.

No soy un perro, le digo.

La mayoría de la gente me preguntaría qué quiero decir con eso, pero él se ríe. Su risa es un simple respiro, ja, como si hubiera encontrado algo que había perdido; y me dice: no, Grace, ya veo que no eres un perro.

¿Qué estará pensando? Permanezco de pie sosteniendo la manzana con ambas manos. Me parece tan preciada como un valioso tesoro. La levanto y aspiro su aroma. Huele tanto a aire libre que me entran ganas de llorar.

¿No te la vas a comer?, pregunta.

No, todavía no, digo.

¿Por qué no?

Porque entonces no la tendré, contesto.

La verdad es que no quiero que me mire mientras como. No quiero que vea el hambre que tengo. Si tienes una necesidad y ellos se enteran, la utilizan contra ti. Lo mejor es no desear nada.

Suelta su característica carcajada. ¿Puedes decirme qué es?, pregunta.

Le miro y aparto los ojos. Una manzana, digo. Debe de creer que soy tonta o, a lo mejor, me quiere gastar una broma; o está loco y es por eso por lo que han cerrado la puerta, me han encerrado en este cuarto con un loco. Pero los hombres que visten de esta manera no pueden estar locos, sobre todo si llevan una leontina de oro; sus parientes o los carceleros se la habrían quitado en un periquete si lo estuviera.

Sonríe con la boca torcida. ¿En qué te hace pensar la manzana?, pregunta.

Perdón, señor, no le entiendo.

Debe de ser un acertijo. Pienso en Mary Whitney y en las mondaduras de manzana que arrojamos a nuestra espalda aquella noche para ver con quién nos casaríamos. Pero no se lo diré.

Creo que lo entiendes muy bien.

Mi dechado, digo.

Ahora le toca a él no entender. ¿Tu qué?, pregunta.

El dechado que bordé cuando era pequeña, digo. A de asno, B de barco, M de manzana.

Ah, sí, dice. ¿Pero qué más?

Lo miro con cara de tonta. Pastel de manzana, digo.

Ah, dice. Una cosa que se come.

Pues supongo que sí, señor, digo. Para eso sirve un pastel de manzana.

¿Y hay alguna clase de manzana que no te comerías?, dice.

Supongo que una manzana podrida, digo.

Está jugando a las adivinanzas, como el doctor Bannerling, el del manicomio. Siempre hay una respuesta correcta, que es correcta porque es la que ellos quieren y tú puedes adivinar por la cara que ponen si has acertado; aunque para el doctor Bannerling todas las respuestas eran incorrectas. O a lo mejor es un doctor en teología; ésos también suelen ser aficionados a esta clase de preguntas. Estoy de ellos hasta la coronilla.

La manzana del Árbol de la Ciencia. El bien y el mal. Cualquier niño lo podría adivinar. Pero yo no pienso darle el gusto.

Vuelvo a poner cara de tonta. ¿Es usted predicador?, pregunto.

No, contesta, no soy predicador. Soy un doctor que

no trabaja con los cuerpos sino con las mentes. Enfermedades de la mente y el cerebro y de los nervios.

Me coloco las manos a la espalda sin soltar la manzana. No me fío ni un pelo de él. No, digo. No quiero volver allí. No quiero volver al manicomio. La carne y la sangre no lo pueden resistir.

No tengas miedo, dice. Tú no estás loca en realidad,
¿verdad, Grace?

No, señor, no lo estoy, digo.

Entonces no hay razón para que vuelvas al manicomio,
¿verdad?

Allí no atienden a razones, señor, digo.

Bueno, para eso estoy yo aquí, dice. Estoy aquí para
atender a razones. Pero tengo que escucharte, tendrás que
hablar conmigo.

Ya veo adónde quiere ir a parar. Es un coleccionista.
Cree que lo único que tiene que hacer es darme una manzana para quedarse conmigo. A lo mejor, pertenece a un
periódico. O es un viajero que está haciendo un recorrido por aquí. Entran y miran y, cuando sus ojos se posan
en ti, te sientes tan pequeña como una hormiga y ellos te
sujetan entre el índice y el pulgar y te dan la vuelta. Después te dejan y se van.

No va usted a creerme, señor, digo. De todos modos,
ya está todo decidido, el juicio terminó hace tiempo y lo
que yo diga no va a cambiar las cosas. Tendría que preguntar
a los abogados, a los jueces y a los periodistas, parece que
ellos conocen mi historia mejor que yo. Y además, no recuerdo nada, recuerdo otras cosas pero he perdido por
entero esta parte de mi memoria. Seguramente ya se lo habrán dicho.

Me gustaría ayudarte, Grace, dice.

Así es como consiguen cruzar la puerta. Ofrecen ayuda pero lo que buscan es gratitud, se revuelcan en ella
como los gatos sobre la hierba gatera. Desean volver a
casa y pensar en su fuero interno: he metido la mano en

la bolsa y he sacado el premio, qué bien lo hago. Pero yo no quiero ser el premio de nadie. No digo nada.

Si procuras hablar, añade, yo procuraré escucharte. Mi interés es puramente científico. No tenemos que interesarnos tan sólo por los asesinatos. Habla con una voz muy suave, suave por fuera pero con otros deseos ocultos debajo.

A lo mejor le contaré mentiras, digo.

No dice: pero, Grace, qué idea tan perversa, tienes una imaginación pecaminosa. Dice: es posible que lo hagas. A lo mejor, contarás mentiras sin querer y a lo mejor también las contarás a propósito. A lo mejor eres una mentirosa.

Lo miro. Algunos han dicho que eso es lo que soy, digo.

No tendremos más remedio que correr el riesgo, dice.

Miro al suelo. ¿Van a llevarme otra vez al manicomio?, pregunto. ¿O me encerrarán en confinamiento solitario a pan y agua?

Te doy mi palabra de que, mientras sigas hablando conmigo y no pierdas el control y te vuelvas violenta, te quedarás donde estás, contesta. Cuento con la promesa del alcaide.

Lo miro. Aparto la mirada. Lo vuelvo a mirar. Sostengo la manzana con las dos manos. Él espera.

Al final, levanto la manzana y la aprieto contra mi frente.

IV

FIGURACIONES DE UN JOVEN

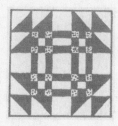

Entre estos locos de atar reconocí el singular rostro de Grace Marks, ya no triste y desesperanzado sino iluminado por el fuego de la locura y brillando con un horrendo y diabólico regocijo. Al percatarse de que unos desconocidos la estaban observando, huyó chillando como un fantasma hacia una de las habitaciones laterales. Parece ser que hasta en los más salvajes estallidos de su terrible enfermedad se siente constantemente perseguida por un recuerdo del pasado. ¡Desventurada muchacha! ¿Cuándo terminará el prolongado horror de su castigo y su remordimiento? ¿Cuándo se sentará a los pies de Jesús, revestida con la impoluta túnica de su justicia, con la sangre de su mano ya lavada, su alma redimida y perdonada y nuevamente en su sano juicio?

Esperemos que todas sus culpas anteriores se puedan atribuir a los incipientes efectos de esta terrible enfermedad.

SUSANNA MOODIE,
Life in the Clearings, 1853

Es muy de lamentar que no dispongamos de los conocimientos necesarios para curar a estos pobres seres. Un cirujano puede abrir un vientre y mostrar el bazo. Los músculos se pueden cortar y mostrar a los jóvenes estudiantes. La psique humana no se puede disecar y el funcionamiento del cerebro no se puede exhibir sobre una mesa.

Cuando era pequeño jugaba a esos juegos en los que una venda te impide la visión. Ahora soy como aquel niño. Me abro paso a tientas con los ojos vendados, sin saber adónde voy ni si sigo la dirección apropiada. Algún día, alguien retirará esta venda.

DOCTOR JOSEPH WORKMAN,
director médico.
Manicomio Provincial de Toronto.
Carta a «Henry», un joven
y preocupado investigador, 1866

No hace falta ser una estancia para estar embrujado,
no hace falta ser una casa,
el cerebro tiene corredores que eclipsan
el lugar material
...

Ese uno mismo, detrás de uno mismo oculto,
es lo que más debería asustarnos.
El asesino escondido en nuestro aposento
es el Horror más baladí...

EMILY DICKINSON,
h. 1863

6

*Al doctor Simon Jordan, Laburnum House, Loomisville,
Massachusetts, Estados Unidos de Norteamérica;
del doctor Joseph Workman, Director médico,
Manicomio Provincial de Toronto, Canadá Occidental.*

15 de abril de 1859

Apreciado doctor Jordan:

Acuso recibo de su carta del 2 del cte. y le agradezco la carta de recomendación de mi estimado colega el doctor Binswanger de Suiza, el establecimiento de cuya nueva clínica he seguido con gran interés. Permítame decirle que, en su calidad de amigo del doctor Binswanger, sería usted muy bien recibido en cualquier momento si quisiera visitar la institución de la cual soy director. Tendría sumo gusto en mostrarle personalmente nuestras instalaciones y explicarle nuestros métodos.

Puesto que tiene usted el propósito de crear una institución, quiero subrayar que la higiene y un buen alcantarillado revisten la máxima importancia, pues de nada serviría intentar curar una mente enferma mientras el cuerpo está aquejado de infecciones. Esta faceta de la cuestión se suele olvidar con harta frecuencia. En el momento de mi llegada aquí, había muchos brotes de cólera, disenterías con perforación intestinal, diarreas refractarias a los tratamientos y toda la letal familia de fiebres tifoideas que asolaba el manicomio. En el transcurso de mis investigaciones acerca de sus orígenes, descubrí un inmenso y extremadamente perjudicial pozo negro debajo de todos los sótanos, en algunos lugares con la consistencia de una fuerte infusión de té negro y en otras como un blando y viscoso jabón, que no se había vaciado porque los constructores no habían conectado los desagües con la cloaca principal; además, el suministro de agua tanto para beber como para lavar procedía de una zona estancada del lago a través de una toma de agua que estaba junto al conducto que vertía la pútrida corriente de la cloaca principal. ¡No es de extrañar que los enfermos se quejaran a menudo de que el agua de beber supiera a una sustancia que muy pocos de ellos habrían deseado alguna vez consumir!

Los enfermos de aquí están bastante igualados en cuanto a los sexos; por lo que respecta a los síntomas, debo decir que éstos son muy variados. Observo que el fanatismo religioso suele ser una causa de locura tan frecuente como la afición al alcohol, aunque yo me inclino a pensar que ni la religión ni la afición a la bebida pueden provocar locura en una mente auténticamente sana. Creo que siempre tiene que haber una predisposición que hace que un individuo sea más propenso a la enfermedad cuando se expone a un agente perturbador tanto de carácter físico como mental.

Sin embargo, por lo que respecta a la información acerca del principal objeto de su investigación, lamento que tenga usted que buscar en otro lugar. La reclusa Grace Marks, autora de un asesinato, fue devuelta al penal de Kingston en agosto de 1853 tras una permanencia de quince meses. Puesto que fui nombrado director unas tres semanas antes de su partida, apenas tuve ocasión de hacer un examen exhaustivo de su caso. Por consiguiente, he remitido su carta al doctor Samuel Bannerling, que la atendió bajo mi predecesor. Nada puedo decirle acerca del grado de locura que la aquejaba. Me dio la impresión de que llevaba un considerable período de tiempo lo bastante cuerda como para permitir su salida del manicomio. Aconsejé que en su disciplina se adoptara un tratamiento suave, y creo que, en la actualidad, dedica una parte del día a trabajar de criada en casa del alcaide. Hacia el final de su estancia aquí se comportaba con mucha corrección y, por su diligencia y amabilidad con los pacientes, era una interna eficiente y útil de esta casa. De vez en cuando padece excitación nerviosa y una dolorosa hiperactividad del corazón.

Uno de los principales problemas con que se enfrenta el director de una institución de financiación pública como ésta es la tendencia por parte de las autoridades penitenciarias a enviarnos a los delincuentes conflictivos, entre ellos, terribles asesinos y ladrones que no debieran estar entre los inocentes e incontaminados enfermos mentales, simplemente para no tener que albergarlos en la prisión. Es imposible que un edificio construido con vistas a la comodidad y la recuperación de los enfermos mentales llegue a ser un lugar de encierro adecuado para los criminales dementes, y tanto menos para los criminales impostores; y yo me inclino a pensar que estos últimos abundan mucho más de lo que generalmente se cree. Aparte de las inevitables malas consecuencias de la mezcla de los enfermos mentales inocentes con los criminales, es comprensible que se observe una influencia perjudicial en el temperamento y las costumbres de los vigilantes y trabajadores del manicomio, influencia que les impide ofrecer a los primeros el humanitario y debido trato.

No obstante, puesto que usted se propone establecer una institución privada, espero que no tropiece con tantas dificultades de este tipo y no tenga que soportar las irritantes interferencias políticas que impiden a menudo su corrección. Tanto en este empeño como en todas las cuestiones generales, le deseo mucho éxito. Por desgracia, las empresas como la suya son muy necesarias en este momento tanto en nuestro país como en el suyo, pues, debido al aumento de las inquietudes que lleva aparejadas la vida moderna y las consiguientes tensiones nerviosas, el índice de construcción casi no puede seguir el ritmo de los aspirantes. Le ruego acepte toda la ayuda que esté en mi mano prestarle.

Sinceramente suyo,

DR. JOSEPH WORKMAN

De la señora de William P. Jordan, Laburnum House, Loomisville, Massachusetts, Estados Unidos de Norteamérica, al doctor Simon Jordan, en casa del mayor C. D. Humphrey, Lower Union Street, Canadá Occidental.

29 de abril de 1859

Mi queridísimo hijo:

Hoy ha llegado tu nota largo tiempo esperada, con tu actual dirección y las instrucciones de la pomada para el reumatismo. Fue para mí una alegría ver de nuevo tu querida escritura, aunque no fuera abundante, y te agradezco que te tomes tanto interés por la frágil constitución de tu pobre madre.

Aprovecho esta oportunidad para escribirte unas líneas y te adjunto la carta que se recibió para ti al día siguiente de tu partida. La reciente visita que nos hiciste fue demasiado breve, ¿cuándo tendremos el placer de verte una vez más entre tu familia y tus amigos? Tantos viajes no pueden ser beneficiosos ni para tu paz espiritual ni para tu salud. Espero con ansia el día en que decidas fijar tu residencia entre nosotros y establecerte como es debido y tal como te corresponde.

No pude por menos de observar que la carta adjunta procede del manicomio de Toronto. Supongo que tienes intención de visitarlo, aunque a estas horas ya habrás visto todas las instituciones del mundo y no creo que te sirva de mucho ver otra. Tu descripción de los de Francia e Inglaterra e incluso del de Suiza, que es mucho más limpio que los otros, me horrorizó. Tenemos que rezar para que se nos conserve la cordura, pero tengo serias dudas acerca de tus perspectivas futuras si decidieras llevar a la práctica tus propósitos. Debes perdonarme que te diga, mi querido hijo, que nunca he llegado a comprender el interés que sientes por estas cosas. Nadie de la familia se había interesado jamás por los locos, aunque tu abuelo era un clérigo cuáquero. Es encomiable tu deseo de aliviar el sufrimiento humano, pero no cabe duda de que los dementes, como los idiotas y los lisiados, deben su estado a los designios de la Todopoderosa Providencia, por cuyo motivo no se debe intentar modificar unas decisiones que ciertamente son justas por más que a nosotros nos resulten inescrutables.

Además, me cuesta mucho creer que un manicomio privado consiga cobrar de sus pacientes, pues es bien sabido que los familiares de los locos son muy olvidadizos una vez que la persona enferma ha sido encerrada, y ya no quieren verla ni oír nada de ella; y este olvido se extiende al pago de las facturas; y después hay que tener en cuenta los gastos de comida y combustible y los salarios de las personas que deberán cuidar de los enfermos. Hay que tener en cuenta muchas cosas y no cabe duda de que el trato cotidiano con los locos distaría mucho de favorecer una existencia apacible. Tienes que pensar también en tu futura esposa y tus hijos, que no deberían ser colocados tan cerca de un hato de locos peligrosos.

Sé que no me corresponde a mí determinar tu camino en la vida, pero debo decirte que una fábrica sería mil veces preferible, aunque las fábricas de tejidos ya no son lo que eran debido a la mala administración de los políticos, que abusan sin piedad de la confianza de los ciudadanos y son peores a cada año que pasa; sin embargo, hay muchas otras oportunidades actualmente y a muchos hombres les ha ido muy bien con ellas, pues cada día oyes hablar de las nuevas fortunas que se están haciendo y yo estoy segura de que tú tienes tanta energía y sagacidad como ellos. Se habla de una nueva máquina de coser de uso doméstico; sería un negocio fabuloso si ese aparato se pudiera fabricar barato, pues todas las mujeres desearían poseer un objeto capaz de ahorrarles tantas horas de monótono e incesante trabajo y sería también una gran ayuda para las pobres costureras. ¿No podrías invertir la pequeña herencia que te quedó tras la venta del negocio de tu pobre padre en alguna de estas admirables y seguras empresas? Estoy convencida de que una máquina de coser aliviaría tanto sufrimiento humano como cien manicomios, y probablemente mucho más.

Claro que tú siempre has sido un idealista, lleno de sueños optimistas, pero en algún momento tiene que imponerse la realidad y ahora ya tienes treinta años.

Te digo estas cosas no por deseo de entrometerme en lo que no debo sino como consecuencia de la preocupación de una madre por el futuro de su único y amado hijo. Deseo con toda mi alma verte bien establecido antes de que me muera. Ése hubiera sido también el deseo de tu querido padre. Sabes que sólo vivo para tu bienestar.

Mi salud se resintió después de tu partida, porque tu presencia siempre ha mejorado mi estado de ánimo. Ayer tuve tantos accesos de tos que mi fiel Maureen a duras penas podía ayudarme a subir la escalera. Es casi tan vieja y está tan débil como yo, por lo que debíamos de parecer dos viejas brujas subiendo por la ladera de una colina. A pesar de los brebajes que me administran varias veces al día, preparados por mi buena Samantha en la cocina —y que saben tan mal como todas las medicinas deben saber, pese a que ella jure que curaron a su propia madre—, yo sigo más o menos igual, aunque hoy me he encontrado lo bastante bien como para recibir las acostumbradas visitas en el salón. He disfrutado de la compañía de varias personas que se habían enterado de mi indisposición, entre ellas la esposa de Henry Cartwright, que tiene muy buen corazón aunque sus modales no sean siempre muy refinados, tal como suele ocurrir con las personas cuya fortuna es de reciente adquisición; pero eso se aprende con el tiempo. La acompañaba su hija Faith, a quien recordarás como a una desgarbada niña de trece años, pero que ahora ya es adulta y acaba de regresar de Boston, donde ha estado viviendo en casa de su tía para ampliar su educación. Se ha convertido en una encantadora joven con todas las cualidades deseables y ha puesto de manifiesto una cortesía y una delicada amabilidad que muchos admirarían y que vale mucho más que una llamativa belleza. Me han traído un cesto de exquisitos manjares —mi querida señora Cartwright me mima demasiado—, que yo les he agradecido con toda mi alma aunque apenas haya probado nada, pues no tengo apetito últimamente.

Es triste ser una inválida y cada noche rezo para que Dios te proteja y tú procures no cansarte demasiado con el estudio y la tensión nerviosa y no permanecer despierto a la luz de la lámpara, estropeándote los ojos y agotándote el cerebro, y para que no olvides llevar prendas de lana hasta que llegue el buen tiempo. Ya han brotado nuestras primeras lechugas y hay capullos en el manzano; supongo que ahí donde tú vives todo está todavía cubierto de nieve. No creo que Kingston, tan al norte y a la orilla del lago, resulte muy bueno para los pulmones, pues debe de ser muy húmedo y frío. ¿Están bien caldeadas tus habitaciones? Espero que comas alimentos energéticos y que ahí arriba haya un buen carnicero.

Te envío todo mi amor, mi querido hijo, y tanto Maureen como Samantha me ruegan que te dé recuerdos. Todos nosotros aguardamos la noticia, que esperamos llegue muy pronto, de tu próxima visita. Hasta entonces sigo siendo siempre

Tu muy amante
MADRE

❧

Del doctor Simon Jordan, en casa del mayor C. D. Humphrey, Lower Union Street, Kingston, Canadá Occidental, al doctor Edward Murchie, Dorchester, Massachusetts, Estados Unidos de Norteamérica.

1 de mayo de 1859

Mi querido Edward:

Siento mucho no haber podido visitar Dorchester para ver qué tal te va, ahora que has colgado tu placa y te has estado dedicando a atender a los ciegos y lisiados de tu localidad mientras yo vagabundeaba por Europa, buscando la manera de expulsar nuestros demonios, cosa de la que, dicho sea entre nosotros, aún no he conseguido averiguar el secreto; pero, como ya supondrás, el tiempo transcurrido entre mi llegada a Loomisville y mi partida de allí estuvo en buena parte ocupado por los preparativos y las tardes estuvieron forzosamente consagradas a mi madre. No obstante, a mi regreso tenemos que concertar una reunión para levantar una o dos copas por «los viejos tiempos» y hablar de nuestras pasadas aventuras y nuestras actuales perspectivas para el futuro.

Después de una travesía moderadamente tranquila del lago, he llegado sano y salvo a mi destino. Aún no me he reunido con mi corresponsal y patrón por así decirlo, el reverendo Verringer, pues se encuentra en Toronto, aunque, a juzgar por las cartas que me ha escrito, creo que está aquejado, como muchos clérigos, de una punible carencia de ingenio y un deseo de tratarnos a todos como ove-jas descarriadas, de las que él tiene que ser el pastor. Sin embargo, a él le debo —y también al buen doctor Binswanger, que le recomendó que me contratara por ser el hombre más capacitado para llevar a la práctica el proyecto a este lado del Atlántico a cambio de un precio no muy alto, ya que los metodistas son notoriamente tacaños— esta espléndida oportunidad que espero poder aprovechar en favor del avance de la ciencia, siendo así que la mente y su funcionamiento son todavía, a pesar de los considerables progresos que se han hecho, una *terra incognita*.

En cuanto a mi situación, debo decir que Kingston no es una ciudad muy agradable, pues fue arrasada por un incendio hace unos veinte años y se ha reconstruido con una celeridad carente por completo de encanto. Los nuevos edificios son de piedra o ladrillo y cabe esperar que eso los haga más resistentes a los incendios. El penal propiamente dicho es del mismo estilo que un templo griego y aquí están muy orgullosos de él, aunque yo todavía no he descubierto a qué dios pagano se tiene que adorar ahí dentro.

Me he buscado habitación en la casa de un tal mayor C. D. Humphrey, que, sin ser lujosa, me resultará lo suficientemente cómoda para mis propósitos. Temo, sin embargo, que mi casero sea un dipsómano; en las dos ocasiones en que me he tropezado con él tenía dificultades para ponerse los guantes o para quitárselos, no sabía muy bien cuál de las dos cosas tenía que hacer y me miró enfurecido con unos ojos inyectados en sangre como si me preguntara qué demonios estaba haciendo yo en su casa. Predigo que va a convertirse en un morador del manicomio privado que todavía sueño con montar. Sin embargo, debo reprimir mi inclinación a ver en cada nueva amistad a un futuro paciente de pago. Es curiosa la frecuencia con la que los militares, cuando se retiran con la mitad de la paga, se malogran; es como si, habiéndose acostumbrado a las excitaciones fuertes y las emociones violentas, sintieran la necesidad de reproducirlas en la vida civil. No obstante, el acuerdo no lo concerté con el mayor —que sin duda no hubiera recordado haberlo concertado— sino con su paciente y sufrida esposa.

Hago mis comidas —a excepción de los desayunos, que hasta ahora han sido más deplorables que los que compartíamos en nuestra época de estudiantes de medicina en Londres— en una mísera posada de las cercanías en la que todas las comidas son una ofrenda quemada y no se considera un demérito que lleve incorporada una pizca de porquería y suciedad condimentada con insectos. Confío en que el hecho de que permanezca aquí a pesar de estas parodias del arte culinario te haga comprender toda la medida de mi fervorosa entrega a la causa de la ciencia.

En cuanto a la sociedad, debo decir que aquí hay tantas muchachas bonitas como en cualquier sitio, aunque vestidas a la moda de París de hace tres años, que es como decir la de Nueva York de hace dos. A pesar de las tendencias reformadoras del actual Gobierno del país, en la ciudad abundan no sólo los malhumorados *tories* sino también los ridículos esnobismos provincianos, y preveo que tu rudo, desaliñado y —por encima de todo— demócrata amigo yanqui será contemplado con recelo por sus habitantes más reaccionarios.

Pese a ello, el alcaide —a instancias del reverendo Verringer, supongo— se ha tomado la molestia de mostrarse complaciente y ha ordenado que pongan a mi disposición a Grace Marks durante varias horas cada tarde. En la casa ésta parece comportarse como una especie de criada no pagada, aunque yo todavía tengo que averiguar si ella considera este servicio un favor o un castigo; la tarea no va a ser nada fácil, pues la dulce Grace, templada al fuego desde hace unos quince años, será un hueso muy duro de roer. Las investigaciones como la mía resultan inútiles a no ser que uno consiga ganarse la confianza del sujeto, pero, por lo que yo sé de las instituciones penitenciarias, sospecho que Grace lleva mucho tiempo sin tener demasiados motivos para confiar en nadie.

Hasta ahora sólo he tenido ocasión de contemplar el objeto de mis investigaciones y, por consiguiente, es muy pronto todavía para que pueda transmitirte mis impresiones. Permíteme decirte tan sólo que me siento muy esperanzado y, puesto que me has manifestado amablemente el deseo de recibir noticias acerca de mis progresos, me tomaré la molestia de mantenerte informado. Hasta entonces, mi querido Edward,

Tu viejo amigo y antiguo compañero,
SIMON

7

Simon permanece sentado junto a su escritorio mordisqueando el extremo de la pluma mientras contempla a través de la ventana las grises y picadas aguas del lago Ontario. Al otro lado de la bahía se encuentra la isla de Wolfe, así llamada, supone él, en honor del famoso general tan celebrado por los poetas. Es un panorama que no admira —demasiado implacablemente horizontal—, pero a veces la monotonía del paisaje favorece la reflexión.

Una ráfaga de lluvia golpea los cristales; el viento impulsa rápidamente unas nubes bajas y deshilachadas sobre el lago que se encrespa y se levanta mientras las olas son empujadas hacia la orilla, se retiran y son empujadas de nuevo hacia ella; los sauces que hay bajo la ventana se mueven como cabezas de larga melena verde, se doblan y se agitan. Algo de color muy pálido pasa volando: parece un pañuelo o un velo blanco de mujer, pero después el joven se da cuenta de que es sólo una gaviota luchando contra el viento. El ciego tumulto de la naturaleza, piensa; los dientes y las garras de Tennyson.

No experimenta en absoluto la despreocupada esperanza que acaba de expresar. En su lugar, se siente inquieto y bastante desanimado. La razón de su presencia allí es más bien incierta, pero de momento es su mejor oportunidad. Inició sus estudios de medicina por pura terquedad juvenil. Su padre era entonces un acaudalado fabricante y esperaba que él se hiciera cargo del negocio a su debido tiempo; y el propio Simon esperaba lo mismo. No obstante, primero quería rebelarse un poco, desmandarse, viajar, estudiar, ponerse a prueba en el mundo y también en el mundo de la ciencia y la medicina, que siempre lo habían atraído. Después regresaría a casa con su afición preferida y la cómoda certeza de que jamás tendría que entregarse a ella por dinero. Sabe que casi todos los mejores científicos tienen ingresos privados, lo cual les permite dedicarse desinteresadamente a la investigación.

No esperaba el derrumbamiento de su padre ni el de sus fábricas de tejidos, no sabe muy bien cuál de las dos cosas sucedió primero. En lugar de una serena navegación en una embarcación de remos por una apacible corriente, se ha visto sorprendido por una catástrofe en el mar y se ha quedado colgado de un mástil roto. En otras palabras, ha sido arrojado a la necesidad de tener que arreglárselas por su cuenta, que era justamente lo que, en el transcurso de sus discusiones adolescentes con su padre, más afirmaba desear.

Las fábricas se vendieron y también se vendió la impresionante mansión de su infancia y su numeroso ejército de criados, las camareras, las mozas de la cocina, las doncellas del salón, aquel coro perennemente cambiante de sonrientes muchachas y mujeres con nombres como Alice y Effie, que mimaron y también dominaron su infancia y juventud y respecto a las cuales él tiene en cierto modo la sensación de que también se vendieron junto con la casa. Olían a fresas y a sal; tenían el cabello largo y ondulado cuando lo llevaban suelto, o al menos así lo tenía una de ellas; tal vez Effie. En cuanto a su herencia, es menor de lo que su madre cree y buena parte de las rentas será para ella. Su madre cree estar viviendo en circunstancias deprimidas, lo cual es cierto teniendo en cuenta el empobrecimiento que su vida ha experimentado. Cree que está haciendo sacrificios por él y él no quiere decepcionarla. Su padre se había hecho a sí mismo mientras que su madre fue construida por otros y tales edificios son notoriamente frágiles.

De ahí que el manicomio privado esté fuera de su alcance de momento. Para llegar a reunir el dinero necesario tendría que ofrecer una novedad, algún nuevo descubrimiento o tratamiento en un campo en el que ya hay mucha gente y abundan las rivalidades. A lo mejor, cuando consiga hacerse un nombre, podrá vender participaciones. Pero sin perder el control: tiene que ser libre, absolutamente libre de seguir sus propios métodos, una vez que haya decidido cuáles van a ser éstos exactamente. Redactará un folleto: alegres y espaciosas habitaciones, ventilación y desagües apropiados, amplios terrenos cruzados por un río, pues el susurro del agua tranquiliza los nervios. Prohibirá las máquinas y caprichos de la moda: nada de aparatos eléctricos, nada que tenga imanes. Es cierto que los norteamericanos están excesivamente impresionados por tales ideas, les gustan los tratamientos que se administran tirando de una palanca o pulsando un botón, pero él no cree en su eficacia. A pesar de la tentación, ha de negarse a comprometer su integridad.

De momento, todo es un castillo en el aire. Pero debe tener un proyecto para mostrárselo a su madre, pues ésta necesita creer que él está trabajando con vistas a un objetivo, por mucho que ella se lo reproche. Claro que también podría casarse con alguien que tuviera dinero, tal como hizo ella. Su madre trocó el apellido y las relaciones de su familia por un montón de monedas recién acuñadas y está más que dispuesta a arreglarle a él algo parecido: los intercambios de conveniencia, cada vez más habituales entre los aristócratas europeos venidos a menos y los advenedizos millonarios norteamericanos, también son conocidos, a escala mucho más reducida, en Loomisville, Massachusetts. Cuando Simon piensa en los salidos dientes frontales y el cuello de pato de la señorita Faith Cartwright, le entran escalofríos.

Consulta su reloj: el desayuno se vuelve a retrasar. Lo toma en sus habitaciones, adonde cada mañana se lo sube en una bandeja de madera la chica para todo de su patrona. Dora deposita la bandeja con un porrazo sordo y un tintineo sobre la mesita del extremo más alejado de su sala de estar, junto a la que él se sienta para devorar el desayuno o, por lo menos, devorar las partes que le parecen comestibles en cuanto ella se retira. Ha adquirido la costumbre de escribir antes de desayunar, sentado ante otra mesa más grande que hay en la habitación, para que lo vean inclinado sobre su trabajo y él no tenga que mirar a la chica.

Dora es corpulenta y tiene un rostro mofletudo, con las comisuras de la boquita inclinadas hacia abajo como las de un chiquillo decepcionado. Las pobladas cejas negras se le juntan por encima de la nariz, confiriéndole un aire permanentemente ceñudo que expresa toda la indignación que la domina. Está claro que aborrece ser una chica para todo; Simon se pregunta si hay alguna otra cosa que prefiriera hacer. Ha intentado imaginársela como prostituta —suele jugar a este ejercicio mental privado con distintas mujeres que conoce—, pero no acierta a imaginar a ningún hombre capaz de pagar sus servicios. Sería como pagar para que a uno lo atropellara un carro y resultaría, como esta experiencia, una clara amenaza para la salud. Dora es una criatura robusta capaz de quebrar la columna vertebral de un hombre con sus muslos, que Simon se imagina de color grisáceo como las salchichas hervidas, cubiertos de vello como un pavo chamuscado, y enormes, cada uno de ellos tan grande como un lechón.

Dora corresponde a su desprecio. Parece pensar que él ha alquilado esas habitaciones con el exclusivo propósito de causarle molestias. Destroza sus pañuelos, le almidona demasiado las camisas y le pierde los botones, que sin duda le arranca por costumbre. Simon sospecha incluso que se dedica ex profeso a quemarle la tostada y a servirle el huevo demasiado cocido. Tras soltar la bandeja, Dora le grita: «aquí tiene la comida», como si llamara a un cerdo; después se retira a grandes zancadas y poco le falta para salir dando un portazo.

Simon ha sido mimado por criadas europeas, que nacen sabiendo cuál es su sitio; aún no se ha reacostumbrado a las resentidas manifestaciones de igualdad tan a menudo expresadas a este lado del océano. Excepto en el Sur, naturalmente; pero él no suele ir por allí.

En Kingston se encuentran alojamientos mejores que éste, pero él no quiere pagarlos. Éste le parece suficiente para el poco tiempo que piensa quedarse. Además, no hay otros huéspedes y él valora su intimidad y el silencio para pensar. Es una casa de piedra muy húmeda y fría, pero, por temperamento —debe de ser la influencia de su amada Nueva Inglaterra—, Simon desprecia la molicie y, además, cuando estudiaba medicina, se acostumbró a una cierta austeridad monástica y a trabajar largas horas en difíciles condiciones.

Se vuelve una vez más hacia su escritorio. «Queridísima madre —empieza—. Gracias por tu larga e interesante carta. Yo me encuentro muy bien y estoy progresando mucho en mi estudio sobre las enfermedades nerviosas y cerebrales entre los elementos criminales, pues, si se consiguiera encontrar la clave de su causa, se abriría el camino para el alivio de...»

No puede seguir; le suena demasiado falso. No obstante, tiene que escribir algo, o, de lo contrario, su madre pensará que se ha ahogado o ha muerto repentinamente de tisis o lo han asaltado unos ladrones. El tiempo siempre es un buen tema; pero no puede escribir acerca del tiempo con el estómago vacío.

Saca del cajón de su escritorio un pequeño folleto de la época en que se cometieron los asesinatos y que le envió el reverendo Verringer. Contiene las confesiones de Grace Marks y James McDermott y una versión resumida del juicio. En la primera página hay un retrato de Grace que fácilmente podría pasar por el de la heroína de una novela sentimental; debía de tener apenas dieciséis años por aquel entonces, pero la mujer representada aparenta por lo menos cinco años más. Sus hombros están cubiertos por una esclavina y el borde de una capota le rodea la cabeza cual si fuera una oscura aureola. La nariz es recta, la boca delicada y la expresión convencionalmente triste, la insípida actitud pensativa de una Magdalena de grandes ojos fijos en la lejanía.

A su lado, un grabado a juego de James McDermott luciendo el exagerado cuello de aquella época y con el cabello peinado hacia delante al estilo de Napoleón, como si con ello se quisiera acentuar el carácter tempestuoso de su temperamento. Frunce el ceño con una cavilosa expresión a lo Byron; el artista debía de admirarlo.

Debajo del doble retrato figura la leyenda en letra caligrafiada: «Grace Marks, alias Mary Whitney; James McDermott. Tal como comparecieron en el Palacio de Justicia. Acusados del asesinato del señor Thomas Kinnear y Nancy Montgomery.» El conjunto presenta un inquietante parecido con una participación de boda; o lo presentaría si no estuvieran los retratos.

Mientras se preparaba para su primera entrevista con Grace, Simon no había prestado la menor atención a este retrato. Ahora debe de ser muy distinta, pensó; más desaliñada y menos comedida; su expresión debe de ser más bien suplicante y lo más seguro es que esté loca. Un carcelero lo acompañó hasta la celda provisional y, tras advertirle que la muchacha era más fuerte de lo que parecía y era capaz de propinarle a un hombre un mordisco diabólico, le aconsejó que pidiera socorro en caso de que se volviera violenta, y lo encerró con ella.

En cuanto la vio, comprendió que no iba a ocurrir nada de todo eso. La luz matinal penetraba oblicuamente por un ventanuco de la parte superior de la pared, iluminando el rincón donde ella se encontraba. Era una imagen casi medieval por su pureza de líneas y su angulosa claridad: una monja en un claustro, una doncella en la mazmorra de una torre, esperando su muerte en la hoguera al día siguiente o la llegada en el último momento de un paladín que acudiera a rescatarla. La mujer acorralada con una túnica de penitente larga hasta el suelo que ocultaba unos pies seguramente descalzos; un jergón de paja, unos hombros temerosamente encorvados, unos brazos que rodean con fuerza el frágil cuerpo, unos largos mechones de cabello cobrizo asomando por debajo de lo que a primera vista parece una guirnalda de flores blancas y, por encima de todo, destacando en su pálido rostro, unos enormes ojos dilatados por el terror o por una muda expresión de súplica. Todo era tal como tenía que ser. En La Salpêtrière de París había visto a muchas histéricas con un aspecto muy parecido.

Se acercó a ella con rostro sereno y sonriente, ofreciéndole una imagen de benevolencia, una imagen auténtica, por cierto, porque Grace le inspiraba un sentimiento de verdadera benevolencia. Era importante convencer a tales pacientes de que uno, por lo menos, no creía que estuvieran locos, pues ellos jamás lo habían creído.

Sin embargo, cuando acto seguido Grace se adelantó y salió del haz luminoso, la mujer que él había visto hacía apenas unos instantes desapareció como por arte de ensalmo. En su lugar quedó una mujer distinta, más alta, erguida y segura de sí, vestida con el atuendo convencional de la cárcel, con una falda a rayas blancas y azules, debajo de la cual no asomaban unos pies descalzos sino unos zapatos normales. Incluso iba pulcramente peinada y sin ningún mechón suelto, pues buena parte de su cabello estaba remetido en una cofia blanca.

Cierto que sus ojos eran insólitamente grandes, pero distaban mucho de parecer los de una loca, porque lo estaban estudiando con toda franqueza. Era como si ella contemplara el sujeto de un experimento no explicado; como si el objeto de la observación fuera él y no ella.

Recordando la escena, Simon hace una mueca. Me estoy figurando cosas, piensa. Imaginación y fantasía. Tengo que limitarme exclusivamente a la observación, tengo que actuar con cautela. Un experimento es válido cuando obtiene resultados verificables. Debo evitar caer en el melodrama y dejarme llevar por ilusiones exaltadas.

Oye al otro lado de la puerta el rumor de unos pies que se arrastran por el suelo, seguido de un golpe. Vuelve la espalda y nota que el cuello se le esconde en la camisa como una tortuga en su caparazón.

—Adelante —dice, y oye que se abre la puerta.

—Aquí tiene la comida —brama Dora.

La bandeja se posa con una sacudida; ella sale y la puerta se cierra ruidosamente a su espalda. Simon ve una fugaz e inesperada imagen de la chica, atada por los tobillos en el escaparate de una carnicería, mechada con clavos de especia y rodeada por una corteza como un jamón en dulce. La asociación de ideas es verdaderamente extraordinaria, piensa, en cuanto uno empieza a observar su mecanismo en la propia mente. Dora - Cerdo - Jamón, por ejemplo. Para pasar del primer término al tercero, el segundo es esencial, aunque del primero al segundo y del segundo al tercero no haya una gran diferencia.

Tiene que tomar debida nota: «El paso intermedio es esencial.» A lo mejor, un loco es una persona en la que estas triquiñuelas asociativas del cerebro traspasan la línea que separa lo literal de lo meramente imaginario, tal como puede ocurrir por efecto de la fiebre y de ciertos fármacos, y durante estados de sonambulismo. Pero ¿cuál es el mecanismo? Forzosamente tiene que haber uno. ¿La clave estará en los nervios o en el cerebro propiamente dicho? Para que se produzca la locura, ¿qué es lo que ha de sufrir daños inicialmente y de qué forma?

El desayuno debe de estar enfriándose, si Dora no lo ha dejado enfriar antes a propósito. Se levanta con esfuerzo de la silla, despliega sus largas piernas, se despereza, bosteza y se dirige a la otra mesa, aquella en la que se encuentra la bandeja. Ayer el huevo era como una goma de borrar, se lo dijo a la patrona, la lánguida señora Humphrey, y ésta debió de reprender a Dora, pues hoy el huevo está tan poco cocido que casi no se ha solidificado y tiene un tinte azulado como el de un globo ocular.

Maldita mujer, piensa. Enfurruñada, estúpida y vengativa. Una mente que existe a un nivel subracional pero que, pese a ello, es astuta, escurridiza y evasiva. No hay manera de acorralarla. Es como un cerdo pringoso.

Un trozo de tostada cruje como la pizarra entre sus dientes. «Queridísima madre —piensa, ordenando sus pensamientos—. Aquí el tiempo es muy bueno; ya casi no hay nieve, se respira la primavera en el aire, el sol calienta el lago y los verdes y vigorosos brotes de...»

¿De qué? Él nunca ha sabido demasiado de flores.

8

Estoy sentada en el cuarto de costura situado en lo alto de la escalera que hay en casa de la esposa del alcaide, en la silla de costumbre junto a la mesa de costumbre con todas las cosas de coser en el costurero como de costumbre, menos las tijeras. Insisten en quitarlas de mi alcance, por lo que, si quiero cortar un hilo o recortar una costura, se las tengo que pedir al doctor Jordan y entonces éste se las saca del bolsillo del chaleco y se las vuelve a guardar allí cuando yo he terminado. Él dice que no cree necesaria toda esta comedia, pues me considera enteramente inofensiva y dueña de mí misma. Parece un hombre confiado.

Aunque a veces corto simplemente el hilo con los dientes.

El doctor Jordan les ha dicho que lo que él quiere es una atmósfera de calma y serenidad porque favorece sus propósitos cualesquiera que éstos sean, y por eso ha aconsejado que yo siga la misma rutina cotidiana en la medida de lo posible. Sigo durmiendo en la celda que me asignaron, visto las mismas prendas y tomo el mismo desayuno en silencio si a eso se le puede llamar silencio: cuarenta mujeres, casi todas ellas encerradas aquí por delitos tan leves como el robo y que mastican el pan con la boca abierta y sorben ruidosamente el té a fin de producir algún sonido, aunque no sea el del habla, mientras alguien lee en voz alta un edificante pasaje de la Biblia.

Entonces puedes entregarte a tus propias reflexiones,

pero si te ríes tienes que fingir que sufres un acceso de tos o te has atragantado; es mejor el atragantamiento porque te dan unas palmadas en la espalda, en cambio si toses llaman al médico. Un pedazo de pan, una jarra de té flojo, carne a la hora de cenar pero no mucha pues el exceso de alimentos demasiado fuertes estimula los órganos criminales del cerebro o eso dicen los médicos, y después los carceleros y los guardas nos lo repiten a nosotras. Siendo así, ¿por qué a ellos no se les estimulan más los órganos criminales, puesto que comen toda la carne, la gallina, el tocino, los huevos y el queso que pueden? Por eso están tan gordos. Creo que a veces se comen lo que nos corresponde a nosotras, cosa que no me sorprendería porque aquí el perro se come al perro y ellos son los perros más grandes.

Después del desayuno, dos de los carceleros, que por cierto suelen gastar bromas cuando no los oyen las autoridades superiores, me acompañan como de costumbre a la mansión del alcaide. Bueno, Grace, dice uno, veo que tienes otro novio, nada menos que un médico, ¿ya se ha arrodillado delante de ti o has sido tú la que le has facilitado las cosas?; como no se ande con cuidado, lo vas a tumbar de espaldas. Sí, dice el otro, de espaldas en el sótano, descalzo y con el corazón traspasado por una bala. Después se ríen; les parece muy gracioso.

Procuro imaginar lo que diría Mary Whitney y a veces consigo decirlo. Si de veras pensarais eso de mí, más os valdría callaros la cochina boca, les digo, si no queréis que una noche oscura os arranque la lengua con la raíz y todo; no necesitaré para nada un cuchillo, la morderé con los dientes y tiraré con fuerza, y no sólo eso sino que además os agradecería que tuvierais las manos quietas.

No sabes aguantar una broma, yo que tú estaría contenta, dice uno, somos los únicos hombres que te pondrán las manos encima en toda tu vida; estás encerrada aquí como una monja, vamos, confiesa que te apetecería darte un revolcón, bien te gustaba hacerlo con el muy guarro de James McDermott antes de que le estiraran el maldito cuello, al muy asesino. Vaya con Grace, dice el otro, tan orgullosa como una doncella sin mancha, nadie te ha puesto las piernas encima, eres tan pura como un ángel; y una mierda, como si nunca hubieras visto el dormitorio de un hombre en la taberna de Lewiston; bien lo sabemos, te estabas poniendo el corsé y las medias cuando te echaron el guante, pero me alegro de ver que todavía te queda un poco de fuego infernal, aún no han terminado contigo. Me gusta que la mujer sea levantisca y tenga un poco de ardor alcohólico, dice uno. O una botella entera, añade el otro, la ginebra conduce al pecado, gracias a Dios, no hay nada como un poco de combustible para avivar las llamas. Cuanto más borracho mejor, bromea uno, y si pillas un buen tablón mejor todavía, porque entonces no te enteras de lo que dicen, no hay nada peor que una puta que berrea. Tú metías mucho ruido, Grace, suelta el otro. Chillabas y gemías, te retorcías debajo de aquella rata morena; lo dice mirándome para ver mi reacción. A veces les advierto que no les tolero semejante lenguaje y entonces se parten de risa, pero generalmente no digo nada. Y así pasamos el rato, cruzamos la verja del penal, quién va, ah, sólo eres tú, buenos días, Grace, menudo par de jóvenes llevas atados a las cintas de tu delantal. Un guiño y una inclinación de la cabeza y salimos a la calle, donde cada uno de ellos me sujeta fuertemente por un brazo; no tendrían por qué hacerlo pero les gusta; se apoyan cada vez más en mí hasta que al final me estrujan mientras pisamos el barro y los charcos, rodeamos montones de excrementos de caballo, pasamos por delante de los árboles floridos en los patios vallados de las casas; sus espiguillas y sus flores parecen unas pálidas orugas colgantes de color verde amarillo y los perros ladran a los coches y a los carros que pasan salpicando agua de la calle, y la gente mira porque se ve de dónde venimos, se adivina por mi ropa, hasta que subimos por el largo camino bordeado de hierba y rodeamos la casa para entrar por la puerta de servicio. Aquí ella está segura, intentó escaparse, ¿verdad, Grace?, intentó darnos esquinazo, es muy taimada a pesar de estos ojos azules tan grandes que tiene; bueno, pues que tengas mejor suerte la próxima vez, muchacha, deberías haberte levantado un poco más las enaguas y enseñar un par de tacones limpios y de paso un poco de tobillo, dice uno. Oh, no, deberías habértelas levantado todavía más, protesta el otro, deberías habértelas levantado hasta el cuello, deberías haberte largado como un barco a toda vela con el trasero al aire; tus deslumbradores encantos nos hubieran dejado atontados, tan atontaditos como los corderos cuando les sueltan un golpe en la cabeza en el matadero, hubiera sido como si nos alcanzara un rayo, habrías podido escaparte sin ningún esfuerzo. Se miran sonriendo y después se ríen; se las estaban dando de graciosos. Se han pasado todo el rato hablando entre ellos y no conmigo.

Son personas de clase inferior.

No puedo recorrer libremente la casa como antes. La esposa del alcaide todavía me tiene miedo; tiene miedo de que me dé otro ataque y no quiere que se le rompan sus mejores tazas de té; cualquiera diría que jamás ha oído gritar a nadie. Así que estos días no quito el polvo ni llevo la bandeja del té ni vacío los orinales ni hago las camas. En lugar de eso me han puesto a trabajar en la cocina de la parte de atrás de la casa, donde friego las ollas y las cazuelas en la trascocina o trabajo en el lavadero con la colada. No me importa demasiado, ya que siempre me ha gustado hacer la colada, es un trabajo muy duro y te estropea las manos, pero me gusta el olor a limpio que queda después.

Ayudo a la lavandera de la casa, la vieja Clarrie, que es medio negra y era esclava en otros tiempos, antes de que aquí abolieran la esclavitud. No me tiene miedo, no le importa estar conmigo ni lo que yo haya hecho, aunque haya matado a un caballero; asiente con la cabeza como diciendo: uno menos. Dice que trabajo muy bien, que cumplo con mi obligación y no malgasto el jabón y sé cómo se trata la ropa de cama, que tengo buena mano para eso y que también sé quitar las manchas, incluso las del encaje de blonda que no se van fácilmente; y que también sé almidonar la ropa y no la quemo con la plancha, y eso le basta.

Al mediodía vamos a la cocina y la cocinera nos da las sobras de la despensa; en el peor de los casos un poco de pan con queso y caldo de carne pero generalmente algo más, pues le tiene simpatía a Clarrie y sabe que tiene mal genio cuando se enfada y la esposa del alcaide le tiene mucho aprecio, sobre todo por lo bien que cuida los encajes y los volantes, y dice que es un tesoro sin igual y lamentaría perderla y por eso no le escatima nada y, como yo estoy con ella, tampoco me lo escatima a mí.

La comida es mejor que la que me dan dentro de los muros de la cárcel. Ayer nos dieron los huesos del pollo con todo lo que hay sobre ellos. Nos sentamos alrededor de la mesa como dos raposas en un gallinero, royendo los huesos. Arriba arman un alboroto por las tijeras y, sin embargo, toda la cocina está tan erizada de cuchillos y broquetas como un puerco espín; me podría guardar uno en el bolsillo del delantal en menos de lo que canta un gallo, pero eso ni se les ocurre pensarlo. Ojos que no ven corazón que no siente es su lema y para ellos estar aquí abajo es lo mismo que estar bajo tierra y no saben que los criados se llevan con una cuchara por la puerta de atrás mucho más de lo que trae el amo con una pala por la puerta principal; el truco consiste en hacerlo poquito a poco. Un cuchillito nunca se echa en falta y el mejor sitio donde esconderlo sería entre mi cabello bajo la cofia, pero muy bien prendido, pues menuda sorpresa si se me cayera en el momento inadecuado.

Cortamos la osamenta del pollo con uno de los cuchillos y Clarrie se comió las dos ostras pequeñitas que hay en la parte de abajo, cerca del estómago, podríamos decir; le gusta comérselas si las hay y, como es la mayor, elige primero. Apenas hablamos pero nos miramos sonriendo porque el pollo estaba muy bueno. Yo me comí la grasa de la parte de atrás y la piel, chupé los huesos de las pechugas y después me lamí los dedos como un gato; y cuando terminamos, Clarrie dio unas rápidas caladas a su pipa en el peldaño de la puerta y volvimos al trabajo. La señorita Lydia y la señorita Marianne ensucian mucha ropa, aunque buena parte de ella no está lo que yo llamaría sucia; creo que se prueban cosas por la mañana y cambian de idea, se las quitan y las dejan tiradas de cualquier manera en el suelo, las pisan y entonces tienen que enviarlas al lavadero.

Cuando transcurren las horas y el sol del reloj del primer piso se ha desplazado a la mitad de la tarde, el doctor Jordan llama a la puerta principal. Yo oigo la llamada, el sonido de la campanilla y el rumor de las pisadas de la doncella y entonces me acompañan al piso alto por la escalera de la parte de atrás; tengo las manos tan blancas como la nieve gracias al jabón de la colada, y los dedos tan arrugados por el agua caliente como el cuerpo de uno que se acaba de ahogar, pero ásperos y enrojecidos al mismo tiempo. Y entonces empieza la hora de la costura.

El doctor Jordan se sienta en una silla delante de mí; tiene un cuaderno de apuntes que deposita sobre la mesa. Siempre me trae algo; el primer día fue una especie de flor seca de color azul, el segundo una pera de invierno, el tercero una cebolla, nunca sabes lo que va a traer, aunque se inclina por la fruta y las hortalizas. Al principio de cada conversación me pregunta qué pienso de la cosa que ha traído y yo le digo algo para que esté contento y él lo anota. La puerta tiene que estar abierta en todo momento porque no puede haber ni una sola sospecha o incorrección detrás de una puerta cerrada; qué gracia si supieran lo que ocurre cada día durante mi trayecto hasta aquí. La señorita Lydia y la señorita Marianne pasan por delante de la puerta al subir y miran hacia el interior; quieren ver al doctor, son tan curiosas como pájaros. Oh, creo que me he dejado el dedal aquí dentro. Buenos días, Grace, espero que ya vuelvas a ser la misma de siempre. Discúlpenos, por favor, doctor Jordan, no queríamos molestarlo. Le dedican unas radiantes sonrisas. Se ha corrido la voz de que está soltero y tiene dinero, aunque yo no creo que ninguna de ellas se conformara con un médico yanqui si pudiera conseguir otro marido mejor. Sin embargo, les gusta practicar sus encantos y sus atractivos con él. Pero después de haberles sonreído con la boca torcida, él frunce el ceño. No les presta mucha atención, no son más que unas chicas tontas y no son la razón de su presencia aquí. La razón soy yo. Por eso no le gusta que interrumpan nuestra conversación.

Durante los dos primeros días no hubo mucha conversación que interrumpir. Mantuve la cabeza gacha y no le miré mientras trabajaba en los cuadros del *quilt*; sólo me faltan cinco cuadros para terminar el *quilt* que estoy haciendo a la esposa del alcaide. Observaba cómo entraba y salía la aguja, a pesar de que podría coser dormida; llevo haciéndolo desde los cuatro años, con unas puntaditas menudas como hechas por ratones. Hay que empezar desde pequeña, de otro modo jamás le coges el tranquillo. Los principales colores del estampado son un rosa oscuro para una rama y un rosa más claro para una flor, y un fondo añil con palomas blancas y racimos de uva.

En otras ocasiones miraba por encima de la cabeza del doctor Jordan hacia la pared que había a su espalda. En ella cuelga un cuadro enmarcado, con flores en un jarrón y fruta en un cuenco, hecho a punto de cruz por la esposa del alcaide, bastante mal por cierto, pues las manzanas y los melocotones parecen duros y cuadrados como si se hubieran labrado en madera. No es uno de sus mejores trabajos, por eso debe de haberlo colgado aquí y no en un dormitorio de invitados. Yo lo hubiera hecho mejor con los ojos cerrados.

Me fue difícil soltarme. Llevaba quince años sin apenas hablar, quiero decir sin hablar como antes hablaba con Mary Whitney y Jeremiah el buhonero y también con Jamie Walsh antes de que fuera tan traidor conmigo; y casi había olvidado cómo se hacía. Le dije al doctor Jordan que no sabía qué quería que le dijera. Me contestó que no se trataba de lo que él quería que yo dijera sino de lo que yo deseara decirle, eso era lo que le interesaba. Le dije que yo no tenía ningún deseo de este tipo, pues no me correspondía a mí desear decir nada.

Vamos, Grace, me dijo, tienes que esforzarte en hacerlo mejor, tú y yo hicimos un trato.

Sí señor, respondí yo. Pero no se me ocurre nada.

Pues entonces vamos a hablar del tiempo, dijo; seguramente tendrás algún comentario que hacer, ya que así es como suele empezar todo el mundo.

Me hizo gracia esa explicación, pero no borró mi timidez. No estaba acostumbrada a que me preguntaran mi opinión, ni siquiera sobre el tiempo, y tanto menos que lo hiciera un hombre con un cuaderno de apuntes en la mano. Los únicos hombres de esa clase que yo había conocido eran el señor Kenneth MacKenzie, el abogado, y me daba miedo; y los que había en la sala de justicia durante el juicio y en la cárcel; y los que eran de los periódicos y contaban mentiras sobre mí.

Como al principio yo no podía hablar, habló el doctor Jordan. Me dijo que ahora estaban construyendo ferrocarriles por todas partes y me explicó cómo tendían las vías y cómo funcionaban las locomotoras con la caldera y el vapor. Eso me tranquilizó un poco y entonces apunté que me gustaría viajar en un ferrocarril y él me dijo que quizás algún día lo podría hacer. Le contesté que no lo creía, ya que estaba condenada a quedarme encerrada aquí toda la vida, pero nunca se sabe lo que el tiempo te tiene reservado. Después me habló de la ciudad donde vive, que se llama Loomisville, en los Estados Unidos de Norteamérica, y dijo que era una ciudad industrial, aunque no tan próspera como antes de que llegara el tejido barato de la India. Dijo que su padre había sido dueño de una fábrica y que las chicas que trabajaban en ella venían del campo y las mantenían muy aseadas y vivían en casas de huéspedes que ellos mismos les proporcionaban, con unas patronas serias y respetables; y no estaban permitidas las bebidas alcohólicas y a veces alguien tocaba el piano del salón y sólo trabajaban doce horas al día y los domigos por la mañana los tenían libres para ir a la iglesia. Por la húmeda y nostálgica mirada de sus ojos no me hubiera extrañado que alguna vez hubiera tenido una novia entre ellas.

Después me dijo que a las chicas se las enseñaba a leer y tenían su propia revista con ofertas literarias. Yo le pregunté qué quería decir con eso de las ofertas literarias y él me contestó que las chicas escribían cuentos y poemas que se publicaban en la revista, y yo le pregunté: ¿firmados por ellas? Me contestó que sí, y yo comenté que era un atrevimiento y pregunté si con eso no asustaban a los chicos, pues ¿quién hubiera querido una esposa así, que escribía cosas que todo el mundo leía y encima se las inventaba?; yo nunca hubiera sido tan descarada. Él sonrió y dijo que no parecía que los chicos se molestaran por eso, porque las chicas ahorraban sus salarios para las dotes y una dote siempre era bien recibida. Y yo dije que por lo menos cuando se casaran estarían demasiado ocupadas para inventarse cuentos con la cantidad de hijos que tendrían.

Después me puse muy triste, ya que recordé que ahora yo jamás me casaría ni podría tener hijos, aunque eso tampoco era tan malo bien mirado, puesto que no me gustaría tener nueve o diez hijos y morirme por eso, tal como les ocurre a muchas. Pero aun así es una pena.

Cuando te pones triste es mejor cambiar de tema. Le pregunté si su madre vivía y me dijo que sí, aunque no andaba muy bien de salud; yo comenté que tenía suerte de que viviera su madre, porque la mía había muerto. Y entonces volví a cambiar de tema y dije que me gustaban mucho los caballos y él me habló del caballo *Bess* que tenía cuando era pequeño. Y al cabo de un rato, no sé cómo fue, pero poco a poco descubrí que podía hablar con él más fácilmente y se me ocurrían cosas que decir.

Y así seguimos. Él me hace una pregunta, yo le doy una respuesta y él la anota. En la sala de justicia, todas las palabras que salían de mi boca quedaban como grabadas a fuego en el papel en el que escribían, y en cuanto decía una cosa, sabía que nunca podría retirar las palabras; sólo que las palabras eran equivocadas, pues cualquier cosa que dijera la retorcían, aunque fuera la pura verdad. Lo mismo ocurría con el doctor Bannerling en el manicomio. Pero ahora me parece que todo lo que digo está bien. Con tal de que diga algo, lo que sea, el doctor Jordan sonríe y lo anota, y me dice que lo estoy haciendo muy bien.

Mientras escribe, es como si me estuviera dibujando; o más bien como si estuviera dibujando sobre mí —sobre mi piel—, no con el lápiz que utiliza sino con una anticuada pluma de oca, y no con el extremo del cañón sino con el de la pluma. Como si cientos de mariposas se posaran sobre mi cara y abrieran y cerraran suavemente las alas.

Pero por debajo siento otra cosa, una sensación de estar completamente despierta y vigilante. Es como despertarte de repente en mitad de la noche sintiendo una mano sobre la cara e incorporarte con el corazón desbocado y ver que no hay nadie. Y por debajo de eso se percibe otra sensación, la sensación de que te desgarran para abrirte; no como un cuerpo de carne, no duele tanto como eso, sino como un melocotón; y ni siquiera un melocotón desgarrado, sino un melocotón demasiado maduro que se hubiera abierto espontáneamente.

Y dentro del melocotón hay una piedra.

9

Del doctor Samuel Bannerling, The Maples, Front Street,
Toronto, Canadá Occidental; al doctor Simon Jordan,
en casa de la señora Jordan, Laburnum House,
Loomisville, Massachusetts, Estados Unidos de Norteamérica.
Remitida al mayor C. D. Humphrey,
Lower Union Street, Kingston, Canadá Occidental.

20 de abril de 1859

Estimado doctor Jordan:

He recibido su petición del 2 de abril al doctor Workman referente a la reclusa Grace Marks y una nota suya rogándome que le facilite cualquier otra información que obre en mi poder.

Debo señalar ya de entrada que el doctor Workman y yo no siempre hemos estado de acuerdo. A mi juicio —y yo he dirigido el manicomio más años de los que él lleva en el puesto— su política indulgente lo ha llevado a lanzarse por el camino de una empresa descabellada consistente en querer vestir a las monas de seda. Casi todos los que padecen graves trastornos nerviosos y cerebrales no se pueden curar sino tan sólo controlar; y, a tal fin, las restricciones y correcciones físicas, una dieta limitada y las sangrías y la aplicación de ventosas para reducir el exceso de humores animales siempre se han revelado muy eficaces en el pasado. Aunque el doctor Workman afirma haber obtenido resultados positivos en varios casos previamente considerados desesperados, estoy seguro de que el tiempo demostrará que estas supuestas curas han sido superficiales y transitorias. La mancha de la locura se lleva en la sangre y no se puede quitar con un poquito de jabón suave y un trapo de franela.

El doctor Workman solamente tuvo ocasión de examinar a Grace Marks durante unas cuantas semanas, mientras que yo me ocupé de ella durante más de un año, por cuyo motivo sus opiniones acerca del tema de su carácter no deben de tener demasiado valor. No obstante, hizo gala de la suficiente perspicacia como para descubrir un hecho muy importante, el de que la locura de Grace Marks era simulada, una opinión a la que yo llegué antes que él, por más que las autoridades de aquel entonces se negaran a obrar en consecuencia. Mi constante observación de su persona y de sus fingidas payasadas me llevaron a la conclusión de que, en realidad, no estaba loca tal como pretendía estar, sino que trataba de engañarme como a un niño con estudiado descaro. Hablando claro, su demencia era un engaño y una impostura que ella había adoptado para poder darse el gusto de que la mimaran, por cuanto el severo régimen del penal en el que había sido recluida como justo castigo de sus atroces delitos no era de su agrado.

Es una consumada actriz y una embustera de tomo y lomo. Cuando estaba entre nosotros, se divertía entregándose a toda una serie de supuestos ataques, alucinaciones, travesuras, parloteos y cosas por el estilo, y en su representación sólo faltaban unas flores silvestres entretejidas en su cabello al modo de Ofelia; sin embargo, se las arregló muy bien sin ellas, ya que consiguió engañar no sólo a la buena de la señora Moodie que, como muchas idealistas damas de su clase, tiende a tragarse cualquier bobada teatral que le suelten, siempre y cuando sea lo bastante patética, y cuyo inexacto e histérico relato acerca de este triste asunto habrá usted tenido indudablemente ocasión de leer, sino también a varios de mis colegas, siendo esto último una clara demostración de la regla empírica según la cual cuando una bella mujer entra por la puerta la sensatez huye por la ventana.

Si, pese a ello, decidiera usted examinar a Grace Marks en su actual lugar de residencia, le ruego encarecidamente no olvide estas advertencias. Muchas cabezas más viejas y prudentes que la suya han caído en las redes de su trampa y haría bien en taparse los oídos con cera tal como Ulises obligó a hacer a sus marineros para evitar el hechizo de las sirenas. Está tan desprovista de moralidad como de escrúpulos y utilizará cualquier instrumento que tenga a mano.

Quiero prevenirle también contra la posibilidad de que, tras haberse interesado por su caso, sea acosado por todo un enjambre de bienintencionadas pero pusilánimes personas de ambos sexos y también por clérigos que han asumido la tarea de defenderla. Importunan al Gobierno con peticiones de puesta en libertad e intentarán, en nombre de la caridad, sorprenderlo en su buena fe y reclutarlo para sus fines. Varias veces me he visto obligado a expulsarlos de mi puerta, explicándoles que Grace Marks ha sido encarcelada por un motivo muy justificado, a saber, los depravados actos que ha cometido, inspirados por su índole degenerada y su malsana imaginación. Dejarla suelta entre personas confiadas sería la mayor de las irresponsabilidades, porque eso le proporcionaría la ocasión de satisfacer sus sanguinarias aficiones.

Confío en que, si decide ahondar en esta cuestión, llegue a las mismas conclusiones a las que yo he llegado.

Su humilde servidor,

DR. SAMUEL BANNERLING

10

Esta mañana Simon tiene que reunirse con el reverendo Verringer. No le apetece demasiado. El hombre ha estudiado en Inglaterra y seguramente se dará muchos humos. No hay peor necio que un necio instruido y Simon tendrá que echar mano de sus credenciales europeas, exhibir su erudición y justificarse. La entrevista le hará pasar un mal rato y él experimentará la tentación de arrastrar las palabras y decir «considero» y comportarse siguiendo el modelo de la versión colonial británica del envarado y quisquilloso yanqui de Connecticut, sólo para fastidiar. Sin embargo, tiene que contenerse, pues de su buena conducta dependen muchas cosas. Olvida constantemente que ya no es rico y, por consiguiente, tampoco es enteramente libre.

Permanece de pie delante del espejo, tratando de anudarse el corbatín. Odia los pañuelos y los corbatines y quisiera mandarlos al diablo; también le desagradan los pantalones y todas las correctas y rígidas prendas de vestir en general. ¿Por qué razón el hombre civilizado cree necesario torturar su cuerpo, embutiéndolo en la camisa de fuerza del traje masculino? Puede que sea una mortificación de la carne semejante a la de un cilicio. Los hombres tendrían que nacer con unos trajecitos de lana que fueran creciendo con ellos a lo largo de los años para, de esta manera, evitar todo el cuento de los sastres con sus interminables zangoloteos y esnobismos.

Menos mal que no es una mujer y, por consiguiente,

no está obligado a llevar corsé y a deformarse el cuerpo ciñéndoselo con apretadas cintas. La extendida opinión según la cual las mujeres tienen por naturaleza una columna vertebral muy débil y tan blanda como la gelatina, por lo que se desplomarían al suelo como queso fundido si no se las afianzara con cordones, no le inspira más que desprecio. Cuando estudiaba medicina tuvo ocasión de disecar a muchas mujeres —de la clase obrera, naturalmente—, y descubrió que tanto su columna vertebral como su musculatura no eran en general más débiles que las de los hombres, aunque muchas padecían raquitismo.

Ha conseguido con gran esfuerzo que su corbatín ofrezca el aspecto de un lazo. Un poco torcido, eso sí, pero es todo lo que puede hacer; ya no puede permitirse el lujo de tener un ayuda de cámara. Se alisa el rebelde cabello, mas éste se le vuelve a levantar inmediatamente. Después toma el abrigo y, tras pensárselo mejor, también el paraguas. Un pálido sol se está abriendo camino a través de la ventana, sin embargo sería esperar demasiado que no lloviera. Kingston en primavera es un lugar muy húmedo.

Baja la escalera con sigilo, aunque no con el suficiente: su patrona ha adquirido la costumbre de asaltarlo por cualquier nimiedad y ahora sale del salón deslizándose con su descolorido vestido de seda negra y su cuello de encaje mientras sostiene en su delicada mano su consabido pañuelo como si estuviera a punto de echarse a llorar. Está claro que había sido una belleza no mucho tiempo atrás, y que lo seguiría siendo si se tomara la molestia de intentarlo y si la crencha que parte su rubio cabello no fuera tan severa. Su rostro tiene forma de corazón, su piel es tan blanca como la leche, los ojos son grandes e irresistibles, pero, aunque su talle es muy fino, tiene un no sé qué de metálico, como si utilizara un trozo de tubería de estufa en lugar de corsé. Hoy muestra su habitual expresión de tensa ansiedad; huele a violetas y también a alcanfor —debe de ser propensa a las jaquecas—, y a otra cosa que él no consigue identificar. Un aroma cálido y seco. ¿Estaría planchando una sábana blanca de hilo?

Por regla general, Simon evita el tipo de fémina lánguida y mansamente turbada, a pesar de que los médicos suelen atraer a semejantes mujeres como imanes. Pese a ello, su patrona crea una atmósfera de severa y discreta elegancia —como la de una casa de reuniones cuáquera— que también tiene su encanto; un encanto que para él es de carácter puramente estético. No se hace el amor a un insignificante edificio religioso.

—Doctor Jordan —le dice—. Quería preguntarle... —Vacila. Simon sonríe, invitándola a seguir adelante—. El huevo de esta mañana... ¿era de su agrado? Esta vez lo he cocido yo misma.

Simon miente. No hacerlo sería una imperdonable grosería.

—Delicioso, gracias —responde.

En realidad, el huevo tenía la consistencia de un tumor extirpado que un compañero suyo de medicina le introdujo una vez en el bolsillo para gastarle una broma, duro y esponjoso a la vez. Hace falta una mentalidad perversa para maltratar de tal manera a un huevo.

—Me alegro mucho —dice ella—. Es tan difícil encontrar buen servicio. ¿Va usted a salir?

El hecho es tan evidente que Simon se limita a inclinar la cabeza.

—Hay otra carta para usted —anuncia ella—. La criada la extravió, pero yo la he vuelto a encontrar.

Lo dice con voz trémula, como si cualquier carta para Simon tuviera que encerrar un contenido trágico. Tiene unos labios carnosos pero frágiles, como una rosa a punto de deshojarse.

Simon le da las gracias, le dice adiós, toma la carta —es de su madre— y se va. No quiere estimular las largas conversaciones con la señora Humphrey. Está sola —y es muy natural que así sea, estando casada con el borrachín y descarriado mayor— y la soledad en una mujer es como el hambre en un perro. Simon no desea ser el destinatario de dolorosas confidencias vespertinas en el salón, detrás de las cortinas corridas.

Sin embargo, esta mujer es un objeto de estudio interesante. La opinión que tiene de sí misma, por ejemplo, es mucho más exaltada de lo que sus actuales circunstancias justifican. En su infancia seguramente tuvo una institutriz: la posición de sus hombros lo revela. Durante las negociaciones para el alquiler de las habitaciones se mostró tan severa y exigente que a él le dio vergüenza preguntarle si en el precio se incluía el lavado de la ropa. Su actitud daba a entender que no tenía por costumbre discutir con los hombres la cuestión de los efectos personales, pues aquellos penosos asuntos eran cosa de la servidumbre.

Dejó bien claro, aunque de forma indirecta, que se había visto obligada a alquilar habitaciones totalmente en contra de su voluntad. Era la primera vez que lo hacía; la causa era un contratiempo que sin duda sería transitorio. Además, ella era muy maniática, «Un caballero de costumbres morigeradas dispuesto a comer fuera», rezaba el anuncio. Cuando, tras echar un vistazo a las habitaciones, Simon declaró que se quedaba con ellas, la mujer dudó un poco y después pidió dos meses de alquiler por adelantado.

Simon había visto otras habitaciones que eran o demasiado caras para él o mucho más sucias, así que aceptó. Llevaba el dinero en el bolsillo. Observó con interés la mezcla de desgana y avidez que ella puso de manifiesto y el nervioso arrebol que aquel conflicto provocó en sus mejillas. El tema le resultaba desagradable a la señora, casi indecente; no le gustaba tocar el dinero y hubiera preferido que él se lo entregara en un sobre, pero tuvo que hacer un esfuerzo para no arrebatárselo de las manos.

Era más o menos la misma actitud —la timidez acerca del intercambio económico, la simulación de que éste no había tenido lugar, la avidez subyacente— que caracterizaba a la clase más refinada de prostitutas francesas, aunque las prostitutas no eran tan torpes. Simon no cree ser un experto en la materia, pero no habría hecho honor a su vocación si se hubiera negado a aprovechar las oportunidades que Europa ofrecía, unas oportunidades que en Nueva Inglaterra ni eran tan variadas ni estaban tan alcance de la mano. Para sanar a la humanidad hay que conocerla y es imposible conocerla desde lejos; hay que codearse con ella, por así decirlo. Considera un deber de su profesión indagar en los más profundos abismos de la vida y, aunque todavía no ha explorado muchos de ellos, por lo menos ya ha empezado a hacerlo. Como es natural, en París tomó todas las debidas precauciones contra la enfermedad.

Al salir de la casa se tropieza con el mayor, que lo mira fijamente como a través de una espesa niebla. Tiene los ojos enrojecidos, lleva el corbatín torcido y ha perdido un guante. Simon trata de adivinar en qué suerte de francachela ha participado y cuál ha sido la duración de la misma. Uno debe de sentirse en cierto modo más libre cuando no tiene un buen nombre que perder. Inclina la cabeza y se quita el sombrero. El mayor parece ofendido.

Simon se dispone a dirigirse a pie a casa del reverendo Verringer en Sydenham Street. No ha alquilado un coche y ni siquiera un caballo; el gasto no estaría justificado, pues Kingston no es una localidad muy grande. Las calles están llenas de barro y de excrementos equinos, pero él calza unas buenas botas.

Una anciana cuya cara parece una tabla de madera de pino le abre la puerta de la impresionante rectoría. El reverendo Verringer no está casado y necesita un ama de llaves de aspecto irreprochable. Ésta acompaña a Simon a una biblioteca. La estancia es de una perfección tan rebuscada que Simon experimenta el impulso de prenderle fuego.

El reverendo Verringer se levanta de un sillón orejero tapizado en cuero y le tiende la mano.

Aunque su cabello y su piel son finos y pálidos en extremo, el apretón de manos es de una firmeza sorprendente y, a pesar de que tiene la boca lamentablemente pequeña y fruncida —como la de un renacuajo, piensa Simon—, su nariz aguileña denota un carácter fuerte. La frente despejada es signo de inteligencia, y los ojos algo saltones son brillantes y perspicaces. No tendrá más allá de treinta y cinco años; debe de estar muy bien relacionado, piensa Simon, para haber subido con tanta rapidez en el escalafón metodista y haber adquirido una feligresía tan acaudalada.

A juzgar por los libros que hay allí, debe de poseer fortuna personal. El padre de Simon tenía libros como aquéllos.

—Me alegro de que haya podido venir, doctor Jordan —dice el reverendo; su voz es menos afectada de lo que Simon temía—. Le agradezco que haya atendido nuestra petición. Su tiempo debe de ser muy valioso.

Se sientan y aparece el café servido por el ama de llaves de cara adusta en una bandeja de diseño sencillo, pero de plata. Una bandeja metodista: nada ostentosa, aunque discretamente consciente de su propio valor.

—Es una cuestión de gran interés profesional para mí —dice Simon—. Un caso con tantas facetas intrigantes no es muy habitual.

Habla como si hubiera tratado personalmente cientos de casos. Tiene que parecer interesado pero no demasiado, como si el favor lo hiciera él. Espera no haberse ruborizado.

—Un informe suyo sería de suma utilidad para nuestro comité —señala el reverendo Verringer— en caso de que dicho informe respaldara la teoría de la inocencia. Lo incluiríamos en nuestra petición; hoy en día las autoridades gubernamentales se muestran más inclinadas a tener en cuenta la opinión de los expertos. Como es natural —añade con una astuta mirada—, se le pagará la suma acordada cualesquiera que sean sus conclusiones.

—Lo comprendo muy bien —dice Simon esbozando lo que espera que sea una amable sonrisa—. Tengo entendido que estudió usted en Inglaterra, ¿verdad?

—Inicié la búsqueda de mi vocación como miembro de la Iglesia oficial —responde el reverendo Verringer—, pero después sufrí una crisis de conciencia. Estoy seguro de que la gracia y la palabra de Dios también están al alcance de los que no pertenecen a la Iglesia Anglicana y a través de medios más directos que el de la liturgia.

—Yo también lo creo —conviene cortésmente Simon.

—El eminente reverendo Egerton Ryerson de Toronto siguió aproximadamente el mismo camino. Es el dirigente de una cruzada en favor de la enseñanza gratuita y la prohibición de las bebidas alcohólicas. Habrá usted oído hablar de él, naturalmente.

Simon no ha oído hablar de él; emite un sonido ambiguo, confiando en que pueda pasar por una afirmación.

—¿Y usted es...?

Simon esquiva la pregunta.

—La familia de mi padre era cuáquera —dice—. Lo fue durante muchos años. Mi madre es unitaria.

—Ah, sí —dice el reverendo Verringer—. Claro, todo es muy distinto en los Estados Unidos. —Se produce una pausa mientras ambos reflexionan sobre esta cuestión—. Pero ¿usted cree en la inmortalidad del alma?

Es la pregunta capciosa, la trampa que podría acabar con sus posibilidades.

—Ah, sí, claro —contesta Simon—. De eso no cabe la menor duda.

Verringer parece tranquilizarse.

—Muchos científicos manifiestan sus dudas. Dejemos

el cuerpo a los médicos, digo yo, y el alma a Dios. Hay que dar al César lo que es del César, por así decirlo.

—Claro, claro.

—El doctor Binswanger nos habló muy bien de usted. Tuve el placer de reunirme con él durante mi viaje a Europa (me interesa mucho Suiza por razones históricas) y estuvimos conversando sobre su trabajo; es natural que yo consultara con él al buscar a un experto a este lado del Atlántico. Un experto... —titubea— que estuviera al alcance de nuestras posibilidades. Dijo que tenía usted unos conocimientos muy profundos acerca de las enfermedades cerebrales y las dolencias nerviosas y que, en lo tocante a la amnesia, llevaba usted camino de convertirse en la máxima autoridad. Afirma que es usted uno de los hombres más prometedores.

—Fue muy amable de su parte —musita Simon—. Es un terreno desconcertante. Pero he publicado dos o tres pequeños trabajos.

—Esperemos que, al término de sus investigaciones, pueda aumentar su número y arrojar luz sobre una enigmática oscuridad, cosa que estoy seguro le valdrá el reconocimiento de la sociedad. Sobre todo, tratándose de un caso tan famoso.

Simon observa que, a pesar de su boca de renacuajo, el reverendo Verringer no tiene un pelo de tonto. Está claro que goza de un olfato muy fino para captar las ambiciones de los demás hombres. ¿Y si su paso de la Iglesia Anglicana a la Metodista hubiera coincidido con la caída de la estrella política de la primera en este país y el ascenso de la segunda?

—¿Ha leído los informes que le he enviado?

Simon asiente con la cabeza.

—Comprendo su dilema —dice—. Uno no sabe qué creer. Por lo visto, Grace contó una versión durante la investigación, otra en el juicio y, tras la conmutación de su pena de muerte, una tercera. Sin embargo, en las tres negó haber puesto un solo dedo sobre Nancy Montgomery. Pero, unos años después, tenemos el relato de la señora Moodie en el que Grace confiesa prácticamente haber cometido el delito; y el relato concuerda con las palabras de James McDermott en la hora de su muerte, justo antes de ser ahorcado. Sin embargo, desde su regreso del manicomio, dice usted que lo niega.

El reverendo Verringer toma un sorbo de café.

—Niega el «recuerdo» de lo ocurrido —puntualiza.

—Ah, sí, el recuerdo —concede Simon—. Una distinción muy atinada.

—Es muy probable que otros la convencieran de que hizo algo de lo que es inocente —prosigue el reverendo Verringer—. Ha ocurrido otras veces. La llamada confesión del penal, de la que la señora Moodie nos ha ofrecido una descripción tan gráfica, tuvo lugar al cabo de varios años de permanencia en la cárcel, en el transcurso del prolongado mandato del alcaide Smith. El hombre era notoriamente corrupto y absolutamente inepto para el cargo. Lo acusaron de conducta escandalosa y brutal. A su hijo, por ejemplo, se le permitía practicar el tiro al blanco con los reclusos y en cierta ocasión le sacó un ojo a uno. Se habló también de que abusaba de las reclusas de la manera que ya se puede usted imaginar, y mucho me temo que sea cierto. Como consecuencia de ello, se llevó a cabo una investigación exhaustiva. Yo atribuyo el intervalo de locura de Grace Marks a los malos tratos a que él la sometió.

—Algunos niegan que estuviera loca —apunta Simon.

El reverendo Verringer esboza una sonrisa.

—Supongo que se lo ha dicho el doctor Bannerling. Ha estado en contra de ella desde el principio. Nosotros los del comité hemos recurrido a él, un informe favorable suyo hubiera sido muy valioso para nuestra causa, pero se ha mostrado intransigente. Es un *tory*, claro, y de la peor especie. Si por él fuera, todos los pobres locos estarían encadenados sobre jergones de paja; y todos los que miraran de reojo serían ahorcados. Lamento decir que lo considero parte del mismo sistema corrupto responsable del nombramiento de un hombre tan bárbaro y blasfemo como el alcaide Smith. Tengo entendido que también hubo irregularidades en el manicomio, hasta el extremo de que, a su regreso de allí, se temió que Grace Marks se encontrara en estado. Por suerte, los rumores resultaron infundados, pero ¡qué cobardía, qué vileza, aprovecharse de los que no pueden defenderse! He pasado mucho tiempo en oración con Grace Marks, tratando de sanar las heridas que le causaron estos infieles y reprobables traidores de la confianza pública.

—Deplorable —comenta Simon.

Pedir más detalles podría considerarse una muestra de lascivia.

De repente se le ocurre una súbita y esclarecedora idea: ¡el reverendo Verringer está enamorado de Grace Marks! De ahí su indignación, su vehemencia, su perseverancia, sus laboriosas peticiones y sus comités; y, por encima de todo, su deseo de creerla inocente. ¿Pretende sacarla de la cárcel rehabilitada como inocente sin tacha y después casarse con ella? Es todavía una mujer bella y sin duda estaría conmovedoramente agradecida a su liberador. Servilmente agradecida; la servil gratitud en una esposa debía de ser a buen seguro un artículo de primera necesidad en la economía espiritual de Verringer.

—Por suerte, hubo un cambio de Gobierno —dice el reverendo Verringer—. Pero aun así, no queremos seguir adelante con nuestra actual petición hasta que no tengamos la absoluta certeza de que pisamos terreno seguro; ésta es la razón de que hayamos decidido recurrir a usted. Debo decirle con franqueza que no todos los miembros de nuestro comité eran partidarios de hacerlo, pero yo conseguí convencerlos de la necesidad de contar con una opinión informada y objetiva. Un diagnóstico de locura latente en el momento de los asesinatos, por ejemplo... Sin embargo, hay que observar la mayor cautela y honestidad posible. La animadversión hacia Grace Marks está todavía muy extendida; y éste es un país muy partidista. Al parecer, los *tories* han confundido a Grace con la Cuestión Irlandesa, a pesar de que es protestante, y equiparan el asesinato de un caballero *tory* (por muy digno que éste fuera y por lamentable que fuera su asesinato) a la insurrección de toda una raza.

—Todos los países sufren el azote de los partidismos —comenta diplomáticamente Simon.

—Pero incluso dejando esto aparte —expone el reverendo Verringer—, estamos atrapados entre la idea de una mujer posiblemente inocente a la que muchos consideran culpable y una mujer posiblemente culpable a la que algunos consideran inocente. No quisiéramos dar a los que se oponen a la reforma la ocasión de alegrarse de nuestra derrota. Aunque, como dice Nuestro Señor, la verdad os hará libres.

—Tal vez la verdad resulte ser más extraña de lo que pensamos —dice Simon—. Tal vez mucho de lo que estamos acostumbrados a calificar de maldad, y maldad libremente elegida, sea, por el contrario, una enfermedad provocada por una lesión del sistema nervioso y que el mismo Demonio sea tan sólo una malformación del cerebro.

El reverendo Verringer sonríe.

—Bueno, no creo que se llegue tan lejos —observa—. Por mucho que la ciencia descubra en el futuro, el Demonio siempre andará suelto por ahí. Tengo entendido que ha sido usted invitado a la casa del alcaide el domingo por la tarde, ¿verdad?

—He tenido ese honor —responde cortésmente Simon.

Había pensado excusarse de asistir.

—Estoy deseando verlo allí —dice el reverendo Verringer—. Yo mismo hice que lo invitaran. La excelente esposa del alcaide es un valiosísimo miembro de nuestro comité.

11

En la residencia del alcaide, Simon es acompañado a una salita casi tan espaciosa como para ganarse el calificativo de salón. Todas las superficies que hay en ella están tapizadas; los colores son los mismos que los de las entrañas del cuerpo: el rojo oscuro de los riñones, el morado rojizo del corazón, el azul opaco de las venas, el marfil de los dientes y los huesos. Simon se imagina la sensación que causaría si expresara en voz alta este *aperçu*.

Lo saluda la esposa del alcaide. Es una hermosa mujer de unos cuarenta y cinco años y evidente respetabilidad, pero vestida según el recargado estilo de las provincias, donde las damas parecen pensar que, si queda bien una hilera de encajes y frunces, tres quedarán todavía mejor. Sus ojos, un poco saltones, poseen la alarmada expresión propia de las personas de temperamento excesivamente nervioso o aquejadas de una dolencia de la tiroides.

—Me alegro de que nos honre con su presencia —dice. Le explica que, lamentablemente, el alcaide está ausente por asuntos de su cargo, pero que ella tiene un profundo interés por el trabajo que él está realizando y, sobre todo, por la ciencia moderna. Cuántos adelantos ha habido, sobre todo, el éter, que ha evitado tantos sufrimientos. Le dirige una profunda y significativa mirada y Simon lanza interiormente un suspiro. Está familiarizado con aquella expresión: la dama está a punto de hacerle el regalo no solicitado de sus síntomas.

Cuando obtuvo el título de medicina no estaba preparado para el efecto que tal hecho ejercería en las mujeres; en las de las clases más privilegiadas, sobre todo las damas casadas de intachable reputación. Se sentían atraídas por él como si poseyera un valioso pero infernal tesoro. Su interés era de lo más inocente —no tenían intención de sacrificarle su virtud—, sin embargo les encantaba arrastrarle a oscuros rincones, conversar con él en voz baja y hacerle confidencias, si bien con trémula y temerosa voz, pues él también inspiraba miedo.

¿Cuál era el secreto de su encanto? El rostro que él veía en el espejo y que no era ni guapo ni feo difícilmente lo hubiera explicado.

Al cabo de algún tiempo creyó descubrirlo. Buscaban el conocimiento, pero no podían reconocerlo porque era un conocimiento prohibido, de tintes espectrales; un conocimiento adquirido por medio de un descenso al abismo. Él ha estado en un lugar en el que ellas jamás podrán estar; ha visto lo que ellas jamás podrán ver; ha abierto cuerpos de mujeres y los ha examinado por dentro. Es posible que en la mano con la que acaba de levantar las suyas hacia sus labios, haya sostenido alguna vez un palpitante corazón femenino.

Por eso es un miembro del tenebroso trío —el médico, el juez y el verdugo— y comparte con los otros dos el poder de la vida y la muerte. Perder la conciencia, yacer al descubierto y sin la menor vergüenza a merced de otras personas; ser tocadas, cortadas, reconstruidas, eso es lo que piensan cuando lo miran con sus asombrados ojos y sus labios entreabiertos.

—Sufro terriblemente —dice la voz de la esposa del alcaide.

Tímidamente, como si mostrara un tobillo, describe sus síntomas —respiración afanosa, una opresión en la zona de las costillas—, insinuando la existencia de otros de mayor gravedad. Nota un dolor... bueno, no le gusta decir exactamente dónde. ¿Cuál podría ser la causa?

Simon sonríe y dice que él ya no ejerce la medicina general.

Tras un momentáneo fruncimiento del ceño, la esposa del alcaide sonríe a su vez y dice que le gustaría presentarle a la señora Quennell, la célebre espiritista que defiende a mujeres en toda clase de situaciones, la principal lumbrera de nuestro círculo de debates del martes y también de las sesiones espiritistas de los jueves, una persona de grandes cualidades que ha viajado mucho, a Boston y otros lugares. La señora Quennell, con su holgada falda sostenida por un miriñaque, parece un postre de gelatina de color lavanda y luce un peinado que le asemeja a un perrillo de aguas de color gris. A su vez, ésta presenta a Simon al doctor Jerome DuPont de Nueva York, que se encuentra en aquellos momentos de visita en la ciudad y ha prometido hacer una demostración de sus extraordinarios poderes. Es muy famoso, dice la señora Quennell, y se ha codeado con miembros de la realeza británica. Bueno, no exactamente de la realeza sino de familias aristocráticas.

—¿Extraordinarios poderes? —pregunta cortésmente Simon.

Quisiera saber cuáles son. A lo mejor, aquel tipo presume de su capacidad de levitar o de ser la encarnación de un indio difunto o de crear comunicaciones espiritistas como la de las famosas hermanas Fox. El espiritismo causa furor en la clase media y especialmente entre las mujeres. Se reúnen en habitaciones a oscuras y juegan a mover la mesa tal como sus abuelas jugaban al *whist*, o redactan largas parrafadas de escritura automática dictada por Mozart o Shakespeare. Lo cual significa, piensa Simon, que el hecho de estar muerto ejerce una influencia considerablemente empobrecedora en el estilo de la propia prosa. Si esta gente no fuera tan acaudalada, su conducta daría lugar a que la encerraran en un manicomio. Y lo peor es que llena sus salones de faquires y farsantes, todos ellos vestidos con los ropajes mugrientos de la sedicente santidad, y las normas sociales exigen que uno sea amable con ellos.

El doctor Jerome DuPont tiene los ojos profundos y líquidos y la intensa mirada de un charlatán profesional, pero sonríe tristemente y se encoge de hombros con gesto despectivo.

—No tan extraordinarios, me temo —dice. Se expresa con un ligero acento extranjero—. Estas cosas son simplemente otro lenguaje; cuando uno lo habla, deja de darle importancia. Son los demás quienes lo consideran extraordinario.

—¿Habla usted con los muertos? —pregunta Simon con un tic nervioso en la boca.

El doctor DuPont sonríe.

—Soy lo que podría llamarse un médico de medicina general. O un investigador científico como usted. Soy experto en neurohipnotismo y pertenezco a la escuela de James Braid.

—He oído hablar de él —dice Simon—. Es escocés, ¿verdad? Una notable autoridad en el pie zopo y el estrabismo, según creo. Pero seguramente la profesión médica no reconoce sus restantes habilidades. ¿Y este neurohipnotismo no será simplemente el cadáver redivivo del desacreditado magnetismo animal de Mesmer?

—Mesmer postulaba la existencia de un fluido magnético alrededor del cuerpo, algo con toda certeza erróneo —contesta el doctor DuPont—. Los procedimientos de Braid se refieren en exclusiva al sistema nervioso. Y debo añadir que los que critican sus métodos no los han probado. Éstos son más aceptados en Francia, donde los médicos son menos proclives a las ortodoxias pusilánimes. Es verdad que son más útiles en los casos de histerismo que en los de otro tipo; no sirven de gran cosa para una pierna rota. Pero, en los casos de amnesia... —esboza una leve sonrisa— han alcanzado a menudo unos resultados sorprendentes y, a mi juicio, muy rápidos.

Simon se siente en situación de inferioridad y cambia de tema.

—DuPont... ¿es un apellido francés?

—Mi familia era francesa protestante —contesta el doctor DuPont—, pero sólo por parte de padre. Era muy aficionado a la química. Yo soy norteamericano. Aunque he visitado Francia por motivos profesionales, naturalmente.

—Tal vez al doctor Jordan le gustaría formar parte de nuestro grupo —dice la señora Quennell, terciando en la conversación—. En nuestros jueves espiritistas. Para la querida esposa del alcaide es un consuelo saber que su pequeño, que ahora está al otro lado, se encuentra muy bien y es feliz. Estoy segura de que el doctor Jordan es un escéptico, ¡pero siempre acogemos con agrado a los escépticos!

Los vivos y menudos ojillos centellean con picardía bajo el peinado perruno.

—No soy un escéptico —dice Simon—, sino simplemente un médico.

No tiene intención de dejarse arrastrar a una absurda y comprometedora controversia. No sabe en qué estaría pensando Verringer para haber incluido a semejante mujer en su comité. Está claro, no obstante, que es muy rica.

—Médico, cúrate a ti mismo —dice el doctor DuPont, como si fuera un chiste.

—¿Cuál es su postura acerca del abolicionismo, doctor Jordan? —pregunta la señora Quennell.

Ahora la mujer se las está dando de intelectual y se empeñará en enzarzarse en una beligerante discusión política y sin duda le ordenará que se encargue de abolir inmediatamente la esclavitud en el Sur. A Simon le molesta sentirse acusado de continuo y en propia persona de todos los pecados de su país, nada menos que por parte de aquellos británicos que por lo visto creen que el haber descubierto que tienen una conciencia los disculpa de haber carecido de ella en otros tiempos. ¿En qué se basa su actual riqueza sino en el comercio de esclavos y dónde estarían sus grandes ciudades industriales sin el algodón sureño?

—Mi abuelo era cuáquero —dice—. De niño me enseñaron a no abrir las puertas de los armarios por si dentro se ocultara algún pobre fugitivo. Mi abuelo siempre pensó que el hecho de poner en peligro la propia seguridad valía mucho más que ladrar contra los demás desde el otro lado de una valla protectora.

—Los muros de piedra no bastan para crear una prisión —dice jovialmente la señora Quennell.

—Pero todos los científicos deben poseer una mentalidad abierta —declara el doctor DuPont, como si volviera al tema de su anterior conversación.

—Estoy segura de que la mentalidad del doctor Jordan es un libro abierto —replica la señora Quennell—. Nos han dicho que está usted examinando a nuestra Grace. Desde un punto de vista espiritual.

Simon se da cuenta de que, si intenta explicar la diferencia entre el espíritu, en el sentido que ella atribuye a la palabra, y la mente inconsciente en el que él le atribuye, se meterá irremediablemente en un lío; por consiguiente, se limita a asentir con la cabeza y sonreír.

—¿Qué planteamiento está usted siguiendo? —pregunta el doctor DuPont—. Para devolverle la memoria perdida, quiero decir.

—He empezado con un método basado en la sugestión y la asociación de ideas —contesta Simon—. Estoy tratando, suavemente y poco a poco, de restablecer la cadena del pensamiento que se rompió tal vez como consecuencia del sobresalto provocado por los violentos acontecimientos en los que ella se vio envuelta.

—Ah —dice el doctor DuPont, esbozando una sonrisa de superioridad—, ¡despacito y con buena letra!

Simon experimenta el deseo de propinarle un puntapié.

—Todos nosotros estamos seguros de que es inocente —tercia la señora Quennell—. Todos los que formamos el comité. ¡Estamos plenamente convencidos! El reverendo Verringer va a presentar una petición. No es la primera, pero confiamos en que esta vez alcancemos el éxito. «Siempre en la brecha» es nuestro lema. —Suelta una risita juvenil—. ¡Díganos que están de nuestra parte!

—Si al principio no lo consigue... —continúa solemnemente el doctor DuPont dirigiéndose a Simon.

—Aún no he llegado a ninguna conclusión —declara éste—. En cualquier caso, no es su culpabilidad o inocencia lo que a mí me interesa sino...

—Sino los mecanismos que están en juego —completa la frase el doctor.

—Yo no lo expresaría en estos términos —dice Simon.

—Lo que a usted le interesa no es la melodía que interpreta la cajita de música sino los pequeños dientes y las ruedecitas que hay dentro.

—¿Y a usted? —pregunta Simon, que está empezando a sentir un poco más de curiosidad por el doctor DuPont.

—Ah —contesta el doctor DuPont—. A mí no me interesa ni siquiera la cajita con su exquisito decorado exterior. A mí sólo me interesa la música. La música la interpreta un objeto físico y, sin embargo, la música no es este objeto. Tal como dicen las Sagradas Escrituras: «El espíritu sopla donde quiere.»

—San Juan —apunta la señora Quennell—. Lo que nace del Espíritu es espíritu.

—Y lo que nace de la carne es carne —dice el doctor DuPont.

Ambos miran a Simon con un aire de benévolo pero incontestable triunfo y éste experimenta la sensación de estar asfixiándose debajo de un colchón.

—Doctor Jordan —dice una delicada voz muy cerca de él. Es Lydia, una de las dos hijas de la esposa del alcaide—. Mamá me envía para que le pregunte si ya ha visto usted su álbum de recortes.

Simon bendice interiormente a su anfitriona y contesta que no ha tenido ese placer. La perspectiva de unos oscuros grabados de parajes pintorescos de Europa enmarcados con hojas de helecho de papel no suele atraerlo demasiado, pero en aquel momento le parecen un medio de evasión. Sonríe, asiente con la cabeza y se deja acompañar.

La joven Lydia lo acomoda en un canapé de color rosado, toma el pesado álbum que descansa en una mesa cercana y se sienta a su lado.

—He pensado que le podría interesar, por lo que está haciendo con Grace.

—Ah, ¿sí? —dice Simon.

—Aquí dentro están todos los asesinos famosos —explica Lydia—. Mi madre los recorta y los pega, y los ahorcamientos también.

—¿Eso hace? —pregunta Simon.

Esa mujer debe de tener un temperamento morboso amén de hipocondríaco.

—La ayuda a decidir cuáles de los reclusos pueden ser dignos objetos de caridad —dice la joven—. Ésta es Grace. —Abre el álbum sobre sus rodillas y se inclina hacia él en gesto severamente didáctico—. Siento interés por ella; tiene unas cualidades extraordinarias.

—¿Como las del doctor DuPont?

Lydia lo mira fijamente.

—Oh, no. A mí todo eso me trae sin cuidado. Yo jamás me dejaría hipnotizar, ¡me parece muy impúdico! Quiero decir que Grace tiene unas extraordinarias cualidades como modista.

Se comporta con discreta temeridad, piensa Simon; cuando sonríe, enseña los dientes superiores y los inferiores. Pero, por lo menos, tiene una mentalidad sana, a diferencia de su madre. Es un animal joven y sano. Simon repara en su blanco cuello rodeado por una sencilla cinta adornada con un capullo de rosa, tal como corresponde a una muchacha soltera. A través de varias capas de fino tejido, su brazo se apoya contra el suyo. Él no es de piedra y, a pesar de que el carácter de Lydia, como el de todas las jóvenes de su condición, debe de ser infantil y poco formado, observa que ésta tiene un talle muy fino. Se escapa de ella una nube de perfume de muguete que lo envuelve en una gasa olfativa.

Sin embargo, Lydia a buen seguro no es consciente del efecto que está ejerciendo en él, pues ignora forzosamente la naturaleza de tales efectos. Simon cruza las piernas.

—Ésta es la ejecución de James McDermott —señala la joven—. Salió en varios periódicos. Ésta es la del *Examiner*.

Simon lee:

¡Qué morbosa afición a tales espectáculos debe de existir en la sociedad para que, pese al estado actual de nuestros caminos, se haya reunido una multitud tan grande con el fin de presenciar la agonía de un desventurado pero criminal ser humano! Cabe pensar que este tipo de espectáculos públicos mejora la moralidad pública y reprime la tendencia a la comisión de escandalosos delitos.

—Me inclino a estar de acuerdo —dice Simon.

—Yo hubiera asistido de haber estado allí —comenta—. ¿Usted no?

Simon se queda de una pieza ante su sinceridad. Reprueba las ejecuciones públicas, que provocan una excitación malsana y unas sanguinarias fantasías en la parte de la población de mentalidad menos formada. No obstante se conoce muy bien y sabe que, de habérsele presentado la ocasión, su curiosidad hubiera vencido sus escrúpulos.

—En el ejercicio de mi profesión puede que sí —responde con cautela—. Pero no habría permitido que asistiera mi hermana si la hubiera tenido.

Lydia lo mira con asombro.

—¿Por qué no? —pregunta.

—Las mujeres no deben presenciar unos espectáculos tan espantosos —contesta él—. Constituyen un peligro para su naturaleza refinada.

Comprende que sus palabras suenan ampulosas.

En el transcurso de sus viajes ha conocido a muchas mujeres cuya naturaleza difícilmente se hubiera podido calificar de refinada. Ha visto a dementes que se rasgaban la ropa y dejaban al descubierto sus cuerpos desnudos; ha visto hacer lo mismo a prostitutas de la más baja condición. Ha visto a mujeres borrachas que soltaban maldiciones y se peleaban como luchadores, arrancándose mutuamente el cabello. En las calles de París y Londres las hay a montones; sabe que muchas se acuestan con sus propios hijos y venden a sus hijas a los hombres ricos que creen que, violando a unas niñas, evitarán las enfermedades. Por consiguiente, no se hace ilusiones acerca del innato refinamiento de las mujeres, pero razón de más para proteger la pureza de las que todavía son puras. La hipocresía en tal caso está más que justificada: hay que presentar lo que debería ser cierto como si realmente lo fuera.

—¿Usted cree que yo tengo una naturaleza refinada? —pregunta Lydia.

—Estoy seguro de que sí —contesta Simon. No sabe si es el muslo de la joven lo que siente contra el suyo o sólo una parte de su vestido.

—Algunos dicen que Florence Nightingale no posee una naturaleza refinada, pues de lo contrario no hubiera podido presenciar unos espectáculos tan degradantes sin que su salud se resintiera de ello. Pero es una heroína.

—De eso no cabe la menor duda —dice Simon.

Sospecha que la muchacha está coqueteando con él.

La situación dista mucho de ser molesta, pero, de una manera obstinada, le induce a pensar en su madre. ¿Cuántas jóvenes aceptables ha exhibido ésta discretamente ante él como si fueran cebos de pesca? Siempre las coloca al lado de un jarrón de flores blancas. La moralidad de las chicas era siempre irreprochable, su conducta, tan limpia como el agua de un manantial y su mente le era descrita como una masa de harina sin cocer que él tendría el privilegio de moldear y formar. A medida que una hornada de jóvenes se compromete en matrimonio y se casa, brotan otras más jóvenes cual tulipanes en mayo. Ahora son tan jóvenes en comparación con Simon que éste tiene dificultades para conversar con ellas y experimenta la sensación de estar hablando con una camada de gatitos.

Su madre, empero, siempre ha confundido la juventud con la maleabilidad. Lo que quiere es una nuera a la que pueda moldear no Simon sino ella. Por eso sigue mostrándole muchachas y él continúa apartándose con indiferencia mientras ella lo acusa amablemente de pereza e ingratitud. Él se siente culpable —es un tipo tristón y bastante frío— y procura agradecerle a su madre sus molestias y tranquilizarla: se casará a su debido tiempo, pero aún no está preparado para ello. Primero tiene que dedicarse a sus investigaciones. Ha de realizar algo que tenga valor, descubrir algo importante; ha de crearse un nombre.

El nombre ya lo tiene, replica ella con un suspiro de reproche; un nombre excelente que él parece decidido a exterminar con su negativa a transmitirlo. Al llegar a esta fase, su madre siempre suele toser un poquito para darle a entender que su alumbramiento fue muy difícil y a punto estuvo de costarle la vida y le dejó los pulmones fatalmente debilitados, un efecto inverosímil desde el punto de vista de la medicina pero que cuando Simon era niño le causaba tales remordimientos que quedaba convertido en una trémula gelatina. Si por lo menos él tuviera un hijo, añade su madre —tras haberse casado primero, claro—, ella podría morirse tranquila. Simon le dice en broma que, en tal caso, sería un pecado que él se casara, pues el hecho de hacerlo equivaldría a un matricidio y añade —para suavizar la mordacidad— que se las puede arreglar mucho mejor sin una esposa que sin una madre, especialmente una madre tan perfecta como la suya, en respuesta a lo cual su madre le dirige una mirada penetrante como diciéndole que ella se sabe varios trucos que le dan ciento y raya a los suyos y no se deja engañar con facilidad. Es demasiado listo pero de nada le va a servir; no vaya a creerse que podrá vencerla con halagos. Aun así se ablanda.

A veces él siente la tentación de sucumbir. Podría elegir una de las jóvenes que ella le ofrece, la más rica. Su vida cotidiana sería ordenada; sus desayunos, comestibles, y sus hijos, respetuosos. El acto de la procreación se llevaría a cabo de manera invisible, cubierto con prudencia de velos de blanco algodón —ella obedientemente reacia tal como debe ser y él limitándose a ejercer sus derechos—, pero no debería mencionarse jamás. Su hogar dispondría de todas las comodidades modernas y él viviría protegido entre terciopelos. Hay destinos peores.

—¿Cree usted que Grace la tiene? —pregunta Lydia—. La naturaleza refinada, quiero decir. Estoy segura de que ella no cometió los asesinatos; aunque lamenta no haberlos comentado con nadie más tarde. James McDermott debió de mentir acerca de ella. Pero dicen que Grace era su amante. ¿Es eso cierto?

Simon nota que se ruboriza. Si la chica está coqueteando, lo hace sin darse cuenta. Es demasiado ingenua para comprender su carencia de ingenuidad.

—No sabría decirle —contesta él en un susurro.

—A lo mejor la secuestraron —sugiere Lydia con expresión soñadora—. En los libros siempre secuestran a las mujeres. Pero yo no he conocido personalmente a ninguna que haya sido secuestrada. ¿Usted sí?

Simon contesta que él jamás ha tenido semejante experiencia.

—Le cortaron la cabeza —dice Lydia, bajando la voz—. A McDermott. La tienen en una botella, en la Universidad de Toronto.

—No es posible —dice Simon, de nuevo desconcertado—. Puede que hayan conservado el cráneo, ¡pero no toda la cabeza!

—Como en salmuera —afirma ella en tono satisfecho—. Oh, mire, mamá quiere que vaya a hablar con el reverendo Verringer. Yo preferiría seguir conversando con usted... él es tan pedagógico. Mamá cree que es beneficioso para mi perfeccionamiento moral.

El reverendo Verringer acaba de entrar en la estancia y le dirige a Simon una irritante sonrisa de benevolencia como si éste fuera su protegido.

O, a lo mejor, está sonriendo a Lydia.

Simon contempla a Lydia mientras ésta se desliza hacia el otro extremo de la estancia; camina con ese andar leve que tan bien dominan las mujeres. Solo en el sofá, Simon se imagina a Grace tal como la ve todos los días de la semana, sentada frente a él en el cuarto de costura. En el retrato aparenta más edad de la que tenía a la sazón, pero en la actualidad parece más joven. Su cutis es pálido, su tersa piel sin arrugas posee una textura extraordinariamente fina, quizá porque vive encerrada; o a lo mejor como consecuencia de la frugal dieta de la cárcel. Ahora está más delgada y tiene el rostro menos mofletudo y, si bien en el retrato parece una mujer agraciada, ahora es algo más que agraciada. O quizás otra cosa distinta. La línea de su mejilla posee una marmórea y clásica simplicidad; contemplarla es creer que el sufrimiento realmente purifica.

En el ambiente cerrado del cuarto de costura, Simon no sólo puede mirarla sino también olerla. Procura no prestar atención, pero su aroma es una corriente subterránea que lo distrae. Huele a humo; a humo y a jabón de colada y a la sal de su piel; y huele a la piel propiamente dicha con su fondo de humedad, plenitud y madurez... pero ¿de qué se compone ese aroma? ¿De helechos y setas; de frutos aplastados y en fase de fermentación? Se pregunta cuántas veces les permiten bañarse a las reclusas. Aunque Grace lleva el cabello trenzado y recogido bajo la cofia, éste también despide un olor, un fuerte y almizcleño olor a cráneo. Simon percibe una reacción de alerta en su propia piel, una sensación como de cerdas que se erizan. A veces tiene la impresión de estar caminando sobre arenas movedizas.

Cada día ha colocado un pequeño objeto delante de ella y le ha pedido que le diga qué le recuerda. Esta semana ha probado a traerle varios tubérculos confiando en que se produzca una asociación que conduzca hacia abajo: Remolacha - Sótano de las patatas - Cadáveres, por ejemplo, e incluso Nabo - Bajo tierra - Tumba. Según sus teorías, el objeto apropiado tendría que suscitar en ella una inquietante cadena de asociaciones mentales, a pesar de que hasta ahora ella ha tomado sus ofrendas por lo que son y lo único que él le ha sacado ha sido toda una serie de métodos culinarios.

El viernes decidió intentar otro enfoque más directo.

—Puedes ser totalmente sincera conmigo, Grace —le dijo—. No tienes por qué ocultarme nada.

—No tengo ningún motivo para no ser sincera con usted, señor —contestó ella—. Una dama puede ocultar cosas por temor a perder su reputación, pero yo estoy por encima de eso.

—¿A qué te refieres, Grace? —le preguntó.

—Simplemente que yo nunca fui una dama, señor, y ya he perdido toda la reputación que pudiera tener. Digo lo que me apetece y, si no me apetece, no tengo por qué decir nada.

—¿No te importa la buena opinión que yo tenga de ti, Grace?

Ella le dirigió una fugaz mirada y siguió dando puntadas.

—Ya he sido juzgada, señor. Cualquier cosa que usted piense da igual.

—¿Juzgada con justicia, Grace? —no pudo evitar preguntarle.

—Con justicia o sin ella, no importa —respondió—. La gente quiere un culpable. Cuando ha habido un crimen, quiere saber quién lo hizo. Le molesta no saber.

—¿Entonces has perdido la esperanza?

—¿Qué esperanza, señor? —preguntó ella en un susurro.

Simon se sintió un poco estúpido, como si hubiera cometido una falta de etiqueta.

—Bueno... la esperanza de ser puesta en libertad.

—¿Y para qué iban a hacer eso, señor? —inquirió ella—. Una asesina no se encuentra todos los días. Y en cuanto a mi esperanza, la reservo para cuestiones menos importantes. Vivo esperando que el desayuno de mañana sea mejor que el de hoy. —Esbozó una leve sonrisa—. Dijeron entonces que querían convertirme en un ejemplo. Por eso me condenaron primero a muerte y después a cadena perpetua.

Sin embargo, ¿qué hace después un ejemplo?, pensó Simon. Su historia ha terminado, la primera historia, lo que la ha definido. ¿Cómo va a llenar el resto de su tiempo?

—¿No crees que has sido tratada injustamente? —le preguntó.

—No sé qué quiere decir, señor.

Estaba enhebrando la aguja; humedeció el extremo del hilo con saliva para facilitar la tarea y, de repente, aquel gesto se le antojó a Simon por completo natural e insoportablemente íntimo. Tuvo la sensación de verla desnudarse a través de una rendija de la pared, como si ella se estuviera aseando con la lengua al modo de un gato.

V

LOS PLATOS ROTOS

Me llamo Grace Marks y soy hija de John Marks, que vive en la ciudad de Toronto y es albañil de oficio; vinimos a este país desde el norte de Irlanda hace unos tres años. Tengo cuatro hermanas y cuatro hermanos, una hermana y un hermano son mayores que yo. Cumplí dieciséis años en julio de este año. He trabajado de criada en varios sitios durante los tres años que llevo en Canadá...

Confesión voluntaria de GRACE MARKS
al señor George Walton, en la cárcel,
el 17 de noviembre de 1843,
Star and Transcript, Toronto

... Durante estos diecisiete años,
ni una sola vez se me ocurrió pensar
en lo distinta que era mi suerte
de la de cualquier otra mujer del mundo.
Será tal vez porque creció paso a paso
convirtiéndose en algo terrible y absurdo:
esas extrañas penas se acercaron de puntillas
y penetraron en mi ámbito y mi intimidad,
se sentaron junto a mí, se tendieron a mi lado;
y mis amigos me encontraron abrazada al miedo
cuando entraron con una antorcha y gritaron:
«Pero ¿cómo, Pompilia, tú aquí en esta cueva?,
¿qué haces abrazada a este lobo?
Y esta suave maroma que se desliza por tus pies
y se enrosca en tu rodilla, ¡es una serpiente!»
Y cosas parecidas.

ROBERT BROWNING,
El anillo y el libro, 1869

12

Éste es el noveno día que me siento con el doctor Jordan en esta habitación. No han sido días seguidos, pues los domingos y algunos otros días él no ha venido. Yo antes contaba desde mis cumpleaños, más tarde conté desde mi primer día en este país, después desde el último día de Mary Whitney en este mundo y después desde aquel día de julio en que ocurrió lo peor y después de aquello conté desde mi primer día en la cárcel. Pero ahora cuento desde el primer día que pasé en el cuarto de costura con el doctor Jordan, porque no siempre se puede contar desde la misma cosa; es demasiado aburrido y el tiempo se estira cada vez más y se hace insoportable.

El doctor Jordan se sienta frente a mí. Huele a jabón de afeitar, del inglés, y a espigas y al cuero de sus botas. El olor me tranquiliza y siempre lo espero con ansia, los hombres que se lavan son preferibles en este sentido a los que no lo hacen. Lo que hoy ha colocado sobre la mesa es una patata, pero aún no me ha preguntado nada, o sea que la patata está ahí entre nosotros. No sé qué espera que diga de ella, como no sea que he pelado muchas a lo largo de toda mi vida y también las he comido, una patata temprana con un poquito de mantequilla y sal, y perejil si lo hay, es una delicia, y hasta las viejas se pueden cocer de maravilla, pero no son nada sobre lo que pueda mantenerse una larga conversación. Algunas patatas tienen cara de niño pequeño o de animales y una vez vi una que parecía un gato. Pero ésta parece simplemente una patata, ni más ni menos. A veces pienso que el doctor Jordan anda un poco mal de la cabeza. Aunque prefiero hablar con él sobre las patatas, si tiene este capricho, que no hablar con él en absoluto.

Hoy lleva un corbatín distinto, de color rojo con puntos azules o azul con puntos rojos, un poco llamativo para mi gusto, pero no puedo quedármelo mirando para saberlo. Necesito las tijeras y las pido; después él quiere que empiece a hablar, así que le digo: hoy terminaré el último cuadro de este *quilt*, después coserán todos los cuadros y lo acolcharán; es para una de las hijas del alcaide. Es un modelo Cabaña de Troncos.

Un *quilt* Cabaña de Troncos es algo que todas las chicas deberían tener antes de la boda: significa el hogar; y siempre contiene un cuadro de color rojo en el centro, que simboliza el fuego del hogar. Me lo contó Mary Whitney. Pero eso ni lo menciono, pues no creo que le interese por ser algo demasiado corriente. Aunque no más corriente que una patata.

Él pregunta: ¿qué coserás cuando lo termines? Yo le contesto: no lo sé, supongo que ya me lo dirán, no cuentan conmigo para el acolchado, yo sólo hago los cuadros porque es un trabajo muy delicado y la esposa del alcaide dijo que ocuparme en coser cosas tan sencillas como las del penal, las sacas del correo, los uniformes y demás, sería desaprovecharme; pero de todos modos acolcharán el *quilt* por la tarde y será una reunión festiva y a mí no me invitan a las fiestas.

Y él insiste: si te hicieras un *quilt* para ti, ¿qué motivo elegirías?

Bueno, ahí sí que no tengo la menor duda; sé la respuesta. Sería un Árbol del Paraíso como el que la esposa del concejal Parkinson guardaba en su arcón; yo solía sacarlo con la excusa de ver si necesitaba algún remiendo sólo para admirarlo: era precioso, todo confeccionado con triángulos; los de las hojas eran oscuros y los de las manzanas eran claros, una labor muy primorosa, con unas puntadas casi tan diminutas como las que hago yo; pero en el mío el ribete sería distinto. El ribete del *quilt* de la señora Parkinson era el de la Caza del Pato Salvaje y el mío tendría dos ramas entrelazadas, una de color claro y la otra de color oscuro, «ribete de parra» lo llaman, como los zarcillos de las parras que adornan el marco del espejo del salón. Sería muy trabajoso y llevaría mucho tiempo; aunque si el *quilt* fuera mío y sólo mío, estaría dispuesta a hacerlo.

Pero lo que le digo a él es otra cosa. Le digo: no lo sé, señor. A lo mejor, un Lágrimas de Job, un Árbol del Paraíso o una Valla en Zigzag, o quizás un Rompecabezas de Solterona, porque ahora soy una solterona, ¿no le parece, señor?, y desde luego lo mío es un rompecabezas. Esto último se lo dije en broma. No le di una respuesta sincera porque decir lo que realmente quieres trae mala suerte y entonces no ocurre lo que deseas. Puede que no ocurra de todos modos, pero para estar más segura tienes que procurar no decir lo que quieres o no querer nada, pues te pueden castigar por eso. Es lo que le sucedió a Mary Whitney.

Él anota los nombres de los *quilts*. Pregunta: ¿Árboles del Paraíso o Árbol?

Árbol, señor, le contesto. Se hacen *quilts* con más de uno; yo he visto con cuatro, con las copas apuntando hacia el centro, pero también se llaman Árbol.

¿Y eso por qué crees tú que es, Grace? A veces parece un niño, siempre pregunta el porqué.

Porque es el nombre del motivo, señor, digo yo. Está también el Árbol de la Vida, pero es distinto. Y también hay el Árbol de la Tentación, y el Pino, que también es muy bonito.

Lo anota. Después toma la patata y la mira. Dice: ¿no es maravilloso que esto crezca bajo tierra?, se diría que crece mientras duerme, en la oscuridad y sin que nadie la vea, lejos de las miradas.

Bueno, no sé dónde quiere que crezca una patata, yo nunca las he visto colgando de las ramas. Me quedo callada y él pregunta: ¿qué más hay bajo tierra, Grace?

Pues también hay remolachas, contesto. Y las zanahorias también crecen así, señor, digo. Es lo propio.

Me parece que la respuesta lo decepciona, y no la anota. Me mira y piensa. Después me pregunta: ¿has tenido algún sueño, Grace?

Y yo: ¿a qué se refiere, señor?

Creo que quiere decir si sueño con el futuro, si tengo planes sobre lo que quiero hacer en la vida, y creo que es una pregunta cruel; sé que me quedaré aquí hasta que me muera, de modo que no tengo muchos planes alegres en que pensar. O a lo mejor quiere decir si sueño despierta, si fantaseo sobre algún hombre como hacen las chicas, y eso es tan cruel como lo otro, si no más. Así que contesto, un poco enfadada y en tono de reproche: y qué iba a hacer yo con los sueños; no es una pregunta muy amable por su parte.

Y él dice: no, veo que no me has comprendido. Lo que pregunto es si tienes sueños cuando duermes por la noche.

Le contesto con cierta aspereza porque es otra de sus tonterías de caballero y todavía estoy un poco enfadada: todo el mundo los tiene, señor, o eso creo yo.

Sí, Grace, pero ¿los tienes tú?, pregunta. No se ha dado cuenta de mi tono de voz o ha preferido no darse por enterado. Le puedo decir cualquier cosa, él no se sorprendería ni se escandalizaría demasiado, simplemente lo anotaría. Supongo que le interesan mis sueños porque a veces los sueños tienen significado, o eso dice la Biblia, como el del faraón con las vacas gordas y las vacas flacas, y el de Jacob con los ángeles que subían y bajaban por la escalera. Hay un *quilt* que se llama así, la Escalera de Jacob.

Sí, señor, contesto.

¿Qué soñaste anoche?, pregunta.

Soñé que estaba en la puerta de la cocina de la casa del señor Kinnear. Era la cocina de verano. Yo había estado fregando el suelo, lo sé porque llevaba las faldas remangadas e iba descalza y con los pies mojados y aún no me había puesto los zuecos. Había un hombre en el peldaño de fuera, una especie de buhonero como Jeremiah el buhonero, a quien una vez le compré los botones para mi nuevo vestido, y McDermott le compró las cuatro camisas.

Pero ése no era Jeremiah, era otro hombre. Había abierto el fardo y tenía las cosas esparcidas por el suelo, las cintas, los botones, los peines y las piezas de tejido, que en el sueño eran de colores muy vivos, chales de seda y de cachemira y estampados de algodón que brillaban bajo el sol; era de día y en pleno verano.

Me pareció que era alguien a quien había conocido en otros tiempos, pero él mantenía el rostro apartado y yo no alcanzaba a ver quién era. Sentí que bajaba la vista y me miraba las piernas desnudas, desnudas de rodilla para abajo y no demasiado limpias, pues acababa de fregar el suelo. Pero una pierna es una pierna, sucia o limpia, y yo no me había bajado las faldas. Que mire, pobre hombre, pensé, en el lugar de donde viene no tiene esa oportunidad. Debía de ser una especie de forastero, había recorrido un largo camino y tenía la cara morena y famélica, o eso me parecía en el sueño.

Después dejaba de mirarme y trataba de venderme una cosa. Poseía algo que era mío y que yo necesitaba recuperar, pero no tenía dinero y no podía comprarlo. Pues hagamos un trato, dijo, un intercambio. Vamos, ¿qué me vas a dar?, preguntó en tono burlón.

Lo que tenía en su poder era una de mis manos. Ahora lo veía, era blanca y estaba arrugada, la sujetaba por la muñeca como si fuera un guante. Entonces yo me miraba las manos y veía que tenía dos, con sus correspondientes muñecas, saliendo de las mangas como siempre, y comprendía que aquella tercera mano debía de pertenecer a otra mujer. La mujer no tendría más remedio que salir a buscarla y, si la encontrara en mi poder, diría que se la había robado, pero yo ya no la quería porque debían de haberla cortado. Pues claro; la sangre manaba en unas gotas tan espesas como el jarabe, pero yo no me horrorizaba ante aquel espectáculo tal como me habría horrorizado la sangre de verdad si hubiera estado despierta; me preocupaba otra cosa. A mi espalda oía la música de una flauta, y eso me ponía muy nerviosa.

Vete, le dije al buhonero, tienes que irte ahora mismo. Pero él volvía la cara y no quería moverse, y yo sospechaba que estaba riéndose de mí.

Y yo pensaba: ahora ensuciará el suelo recién fregado.

No lo recuerdo, señor, digo. No recuerdo lo que soñé anoche. Era algo muy confuso. Y él lo anota.

Ya es bien poco lo que tengo, no tengo pertenencias ni posesiones, no tengo intimidad y necesito guardarme algo para mí; y en cualquier caso, ¿de qué le iban a servir mis sueños?

Entonces él dice: bueno, hay varias maneras de despellejar un gato.

Las palabras me suenan un poco raras y le replico: yo no soy un gato, señor.

Y él dice sonriendo: ah, ya recuerdo, y tampoco eres un perro. El caso es que yo quiero saber lo que eres, Grace. ¿Carne o pescado o un buen arenque rojo?

Y yo digo: ¿perdón, señor?

Me molesta que me llamen pescado y de buena gana saldría de la habitación, sólo que no me atrevo.

Vamos a empezar por el principio, dice.

¿El principio de qué, señor?, pregunto yo.

Y él contesta: el principio de tu vida.

Nací como todo el mundo, señor, digo, todavía enojada con él.

Aquí tengo tu confesión, dice, permíteme leer lo que dijiste en ella.

Ésa no es mi verdadera confesión, protesto, fue sólo lo que el abogado me dijo que dijera; además, las cosas que se inventaron los hombres de los periódicos eran tan falsas como las bobadas que había en un folleto que vendían por ahí. La primera vez que vi a un hombre de un periódico pensé: bueno, ¿sabe tu mamá que te has escapado de casa? Era casi tan joven como yo, cómo iba a escribir para los periódicos si apenas tenía edad para afeitarse. Todos eran así, unos novatos, y no habrían sabido lo que era la verdad aunque la hubieran tenido delante de las narices. Dijeron que yo tenía dieciocho o diecinueve años o no más de veinte, cuando apenas acababa de cumplir dieciséis, y ni siquiera sabían escribir bien los nombres, escribieron el apellido de Jamie Walsh de tres maneras distintas, Walsh, Welch, Walch, y lo mismo hicieron con el de McDermott, con un Mc y un Mac, y una te y dos tes, y pusieron que Nancy se llamaba Ann; jamás en su vida la habían llamado así, por consiguiente, ¿cómo esperar que escribieran bien el resto? Se inventan las cosas a su conveniencia.

Grace, dice él, ¿quién es Mary Whitney?

Lo miro rápidamente. ¿Mary Whitney, señor? ¿De dónde ha sacado usted este nombre?, pregunto.

Está escrito debajo de tu retrato, contesta. En la primera página de tu confesión. «Grace Marks, alias Mary Whitney.»

Ah, sí, digo. El retrato no se me parece mucho.

¿Y Mary Whitney?, dice él.

Bueno, fue el nombre que di en la taberna de Lewiston cuando James McDermott se estaba fugando conmigo, señor. Me dijo que no debería dar mi verdadero nombre, por si acaso nos estaban buscando. Recuerdo que en aquel momento me apretaba el brazo con fuerza. Para asegurarse de que siguiera sus indicaciones.

¿Y diste el primer nombre que te vino a la cabeza?, pregunta.

Oh no, señor, contesto. Mary Whitney había sido una amiga mía a la que yo quería mucho. Entonces ya estaba muerta, señor, y pensé que no le importaría que yo usara su nombre. A veces hasta me prestaba su ropa.

Me detengo un minuto, buscando la mejor manera de explicarlo.

Siempre fue muy amable conmigo, digo; y sin ella, todo habría sido muy distinto.

13

Recuerdo un verso de cuando era chica:

Alfileres y agujas, alfileres y agujas,
cuando un hombre se casa, empiezan sus angustias.

No dice cuándo empiezan las angustias de una mujer. A lo mejor las mías empezaron cuando nací, ya que, tal como suele decirse, señor, uno no elige a sus padres y, por voluntad propia, yo no hubiera elegido los que Dios me dio.

Lo que se dice al principio de mi confesión es cierto. Venía de verdad del Norte de Irlanda, pero me pareció injusto que escribieran «ambos acusados procedían de Irlanda según ellos mismos reconocieron».

Era como si eso fuera un delito, y que yo sepa ser de Irlanda no lo es, aunque a menudo lo he visto considerado como tal. Pero nuestra familia era protestante, claro, y eso es distinto.

Lo que yo recuerdo es un pequeño y rocoso puerto de mar, una tierra verde y gris sin demasiados árboles; y por este motivo me llevé un susto cuando vi por primera vez los grandes árboles que hay por aquí, pues no comprendía cómo un árbol podía llegar a ser tan alto. No recuerdo bien el lugar, ya que era muy niña cuando me fui; sólo algunas partes, como un plato que se ha roto. Siempre hay algunos trozos que parecen de otro plato y espacios vacíos en los que no puedes encajar nada.

Vivíamos en una casita con un tejado lleno de goteras y dos habitaciones muy pequeñas en las afueras de una aldea, cerca de una ciudad que no nombré para que los periódicos no la citaran, pues a lo mejor mi tía Pauline aún vivía y yo no quería que se avergonzara. Ella siempre había tenido muy buena opinión de mí, aunque le había oído decir a mi madre que qué podía esperarse de mí con tan pocas perspectivas y un padre como el que tenía. Ella creía que mi madre se había casado con un hombre de condición inferior; decía que era algo típico de nuestra familia y suponía que yo acabaría igual. A mí me decía que tenía que luchar contra eso y fijarme un precio muy alto y no aceptar al primer hombre amable y simpático que se cruzara en mi camino, como había hecho mi madre, sin comprobar cómo era su familia y qué antecedentes tenía, y que tuviera cuidado con los forasteros. A los ocho años yo no comprendía del todo a qué se refería, aunque me parecía un buen consejo de todos modos. Mi madre decía que la intención de tía Pauline era buena, pero que sus principios sólo servían para los que podían permitirse el lujo de tenerlos.

Tía Pauline y su marido, que era mi tío Roy, un hombre de espalda encorvada y sin pelos en la lengua, tenían una tienda en la cercana ciudad; aparte de artículos generales, vendían telas para vestidos, encajes y ropa blanca de Belfast y se ganaban bien la vida. Mi madre era la hermana menor de tía Pauline y era más guapa que tía Pauline, que tenía un cutis semejante al papel de lija y parecía un saco de huesos, con unos nudillos tan grandes como las articulaciones de las patas de una gallina; en cambio mi madre tenía un largo cabello cobrizo —de ella he sacado el mío— y unos ojos redondos y azules de muñeca. Antes de casarse, vivía con tía Pauline y tío Roy y les echaba una mano en la tienda.

Mi madre y tía Pauline eran hijas de un clérigo —metodista— que ya había muerto. Dijeron que su padre había hecho una cosa incorrecta con el dinero de la iglesia y después de aquello ya no consiguió labrarse una posición y cuando murió estaba sin un céntimo y ellas se las tuvieron que arreglar como pudieron. Pero las dos habían recibido una educación esmerada y sabían bordar y tocar el piano. Por eso tía Pauline también pensaba que se había casado con un hombre de condición inferior, pues eso de regentar una tienda no era la manera en que debería vivir una señora, pero tío Roy era un buen hombre, aunque algo bruto, y la respetaba, que no es poco. Cada vez que ella echaba un vistazo a su armario ropero y contaba sus dos vajillas, una de diario y otra de porcelana de verdad para las mejores ocasiones, bendecía su suerte y daba gracias porque a una mujer le podían ir mucho peor las cosas; y se refería con eso a que a mi madre le habían ido peor.

No creo que dijera esas cosas para herir los sentimientos de mi madre, aunque tenían este efecto y después mi madre lloraba. Había empezado a vivir bajo el dominio de tía Pauline y seguía viviendo de la misma manera, sólo que además estaba sometida al dominio de mi padre. Tía Pauline le decía constantemente que tenía que plantarle cara a mi padre y mi padre le decía que le plantara cara a tía Pauline, y entre uno y otra la dejaban totalmente hundida. Era una criatura muy tímida, débil, delicada e indecisa, y eso a mí me atacaba los nervios. Hubiera querido que fuera más fuerte para no tener yo que ser tan fuerte.

En cuanto a mi padre, ni siquiera era irlandés. Era un inglés del norte y nunca se supo muy bien por qué se había trasladado a Irlanda, pues casi todos los que sentían deseos de viajar lo hacían en dirección contraria. Tía Pauline decía que debía de haberse metido en algún lío en Inglaterra y habría cruzado el estrecho para largarse de allí a toda prisa. Tal vez Marks ni siquiera fuera su verdadero apellido, decía ella; más apropiado sería que se llamara Mark, por la Marca de Caín, ya que tenía pinta de asesino. Pero eso mi tía lo dijo después, cuando las cosas nos fueron tan mal.

Al principio, contaba mi madre, parecía un joven serio y formal, y hasta tía Pauline tuvo que reconocer que era guapo, alto, rubio y con casi todos los dientes; cuando se casaron, tenía dinero en el bolsillo y buenas perspectivas, porque era albañil de verdad, tal como dijeron los periódicos. Aun así, tía Pauline aseguraba que mi madre se casó con él porque no tuvo más remedio y todo se disimuló, aunque se comentó que mi hermana Martha era muy grande para ser sietemesina; y eso pasó porque mi madre fue demasiado complaciente y muchas chicas se veían atrapadas de la misma manera; mi tía me lo contaba para que yo no hiciera lo mismo. Decía que mi madre había tenido suerte de que mi padre hubiera querido casarse con ella, eso había que reconocerlo, dado que cualquier otro habría tomado el primer barco que salía de Belfast al enterarse de la noticia, dejándola plantada en la orilla, y ¿qué hubiera podido hacer entonces por ella tía Pauline, que tenía que pensar en su propia reputación y en la tienda?

O sea que mi madre y mi padre se sentían atrapados el uno por el otro.

Ante todo yo no creo que mi padre fuera un mal hombre; pero se descarriaba fácilmente y las circunstancias no eran favorables. Por ser inglés, no era demasiado bien recibido, ni siquiera por los protestantes, que no apreciaban a los forasteros. Además mi padre afirmaba que el tío Roy lo acusaba de haber engañado a mi madre para casarse así con ella y pasarlo bien viviendo con holgura gracias al dinero de la tienda; en parte era verdad, pues los tíos no podían rechazarlo en atención a mi madre y a los niños.

Todo eso lo supe a muy tierna edad. Las puertas de nuestra casa no eran muy gruesas, yo era una chiquilla muy fisgona, mi padre levantaba mucho la voz cuando estaba borracho y, cuando empezaba, no se enteraba de quién había a la vuelta de la esquina o al otro lado de la ventana escuchando tan silenciosamente como un ratón.

Una de las cosas que decía era que sus hijos eran demasiados y lo hubieran sido incluso para un hombre más rico que él. Como publicaron los periódicos, éramos nueve, nueve vivos, quiero decir. No contaban los muertos, que eran tres, no contaban el niño que se perdió antes de nacer y jamás tuvo nombre. Mi madre y tía Pauline lo llamaban el «niño perdido» y, cuando yo era pequeña, me preguntaba dónde se habría perdido, pues pensaba que se había perdido como se pierde un penique y que, en tal caso, a lo mejor un día lo encontrarían.

A los tres que murieron los enterraron en el cementerio. Pese a que mi madre rezaba cada vez más, nosotros íbamos cada vez menos a la iglesia. Ella decía que no quería exhibir a sus pobres y andrajosos hijos, sin zapatos tan siquiera, delante de todo el mundo como si fueran unos espantapájaros. La iglesia era sólo una parroquia, pero a pesar de su débil naturaleza mi madre tenía su orgullo y, siendo hija de un clérigo, sabía lo que era correcto en una iglesia. Sin embargo, cuesta mucho, señor, ir correctamente vestidos cuando se carece de la ropa apropiada.

Yo solía ir al cementerio. La iglesia era tan pequeña como un cobertizo de vacas y el cementerio estaba casi enteramente cubierto de malas hierbas. Nuestra aldea había sido más grande en otros tiempos, pero muchos se habían ido a las fábricas de Belfast o al otro lado del océano y a menudo no quedaba nadie de la familia para cuidar las tumbas. El cementerio era uno de los lugares a los que yo llevaba a los niños cuando mi madre me decía que los sacara de casa. Nos íbamos allí y veíamos las tumbas de los tres hermanos muertos y también las otras. Algunas eran muy antiguas y tenían unas lápidas con unas cabezas de ángeles que más bien parecían pasteles aplanados con dos ojos abiertos y unas alas que asomaban a ambos lados en el lugar donde deberían estar las orejas. Yo no comprendía cómo era posible que una cabeza volara sin estar pegada a un cuerpo y tampoco comprendía que una persona estuviera en el cielo y al mismo tiempo en el cementerio, pero todo el mundo decía que así era.

Nuestros tres niños muertos no tenían lápidas; tan sólo unas cruces de madera. Ahora deben de estar cubiertas de maleza.

Cuando cumplí nueve años, mi hermana mayor Martha se fue a servir y todo el trabajo que ella hacía en casa lo tuve que hacer yo; dos años más tarde, mi hermano Robert se fue en un barco mercante y nunca más se supo de él. Además, como nosotros nos fuimos poco tiempo después, aunque hubiera enviado noticias no las habríamos recibido.

Entonces quedamos en casa los cinco pequeños y yo, más otro en camino. No recuerdo haber visto jamás a mi madre fuera de eso que se llama «estado interesante»; aunque yo no veo que haya en ello nada interesante. Algunos hablan de situación desventurada, y eso ya se acerca un poco más a la verdad, una situación desventurada seguida de un hecho venturoso, aunque el hecho no siempre es venturoso, desde luego.

Para entonces nuestro padre ya estaba hasta la coronilla. Decía: ¿para qué traes a otro mocoso a este mundo, es que aún no tienes bastante?, pero no, tú dale que te pego, otra boca que alimentar, como si él no tuviera nada que ver con este asunto. Cuando yo era muy pequeña, seis o siete años, puse la mano sobre el vientre de mi madre, muy redondo y tirante, y pregunté: ¿qué hay aquí dentro, otra boca que alimentar? Mi madre sonrió con tristeza y contestó: sí, por desgracia, y yo entonces me imaginé una boca enorme en una cabeza igual a las cabezas aladas de los ángeles que hay en las lápidas del cementerio, pero con dientes, comiéndose a mi madre por dentro, y me eché a llorar porque pensé que iba a matarla.

Mi padre solía irse a trabajar incluso a lugares tan lejanos como Belfast, donde los constructores de obras lo contrataban; al terminar el trabajo regresaba a casa unos días y después iba a buscar otro trabajo. Cuando estaba en casa, se iba a la taberna para no oír los berridos. Decía que un hombre era incapaz de oír sus propios pensamientos en medio de aquel barullo y él tenía que echar un vistazo por ahí, ya que tenía a su cargo una familia muy numerosa y no sabía cómo iba a arreglárselas para mantenerla. Pero lo que miraba más que nada era el fondo de un vaso y siempre había otros dispuestos a empinar el codo con él; lo malo es que, cuando se emborrachaba, se enfadaba mucho y empezaba a soltar maldiciones en irlandés y a insultar a sus amigos y llamarlos hato de inútiles bribones y ladrones, e inmediatamente se liaba a puñetazos con ellos. Tenía unos brazos muy fuertes y muy pronto se quedó casi sin amigos, pues aunque a éstos les gustaba beber con él, no querían encontrarse al alcance de su puño cuando llegaba el momento. Entonces él empezó a beber solo, y cuanto más bebía, más se alargaban sus noches y más empleos perdía de día.

De esta manera se ganó la fama de irresponsable y los trabajos cada vez se hicieron más escasos y más espaciados. Era peor cuando estaba en casa que cuando no, ya que, a esas alturas, ya no limitaba sus ataques de furia a la taberna. Decía que no sabía por qué Dios lo había cargado con aquella camada, que al mundo le sobraban las personas como nosotros y a todos nos hubieran tenido que ahogar como unos gatitos en un saco, y entonces los más pequeños se asustaban. Yo tomaba a los cuatro de edad suficiente para andar y, agarrados todos de la mano, nos íbamos al cementerio y arrancábamos las malas hierbas o bajábamos al puerto y correteábamos entre las rocas de la orilla y tocábamos con unos palos las medusas que había en la arena, o mirábamos qué habría en los charcos dejados por la marea.

También íbamos al pequeño muelle donde estaban amarradas las barcas de pesca. No teníamos permiso para ir a ese sitio porque nuestra madre temía que resbalásemos y nos ahogásemos, pero yo llevaba a los niños allí de todos modos porque a veces los pescadores nos daban pescado, un buen arenque o una caballa, y en casa nos hacía mucha falta la comida de la clase que fuera, pues a veces no sabíamos lo que íbamos a comer de un día para el otro. Nuestra madre nos tenía prohibido pedir limosna y no lo hacíamos, o no lo hacíamos directamente, pero cinco niños andrajosos y de ojos hambrientos son un espectáculo difícil de resistir o por lo menos lo era en nuestra aldea por aquel entonces.

Confieso que tenía malos pensamientos cuando hacía sentar en fila a los pequeños en el muelle con las piernecitas desnudas colgando. Pensaba: podría empujar a uno o dos de ellos y entonces no habría tantos a los que alimentar ni tanta ropa que lavar. Porque en aquella época yo era la que hacía casi toda la colada. Era sólo un pensamiento que el demonio me metía en la cabeza, seguro. O más bien me lo metía mi padre, a quien, a aquella edad, yo aún seguía tratando de complacer.

Al cabo de algún tiempo mi padre se juntó con malas compañías y andaba por ahí con unos hombres de la Orden de Orange que tenían muy mala fama. Una vez, a treinta kilómetros de distancia, hubo un incendio en la casa de un caballero protestante que se había puesto del lado de los católicos, y encontraron a un hombre decapitado. Mi padre y mi madre tuvieron unas palabras acerca de aquel asunto y mi padre dijo que cómo demonios esperaba ella que ganara un penique, que lo menos que podía hacer era guardar el secreto, aunque uno no debía fiarse nunca ni un pelo de las mujeres, que eran capaces de traicionar a un hombre en menos de lo que canta un gallo, y que hasta el infierno era un sitio demasiado bueno para ellas. Al preguntarle yo a mi madre cuál era el secreto, ella sacó la Biblia y dijo que yo también debería jurar que guardaría el secreto y que Dios me castigaría si rompía aquella sagrada promesa. Eso me aterrorizó, pues como no tenía la menor idea de lo que era, corría el peligro de soltarlo sin darme cuenta. El castigo de Dios debía de ser algo terrible, pues Dios era mucho más importante que mi padre. A partir de entonces, siempre tuve buen cuidado de guardar los secretos de los demás, cualesquiera que fueran.

Si bien durante algún tiempo hubo dinero en casa, la situación no mejoró y de las palabras se pasó a los golpes aunque mi pobre madre no hiciera nada para provocarlos. Cuando tía Pauline nos visitaba, mi madre le hablaba en voz baja, le enseñaba los cardenales de los brazos, se echaba a llorar y decía que él no siempre había sido así; y tía Pauline replicaba: pero míralo ahora, no es más que una bota con un agujero, cuanto más le echas por arriba tanto más se escapa por abajo, es una pena y una vergüenza.

Mi tío Roy venía con ella en su calesa de un solo caballo y nos traía huevos de sus gallinas y una loncha de tocino, ya que nuestras gallinas y nuestro cerdo habían desaparecido hacía tiempo. Se sentaban en la habitación de la parte anterior de la casa, donde tendíamos la ropa porque con aquel tiempo tan malo, en cuanto terminabas de hacer la colada en un día soleado y la tendías, el cielo se nublaba y empezaba a lloviznar; y tío Roy, que era muy sincero, decía que nunca había conocido a un hombre capaz de convertir el dinero en una meada de caballo con más rapidez que mi padre. Tía Pauline le hacía pedirme perdón por aquel lenguaje. Mi madre, por su parte, había oído cosas mucho peores, pues cuando mi padre bebía tenía una boca tan sucia como una cloaca.

Para entonces, el poco dinero que mi padre llevaba a casa ya no servía para mantenernos. Vivíamos de lo que ganaba mi madre cosiendo camisas, tarea en la que mi hermana menor Katey y yo la ayudábamos. Tía Pauline, que le había conseguido aquel trabajo, lo traía a nuestra casa y lo recogía después, lo cual debía de salirle muy caro por el caballo, las molestias y el tiempo que perdía. Además, siempre aparecía con un poco de comida, pues no teníamos suficiente con nuestro pequeño campo de patatas y nuestros repollos. También nos daba restos de telas de la tienda, con los que nos confeccionaban la ropa, sin que importara el tipo de tejido que fuera.

Hacía mucho que nuestro padre no preguntaba de dónde procedían esas cosas. En aquellos tiempos, señor, era una cuestión de orgullo que un hombre mantuviera a su familia, aunque la familia le importara un bledo; y mi madre, a pesar de su debilidad de carácter, era demasiado lista para decirle nada. La otra persona que no sabía todo lo que hubiera tenido que saber acerca de todo aquello era tío Roy, aunque debía de adivinarlo al percatarse de que algunos objetos desaparecían de su casa y aparecían en la nuestra. Pero mi tía Pauline era una mujer muy decidida.

Vino el nuevo niño y yo tuve que lavar más ropa tal como siempre ocurre cuando hay niños. Mi madre estuvo en cama más tiempo que de costumbre y yo, además de preparar los desayunos como ya venía haciendo desde hacía tiempo, me vi obligada a preparar también las comidas. Nuestro padre decía que teníamos que darle al nuevo niño un estacazo en la cabeza y meterlo en un hoyo del campo de repollos porque sería mucho más feliz bajo tierra que encima de ella. Decía asimismo que le entraba apetito sólo con verlo y que quedaría muy bonito en una bandeja con patatas asadas alrededor y una manzana en la boca. Después nos preguntaba por qué lo mirábamos todos con aquella cara.

Por aquel entonces ocurrió un hecho sorprendente. Tía Pauline ya había perdido la esperanza de tener hijos y nos consideraba a todos hijos suyos; pero al parecer se había quedado en estado. Estaba muy contenta y mi madre se alegraba por ella. Tío Roy advirtió a tía Pauline que las cosas tendrían que cambiar, ya que él no podría seguir manteniendo a nuestra familia, sino que debería ocuparse de la suya, por lo que habrían de hacer otros planes. Tía Pauline dijo que no podían dejarnos morir de hambre, que su hermana era de su propia sangre y que los niños eran inocentes. Tío Roy contestó que quién había hablado de morirse de hambre, que él se estaba refiriendo a la emigración. Eran muchos los que emigraban, en el Canadá había mucha tierra y convenía que mi padre hiciera borrón y cuenta nueva. Allí la demanda de albañiles era muy alta debido a todos los edificios y las obras que se estaban haciendo, y él sabía de muy buena tinta que muy pronto se iban a construir muchas estaciones de ferrocarril: un hombre trabajador podía ganarse muy bien la vida.

Tía Pauline dijo que muy bien, pero ¿quién pagaría los pasajes? Tío Roy contestó que tenía unos ahorros y se rascaría el bolsillo, y de esta manera habría suficiente no sólo para pagar nuestros pasajes sino también la comida que necesitaríamos para el viaje; él conocía a un hombre que lo arreglaría todo a cambio de una cantidad. Como tío Roy era muy previsor, lo había organizado todo antes de explicarlo.

Tía Pauline aceptó ese proyecto y vino especialmente en su calesa, a pesar de su estado, para comunicárselo todo a mi madre. Ésta dijo que hablaría con mi padre para pedirle su consentimiento, aunque sólo lo dijo para guardar las apariencias: los mendigos no pueden elegir y a ellos no les quedaba otra solución. Además, por la aldea se paseaban unos hombres muy raros que hablaban de la casa que se había incendiado y del hombre que lo había hecho, y andaban haciendo preguntas por todas partes; entonces a mi padre le entró prisa por largarse.

Puso a mal tiempo buena cara y dijo que sería un nuevo comienzo, que tío Roy había sido muy generoso y que consideraría el dinero de los pasajes como un préstamo y se lo devolvería en cuanto empezara a prosperar. Tío Roy fingió creerle: no quería humillar a mi padre sino tan sólo perderlo de vista. En cuanto a su generosidad, supongo que mi tío debió de pensar que era mejor aguantarse y perder una buena suma de dinero que desangrarse hasta morir, penique a penique, a lo largo de los años. Yo en su lugar habría hecho lo mismo.

Así se puso todo en marcha. Decidieron que zarparíamos en abril a fin de llegar al Canadá a principios de verano y aprovechar el buen tiempo para instalarnos. Mi madre y tía Pauline elaboraron muchos planes, ordenaron las cosas e hicieron las maletas; las dos procuraban estar alegres pese a la tristeza que sentían. Al fin y al cabo eran hermanas y juntas habían pasado por lo bueno y lo malo, y sabían que cuando el barco zarpara tal vez no volverían a verse en esta vida.

Mi tía Pauline nos trajo de la tienda una buena sábana de hilo que sólo estaba un poco deshilachada, un grueso chal de lana —había oído decir que hacía frío al otro lado del océano— y un cestito de mimbre dentro del cual, envueltos en paja, había una tetera de porcelana, dos tazas y dos platitos con un decorado de rosas. Mi madre se lo agradeció mucho y le dijo que siempre había sido muy buena con ella y que siempre guardaría la tetera como un tesoro en recuerdo suyo.

Y ambas lloraron mucho por lo bajo.

14

Fuimos a Belfast en un carro alquilado por mi tío; fue un viaje muy largo y con muchas sacudidas, pero no llovió demasiado. Belfast era una ciudad pedregosa y muy grande, la más grande que yo jamás había visto, llena de carros y coches que metían mucho ruido. Tenía unos edificios enormes, pero también muchos pobres que trabajaban día y noche en las fábricas de tejidos de lino. Llegamos al anochecer, cuando estaban encendiendo las farolas de gas. Eran las primeras que veía y su luz era como la de la luna, sólo que de un color más verdoso.

Pasamos la noche en una posada con tantas pulgas que más parecía una perrera; guardamos todas las cajas en la habitación para que no nos robaran nuestros bienes terrenales. No tuve ocasión de ver mucho más, pues por la mañana tuvimos que subir enseguida a bordo del barco y yo me encargué de dar prisa a los niños. Ellos no sabían adónde íbamos y, si quiere que le diga la verdad, señor, no creo que ninguno de nosotros lo supiera.

El barco estaba atracado al costado del muelle; era una impresionante mole que había llegado de Liverpool, al otro lado del mar, y más tarde me dijeron que transportaba troncos de árbol desde el Canadá hacia el este y emigrantes al Canadá desde el oeste, y que ambos cargamentos se consideraban por igual, como simples productos que había que trasladar. Mientras la gente subía a bordo con todos sus fardos y sus cajas, vi que algunas mujeres lloraban; yo no lo hice porque me pareció inútil y además, nuestro padre, que estaba de muy mal humor, necesitaba silencio y no le hubiera costado nada soltarme un revés.

El barco se balanceaba sobre el oleaje y yo no me fiaba de él. Los niños más pequeños estaban muy emocionados, los varones sobre todo, pero yo no las tenía todas conmigo pues nunca había estado en un barco, ni siquiera en las barquitas de pesca de nuestro puerto, y, si hubiéramos naufragado o hubiéramos caído por la borda, ninguno de nosotros sabía nadar.

Vi tres cuervos posados en fila en el palo transversal del mástil; mi madre también los vio y me dijo que eso traía mala suerte, ya que tres cuervos en fila significaban una muerte. Me sorprendió que lo dijera, porque no era supersticiosa, pero supongo que debió de ser la melancolía, pues he observado que los que están espiritualmente deprimidos suelen prestar atención a los malos presagios. A mí me dio mucho miedo, aunque lo disimulé por los niños: si me hubieran visto preocupada, ellos también se habrían preocupado y ya había suficiente ruido y barullo.

Nuestro padre se hizo el valiente y fue el primero en subir por la plancha con el bulto más grande de nuestra ropa personal y la ropa de cama. Iba mirando a su alrededor como si lo supiera todo y no tuviera miedo de nada; en cambio, mi madre subió muy apenada, envuelta en su chal y disimulando las lágrimas mientras me decía: ¿por qué hemos tenido que llegar a esta situación? Cuando estuvimos a bordo me dijo: mis pies jamás volverán a pisar la tierra. Y yo le pregunté: madre, ¿por qué lo dices? Y ella contestó: lo noto en los huesos.

Y así fue.

Nuestro padre pagó para que estibaran las cajas más grandes y las guardaran; era una lástima malgastar el dinero, pero no había otro modo de hacerlo: él no podía cargar con todo y los mozos eran groseros y muy pesados y le hubieran puesto toda clase de impedimentos. En la cubierta había mucha gente que iba y venía mientras los hombres nos gritaban que nos quitáramos de en medio. Las cajas que no íbamos a necesitar a bordo las pusieron en un cuarto especial que se mantendría cerrado para evitar los robos, y las provisiones que llevábamos para la travesía también se guardaron en su lugar correspondiente; pero las mantas y las sábanas nos las llevamos a nuestras camas de abajo. Nuestra madre se empeñó en conservar consigo la tetera de tía Pauline y ató el cesto de mimbre al pilar de la cama con un trozo de cuerda, pues no quería perderla de vista.

Dormiríamos bajo cubierta, al pie de una grasienta escalera en un lugar que se llamaba la bodega y estaba lleno de camas. Eran más bien unas toscas tablas de madera muy mal ensambladas, de metro ochenta por metro ochenta, cada una con cabida para dos adultos y tres o cuatro niños; estaban colocadas la una encima de la otra sin apenas espacio para introducirse entre ellas. Cuando te tendías en la cama de abajo no había espacio para incorporarte del todo y si lo intentabas te golpeabas la cabeza con la de arriba; y si estabas en la cama más alta corrías peligro de resbalar hacia el borde y caerte. Estábamos apretujados todos juntos como sardinas en lata, sin ventanas ni ventilación de ninguna clase, exceptuando la escotilla de arriba. El aire ya estaba muy viciado, pero aquello no era nada comparado con lo que ocurrió después. Tuvimos que correr para conseguir unas camas y poner enseguida nuestras cosas encima, porque todo el mundo empujaba y se golpeaba y yo no quería que estuviéramos separados, con los niños solos y asustados de noche en un lugar desconocido.

Zarpamos al mediodía, cuando toda la carga estuvo a bordo. En cuanto levantaron la plancha y ya no fue posible bajar a tierra, nos llamaron a todos con una campana para escuchar las palabras del capitán, un escocés del Sur de piel curtida por la intemperie. Nos dijo que tendríamos que obedecer las normas del barco, que no deberíamos encender fuego para guisar, pues toda nuestra comida la guisaría el cocinero del barco si se la llevábamos inmediatamente después de oír la campana; y nada de fumar en pipa, especialmente bajo cubierta, ya que podían producirse incendios. Los que no fueran capaces de prescindir del tabaco podrían masticarlo y escupir. Tampoco deberíamos lavar la ropa excepto en los días en que hiciera buen tiempo, y eso lo decidiría él; pues si soplaba mucho viento se llevaría nuestras pertenencias por la borda, y si llovía, la bodega se llenaría de ropa mojada que despediría vapor por la noche y él nos daba su palabra de que eso no sería muy agradable.

Tampoco podríamos subir a cubierta la ropa de cama para airearla sin su permiso, y todos deberíamos obedecer sus órdenes y las del segundo oficial y de cualquier otro oficial, porque la seguridad del barco dependía de ello. En caso de que se quebrantara la disciplina nos encerrarían en un cuchitril, por consiguiente esperaba que nadie le hiciera perder la paciencia. Además, dijo, no se permitirían las borracheras, ya que eso facilitaba las caídas; una vez en tierra podríamos emborracharnos como cubas, pero no en su barco. Por nuestra seguridad no nos permitirían subir a cubierta de noche, pues podíamos caernos por la borda. No deberíamos obstaculizar el trabajo de los marineros ni sobornarlos a cambio de favores; él tenía ojos en el cogote y se enteraría inmediatamente si lo intentábamos. Como sus hombres podían atestiguar, él dirigía su barco con mano de hierro y en alta mar la palabra del capitán era ley.

En caso de enfermedad había un médico a bordo, pero aunque casi todo el mundo se encontraría algo indispuesto hasta que se acostumbrara a la mar, no deberíamos importunar al médico por tonterías como un mareo; si todo fuera bien, volveríamos a pisar tierra en unas seis u ocho semanas. Para terminar, quería decirnos que en todos los barcos había una o dos ratas a bordo y eso constituía una señal de buena suerte, pues las ratas eran quienes primero sabían si un barco iba a hundirse, de modo que no quería que lo molestaran por eso suponiendo que alguna dama de buena crianza acertara a ver alguna. Imaginaba que ninguno de nosotros había visto jamás una rata —sus palabras fueron acogidas con risas—, pero en caso de que sintiéramos curiosidad, él acababa de matar una que por cierto sería muy apetitosa en caso de que estuviéramos hambrientos. Hubo más risas, porque era una broma que el capitán nos había gastado para tranquilizarnos.

Cuando terminaron las risas dijo que, resumiendo, su barco no era el Palacio de Buckingham y nosotros no éramos la reina de Francia, y que, como todo en este mundo, uno recibía de acuerdo con lo que hubiera pagado. Nos deseaba una buena travesía. Después se retiró a su camarote y dejó que nos las arregláramos como pudiéramos. Lo más probable era que en su fuero interno deseara que nos hundiéramos hasta el fondo del mar, siempre y cuando él pudiera quedarse con el dinero de nuestro transporte. Pero por lo menos parecía saber lo que se llevaba entre manos y eso me tranquilizó. No hace falta que le diga que muchas de sus instrucciones fueron desobedecidas, sobre todo las referentes al tabaco y la bebida; pero los infractores tuvieron que andarse con mucho tiento.

Al principio las cosas no fueron del todo mal. Las nubes se disiparon y el sol brilló a intervalos y yo me quedé en la cubierta viendo cómo soltaban las amarras; mientras estuviéramos al amparo de la tierra el movimiento no me importaba. Sin embargo, en cuanto estuvimos en el Mar de Irlanda e izaron otras velas, empecé a sentirme extraña e indispuesta y no tardé en soltar el desayuno en el imbornal, sujetando con cada mano a uno de mis hermanos pequeños, que estaban haciendo exactamente lo mismo que yo. No era la única en modo alguno, ya que muchos pasajeros permanecían alineados en el mismo lugar como cerdos junto a un pesebre. Nuestra madre estaba tendida boca abajo y nuestro padre estaba más mareado que yo, por lo que ninguno de ellos podía echarme una mano con los niños. Fue una suerte que no hubiésemos almorzado, pues en tal caso las cosas nos habrían ido mucho peor. Los marineros, que ya estaban preparados para eso pues lo habían visto otras veces, izaron a bordo muchos cubos de agua de mar para limpiarlo todo.

Al cabo de un rato me sentí mejor; quizá fuera por la fresca brisa marina o porque ya me estaba acostumbrando al balanceo y al movimiento del barco y además —usted me perdonará que lo exprese de esta manera, señor—, ya no nos quedaba dentro nada que arrojar; y arriba en la cubierta yo no me mareaba tanto. Ningún miembro de nuestra familia pensaba cenar, pues estábamos todos demasiado indispuestos. Un marinero me dijo que si bebíamos un poco de agua y mordisqueábamos un trozo de galleta de barco nos sentiríamos mejor; y como llevábamos un buen surtido de galletas de barco por consejo de mi tío, seguimos esas instrucciones lo mejor que pudimos.

Así que la situación mejoró un poco hasta el anochecer, cuando tuvimos que bajar y todo el mundo se puso mucho peor. Como ya he dicho, los pasajeros estaban apretujados sin ninguna pared de separación y casi todos se sentían muy mareados, de modo que no sólo se oían los vómitos y los gemidos de los vecinos —algo que ya te ponía enfermo con sólo escucharlo—, sino que apenas entraba un soplo de aire, por lo que la bodega apestaba cada vez más y el hedor te revolvía las tripas.

Si me disculpa que lo mencione, señor, no había una manera apropiada de hacer las necesidades. Nos facilitaron unos cubos, pero estaban a la vista de todo el mundo, o lo habrían estado de haber habido luz; lo malo era que la gente tenía que moverse a tientas en la oscuridad soltando maldiciones y acababa volcando los cubos sin querer. Pero, aunque un cubo estuviera derecho, lo que no iba a parar dentro iba a parar al suelo. Por suerte, las tablas del piso no estaban muy juntas, así que por lo menos una parte de la porquería se filtraba a la sentina. Eso me hizo pensar, señor, que algunas veces las mujeres con sus faldas se las arreglan mejor que los hombres con los pantalones, ya que cuando menos nosotras llevamos a nuestro alrededor una tienda natural que nos protege, mientras que los pobres hombres se tambaleaban con los pantalones alrededor de los tobillos. Pero por suerte, como ya he dicho, no había mucha luz.

El cabeceo del barco sobre el oleaje, los crujidos, el ruido y el hedor, las ratas que corrían de un lado a otro con tanto descaro como si fueran damas y caballeros, todo aquello era tan horrible como las penas del infierno. Pensé en Jonás en el vientre de la ballena, aunque por lo menos él sólo estuvo encerrado allí tres días y a nosotros nos quedaban ocho semanas por delante; y él estaba solo y no tenía que oír los gemidos y los vómitos de los demás.

Al cabo de unos días la situación mejoró porque muchos pasajeros dejaron de marearse; sin embargo, por la noche el aire era irrespirable y siempre había ruidos. Menos vómitos desde luego, pero más tos y más ronquidos; y también muchos lloros y oraciones, cosa muy comprensible dadas las circunstancias.

Pero no era mi intención herir su sensibilidad, señor. Al fin y al cabo el barco era sólo una especie de barrio pobre ambulante, aunque sin las tiendas de ginebra; tengo entendido que los barcos han mejorado mucho.

Quizá le apetecería abrir la ventana.

Todo aquel sufrimiento tuvo un efecto positivo. Los pasajeros católicos y protestantes estaban mezclados y entre ellos había varios ingleses y escoceses que habían embarcado en Liverpool; si se hubieran encontrado en buen estado de salud seguro que habrían discutido y se habrían peleado, porque ambas comunidades no se tienen la menor simpatía. Sin embargo, no hay nada como un buen mareo para quitar el deseo de camorra; y los que muy a gusto se hubieran cortado mutuamente el gaznate en tierra, se sostenían el uno al otro la cabeza junto a los imbornales, como si fueran tiernas y amorosas madres; a veces he observado lo mismo en la cárcel, ya que la necesidad crea extrañas alianzas. Quizás una travesía por mar y una cárcel sean los medios que Dios emplea para recordarnos que todos estamos hechos de la misma carne y que toda la carne es hierba y toda la carne es débil. O eso quiero yo creer.

Al cabo de varios días me acostumbré a la mar y pude subir y bajar por la escalera que conducía a la cubierta y encargarme de las comidas. Cada familia entregaba sus propios alimentos, que se bajaban al cocinero del barco, se introducían en una bolsa de malla y se echaban en una caldera de agua hirviendo donde se cocían junto con los ingredientes de los demás; de esta manera, recibías no sólo tu propia comida sino también el sabor de la de la colectividad. Nuestra familia disponía de carne de vaca salada y cecina, unas cuantas cebollas y patatas, aunque no muchas por el peso, y un repollo que ya nos habíamos terminado porque creí que deberíamos comérnoslo antes de que se estropeara. Los copos de avena no los podíamos hervir en la caldera principal sino que los remojábamos con agua caliente para que se ablandaran, y lo mismo hacíamos con el té. Y además, como he dicho antes, teníamos las galletas.

Mi tía Pauline le había dado a mi madre tres limones que valían su peso en oro, pues decía que eran muy buenos para el escorbuto; yo los guardaba cuidadosamente por si los necesitábamos. En conjunto teníamos lo suficiente para conservar la fortaleza física, mucho más de lo que tenían algunos que se habían gastado casi todo el dinero en el pasaje; y aún nos sobraba un poco, o eso me parecía a mí, ya que nuestros padres no estaban en condiciones de comerse la parte de comida que les correspondía. Por eso le regalé unas cuantas galletas a nuestra vecina de al lado, que era una anciana llamada señora Phelan, y ella me dio las gracias y me dijo «que Dios te bendiga». Era católica y viajaba con los dos hijos de su hija, que se los había dejado a ella cuando la familia emigró; los llevaba a Montreal, pues su yerno había pagado el pasaje. Yo la ayudaba a cuidar de los niños y más adelante me alegré de haberlo hecho. El bien que haces se te devuelve multiplicado por diez, como estoy segura de que usted habrá oído decir muchas veces.

Cuando nos dijeron que podíamos hacer una colada, el tiempo era bueno y soplaba un viento que secaba muy bien —nos hacía mucha falta después de haber estado tan indispuestos—; yo lavé el cubrecama de la señora Phelan junto con nuestra ropa. No fue un lavado muy a fondo porque lo único que nos dieron fueron unos cuantos cubos de agua de mar, pero por lo menos quité lo peor, aunque después la ropa olía a sal.

Una semana y media después hubo un terrible vendaval y el barco se balanceaba como un trozo de corcho en una tina mientras la gente rezaba y gritaba como loca. No se podía cocinar nada y por la noche era imposible dormir, ya que si uno no se agarraba, se caía de la cama. El capitán envió al segundo oficial para decirnos que nos calmáramos, que era un vendaval normal y corriente y no teníamos por qué preocuparnos, y además el viento soplaba en la dirección en la que nosotros queríamos ir. Pero el agua penetraba por las escotillas y las tuvieron que cerrar; nosotros nos quedamos encerrados en la más absoluta oscuridad con menos aire del que teníamos antes, por lo que pensé que nos íbamos a asfixiar. No obstante el capitán ya debía de saberlo, pues de vez en cuando abrían las escotillas, aunque los que estaban cerca de ellas se quedaban empapados. Ahora les tocaba pagar por disfrutar de un aire más puro que el que habían respirado hasta entonces.

El vendaval amainó al cabo de dos días y hubo una ceremonia de acción de gracias para los protestantes, mientras que un cura que viajaba a bordo celebró una misa para los católicos. Fue imposible no asistir a ambas ceremonias porque todos estábamos apretujados, pero nadie puso reparos pues, como ya he dicho, la gente de ambos bandos se soportaba mejor que en tierra. Yo misma me hice muy amiga de la señora Phelan que, a esas alturas de la travesía, ya estaba más recuperada que mi madre, que seguía muy débil.

Después del vendaval el tiempo refrescó. Tropezamos primero con niebla y después con los icebergs, que según decían eran más numerosos que de costumbre en aquella estación del año, de modo que navegábamos más despacio para no chocar con ellos, pues los marineros afirmaban que la parte más grande estaba bajo el agua y no se veía. Era una suerte que no soplara viento, porque tal vez nos habría empujado contra alguno de ellos y entonces el barco hubiera quedado destrozado; pero yo nunca me cansaba de contemplarlos. Eran grandes montañas de hielo llenas de picos y torrecillas de una blancura resplandeciente y con unas luces azules en el centro cuando el sol las iluminaba. Yo pensé: de eso estarán hechas las murallas del cielo, sólo que no deben de ser tan frías.

Fue entre los icebergs donde nuestra madre cayó gravemente enferma. Se había pasado casi todo el tiempo en cama por culpa de los mareos y sólo tomaba galletas y agua y unas gachas de avena. Nuestro padre tampoco estaba muy bien y, a juzgar por sus gemidos, cabría pensar que se encontraba peor que ella. Nuestra situación era muy precaria, ya que durante la tormenta no habíamos podido lavar nada ni airear la ropa de cama. Por eso no me di cuenta al principio de lo mucho que había empeorado mi madre. Nos decía que le dolía tanto la cabeza que apenas veía, así que mojé unos paños y se los puse sobre la frente; advertí que tenía fiebre. Después empezó a quejarse de que le dolía mucho el vientre y se lo toqué. Tenía un bulto muy duro y pensé que sería otra boca que alimentar, aunque me extrañaba que hubiera aparecido tan de repente.

Se lo conté a la señora Phelan, que según me dijo había ayudado a nacer a dieciséis niños, incluidos nueve de los suyos; vino enseguida, tocó el bulto, lo apretó y lo empujó y mi madre se puso a gritar. La señora Phelan dijo que había que avisar al médico del barco. Yo no quería hacerlo, recordando lo que había dicho el capitán de que no lo molestáramos por tonterías; pero la señora Phelan dijo que aquello no era una tontería y que tampoco era un niño.

Le pregunté a nuestro padre, que me contestó que hiciera lo que me diera la gana, porque él estaba demasiado indispuesto como para pensar; o sea que al final pedí que avisaran al médico. Sin embargo, éste no vino y mi pobre madre empeoraba de hora en hora. Llegó un momento en que apenas podía hablar y lo que decía no tenía sentido.

La señora Phelan comentó que era una vergüenza, que a una vaca la hubieran tratado mejor y que para que apareciera el médico teníamos que decir que quizás era el tifus o el cólera, ya que no había nada en el mundo que les causara más pánico a bordo de un barco. Lo dije y el médico vino enseguida.

Pero sirvió de tan poco —si usted me disculpa, señor— como unas tetas a un gallo, como Mary Whitney solía decir, porque tras tomarle el pulso a mi madre, tocarle la frente y hacer unas cuantas preguntas para las que no hubo respuesta, lo único que pudo decirnos era que mi madre no estaba enferma de cólera, cosa que yo ya sabía porque yo misma me lo había inventado. Añadió que ignoraba lo que tenía, probablemente un tumor o un quiste o un apéndice reventado, pero que él le daría algo para el dolor. Así lo hizo; creo que era láudano, y una dosis muy fuerte por cierto, pues mi madre no tardó en calmarse, que era lo que él debía de querer. Dijo que tendríamos que limitarnos a esperar que superara la crisis, porque no había manera de saber lo que era sin abrirla y eso la mataría con toda seguridad.

Pregunté si podíamos subirla a cubierta para que tomara el aire, pero él me contestó que sería un error moverla. Acto seguido se retiró sin más, comentando sin dirigirse a nadie en particular que el aire de allí dentro estaba tan viciado que él se asfixiaba, otra de las cosas que yo ya sabía.

Mi madre murió aquella noche. Ojalá pudiera decirle que en el último momento tuvo unas visiones de ángeles y pronunció unas hermosas palabras en su lecho de muerte, como ocurre en los libros; pero si tuvo visiones se las guardó para ella, ya que no dijo ni una sola palabra ni acerca de ellas ni de ninguna otra cosa. Me quedé dormida a pesar de que quería permanecer en vela y vigilar, y cuando me desperté por la mañana, mi madre estaba tan muerta como una caballa, con los ojos fijos y abiertos. La señora Phelan me rodeó con un brazo, me cubrió con su chal y me dio un trago de una botellita de aguardiente que guardaba como medicina; dijo que me sentaría bien llorar, por lo menos la pobrecilla ya había dejado de sufrir y ahora estaba en el cielo con los bienaventurados santos aunque fuera protestante.

La señora Phelan dijo también que no habíamos abierto la ventana para que saliera el alma según la costumbre, pero que quizá no se lo tendrían en cuenta a mi pobre madre ya que en la bodega del barco no había ventanas y por eso nadie las había abierto. Yo jamás había oído hablar de semejante costumbre.

No lloré. Me parecía que era yo y no mi madre la que había muerto; me quedé paralizada y sin saber qué hacer. La señora Phelan dijo que no la podíamos dejar tendida allí de aquella manera y me preguntó si yo tenía una sábana blanca para amortajarla. Ahí empezaron mis cavilaciones: sólo teníamos tres sábanas, las dos viejas y gastadas que se habían cortado en dos y vuelto del revés y la nueva que nos había dado tía Pauline; yo no sabía cuál de ellas usar. Me parecía una falta de respeto utilizar una sábana vieja, pero si usaba la nueva los vivos no la podrían aprovechar; todo mi dolor se concentraba por así decirlo en la cuestión de las sábanas. Al final me pregunté qué hubiera preferido mi madre y, puesto que ella siempre se había situado en la vida en segundo lugar, elegí la vieja; por lo menos estaba más o menos limpia.

Tras haber informado al capitán, bajaron dos marineros para llevar a mi madre a cubierta; la señora Phelan subió conmigo y las dos la preparamos, con los ojos cerrados y el hermoso cabello suelto, pues la señora Phelan decía que un cadáver no debía enterrarse con el cabello recogido. La dejé con la misma ropa que llevaba, pero descalza. Guardé los zapatos y también el chal, que ya no iba a necesitar. Estaba pálida y parecía tan delicada como una flor primaveral. Los niños la rodearon llorando y yo hice que cada uno la besara en la frente, cosa que no les habría mandado si hubiera pensado que había muerto de algo contagioso. Uno de los marineros, que era experto en estas lides, remetió muy bien la sábana a su alrededor y la cosió apretadamente, hecho lo cual enrolló en los pies una vieja cadena de hierro para que se hundiera. Yo había olvidado cortarle un mechón de cabello como recuerdo, como hubiera tenido que hacer; pero estaba demasiado trastornada y no me acordé.

En cuanto le cubrieron la cara con la sábana, se me ocurrió pensar que la que había allí debajo no era mi madre sino otra mujer; o que mi madre había cambiado y, si yo hubiera apartado la sábana, habría visto a otra persona completamente distinta. El sobresalto debió de meterme estas ideas en la cabeza.

Por suerte había a bordo un pastor que hacía la travesía en un camarote, era el mismo que había celebrado la ceremonia de acción de gracias después del vendaval; el pastor leyó una breve oración. Mi padre consiguió subir tambaleándose por la escalera desde la bodega. Allí se quedó con la cabeza inclinada y, aunque iba despeinado y sin afeitar, por lo menos hizo acto de presencia. Después, con los icebergs flotando a nuestro alrededor y en medio de la niebla, mi pobre madre fue arrojada al mar. Hasta aquel momento yo no había pensado en el lugar adonde iría a parar, y me pareció horrible imaginármela flotando allí abajo envuelta en una sábana blanca entre todos los peces que la miraban. Fue peor que ser enterrada en la tierra, porque si una persona está bajo tierra por lo menos sabes dónde está.

Todo terminó en un santiamén y el día siguiente pasó como el anterior, sólo que sin mi madre.

Aquella noche tomé uno de los limones y lo corté por la mitad e hice que cada uno de los niños comiera un trozo, y yo también lo comí. Era tan ácido que a la fuerza tenía que ser sano. Fue lo único que se me ocurrió hacer.

Ahora ya sólo me queda otra cosa que decirle acerca de la travesía. Cuando aún estábamos con el mar en calma en medio de una espesa niebla, el cesto de mimbre en el que guardábamos la tetera de tía Pauline cayó al suelo y la tetera se rompió. El cesto había permanecido en su sitio durante la tormenta, en medio de los balanceos, las sacudidas y los cabeceos; y estaba atado a uno de los pilares de la cama.

La señora Phelan dijo que seguramente la cesta se había aflojado porque alguien la había querido robar, aunque no lo había hecho por temor a que lo vieran; no hubiera sido la primera vez que algo cambiaba de manos de aquella manera. Pero yo no lo creía. Yo creía que era obra del espíritu de mi madre que estaba atrapado en el fondo del barco porque no habíamos podido abrir una ventana y se había enojado conmigo por haber decidido usar la sábana vieja. Ahora se quedaría aprisionado en la bodega por siempre jamás como una mariposa nocturna encerrada en una botella, navegando arriba y abajo a través del horrible y oscuro océano, con los emigrantes que iban en una dirección y los troncos en otra. Y eso me puso muy triste.

Ya ve usted qué ideas tan raras se le pueden ocurrir a una persona. Pero yo entonces era sólo una mozuela muy ignorante.

15

Fue una suerte que cesara la calma, pues de lo contrario se nos hubiera acabado la comida y el agua; se levantó viento y la niebla se disipó y nos dijeron que habíamos pasado sanos y salvos por Terranova, aunque yo no la vi y no supe si era una ciudad o un país; muy pronto nos adentramos en el río San Lorenzo, pero tardamos todavía algún tiempo en ver tierra. Cuando apareció finalmente por el costado norte del barco, vimos que estaba enteramente cubierta de rocas y árboles; por su aspecto sombrío y desagradable no parecía un lugar muy apropiado para los seres humanos. Al ver unas bandadas de pájaros que surcaban el aire chillando como almas en pena, abrigué la esperanza de que no nos viéramos obligados a vivir allí.

Sin embargo, al cabo de algún tiempo vimos granjas y casas junto a la orilla y la tierra adquirió una apariencia más plácida o más domesticada, por así decirlo. Nos ordenaron detenernos en una isla para someternos a un examen por si teníamos el cólera, ya que muchos emigrantes que llegaban en barco la habían introducido en otras ocasiones en el país. Pero como los muertos de nuestro barco habían fallecido por otras causas —cuatro aparte de mi madre, dos de tisis, uno de apoplejía y uno que se había arrojado por la borda—, nos autorizaron a seguir adelante. Tuve la oportunidad de darles a los niños un buen baño en el río, o por lo menos de lavarles la cara y los brazos, a pesar de que el agua estaba muy fría.

Al día siguiente vimos la ciudad de Quebec en lo alto

de un escarpado acantilado que se alzaba junto al río. Las casas eran de piedra y en el muelle del puerto había mercachifles y vendedores ambulantes que ofrecían sus productos. Aproveché para comprarle unas cuantas cebollas a una mujer. Sólo hablaba francés, pero nos entendimos muy bien con los dedos. Creo que me rebajó el precio porque se compadeció de las demacradas caritas de los niños. Nos apetecían tanto aquellas cebollas que nos las comimos crudas como si fueran manzanas, lo que provocó flatulencias más tarde, pero jamás en la vida me había sabido tan bien una cebolla.

Algunos pasajeros desembarcaron en Quebec para probar suerte en aquella ciudad, sin embargo nosotros seguimos viaje.

No recuerdo nada digno de mención acerca de la última etapa del viaje, una etapa por cierto bastante incómoda que en parte cubrimos por tierra para evitar los rápidos, y después tomamos otro barco para cruzar el lago Ontario, que más que un lago parecía un mar. Había numerosos enjambres de unas mosquitas que picaban como fieras y de unos mosquitos tan grandes como ratones que obligaban a los niños a rascarse como locos. Nuestro padre se hallaba sumido en un estado de profundo abatimiento y melancolía y a menudo comentaba que no sabía cómo se las iba a arreglar sin nuestra madre. En tales ocasiones lo mejor era callarse.

Al final llegamos a Toronto, que era el sitio donde decían que se podía conseguir tierra de balde. El emplazamiento de la ciudad no era muy bueno, ya que estaba en un lugar llano y húmedo en el que llovía todo el día. Había muchos carros y hombres corriendo de acá para allá y mucho barro por todas partes menos en las calles principales, que estaban adoquinadas. La lluvia era cálida y suave y el aire, tan espeso como el de los pantanos, se te pegaba a la piel como si fuera aceite, algo que según averigüé más tarde era normal en aquella estación del año y provocaba muchas fiebres y enfermedades estivales. Había algunas farolas de gas, pero no tantas como en Belfast.

La gente era de procedencia muy variada; muchos escoceses, irlandeses e ingleses, como es natural, algunos franceses y pieles rojas, pero sin plumas, y algún que otro alemán. Los matices de la piel también variaban muchísimo, cosa que para mí fue una novedad y, además, nunca sabías qué clase de idioma ibas a escuchar. Por la zona del puerto abundaban las tabernas, y las borracheras estaban a la orden del día debido a la presencia de los marineros, por cuyo motivo todo aquello parecía la Torre de Babel.

Sin embargo, el primer día apenas vimos nada de la ciudad, pues teníamos que buscarnos un techo que no nos costara muy caro. En el barco nuestro padre había hecho amistad con un hombre que nos facilitó un poco de información. Así pues, nuestro padre nos dejó en la taberna, apretujados con nuestras cajas y con una jarra de sidra en una habitación más sucia que una pocilga, y se fue a hacer otras averiguaciones.

Cuando regresó a la mañana siguiente, nos dijo que había encontrado alojamiento y hacia allá nos fuimos. La vivienda estaba situada al este del puerto y a dos pasos de Lot Street, en la parte de atrás de una casa que había conocido mejores tiempos. La fornida y rubicunda casera se llamaba señora Burt, era la respetable viuda de un marino —o eso al menos nos dijo ella—, olía a anguilas ahumadas y le llevaba unos cuantos años a mi padre. Vivía en la parte anterior de la casa, a la que no le hubiera venido nada mal una buena mano de pintura, y nos cedió las dos habitaciones de la parte de atrás, que eran más bien un edificio anexo. No había sótano debajo, y yo me alegré de que no estuviéramos en invierno, porque el viento habría entrado por todas partes. El suelo era de anchas tablas de madera muy pegadas a la tierra, por lo que los escarabajos y otras pequeñas criaturas subían a través de las grietas, sobre todo cuando llovía. Una mañana encontré incluso un gusano vivo.

Las habitaciones no estaban amuebladas, pero la señora Burt nos prestó dos armazones de cama y unos colchones rellenos con salvado hasta que mi padre se recuperara un poco, dijo ella, después del penoso golpe que había sufrido. El agua teníamos que bombearla en el patio y, para cocinar, podíamos utilizar una estufa de hierro que había en el pasillo que separaba las dos partes de la casa. No era propiamente una cocina, sino un utensilio para calentar, pero traté de sacarle todo el provecho que pude y, al cabo de un período de lucha, le cogí el tranquillo y conseguí hacer hervir una olla. Era la primera estufa de hierro que manejaba y, como usted comprenderá, pasé algunos apuros. Del humo mejor no hablar. Sin embargo, teníamos combustible de sobra, porque todo el país estaba cubierto de árboles y la gente los cortaba y se los llevaba que daba gusto. Además, podían aprovecharse los restos de las tablas de madera de todos aquellos edificios que se estaban construyendo; los trabajadores te los regalaban a cambio de una sonrisa y de la molestia de llevártelos.

Pero, si quiere que le diga la verdad, señor, no había mucho que guisar, pues nuestro padre decía que teníamos que ahorrar el poco dinero que nos quedaba para que él pudiera establecerse como Dios manda en cuanto tuviera ocasión de buscar un poco por ahí. Así pues, al principio nos alimentamos sobre todo de gachas de avena. Pero la señora Burt tenía una cabra en un cobertizo de la parte de atrás y nos daba leche recién ordeñada y, como ya estábamos a finales de junio, también nos daba cebollas del huerto de su cocina a cambio de que le arrancáramos las malas hierbas, que por cierto eran muchas. Y, cuando cocía pan, nos hacía una hogaza para nosotros.

Se compadecía de nosotros porque nos habíamos quedado sin madre. Ella no tenía hijos, ya que su único hijo había muerto del cólera al mismo tiempo que su querido esposo, y echaba de menos el rumor de las pisadas de piececitos, o eso le decía a nuestro padre. Nos miraba con expresión nostálgica y nos llamaba «pobrecitos corderitos sin madre» o «angelitos», a pesar de nuestros andrajos y nuestra mugre. Creo que abrigaba la esperanza de casarse con mi padre, que se esforzaba en exhibir sus mejores cualidades y procuraba cuidar un poco más su aspecto. A ella, aquel viudo reciente con tantos hijos a su cargo debía de antojársele una fruta madura, a punto de caer del árbol.

Lo invitaba a pasar a la parte anterior de la casa para consolarlo y afirmaba que nadie mejor que una viuda como ella sabía lo que era perder al consorte. Era algo que te dejaba anonadado, decía, y por eso los viudos necesitaban a un amigo sincero que los comprendiera y compartiera con ellos sus penas, dando a entender que ella era la persona adecuada para tal menester. Tal vez en eso tuviera razón, pues no había ninguna otra candidata.

Por su parte, nuestro padre captó la alusión y para seguirle la corriente iba de un lado para otro como un alma en pena, con un pañuelo siempre a mano. Decía que le habían arrancado el corazón del pecho y qué iba a hacer él sin su querida esposa que ahora estaba en el cielo por ser demasiado buena para esta tierra, y encima con todas aquellas boquitas que alimentar. Yo le oía entrar en el salón de la señora Burt, porque la pared que separaba las dos partes de la casa no era muy gruesa y, si aplicas un vaso a una pared y pegas la oreja al otro extremo, lo oyes todo aún mejor. Teníamos tres vasos que nos había prestado la señora Burt. Los probé y elegí el más adecuado para mi propósito.

Yo lo había pasado muy mal con la muerte de mi madre, pero había procurado no venirme abajo y arrimar el hombro. El hecho de oír ahora a mi padre lloriqueando de aquella manera me revolvía las tripas. Creo que fue entonces cuando empecé a odiarlo, sobre todo teniendo en cuenta lo mal que había tratado a nuestra madre en vida, no mucho mejor que si hubiera sido el trapo que él usaba para limpiarse las botas. Comprendí —a diferencia de la señora Burt— que todo era una pura comedia y que él procuraba conmoverla porque se había gastado el dinero del alquiler en la taberna más cercana. Poco después se vendió las tazas de porcelana de mi madre con su decorado de rosas y, a pesar de haberle yo suplicado que no se desprendiera de la tetera rota, también la vendió, señalando que la rotura era limpia y se podría arreglar. A continuación desaparecieron los zapatos de nuestra madre y la mejor sábana que teníamos. Más me hubiera valido utilizarla para el entierro de nuestra pobre madre.

Salía de la casa tan garboso como un gallo, simulando que iba a buscar trabajo, pero yo sabía adónde iba, lo adivinaba por el olor cuando regresaba. Lo veía bajar haciendo eses por la calleja y colocarse de nuevo el pañuelo en el bolsillo de la chaqueta. La señora Burt abandonó muy pronto sus proyectos y ya no hubo más tés en el salón. También dejó de darnos leche y pan y pidió que le devolviéramos los vasos y le pagáramos el alquiler si no queríamos que nos pusiera de patitas en la calle.

Fue entonces cuando nuestro padre empezó a decirme que ya era casi una mujer adulta y me estaba comiendo su casa y su hacienda. Ya era hora de que saliera a ganarme el pan como había hecho mi hermana mayor, aunque ésta nunca había enviado una parte suficiente de su salario, la muy guarra. Al preguntarle yo quién cuidaría de los pequeños, me contestó que lo haría mi hermana Katey que ya tenía nueve años y medio. Comprendí que no tendría más remedio que irme.

No sabía cómo encontrar trabajo, pero se lo pregunté a la señora Burt, que era la única persona que conocía en la ciudad. La señora Burt quería librarse de nosotros y nadie se lo hubiera podido reprochar. Sin embargo, veía en mí una posibilidad de cobro. Tenía una amiga que conocía al ama de llaves de la esposa del concejal Parkinson y había oído decir que necesitaban una criada. Me aconsejó que me arreglara, me prestó una cofia limpia y ella misma me acompañó allí y me presentó al ama de llaves. Le dijo que era muy trabajadora y bien dispuesta, que tenía muy buen carácter y que ella respondía de mí. Después le explicó que mi madre había muerto a bordo del barco y había sido arrojada al mar, y el ama de llaves convino con ella en que era una desgracia y me estudió con más detenimiento. He observado que no hay nada como una muerte para abrirte una puerta.

El ama de llaves era una tal señora Honey*, dulce sólo de nombre, pues se trataba de una reseca mujer de nariz tan puntiaguda como un matacandelas. Daba la impresión de haberse alimentado de mendrugos de pan rancio y mondaduras de queso, cosa que probablemente habría hecho en otros tiempos, ya que era una aristócrata inglesa en apuros, obligada a convertirse en ama de llaves a la muerte de su marido, perdida en aquel país y sin un céntimo en el bolsillo. La señora Burt le dijo que yo tenía trece años y no la contradije. Me había advertido de antemano de que así tendría más posibilidades de que me contrataran. Además, no era totalmente mentira, porque me faltaba un mes para cumplirlos.

La señora Honey me miró frunciendo los labios y comentó que estaba muy escuálida. Esperaba que no estuviera enferma, añadió. Después preguntó de qué había muerto mi madre. La señora Burt contestó que de nada contagioso y le explicó que, a pesar de que yo era un poco bajita para mi edad y aún no me había desarrollado del todo, era muy fuerte y ella misma me había visto acarreando haces de leña como un hombre.

* En inglés, «miel». *(N. de la T.)*

La señora Honey aceptó la explicación, me miró despectivamente y preguntó si tenía mal genio, pues las personas pelirrojas solían ser irascibles. La señora Burt contestó que tenía el carácter más dulce de este mundo y había soportado todas mis desgracias con la resignación cristiana de una santa. Eso le hizo recordar a la señora Honey la necesidad de preguntar si era católica, porque casi todos los irlandeses lo eran; en caso de que lo fuera, no querría tener el menor trato conmigo, ya que los católicos eran unos papistas supersticiosos y rebeldes que estaban provocando la ruina del país. Se alegró al enterarse de que no. La señora Honey preguntó si sabía coser y la señora Burt le contestó que cosía como los ángeles. Entonces el ama de llaves me preguntó directamente a mí si era verdad; a pesar de mi nerviosismo, le contesté que había ayudado a mi madre a confeccionar camisas desde muy pequeña y sabía hacer ojales y remendar medias de hombre, recordando añadir la palabra «señora» al terminar.

La señora Honey titubeó como si estuviera haciendo sumas mentales y después quiso examinarme las manos. A lo mejor quería ver si eran las manos de una persona acostumbrada a trabajar de firme. No habría sido necesario que se tomara aquella molestia, pues las tenía tan ásperas y enrojecidas como se pudiera desear. Pareció darse por satisfecha. Cualquiera hubiera dicho que estaba negociando la compra de un caballo. Me sorprendió que no me pidiera que le enseñara los dientes, pero comprendo que el que paga un salario quiera asegurarse un buen servicio a cambio.

El resultado de la entrevista fue que la señora Honey consultó con la esposa del concejal Parkinson y al día siguiente envió recado de que fuera a la casa. Mi salario consistiría en la manutención y un dólar al mes, que era lo menos que en conciencia podía pagarme. Sin embargo, la señora Burt me dijo que podría ganar más cuando creciera y adquiriera más experiencia. Por otra parte, un dólar de entonces valía mucho más que uno de ahora. En cuanto a mí, me alegré de poder ganar dinero por mi cuenta y pensé que era una fortuna.

A mi padre se le ocurrió la idea de que yo fuera y viniera entre las dos casas y durmiera en la nuestra, que así llamaba él a nuestras dos míseras habitaciones, quería que cada mañana siguiera levantándome a primera hora como de costumbre y encendiera la estufa y pusiera a calentar la olla y que, al acabar el día, ordenara las habitaciones e hiciera de paso la colada, la poca que se podía hacer, pues no teníamos ningún caldero de cobre y hubiera sido inútil pedirle a mi padre que se gastara dinero incluso en la peor clase de jabón. Pero en la residencia de la esposa del concejal Parkinson querían que durmiera en la casa. Tendría que presentarme allí el primer día de la siguiente semana.

Aunque me entristecía separarme de mis hermanos y hermanas, me alegraba de poder irme de allí, ya que, de no haberlo hecho, muy pronto habrían surgido discusiones entre mi padre y yo. Cuanto más crecía, tanto menos conseguía complacerlo. Yo había perdido la natural confianza que tienen los hijos en sus padres y él seguía gastándose en bebida el dinero del pan de sus hijos y no habría tardado en obligarnos a mendigar, robar o cosas peores. Le habían vuelto los arrebatos de furia, mucho más violentos que los que solía sufrir antes de que muriera mi madre. Yo tenía todos los brazos ennegrecidos y azulados. Una noche me arrojó contra una pared, tal como algunas veces había hecho con mi madre, y me gritó que era una guarra y una puta, en respuesta a lo cual yo me desmayé. A partir de aquel momento, temí que algún día me rompiera el espinazo y me dejara tullida. Sin embargo, después de aquellos arrebatos, se despertaba por la mañana diciendo que no recordaba nada de lo ocurrido, que había estado fuera de sí y no sabía qué idea se le había metido en la cabeza.

A pesar de que por la noche yo estaba muerta de cansancio, solía permanecer despierta en la cama pensando en todas aquellas cosas. Nunca se sabía cuándo mi padre podía perder los estribos, comportarse como un loco y amenazar con matar a esta o aquella persona, incluidos sus propios hijos, por ninguna razón en especial como no fuera la bebida.

Yo había dado en pensar en lo mucho que pesaba la olla de hierro. En caso de que se la hubiera dejado caer encima mientras dormía, le habría partido el cráneo y después habría dicho que había sido un accidente. Sin embargo, yo no quería cometer un pecado tan grave, aunque temía que la rabia que ardía en mi corazón me impulsara a cometerlo.

Así pues, mientras me preparaba para trasladarme a la casa de la esposa del concejal Parkinson, di gracias a Dios por haberme alejado del camino de la tentación y recé para que me mantuviera apartada de él en el futuro.

La señora Burt se despidió de mí con un beso y me deseó buena suerte. A pesar de su rostro mofletudo y de su olor a pescado ahumado, me alegró su actuación; en este mundo hay que aprovechar todas las migajas de amabilidad que se pueda, pues no abundan demasiado por desgracia. Mis hermanos menores lloraron cuando me fui con mi pequeño fardo en cuyo interior guardaba el chal de mi madre. Les prometí que iría a verlos y en aquel momento lo dije en serio.

Mi padre no estaba en casa cuando me fui. Tanto mejor que no estuviera, porque lamento decir que lo más seguro es que ambos habríamos cruzado insultos, aunque los míos los habría pronunciado en silencio. Siempre es un error insultar abiertamente a los que son más fuertes que tú a menos que haya una valla de por medio.

16

*Del doctor Simon Jordan, en casa del mayor C. D.
Humphrey, Lower Union Street, Kingston, Canadá
Occidental, al doctor Edward Murchie, Dorchester,
Massachusetts, Estados Unidos de Norteamérica.*

15 de mayo de 1859

Mi querido Edward:

Te escribo a la luz de la vela de medianoche que tantas veces hemos quemado juntos, en una casa condenadamente fría que en este sentido se parece mucho a nuestro alojamiento de Londres. Pero pronto hará demasiado calor y se nos echarán encima los húmedos miasmas y las dolencias estivales y entonces nos quejaremos también de ellas.

Te agradezco tu carta y la venturosa noticia que contiene. ¡O sea que te has declarado a la encantadora Cornelia y has sido aceptado! Perdonarás a tu viejo amigo que no se sorprenda demasiado, pues la cuestión estaba muy clara entre las líneas de tus cartas y se podía adivinar fácilmente sin necesidad de que el lector fuera muy perspicaz. Te ruego que aceptes mi más cordial felicitación. Por lo que yo sé de la señorita Rutherford, eres un hombre de suerte. En momentos como éste envidio a los que han encontrado un refugio seguro al que entregar su corazón; o a lo mejor los envidio porque tienen un corazón que entregar. A menudo me parece que carezco de él y tengo en su lugar una simple piedra en forma de corazón; por eso estoy condenado a «vagar solitario y sin rumbo como una nube», tal como dice Wordsworth.

La noticia de tu compromiso animará sin duda a mi querida madre y la impulsará a renovar y aumentar sus esfuerzos por casarme. Estoy seguro de que te utilizará contra mí en toda ocasión, como un dechado de rectitud y como vara para golpearme. Bueno, está en su derecho. Más tarde o más temprano tendré que apartar a un lado mis escrúpulos y obedecer el mandato bíblico del «creced y multiplicaos». Tendré que entregar mi corazón de piedra a los cuidados de una amable damisela a quien no le importe demasiado que no sea un verdadero corazón de carne y que disponga también de los medios materiales necesarios para cuidarlo, ya que es bien sabido que los corazones de piedra exigen más comodidades que los otros.

A pesar de este defecto mío, mi querida madre no deja de forjar planes matrimoniales. En estos momentos me está cantando las alabanzas de la señorita Faith Cartwright, a quien tú recordarás haber conocido hace varios años en el transcurso de una de las visitas que nos hiciste. Al parecer ha mejorado mucho gracias a una estancia en Boston, lo cual, que yo sepa —y que tú sepas también, pues fuiste compañero mío de estudios en Harvard—, nunca ha mejorado a nadie. Además, a juzgar por la forma en que mi madre alaba las virtudes morales de la joven, me temo que entre las mejoras no figure la rectificación de las deficiencias de sus restantes encantos. Por desgracia, la que tendría el poder de transformar a tu cínico y viejo amigo en algo parecido a un enamorado es otra clase de doncella muy distinta de la digna e inmaculada Faith.

Pero ya basta de quejas y refunfuños. Me alegro enormemente por ti, mi querido amigo, y bailaré en tu boda con toda la buena voluntad del mundo, siempre y cuando no me halle muy lejos cuando tengan lugar las nupcias.

Has tenido la amabilidad —en medio de tus arrobamientos— de preguntarme por mis progresos con Grace

Marks. No tengo mucho que contarte de momento, pero, puesto que los métodos que estoy utilizando son graduales y tienen efectos acumulativos, no espero resultados rápidos. Mi propósito es despertar la parte de su mente que está inactiva, indagar por debajo del umbral de su conciencia y descubrir los recuerdos que sin duda yacen enterrados allí. Me acerco a su mente como si ésta fuera una caja cerrada cuya llave tengo que encontrar. Pero hasta ahora debo reconocer que no he llegado muy lejos.

Me sería muy útil que estuviera efectivamente loca o, por lo menos, un poco más loca de lo que parece. Sin embargo, hasta ahora ha puesto de manifiesto una compostura que incluso una duquesa le podría envidiar. Jamás he conocido a una mujer tan absolutamente reservada como ella.

Aparte del incidente que se produjo en el momento de mi llegada —y que, por desgracia, no pude presenciar porque llegué demasiado tarde—, no ha tenido ningún arrebato. Habla con una voz baja y melodiosa y más cultivada de lo que es normal en una criada, una habilidad adquirida sin duda durante su prolongado servicio en casa de sus superiores sociales, y casi no conserva la menor traza del acento irlandés del Norte con el que debió de llegar aquí, aunque eso no es tan extraño, pues entonces era sólo una niña y ahora ya ha pasado más de la mitad de su vida en este continente.

Se sienta sobre un cojín y pespuntea una primorosa costura, más fresca que una rosa y con los labios severamente fruncidos como los de una institutriz mientras yo apoyo los codos sobre la mesa delante de ella, devanándome los sesos y tratando infructuosamente de abrirla como si fuera una ostra. A pesar de que habla con aparente sinceridad, se las arregla para decirme lo menos posible, o lo menos posible acerca de aquello que yo quiero averiguar, aunque le he sacado muchos detalles acerca de su situación familiar en su infancia y acerca de la travesía que hizo del Atlántico como emigrante, pero nada de lo que cuenta se sale demasiado de lo corriente, simplemente refleja la pobreza y las penalidades habituales. Los que creen en el carácter hereditario de la locura deberían consolarse en cierto modo pensando que su padre era un borracho y probablemente también un incendiario. Sin embargo, a pesar de las muchas teorías en sentido contrario, yo no estoy muy convencido de que tales tendencias sean necesariamente hereditarias.

En cuanto a mí, de no ser por la fascinación que este caso me produce, puede que me volviera loco de puro aburrimiento; la vida social es aquí muy escasa y no hay nadie que comparta mis sentimientos e intereses, con la sola excepción tal vez del doctor DuPont, que está aquí de visita como yo; pero él es un fiel seguidor de ese chiflado escocés de Braid, un tipo bastante raro, por cierto. En cuanto a diversiones y distracciones, debo decirte que tenemos muy pocas, por cuyo motivo he decidido pedirle a mi patrona que me deje cavar en su huerto —que está muy abandonado, el pobre— y plantar unos cuantos repollos y cosas por el estilo, sólo para pasar el rato y hacer ejercicio.

¡Ya ves lo que me veo obligado a hacer, yo que en toda mi vida jamás había levantado una azada!

Pero es más de medianoche y tengo que terminar esta carta e irme a mi fría y solitaria cama. Te envío mis mejores pensamientos y deseos y confío en que vivas una existencia más provechosa y estés menos perplejo de lo que está.

Tu viejo amigo,
SIMON

VI

EL CAJÓN SECRETO

Histeria. Estos ataques suelen producirse sobre todo en mujeres jóvenes, solteras y de temperamento nervioso... Las mujeres que los sufren suelen pensar que padecen «todas las dolencias a que está sujeta la carne», y los falsos síntomas de enfermedad que presentan son tan parecidos a los auténticos que a menudo resulta difícil en extremo establecer la diferencia. Los ataques propiamente dichos suelen ir precedidos de profundas depresiones espirituales, derramamiento de lágrimas, mareo, palpitaciones cardíacas, etc... [...]. La paciente se va entumeciendo y se desmaya; el cuerpo se agita en todas direcciones, la boca emite espuma, la joven pronuncia expresiones incoherentes y padece ataques de risa, llanto o gritos. Cuando el ataque está a punto de terminar, la paciente suele llorar amargamente y unas veces recuerda todo lo ocurrido mientras que otras no recuerda nada.

ISABELLA BEETON,
Beeton's Book of Household Management,
1859-1961

Mi corazón la oiría y palpitaría,
si fuera de tierra y en un lecho de tierra yaciera;
mis cenizas la oirían y palpitarían,
aunque muerto ya un siglo estuviera.
Sobresaltado bajo sus pies me estremecería
y en morados y rojos capullos florecería.

ALFRED TENNYSON,
Maud, 1855

17

Simon sueña con un pasillo. Es el de la buhardilla de su casa, su vieja casa, la casa de su infancia; la gran casona que tenían antes de la ruina y la muerte de su padre. Allí dormían las criadas. Era un mundo secreto que un niño no hubiera debido explorar, pero él lo hacía, caminando tan sigilosamente como un espía con los pies enfundados en los calcetines. Prestando oído junto a las puertas entornadas. ¿De qué hablaban las criadas cuando creían que nadie las escuchaba?

Cuando se armaba de valor, entraba en sus habitaciones sabiendo que ellas estaban abajo. Con un estremecimiento de emoción examinaba sus cosas, las cosas prohibidas; abría los cajones, tocaba el peine de madera con dos dientes rotos, las cintas cuidadosamente enrolladas; rebuscaba en los rincones y detrás de la puerta: la enagua arrugada, la media de algodón, sólo una. La tocaba y la notaba caliente.

En el sueño el pasillo es el mismo, sólo que más grande. Las paredes son más altas y más amarillas y resplandecen como si el sol luciera a través de ellas. Pero las puertas están cerradas con llave. Prueba a abrir puerta tras puerta levantando la aldaba y empuja suavemente, pero ninguna cede. Sin embargo, allí dentro hay gente, él percibe su presencia. Son unas mujeres, las criadas. Sentadas en los bordes de sus estrechas camas, con sus blancas camisas de algodón, el cabello suelto derramándose sobre sus hombros, los labios entreabiertos y los ojos brillantes. Esperándolo.

Se abre la puerta del fondo. Dentro está el mar. Antes de que pueda detenerse, se lanza, el agua le cubre la cabeza y una corriente de plateadas burbujas surge de su persona. Percibe en los oídos un campanilleo, una leve y trémula risa; después siente la caricia de muchas manos. Son las criadas; sólo ellas saben nadar. Pero ahora se alejan de él a nado y lo abandonan. ¡Socorro!, les grita, pero ya se han ido.

Se aferra a algo: una silla rota. Las olas suben y bajan. A pesar de la turbulencia, no hay viento y el aire es desgarradoramente claro. Más allá, lejos de su alcance, flotan varios objetos: una bandeja de plata, un par de candelabros, un espejo, una caja labrada de rapé, un reloj de oro que emite un chirrido como el de un grillo. Son objetos de su padre que se vendieron a su muerte. Ahora surgen de las profundidades como burbujas, y cada vez hay más. Al llegar a la superficie flotan muy despacio como hinchados peces en fase de descomposición. No son duros como el metal sino suaves y están recubiertos por una piel escamosa como la de las anguilas. Lo contempla todo horrorizado porque ahora los objetos se están juntando, entrelazando y cambiando de forma. Les crecen unos tentáculos. Una mano muerta. Es su padre en medio del sinuoso proceso de la resurrección. Simon experimenta la abrumadora sensación de haber cometido una transgresión.

Se despierta con el corazón latiendo locamente en su pecho. Las sábanas y la colcha están enredadas a su alrededor y las almohadas han caído al suelo. Está empapado en sudor. Tras pasarse un buen rato reflexionando tendido, cree comprender la cadena de asociaciones que han provocado aquel sueño. Es la historia de Grace, con su travesía del Atlántico, el entierro en el mar, el catálogo de objetos domésticos y el autoritario padre, naturalmente. Un padre lleva a otro.

Comprueba la hora en el reloj de bolsillo que ha dejado en la mesilla de noche: por una vez se ha quedado dormido. Por suerte, su desayuno se ha retrasado, pero Dora puede aparecer de un momento a otro y él no quiere que lo sorprenda todavía vestido con su camisa de noche. Se pone la bata y se sienta rápidamente junto a la mesa de escribir, de espaldas a la puerta.

Anotará el sueño que acaba de tener en el diario que escribe con este propósito. Una escuela de *aliénistes* franceses recomienda la anotación de los sueños como instrumento terapéutico; de los propios sueños y de los de los pacientes para poder compararlos. Sostienen que los sueños, como el sonambulismo, son una manifestación de la invisible vida animal que hay bajo la conciencia y fuera del alcance de la voluntad. ¿Y si los ganchos —los goznes, por así decirlo— de la cadena de los recuerdos estuvieran localizados ahí?

Tiene que volver a leer la obra de Thomas Brown sobre la asociación y la sugestión, y la teoría de Herbart sobre el umbral de la conciencia, la línea que separa las ideas que se captan en pleno día de las que permanecen ocultas y olvidadas en las sombras de abajo. Moreau de Tours considera que el sueño es la clave del conocimiento de la enfermedad mental y Maine de Biran creía que la vida consciente era sólo una especie de isla que flotaba por encima de un subconsciente mucho más extenso, del que extraía pensamientos como si fueran peces. Lo que se percibe como conocido es sólo una pequeña parte de lo que quizá se almacena en este oscuro depósito. Los recuerdos olvidados permanecen allí como un tesoro enterrado que se recupera en fragmentos, si es que se recupera; y la amnesia podría ser de hecho una especie de sueño al revés; un ahogamiento de los recuerdos, un sumergimiento...

Se abre la puerta a su espalda: está entrando su desayuno. Moja afanosamente la pluma en el tintero. Espera el golpe sordo de la bandeja y el tintineo de la loza sobre la madera, pero no lo oye.

—Déjelo encima de la mesa, por favor —dice sin darse la vuelta.

Se oye un rumor como de aire escapándose de un pequeño fuelle, seguido por un estrépito de objetos rotos. Lo primero que piensa Simon es que Dora le ha lanzado la bandeja; siempre le ha parecido que ésta albergaba en su interior una mal disimulada violencia potencialmente criminal. Lanza un grito involuntario, se incorpora de un salto y se vuelve en redondo. Tendida cuan larga es en el suelo ve a su patrona la señora Humphrey en medio de una confusión de cacharros rotos y comida desaprovechada.

Se acerca corriendo, se arrodilla y le toma el pulso. Por lo menos, sigue con vida. Le levanta un párpado y ve el opaco blanco del ojo. Desanuda rápidamente el no demasiado limpio delantal con peto que lleva puesto y que él reconoce como uno que habitualmente utiliza la zarrapastrosa Dora, y después le desabrocha la pechera del vestido, observando mientras lo hace que falta un botón cuyos hilos todavía cuelgan en su lugar correspondiente. Rebusca entre las capas interiores de ropa y, al final, consigue cortar las cintas del corsé con su navaja de bolsillo, liberando un aroma de agua de violetas, hojas otoñales y carne húmeda. Tiene más carne de lo que él suponía, aunque dista mucho de estar gorda.

La lleva a su propio dormitorio —el canapé de su salón es demasiado pequeño para aquella finalidad—, la tiende en su cama y le coloca una almohada bajo los pies para que la sangre le vuelva a la cabeza. Considera la posibilidad de quitarle las botas —que hoy todavía no se han limpiado—, pero llega a la conclusión de que sería una familiaridad injustificada.

La señora Humphrey tiene unos bonitos tobillos, de

los que él aparta rápidamente los ojos; se le ha alborotado el cabello con la caída. Vista de aquella manera es más joven de lo que él pensaba y, sin su habitual expresión de tensa inquietud, resulta mucho más atractiva. Apoya el oído contra su pecho y la ausculta: las pulsaciones del corazón son normales. Un simple desmayo sin importancia. Humedece una toalla con el agua de la jarra y la aplica a su rostro y su cuello. Los párpados se estremecen.

Simon llena medio vaso de agua de la botella que hay en su mesilla de noche, añade veinte gotas de sales —un remedio que siempre lleva consigo durante sus visitas vespertinas por si Grace Marks sufriera un desvanecimiento similar— y, sosteniendo con un brazo la cabeza de la señora Humphrey, le acerca el vaso a los labios.

—Bébaselo.

Ella se lo bebe con torpeza y después se acerca la mano a la cabeza. Simon se percata ahora de que tiene una señal roja en la parte lateral del rostro. A lo mejor, el sinvergüenza de su marido es un bárbaro, amén de un borracho. Aunque, bien mirado, aquello más parece la huella de un bofetón y él cree que un hombre como el mayor utilizaría el puño cerrado. Simon siente por ella una oleada de protectora compasión que no puede permitirse el lujo de sentir. Esa mujer es sólo su patrona y, por si fuera poco, es una perfecta desconocida para él. No desea modificar la situación a pesar de la inesperada imagen que acude a su mente —provocada sin duda por la contemplación de una mujer indefensa tendida sobre su cama deshecha— de la señora Humphrey que, en estado de semiinconsciencia, agita las manos en el aire en gesto de impotencia, y que sin el corsé y con la camisa medio desgarrada, mueve espasmódicamente los pies —curiosamente, todavía calzados con las botas— y emite unos débiles maullidos mientras es violada por una corpulenta figura que no tiene la menor semejanza con él, aunque —desde arriba y desde atrás, que es su punto de observación durante la sórdida escena— la bata acolchada parece la misma.

Siempre ha sentido curiosidad por esas manifestaciones de la imaginación que ha tenido ocasión de observar en sí mismo. ¿De dónde proceden? Si se producen en él, tienen que producirse también en la mayoría de los hombres. Él está cuerdo, es normal y ha desarrollado en alto grado las facultades racionales de su mente; y, sin embargo, no siempre puede controlar semejantes imágenes. La diferencia entre un hombre civilizado y una bárbara fiera —un loco, podríamos decir— estriba tal vez en una simple capa de barniz de férreo dominio de sí mismo.

—Está usted a salvo —le dice amablemente—. Ha sufrido un desvanecimiento. Tiene que descansar hasta que se encuentre mejor.

—Pero... estoy en una cama.

La señora Humphrey mira a su alrededor.

—Es mi cama, señora Humphrey. Me he visto obligado a traerla aquí a falta de otro lugar apropiado.

El rostro de la señora Humphrey está ahora arrebolado. Ha observado la bata que él lleva puesta.

—Tengo que irme ahora mismo.

—Le ruego recuerde que soy un médico y, de momento, es usted mi paciente. Si ahora intentara levantarse, podría sufrir una recaída.

—¿Una recaída?

—Se ha desplomado usted al suelo mientras entraba con... —parece una falta de delicadeza mencionarlo— la bandeja de mi desayuno. ¿Puedo preguntarle... qué ha sido de Dora?

Para su consternación pero no así para su asombro, la señora Humphrey rompe a llorar.

—No le he podido pagar. Le debía tres meses de salario. Conseguí vender algunos... algunos objetos de carácter personal, pero mi marido me quitó el dinero hace dos días. Desde entonces no ha regresado a casa. No sé adónde se ha ido.

Hace un esfuerzo visible por dominar sus lágrimas.

—¿Y esta mañana?

—Tuvimos... unas palabras. La chica insistió en que le pagara lo que le debía. Le dije que no podía, que no era posible. Me contestó que, en tal caso, se pagaría ella misma. Empezó a revolver el contenido de los cajones de mi escritorio, supongo que en busca de joyas. Al no encontrar ninguna, dijo que se quedaría con mi anillo de casada. Era de oro pero muy sencillo. Traté de impedírselo. Me dijo que no era honrada y... me abofeteó. Después tomó el anillo, dijo que no quería seguir siendo mi esclava y abandonó la casa. Y entonces yo misma le preparé a usted el desayuno y se lo subí. ¿Qué otra cosa podía hacer?

O sea que no ha sido el marido, piensa Simon. Ha sido la bruta de Dora. La señora Humphrey rompe nuevamente a llorar muy quedo y sin esfuerzo, como si los sollozos fueran algo así como el canto de un pájaro.

—Tendrá sin duda alguna buena amiga a la que recurrir. O que pueda venir a echarle una mano.

Simon está deseando quitarse de encima la carga de la señora Humphrey y traspasársela a otra persona. Las mujeres se ayudan entre sí; lo suyo es atender a los afligidos. Preparan caldos de carne y jaleas. Tejen a punto de aguja cómodos chales. Dan palmadas y consuelan.

—No tengo amigos aquí. Nos trasladamos a vivir a esta ciudad hace muy poco tiempo tras sufrir... tras haber pasado unos apuros económicos en nuestro anterior lugar de residencia. Mi esposo no deseaba recibir visitas y no quería que yo saliera.

A Simon se le ocurre un pensamiento útil.

—Ha de comer algo. Se sentirá más fuerte.

Ella esboza una leve sonrisa.

—No hay nada que comer en esta casa, doctor Jordan.

Su desayuno era lo último que quedaba. Llevo dos días sin comer, desde que mi marido se fue. Lo poco que había se lo comió Dora. No tengo más que agua.

Así que, poco después, Simon está en el mercado, comprando con su propio dinero provisiones para el mantenimiento físico de su patrona. Pero antes ha ayudado a la señora Humphrey a bajar a la parte de la casa que ella ocupa; ella le ha rogado que lo hiciera, pues no podía correr el riesgo de ser sorprendida en el dormitorio de su huésped en caso de que su marido regresara a casa. Simon no se había sorprendido al ver que las estancias apenas contenían mobiliario: una mesa y dos sillas era todo lo que había en el salón. Pero quedaba todavía una cama en el dormitorio de la parte de atrás y allí depositó a la señora Humphrey, sumida en un estado de profundo agotamiento nervioso. Y también de hambre. No era de extrañar que estuviera tan flaca. Apartó la mente de la cama y de las escenas de desdicha conyugal que se habrían representado en ella.

Después regresó a sus habitaciones del piso de arriba con un cubo que había encontrado en la cocina, que estaba hecha un desbarajuste. Limpió el desayuno derramado y los platos rotos del suelo, observando que, por una vez, el huevo ahora inservible estaba perfectamente cocido.

Piensa que tendrá que notificarle a la señora Humphrey su intención de cambiar de alojamiento, lo cual será una molestia, por cierto, aunque preferible al trastorno que sin duda se produciría en su vida y su trabajo en caso de que se quedara allí: desorden, caos, los hombres del alguacil que a buen seguro acudirían a llevarse los muebles de sus habitaciones. Pero, si se va, ¿qué será de aquella desventurada mujer? No quiere tener ese peso en la conciencia, que es el lugar que ella ocupará si se muere de hambre en una esquina.

Adquiere unos huevos, un poco de tocino y queso y un trozo de mantequilla de aspecto no demasiado pulcro en el tenderete de una vieja campesina. Después entra en una tienda para hacerse con algo de té. Quisiera comprar algo de pan, pero no lo ve en ninguna parte. La verdad es que no sabe muy bien cómo se hacen estas cosas. Ha visitado el mercado en otra ocasión, aunque sólo de pasada, para comprar las hortalizas con las que esperaba despertar los recuerdos de Grace. Ahora se encuentra en una situación totalmente distinta. ¿Dónde se puede adquirir un poco de leche? ¿Por qué no hay manzanas? Es un universo que jamás ha explorado, pues nunca ha sentido curiosidad por averiguar la procedencia de la comida, con tal de que la hubiera. Los restantes compradores del mercado son criados que llevan colgados del brazo los cestos de la compra de sus amas; o mujeres de las clases más pobres con sus lacias cofias y sus sucios chales. Tiene la sensación de que están burlándose de él a su espalda.

Cuando regresa, la señora Humphrey ya se ha levantado. Va envuelta en un *quilt*, se ha peinado el cabello y está sentada junto a la cocina que, por suerte, está encendida —él no sabría cómo encenderla—, frotándose las manos y temblando. Simon consigue preparar un poco de té, freír unos huevos con jamón y tostar un panecillo rancio que al final consiguió encontrar en el mercado. Se lo comen juntos, sentados alrededor de la única mesa que queda. Piensa que ojalá hubiera un poco de mermelada de naranja.

—Es usted muy bueno, doctor Jordan.

—Faltaría más. No podía permitir que se muriera usted de hambre.

Su voz es más cordial de lo que él quisiera, es la voz de un jovial e hipócrita tío que está deseando soltarle el acostumbrado cuarto de dólar a la servil sobrina pobre, pellizcarle la mejilla y largarse a la ópera. Simon se pregunta qué estará haciendo en aquellos momentos el malvado mayor Humphrey, lo maldice en silencio y lo envidia. Dondequiera que esté, será un lugar mucho más placentero que aquél.

La señora Humphrey lanza un suspiro.

—Me temo que eso es lo que va a ocurrir. Se me han acabado los recursos. —Ahora se la ve muy tranquila y contempla su situación de manera objetiva—. Hay que pagar el alquiler de la casa y no queda dinero. Muy pronto se presentarán como buitres para recoger los huesos y me echarán a la calle. Puede que incluso me detengan por impago de deudas. Antes preferiría morir.

—Estoy seguro de que podrá hacer algo —dice Simon—. Para ganarse la vida, quiero decir.

Ella se lo queda mirando. A la luz que reina allí sus ojos son de un extraño color verde mar.

—¿Qué me aconseja usted que haga, doctor Jordan? ¿Delicados bordados? Las mujeres como yo no tienen muchas cosas que vender.

Se percibe en su voz un atisbo de maliciosa ironía. ¿Acaso adivina lo que él estaba pensando cuando ella yacía inconsciente en su cama deshecha?

—Le pagaré por adelantado otros dos meses de alquiler —dice Simon sin poderlo evitar. Es un insensato, un idiota compasivo; si tuviera dos dedos de frente, se largaría de allí como alma que lleva el diablo—. Creo que eso será suficiente para mantener a raya a los lobos, por lo menos hasta que usted tenga tiempo de pensar en sus proyectos.

Los ojos de la señora Humphrey se llenan de lágrimas. Sin una palabra, toma la mano que Simon apoya en la mesa y la comprime suavemente contra sus labios. El efecto sólo queda levemente empañado por los restos de mantequilla que perduran en su boca.

18

Hoy el doctor Jordan presenta un aspecto más trastornado que de costumbre, como si tuviera algo en la cabeza; no sabe muy bien cómo empezar. Por consiguiente, yo sigo con mi costura para darle tiempo de tranquilizarse un poco. Después me pregunta: ¿es nuevo este *quilt* que estás haciendo, Grace?

Le contesto: sí, señor, es un modelo Caja de Pandora para la señorita Lydia.

Eso despierta sus inclinaciones didácticas y comprendo que me va a enseñar algo, cosa que a los caballeros les gusta mucho hacer. El señor Kinnear también era así. ¿Sabes quién era Pandora, Grace?, me pregunta.

Sí, contesto, era una griega de tiempos antiguos que abrió una caja que le habían ordenado no abrir y entonces se escaparon de ella muchas enfermedades, guerras y otras calamidades humanas. Lo aprendí hace mucho tiempo en casa de la esposa del concejal Parkinson. Mary Whitney no tenía muy buena opinión acerca de esta historia y se preguntaba por qué habían dejado aquella caja tirada de cualquier manera por ahí si no querían que nadie la abriera.

Se sorprende de que lo sepa y pregunta: pero ¿sabes lo que había en el fondo de la caja?

Sí, señor, contesto, la esperanza. Se podría hacer una broma con eso y decir que la esperanza* es lo que uno en-

* Juego de palabras entre los términos ingleses *hope*, «esperanza», y *hop*, «lúpulo». (*N. de la T.*)

cuentra cuando rasca el fondo de un barril, tal como hacen algunos que al final se casan por pura desesperación. O se podría decir que es el arca del ajuar de una novia. Pero en cualquier caso, no es más que una fábula, aunque como motivo para un *quilt* es preciosa.

Bueno, supongo que todos necesitamos un poco de esperanza de vez en cuando, comenta él.

Estoy a punto de decirle que llevo bastante tiempo arreglándomelas sin ella, pero no lo hago. En su lugar le digo: no tiene usted muy buena cara, señor, confío en que no esté enfermo.

Me sonríe con la boca torcida como de costumbre y replica que no está enfermo sino simplemente preocupado, pero que, si yo sigo con mi relato, le haré un favor pues así se distraerá de sus preocupaciones. Sin embargo, se abstiene de decirme cuáles son.

Así pues, sigo adelante.

Ahora, señor, digo, llegamos a la parte más agradable de mi historia y en ella le hablaré de Mary Whitney; entonces comprenderá por qué eché mano de su nombre cuando lo necesité. Ella nunca dejó de ayudar a una amiga en apuros, de la misma manera que yo siempre estuve a su lado cuando hizo falta.

La casa de mi nuevo empleo era impresionante y estaba considerada una de las más bonitas de Toronto. Se levantaba en Front Street mirando al lago, donde había otras muchas casas muy grandes, y su pórtico redondo tenía unas columnas blancas en la parte anterior. El comedor, de forma ovalada como el salón, era una auténtica maravilla, aunque con muchas corrientes de aire. Había una biblioteca tan grande como un salón de baile con unas estanterías que llegaban hasta el techo llenas de libros encuadernados en cuero con tantas palabras dentro que ni en toda la vida hubiera podido uno leerlas. Y en los dormitorios había unas camas con altos baldaquines y cortinas y también unas redes para evitar la molestia de las moscas en verano y unas mesas de tocador con espejo, unas sillas de caoba con orinal y unas cómodas. Los señores pertenecían a la Iglesia Anglicana, como todas las personas encumbradas de entonces y todas las que pretendían medrar, por ser la oficial del país.

La familia estaba integrada por el concejal Parkinson, raras veces visible pues siempre andaba ocupado en sus negocios y en la política. Su apariencia era la de una manzana con dos palillos por piernas. Llevaba tantas leontinas e insignias de oro, cajas de rapé de oro y otros adornos que, si los hubieran fundido, se habrían podido sacar de ellos cinco collares de oro. Luego venía la esposa del concejal Parkinson que, según Mary Whitney, hubiera tenido que ocupar el cargo de su marido porque valía más que él. Era una mujer imponente cuya figura sin corsé no se parecía para nada a la que tenía con él. Cuando iba bien encorsetada, su busto se proyectaba hacia fuera como un estante y hubiera podido llevar encima un servicio entero de té sin derramar ni una sola gota. Procedía de los Estados Unidos de Norteamérica y era una acaudalada viuda antes de que, según sus propias palabras, el concejal Parkinson la tomara en sus brazos y la levantara en el aire, lo cual debió de ser todo un espectáculo. Mary Whitney decía que era un milagro que el concejal Parkinson hubiera salido con vida de la experiencia.

La mujer tenía dos hijos mayores que asistían a la universidad en los Estados Unidos y una cocker spaniel llamada *Bevelina*, que incluyo en la familia porque la trataban como si fuera uno de sus miembros. Me suelen gustar los animales pero con ella tenía que hacer un esfuerzo.

Después estaban los criados, que eran muchos. Durante mi estancia allí algunos se fueron y otros vinieron, por lo que no los mencionaré a todos. Estaba la doncella personal de la esposa del concejal Parkinson, que alegaba ser francesa aunque nosotros teníamos nuestras dudas, y que siempre se mantenía apartada; y la señora Honey, el ama de llaves, que ocupaba una espaciosa habitación en la parte trasera de la casa al igual que el mayordomo. La cocinera y la lavandera tenían sus cuartos cerca de la cocina. El jardinero y los mozos de cuadra vivían en los edificios anexos, como las dos criadas de la cocina, junto a las cuadras de los caballos y de las tres vacas, adonde yo iba algunas veces para ayudar a ordeñarlas.

A mí me enviaron a la buhardilla situada en lo alto de la escalera de la parte de atrás y tuve que compartir la cama con Mary Whitney, que ayudaba en las tareas de la colada. Nuestra habitación no era grande y resultaba calurosa en verano y muy fría en invierno, pues estaba justo debajo del tejado y no tenía chimenea ni estufa. El mobiliario consistía en una cama con colchón de paja, una pequeña cómoda, un sencillo lavabo con una jofaina desportillada y un orinal, aparte de una silla pintada de color verde claro, donde dejábamos la ropa doblada por la noche.

Al fondo del pasillo estaban las camareras Agnes y Effie. Agnes era religiosa pero muy amable y servicial. En su juventud había tratado de eliminar el color amarillo de los dientes con un producto que le había quitado también el blanco del esmalte. Puede que fuera por eso por lo que raras veces sonreía y procuraba hacerlo con la boca cerrada. Mary decía que rezaba tanto porque deseaba que Dios le devolviera la blancura de los dientes, pero sus esfuerzos habían sido vanos hasta entonces. Effie se había hundido en la melancolía tres años atrás cuando su novio había sido trasladado a Australia por haber participado en la Rebelión. Al recibir la carta en la que se le comunicaba la muerte de su novio, había intentado ahorcarse con las cintas del delantal, pero éstas se rompieron y la encontraron en el suelo medio asfixiada y enloquecida, por lo que tuvieron que encerrarla en el manicomio.

Yo no sabía nada de la Rebelión, porque no estaba en

el país cuando ocurrieron los hechos, pero Mary Whitney me lo contó. Fue contra la gente bien que lo dominaba todo y acaparaba todo el dinero y todas las tierras, y la encabezó el señor William Lyon Mackenzie, que era un radical y que, al fracasar la Rebelión, huyó a través de la nieve y el hielo vestido de mujer, cruzó el lago y pasó a los Estados Unidos. Hubieran podido traicionarlo muchas veces a lo largo del camino, pero nadie lo hizo porque era un hombre honrado que siempre había defendido los derechos de los campesinos. Muchos otros radicales, sin embargo, fueron atrapados y deportados o ahorcados, y perdieron todas sus propiedades. O se fueron al sur. Casi todos los que se quedaron aquí eran *tories* o decían serlo. Por consiguiente, lo mejor era no hablar de política como no fuera entre amigos.

Ya he dicho que yo no entendía nada de política, por lo que la idea de mencionarla ni siquiera se me pasaba por la cabeza. Le pregunté a Mary si era radical y ella me pidió que no se lo dijera a los Parkinson, a quienes les había contado otra historia, pues su padre había perdido su granja de aquella manera tras haber desbrozado él mismo las tierras con gran esfuerzo. Después le incendiaron la casa de troncos de madera que se había construido con sus propias manos mientras trataba de ahuyentar los osos y otros animales salvajes. Finalmente había perdido la vida a causa de la enfermedad que contrajo en los bosques en los que se había ocultado durante el invierno, y entonces su madre se había muerto de pena. Pero ya llegaría el momento de la venganza, decía ella con la cara encendida por la furia.

Me alegraba de estar con Mary Whitney, pues había congeniado con ella enseguida. A sus dieciséis años, era la más joven de la casa después de mí, una muchacha pizpireta de bonita figura, con un precioso cabello oscuro, ojos negros y brillantes y sonrosadas mejillas con hoyuelos. Y además, olía a nuez moscada o a claveles. Me lo preguntó todo sobre mí y yo le conté lo de nuestra travesía y la muerte de mi madre, a quien tuvimos que arrojar al mar en medio de los icebergs. Mary dijo que era una historia muy triste. Después le conté lo de mi padre, pero me callé lo peor, porque no es correcto hablar mal de un padre; le hablé de mi temor de que mi padre se quedara con mi salario y ella me dijo que no tenía que darle dinero, que él no lo había ganado y con eso no beneficiaría a mis hermanas y hermanos, ya que mi padre se lo gastaría todo para él y seguramente en bebida. Le dije que le tenía miedo y ella me contestó que allí no podría hacerme daño y, en caso de que lo intentara, ella hablaría con Jim, el de la cuadra, que era un hombre muy fuerte y tenía amigos que podían echarle una mano. Entonces empecé a tranquilizarme.

Mary me dijo que, a pesar de mi juventud y mi ignorancia, yo era más lista que el hambre y me explicó que la diferencia entre un estúpido y un ignorante era que el ignorante podía aprender. Añadió que yo le parecía muy trabajadora y cumplidora y que seguramente nos llevaríamos muy bien. Ella había servido en otras dos casas y, si una tenía que servir, mejor en casa de los Parkinson que en otro sitio, porque aquí no te escatimaban la comida. Y así era, pues muy pronto empecé a engordar y a crecer. Desde luego, la comida era más abundante y variada en el Canadá que al otro lado del océano. Hasta los criados comían carne todos los días, aunque fuera tocino o vaca salada; te daban pan de trigo o maíz y en la casa había tres vacas, un huerto, árboles frutales, fresas, grosellas y uva e incluso arriates de flores.

Mary Whitney era muy amante de la diversión y muy traviesa y atrevida en su manera de hablar cuando estábamos solas. Pero con las personas mayores o de más categoría se mostraba respetuosa y discreta; por eso y por lo bien que hacía su trabajo la apreciaba todo el mundo. No obstante, Mary se burlaba de ellos a su espalda e imitaba sus caras y su manera de caminar y de comportarse. Siempre me sorprendían las palabras que salían de su boca, porque algunas eran muy vulgares; no es que yo no hubiera oído antes semejante lenguaje, pues en casa mi padre lo empleaba cuando estaba borracho, y también lo había oído en el barco y en las posadas y tabernas del puerto; lo que me sorprendía era oírlo en boca de una chica tan joven y agraciada y tan pulcra y aseada en el vestir. Sin embargo, no tardé en acostumbrarme a él, atribuyéndolo a su condición de canadiense y al poco respeto que le inspiraban las categorías sociales. Cuando a veces me escandalizaba al oírla, ella me decía que muy pronto yo empezaría a cantar melancólicos himnos como Agnes y a andar por ahí con un rictus de amargura y la boca tan triste y colgante como el culo de una solterona. Entonces yo protestaba y al final acabábamos las dos muertas de risa.

Pero lo que más la enfurecía era que algunos tuvieran tanto y otros tan poco, pues no acertaba a comprender que ello formara parte de un designio divino. Decía que su madre era piel roja y que por eso tenía ella el pelo tan negro y que, si tuviera ocasión, huiría al bosque, se buscaría un arco y unas flechas y no tendría que recogerse el cabello ni usar corsé, añadiendo que yo podría acompañarla si quisiera. A continuación empezábamos a planear de qué manera nos ocultaríamos en el bosque, asaltaríamos a los viajeros y les arrancaríamos el cuero cabelludo, tal como se leía en los libros. Decía que le gustaría arrancarle el cuero cabelludo a la esposa del concejal Parkinson, aunque, en realidad, no merecía la pena hacerlo, pues el cabello que ésta lucía no era suyo. Había madejas y pelucas en su vestidor y una vez ella había visto a la doncella francesa cepillando una de aquellas pelucas y había pensado que era el cocker. Pero era sólo una manera de hablar y no teníamos intención de hacerle el menor daño a nadie.

Mary me acogió bajo su protección ya desde el principio. Enseguida adivinó que yo no tenía la edad que había dicho y juró no decírselo a nadie. Después echó un vistazo a mi ropa y dijo que casi todo me estaba demasiado pequeño y sólo servía para echarlo al cubo de la basura y que yo no conseguiría superar el invierno sólo con el chal de mi madre, porque el viento penetraría a través de él como si fuera un tamiz. Ella me ayudaría a conseguir la ropa que necesitaba. La señora Honey le había dicho que yo parecía un pilluelo y convenía que estuviera presentable, pues la esposa del concejal Parkinson tenía que velar por la fama de que gozaba en el barrio. Sin embargo, yo iba tan mugrienta que primero tendrían que rascarme como una patata.

Mary me dijo que pediría prestado el baño de asiento de la señora Honey. Yo me alarmé, pues jamás había estado en ningún baño y, además, le tenía miedo a la señora Honey, pero Mary dijo que ésta ladraba pero no mordía y en cualquier caso siempre se la oía acercarse, pues a causa de las llaves que colgaban de su cinto metía tanto ruido como un carro cargado de ollas viejas. En caso de que su solicitud originara alguna discusión, amenazaría con bañarme completamente desnuda bajo el chorro de la bomba del patio de atrás. Me escandalicé al oírla y dije que no lo consentiría y ella me contestó que jamás se le ocurriría hacer tal cosa, pero la sola mención de aquella posibilidad bastaría para obtener el permiso de la señora Honey.

Regresó enseguida y dijo que podíamos usar el baño de asiento siempre y cuando lo fregáramos bien al terminar. Llevamos la tina al lavadero, bombeamos el agua, la calentamos un poco en la cocina y la echamos en la tina. Le pedí a Mary que permaneciera de pie junto a la puerta para que no entrara nadie y que se volviera de espaldas, pues yo jamás me había quitado toda la ropa, aunque me dejé puesta la camisa por pudor. El agua no estaba muy caliente y cuando terminé tiritaba de frío. Menos mal que estábamos en verano; de lo contrario, me hubiera muerto congelada. Mary me dijo que tenía que lavarme también el cabello. Aunque fuera cierto que demasiadas abluciones debilitaban el cuerpo y ella sabía de una chica que había enfermado y muerto de tanto lavarse el cabello, convenía lavarlo cada tres o cuatro meses; echó un vistazo a mi cabeza y comentó que menos mal que no tenía piojos. En caso de que apareciera alguno, tendría que aplicarme azufre y esencia de trementina. Ella lo había hecho una vez y después se había pasado varios días oliendo a huevos podridos.

Mary me prestó un camisón hasta que se secara el mío, pues ella me había lavado toda la ropa. Después me envolvió en una sábana para que pudiera salir del lavadero y subir a la buhardilla por la escalera de la parte de atrás y dijo que estaba muy graciosa y parecía una loca.

Mary le pidió a la señora Honey un anticipo de mi salario para poder comprarme un vestido decente y nos dieron permiso para ir a la ciudad justo al día siguiente. La señora Honey nos echó un sermón antes de salir y dijo que deberíamos comportarnos con modestia, ir y regresar enseguida a casa y no hablar con desconocidos y tanto menos con hombres. Así prometimos hacerlo.

Pero me temo que hicimos justo lo contrario y nos dedicamos a admirar las flores de los jardines vallados de las casas y las tiendas que, por cierto, no abundaban tanto ni eran tan grandes como las de Belfast, a juzgar por lo poco que yo había visto allí. Después Mary dijo que seguramente me gustaría ver la calle donde vivían las prostitutas. Me asusté, pero ella afirmó que no había ningún peligro. En realidad, yo sentía curiosidad por ver a las mujeres que se ganaban la vida vendiendo su cuerpo, porque pensaba que, si me fueran mal las cosas y estuviera muriéndome de hambre, por lo menos tendría algo que vender.

Además, quería ver cómo eran. Así pues, fuimos a Lombard Street, pero, como era por la mañana, no había mucho que observar. Mary dijo que allí había varios burdeles, aunque por fuera no se notara. Por dentro decían que eran muy lujosos, que tenían alfombras turcas, arañas de cristal y cortinas de terciopelo, y que las prostitutas vivían allí, cada una con su propia habitación y con criadas que les servían el desayuno y fregaban los suelos, les hacían la cama y les vaciaban los orinales. Lo único que tenían que hacer era ponerse la ropa, volver a quitársela y tenderse boca arriba, un trabajo mucho más fácil que el de las minas de carbón o las fábricas de tejidos.

Las prostitutas de aquellas casas eran las de más categoría y las más caras y los hombres eran unos caballeros o, por lo menos, unos clientes que pagaban muy bien. En cambio, las más baratas tenían que pasearse por la calle y utilizar habitaciones alquiladas a tanto la hora. Muchas de ellas enfermaban y envejecían a los veinte años y tenían que cubrirse la cara con afeites para engañar a los pobres marineros borrachos. Aunque de lejos parecieran muy elegantes con sus plumas y sus vestidos de raso, de cerca te dabas cuenta de que los vestidos estaban sucios y no les sentaban bien, pues todo lo que llevaban puesto lo alquilaban cada día y apenas les quedaba dinero para comprar un poco de pan. Era una vida tan miserable que a ella le extrañaba que no se arrojaran al lago, aunque algunas de ellas sí lo hacían. A menudo las encontraban flotando en las aguas del puerto.

Me sorprendía que Mary supiera tantas cosas. Ella se echó a reír y me dijo que oiría contar muchas más si escuchara con atención, sobre todo en la cocina. Además, ella conocía a una chica del campo que había ido por mal camino y solía encontrarla por la calle, aunque no sabía qué había sido de ella últimamente y temía que no fuera nada bueno.

Después nos fuimos a una mercería de King Street

donde vendían restos de balas de tejido a muy buen precio. Había telas de seda y algodón, velartes y franelas, rasos y tartanes y todo lo que una mujer pudiera desear. Pero teníamos que pensar en el precio y aprovechar bien el dinero. Al final, compramos una zaraza muy práctica azul y blanca y Mary me dijo que me ayudaría a confeccionarme el vestido. Al llegar el momento, se sorprendió de que yo supiera coser tan bien y con unas puntadas tan diminutas, y le dije que estaba desaprovechada como criada y tendría que dedicarme a la costura.

El hilo para el vestido y los botones se los compramos a un buhonero que vino al día siguiente a la casa, donde todo el mundo lo conocía. La cocinera lo apreciaba mucho y le sirvió una taza de té y un pedazo de tarta mientras él abría el fardo y extendía sus mercancías. Se llamaba Jeremiah y, al verle subir por el camino de la puerta de atrás, advertí que un grupo de cinco o seis andrajosos golfillos lo seguía como en un desfile mientras uno de ellos golpeaba una olla con una cuchara y todos cantaban:

Jeremiah, aviva fuego,
puf, puf, puf.
¡Sopla suave primero
y después sopla con ganas!

El estruendo hizo que todos nos acercáramos a la ventana; cuando llegaron a la puerta de atrás, él les dio un penique y todos se alejaron corriendo. Al preguntarle la cocinera qué era aquello, él le contestó que antes prefería que lo siguieran y obedecieran sus órdenes a que le arrojaran pellas de barro y excrementos de caballo, como solían hacer con los buhoneros que no podían perseguirlos, pues para ello hubieran tenido que abandonar sus bultos y las veces que lo hacían, los pequeños bribones los saqueaban de inmediato. Así que él había elegido un camino más prudente, los utilizaba y él mismo les había enseñado la canción.

El tal Jeremiah era un hombre muy ágil y mañoso, con una nariz y unas piernas muy largas, la piel bronceada por el sol y una barba negra y rizada. Mary me dijo que, aunque pareciera un judío o un gitano como la mayoría de los buhoneros, era yanqui, hijo de un inmigrante italiano que trabajaba en las fábricas de tejidos de Massachusetts. Se apellidaba Pontelli y todo el mundo lo apreciaba. Hablaba muy bien el inglés, pero conservaba un ligero acento extranjero. Tenía unos penetrantes ojos negros y una sonrisa ancha y cordial y halagaba descaradamente a las mujeres.

Tenía muchas cosas que yo hubiera querido comprar, pero no podía permitirme aquel lujo, a pesar de que él me dijo que le pagara la mitad y el resto lo dejara para la próxima vez, pero a mí no me gusta contraer deudas. Vendía cintas y encajes, hilos y botones de metal, nácar, madera o hueso. Yo elegí unos de hueso. También vendía medias blancas de algodón, cuellos y puños, corbatines y pañuelos, varias enaguas y dos corsés de segunda mano, aunque muy bien lavados y casi nuevos, y guantes de verano de suaves colores y muy buena hechura. Y varios pendientes dorados y plateados que, según Mary, perderían el brillo; una auténtica caja de rapé y varios frascos de un perfume de rosas muy fuerte. La cocinera le compró unos cuantos y él le dijo que no los necesitaba, pues olía como una princesa. Ella se ruborizó y soltó una risita a pesar de que rondaba los cincuenta y no tenía muy buena figura. Más bien a cebollas, le contestó, y él le dijo que olía tan bien que estaba para comérsela y que el corazón de un hombre se ganaba a través del estómago. Acto seguido sonrió dejando al descubierto unos dientes grandes y blancos que parecían más grandes y blancos por contraste con la negra barba que los rodeaba, le dirigió a la cocinera una mirada hambrienta y se humedeció los labios con la lengua como si ella fuera un delicioso pastel que él ansiara devorar; con lo cual la cocinera se ruborizó todavía más.

Después nos preguntó si teníamos algo que vender, pues, tal como ya sabíamos, él pagaba muy bien. Agnes le vendió los pendientes de coral que le había regalado su tía, explicando que le parecían una muestra de vanidad, pero nosotras sabíamos que necesitaba el dinero para su hermana, que estaba pasando por un mal momento. Más tarde se acercó Jim el de las cuadras para cambiar una camisa y un gran pañuelo de color por otra camisa más de su agrado. Jeremiah cerró la transacción entregándole una navaja de mango de madera a modo de propina.

Cuando Jeremiah estaba en la cocina aquello parecía una fiesta, por lo que la señora Honey se presentó de repente para averiguar a qué venía todo aquel barullo. Bueno, Jeremiah, le dijo al buhonero, ya veo que vuelves a las andadas, siempre aprovechándote de las mujeres. Pero lo dijo con una sonrisa en los labios, cosa insólita en ella. Y él le contestó que sí, que eso era lo que estaba haciendo, porque había tantas mujeres bonitas que no podía resistir la tentación, aunque ninguna lo era más que ella. Entonces la señora Honey le compró dos pañuelos y le dijo que se diera prisa y no se pasara allí todo el día, pues las chicas tenían cosas que hacer. Tras lo cual, abandonó la cocina acompañada por el habitual tintineo de llaves.

Algunas quisieron que Jeremiah les dijera la buenaventura, pero Agnes dijo que aquello era obra del demonio y que a la esposa del concejal Parkinson no le gustaría que se corriera la voz de que en su cocina tenían lugar aquellas actividades propias de gitanos. Jeremiah decidió no hacerlo. Pero, tanto le suplicamos, que nos dedicó su parodia de un caballero, imitando la voz y los modales con tal propiedad que todas batieron palmas con entusiasmo. Después sacó como por arte de ensalmo una moneda de plata de la oreja de la cocinera y nos enseñó cómo se tragaba un tenedor, o aparentaba hacerlo. Nos explicó que había aprendido aquellos trucos de magia en la época de su turbulenta juventud, en que había sido un muchacho alocado que trabajaba en las ferias antes de convertirse en un honrado comerciante, ser objeto de las actividades de los rateros y dejar que le rompieran cincuenta veces el corazón unas muchachas tan crueles y hermosas como nosotras. Todas nos echamos a reír al oírlo.

Tras guardarlo todo en el fardo, tomarse el té y el pedazo de tarta, comentando que nadie hacía unos pasteles tan buenos como la cocinera, me hizo señas de que me acercara y me dio otro botón de hueso para que lo añadiera a los cuatro que yo había comprado. Lo depositó en mi mano y me dobló los dedos encima de él con unos dedos tan duros y secos como la arena. Primero me miró fijamente la mano y después dijo: cinco para que tengas suerte. Las personas de esta clase piensan que el cuatro trae mala suerte y que los números impares dan más suerte que los pares. A continuación me echó un rápido vistazo con aquellos ojos negros tan inteligentes y luminosos y me dijo en voz baja para que las demás no lo oyeran: tienes por delante unas rocas muy duras. Supongo que siempre las hay, señor, yo tengo muchas a mi espalda y he sobrevivido a ellas, contesté sin asustarme demasiado por sus palabras.

Entonces me dijo una cosa muy extraña. Me dijo: eres una de los nuestros.

Después se echó el fardo al hombro, tomó su bastón y se alejó. Y yo me quedé allí, preguntándome qué habría querido decir. Tras haberme pasado un buen rato reflexionando, llegué a la conclusión de que había querido decir que yo también era una vagabunda sin hogar como los buhoneros y los que trabajaban en las ferias, porque no acertaba a imaginar qué otra cosa podía ser.

Todas nos quedamos un poco tristes y abatidas cuando él se fue, pues pocas veces las que vivíamos en los cuartos de atrás teníamos ocasión de disfrutar de semejante placer y contemplar aquellas cosas tan bonitas y reírnos de buena gana en mitad de la jornada.

El vestido quedó muy bien y, como teníamos cinco botones en lugar de cuatro, pusimos tres en el cuello y uno en cada puño de las mangas y hasta la señora Honey comentó lo distinto que era mi aspecto y lo arreglada y respetable que parecía ahora que iba vestida como Dios manda.

19

Mi padre se presentó al término del primer mes pidiéndome todo el salario, pero yo sólo pude darle una cuarta parte porque me había gastado el resto. Ante eso me agarró por el brazo y empezó a insultarme y a soltar maldiciones, pero Mary le envió a los mozos de cuadra. Regresó al final del segundo mes y yo volví a darle un cuarto de mi salario. Mary le dijo que no volviera a aparecer por allí. Él la insultó con palabras muy fuertes y ella le contestó con otras todavía peores y llamó con un silbido a los hombres y de esta manera lo echaron de allí. Yo estaba un poco indecisa pues me compadecía de los pequeños. A través de la señora Burt traté de enviarles un poco de dinero más adelante, pero no creo que lo recibieran.

Al principio me pusieron a trabajar como criada en la cocina y me encomendaron la tarea de fregar las ollas y las cacerolas, pero muy pronto se dieron cuenta de que los calderos de hierro pesaban demasiado para mí. Poco después la lavandera se fue a servir a otra casa y fue sustituida por otra que no era tan activa como ella, por lo que la señora Honey decidió que yo ayudara a Mary a enjuagar y escurrir la ropa, a tenderla y a doblarla, alisarla y remendarla, y esa decisión nos encantó a las dos. Mary me dijo que ella me enseñaría todo lo que necesitaba saber y que, como yo era muy lista, aprendería enseguida.

Cuando cometía algún error y me ponía nerviosa, Mary me consolaba diciendo que no me tomara las cosas tan a pecho, pues el que nunca se equivoca jamás aprende; cuando la señora Honey me reprendía con aspereza y yo estaba al borde de las lágrimas, Mary me decía que no le hiciera caso, ya que ella era así porque se había tragado una botella de vinagre y éste le salía por la lengua. También me decía que no olvidara que no éramos unas esclavas y nadie nacía criado ni podía ser obligado a seguir siéndolo toda la vida; era simplemente un tipo de trabajo. Según la costumbre, las chicas se iban a servir para ganarse el dinero de la dote y después se casaban y, si el marido prosperaba, pronto contrataban a su vez a una criada o, por lo menos, a una chica para todo; y añadía que algún día yo sería independiente y tendría una preciosa granja y recordaría mis angustias y tribulaciones a manos de la señora Honey como una broma divertida. Todas las personas tenían el mismo valor y a este lado del océano la gente subía de categoría gracias al duro esfuerzo y no a quién fuera su abuelo, tal como tenía que ser.

Según ella, el truco consistía en hacer el trabajo sin que jamás nos vieran hacerlo; y si alguno de los amos nos sorprendía en plena tarea, lo mejor era retirarnos de inmediato. Al final, decía, nosotras los dominábamos a ellos porque les lavábamos la ropa sucia y, por consiguiente, sabíamos muchas cosas acerca de ellos mientras que ellos no nos lavaban la nuestra y no sabían nada acerca de nosotras. Pocos secretos podían ocultar los amos a los criados. Si alguna vez yo llegara a ser camarera, debería aprender a llevar un cubo lleno de porquería como si fuera un jarrón de rosas, pues lo que más aborrecían aquellas personas era que se les recordara que ellas también tenían cuerpo y su mierda apestaba tanto como la de cualquiera, si no más. Y después recitaba una frase proverbial: «Cuando Adán cavaba y Eva hilaba, ¿quién era el de más prosapia?»

Como ya le he dicho, señor, Mary era una chica muy sincera y no tenía pelos en la lengua. Y además, tenía unas ideas muy democráticas a las que yo tardé algún tiempo en acostumbrarme.

En lo alto de la casa había una espaciosa buhardilla dividida en compartimientos. Si subías por la escalera y pasabas por delante de la habitación donde nosotras dormíamos y bajabas unos peldaños, llegabas al cuarto de secado donde había muchas cuerdas de tender y unas ventanitas situadas bajo los aleros. El cañón de la chimenea de la cocina subía por aquella pieza. Se utilizaba para secar la ropa en invierno y cuando llovía fuera.

No solíamos hacer la colada cuando amenazaba lluvia, pero, sobre todo en verano, el día podía amanecer despejado y nublarse de repente y empezar a tronar y llover; las tormentas eran muy aparatosas con unos retumbos de truenos tan fuertes y unos destellos de relámpagos tan brillantes que aquello parecía el fin del mundo. La primera vez que ocurrió, yo me asusté, me escondí debajo de la mesa y me puse a llorar, pero Mary dijo que aquello no era nada, simplemente una tormenta. Después me contó varias historias de hombres que estaban en los campos e incluso en los graneros y habían sido alcanzados por un rayo, y también la de una vaca que se había guarecido bajo un árbol y había muerto herida por un rayo. Cuando teníamos la colada tendida y empezaban a caer las primeras gotas, salíamos corriendo con los cestos, recogíamos la ropa a la mayor velocidad posible, la subíamos a la buhardilla y la colgábamos de nuevo en el cuarto de secado, pues no podíamos dejarla mucho tiempo en los cestos so pena de que criara moho. Me encantaba el olor de la colada tendida fuera; era un delicioso aroma a fresco y las camisas y camisones agitados por la brisa en un día soleado parecían unos grandes pájaros blancos o unos exultantes ángeles sin cabeza.

En cambio, cuando tendíamos las mismas cosas dentro, en la grisácea penumbra del cuarto de secado su aspecto era completamente distinto, como el de unos pálidos espectros de sí mismos suspendidos en el aire y envueltos en un trémulo resplandor en medio de la oscuridad. Su silenciosa e incorpórea apariencia me daba miedo. Mary, que era muy rápida en estas cosas, muy pronto lo descubrió y solía esconderse detrás de las sábanas y comprimirse contra ellas para que se marcara el perfil de su rostro. Después emitía unos lastimeros gemidos o bien se situaba detrás de las camisas de dormir y movía sus mangas cual si fueran brazos. Su propósito era asustarme y vaya si lo conseguía. Entonces yo me ponía a gritar y después ambas nos perseguíamos entre la colada tendida, riendo y gritando, pero no demasiado para que no nos oyeran. Cuando yo la pillaba, le hacía cosquillas, pues tenía muchas. A veces nos probábamos las fajas de la esposa del concejal Parkinson sin quitarnos la ropa y nos paseábamos por allí con el pecho proyectado hacia fuera y una mirada despreciativa, y nos hacía tanta gracia que caíamos de espalda sobre los cestos de la ropa y allí nos quedábamos tendidas jadeando como peces recién pescados hasta que recuperábamos la compostura.

Eso no era más que la euforia de la juventud que no siempre asume unas formas demasiado serias, como seguramente habrá usted tenido ocasión de observar, señor.

En mi vida había visto tantos *quilts* como los que tenía la esposa del concejal Parkinson, ya que al otro lado del océano no se usaban tanto y los tejidos de algodón estampado no eran tan baratos ni tan variados. Mary me decía que una chica no se consideraba preparada para el matrimonio hasta que tenía tres *quilts* hechos con sus propias manos; los más bonitos eran los modelos nupciales como el Árbol del Paraíso y el Cesto de Flores. Otros modelos, como el de la Caza del Pato Salvaje y la Caja de Pandora, tenían muchas piezas y exigían mucha habilidad; y los de la Cabaña de Troncos y las Nueve Piezas eran para diario y su confección era mucho más rápida. Mary aún no había empezado a hacerse su *quilt* nupcial, pues, siendo una criada, no tenía tiempo. Pero ya había terminado un Nueve Piezas.

Un precioso día de mediados de septiembre, la señora Honey dijo que ya era hora de sacar los *quilts* y las mantas de abrigo para airearlos con vistas a la temporada de invierno y remendar los descosidos y los desgarrones, y nos encomendó la tarea a Mary y a mí. Los *quilts* se guardaban en la buhardilla en el interior de un arcón de madera de cedro, lejos del cuarto de secado para evitar la humedad, con una hoja de muselina entre cada uno de ellos y una cantidad de alcanfor que hubiera sido suficiente para matar a un gato y cuyo olor me mareaba de mala manera. Teníamos que llevarlos abajo, tenderlos en las cuerdas de la ropa y cepillarlos para ver si los habían atacado las polillas, pues a veces, a pesar de los arcones de madera de cedro y el alcanfor, las polillas los atacaban, dado que los *quilts* de invierno estaban acolchados con láminas de lana y no de algodón como los de verano.

Los *quilts* de invierno tenían unos colores más oscuros que los de verano y entre ellos dominaban los rojos, los anaranjados, los azules y los morados; algunos tenían piezas de seda, terciopelo y brocado. A lo largo de mis años de encierro en la cárcel, cuando estoy sola, cosa que ocurre a menudo, cierro los ojos, vuelvo la cabeza hacia el sol y veo un rojo y un anaranjado tan vivos como los de aquellos *quilts*. Cuando colgábamos media docena de ellos en fila en la cuerda de tender la ropa, me parecían las banderas desplegadas de un ejército que se va a la guerra.

Y desde entonces he pensado: ¿por qué razón quieren las mujeres coser estas banderas y colocarlas encima de las camas? Porque hacen que la cama sea lo que más destaca en una habitación. Y después he pensado: es una advertencia. Porque a lo mejor usted cree que una cama es una cosa muy tranquila, señor, y puede que para usted signifique el descanso, la comodidad y el sueño reparador. Pero no para todo el mundo es así y en una cama pueden ocurrir muchas cosas peligrosas. Es el lugar donde nacemos y éste es el primer peligro que afrontamos en la vida; es el lugar donde las mujeres dan a luz, a menudo por última vez. Y es el lugar donde se produce un acto entre los hombres y las mujeres que no le mencionaré, señor, aunque supongo que usted ya sabe a qué me refiero; algunos lo llaman amor y otros desesperación o simplemente una humillación por la que tienen que pasar. Y, por último, las camas son el lugar donde dormimos y soñamos y a menudo morimos.

Pero no tuve estas fantasías acerca de los *quilts* hasta que me encerraron en la cárcel. Es un lugar donde dispones de mucho tiempo para pensar sin nadie a quien puedas contarle tus pensamientos; y entonces te los cuentas a ti misma.

Aquí el doctor Jordan me pide que haga una pequeña pausa para que él pueda anotarlo todo, añadiendo que le interesa mucho lo que acabo de contarle. Me alegro de que así sea, porque he disfrutado mucho recordando aquellos tiempos y si de mí dependiera, permanecería en ellos todo lo que pudiera. Así pues, espero y contemplo cómo su mano se mueve sobre el papel y pienso que debe de ser agradable poder escribir con tanta rapidez, algo que sólo se consigue con la práctica, como tocar el piano. Me pregunto si tendrá una bonita voz y cantará dúos con señoritas por la noche cuando yo estoy encerrada sola en mi celda. Lo más seguro es que sí, ya que es un hombre muy amable y bien parecido y no está casado.

¿O sea, Grace, dice levantado la vista, que para ti la cama es un lugar peligroso?

Percibo en su voz una nota distinta; a lo mejor se está burlando de mí en secreto. No tendría que hablar con él tan espontáneamente, pienso, y tomo la decisión de no hacerlo si ése es el tono que piensa utilizar conmigo.

Bueno, no cada vez que te acuestas, señor, contesto, sólo en las ocasiones que le he mencionado. Después guardo silencio y sigo cosiendo.

¿Acaso te he ofendido, Grace?, me pregunta. No era ésa mi intención.

Sigo cosiendo en silencio unos momentos y después digo: le creo, señor, y me fío de su palabra en la esperanza de ser correspondida de la misma manera en el futuro.

Por supuesto que sí, asiente cordialmente. Te ruego que reanudes tu relato. No hubiera tenido que interrumpirte.

No querrá usted que le cuente las cosas ordinarias de la vida diaria, digo.

Quiero que me cuentes todo lo que puedas, Grace, contesta. Muchas veces los pequeños detalles de la vida poseen un profundo significado.

No sé muy bién a qué se refiere, pero continúo.

Por fin acabamos de bajar todos los *quilts*, los tendimos al sol y los cepillamos; después nos llevamos dos al interior de la casa para remendarlos. Lo hicimos en el lavadero, porque como aquel día no se había hecho la colada, se estaba más fresco que en la buhardilla y además, había una mesa muy grande donde extender los *quilts*.

Uno de ellos era muy raro, pues tenía cuatro urnas de color gris en las que crecían cuatro verdes sauces, y una paloma blanca en cada esquina, o eso creía yo que eran aunque más bien parecían gallinas. En el centro había el nombre de una mujer bordado en negro: Flora. Mary dijo que era un *quilt* conmemorativo hecho por la esposa del concejal Parkinson en memoria de una querida amiga suya difunta, tal como se estilaba hacer entonces.

El otro *quilt* era un modelo llamado Ventanas de Buhardilla. Tenía muchas piezas y, si lo mirabas de una manera, éstas parecían cajas cerradas. Cuando lo mirabas de otra manera, las cajas parecían abiertas. Supongo que las cajas cerradas eran las buhardillas y las abiertas eran las ventanas. Ocurre lo mismo con todos los *quilts*, los puedes mirar de dos maneras distintas, concentrándote en las piezas oscuras o en las claras. Pero cuando Mary dijo el nombre del modelo, yo no lo entendí bien y me pareció que había dicho Viudas* de la Buhardilla. Viudas de la Buhardilla, dije, qué nombre tan raro para un *quilt*. Y entonces Mary me repitió el nombre y las dos nos mondamos de risa, imaginándonos una buhardilla llena de viudas enlutadas con sus tocas y sus velos colgantes, frunciendo la boca en una mueca de aflicción, retorciéndose las manos, escribiendo cartas en hojas de papel orladas de negro y enjugándose las lágrimas de los ojos con sus pañuelos ribeteados de negro. Las cajas y los arcones de la buhardilla, dijo Mary, estarían llenos hasta el borde de mechones de cabello de sus difuntos y queridos esposos. Y yo dije a mi vez: a lo mejor, dentro de los arcones estarían también sus difuntos y queridos esposos.

Eso nos provocó otro acceso de risa. No pudimos dejar de reírnos ni siquiera cuando oímos el chacoloteo de las llaves de la señora Honey en el pasillo. Entonces hundimos los rostros en los *quilts* y, cuando ella abrió la puerta, Mary ya había recuperado la compostura, pero yo mantenía la cabeza inclinada y sacudía los hombros. ¿Qué ocurre, muchachas?, preguntó la señora Honey. Mary se levantó y le contestó: perdón, señora Honey, es que Grace está llorando por su madre muerta. Muy bien, dijo la señora Honey, pues acompáñala a la cocina para que le den una taza de té, pero no os entretengáis demasiado. Añadió que las chicas jóvenes lloraban a menudo, pero que Mary no debería ser demasiado complaciente conmigo ni permitir que la situación se le escapara de las ma-

* En inglés, *widows*, palabra fácil de confundir con *windows*, «ventanas». *(N. de la T.)*

nos. Cuando se fue, nos abrazamos y nos reímos tanto que creí que nos moríamos.

Pensará usted, señor, que fue una desconsideración por nuestra parte burlarnos de las viudas, y que con tantas como había en mi familia yo no hubiera tenido que tomarme a broma estas cosas. De haberse hallado alguna viuda allí cerca, no lo habríamos hecho, pues no está bien burlarse del sufrimiento de los demás. Pero no había ninguna viuda que pudiera oírnos y sólo le puedo decir, señor, que éramos unas chicas muy jóvenes y las chicas jóvenes suelen ser un poco tontas en este sentido y es mejor reír que reventar.

Luego se me ocurrió pensar en las viudas, en el dolor de la viuda y en el óbolo de la viuda de que hablan las Sagradas Escrituras y que a los criados siempre nos instaban a dar a los pobres sustrayéndolo de nuestro salario; y también en cómo los hombres guiñaban el ojo y asentían con la cabeza cuando se hablaba de una viuda joven y acaudalada y en cómo una viuda sólo era respetable en caso de que fuera vieja y pobre, pero no en el caso contrario, lo cual es muy extraño si bien se mira.

En septiembre el tiempo fue bueno, con unos días como de verano, y en octubre muchos árboles adquirieron unos tonos rojos, amarillos y anaranjados que parecían de fuego y yo no me cansaba de mirar. Un atardecer en que estaba fuera con Mary recogiendo las sábanas de las cuerdas de tender, oímos un ruido como de muchas voces gritando a la vez y Mary dijo: mira, son los patos salvajes que vuelan al sur a pasar el invierno. Los patos habían oscurecido el cielo y Mary dijo: mañana por la mañana saldrán los cazadores. Me entristecí al pensar que aquellas criaturas salvajes estaban a punto de morir a causa de los disparos.

Una noche de finales de octubre me ocurrió una cosa terrible. No se lo contaría, señor, si no fuera usted médico, porque los médicos ya saben estas cosas y, por consiguiente, no se escandalizará. Estaba usando el orinal y me había puesto la camisa de dormir para irme a la cama, pues no quería salir fuera para ir al retrete en medio de la oscuridad. Bajé los ojos y vi sangre en el orinal y también en la camisa de dormir. Cuando vi que estaba sangrando entre las piernas, pensé que me iba a morir y me eché a llorar.

Al entrar en el cuarto y encontrarme en semejante estado, Mary me preguntó: ¿qué ha ocurrido? Yo le contesté que padecía una enfermedad terrible y seguramente me iba a morir. Además, me dolía la tripa, pero yo no le había dado importancia, pensando que era por haber comido demasiado pan recién hecho, pues aquel día habíamos cocido pan. Sin embargo, me acordé de mi madre y me vino a la mente que el mal que le produjo la muerte había empezado con un dolor de estómago y entonces me puse a llorar con más fuerza.

Mary miró y tengo que reconocer que no se burló de mí sino que me lo explicó todo. Se sorprenderá usted de que yo no supiera nada al respecto, habida cuenta de la cantidad de hijos que mi madre había tenido, pero la verdad es que yo sabía cómo salían los bebés e incluso cómo entraban, pues se lo había visto hacer a los perros en la calle, pero de esto otro no sabía nada. Si hubiera tenido amigas de mi edad supongo que lo hubiera sabido.

Mary me dijo: ahora ya eres una mujer, y eso me hizo llorar. Entonces ella me abrazó y me consoló mejor de lo que hubiera podido hacerlo mi madre, que siempre estaba demasiado ocupada, cansada o enferma. Después me prestó su enagua de franela roja hasta que yo tuviera una y me enseñó cómo doblar y sujetar los paños y me dijo que algunos lo llamaban «la maldición de Eva», cosa que a ella le parecía una estupidez, ya que la verdadera maldición de Eva era tener que aguantar las idioteces de Adán que, en cuanto surgió un problema, le echó toda la culpa a ella. Me dijo también que, en caso de que el dolor fuera muy intenso, me daría un trozo de corteza de sauce para que lo mascara y eso me aliviaría; después me calentaría un ladrillo en el horno de la cocina y lo envolvería en una toalla contra el dolor. Se lo agradecí mucho, era una buena amiga de verdad.

A continuación me hizo sentar, empezó a peinarme el cabello, que es una cosa que tranquiliza mucho, y me dijo: Grace, vas a ser una belleza, muy pronto harás que los hombres vuelvan la cabeza a tu paso. Los peores son los caballeros que se consideran con derecho a hacer todo lo que les venga en gana; cuando sales para ir al retrete por la noche, ellos suelen estar bebidos y aguardan al acecho y te agarran. Como no se puede razonar con ellos, si no tienes más remedio, suéltales un puntapié entre las piernas, que es donde más les duele; lo mejor es cerrar con llave la puerta de tu cuarto y usar el orinal. No obstante, recuerda que cualquier clase de hombre intentará hacer lo mismo. Empiezan prometiéndote cosas, te dicen que harán todo lo que quieras, pero tú tienes que andarte con mucho tiento con lo que pidas y no hacer nada por ellos hasta que hayan cumplido lo que prometieron. Y, si hay un anillo, tiene que ir acompañado de un cura.

Yo le pregunté ingenuamente que por qué y ella me contestó que porque los hombres eran embusteros por naturaleza y eran capaces de decir cualquier cosa con tal de conseguir lo que querían de ti, pero después lo pensaban mejor y se largaban en el primer barco. Comprendí que era la misma historia que tía Pauline solía contarle a mi madre; asentí con la cara muy seria y le dije que tenía razón, a pesar de no saber muy bien a qué se refería. Después me dio un abrazo y me dijo que era una buena chica.

La noche del 31 de octubre, que como usted sabe, señor, es la víspera de Todos los Santos, en que dicen que los espíritus de los muertos salen de las tumbas, aunque eso es sólo una superstición... aquella noche, Mary entró en nuestro cuarto ocultando algo en el delantal, y me dijo: mira, tengo cuatro manzanas que le he pedido a la cocinera. En aquella estación del año abundaban mucho las manzanas y había varios barriles llenos en el sótano. Ah, ¿son para comer?, le pregunté. Nos las comeremos después, pero ésta es la noche en que puedes saber con quién te casarás. Añadió que había traído cuatro manzanas para que cada una tuviera dos oportunidades.

Me enseñó un cuchillito que también le había dado la cocinera, o eso dijo ella por lo menos. La verdad es que algunas veces tomaba las cosas sin pedirlas, lo cual me ponía muy nerviosa. Pero ella decía que eso no era robar, siempre y cuando después lo devolvieras. Aunque a veces tampoco lo hacía. Mary había cogido uno de los cinco ejemplares de *La dama del lago* de sir Walter Scott que había en la biblioteca y me lo estaba leyendo en voz alta. Y tenía todo un surtido de cabos de vela que había pispado uno a uno en el comedor y los guardaba escondidos bajo una tabla suelta del suelo, cosa que no habría hecho si se los hubiera llevado con permiso. Nos daban una vela para que nos desnudáramos por la noche, pero la señora Honey decía que no teníamos que malgastarla y que cada vela debía durarnos una semana, lo que significaba disponer de menos luz de la que Mary necesitaba. Mary tenía unos fósforos que también guardaba escondidos, y siempre que quería, cuando apagaba nuestra vela oficial para que nos durara el tiempo necesario, prendía otra. Ahora encendió dos cabos de vela.

Aquí está el cuchillo y la manzana, me dijo, tienes que quitar la piel en un sola tira alargada y después, sin volver la cabeza, has de arrojarla hacia atrás por encima del hombro izquierdo. Su forma te dirá la inicial del hombre con quien te casarás y esta noche soñarás con él.

Yo era demasiado joven para pensar en maridos, pero Mary hablaba mucho de ellos. Cuando consiguiera ahorrar lo suficiente, decía, se casaría con un granjero joven y apuesto que ya tuviera las tierras desbrozadas y una buena casa. Y, si no pudiera conquistar a un hombre como ése, ella se conformaría con una casa de madera y más tarde se construirían una casa mejor. Sabía incluso la clase de gallinas y la vaca que tendrían: quería unas gallinas blancas de raza Leghorn y una vaca de Jersey que diera buena leche para elaborar nata y queso, que eran lo mejor que se podía comer.

Así pues, tomé la manzana, la mondé y conseguí quitarle la piel toda entera. Después la arrojé a mi espalda y ambas observamos cómo había caído. No había manera de saber cuál era la parte de arriba, pero al final llegamos a la conclusión de que la letra era una jota. Mary empezó a tomarme el pelo y a nombrarme a los hombres que conocía cuyos nombres empezaban por jota. Dijo que me casaría con Jim el de las cuadras, que era bizco y apestaba a demonios; o con Jeremiah el buhonero, que era mucho más guapo, pero con quien me vería obligada a recorrer a pie el país y no tendría más casa que el fardo que llevara a mi espalda como los caracoles. Añadió que cruzaría tres veces el agua antes de que eso ocurriera y yo le repliqué que se lo estaba inventando. Al oírlo ella sonrió porque yo había adivinado que me estaba engañando.

Luego le tocó el turno a ella. Empezó a mondar la primera manzana pero se le rompió la piel y lo mismo le ocurrió con la segunda. Yo le ofrecí la otra manzana que me quedaba, aunque ella estaba tan nerviosa que casi la cortó por la mitad nada más empezar. Entonces se echó a reír y dijo que eran sólo cuentos de viejas, se comió la tercera manzana y dejó las otras dos en el alféizar de la ventana para guardarlas hasta la mañana siguiente. Yo me comí mi manzana y después nos dio por burlarnos de las fajas de la esposa del concejal Parkinson, pero, por debajo de las bromas, Mary estaba disgustada.

Una vez acostadas, me di cuenta de que Mary no dormía sino que permanecía tendida boca arriba a mi lado mirando al techo. Cuando me quedé dormida, no soñé con maridos ni nada de todo eso. Soñé con mi madre envuelta en su mortaja, descendiendo a través de unas frías aguas de color verdeazulado; de pronto, la mortaja empezaba a desprenderse por arriba y a ondear como si estuviera agitada por el viento y el cabello de mi madre salía flotando como las algas; sin embargo yo no podía verle la cara porque el cabello, más oscuro del que tenía mi madre en vida, se la cubría. En este punto comprendía que aquélla no era mi madre sino otra mujer y que no estaba muerta en el interior de la sábana sino todavía viva.

Tuve miedo y me desperté empapada en un sudor frío y con el corazón latiendo desbocado en mi pecho. Mary estaba dormida y respiraba profundamente mientras la luz gris y rosada del amanecer penetraba en la estancia y en el exterior los gallos empezaban a cantar. Me tranquilicé al comprobar que todo seguía igual que siempre.

20

De ese modo pasó el mes de noviembre; las hojas caían de los árboles y oscurecía muy temprano, el tiempo era gris y desapacible y llovía a cántaros. Y vino diciembre; la tierra se heló y se puso más dura que la roca y comenzaron las neviscas. En nuestro cuarto de la buhardilla hacía mucho frío, sobre todo por la mañana cuando teníamos que levantarnos en medio de la oscuridad y pisar con los pies descalzos las gélidas tablas del suelo. Mary decía que, cuando tuviera su propia casa, colocaría una alfombra de retales entretejidos a cada lado de la cama y tendría unas cálidas zapatillas de fieltro. Nos llevábamos la ropa a la cama para que estuviera caliente a la hora de levantarnos y nos vestíamos bajo las mantas; y por la noche calentábamos ladrillos en la estufa, los envolvíamos en lienzos de franela y los poníamos en la cama para que los dedos de los pies no se nos convirtieran en carámbanos. El agua de la jofaina estaba tan fría que el dolor me subía por los brazos cuando me lavaba las manos; me alegraba de que durmiéramos las dos juntas en la cama.

Pero Mary dijo que aquello no era nada, que el verdadero invierno aún no había llegado y que todavía haría mucho más frío; lo único bueno de todo aquello era que tendrían que encender más chimeneas en la casa y mantenerlas más tiempo encendidas. Y era mejor ser criado, por lo menos de día, pues siempre podíamos calentarnos en la cocina mientras que en el salón había tantas corrientes de aire como en un granero y el calor de la chimenea no te llegaba a no ser que te situaras muy cerca de ella. Cuando estaba sola en la estancia, la esposa del concejal Parkinson solía levantarse las faldas delante de la chimenea para calentarse el trasero. El invierno anterior el fuego había prendido en sus enaguas y Agnes la camarera había oído los gritos y, al entrar corriendo, había sufrido un ataque de histerismo. Jim el de las cuadras había echado una manta encima de la esposa del concejal Parkinson y la había hecho rodar por el suelo como si fuera un barril. Afortunadamente, ella no sufrió quemaduras importantes sino tan sólo se chamuscó un poco la piel.

A mediados de diciembre mi padre envió a mi pobre hermana Katey para pedirme que le diera una porción más grande de mi salario. Él no se atrevía a hacerlo personalmente. Me compadecí de Katey, pues ahora el peso que yo antaño soportaba había caído sobre sus hombros. La acompañé a la cocina para que se calentara junto a los fogones y le pedí un trozo de pan a la cocinera, que declaró que su tarea no consistía en dar de comer a todos los huérfanos hambrientos de la ciudad, pero nos lo dio de todos modos. Katey se echó a llorar, diciendo que ojalá yo volviera a casa. Le di un cuarto de dólar, advirtiéndole que le dijera a nuestro padre que era lo único que tenía. Siento señalar que no era cierto, pero yo había llegado al convencimiento de que no estaba obligada a decirle la verdad a mi padre. Le di diez centavos para ella y la pobrecilla manifestó que los guardaría por si hubiera alguna urgencia, a pesar de las muchas necesidades que ya tenía. Le di también una de mis enaguas que se me había quedado pequeña.

Me explicó que nuestro padre no había encontrado trabajo fijo sino tan sólo empleos eventuales, pero que aquel invierno tenía pensado irse al Norte a cortar árboles. Además, se había enterado de la existencia de algunas tierras libres más al oeste y se iría allí en primavera. Así lo hizo, y muy de repente por cierto, pues la señora

Burt acudió a la casa para decirme que mi padre se había largado sin pagarle casi nada de todo lo que le debía. Al principio quería que se lo pagara yo, pero Mary le señaló que no podía obligar a una chica de trece años a pagar la deuda de un hombre adulto; y como en el fondo no era una mala mujer, la señora Burt dijo al final que yo no tenía la culpa.

No sé qué fue de mi padre ni de los niños. Jamás recibí una carta y tampoco supe nada de ellos cuando se celebró el juicio.

Al llegar la época navideña nos pusimos de muy buen humor, pues se encendieron unos fuegos más grandes en las chimeneas. La tienda de comestibles envió unas grandes cestas de comida y el carnicero unos enormes trozos de carne de vaca y un cerdo abierto en canal para asar entero, y en la cocina todo el mundo andaba ocupado con los preparativos. A Mary y a mí nos ordenaron dejar la colada y echar una mano en la cocina, donde mezclábamos y removíamos cosas para la cocinera, pelábamos y cortábamos manzanas, seleccionábamos granos de uva y pasas de Corinto, rallábamos nuez moscada y batíamos huevos. La tarea nos encantaba, porque teníamos ocasión de picar un poco por aquí y tomar un bocado por allá y, siempre que podíamos, birlábamos un poco de azúcar para nosotras sin que la cocinera se diera cuenta o dijera nada, pues tenía otras cosas en que pensar.

Mary y yo nos encargamos de hacer las masas para las bases de todos los pasteles de frutas picadas, mientras que la cocinera se encargaba de hacer la capa superior, pues decía que eso exigía un arte especial que nosotras no podíamos dominar a nuestra edad; también recortaba estrellas de pasta y otros adornos para los pasteles. Y nos permitía quitar las envolturas de muselina que protegían las tartas de Navidad, echarles por encima el brandy y el whisky y envolverlos de nuevo; aquel aroma es uno de los mejores recuerdos que conservo.

Se necesitaban muchos pasteles y tartas, porque era la época de las visitas, las comidas, las fiestas y los bailes. Los dos hijos de la casa regresaron de la Universidad de Harvard, en Boston. Se llamaban señorito George y señorito Richard, parecían muy simpáticos y eran muy altos. No les presté demasiada atención, ya que su presencia sólo significaba para mí más coladas y muchas más camisas que almidonar y planchar. En cambio, Mary se pasaba el rato atisbando desde la ventana del piso de arriba que daba al patio para ver si podía echarles un vistazo cuando salían montados a caballo, o bien escuchando desde el pasillo los dúos que cantaban con las invitadas. El que más le gustaba era *The Rose of Tralee* porque en él figuraba su nombre, en la parte que dice: «Oh, no, fue la verdad que brillaba en sus ojos lo que me hizo amar a Mary, la rosa de Tralee.» Mary cantaba muy bien y muchas de las canciones se las sabía de memoria, por lo que algunas veces ellos entraban en la cocina y la instaban entre bromas a que cantara. Ella los llamaba pequeños granujas, a pesar de que ambos le llevaban unos cuantos años.

El día de Navidad Mary me regaló unos cálidos mitones de punto que ella misma me había hecho. Yo se los había visto tejer, pero ella había sido muy lista y me había dicho que eran para una chica amiga suya; nunca pensé que la amiga a quien se refería fuera yo. Eran de un precioso color azul oscuro con unas flores rojas bordadas. Yo le regalé un alfiletero que había hecho con cinco cuadros de franela roja cosidos y que se cerraba con dos trozos de cinta. Mary me dio las gracias, me abrazó y me dio un beso, diciendo que era el mejor alfiletero del mundo, que jamás se hubiera podido encontrar una cosa igual en una tienda y que ella nunca había visto nada parecido y lo conservaría siempre como un tesoro.

Aquel día había caído una fuerte nevada y la gente salió con sus trineos y sus caballos adornados con unos cascabeles que emitían un alegre sonido. Cuando la familia terminó su almuerzo de Navidad, los criados tomaron el suyo, con su propio pavo y sus pasteles de fruta picada. Después cantamos juntos unos cuantos villancicos y lo pasamos muy bien.

Fue la Navidad más feliz que jamás he disfrutado en mi vida, tanto antes como después.

El señorito Richard regresó a la escuela al terminar las vacaciones, pero el señorito George se quedó en casa. Había pillado un resfriado que le había atacado los pulmones y se pasaba el rato tosiendo. El concejal Parkinson y su esposa andaban por la casa con semblante preocupado e incluso vino el médico, cosa que a mí me alarmó. Pero dijeron que no tenía tisis sino tan sólo un resfriado con fiebre y un ataque de lumbago, por lo que tendría que guardar cama y tomar bebidas calientes. Éstas nunca le faltaban, pues los criados le tenían mucha simpatía. Mary calentó un botón de hierro en la estufa, porque según ella era lo mejor para el lumbago si se aplicaba en la zona dolorida, y se lo subió a su habitación.

El señorito George mejoró a mediados de febrero, pero como había perdido casi todo el semestre de la universidad, decidió quedarse en casa hasta el siguiente, y a la esposa del concejal Parkinson le pareció muy bien, ya que el chico necesitaba recuperar las fuerzas. Allí se quedó, mimado por todo el mundo, con mucho tiempo a su disposición y sin apenas nada que hacer, lo que es muy malo para un joven rebosante de energía. No le faltaron las fiestas, ni chicas con quien bailar, ni madres que pretendían casarlo con sus hijas sin que él lo supiera. Creo que lo mimaban demasiado y él mismo se mimaba, pues si el mundo te trata bien, señor, acabas creyendo que lo mereces.

Mary me había dicho la verdad al advertirme que el invierno sería más crudo. Por Navidad cayó una gran nevada, pero fue como un manto de plumas y después nos pareció que el aire era más templado. Los mozos de cuadra bromearon y se arrojaron bolas de nieve, aunque éstas eran muy blandas y se rompían cuando daban en el blanco.

Muy pronto vino el invierno de verdad y la nieve empezó a caer en serio. Esta vez no era blanda sino dura, como unas minúsculas y punzantes bolitas de hielo azotadas por un viento fuerte y cortante que las amontonaba en grandes ventisqueros. Yo temía que la nieve nos enterrara vivos a todos. El tejado estaba lleno de carámbanos y tenías que andarte con mucho cuidado cuando pasabas por debajo, porque podían caerte encima y eran muy puntiagudos y afilados. Mary había oído hablar de una mujer que había muerto atravesada por uno de ellos como por un espetón. Un día la cellisca cubrió las ramas de todos los árboles con una capa de hielo y al día siguiente éstas centelleaban bajo el sol como miles de diamantes, pero los árboles soportaban mucho peso y muchas ramas se rompieron. El mundo que nos rodeaba era duro y blanco y, cuando brillaba el sol, tenías que protegerte los ojos y no mirar demasiado rato.

Procurábamos permanecer dentro de casa el mayor tiempo posible, pues corrías el peligro de que se te congelaran sobre todo los dedos de las manos y los pies. Los hombres salían con las orejas y la nariz protegidas por bufandas y el aliento les salía de la boca como una nube. La familia mandó colocar alfombras de piel en el trineo y ellos tres iban a hacer visitas envueltos en mantos y capas. Pero nosotros los criados no teníamos prendas de abrigo como aquéllas. Por la noche, Mary y yo extendíamos nuestros chales sobre las colchas y nos acostábamos con las medias puestas y una enagua de más; pero ni aun así conseguíamos entrar en calor. Por la mañana el fuego de las chimeneas se había apagado, nuestros ladrillos calientes se habían enfriado y temblábamos como conejos.

El último día de febrero el tiempo mejoró un poco y nos atrevimos a salir a hacer unos recados con los pies bien envueltos en lienzos de franela en el interior de las botas que nos habían prestado los mozos de cuadra. Nos envolvimos en todos los chales que pudimos encontrar o pedir prestados y bajamos al puerto a pie. El agua del lago se había congelado y se veían grandes bloques y trozos de hielo amontonados en la orilla. En parte de la superficie habían quitado la nieve, y allí las damas y los caballeros patinaban. Era un movimiento muy elegante, como si las damas se deslizaran sobre ruedas bajo sus vestidos. Le comenté a Mary que debía de ser muy divertido. Vimos al señorito George deslizándose sobre el hielo de la mano de una señorita que llevaba una bufanda de piel. Al vernos nos saludó alegremente con la mano. Le pregunté a Mary si había patinado alguna vez y ella me contestó que no.

Por aquel entonces empecé a observar un cambio en el comportamiento de Mary. Solía tardar mucho en acostarse y, cuando lo hacía, no le apetecía hablar. No prestaba atención a lo que yo le contaba, parecía que estuviera escuchando otra cosa y miraba constantemente a través de las puertas o las ventanas o más allá de mi hombro. Una noche en que pensaba que yo estaba dormida, la vi envolver algo en un pañuelo y esconderlo bajo la tabla del suelo donde guardaba los cabos de vela y las cerillas. Al día siguiente aprovechando que ella no estaba en el cuarto, miré y descubrí que era una sortija de oro. Mi primer pensamiento fue que la habría robado, lo cual sería un hurto mucho más grave que los que había cometido hasta entonces y de muy malas consecuencias para ella en caso de que la pillaran, aunque en la casa nadie comentó la desaparición de ninguna sortija.

Pero ya no se reía ni bromeaba como antes y no cumplía sus tareas con la misma presteza. Empecé a preocuparme y le pregunté si le ocurría algo, pero ella se echó a reír y me dijo que de dónde había sacado yo semejantes ideas. Sin embargo, ya no olía a nuez moscada sino a pescado salado.

La nieve y el hielo empezaron a fundirse y los pájaros regresaron y empezaron a cantar y a emitir sus reclamos. Comprendí que pronto llegaría la primavera. Un día de finales de marzo, mientras estábamos subiendo por la escalera de la parte de atrás con los cestos de la colada que teníamos que tender en el cuarto de secado, Mary me dijo que se encontraba mal. Bajó a toda prisa al patio y se ocultó detrás de los edificios anexos. Yo dejé mi cesto y la seguí tal como estaba, sin ponerme el chal. La encontré de rodillas sobre la nieve cerca del retrete, al que no había tenido tiempo de llegar debido a la intensidad de su mareo.

La ayudé a levantarse, le noté la frente húmeda y pegajosa y le dije que tendría que acostarse. Se enfadó y me dijo que sería algo que había comido, quizás el estofado de cordero de la víspera, pero ahora ya se le había pasado. Sin embargo, yo había comido lo mismo y me encontraba perfectamente bien. Me hizo prometer que no se lo diría a nadie y yo se lo prometí. Pero cuando unos días más tarde le volvió a ocurrir lo mismo y al día siguiente también, me alarmé, pues había visto muchas veces a mi madre en la misma situación, conocía aquel olor a leche y sabía muy bien lo que le ocurría a Mary.

Lo pensé mucho y le di muchas vueltas. A finales de abril decidí acorralarla y le juré solemnemente no decir nada en caso de que ella confiara en mí, porque estaba segura de que necesitaba confiar en alguien, siendo así que por la noche no paraba de revolverse en la cama y tenía unas ojeras muy oscuras y estaba oprimida por el peso de su secreto. Entonces se vino abajo y rompió a llorar, diciendo que por desgracia mis sospechas eran ciertas. El hombre le había prometido casarse con ella y le había regalado una sortija y por una vez en la vida ella le había creído, pensando que no era como los demás, pero él se había retractado de su promesa y ahora ni siquiera le hablaba y ella estaba desesperada y no sabía qué hacer.

Le pregunté quién era el hombre, pero no quiso decírmelo, señalando que, en cuanto se descubriera en qué situación se encontraba, la echarían de la casa, ya que la esposa del concejal Parkinson tenía unos principios muy rígidos, y a partir de ahí, ¿qué sería de ella? Algunas chicas en su lugar hubieran regresado junto a su familia, pero ella no la tenía. Ahora ningún hombre honrado querría casarse con ella y ella tendría que echarse a la calle y convertirse en prostituta de los marineros, pues no tendría otro medio de ganarse el sustento para sí misma y para el bebé. Aquella vida la mataría.

Yo me entristecí mucho por ella y por mí, porque era mi mejor amiga; en realidad, la única amiga que tenía en el mundo.

Durante todo el mes de mayo Mary y yo hablamos muy a menudo acerca de lo que debería hacer. Le dije que tenía que haber alguna casa de caridad o algo por el estilo que pudiera acogerla, y ella me contestó que no sabía de ninguna, pero, aunque la hubiera, las chicas que acudían a semejantes lugares siempre se morían porque pillaban unas fiebres inmediatamente después del parto; y ella creía que los bebés que nacían allí eran eliminados en secreto para que no fueran una carga para los fondos públicos. Prefería correr el riesgo de morirse en otro sitio. Hablamos también de la posibilidad de asistir nosotras mismas en el parto, mantenerlo en secreto y entregar el niño a un orfanato, pero ella dijo que no tardaría en notársele la tripa, pues la señora Honey tenía ojos de lince y ya le había comentado que estaba engordando, por lo que ella no creía que pudiera seguir adelante sin que nadie se diera cuenta.

Le aconsejé que tratara una vez más de hablar con el hombre en cuestión y que apelara a sus sentimientos humanitarios. Así lo hizo, pero, al regresar de la entrevista —que debió de tener lugar muy cerca de allí, ya que volvió enseguida—, estaba más furiosa que nunca. Dijo que el hombre le había entregado cinco dólares y ella le había preguntado si en tan poco valoraba a su hijo. Entonces él le había contestado que no conseguiría atraparlo de aquella manera y que dudaba de que el hijo fuera suyo, porque si ella había sido tan complaciente con él, también debía de haberlo sido con otros. En caso de que lo amenazara con armar un escándalo o con decírselo a su familia, él lo negaría y destruiría la poca reputación que a Mary le quedara. Si quería acabar de una vez con sus preocupaciones, siempre tendría el recurso de ahogarse.

Mary dijo que lo había amado de verdad, pero que ahora ya no; arrojó los cinco dólares al suelo y se pasó una hora llorando amargamente. Pero después yo observé que guardaba cuidadosamemte el dinero bajo la tabla suelta del suelo.

Al domingo siguiente, Mary anunció que no iría a la iglesia sino a dar un paseo ella sola. A la vuelta, dijo que había bajado al puerto con la idea de arrojarse al lago para acabar con su vida. Yo le supliqué con lágrimas en los ojos que no cometiera aquel acto tan horrible.

Dos días más tarde me confesó que había ido a Lombard Street y allí le habían hablado de un médico que podría ayudarla. Era el médico al que acudían las prostitutas cuando lo necesitaban. Yo le pregunté cómo la podría ayudar y ella me dijo que eso no debía preguntarlo. No comprendí a qué se refería, pues nunca había oído hablar de semejantes médicos. Me preguntó si podía prestarle mis ahorros, que por entonces ascendían a tres dólares y yo pensaba gastar en un nuevo vestido de verano. Le contesté que se los prestaba de todo corazón.

Entonces ella sacó una hoja de papel de escribir que había tomado de la biblioteca de abajo, una pluma y un tintero, y escribió: «Si muero, mis pertenencias serán para Grace Marks.» Y firmó con su nombre. Después me dijo: puede que muera muy pronto, pero tú estarás viva. A continuación me dirigió una fría mirada llena de rencor como la que muchas veces le había visto dirigir a otras personas a su espalda, pero jamás a mí.

Al verlo me alarmé enormemente, le cogí la mano y le rogué que no acudiera a aquel médico, quienquiera que fuese; pero ella me contestó que tenía que hacerlo y me pidió que no armara una escena, que volviera a dejar a escondidas la pluma y el tintero en el escritorio de la biblioteca y siguiera con mis tareas como si nada. Al día siguiente, ella saldría sigilosamente después del almuerzo y, en caso de que alguien me hiciera alguna pregunta, yo debería contestar que había ido al retrete, que estaba arriba en el cuarto de secado o dar cualquier otra excusa que se me ocurriera; después debería salir y reunirme con ella, porque quizá tuviera dificultades para regresar a casa.

Aquella noche ninguna de las dos durmió demasiado bien; al día siguiente Mary hizo lo que me había dicho y consiguió abandonar la casa sin que la vieran, con el dinero guardado en un pañuelo; poco después yo hice lo mismo y me reuní con ella. El médico vivía en una casa bastante grande de un buen barrio de la ciudad. Entramos por la puerta de servicio y nos recibió el propio médico. Lo primero que hizo fue contar el dinero. El hombre era muy corpulento e iba enfundado en una levita de color negro. Nos miró severamente y me dijo que esperara en la trascocina, añadiendo que, si yo decía algo acerca de aquel asunto, él negaría haberme visto. Después se quitó la levita, la colgó en una percha y empezó a remangarse como si estuviera preparándose para una pelea.

Se parecía mucho, señor, al médico que me midió la cabeza y que tanto me asustó, provocándome un ataque poco antes de que usted viniera aquí.

Mary abandonó con él la habitación con la cara tan blanca como la cera. Después oí los gritos y los lloros y, al cabo de un rato, el médico empujó a Mary a través de la puerta de la trascocina. Tenía todo el vestido mojado y pegado al cuerpo como si fuera una venda húmeda, y apenas podía andar. Yo la rodeé con los brazos y la ayudé a salir de allí lo mejor que pude.

Cuando llegamos a casa, Mary caminaba encogida a causa del dolor y se sujetaba el vientre con las manos. Le dije que la ayudaría a subir a la buhardilla y así lo hice. Parecía muy débil, le puse la camisa de dormir y, cuando la acosté, vi que tenía la enagua arrugada entre las piernas. Le pregunté qué había ocurrido y me contestó que el médico había tomado un cuchillo y le había cortado algo dentro. Después le había dicho que el dolor y la hemorragia le durarían unas cuantas horas, pero que después volvería a estar bien. Mary le había dado un nombre falso.

Se me ocurrió pensar que lo que el médico le había cortado era el bebé y me pareció una cosa horrible, aunque también pensé que había que elegir entre un muerto de aquella manera o dos de la otra, pues de lo contrario, Mary se hubiera suicidado; por consiguiente, en mi fuero interno no se lo podía reprochar.

Mary sufría mucho y, al atardecer, calenté un ladrillo y lo subí a nuestro cuarto, pero ella no quiso que avisara a nadie. Le dije que yo dormiría en el suelo para que ella estuviera más cómoda y me contestó que yo era la mejor amiga que tenía y que, cualquier cosa que ocurriera, jamás me podría olvidar. Me envolví en mi chal, utilicé el delantal como almohada y me tendí en el suelo, que era muy duro. Entre eso y los gemidos de dolor de Mary, al principio no pude dormir. Sin embargo, al cabo de un rato, me pareció que Mary se calmaba, me quedé dormida y no desperté hasta el amanecer. Entonces descubrí a Mary muerta en la cama con los ojos abiertos.

La toqué, pero estaba fría. Me quedé paralizada por el temor; aun así después me sobrepuse, bajé por el pasillo, desperté a Agnes la camarera y me arrojé llorando en sus brazos. Ella me preguntó: ¿qué ocurre? Como no podía hablar, la tomé de la mano y la acompañé a nuestra habitación, donde estaba Mary. Agnes la agarró, la sacudió por el hombro y exclamó: Dios bendito, está muerta.

Oh, Agnes, me lamenté, ¿qué voy a hacer? No sabía que se iba a morir y ahora me echarán la culpa a mí por no haber dicho antes que estaba enferma, pero es que ella me hizo prometer no hacerlo. Rompí en sollozos, retorciéndome las manos.

Agnes levantó el cubrecama y miró debajo. La camisa de dormir y la enagua estaban empapadas de sangre y la sábana se veía enteramente roja y marrón en los lugares donde la sangre se había secado. Mal asunto, dijo Agnes, y me ordenó que me quedara allí. Después fue en busca de la señora Honey. Oí cómo se alejaban sus pisadas y me pareció que tardaba una eternidad en regresar.

Me senté en la silla de nuestro cuarto y contemplé el rostro de Mary. Sus ojos estaban abiertos y tuve la sensación de que me miraba de soslayo. Me pareció que se movía y le pregunté: Mary, ¿estás fingiendo? Porque a veces en el cuarto de secado fingía estar muerta detrás de las sábanas para asustarme. Pero ahora no fingía.

Al final oí dos pares de pisadas que se acercaban presurosas por el pasillo y me asusté. Me levanté y la señora Honey entró en el cuarto. No parecía triste sino enfadada y también molesta, como si su nariz percibiera un olor desagradable. Y la verdad es que en el cuarto olía mal; apestaba a la paja mojada del colchón y al salado olor de la sangre; un olor muy parecido al de una carnicería.

La señora Honey declaró: esto es un escándalo y una vergüenza, tengo que ir a decírselo ahora mismo a la esposa del concejal Parkinson. Esperamos allí hasta que llegó la esposa del concejal Parkinson y comentó: bajo mi propio techo, qué muchacha más falsa. Me miraba directamente a mí, a pesar de que se refería a Mary. ¿Por qué no me lo dijiste, Grace? Por favor, señora, Mary me ordenó que no lo hiciera. Me aseguró que por la mañana se encontraría mejor. Después añadí entre lágrimas: ¡yo no sabía que se iba a morir!

Agnes, que como usted ya sabe era muy piadosa, proclamó: la soldada del pecado es la muerte.

La esposa del concejal Parkinson manifestó: hiciste muy mal, Grace, y Agnes terció: es sólo una niña, es muy obediente y se limitó a hacer lo que le dijeron.

Pensé que la esposa del concejal Parkinson la iba a regañar por inmiscuirse en aquel asunto, pero no lo hizo. Me tomó suavemente del brazo y me miró a los ojos diciendo: ¿quién era el hombre? Hay que descubrir al muy bribón y hacerle pagar su delito. Supongo que debió de ser algún marinero del puerto, tienen menos conciencia que una pulga. ¿Tú lo sabes, Grace?

Mary no conocía a ningún marinero, contesté. Se veía con un caballero y eran novios. Pero él rompió su promesa y no quiso casarse con ella.

¿Qué caballero?, preguntó severamente la esposa del concejal Parkinson.

Mary no me lo dijo, pero yo tenía mis sospechas.

Al oírlo, la esposa del concejal Parkinson miró alrededor con expresión pensativa, empezó a pasear arriba y abajo por el cuarto y después anunció: Agnes y Grace, ya no vamos a hablar más de este asunto, pues sólo conseguiríamos aumentar la tristeza y el dolor y no tiene sentido llorar por lo que no tiene remedio; por respeto a la difunta no diremos de qué ha muerto Mary. Diremos que han sido unas fiebres. Será mejor para todos.

No dije nada del médico y ellas no me preguntaron. A lo mejor, ni siquiera se les pasó por la cabeza semejante cosa. Debieron de pensar que simplemente se había perdido el bebé, tal como los suelen perder las mujeres, y que Mary había muerto de eso. Usted es la primera persona a quien le hablo del médico, señor, pero estoy segura de que fue el médico el que la mató con el cuchillo; entre él y el caballero la mataron. El asesino no siempre es el que descarga el golpe, y a Mary la mató aquel caballero desconocido con tanta certeza como si él mismo hubiera empuñado el cuchillo y se lo hubiera clavado en el cuerpo.

La esposa del concejal Parkinson abandonó el cuarto y al cabo de un rato apareció la señora Honey y dijo que teníamos que retirar la sábana de la cama, la camisa de dormir y la enagua y lavarlo todo para quitar la sangre. A continuación deberíamos lavar el cadáver, llevarnos el colchón para quemarlo y encargarnos nosotras mismas de la tarea. Había otra funda de colchón en el sitio donde se guardaban los *quilts*; tendríamos que rellenarla con paja y tomar otra sábana limpia. Preguntó si había otra camisa de dormir para vestir a Mary y yo le contesté que sí, ya que Mary tenía dos, pero la otra estaba en el lavadero. Después dije que le daría una de las mías. La señora Honey nos ordenó no comentar con nadie la muerte de Mary hasta que la dejáramos presentable, bien cubierta con el *quilt*, con los ojos cerrados y el cabello alisado y peinado. Tras lo cual abandonó la estancia y Agnes y yo hicimos lo que nos había mandado. Aunque Mary pesaba muy poco, nos costó mucho arreglarla.

Luego Agnes dijo: aquí hay algo más de lo que se ve a primera vista y quisiera saber quién fue el hombre. Lo dijo mirándome. Yo le contesté: quienquiera que sea, sigue vivo y está bien y probablemente en este mismo momento está disfrutando de su desayuno sin pensar para nada en la pobre Mary, que para él debía de ser algo así como un cuerpo de vaca colgado de un gancho de la carnicería.

Es la maldición de Eva que a todas nos alcanza, declaró Agnes, y yo pensé que Mary se hubiera reído al oírla. De pronto oí la voz de Mary diciéndome directamente al oído: «déjame entrar». Experimenté un sobresalto y miré fijamente a Mary, que para entonces estaba tendida en el suelo mientras nosotras hacíamos la cama. Pero no daba señales de haber dicho nada y aún tenía los ojos abiertos, mirando al techo.

Después pensé con una punzada de temor: no he abierto la ventana. Crucé el cuarto corriendo y la abrí, pues habría oído mal y seguramente Mary me había dicho: «déjame salir». ¿Qué haces?, preguntó Agnes, aquí dentro hace un frío que pela. Yo le contesté: el olor me está mareando. Y ella estuvo de acuerdo conmigo en que el cuarto tenía que airearse. Yo confiaba en que ahora el alma de Mary volara a través de la ventana y no se quedara dentro, susurrándome cosas al oído. Pero me pregunté si ya sería demasiado tarde.

Al final terminamos de hacerlo todo y recogí la sábana y la camisa de dormir y bajé con ellas al lavadero, donde llené con la bomba una tina de agua fría, porque para quitar la sangre hay que lavar las cosas en agua fría; el agua caliente la fija. Por suerte, la lavandera no estaba en el lavadero sino en la cocina principal, chismorreando con la cocinera mientras calentaba las planchas para planchar la ropa. Froté enérgicamente y la sangre tiñó el agua de rojo; la eché al desagüe y volví a llenar la tina, lo dejé todo en remojo y añadí un poco de vinagre para eliminar el olor. No sé si me castañeteaban los dientes a causa del frío o del sobresalto. Mientras subía de nuevo a la buhardilla me noté muy aturdida.

Agnes me estaba esperando en la habitación con Mary ya amortajada, con los ojos cerrados como si durmiera y las manos cruzadas sobre el pecho. Le dije a Agnes lo que había hecho y ella me ordenó que fuera a comunicarle a la esposa del concejal Parkinson que todo estaba preparado. Lo hice y volví a subir a la buhardilla. Muy pronto subieron los demás criados para ver a Mary, algunos llorando y con la cara muy triste tal como corresponde en estos casos; pero la muerte siempre produce una extraña excitación y comprendí que la sangre les circulaba por las venas con más fuerza que en los días normales.

Agnes se encargó de explicarles que habían sido unas fiebres repentinas y yo pensé que, para ser una mujer tan religiosa, mentía muy bien. Mientras yo permanecía de pie en silencio junto a los pies de Mary, uno dijo: pobre Grace, mira que despertarte por la mañana y encontrártela muerta a tu lado en la cama. Otra dijo: se me pone la carne de gallina sólo de pensarlo. Mis nervios no lo podrían resistir.

Y entonces fue como si aquello hubiera ocurrido de verdad. Me vi despertándome por la mañana con Mary tendida a mi lado, tocándola y descubriendo que no me contestaba y llenándome de horror y aflicción. En aquel momento me desplomé al suelo desmayada.

Dicen que me pasé diez horas así y nadie logró despertarme, a pesar de que me pincharon y me abofetearon, me arrojaron agua fría a la cara y me quemaron plumas de ave bajo la nariz; y que cuando desperté no sabía dónde estaba ni qué había sucedido y no paraba de preguntar dónde estaba Grace. Y que cuando me dijeron que Grace era yo, no les creí, me eché a llorar e intenté escaparme corriendo de la casa, pues decía que Grace se había perdido en el lago y yo tenía que ir en su busca. Más tarde supe que temieron por mi razón, trastornada sin duda por la conmoción; y no hubiera sido de extrañar que así fuera, teniendo en cuenta lo ocurrido.

Después volví a sumirme en un profundo sueño. Cuando desperté, había transcurrido un día y ya sabía que yo era Grace y que Mary había muerto. Recordé la noche en que habíamos arrojado las pieles de manzana a nuestra espalda y las de Mary se habían roto tres veces. Todo se había cumplido, ella no se había casado y ahora ya jamás se casaría.

Pero no recordaba nada de lo que yo había dicho u hecho durante el tiempo en que permanecí despierta entre aquellos dos prolongados sueños, y eso me preocupaba.

Así terminó el período más feliz de mi vida.

VII

LA VALLA EN ZIGZAG

McDermott [...] era huraño y grosero. En su carácter había muy poco que admirar [...]. Era un joven muy listo y tan ágil que podía correr como una ardilla por la parte superior de una valla en zigzag o saltar por encima de una verja de cinco barrotes en lugar de abrirla o encaramarse a ella [...].

Grace era de naturaleza alegre y maneras afables y es posible que fuera un motivo de celos para Nancy [...]. Hay amplio margen para pensar que, en lugar de ser la instigadora y la inductora de los terribles actos cometidos, no fuera más que la desventurada víctima de todo aquel desdichado asunto. En efecto, no parece que en la personalidad de la muchacha hubiera nada susceptible de convertirla en la encarnación de la reconcentrada iniquidad que McDermott trató de hacernos creer que era, suponiendo que éste hiciera tan siquiera la mitad de las afirmaciones que se le atribuyeron en su confesión. Su desprecio por la verdad era bien conocido.

WILLIAM HARRISON,
«Recollections of the Kinnear Tragedy»,
escrito para el *Newmarket Era*, 1908

No te aflijas si alguna vez me olvidaras
y después me volvieras a recordar,
pues si la oscuridad y la corrupción dejaran
un solo vestigio de mis antiguos pensamientos,
mil veces mejor olvidarme sonriendo
antes que recordar y sufrir tan gran duelo.

CHRISTINA ROSSETTI,
«Remember», 1849

21

Simon toma el bastón y el sombrero de manos de la sirvienta de la esposa del alcaide y sale tambaleándose al soleado exterior. La luz es demasiado fuerte y brillante para él tras haber permanecido tanto rato encerrado en una estancia oscura, por más que el cuarto de costura diste mucho de ser oscuro. Lo verdaderamente oscuro es la historia que Grace le ha contado, hasta el extremo de que ahora él tiene la sensación de acabar de salir de un matadero. ¿Por qué razón este relato de muerte lo ha afectado de un modo tan profundo? Como es natural, él sabe muy bien que esas cosas ocurren y que existen esos médicos y no es que jamás haya visto una mujer muerta. Ha visto muchas, pero todas estaban muertas del todo. Sólo eran especímenes. Jamás las ha sorprendido en el mismo momento de morir, por así decirlo. En cambio, esta Mary Whitney, que no tenía ni siquiera... ¿cuántos? ¿Diecisiete años? Una niña. Deplorable. Quisiera lavarse las manos.

No cabe la menor duda de que el sesgo de los acontecimientos lo ha pillado desprevenido. Debe reconocer que ha estado siguiendo la historia con cierto placer personal —él también tiene el recuerdo de días más felices y en ellos se incluyen imágenes de sábanas limpias, alegres vacaciones y criadas complacientes—, pero de pronto surge esta terrible sorpresa. Grace también perdió la memoria, aunque sólo durante unas horas y en el transcurso de un ataque de histerismo normal y corriente; no obstante puede que el episodio sea significativo. Es el único episodio que ella parece haber olvidado hasta ahora; por lo demás, todos los botones y los cabos de vela han sido debidamente reseñados. Pero, pensándolo mejor, no puede saberlo con certeza y experimenta el desagradable temor de que justamente la abundancia de los recuerdos de Grace pueda ser una especie de maniobra de distracción, una manera de apartar de la mente algún hecho oculto pero esencial, como cuando se plantan delicadas flores sobre una tumba. Además, se advierte a sí mismo, el único testigo que podría corroborar sus afirmaciones —si aquello fuera un juicio— sería la propia Mary Whitney y ésta no se encuentra disponible.

Al fondo y a la izquierda del camino de la entrada aparece la propia Grace, flanqueada por dos hombres de aspecto desagradable que deben de ser guardas de la prisión. Éstos se inclinan mucho hacia ella como si no fuera una asesina sino un precioso tesoro que hubiera que proteger. No le gusta la forma en que se comprimen contra ella, pero comprende que pasarían por momentos muy difíciles si ella se les escapara. Aunque sabe desde el principio que cada tarde la acompañan y la encierran de nuevo en una estrecha celda, hoy esta circunstancia le parece incongruente. Grace y él se han pasado toda la tarde conversando como si estuvieran en un salón y ahora él es libre como el aire mientras que ella debe permanecer encerrada detrás de unos barrotes. Enjaulada en una lúgubre prisión. Deliberadamente lúgubre, pues si una prisión no fuera lúgubre, ¿dónde estaría el castigo?

Pero hoy hasta la palabra «castigo» le ataca los nervios. No puede sacarse de la cabeza a Mary Whitney. Tendida sobre su mortaja de sangre.

Esta tarde se ha quedado más tiempo que de costumbre. Dentro de media hora lo esperan para una cena temprana en casa del reverendo Verringer. No siente el menor apetito. Decide dar un paseo por la orilla del lago. La brisa le sentará bien y quizá le abra el apetito.

Hizo bien al no seguir con su carrera de cirujano, piensa. El más temible de sus instructores en el Guy's Hospital de Londres, el célebre doctor Bransby Cooper, solía decir que el requisito de un buen cirujano, como el de un buen escultor, es la capacidad de distanciarse del asunto que tiene entre manos. Un escultor no tiene que distraerse con los fugaces encantos de su modelo sino que ha de considerarla objetivamente como la mera base material o la arcilla con la cual creará su obra de arte. De igual manera, un cirujano es un escultor de la carne; debe ser capaz de cortar un cuerpo humano con el mismo cuidado y la misma delicadeza con que se labra un camafeo. Lo único que se necesita es una mano severa y un ojo que no pestañee. Los que se compadecen demasiado de los sufrimientos del paciente son aquellos entre cuyos dedos resbala el bisturí. Los enfermos no necesitan tu compasión sino tu habilidad.

Todo eso está muy bien, piensa Simon, pero los hombres y las mujeres no son estatuas, no carecen de vida como el mármol, aunque a menudo acaban convertidos en algo muy parecido tras un atormentador intervalo de ruidosa y rezumante congoja. En el Guy's descubrió rápidamente que no le gustaba la sangre.

Pero aun así había aprendido unas cuantas lecciones muy útiles. Por una parte, la facilidad con que se muere la gente; y por otra, la frecuencia con que lo hace. Se te escapa el bisturí y creas un idiota. Pero, si ello es así, ¿por qué no lo contrario? ¿Se puede coser, cortar de un tijeretazo y juntar varios remiendos para crear un genio? ¿Qué misterios quedan todavía por desvelar en el sistema nervioso, esa telaraña de estructuras tanto materiales como etéreas, esa red de hilos compuestos por mil claves de Ariadna que recorren el cuerpo y conducen al cerebro, la misteriosa guarida central donde los huesos humanos yacen diseminados y los monstruos acechan...?

Y también los ángeles, se recuerda a sí mismo. También los ángeles.

Ve a una mujer caminando en la distancia. Viste de negro; la falda es una suave y ondulante campana; el velo se agita a su espalda como una oscura nube de humo. Ella se vuelve y mira brevemente hacia atrás: es la señora Humphrey, su melancólica patrona. Por suerte, se está alejando de él o quizá lo está evitando deliberadamente. Tanto mejor, pues él no está de humor para conversar y tanto menos para la gratitud. No comprende por qué razón se empeña tanto en vestirse como una viuda. Anhelos secretos tal vez. Hasta ahora no ha habido noticias del mayor Humphrey. Simon pasea por la orilla imaginando lo que debe de estar haciendo el mayor: se hallará en una carrera de caballos, una casa de tolerancia, una taberna, una de esas tres cosas.

Después, sin saber por qué, se le ocurre la idea de quitarse los zapatos y adentrarse en el lago. Recuerda inesperadamente que de niño había chapoteado en el arroyo de la parte de atrás de la finca en compañía de su niñera —una obrera de la fábrica convertida en criada como casi todas las criadas de entonces—, se había ensuciado y por eso luego lo reprendió su madre, que también regañó a la niñera por habérselo permitido.

¿Cómo se llamaba? ¿Alice? ¿O eso fue más tarde, cuando ya iba a la escuela y llevaba pantalones largos y, en una de sus furtivas escapadas, había subido a la buhardilla donde la chica lo había sorprendido en su habitación? Con las manos en la masa por así decirlo, manoseando una de sus chambras. La muchacha se había enojado con él, pero, como es natural, no había podido manifestar su enojo, pues no quería perder su trabajo; entonces había hecho lo que suelen hacer las mujeres: romper a llorar. Él la había abrazado para consolarla y habían acabado besándose. A la chica se le había caído la cofia y el cabello se le había derramado sobre los hombros, un largo y voluptuoso cabello rubio oscuro y no demasiado limpio que olía a leche cuajada. Sus manos estaban teñidas de rojo, porque había estado quitando los rabillos de las fresas; y su boca sabía a esta fruta.

Después le quedaron unas tiznaduras rojas en los lugares de la camisa donde ella había empezado a desabrocharle los botones; pero, como era la primera vez que besaba a una mujer, estaba turbado y alarmado y no sabía qué hacer. Probablemente ella se había burlado de él.

Qué muchacho tan inexperto era entonces, qué ingenuo. Sonríe al recordarlo; es una imagen de días más inocentes. al cabo de media hora se siente mucho mejor.

El ama de llaves del reverendo Verringer lo saluda con una reprobadora inclinación de cabeza. En caso de que sonriera, la cara se le cuartearía como una cáscara de huevo. Sin duda existe una escuela de fealdad adonde se envía a esas mujeres para que se ejerciten, piensa Simon. Ella lo acompaña a la biblioteca, donde la chimenea está encendida y ya están preparadas dos copas de un cordial que él desconoce. Aunque lo que a Simon le apetecería sería un buen vaso de whisky. Sin embargo, no cabe esperar tal cosa entre los abstemios metodistas.

El reverendo Verringer, que se encontraba de pie entre sus libros encuadernados en cuero, se adelanta para saludar a Simon. Ambos se sientan y toman un sorbo; el brebaje de la copa sabe a plantas silvestres acuáticas, con un fondo de escarabajos de las frambuesas.

—Eso purifica la sangre. Lo elabora mi ama de llaves siguiendo una antigua receta —dice el reverendo Verringer.

Muy antigua, piensa Simon; acuden a su mente las brujas.

—¿Ha habido algún progreso... en nuestro proyecto conjunto? —pregunta Verringer.

Simon ya sabía que le harían esta pregunta, pero aun así titubea un poco antes de responder.

—He avanzado con suma cautela —contesta—. Hay sin duda varios hilos que merece la pena seguir. Primero tenía que establecer un clima de confianza, cosa que creo haber conseguido. Después he tratado de sonsacarle su historia familiar. La claridad y la abundancia de minuciosos detalles que acompañan el recuerdo que, al parecer, guarda nuestro sujeto de su vida antes de la llegada a la casa del señor Kinnear revelan que el problema no reside en su memoria en general. He averiguado los pormenores de su viaje a este país y también de su primer año de servicio doméstico, que no estuvo marcado por ningún episodio adverso, con una sola excepción.

—¿Cuál fue? —pregunta el reverendo Verringer, arqueando las ralas cejas.

—¿Conoce usted una familia de Toronto apellidada Parkinson?

—Creo recordarlos de la época de mi juventud —dice Verringer—. Él era concejal, si mal no recuerdo. Murió hace unos años y creo que la viuda regresó a su país natal. Era estadounidense como usted. Los inviernos le parecían demasiado fríos.

—Qué lástima —exclama Simon—. Esperaba poder hablar con ellos para confirmar ciertos presuntos hechos. Grace obtuvo su primer empleo en casa de esta familia. Tenía una amiga (una criada de allí) llamada Mary Whitney, que fue, como usted tal vez recuerde, el falso nombre que ella dio cuando huyó a los Estados Unidos con su... con James McDermott; si es que efectivamente fue una huida y no una especie de emigración forzosa. Sea como fuere, esa chica murió en unas circunstancias que no puedo por menos de calificar de repentinas; mientras Grace permanecía en la habitación con el cadáver creyó oír la voz de su amiga muerta. Una alucinación auditiva, naturalmente.

—No es en modo alguno insólito —dice Verringer—. Yo mismo he asistido a muchos moribundos y, especialmente entre las personas sentimentales y supersticiosas, se considera un deshonor no haber oído hablar al difunto. Y si se oye un coro de ángeles, tanto mejor.

Habla en tono seco y puede que incluso un poco irónico.

Simon se sorprende levemente; está claro que el deber de los clérigos es fomentar las bobadas mojigatas.

—El hecho fue seguido —sigue explicando— por un desmayo y un ataque de histerismo mezclado con algo que debió de ser un fenómeno de sonambulismo; tras lo cual se produjo un profundo y prolongado sueño y una posterior amnesia.

—Ah —exclama Verringer, inclinándose hacia delante—. ¡O sea que estamos ante una historia de lapsus de este tipo!

—No podemos llegar a una conclusión precipitada —contesta juiciosamente Simon—. En estos momentos ella es mi única fuente de información. —Hace una pausa; no quiere dar la impresión de falta de tacto—. Para formarme una opinión profesional, me sería muy útil poder hablar con las personas que conocieron a Grace en la época de... de los acontecimientos en cuestión y con las que más tarde fueron testigos de su comportamiento en el penal durante los primeros años de su encarcelamiento, y también en el manicomio.

—Yo no estuve presente en tales ocasiones —manifiesta el reverendo Verringer.

—He leído el relato de la señora Moodie —dice Simon—. Muchas de las cosas que en él se narran me interesan enormemente. Según ella, el abogado Kenneth

MacKenzie visitó a Grace en el penal unos seis o siete años después de su encarcelamiento y ésta le dijo que Nancy Montgomery la perseguía... que sus ardientes ojos inyectados en sangre la seguían por todas partes y se le aparecían en lugares como su regazo y su plato de sopa. La propia señora Moodie vio a Grace en el manicomio (creo que en la sala de los violentos) y describe a una loca que farfullaba palabras ininteligibles, lanzaba alaridos como un fantasma y corría de acá para allá como un mono chamuscado. Cierto que ella escribió su relato antes de saber que en menos de un año Grace sería dada de alta en el manicomio por considerársela, si no perfectamente cuerda, sí lo bastante como para regresar al penal.

—No hay que estar perfectamente cuerdo para eso —afirma Verringer, soltando una risita que parece el chirrido de un gozne.

—Tenía pensado visitar a la señora Moodie —anuncia Simon—. Pero necesito su consejo. No sé cómo hacerle preguntas sin poner en duda la veracidad de lo que ha escrito.

—¿La veracidad? —dice Verringer en tono imperturbable. No parece muy sorprendido.

—Hay algunas discrepancias indiscutibles —contesta Simon—. Por ejemplo, la señora Moodie no especifica la localización de Richmond Hill, muchos de los nombres y las fechas que aporta son inexactos, atribuye a los actores de esta tragedia unos nombres que no les corresponden y otorga al señor Kinnear un rango militar que, al parecer, éste no había merecido alcanzar.

—Tal vez sea una medalla a título póstumo —musita Verringer.

Simon sonríe.

—Además, escribe que los reos trocearon el cuerpo de Nancy Montgomery antes de ocultarlo debajo de la tina, cuando no lo hicieron. Los periódicos no hubieran dejado de mencionar un detalle tan sensacional. Me temo que la buena mujer no sabía lo difícil que resulta cortar un cadáver, pues ella jamás lo había hecho. En resumen, todo ello induce a poner en duda otras cosas. El móvil del asesinato, por ejemplo. Ella dice que fueron los ardientes celos de Grace, que envidiaba a Nancy por ser la dueña del señor Kinnear, y la lujuria de McDermott, que recibió la promesa del *quid pro quo* de los favores de Grace a cambio de sus servicios como carnicero.

—Ésa fue la versión más extendida en el momento de los hechos.

—No me extraña —dice Simon—. El público siempre prefiere un melodrama lascivo a una escueta historia de simple robo. Pero comprenderá usted que alguien podría tener ciertas reservas a propósito del detalle de los ojos inyectados en sangre.

—La señora Moodie —declara el reverendo Verringer— ha afirmado públicamente que aprecia mucho la obra de Charles Dickens y especialmente en *Oliver Twist* creo recordar la existencia de unos ojos parecidos, pertenecientes también a una difunta llamada Nancy. ¿Cómo diría? Creo que la señora Moodie se deja llevar por ciertas influencias. Si es usted aficionado a sir Walter Scott, tal vez le gustaría leer el poema de la señora Moodie titulado «La loca». El poema contiene todos los requisitos: un acantilado, una luna, un mar embravecido, una doncella traicionada que entona una desolada melodía, vestida con unas prendas insalubremente mojadas y, si no recuerdo mal, con el cabello adornado con distintos ejemplares botánicos. Creo que, al final, termina arrojándose por el pintoresco acantilado que con tanto acierto han puesto a su disposición. Vamos a ver...

Cerrando los ojos y, marcando el ritmo con la mano derecha, Verringer recita:

El viento agitaba su ropa y las gotas de la lluvia de abril
refulgían como gemas en sus negros bucles, adornados con
    flores mil;
mientras ofrecía el desnudo seno a la fría tormenta nocturna
que golpeaba implacablemente su frágil y débil figura,
vi en el brillo de sus negros ojos la ausencia de la razón.
Cual si fuera un espectro de los muertos, me miró
cantando a la violenta tempestad con voz tan lastimera
que en mis oídos resonó como una triste endecha.

Y aquel que la había empujado a la locura y la ignominia,
que le había robado el honor y destruido la vida,
¿pensó acaso en aquella hora en el desolado corazón,
las promesas incumplidas y la angustia que causó?
¿Dónde estaba el infante que al nacer arruinó
la paz de su madre y su demencia provocó...?

El reverendo Verringer abre de nuevo los ojos.

—¿Dónde, en efecto? —pregunta.

—Me deja usted de una pieza —dice Simon—. Debe de tener una memoria extraordinaria.

—Para los versos de cierta clase, desgraciadamente sí. Me viene de tanto entonar himnos —explica el reverendo Verringer—. Aunque bien es cierto que Dios quiso escribir una considerable parte de la Biblia en verso, lo cual demuestra su predilección por este género, por muy grande que sea la indiferencia con que se practique. A pesar de todo, no podemos poner en entredicho la honradez de la señora Moodie; estoy seguro de que usted ya me entiende. La señora Moodie es una dama aficionada a la literatura y, como todas las personas de esta clase y, de hecho, como todas las representantes de su sexo en general, muestra cierta tendencia a...

—Los adornos y las exageraciones —dice Simon.

—Justamente —dice el reverendo Verringer—. Todo lo que digo aquí es estrictamente confidencial, naturalmente. A pesar de que eran *tories* en la época de la Rebelión, los Moodie han enmendado sus errores y ahora son unos acérrimos partidarios de la Reforma, lo cual los ha hecho sufrir considerablemente a manos de ciertas personas malvadas que tienen la posibilidad de atormentarlos con pleitos y cosas por el estilo. No diré ni una sola palabra en contra de esta dama. Pero no le aconsejo que la visite. Tengo entendido, por cierto, que los espiritistas han conseguido atraerla a su círculo.

—¿De veras? —pregunta Simon.

—Eso me han dicho. Al principio se mostraba escéptica, pero fue su marido quien primero se dejó convencer. Seguramente ella debió de cansarse de pasar las noches sola mientras él se largaba a escuchar fantasmales trompetas y conversaciones con los espíritus de Goethe y de Shakespeare.

—Supongo que usted no lo aprueba.

—Algunos clérigos de mi credo han sido expulsados de la Iglesia por participar en estos procedimientos a mi juicio impíos —contesta el reverendo Verringer—. Es cierto que algunos miembros de nuestro comité han tomado parte en estas prácticas e incluso se muestran entusiastas, pero tengo que ser paciente con ellos hasta que esta locura se haya calmado y ellos recuperen el sentido. Tal como ha dicho el señor Nathaniel Hawthorne, todo eso es un cuento y, si no lo es, peor para nosotros, porque los espíritus que se presentan en estas sesiones de mesas que se mueven y cosas parecidas deben de ser los que no han conseguido entrar en el reino eterno y aún están ocupando el nuestro como si fueran una especie de polvo espiritual. No es probable que nos tengan demasiada simpatía y cuanto menos hablemos con ellos, mejor.

—¿Hawthorne? —pregunta Simon.

Lo sorprende que un clérigo lea a Hawthorne, un hombre que ha sido acusado de sensualidad y —sobre todo después de la publicación de *La letra escarlata*— de relajación moral.

—Uno tiene que seguir el paso de su rebaño. En cuanto a Grace Marks y a su conducta inicial, le aconsejo que consulte con el señor Kenneth MacKenzie, que fue su defensor en el juicio y que, según tengo entendido, tiene la cabeza bien en su sitio. En la actualidad es socio de un bufete de Toronto, tras haber ascendido rápidamente en su carrera. Le enviaré una carta de presentación y estoy seguro de que lo recibirá.

—Muchas gracias —dice Simon.

—Me alegro de haber tenido la oportunidad de hablar en privado con usted antes de que vengan las señoras. Pero me parece que ya las oigo llegar.

—¿Las señoras? —pregunta Simon.

—La esposa del alcaide y sus hijas nos honran con su presencia aquí esta noche —contesta Verringer—. Por desgracia, el alcaide se halla ausente por asuntos de negocios. ¿No se lo dije? —Dos manchas de color aparecen en sus pálidas mejillas—. Vamos a recibirlas, ¿le parece?

Sólo ha venido una de las hijas. Marianne, explica su madre, se ha quedado en cama por culpa de un resfriado. Simon se pone en estado de alerta. Ya está familiarizado con tales estratagemas, conoce las intrigas de las madres. La esposa del alcaide ha decidido ofrecerle a Lydia la ocasión de echarle un vistazo sin ningún impedimento ni distracción por parte de Marianne. A lo mejor convendría que él revelara inmediatamente la mísera cuantía de sus ingresos para pararle los pies. Pero Lydia es un bombón y él no quiere privarse demasiado pronto de semejante placer estético. Mientras no haya ninguna declaración, no habrá peligro; y además, a él le encanta ser contemplado por unos ojos tan luminosos como los de la muchacha.

Ahora la estación ha cambiado oficialmente: Lydia ha estallado en una primaveral explosión de flores. Varias capas de pálidos volantes florales le han brotado por todas partes y se agitan desde sus hombros como si fueran diáfanas alas. Simon se come el pescado —demasiado hecho, pero en este continente nadie sabe cocer el pescado a fuego lento— y admira los delicados y blancos perfiles de su garganta y lo que se le puede ver del busto. Parece esculpida en crema batida. Tendría que estar en la bandeja ocupando el lugar del pescado. Simon ha oído contar ciertas historias acerca de una famosa cortesana francesa que se presentó en un banquete de esta manera; desnuda, naturalmente. Se entrega a la tarea de desvestir y aderezar a Lydia. Deberían adornarla con guirnaldas de flores —de color marfil y rosa nacarado— y quizá rodearla con un festón de racimos de uva y melocotones de invernadero.

Su madre, cuyo rasgo facial más destacado son los ojos saltones, va tan bien acicalada como de costumbre; acaricia con los dedos las cuentas de azabache que le rodean la garganta y se lanza casi de inmediato al serio asunto que se ha de debatir esa noche. El círculo del martes desea ardientemente que el doctor Jordan les dirija unas palabras. Nada demasiado formal, una seria discusión entre amigos —unos amigos que ella se atreve a suponer que también lo serán del doctor Jordan— interesados por las mismas causas importantes. ¿Quizá les podría hablar un poco acerca de la abolición de la esclavitud? Es un tema que les preocupa enormemente a todos.

Simon contesta que no es un experto en la materia, en realidad, ni siquiera está muy bien informado, pues ha pasado los últimos años en Europa. En ese caso, apunta el reverendo Verringer, ¿tal vez el doctor Jordan sería tan amable de exponerles las más recientes teorías acerca de las enfermedades nerviosas y la demencia? Eso también sería muy interesante, pues uno de los más antiguos proyectos del grupo es la reforma de los manicomios públicos.

—El doctor DuPont dice que estaría especialmente interesado en esta cuestión —tercia la esposa del alcaide—. Me refiero al doctor Jerome DuPont, a quien usted ya ha tenido ocasión de conocer. Es tan amplio, es tan vasto el alcance de... de las cosas que le interesan.

—Oh, para mí sería fascinante —dice Lydia, mirando a Simon por debajo de sus pestañas largas y negras—. ¡Espero que nos hable de eso!

Apenas ha abierto la boca durante la velada, pero tampoco ha tenido ocasión de hacerlo como no sea para rechazar los ofrecimientos de más pescado que le ha estado haciendo el reverendo Verringer.

—Siempre me he preguntado qué siente una persona cuando enloquece. Grace no me lo quiere decir —añade.

Simon se imagina a sí mismo en un oscuro rincón con Lydia. Detrás de unos cortinajes de pesado brocado color malva. Si él le rodeara el talle con su brazo —muy suavemente para no alarmarla—, ¿lanzaría ella un suspiro? ¿Cedería o se apartaría? O ambas cosas a la vez.

De vuelta en sus habitaciones, se llena una buena copa de jerez de la botella que guarda en el armario. No ha tomado un trago en toda la noche —el brebaje de la cena en casa de Verringer era agua clara—, pero se nota tan aturdido como si lo hubiera tomado. ¿Por qué ha accedido a hablar ante los miembros de ese diabólico círculo del martes? ¿Qué son ellos para él o qué es él para ellos? ¿De qué tema que sea comprensible para todos les puede hablar, teniendo en cuenta los pocos conocimientos que poseen? Es por Lydia, por la admiración que ésta le ha manifestado, por la atracción que ejerce en él. Simon tiene la sensación de haber caído en la emboscada de un arbusto florido.

Está demasiado agotado para permanecer levantado hasta muy tarde, leyendo y trabajando como de costumbre. Se acuesta y se queda inmediatamente dormido. Después empieza a soñar; un sueño inquietante. Se encuentra en un patio vallado en el que hay ropa tendida. Está solo y experimenta la sensación de estar disfrutando de un placer clandestino. Las sábanas y la ropa blanca se agitan movidas por el viento como si cubrieran unas ondulantes caderas invisibles; como si tuvieran vida propia. Mientras contempla el espectáculo —debe de ser un niño, pues su estatura lo obliga a levantar la vista—, un chal o un velo de muselina blanca se escapa de la cuerda y vuela ondulando graciosamente en el aire como si fuera una larga venda que se desenrollara o como el rastro de la pintura en el agua. Simon sale apresuradamente del patio y baja corriendo por el camino —eso quiere decir que está en una zona rural— y entra en un campo. Un vergel. La tela ha quedado prendida en las ramas de un arbolito repleto de verdes manzanas. Tira del velo hacia abajo y éste le cae sobre el rostro; entonces comprende que no es tejido sino cabello, el largo y perfumado cabello de una mujer invisible que se le está enroscando alrededor del cuello. Forcejea; nota que lo abrazan con fuerza; apenas puede respirar. La sensación es dolorosa y casi insoportablemente erótica, y se despierta sobresaltado.

22

Hoy he llegado al cuarto de costura antes que el doctor Jordan. Es absurdo que me pregunte cuál habrá sido el motivo de su retraso, pues los caballeros tienen sus propios horarios. Por consiguiente sigo cosiendo mientras canto un poco para mí sola.

Roca de los siglos, grieta para mí,
deja que me esconda dentro de ti;
que el agua y la sangre que brotaron
del traspasado y divino costado
sean del pecado doble curación,
borra mi culpa y dame tu perdón.

Me gusta esta canción, me hace pensar en las rocas, el agua y la orilla del mar que están ahí fuera; pensar en un paisaje es casi como estar allí.

No sabía que cantaras tan bien, Grace, dice el doctor Jordan entrando en el cuarto. Tienes una voz muy bonita. Unas oscuras ojeras le rodean los párpados inferiores y parece que no ha pegado ojo en toda la noche.

Gracias, señor, le digo. Antes tenía más ocasión de cantar que ahora.

Se sienta y saca el cuaderno de apuntes y un lápiz, y también una chirivía que deposita sobre la mesa. Yo no la hubiera elegido, ya que su tinte anaranjado denota que es vieja.

Oh, una chirivía, digo.

¿Te hace recordar algo?, me pregunta.

Bueno, pues, recuerdo un proverbio que dice: «Las buenas palabras no untan las chirivías», algo así como: «Obras son amores, que no buenas razones.» También recuerdo que cuestan mucho de pelar.

Tengo entendido que se guardan en los sótanos, dice.

Oh, no, señor, contesto. Se guardan fuera, en un agujero del suelo cubierto de paja, porque las heladas las mejoran mucho.

Me mira con expresión cansada y me pregunto por qué razón no habrá podido dormir. A lo mejor habrá sido por alguna señorita que tiene en la cabeza y no corresponde a su afecto; o quizá se ha saltado alguna de las comidas.

¿Seguimos con tu historia desde el punto donde la interrumpimos?, pregunta.

No recuerdo dónde la dejé, digo. No es del todo cierto, pero quiero ver si de veras me escuchaba o simplemente lo fingía.

En la muerte de Mary, contesta. De tu pobre amiga Mary Whitney.

Ah, sí, digo. Mary.

Pues bien, señor, se intentó ocultar todo lo posible la forma en que había muerto Mary. No sé si se creyeron o no que había muerto a causa de unas fiebres, pero nadie lo puso en duda en voz alta. Nadie negó que me hubiera legado sus cosas, porque lo había puesto por escrito aunque a algunos les extrañó que lo hubiera hecho, pues parecía que supiera de antemano que se iba a morir. Pero yo les dije que si los ricos hacían testamento por adelantado, ¿por qué no iba a hacerlo Mary? Entonces se callaron.

Tampoco se comentó lo del papel de escribir ni la manera en que ella lo había conseguido.

Vendí su caja, que era de muy buena calidad, y también su mejor vestido, a Jeremiah el buhonero, que regresó a la casa poco después de la muerte de Mary. Y también le vendí la sortija de oro que ella guardaba escondida debajo de una tabla del suelo. Le dije que era para sufragar un entierro decente y él me pagó un precio justo y algo más. Dijo que había visto la muerte reflejada en el rostro de Mary, pero las cosas que se dicen retrospectivamente siempre son acertadas. Añadió que lamentaba su muerte y rezaría una oración por ella, aunque yo no acertaba a imaginar qué clase de oración podría ser, ya que con todas sus triquiñuelas y sus buenaventuras era un hombre más bien pagano. Pero seguramente la clase de oración no tiene importancia y Dios sólo distingue entre la buena voluntad y la mala; o eso creo yo por lo menos.

Fue Agnes quien me ayudó en la cuestión del entierro. Pusimos en el ataúd unas flores del jardín de la esposa del concejal Parkinson tras haberle pedido permiso. Como estábamos en el mes de junio, las flores eran rosas de tallo largo y peonías; elegimos sólo las de color blanco. La cubrí de pétalos y le puse también el alfiletero que yo le había hecho pero sin que se viera, porque como era de color rojo no hubiera sido correcto. Después le corté un mechón de cabello de la parte de atrás como recuerdo y lo até con un trozo de hilo.

La enterramos con su mejor camisa de noche. No parecía en absoluto que estuviera muerta sino tan sólo dormida, aunque muy pálida; amortajada toda de blanco de aquella manera, parecía una novia.

El ataúd era de madera de pino y muy sencillo, por cuanto yo había querido que en el precio entrara también una lápida de piedra, pero el dinero sólo me alcanzó para poner el nombre. Me hubiera gustado grabar un verso como, por ejemplo, «Aunque de las negras sombras de esta Tierra has de partir, / cuando estés en el cielo acuérdate de mí», pero eso no estaba dentro de mis posibilidades. La enterraron donde los metodistas de Adelaide Street, en un rincón justo al lado de la zona reservada a los pobres, pero dentro del recinto del cementerio, de modo que pensé que había hecho todo lo que había podido por ella. Aparte de mí, las únicas personas presentes fueron Agnes y otras dos criadas, porque debió de haberse corrido la voz de que Mary había muerto de una forma sospechosa; cuando arrojaron tierra sobre el ataúd y el joven pastor dijo aquello de «Polvo al polvo», rompí a llorar con desconsuelo. Pensaba también en mi pobre madre que no había tenido un entierro con puñados de tierra sobre el ataúd tal como debe ser, sino que simplemente había sido arrojada al mar.

Me costó mucho creer que Mary había muerto realmente. Esperaba que de un momento a otro entrara en el cuarto y, a veces, cuando me acostaba por la noche, me parecía oírla respirar; o reírse al otro lado de la puerta. Todos los domingos depositaba flores en su tumba, no muy lejos del jardín de la esposa del concejal Parkinson, pues era la única ocasión especial en que podía hacerlo, pero eran flores silvestres que recogía en los inmensos solares cercanos a la orilla del lago o en cualquier otro lugar donde las hubiera.

Poco después de la muerte de Mary abandoné la casa de la esposa del concejal Parkinson. No me gustaba estar allí porque, desde que Mary había muerto, la esposa del concejal Parkinson y la señora Honey se mostraban muy hostiles conmigo. Debían de pensar que yo había ayudado a Mary en sus relaciones con el caballero cuyo nombre creían que yo conocía; a pesar de que no era así, cuando surge una sospecha es muy difícil disiparla. Cuando anuncié que deseaba dejar mi trabajo, la esposa del concejal Parkinson no protestó, sino que me acompañó a la biblioteca y me preguntó una vez más muy en serio si conocía al hombre; al contestarle yo que no, me propuso que jurara sobre la Biblia que, aunque lo supiera, jamás lo divulgaría, y me dijo que ella me escribiría una buena referencia. No me gustaba que desconfiaran de mí de aquella manera, pero hice lo que me pedía y la esposa del concejal Parkinson escribió la referencia diciendo con amabilidad que nunca había tenido la menor queja de mi trabajo, y antes de irme me dio dos dólares, cosa muy generosa de su parte, y me buscó otro trabajo en casa del señor Dixon, que también era concejal.

En casa del señor Dixon me pagaban más porque ahora ya había aprendido el oficio y tenía referencias. Los criados de fiar no abundaban demasiado, pues a raíz de la Rebelión muchos se habían ido a los Estados Unidos y, aunque constantemente llegaban nuevos inmigrantes, esa carencia aún no se había subsanado y era mucha la demanda de servidumbre. Debido a ello, yo sabía que no estaba obligada a quedarme en ningún sitio en caso de que no me gustara.

En casa del señor Dixon no me encontraba muy a gusto, porque tenía la impresión de que sabían demasiado acerca de la historia y me trataban de una manera muy extraña. Por consiguiente, al cabo de seis meses me despedí y me fui a casa del señor McManus, pero aquello tampoco me gustó, ya que sólo éramos dos criados y el otro era un hombre que no paraba de hablar del fin del mundo y de la gran tribulación y del rechinar de dientes; no era una compañía muy agradable a la hora de las comidas. Sólo me quedé tres meses y de allí pasé a la casa del señor Coates, donde estuve hasta pasados unos meses de mi decimoquinto aniversario, pues otra criada me tenía celos porque yo trabajaba mejor que ella. Así pues, en cuanto tuve ocasión, me fui a casa del señor Haraghy con el mismo salario que cobraba en casa de los Coates.

Allí lo pasé bastante bien durante algún tiempo, hasta que empecé a ponerme nerviosa porque el señor Haraghy intentaba propasarse conmigo en el pasillo de la parte de atrás cuando yo retiraba los platos de la mesa; y aunque recordaba el consejo que me había dado Mary acerca del puntapié en la entrepierna, no me parecía correcto propinarle un puntapié a mi amo y además, quizá me hubieran despedido sin referencias. Una noche oí a mi amo al otro lado de la puerta de mi cuarto de la buhardilla; reconocí su tos asmática. Estaba tratando de abrir el cerrojo. Yo siempre cerraba la puerta con llave por la noche, pero sabía que, tanto con cerrojo como sin él, más tarde o más temprano mi amo encontraría la manera de entrar, aunque para ello tuviera que utilizar una escalera de mano; yo no podía dormir tranquila con sólo pensarlo y necesitaba dormir, pues estaba muy cansada del trabajo del día. Además, en cuanto te sorprenden con un hombre en tu habitación, la culpable eres tú cualquiera que sea la manera en que éste haya entrado. Tal como Mary solía decir, algunos amos creen que estás a su servicio las veinticuatro horas del día y que tu principal misión es tenderte boca arriba.

Creo que la señora Haraghy sospechaba algo por el estilo. Pertenecía a una buena familia venida a menos y había tenido que conformarse con lo que había; el señor Haraghy había adquirido su fortuna comerciando con carne de cerdo. Dudo que fuera la primera vez que el señor Haraghy se comportaba de aquella manera, ya que cuando me despedí, su esposa ni siquiera me preguntó la razón y, lanzando un suspiro, me dijo que yo era una buena chica y se apresuró a escribirme unas buenas referencias con su mejor papel de cartas.

Me fui a trabajar a casa del señor Watson. Habría podido encontrar algo mejor si hubiera tenido tiempo de buscar un poco más por ahí, pero tuve que darme prisa, porque un día el señor Haraghy entró jadeando y resollando en la trascocina mientras yo estaba fregando los cacharros con las manos todas cubiertas de grasa y de tizne, e intentó abrazarme a pesar de la situación, señal de que estaba desesperado. El señor Watson era zapatero y necesitaba más servidumbre, pues tenía esposa y tres hijos y otro en camino y sólo disponía de una criada que no daba abasto para hacer toda la colada, aunque cocinaba bastante bien. Por eso se avino a pagarme dos dólares con cincuenta centavos al mes y un par de zapatos de propina. Yo necesitaba zapatos, porque los de Mary no me iban bien, los míos ya estaban casi en las últimas y los zapatos nuevos eran muy caros.

Estuve allí muy poco tiempo, hasta que conocí a Nancy Montgomery, que acudió a la casa de visita, pues se había criado en el campo con Sally, la cocinera de la señora Watson. Nancy se había desplazado a Toronto para hacer unas compras en la subasta de tejidos del almacén Clarkson's; nos mostró una preciosa seda carmesí que había adquirido para hacerse un vestido de invierno; yo me pregunté para qué querría un ama de llaves un vestido como aquél; también había comprado unos bonitos guantes y un mantel de lino para su amo. Dijo que era mejor comprar en una subasta que en una tienda, porque los precios eran más bajos y su amo era muy ahorrador. No había utilizado la diligencia para trasladarse a la ciudad sino que el amo la había llevado en su coche, cosa mucho más cómoda, explicó, ya que de esta manera no tenías que aguantar los empujones de los desconocidos.

Nancy Montgomery era una agraciada morena de unos veinticuatro años de edad; tenía unos preciosos ojos castaños, se reía y bromeaba como Mary Whitney y parecía una persona de muy buen carácter. Sentada en la cocina con una taza de té, se pasó un rato recordando con Sally los viejos tiempos. Ambas habían ido juntas a una escuela situada al norte de la ciudad; era la primera escuela del distrito y la dirigía el pastor local los sábados por la mañana, cuando los niños no trabajaban ayudando a sus padres. Las clases se impartían en una casa hecha con troncos que más que una casa parecía un establo, dijo Nancy; los alumnos tenían que cruzar el bosque para llegar hasta allí y siempre temían que apareciera algún oso, ya que entonces eran más abundantes. Un día vieron un oso y Nancy lanzó un grito, echó a correr y trepó a un árbol. Pero Sally dijo que el oso estaba más asustado que Nancy y Nancy contestó que seguramente era un caballero oso que huía de un peligro que en su vida había visto pero que quizás había alcanzado a ver fugazmente mientras ella trepaba al árbol. Y las dos se rieron muchísimo. Después hablaron de la vez en que los chicos se encaramaron junto al retrete de la parte de atrás de la escuela mientras una niña estaba dentro y la estuvieron mirando todos juntos sin que ella lo supiera y después se avergonzaron de haberlo hecho. Sally dijo que los más tímidos eran los que siempre pagaban el pato y Nancy le contestó que era cierto, pero que en esta vida tenías que aprender a defenderte; yo pensé que era verdad.

Mientras recogía su chal y el resto de las cosas —llevaba una sombrilla de color rosa muy bonita, aunque un poco sucia—, Nancy me explicó que trabajaba de ama de llaves en casa del señor Thomas Kinnear que vivía en Richmond Hill, en la parte de arriba de Yonge Street, pasado Gallow Hill y Hogg's Hollow. Me dijo que necesitaba otra criada para que la ayudara, porque la casa era muy grande y la chica que antes realizaba la faena se había ido para casarse. El señor Kinnear era un caballero de una excelente familia escocesa, soltero y de trato agradable; de modo que el trabajo no era mucho y no había ninguna señora de la casa que anduviera todo el día regañando y criticando, ¿me interesaría a mí aquel puesto?, me preguntó.

Nancy señaló que necesitaba un poco de compañía femenina, pues la granja del señor Kinnear se encontraba un poco lejos de la ciudad y además, a ella no le gustaba estar sola con un caballero por el qué dirán. Al oírla, pensé que sus palabras eran un indicio de la honradez de sus sentimientos. Dijo que el señor Kinnear era un amo muy generoso y lo demostraba cuando estaba contento; que por mi propio provecho me convenía aceptar, ya que mi posición social mejoraría. Después me preguntó cuánto cobraba en aquellos momentos y me ofreció tres dólares al mes; me pareció una cantidad más que justa.

Nancy añadió que en cuestión de una semana regresaría a la ciudad para resolver ciertos asuntos y que esperaría hasta entonces mi decisión. Me pasé toda la semana dándole vueltas a su ofrecimiento. Me preocupaba tener que irme a vivir al campo y dejar la ciudad, pues ahora ya me había acostumbrado a la vida de Toronto; veías muchas cosas cuando salías a hacer recados y a veces había espectáculos y ferias, aunque allí tenías que vigilar mucho para no ser víctima de los ladrones; y también había predicadores callejeros y muchachos y mujeres que cantaban por las esquinas a cambio de unos peniques. Había visto a un hombre que devoraba fuego, a otro que podía cambiar de voz, un cerdo que sabía contar y un oso que llevaba bozal y bailaba, aunque, más que bailar, lo que hacía era dar tumbos mientras los pilluelos lo golpeaban con palos. Además, en el campo todo estaría más lleno de barro y no habría aceras, ni farolas de gas por la noche, ni grandes tiendas ni tantas agujas de iglesia y tantos carruajes elegantes y nuevos bancos de ladrillo adornados con columnas. Pero también me dije que, si no me gustaba el campo, siempre me quedaría la posibilidad de regresar.

Cuando le pedí su opinión a Sally, me contestó que no estaba muy segura de que aquél fuera un puesto apropiado para una chica tan joven como yo. Al preguntarle yo el porqué, me dijo que Nancy siempre había sido muy cariñosa con ella, pero que a ella no le gustaba hablar y cada cual tenía que correr sus propios riesgos y en boca cerrada no entraban moscas; y además, puesto que ella no sabía nada a ciencia cierta, no estaría bien que dijera más, pero creía haber cumplido con su deber con lo poco que me había dicho, porque yo no tenía una madre que pudiera aconsejarme. No comprendí a qué se refería.

Le pregunté si había oído decir algo malo del señor Kinnear y ella me contestó: nada que el mundo en general consideraría malo.

Era un acertijo imposible de descifrar; hubiera sido mejor que hablara sin tapujos. Sin embargo, el salario era más alto de lo que yo jamás había cobrado hasta entonces y eso influía mucho en mí; y otra cosa que influía todavía más era la propia Nancy Montgomery. Se parecía a Mary Whitney, o eso pensaba yo entonces. Y yo me sentía muy deprimida desde la muerte de Mary. Así pues, decidí ir.

23

Nancy me había pagado el importe del trayecto y el día convenido tomé la primera diligencia. Fue un viaje muy largo, porque Richmond Hill se encontraba a veinticinco kilómetros en la parte alta de Yonge Street. El primer tramo del camino al norte de la ciudad no era muy malo, aunque para salvar varias empinadas colinas tuvimos que bajar del carruaje y seguir a pie, pues de lo contrario los caballos no hubieran podido tirar del vehículo. Junto a las zanjas crecían muchas margaritas y otras flores silvestres a cuyo alrededor revoloteaban las mariposas. Aquella parte del trayecto era muy bonita. Estuve a punto de arrancar unas cuantas flores para hacer un ramo, pero después pensé que se marchitarían durante el viaje.

Al cabo de un rato el camino empeoró y tropezamos con profundos surcos y piedras que nos sacudían y nos hacían brincar hasta casi descoyuntarnos los huesos; en las cimas de las colinas nos asfixiábamos a causa del polvo y en los valles nos atascábamos a causa del barro y de los troncos tendidos sobre los pantanos. Decían que, cuando llovía, el camino era peor que una ciénaga y que en marzo, durante el deshielo primaveral, apenas se podía viajar. La mejor época era el invierno, pues todo estaba helado y los trineos podían deslizarse con gran rapidez; pero existía el riesgo de las ventiscas y de la muerte por congelación en caso de que el trineo volcara; a veces los ventisqueros eran tan altos como una casa y entonces lo único que se podía hacer era rezar un poco y beber mucho whisky.

Todo eso y mucho más me dijo el hombre que se apretujaba a mi lado y que, según él mismo me explicó, vendía aperos de labranza y semillas y se preciaba de conocer muy bien aquel recorrido.

Algunas de las casas que vimos al pasar eran muy grandes y hermosas, pero otras no eran más que unas bajas cabañas de troncos de apariencia muy mísera. Las vallas que rodeaban los campos eran muy variadas, vallas en zigzag hechas con barras cortadas y otras hechas con raíces de árbol arrancadas del suelo que parecían gigantescas madejas de pelo de leña. De vez en cuando llegábamos a una encrucijada donde se agrupaban unas cuantas casas y una posada, en la que los caballos podían descansar o ser cambiados por otros de refresco, y los viajeros podían tomar un vaso de whisky. Algunos de los haraganes mal trajeados que merodeaban por allí debían de haber tomado algo más que un vaso, pues se acercaron con impertinencia al vehículo donde yo permanecía sentada y trataron de mirar por debajo del borde de mi papalina. Cuando nos detuvimos al mediodía, el vendedor de aperos de labranza me preguntó si me apetecía entrar con él a tomar una copa y un refrigerio, pero yo le contesté que no, porque una dama respetable no debía entrar en semejantes lugares con un desconocido. Tenía un poco de pan con queso y podría beber un poco de agua del pozo del patio; para mí sería suficiente.

Para el viaje me había puesto mis mejores prendas de verano. Sobre la cofia lucía una papalina de paja ribeteada con una cinta azul del estuche de Mary y llevaba un vestido de algodón estampado con unas mangas de hombros caídos que entonces ya no estaban muy de moda pero que yo no había tenido tiempo de reformar; al principio el vestido era a topos rojos, pero se había desteñido y a la sazón era de color de rosa. Me lo habían entregado como parte del salario en casa de los Coates. El resto de mi atuendo consistía en: dos enaguas, una de ellas rota pero primorosamente remendada y otra que se me había quedado demasiado corta, pero ¿quién iba a verla?; una chambra de algodón y un corsé usado que le había comprado a Jeremiah el buhonero y medias blancas de algodón, remendadas pero todavía en buen estado; los zapatos obra del zapatero, el señor Watson, que no eran de la mejor calidad y no se me ajustaban muy bien, pues los mejores zapatos venían de Inglaterra; un chal de verano de muselina de color verde y, alrededor del cuello, un pañuelo que había pertenecido a la madre de Mary, de color blanco con florecitas azules, arañuelas las llamaban, doblado en triángulo para protegerme del sol y evitar la aparición de pecas. Me consolaba conservar aquel recuerdo de Mary. Pero no llevaba guantes. Nadie me había dado jamás unos guantes y yo no me los podía comprar porque eran demasiado caros.

Mis ropas de invierno, la enagua roja de franela, el vestido grueso, las medias de lana y la camisa de noche de franela, las dos de algodón para el verano, mi vestido de trabajo de verano, los zuecos, las dos cofias, un delantal y la otra muda estaban en un fardo hecho con el chal de mi madre y viajaban en la parte superior de la diligencia. Lo habían asegurado muy bien, pero yo me pasé el viaje preocupada y temiendo que se cayera y se perdiera por el camino, por lo que no hacía más que mirar hacia atrás.

No mire nunca hacia atrás, me dijo el vendedor de aperos de labranza. ¿Por qué no?, le pregunté yo. Sabía que no era correcto hablar con desconocidos, pero era difícil evitarlo estando todos tan apretujados. Porque el pasado ya ha pasado, me contestó, y el arrepentimiento no sirve de nada y a lo hecho, pecho. Ya sabe lo que le ocurrió a la mujer de Lot, añadió. Se convirtió en una estatua de sal, lástima de mujer, y eso que un poquito de sal no les viene mal a las mujeres, dijo, soltando una carcajada. No supe muy bien lo que había querido decir, pero sospeché que no debía de ser nada bueno y decidí no seguir conversando con él.

Los mosquitos resultaban muy molestos, sobre todo en las zonas pantanosas y en los linderos de los bosques, pues, aunque una parte de la tierra que bordeaba el camino había sido desbrozada, quedaban todavía muchos árboles tremendamente altos y oscuros. El aire del bosque huele distinto; era fresco y húmedo y olía a musgo, a tierra y a hojas muertas. Yo no me fiaba del bosque, porque estaba lleno de animales salvajes como osos y lobos; y recordaba la historia del oso que había contado Nancy.

El vendedor de aperos de labranza me preguntó: ¿le daría miedo adentrarse en el bosque, señorita? Yo le contesté: no, no me daría miedo, pero preferiría no hacerlo a menos que no tuviera más remedio. Entonces él dijo: tanto mejor, las muchachas no deben adentrarse solas en el bosque, nunca se sabe lo que les puede ocurrir; hace poco encontraron a una con la ropa hecha jirones y la cabeza separada del cuerpo. Debieron de ser los osos, dije yo. Y él contestó: los osos o los pieles rojas, en estos bosques los hay a montones, pueden aparecer en cualquier momento, quitarte el sombrero en un santiamén y arrancarte el cuero cabelludo; son muy aficionados a cortarles el cabello a las damas, porque después lo venden a muy buen precio en los Estados Unidos. Supongo que debe de tener una buena mata de pelo bajo la cofia, añadió, comprimiéndose contra mí de una forma que ya estaba empezando a molestarme.

Sabía que estaba mintiendo, si no acerca de los osos, sin duda acerca de los indios, y que lo hacía para asustarme. Por eso le contesté con descaro: preferiría confiar mi cabeza a los pieles rojas antes que a usted, y él se rió; pero yo hablaba en serio. Había visto pieles rojas en Toronto, pues a veces iban allí para cobrar el dinero que les correspondía según el tratado; y otras veces llamaban a la puerta de atrás de la casa de la esposa del concejal Parkinson para vendernos cestos y pescado. Ponían siempre una cara muy seria y era imposible adivinar lo que estaban pensando, pero se iban enseguida si se lo ordenaban. De todos modos, me alegré cuando salimos nuevamente del bosque y vi las vallas, las casas y la ropa tendida y aspiré el olor del humo de las hogueras y de los árboles que quemaban para obtener ceniza.

Al cabo de un rato pasamos ante las ruinas de un edificio del que sólo quedaban los cimientos ennegrecidos. El vendedor me las señaló y me dijo que era la célebre Taberna Montgomery, donde MacKenzie y su banda de gentuza celebraban sus sediciosas reuniones y de la que salieron para emprender su marcha por la Yonge Street durante la Rebelión. Un hombre que iba a avisar a las tropas gubernamentales fue abatido de un disparo allí delante y poco después la taberna fue incendiada. Ahorcaron a unos cuantos traidores pero no a los suficientes, dijo el comerciante de aperos de labranza, y al muy cobarde y sinvergüenza de MacKenzie tendrían que sacarlo a rastras de los Estados Unidos, donde se había refugiado dejando que sus amigos colgaran del extremo de una cuerda en su lugar. El vendedor llevaba un botellín en el bolsillo y, para entonces, ya se había echado al coleto una considerable dosis de valentía de frasco, tal como yo deduje por el olor de su aliento. Cuando se encuentran en semejante estado es mejor no provocarlos; así que no dije nada.

Llegamos a Richmond Hill a última hora de la tarde. No tenía mucho aspecto de ciudad sino que más bien parecía una aldea, con las casas alineadas a ambos lados de Yonge Street. Me apeé en la posada de allí, que era el lugar acordado con Nancy, y el cochero me bajó el fardo. El comerciante de aperos de labranza también se apeó y me preguntó dónde me alojaba, a lo cual le contesté que cuanto menos supiera, mejor. Entonces él me tomó del brazo y me pidió que entrara en la posada con él y tomara uno o dos tragos de whisky en recuerdo de los viejos tiempos, pues ambos nos habíamos hecho muy amigos durante el viaje. Traté de retirar el brazo, pero él, lejos de soltarme, empezó a tomarse libertades y trató de rodearme el talle mientras varios mirones lo instaban a seguir adelante. Miré alrededor buscando a Nancy, pero no la vi por ninguna parte. Qué impresión tan mala causaría, pensé, si me sorprendieran forcejeando con un borracho en una posada.

La puerta de la posada permanecía abierta de par en par y justo en aquel momento estaba saliendo Jeremiah el buhonero con su fardo a cuestas y su largo bastón en la mano. Me alegré mucho de verlo y lo llamé por su nombre; él me miró con expresión perpleja, pero se acercó de inmediato.

Pero ¿cómo?, si es Grace Marks, dijo. No esperaba verte por aquí.

Ni yo a ti, le contesté sonriendo, a pesar de que me sentía un poco molesta por la presencia del vendedor de aperos de labranza que aún no me había soltado el brazo.

¿Es amigo tuyo este hombre?, preguntó Jeremiah.

No, contesté.

La señora no aprecia su compañía, le dijo Jeremiah al hombre, imitando los modales de un caballero elegante. Entonces el comerciante le replicó que yo no era una señora, y añadió ciertos comentarios que no eran precisamente cumplidos y unas palabras muy duras acerca de la madre de Jeremiah.

Jeremiah levantó el bastón, lo descargó sobre el brazo del hombre y éste me soltó; después Jeremiah le propinó un empujón y él se tambaleó hacia atrás contra la pared de la posada y cayó sentado sobre una bosta de caballo; entonces los mirones se burlaron de él, tal como suelen hacer con los que en cualquier disputa llevan las de perder.

¿Tienes trabajo en esta zona?, me preguntó Jeremiah cuando le hube dado las gracias. Le contesté que sí y él me dijo que ya volvería para ver si podía venderme algo. Justo en aquel momento apareció un tercer hombre. ¿No serás por casualidad Grace Marks?, me preguntó. O algo por el estilo, no recuerdo las palabras exactas. Le contesté que sí y entonces él me dijo que era Thomas Kinnear, mi nuevo amo, y había acudido a recibirme. Tenía un carro tirado por un solo caballo. Más tarde averigüé que el caballo se llamaba *Charley*, era un espléndido bayo castrado, con una cola y unas crines preciosas y grandes ojos castaños, del que inmediatamente me enamoré.

El señor Kinnear ordenó al mozo de cuadra que colocara mi fardo en la parte de atrás del carro —donde ya había unos cuantos bultos— y me dijo: vaya, no llevas ni cinco minutos en la ciudad y ya has conseguido llamar la atención de dos caballeros admiradores. Le dije que no eran tal y entonces él me preguntó: ¿qué es lo que no son, caballeros o admiradores? Me desconcerté y no supe qué quería que le respondiera.

Arriba, Grace, me dijo, y yo le pregunté: ¿quiere que me siente delante? No querrás que te coloquemos en la parte de atrás como si fueras un baúl, me contestó, tendiéndome la mano para ayudarme a subir. Me dio mucha vergüenza, pues no estaba acostumbrada a sentarme al lado de un caballero como él que, además, era mi amo, pero él no pareció darle importancia; subió por el otro lado, arreó al caballo chasqueando la lengua y el carro se puso en marcha. Mientras bajábamos por Yonge Street como si yo fuera una dama de postín, pensé que las personas que nos vieran desde sus ventanas tendrían un tema de chismorreo. Pero, como más tarde averigüé, al señor Kinnear le importaban un bledo los chismorreos y lo que los demás dijeran de él. Tenía dinero y, como no se dedicaba a la política, podía permitirse el lujo de no prestar atención a estas cosas.

¿Qué aspecto tenía el señor Kinnear?, pregunta el doctor Jordan.

Tenía porte de caballero, señor, contesto, y llevaba bigote.

¿Eso es todo?, pregunta el doctor Jordan.¡No lo miraste con demasiado detenimiento!

No quería mirarlo mucho, contesto yo, y además, una vez en el coche no pude mirarlo. Hubiera tenido que girar mucho la cabeza debido a la papalina que llevaba. Supongo que usted nunca habrá llevado una papalina, ¿verdad, señor?

No, contesta el doctor Jordan. Esboza su habitual sonrisa torcida. Eso debe de dificultar mucho la visión, dice.

En efecto, señor, digo yo. Pero le vi los guantes en las manos con que sujetaba las riendas, unos guantes de suave cuero amarillo claro y tan bien hechos que le ajustaban sin apenas una arruga hasta el punto de que parecían su propia piel. Sentí mucho no llevar guantes y mantuve las manos bien escondidas bajo los pliegues de mi chal.

Debes de estar muy cansada, Grace, me dijo, y yo le contesté: sí, señor. Entonces él comentó: hace muy buen tiempo, y yo contesté: es cierto, señor. Y así seguimos un buen rato, pero yo le aseguro que aquello fue para mí más violento que viajar en la diligencia sentada al lado del comerciante de aperos de labranza. No sé por qué, pues el señor Kinnear era mucho más amable. Richmond Hill no era un lugar muy grande y no tardamos mucho en atravesarlo. Él vivía en las afueras, a cosa de un kilómetro y medio hacia el norte.

Al final, pasamos por delante de su huerto y enfilamos la avenida de la entrada, que era curvada y de unos cien metros de longitud y discurría entre dos hileras de arces de tamaño mediano. Al final de la avenida estaba la casa, con un pórtico y unas columnas blancas en la fachada. Era muy grande, pero no tanto como la de la esposa del concejal Parkinson.

Se oía un ruido de hachazos procedentes de la parte

de atrás de la casa. Vi a un chico —de unos catorce años quizá— sentado en la valla, y él, al divisarnos, saltó al suelo y se acercó para sujetar el caballo; advertí que era un pelirrojo lleno de pecas y llevaba el cabello cortado de cualquier manera. Hola, Jamie, le dijo el señor Kinnear, te presento a Grace Marks que viene de Toronto, la encontré en la posada. El chico me miró sonriendo como si hubiera en mí algo que le hiciera mucha gracia; pero todo se debía a que era muy tímido y torpe.

Delante del pórtico habían plantado peonías blancas y rosas de color rosa; una dama muy elegante con una falda de triple volante las estaba cortando. Llevaba colgado del brazo un cesto plano para ponerlas. Al oír el rumor de las ruedas del carro y de los cascos del caballo, enderezó la espalda y se protegió los ojos con la mano, y entonces vi que llevaba guantes y la reconocí. Era Nancy Montgomery. Se tocaba con una papalina del mismo color pálido que el vestido, como si se hubiera puesto sus mejores galas para salir a cortar flores. Me saludó amablemente con la mano, pero no hizo la menor tentativa de acercarse. En aquel momento experimenté una fuerte opresión en el corazón.

Una cosa era subir al carro pero otra muy distinta bajar de él, pues el señor Kinnear no me ayudó sino que saltó del carro, subió presuroso por la avenida en dirección a la casa e inclinó la cabeza hacia la papalina de Nancy, dejándome abandonada en el carro como si fuera un saco de patatas o como si pensara que ya me las arreglaría para bajar sola sin ayuda, cosa que hice. Entre tanto, desde la parte trasera de la casa había aparecido un hombre; sostenía un hacha en la mano, lo que significaba que era él el autor de los hachazos. Llevaba una gruesa chaqueta de punto echada sobre un hombro, una camisa con las mangas remangadas y el cuello desabrochado, un pañuelo rojo anudado alrededor de la cintura y unos holgados pantalones remetidos en las cañas de las botas. Era moreno y delgado pero no muy alto y no aparentaba más de veintiún años. Me miró fijamente sin decir nada y frunció el ceño con expresión recelosa como si yo fuera su enemiga; pero no parecía que me estuviera mirando a mí sino a alguien situado justo a mi espalda.

El chico llamado Jamie le dijo: ésta es Grace Marks, pero él permaneció callado. Después Nancy lo llamó diciendo: McDermott, conduce el caballo a la cuadra y después lleva las cosas de Grace a su cuarto y enséñale de paso dónde está.

Aunque el sol del atardecer me daba en los ojos, permanecí un instante contemplando a Nancy y al señor Kinnear junto a las peonías; un halo dorado los rodeaba como si un polvo de oro hubiera caído sobre ellos desde el cielo. De pronto, oí sus risas. Me moría de calor, estaba cansada, hambrienta y cubierta de polvo del camino y ella no me había dirigido ni una sola palabra de saludo.

Después seguí al caballo y el carro hacia la parte de atrás de la casa. El chico llamado Jamie caminaba a mi lado. Es muy grande Toronto, ¿verdad?, yo nunca he estado allí, me dijo tímidamente. Bastante grande, me limité a contestarle. No me sentía con ánimos para hablarle de Toronto, porque en aquel momento me arrepentía con toda mi alma de haberme ido de allí.

Cuando cierro los ojos recuerdo todos los detalles de aquella casa con tanta claridad como si estuviera viendo un cuadro —el pórtico con las flores, las ventanas y las columnas blancas bajo la brillante luz del sol—, y podría recorrer todas sus estancias con los ojos vendados, aunque en aquellos momentos la residencia no me produjo ninguna sensación en particular y yo sólo deseaba un sorbo de agua. Me resulta extraño pensar que, de entre todas las personas que había en aquella casa, yo sería la única que permanecería con vida seis meses después.

Exceptuando a Jamie Walsh, claro; pero él no vivía allí.

24

McDermott me enseñó el cuarto que me habían asignado, contiguo a la cocina de invierno. No estuvo muy amable conmigo que digamos, pues se limitó a decirme: dormirás aquí. Mientras desataba mi fardo, entró Nancy deshaciéndose en sonrisas. Me alegro mucho de verte, Grace, me dijo, qué contenta estoy de que hayas venido. Me invitó a sentarme junto a la mesa de la cocina de invierno, más fresca que la de verano pues los fogones estaban apagados, y me mostró dónde estaba el fregadero para lavarme la cara y las manos. Después me ofreció un vaso de cerveza floja y un poco de carne fría de la despensa y comentó, sentándose amablemente a mi lado mientras yo comía: debes de estar cansada después del viaje, es tremendamente agotador.

Vi que lucía unos pendientes preciosos de oro auténtico y me pregunté cómo se podía permitir aquel lujo con su salario de ama de llaves.

Cuando terminé de tomar el refrigerio, Nancy me acompañó a hacer un recorrido por la casa y las dependencias. La cocina de verano estaba totalmente separada de la casa para no calentarla, una medida muy sensata que todo el mundo debería adoptar. Ambas cocinas tenían el suelo embaldosado y una cocina de hierro de considerable tamaño, el último modelo de entonces, con una placa plana en la parte anterior para mantener la comida caliente. Cada cocina tenía su propio fregadero con una cañería que desembocaba en el pozo negro, y su propia trascocina y despensa. La bomba de agua estaba en el patio, entre las dos cocinas; me alegré de que no fuera un pozo abierto, porque esos pozos son más peligrosos, se pueden caer cosas dentro y a menudo albergan ratas.

Detrás de la cocina de verano se encontraba la cuadra, y a su lado estaba la cochera donde se guardaba el carro. En ésta había espacio para dos carruajes, pero el señor Kinnear sólo tenía un carro ligero. Supongo que un auténtico carruaje hubiera sido inútil en aquellos caminos. En la cuadra había cuatro compartimientos, aunque el señor Kinnear sólo tenía una vaca y dos caballos, *Charley* y un potro que se convertiría en un caballo de montar cuando creciera. El cuarto de las guarniciones estaba al lado de la cocina de invierno, cosa insólita e incluso poco práctica.

Encima de la cuadra había un henil donde dormía McDermott. Nancy me explicó que éste llevaba sólo una semana allí y, aunque se mostraba muy diligente en el cumplimiento de las órdenes que le daba el señor Kinnear, con ella se mostraba impertinente y parecía que le tuviera manía por algo. Yo le dije que a lo mejor la manía se la tenía al mundo, porque conmigo también había estado muy desabrido. Nancy comentó que si McDermott no cambiaba de actitud, lo echaría sin contemplaciones, pues en el lugar de donde él procedía había montones de chicos y podías contratar a todos los soldados sin trabajo que quisieras.

Siempre me ha gustado el olor de las cuadras. Palmeé en la cabeza al potro, le dije buenos días a *Charley* y también saludé a la vaca, ya que una de mis tareas consistiría en ordeñarla y quería empezar mis relaciones con ella con buen pie. McDermott, que estaba preparando la paja para los animales, nos dirigió un simple gruñido. Al ver que miraba a Nancy con expresión ceñuda, comprendí que no le tenía la menor simpatía. En el momento en que abandonábamos el establo Nancy me dijo: está más arisco que nunca. Bueno, pues que haga lo que quiera, peor para él, como no sonría un poco, por la puerta se va a la calle o más bien al fondo de una zanja, añadió soltando una carcajada mientras yo pensaba que ojalá McDermott no la hubiera oído.

A continuación visitamos el gallinero y el patio de las gallinas con su valla de sauce entretejido que impedía que éstas salieran, pero no que entraran las raposas, las comadrejas e incluso los mapaches que, como todo el mundo sabía, eran unos hábiles ladrones de huevos. Después vimos el huerto, que contenía una gran variedad de hortalizas pero necesitaba una buena limpieza con la azada. Al fondo de un sendero estaba el retrete.

El señor Kinnear era propietario de grandes extensiones de tierra, de una dehesa para la vaca y los caballos, un pequeño huerto de árboles frutales junto a Yonge Street y otros varios campos que en aquellos momentos se estaban cultivando o en los que se estaban talando los árboles a fin de roturarlos. El que cuidaba de todo aquello era el padre de Jamie Walsh, me explicó Nancy; vivían en una casita en los terrenos del amo a cosa de medio kilómetro de distancia de allí. Desde el lugar donde nos encontrábamos se distinguía el tejado y la chimenea elevándose por encima de los árboles. El tal Jamie era un muchacho muy listo y prometedor que le hacía recados al señor Kinnear y tocaba la flauta o, mejor dicho, algo que él llamaba flauta pero que era más bien un flautín. Nancy dijo que lo haría venir una noche para que nos interpretara algo, pues al chico eso le encantaba. Por su parte, ella tenía cierta afición a la música y estaba aprendiendo a tocar el piano. Me sorprendió, pues no era lo propio de un ama de llaves. Pero no dije nada.

En el patio que separaba las dos cocinas había tres cuerdas para tender la colada. No disponían de lavadero aparte sino que los chismes de la colada: los calderos de cobre, la cuba y la tabla de restregar, se encontraban en aquellos momentos en la cocina de verano al lado de los fogones. Me alegré de que no se hicieran ellos mismos el jabón y utilizaran el de la tienda, porque éste no estropea tanto las manos.

También me alegré de que no criaran ningún cerdo, por cuanto los cerdos tienden a ser demasiado listos, suelen escaparse de las pocilgas y su olor no es muy agradable. Había dos gatos que vivían en la cuadra para mantener a raya a las ratas y los ratones, pero no tenían ningún perro, pues *Fancy*, el viejo chucho del señor Kinnear, había muerto. Nancy me comentó que ella se sentiría más tranquila si tuvieran un perro que ladrara a los desconocidos; por eso el señor Kinnear estaba buscando un buen perro para llevárselo de caza; no es que fuera un gran deportista que digamos, pero le gustaba abatir de un disparo a algún que otro pato en otoño o a alguno de los gansos salvajes que tanto abundaban por aquella zona, a pesar de que su carne era demasiado correosa para el gusto de Nancy.

Regresamos a la cocina de invierno y recorrimos el pasillo que conducía al vestíbulo, una estancia muy espaciosa con una chimenea y unas astas de ciervo encima, un papel de pared de color verde de gran calidad y una preciosa alfombra turca. Allí estaba la trampa por la que se bajaba al sótano. Había que levantar una esquina de la alfombra para acceder a ella. Me pareció un lugar muy extraño, la cocina hubiera sido más apropiada, pero ésta no tenía ningún sótano debajo. La escalera era tremendamente empinada y medio tabique dividía el sótano, en uno de cuyos lados se guardaban la mantequilla y los quesos mientras que en el otro se conservaban los barriles de vino y cerveza, las manzanas, las zanahorias, los repollos, las remolachas y las patatas, que en invierno se colocaban en unas cajas llenas de arena, y también las cubas de vino vacías. Aunque había una ventana, Nancy me aconsejó que llevara siempre una vela o una linterna, pues allí abajo estaba todo muy oscuro y una podía tropezar, caerse por la escalera y romperse el pescuezo.

No bajamos al sótano aquella vez.

Al lado del vestíbulo estaba el salón de la parte anterior de la casa, con su propia estufa y dos cuadros, uno de ellos de un grupo familiar. Supongo que eran unos antepasados del amo, pues sus rostros mostraban una expresión muy severa y sus prendas de vestir eran anticuadas. El otro cuadro representaba un robusto toro de gran tamaño con las patas muy cortas. Había también un piano que no era de cola sino vertical, y una lámpara esférica que gastaba aceite de ballena de la mejor calidad importado de los Estados Unidos, porque por aquel entonces no se utilizaba petróleo en las lámparas. Detrás estaba el comedor, también con una chimenea, unos candelabros de plata y las mejores vajillas de porcelana y de plata guardadas en un armario cerrado con llave, así como un cuadro con unos faisanes muertos sobre la repisa de la chimenea, una escena a mi juicio no muy agradable de contemplar mientras uno está comiendo. El comedor comunicaba con el salón por medio de una puerta de doble hoja y también se podía acceder a él a través de una puerta desde el pasillo que se utilizaba para llevar la comida desde la cocina. Al otro lado del pasillo se encontraba la biblioteca del señor Kinnear, pero aquella vez no entramos pues él estaba dentro leyendo. Detrás de la biblioteca había un pequeño estudio o despacho con un escritorio donde el amo escribía las cartas y examinaba los asuntos de negocios que tenía entre manos.

Una preciosa escalinata con una lustrosa barandilla conducía desde el vestíbulo al piso de arriba, donde se encontraba el dormitorio del señor Kinnear con una cama muy grande, un vestidor contiguo, un tocador con espejo ovalado, un armario de madera labrada y un cuadro que mostraba a una mujer desnuda reclinada en un sofá, vista de espaldas y mirando hacia atrás por encima del hombro, tocada con una especie de turbante y sosteniendo en la mano un abanico de plumas de pavo real. Las plumas de pavo real dentro de casa traen mala suerte, como todo el mundo sabe. Aquéllas eran sólo pintadas, pero yo no las hubiera querido en mi casa. Había otro cuadro también de una mujer desnuda tomando un baño, aunque no tuve ocasión de contemplarlo con detenimiento. Me desconcertó un poco que el señor Kinnear tuviera dos mujeres desnudas en su dormitorio, porque en el de la esposa del concejal Parkinson había más que nada paisajes y flores.

Hacia el fondo del pasillo estaba el dormitorio de Nancy, que no era muy grande. Cada habitación tenía una alfombra. Las alfombras ya se hubieran tenido que sacudir, limpiar y guardar para el verano, pero Nancy no lo había hecho ya que le faltaba servidumbre. Me extrañó que su dormitorio estuviera en el mismo piso que el del señor Kinnear, pero la casa no tenía ningún otro piso ni tampoco buhardilla, pues no era tan grande como la de la esposa del concejal Parkinson. También había una habitación de invitados en caso de que se recibiera alguno. Al final del pasillo había un armario para las prendas de invierno y un ropero con muchos estantes llenos de ropa de cama y, al lado del dormitorio de Nancy, había una pequeña estancia que ella llamaba su cuarto de costura, con una mesa y una silla.

Tras haber efectuado un recorrido por el piso superior de la casa, regresamos a la planta baja y hablamos de mis obligaciones. Yo pensé que menos mal que estábamos en verano, porque de lo contrario hubiera tenido que preparar y encender todas aquellas chimeneas y limpiar y sacar brillo a los hogares y las estufas. Nancy me dijo que, como es natural, yo no empezaría a trabajar aquel mismo día sino al siguiente, pues sin duda estaba cansada y desearía retirarme temprano. Así era en efecto, por lo que me fui a dormir justo cuando el sol se ponía.

Todo estuvo muy tranquilo durante quince días, dice el doctor Jordan. Está leyendo mi confesión.

Sí, señor, digo yo. Más o menos tranquilo.

¿Qué significa «todo»? ¿Cómo siguieron las cosas?

¿Cómo dice, señor?

¿Qué hacías cada día?

Pues lo de costumbre, señor, contesto. Cumplía con mis obligaciones.

Tendrás que perdonarme, dice el doctor Jordan. ¿En qué consistían esas obligaciones?

Lo miro. Lleva un corbatín amarillo con cuadraditos blancos. No está bromeando, de veras no lo sabe. Los hombres como él no tienen que limpiar las cosas que ensucian; en cambio, nosotros tenemos que limpiar lo que ensuciamos y, encima, lo que ensucian ellos. En este sentido son como niños; no han de pensar por adelantado ni preocuparse por las consecuencias de lo que hacen. Sin embargo, ellos no tienen la culpa, la culpa es de la educación que han recibido.

25

Me desperté al amanecer de la mañana siguiente. Mi pequeño dormitorio resultaba sofocante y caluroso, porque ya había empezado el verano. Además, estaba oscuro, pues las persianas se mantenían cerradas por la noche para evitar la entrada de intrusos, y también a causa de las moscas y los mosquitos. Pensé que necesitaría un trozo de muselina para cubrir la ventana o, por lo menos, la cama, y decidí hablar de ello con Nancy. El calor me obligaba a dormir en ropa interior.

Me levanté de la cama, abrí la ventana y las persianas para que entrara un poco de luz, empujé la ropa de la cama hacia abajo para airearla y después me puse mi vestido de trabajo y mi delantal, me recogí el cabello hacia arriba con unas horquillas y me encasqueté la cofia. Pensaba arreglarme mejor el cabello más tarde cuando pudiera verme en el espejo que había encima del fregadero de la cocina, ya que en mi dormitorio no tenía ninguno. Me remangué las mangas, me calcé los zuecos y solté el pestillo de la puerta. Siempre la mantenía cerrada, porque si alguien entraba en la casa, lo primero que encontraría sería mi dormitorio.

Me gustaba levantarme temprano; de esta manera, podía pasarme un ratito imaginando que la casa era mía. Lo primero que hice fue vaciar el orinal en el cubo del agua sucia; después tomé el cubo y crucé la puerta de la cocina de invierno, observando mentalmente que el suelo necesitaba un buen fregado, porque Nancy lo tenía todo un poco descuidado y nadie se había molestado en limpiar el barro que las suelas de los zapatos habían arrastrado al interior de la cocina. El aire del patio era muy fresco; hacia el este se distinguía un resplandor rosado y una bruma grisácea y nacarada se estaba elevando de los campos. Un pájaro cantaba en las inmediaciones —me pareció que era un reyezuelo— y más allá se oían los graznidos de unos cuervos. Con las primeras luces del alba es como si todo comenzara de nuevo.

Los caballos debieron de oír el rumor de la puerta de la cocina y se pusieron a relinchar; pero yo no estaba obligada a darles de comer ni a conducirlos a la dehesa, aunque gustosamente lo hubiera hecho. La vaca también mugió porque ya debía de tener las ubres llenas, pero tendría que esperarse un poco pues yo no podía hacerlo todo a la vez.

Bajé por el camino, pasando por delante del gallinero y el huerto de la cocina y regresé entre los hierbajos cubiertos de gotas de rocío, apartando las finas telarañas tejidas durante la noche. Jamás en mi vida mataría una araña. Mary Whitney afirmaba que traía mala suerte, y no era ella la única persona que lo decía. Cuando descubría alguna en la casa, la recogía con el extremo del palo de una escoba y la sacudía fuera, pero debía de haber matado alguna sin querer, porque tenía muy mala suerte a pesar de todo.

Llegué al retrete y vacié el cubo del agua sucia y demás.

¿Y demás, Grace?, pregunta el doctor Jordan.

Lo miro. La verdad, si no sabe lo que hace una en el retrete es que no tiene remedio.

Lo que hice fue levantarme las faldas y sentarme por encima del zumbido de las moscas en el mismo asiento en el que se sentaban todas las personas de la casa, tanto la señora como la doncella de la señora; ambas mean y todo huele igual y no precisamente a lilas, tal como Mary Whitney solía decir. Para secarse había un ejemplar atrasado de la gaceta femenina *Godey*; yo siempre echaba un vistazo a los dibujos antes de utilizar las páginas. Casi todas mostraban las últimas modas, pero en otras había duquesas de Inglaterra y damas de la alta sociedad de Nueva York y lugares por el estilo. No debes permitir que tu retrato aparezca en una revista o un periódico a poco que puedas evitarlo, porque nunca sabes para qué propósito pueden utilizar tu rostro los demás en cuanto el retrato escapa de tu control.

Pero al doctor Jordan no le digo nada de todo eso. Y demás, repito con firmeza, pues el «y demás» es lo único a que tiene derecho. El hecho de que me importune en su afán de saberlo todo no es razón suficiente para que yo se lo diga.

Después llevé el cubo del agua sucia a la bomba del patio, añado, y rocié la bomba con el agua del cubo que allí había para tal fin, ya que para sacar algo de la bomba primero hay que darle algo. Mary Whitney solía decir que eso era exactamente lo que pensaban los hombres acerca de los halagos que le dedican a una mujer cuando no se proponen nada bueno. En cuanto conseguí poner en marcha la bomba, enjuagué el cubo del agua sucia, me lavé la cara y bebí en el hueco de mis manos. El agua del pozo del señor Kinnear era muy buena y no tenía el menor sabor a hierro o a azufre. Esta vez el sol ya estaba saliendo y disipando la bruma con su calor y yo adiviné que iba a ser una mañana preciosa.

Después me dirigí a la cocina de verano y encendí la cocina. Quité las cenizas de la víspera y las guardé para echarlas al retrete o al huerto de la cocina a fin de alejar a los caracoles y las babosas. La cocina era nueva, pero tenía sus caprichos, por lo que, cuando la encendí, me arrojó una nube de humo negro a la cara como si fuera una bruja enfurecida. Tuve que engatusarla, darle de comer trocitos de periódicos atrasados —al señor Kinnear le gustaban los periódicos y compraba varios— y también astillas; empezó a toser, soplé a través de la rejilla y, al final, el fuego prendió y empezó a arder con fuerza. La leña estaba cortada en trozos demasiado grandes para la cocina, por lo que tuve que empujarla hacia dentro con el atizador. Tendría que comentárselo a Nancy más tarde para que ella hablara a su vez con McDermott, que era el responsable de aquellas cosas.

Después salí al patio, bombeé un cubo de agua, lo llevé a la cocina, llené la tetera con un cacillo y la puse a calentar sobre el fogón.

A continuación, tomé dos zanahorias de la caja del cuarto de las guarniciones que había al lado de la cocina de invierno, unas zanahorias viejas, por cierto, me las guardé en el bolsillo y me fui a la cuadra con el cubo de ordeñar. Las zanahorias eran para los caballos y se las di a escondidas, porque no había pedido permiso para cogerlas. Presté atención por si oía a McDermott moviéndose en el henil de arriba, pero no percibí el menor crujido; estaba muerto para el mundo o fingía estarlo.

Luego ordeñé la vaca. Era un buen animal y enseguida me aceptó. Algunas vacas tienen muy mal genio y te enganchan con un cuerno o te dan una coz, pero aquélla no era así y, en cuanto yo apoyaba la cabeza en su costado, dejaba que hiciera mi trabajo. Los gatos de la cuadra se acercaron maullando y les di un poco de leche. Al terminar, me despedí de los caballos y *Charley* inclinó la cabeza hacia el bolsillo de mi delantal. Sabía muy bien dónde guardaba las zanahorias.

Al salir oí un ruido muy raro procedente de arriba. Era como si alguien estuviera dando violentos golpes con dos martillos o fuertes palmadas sobre un tambor de madera. Al principio, no entendí lo que era, pero presté atención y entonces comprendí que debía de ser McDermott, bailando descalzo sobre las tablas del suelo del henil. Parecía muy hábil; pero ¿por qué bailaba solo allá arriba y tan de mañana? A lo mejor, era de pura alegría y por un desbordamiento de energía animal; sin embargo, por una extraña razón, yo no creía que fuera por eso.

Llevé la leche recién ordeñada a la cocina de verano y tomé un poco para el té; después cubrí el cubo de la leche con un lienzo para que no le cayera ninguna mosca y la dejé reposar para que se formara la nata. Me hubiera gustado hacer más tarde un poco de mantequilla siempre y cuando no hubiera tormenta, pues la mantequilla no se cuaja cuando hay truenos. Después aproveché un momento para ordenar mi habitación.

En realidad, de habitación tenía muy poco, porque las paredes no estaban empapeladas y no había ningún cuadro y ni siquiera cortinas. Pasé rápidamente la escoba, enjuagué el orinal y lo empujé bajo la cama, donde la cantidad de borra acumulada hubiera bastado para cubrir toda una oveja. Sacudí el colchón, alisé las sábanas, ahuequé la almohada y lo cubrí todo con el *quilt*. Era un *quilt* viejo y raído que debía de ser muy bonito al principio, modelo Caza del Pato Salvaje. Pensé en los *quilts* que me haría cuando hubiera ahorrado lo suficiente, me hubiera casado y tuviera mi propia casa.

El hecho de ordenar mi cuarto me produjo una gran satisfacción. Cuando regresara allí al término de la jornada, me lo encontraría limpio y arreglado como si una criada hubiera hecho el trabajo.

Tomé después el cesto de los huevos y medio cubo de agua y me fui al gallinero. James McDermott estaba en el patio con la morena cabeza bajo la bomba de agua, pero debió de haberme oído llegar, porque su rostro emergió del chorro de agua y, por un instante, miró a su alrededor con expresión inquieta y aturdida como un niño medio ahogado; me pregunté quién debía de pensar que había acudido en su busca. Sin embargo, al ver que era yo, me saludó alegremente con la mano en un gesto amistoso que fue la primera muestra de cordialidad que me daba. Yo tenía ambas manos ocupadas y me limité a corresponder con una inclinación de cabeza.

Eché agua en el bebedero de las gallinas, las dejé salir del gallinero y mientras éstas bebían y se peleaban por el privilegio de salir primero, yo entré y recogí los huevos, muy grandes por cierto, pues era la mejor época del año para eso. A continuación, les eché maíz y las sobras de la cocina de la víspera. Yo no apreciaba demasiado a las gallinas, ya que siempre he preferido un animal de pelo a una manada de aves cacareadoras y sucias que escarban la tierra, pero si quieres huevos, tienes que aguantar su comportamiento indisciplinado.

El gallo me pinchaba los tobillos con sus espuelas para apartarme de sus esposas, pero yo le propiné un puntapié que a punto estuvo de hacerme perder el zueco. Dicen que un gallo por gallinero mantiene contentas a las gallinas, pero para mí uno era demasiado. Repórtate si no quieres que te retuerza el cuello, le dije; aunque en realidad jamás hubiera tenido el valor de hacerlo.

Para entonces McDermott ya estaba contemplando la escena por encima de la valla con una ancha sonrisa en los labios. Tuve que reconocer que parecía más guapo cuando sonreía, aunque fuera tan moreno y torciera la boca en un pícaro mohín. Pero quizá son figuraciones mías, señor, sabiendo lo que ocurrió después.

¿Acaso me lo dices a mí?, preguntó McDermott. Pues no, le contesté fríamente mientras pasaba por su lado. Creí adivinar lo que pensaba y no me pareció muy original. No quería complicarme la vida y prefería mantener una distancia cordial.

El agua de la tetera estaba hirviendo por fin. Posé sobre el fogón la olla con las gachas de avena ya remojadas, hice el té y lo dejé en reposo mientras salía al patio para bombear otro cubo de agua; regresé con él a la cocina y después de colocar el gran caldero de cobre en la parte posterior de la cocina lo llené de agua, pues necesitaría calentar una buena cantidad para los platos sucios y demás.

Justo en aquel momento entró Nancy luciendo un vestido de zaraza y un delantal, no un vestido elegante como el de la víspera. Buenos días, dijo. Yo le devolví el saludo. ¿Ya está hecho el té?, preguntó. Le contesté que sí. Por la mañana no me siento viva hasta que tomo una taza de té, dijo. Yo le llené una.

El señor Kinnear tomará el té arriba, anunció, pero yo ya lo sabía, ya que la víspera ella había preparado la bandeja del té con una pequeña tetera, una taza y un platito; pero no la bandeja de plata con el blasón de la familia sino una de madera pintada. Y, cuando baje, querrá tomar otra taza, añadió Nancy, tal como hace siempre antes del desayuno.

Eché leche recién ordeñada en una jarrita, puse el azucarero y tomé la bandeja. Yo se la subiré, dijo Nancy. Me extrañó y comenté que en casa de la esposa del concejal Parkinson al ama de llaves jamás se le hubiera ocurrido subir la bandeja del té al piso de arriba, porque era una tarea reservada a las criadas e impropia de su categoría. Nancy me miró fugazmente con expresión enojada, pero después me explicó que, como era natural, sólo subía la bandeja cuando el servicio escaseaba y no había nadie más que pudiera hacerlo, aunque últimamente ya se había acostumbrado. Así pues, tomé la bandeja.

La puerta del dormitorio del señor Kinnear estaba en lo alto de la escalinata. Cerca de ella no había ningún sitio donde depositar la bandeja, de modo que la sostuve en equilibrio con un brazo mientras llamaba. Su té, señor, dije. Oí un murmullo desde el interior y entré. La habitación estaba a oscuras, por lo que deposité la bandeja en la mesita redonda que había al lado de la cama y me acerqué a la ventana para descorrer un poco las cortinas. Eran unas cortinas de brocado marrón oscuro tan suave como el raso, adornadas con un fleco; pero a mi juicio en verano es mejor poner unos visillos blancos de algodón o muselina, porque el blanco no absorbe el calor y éste no penetra tanto en la casa y además, el color blanco parece más fresco.

No distinguía al señor Kinnear, pues éste se encontraba en el rincón más oscuro de la estancia con el rostro envuelto en sombras. En la cama no había un *quilt* sino una colcha de color oscuro a juego con las cortinas. La colcha había sido empujada hacia abajo y el señor Kinnear sólo se cubría con la sábana. Su voz parecía surgir de debajo de la sábana. Gracias, Grace, me dijo. Era de los que siempre dicen gracias y por favor. Tengo que reconocer que sabía hablar muy bien.

No hay de qué, señor, contesté, pues así lo creía en lo más hondo de mi corazón. Nunca lamenté hacer cosas por él y, aunque me pagaba por hacerlas, era como si las hiciera de balde. Esta mañana los huevos son preciosos, señor, dije. ¿Quiere tomarse uno con el desayuno?

Sí, me contestó con cierto titubeo. Gracias, Grace. Estoy seguro de que me sentará muy bien.

No me gustó su manera de decirlo, hablaba como si estuviera enfermo. Pero Nancy no me había comentado nada al respecto.

Cuando bajé, le dije a Nancy: el señor Kinnear quiere un huevo para el desayuno. Yo también tomaré uno, dijo ella. Él se lo tomará frito con jamón, pero yo lo tomaré pasado por agua, porque frito no me sienta bien. Desayunaremos juntos en el salón. Quiere que le haga compañía, pues no le gusta comer solo.

Me pareció curioso pero no inaudito. Después pregunté: ¿está enfermo el señor Kinnear?

Nancy soltó una risita diciendo: a veces lo cree. Pero son figuraciones suyas. Quiere que lo mimen.

Me sorprende que un hombre con tan buenas cualidades como él no se haya casado, dije. Estaba sacando la sartén para los huevos y mi comentario había sido totalmente intrascendente y sin ningún significado especial. Pero ella me contestó en tono enojado, o eso me pareció a mí por lo menos: algunos caballeros no sienten inclinación por el estado matrimonial. Se encuentran a gusto tal como están y creen que se las pueden arreglar muy bien sin casarse.

Supongo que sí, asentí yo.

Pues claro que sí, siempre y cuando sean lo bastante ricos para permitírselo, dijo ella. Si quieren algo, lo único que tienen que hacer es pagarlo. Les da lo mismo.

Ahora viene la primera desavenencia que tuve con Nancy. Fue el primer día, cuando estaba arreglando la habitación del señor Kinnear y llevaba puesto el delantal de hacer las camas para evitar manchar las sábanas blancas con la suciedad y el hollín de la cocina. Nancy lo supervisaba todo, diciéndome dónde poner las cosas, cómo remeter las esquinas de las sábanas, cómo airear la camisa de noche del señor Kinnear, cómo colocar sus cepillos y sus artículos de aseo en el tocador, con qué frecuencia sacar brillo a los lomos de plata de los peines y los cepillos y en qué estantes colocar las camisas dobladas y la ropa interior, listas para que el amo se las pudiera poner; todo me lo decía como si yo jamás hubiera hecho aquellas cosas.

Y entonces pensé, tal como siempre he pensado, que es mucho más duro trabajar para una mujer que ha sido criada que para una que no lo ha sido, pues las que han servido tienen su manera de hacer las cosas y se conocen todos los trucos, como, por ejemplo, echar las moscas muertas detrás de la cama o empujar con la escoba la pizca de arena o polvo debajo de la alfombra, trucos que nunca se descubren a menos que esos lugares se examinen detenidamente; y su mirada es más perspicaz y resulta más probable que te pillen en esos ardides. Y no es que yo fuera descuidada por regla general, pero todas tenemos días en que andamos con prisas.

Y cuando yo decía: en casa de la esposa del concejal Parkinson no se hacía de esta manera, Nancy me replicaba secamente que no le importaba, porque ahora yo no estaba en casa de la esposa del concejal Parkinson. No le gustaba que le recordara que antes yo había servido en una casa tan principal y me había codeado con personas de más categoría que ella. Pero siempre he pensado que la razón de que se mostrara tan quisquillosa era que no quería dejarme sola en la habitación del señor Kinnear, por temor a que él entrara estando yo allí.

Para que olvidara su desasosiego, le pregunté qué significaba la escena del cuadro de la pared, no la del abanico de plumas de pavo real sino la otra, la de la mujer que se bañaba en un jardín, un lugar por cierto muy poco apropiado para eso, con el cabello recogido en lo alto de la cabeza mientras una criada sostenía una toalla de gran tamaño y varios ancianos con barba la miraban a hurtadillas desde detrás de unos arbustos. Adiviné por la ropa de los personajes que era una escena de tiempos antiguos. Nancy me explicó que era un grabado coloreado a mano, copia de un famoso cuadro sobre el tema bíblico de Susana y los ancianos. Se enorgullecía de saber tantas cosas.

Pero yo estaba molesta por todas sus exigencias y las críticas que me había estado haciendo y le dije que me conocía la Biblia de arriba abajo —lo cual era casi verdad— y que aquélla no era una de las historias que allí se contaban. Por consiguiente, no podía ser un tema bíblico.

Ella afirmó que lo era y yo le repliqué que no y que estaba dispuesta a demostrarlo. Entonces ella me contestó que yo no estaba allí para discutir sobre unos cuadros sino para hacer la cama. Justo en aquel momento el señor Kinnear entró en la estancia. Quizá nos había oído desde el pasillo y le había hecho gracia. ¿Cómo, exclamó, discutiendo sobre teología tan de mañana? Y entonces quiso que se lo contáramos todo.

Nancy le dijo que no merecía la pena, pero él insistió

en saberlo, diciendo: vaya, Grace, veo que Nancy no quiere que lo sepa, pero tú me lo tienes que contar. A mí me daba apuro, pero al final le pregunté si el cuadro representaba un tema bíblico, tal como Nancy había dicho. Él soltó una carcajada y contestó que hablando con propiedad no lo era, pues se trataba de un relato de los Apócrifos. Me sorprendí y le pregunté qué era eso. Comprendí que Nancy tampoco había oído jamás aquella palabra, pero estaba furiosa por su equivocación y me miraba frunciendo el ceño.

El señor Kinnear dijo que yo era muy curiosa para ser tan joven y que muy pronto él tendría la criada más culta de Richmond Hill y podría exhibirme y cobrar por ello tal como hacían con el cerdo matemático de Toronto. Después me explicó que los Apócrifos eran un libro en el que se recogían todos los relatos de la época bíblica que se había decidido no incluir en la Biblia. Me asombré mucho al oírlo y le pregunté: ¿quién lo decidió? Porque yo siempre había pensado que la Biblia la había escrito Dios, ya que se llamaba la Palabra de Dios y todo el mundo la calificaba de tal.

Él me miró sonriendo y me contestó que, aunque tal vez la hubiera escrito Dios, los que la habían puesto sobre el papel eran unos hombres. Pero se decía que aquellos hombres habían sido inspirados, lo cual significaba que Dios les había hablado y les había dicho lo que tenían que hacer.

A continuación le pregunté si habían oído voces y él me contestó que sí. Me alegré de que otras personas hubieran oído voces, aunque no dije nada y, en cualquier caso, la voz que yo había oído aquella vez no había sido la de Dios sino la de Mary Whitney.

El señor Kinnear me preguntó si conocía la historia de Susana y yo le contesté que no. Entonces él me explicó que ésta era una mujer a la que unos viejos habían acusado falsamente de haber pecado con un joven, precisamente por haberse negado a cometer aquel pecado con ellos. La hubieran lapidado hasta la muerte de no haber sido por un inteligente abogado que supo demostrar que los viejos mentían, y los indujo a dar testimonios contradictorios. Después me preguntó cuál pensaba yo que era la moraleja de la historia. Contesté que la moraleja era que una no tenía que bañarse en un jardín. Él se rió y me dijo que, a su juicio, la moraleja era que lo importante era tener un buen abogado. Después le comentó a Nancy: esta chica no tiene un pelo de tonta. Entonces adiviné que ella le había dicho que lo tenía. Nancy me dirigió una mirada asesina.

Acto seguido, el señor Kinnear dijo que había encontrado una camisa planchada y guardada a la que le faltaba un botón y que resultaba muy molesto ponerse una camisa limpia y descubrir que no te la podías abrochar como es debido porque le faltaban botones y que, por favor, procuráramos que no volviera a ocurrir. Tomó su caja de rapé de oro, que era lo que había entrado a buscar, y abandonó la habitación.

Era evidente que Nancy había cometido dos fallos, porque la camisa la debía de haber lavado y planchado ella antes de mi llegada a la casa, así que me encomendó una lista de tareas larguísima y, después de dejar la estancia contoneándose, bajó por la escalinata, salió al patio y empezó a regañar a McDermott por no haberle limpiado debidamente los zapatos aquella mañana.

Yo pensé que se avecinaban dificultades y convendría que me mordiera la lengua, pues a Nancy no le gustaba que la contrariaran y lo que menos le gustaba era que el señor Kinnear la pillara en alguna falta.

Cuando Nancy me contrató y me sacó de casa de los Watson, pensé que seríamos como hermanas o, por lo menos, como buenas amigas y que ambas trabajaríamos juntas y al alimón, tal como yo había hecho con Mary Whitney. Ahora comprendía que las cosas no iban a ser así.

26

A la sazón yo llevaba tres años trabajando de criada y me sabía muy bien el papel. Pero Nancy era muy variable, podría decirse que tenía dos caras y no era fácil saber lo que quería de una hora para otra. En determinado momento se mostraba arrogante y se daba muchos humos, me ordenaba mil cosas y me buscaba toda suerte de defectos y, al siguiente, era mi mejor amiga o simulaba serlo y me tomaba del brazo, me comentaba que parecía cansada y me invitaba a sentarme con ella a tomar una taza de té. Cuesta más trabajar para las personas de esta clase, pues, cuando las tratas con miramiento, les haces reverencias y las llamas «señora» te regañan por ser tan rígida y estirada, quieren hacerte confidencias y esperan que tú hagas lo mismo a cambio. Nunca sabes cómo comportarte con ellas.

Al día siguiente el tiempo era bueno y soplaba una suave brisa, por lo que hice la colada; ya era hora de que se hiciera, dado que las prendas limpias empezaban a escasear. Fue un trabajo muy arduo, porque tuve que mantener el fuego de la cocina de verano a toda marcha; no había podido clasificar y poner las prendas en remojo la víspera, pero no podía correr el riesgo de esperar, puesto que en aquella época del año el tiempo era muy variable. Por consiguiente, froté y restregué y al final lo tendí todo menos las servilletas y los pañuelos blancos de bolsillo que extendí cuidadosamente sobre la hierba. En una de las enaguas de Nancy había manchas de rapé, de tinta y de hierba —me pregunté cómo se las habría hecho, aunque lo más probable era que hubiera resbalado y caído—; en las prendas que habían estado debajo del montón y habían sufrido los efectos de la humedad vi manchas de moho; y en el mantel de una cena descubrí manchas de vino que no se habían cubierto con sal a su debido tiempo, pero gracias a un buen líquido blanqueador compuesto de lejía y cloruro de cal que me había enseñado a hacer la lavandera de la casa del concejal Parkinson, conseguí eliminarlas casi todas y dejé que del resto se encargara el sol.

Permanecí un instante admirando mi obra, pues una colada puesta a secar y agitada por el viento como los estandartes de una carrera o las velas de un barco es algo que depara un gran placer y su rumor es como el de los Ejércitos Celestiales batiendo palmas, pero desde muy lejos. Dicen que la limpieza es casi como la santidad; a veces, cuando veía las purísimas y blancas nubes surcando el cielo después de la lluvia, pensaba que eran los ángeles que estaban tendiendo su colada, pues me decía que alguien debía de hacerlo, siendo así que en el cielo todo tenía que estar inmaculadamente limpio. Pero eso no eran más que fantasías infantiles, dado que a los niños les gusta contarse historias acerca de las cosas invisibles y yo entonces no era más que una niña, a pesar de que me consideraba una mujer adulta porque el dinero que tenía yo misma me lo ganaba.

Mientras estaba allí, apareció Jamie Walsh doblando la esquina de la casa y me preguntó si había que hacer algún recado; después me dijo tímidamente que, en caso de que Nancy o el señor Kinnear lo enviaran a la aldea y yo necesitara alguna cosita, él tendría mucho gusto en comprármela y llevármela, siempre y cuando yo le diera el dinero. A pesar de su torpeza, se esforzaba en ser educado e incluso se quitó el sombrero, un viejo sombrero de paja que seguramente habría pertenecido a su padre, pues le estaba demasiado grande. Le contesté que era muy amable pero que de momento no necesitaba nada. De pronto recordé que en la casa no había hiel de buey para lavar las prendas teñidas y necesitaría un poco para la ropa de color oscuro, puesto que toda la que había lavado por la mañana era blanca. Fui con él donde estaba Nancy y ésta le hizo otros encargos; por su parte, el señor Kinnear le entregó un mensaje para un caballero amigo suyo y Jamie se marchó.

Nancy le dijo que regresara por la tarde con la flauta y, cuando él se hubo ido, comentó que el chico tocaba tan bien que era un placer escucharlo. Para entonces ya había recuperado el buen humor y me ayudó a preparar una colación fría a base de jamón, encurtidos y ensalada de hortalizas del huerto, donde crecían muchas lechugas y cebolletas. Pero ella comió en el comedor con el señor Kinnear como la otra vez, mientras que yo tuve que conformarme con la compañía de McDermott.

Es molesto ver comer a otra persona y escucharla, sobre todo si tiene tendencia a beber más de la cuenta; pero a McDermott no le apetecía conversar y parecía de muy mal humor; por consiguiente, le pregunté si le gustaba bailar.

¿Y eso por qué me lo preguntas?, me dijo, mirándome con recelo. Como no quería decirle que le había oído practicar, le contesté que todo el mundo sabía que era un buen bailarín.

Me contestó que tal vez sí o tal vez no, pero vi que estaba contento, de modo que aproveché para sonsacarlo y le pregunté por su vida antes de entrar al servicio del señor Kinnear. ¿Y eso a quién le importa?, me contestó. Le dije que a mí, pues me interesaban aquellas historias. Enseguida empezó a contarme la suya.

Me explicó que procedía de una respetable familia de Waterford, en el sur de Irlanda, y que su padre era mayordomo, pero él era un desvergonzado que nunca había querido humillarse ante los ricos y siempre andaba metido en dificultades, de lo cual más bien parecía enorgullecerse que avergonzarse. Le pregunté si su madre vivía y me contestó que le daba igual que viviera o que no, porque ella tenía muy mala opinión de él y le había dicho que iría a parar directamente al infierno. Le importaba un bledo que ella hubiera muerto. Pero su voz no era tan firme como sus palabras.

Se había escapado de casa a muy temprana edad y había conseguido incorporarse al Ejército de Inglaterra, declarando más años de los que tenía. Sin embargo, aquella vida era demasiado dura para él, el trato era muy severo y había demasiada disciplina, por lo que decidió desertar y se ocultó como polizonte en la bodega de un barco que iba a zarpar rumbo a Norteamérica. Lo descubrieron y tuvo que pasarse el resto de la travesía trabajando, pero llegó al Canadá Oriental y no a los Estados Unidos. Después encontró trabajo en los barcos que navegaban por el río San Lorenzo y más tarde en los barcos del lago, donde se alegraron mucho de contratarlo, ya que era muy fuerte, tenía mucha resistencia y podía trabajar sin descanso como una máquina de vapor. Le fue bien durante algún tiempo, no obstante, aquello le parecía demasiado aburrido y, como le gustaba la variedad, no tardó en enrolarse como soldado, esta vez en la Infantería Ligera de Glengarry, que tenía muy mala fama entre los campesinos, tal como me había contado Mary Whitney, pues sus hombres habían incendiado muchas granjas durante la Rebelión y habían arrojado a las mujeres y a los niños a la nieve y les habían hecho cosas mucho peores, de las que jamás se había escrito nada en los periódicos. Eran unos hombres muy rebeldes y muy dados al libertinaje, el juego y la bebida, cosas todas que él consideraba virtudes altamente viriles.

Pero la Rebelión ya había terminado por aquel entonces y no había mucho que hacer; además, McDermott no era un soldado regular sino que era el criado personal del capitán Alexander MacDonald. Llevaba una vida tranquila y recibía una paga aceptable, de manera que lamentó mucho que el regimiento se disolviera y él quedara abandonado a su suerte. Entonces se fue a Toronto, donde vivió del dinero que había ahorrado. Cuando se le empezaron a agotar las reservas, comprendió que tendría que buscar trabajo. Su búsqueda lo llevó a encaminarse al norte por Yonge Street hasta llegar a Richmond Hill. En una de las tabernas se enteró de que el señor Kinnear necesitaba a un criado y allá se fue. Fue Nancy quien lo contrató. Él pensaba que trabajaría personalmente para el caballero, como había hecho con el capitán MacDonald, y se llevó una decepción al descubrir que estaría a las órdenes de una mujer que no le daba ni un momento de descanso y criticaba constantemente lo que hacía.

Me creí todo lo que me contó; más tarde, cuando sumé mentalmente los períodos, pensé que debía de ser mayor de lo que él pretendía; o eso, o había mentido como un bellaco. Cuando más adelante otras personas de la vecindad, entre ellas Jamie Walsh, me dijeron que McDermott tenía fama de embustero y fanfarrón, no me sorprendí.

Después pensé que me había equivocado al mostrar tanto interés por la historia de su vida, pues cabía la posibilidad de que él lo hubiera interpretado como un interés por su persona. Tras haber trasegado varios vasos de cerveza, empezó a mirarme con ojos de carnero degollado y me preguntó si tenía novio, porque no se podía esperar otra cosa de una chica tan guapa como yo. Debería haberle respondido que mi novio medía metro ochenta de estatura y era un experto practicante de boxeo; pero yo era demasiado joven para saberlo y le contesté la verdad. Dije que no tenía novio y que, además, no me interesaba tenerlo.

Comentó que era una lástima, pero que en todas las cosas siempre había una primera vez y que lo único que tenía que hacer yo era lanzarme como un potrillo; después lo haría tan bien como la mejor y él sería el hombre más indicado. Me sentí muy molesta, me levanté de inmediato y empecé a retirar ruidosamente los platos, diciéndole que le agradecería que se guardara aquellos comentarios ofensivos, pues yo no era una yegua. Me contestó que no hablaba en serio, que todo había sido una broma y que sólo quería ver qué clase de chica era yo. Le repliqué que la clase de chica que yo fuese no era asunto suyo. Al oírlo, me miró con semblante enfurruñado como si fuera yo la que lo hubiera insultado a él, salió al patio y empezó a cortar leña.

Tras haber fregado los platos —una tarea que debía hacerse con mucho cuidado debido a la presencia de moscas que se posaban sobre los platos limpios y dejaban en ellos sus manchas si no los cubrías inmediatamente con un lienzo—, salí para ver cómo se iba secando la colada y rocié los pañuelos y las servilletas con agua para que se blanquearan mejor; finalmente tuve que ir a retirar la nata de la leche para hacer la mantequilla.

Decidí hacerlo fuera, a la sombra que arrojaba la casa, para que me diera un poco el aire y, como la mantequera era de las que funcionaban con pedal, pude sentarme en una silla mientras batía la nata y aproveché de paso para remendar algunas prendas. Ciertas personas tienen mantequeras accionadas por un perro que encierran en una jaula y obligan a correr en una rueda de andar como las que se usan para las ardillas, con un carbón encendido bajo la cola; pero eso a mí me parece una crueldad. Mientras esperaba a que se cuajara la mantequilla y cosía un botón en una de las camisas del señor Kinnear, el amo pasó por delante de mí para dirigirse a la cuadra. Hice ademán de levantarme pero él me dijo que me quedara donde estaba, pues prefería una buena mantequilla a una reverencia.

Te veo siempre ocupada, Grace, me dijo. Sí, señor, contesté, el diablo siempre encuentra trabajo para las manos ociosas. Espero que no te refieras a mí, comentó riéndose, porque mis manos suelen estar ociosas, aunque no son lo bastante diabólicas para mi gusto. Oh, no, señor, le dije mirándolo perpleja, no me refería a usted. Me contempló sonriendo y dijo que el rubor le sentaba bien a una joven.

Como no había respuesta posible para ese comentario, guardé silencio y él reanudó su camino. Poco después partió montado en *Charley* y se alejó por la avenida de la entrada. Nancy salió para ver qué tal iba la mantequilla y entonces yo le pregunté adónde iba el señor Kinnear. A Toronto, me contestó; va allí todos los jueves y se queda a pasar la noche en la ciudad para resolver ciertos asuntos en el banco y hacer algunos recados; pero lo primero que hace es ir a casa del coronel Bridgeford, pues como su esposa y sus dos hijas no están, él puede visitarlo tranquilamente. En cambio, cuando está la esposa no lo reciben.

Me sorprendió y pregunté por qué. Nancy me contestó que la señora Bridgeford, que se creía la reina de Francia y pensaba que nadie era digno de lamerle los zapatos, consideraba al señor Kinnear una mala influencia. Lo dijo riéndose, pero me pareció que no le hacía mucha gracia.

¿Por qué, qué ha hecho?, pregunté. Pero justo en aquel momento noté que la mantequilla empezaba a cuajarse —se percibe una sensación de espesamiento— y ya no seguí con el tema.

Nancy me ayudó a terminar de hacer la mantequilla, la salamos casi toda, la cubrimos con agua fría para guardarla y pusimos una parte de ella en los moldes; dos de los moldes tenían grabado el motivo de un cardo y el tercero tenía el blasón de los Kinnear con el lema «Vivo en la Esperanza». Nancy me explicó que, si muriera el hermano mayor del señor Kinnear, que vivía en Escocia y que en realidad era sólo su hermanastro, el señor Kinnear heredaría la gran mansión y las tierras de allí; pero él no lo esperaba y aseguraba que era feliz tal como estaba, o eso decía por lo menos cuando se encontraba bien de salud. Sin embargo, él y su hermanastro no se tenían la menor simpatía, tal como suele ocurrir en tales casos. Yo adiviné que habían enviado al señor Kinnear a las Colonias para quitarlo de en medio.

Cuando terminamos con la mantequilla, la bajamos a la parte del sótano reservada al queso y a la mantequilla, pero dejamos un poco de suero de leche arriba para hacer unas galletas más tarde. Nancy comentó que no le gustaba demasiado el sótano, porque siempre olía a tierra, a ratones y a hortalizas pasadas. Yo le dije que quizás algún día podríamos ventilarlo si conseguíamos abrir la ventana. Volvimos a subir, yo recogí la colada y las dos nos sentamos en el pórtico remendando la ropa juntas como si fuéramos inmejorables amigas. Más tarde me di cuenta de que Nancy era la amabilidad personificada cuando el señor Kinnear no estaba presente y se ponía más nerviosa que un gato cuando estaba y cuando yo me encontraba en la misma habitación que él; pero por aquel entonces aún no había reparado en ello.

Mientras ambas estábamos allí sentadas apareció McDermott corriendo por la parte superior de la valla en zigzag con tanta agilidad como una ardilla. Me sorprendí y pregunté: ¿qué demonios está haciendo? Bueno, lo hace algunas veces, dice que es para ejercitarse, pero en realidad quiere que lo admiren, mejor que no le hagas caso. Yo fingí no prestarle atención, pero seguí mirándolo a hurtadillas pues su agilidad era asombrosa. Tras haber corrido varias veces arriba y abajo por la parte superior de la valla, brincó al suelo y saltó por encima de la valla utilizando sólo una mano para sostenerse.

Así pues, yo fingía que no miraba mientras él simulaba no haberse percatado de que lo estaban observando; es muy posible, señor, que usted vea lo mismo en cualquier cortés reunión de damas y caballeros de la buena sociedad. Se captan muchas cosas por el rabillo del ojo y es lo que suelen hacer las damas que no desean ser sorprendidas mirando. También alcanzan a ver cosas a través de los velos, las cortinas de las ventanas y por encima del borde superior de los abanicos. Menos mal que pueden mirar de esta manera, porque de otro modo apenas verían nada. Sin embargo, las que no tenemos que tomarnos la molestia de llevar velo y abanico conseguimos ver mucho más.

Al poco rato apareció Jamie Walsh; había cruzado los campos llevando consigo su flauta tal como se le había pedido. Nancy lo saludó cordialmente y le dio las gracias por venir. Después me envió por una jarra de cerveza para Jamie, y mientras yo la extraía del barril entró McDermott y declaró que él también se tomaría una. Sin poderme contener le dije: no sabía que tuvieras sangre de mono, saltas como si lo fueras. Él no supo si alegrarse de que yo le hubiera visto o enfadarse por el hecho de que lo hubiera llamado mono.

Me contestó que, cuando el gato no está, los ratones bailan, y que cuando Kinnear se iba a la ciudad a Nancy le gustaba organizar fiestecitas y seguramente el chico Walsh empezaría a soltar chirridos con su chiflo de hojalata; le dije que estaba en lo cierto y que yo me permitiría el placer de escucharlo. Respondió que a su juicio aquello no era un placer y yo le repliqué que allá él. Entonces me agarró del brazo y me dijo que antes no había tenido intención de ofenderme; lo que ocurría era que, habiendo estado tanto tiempo en compañía de hombres bastos que no tenían muy buenos modales, a veces olvidaba la cortesía y no sabía cómo hablar; esperaba que lo perdonara y que pudiéramos ser amigos. Le contesté que yo siempre estaba dispuesta a dar mi amistad a cualquier persona que fuera sincera; en cuanto al perdón, ¿no era eso lo que nos mandaba la Biblia? Esperaba poder perdonar para que en el futuro yo también fuera perdonada. Todo eso lo dije con gran serenidad.

Luego llevé la cerveza al pórtico con un poco de pan y queso para nuestra cena y me senté allí con Nancy y Jamie Walsh mientras el sol declinaba y la poca luz nos impedía seguir cosiendo. Era una tarde preciosa y sin viento, los pájaros gorjeaban alegremente y los árboles del huerto parecían de oro bajo el sol del atardecer y las moradas flores del algodoncillo del borde del camino exhalaban un dulce perfume, al igual que las últimas peonías que crecían junto al pórtico y los rosales trepadores. El frescor impregnó el aire mientras Jamie permanecía sentado tocando la flauta con tanto sentimiento que se me llenó el corazón de gozo. Al cabo de un rato vino McDermott y se quedó como al acecho apoyado en el muro lateral de la casa como un lobo domado, escuchando la música. Allí estábamos los cuatro en una especie de dulce armonía en medio de un atardecer tan hermoso que hasta te dolía el corazón y no sabías si era de alegría o de tristeza. En aquel momento pensé que, si hubiera podido expresar un deseo, habría sido el de que nada cambiara jamás y pudiéramos quedarnos siempre de la misma manera.

Pero nadie puede detener el sol en su camino excepto Dios, que sólo lo hizo una vez y no lo volverá a hacer hasta el fin del mundo. Así que aquella tarde el sol se puso como de costumbre, dejando tras de sí un ocaso de un profundo color rojo y por unos instantes la fachada de la casa quedó teñida de rosa. Al llegar el crepúsculo salieron las luciérnagas, pues solían hacerlo en aquella estación del año; brillaban de manera intermitente en los arbustos bajos y entre la hierba como las estrellas que se vislumbran a través de una nube. Walsh atrapó una luciérnaga en un vaso de cristal y lo cubrió con la mano para que yo pudiera verla de cerca; emitía un lento resplandor y ardía con un fuego frío de color verdoso. Yo pensé: si pudiera adornarme las orejas con dos luciérnagas, no envidiaría para nada los pendientes de oro que tiene Nancy.

Después la oscuridad se intensificó, salió de detrás de los árboles y los arbustos y se extendió por los campos mientras las sombras se alargaban y se juntaban; yo pensé que la oscuridad era como agua que brotara del suelo y subiera lentamente como el mar. Me sumí en un ensueño y recordé la vez que crucé el gran océano y aquel momento del día en que el cielo y el mar se teñían de añil y tú no podías saber dónde terminaba el uno y empezaba el otro. Cuando en mi recuerdo apareció flotando un iceberg de blancura inmaculada, experimenté un escalofrío a pesar del cálido atardecer.

De pronto Jamie Walsh dijo que tenía que volver a casa, porque su padre lo estaría buscando. Yo recordé que no había ordeñado la vaca ni cerrado el gallinero tal como hacía al atardecer y salí corriendo para hacer ambas cosas a la última claridad del día. Cuando regresé a la cocina, Nancy aún estaba allí y había encendido una vela. Le pregunté por qué no se había ido a la cama y me contestó que le daba miedo dormir sola cuando el señor Kinnear no estaba en casa y me preguntó si querría dormir arriba con ella.

Le contesté que sí, pero quise saber de qué tenía miedo. ¿De los ladrones tal vez? ¿O acaso, dije yo, le tenía miedo a James McDermott? Pero era una broma.

Me contestó con sorna que, por lo que ella había podido deducir de la expresión de sus ojos, yo tenía más motivos que ella para tenerle miedo, a no ser que necesitara un nuevo pretendiente. Yo le dije que le tenía más miedo al viejo gallo del corral que a él; y, en cuanto a los pretendientes, me servían de tan poco como la cara de hombre que se ve en la luna cuando hay luna llena.

Ella se echó a reír y las dos subimos a acostarnos como dos buenas amigas, pero primero me aseguré de que todo estuviera debidamente cerrado.

VIII

LA RAPOSA Y LOS GANSOS

Todo fue bien durante un par de semanas, menos que el ama de llaves regañó varias veces a McDermott por no hacer debidamente su trabajo y por fin le dio dos semanas de tiempo para que se fuera [...]. Después de esto él me dijo en varias ocasiones que se alegraba de irse, pues ya no quería vivir con una p..., pero antes de irse se vengaría a conciencia, añadiendo que estaba seguro de que Kinnear y Nancy, el ama de llaves, se acostaban juntos. Yo me propuse averiguarlo y comprendí que así era, pues Nancy sólo dormía en su propia cama cuando el señor Kinnear no estaba y yo dormía con ella.

Confesión de GRACE MARKS,
Star and Transcript,
Toronto, noviembre de 1843

Grace Marks era [...] una bonita muchacha muy diligente en su trabajo, pero de temperamento taciturno y malhumorado. Era muy difícil adivinar cuándo estaba contenta [...]. Cuando terminaba el trabajo de la jornada, ella y yo solíamos quedarnos solos en la cocina mientras [el ama de llaves] se dedicaba por entero al amo. Grace estaba muy celosa de la diferencia que había entre ella y el ama de llaves, a la que odiaba y con la que a menudo se mostraba insolente y descarada [...]. «¿En qué es superior a nosotros, solía decir, para que la traten como a una dama y coma y beba de lo mejor? No ha nacido en una familia mejor que la nuestra ni ha recibido una educación mejor que la nuestra...»

La belleza de Grace me indujo a interesarme por su causa pues, a pesar de que había en ella algo que no me gustaba demasiado, yo había sido un sujeto libertino y desmandado y, cuando una mujer era joven y bonita, su carácter me importaba muy poco. Grace tenía un temperamento hosco y arrogante y no era fácil que yo pudiera atraerla a mis propósitos, pero, a fin de ganarme al menos su aprecio, presté atención a todas sus resentidas quejas.

JAMES MCDERMOTT
a Kenneth MacKenzie, según el relato
de Susanna Moodie, *Life in the Clearings*, 1853

Y, sin embargo, creí reconocer una mala jugada
de que fui víctima Dios sabe en qué ocasión,
tal vez en una pesadilla. aquí, pues, terminaba
mi avance por este camino. Justo cuando pensaba
en darme por vencido una vez más, un clic sonó,
como de trampilla que se cierra, ¡me encontré en la madriguera!

ROBERT BROWNING,
El joven Roland a la Torre Oscura llegó, 1855

27

Hoy cuando desperté vi un hermoso y rosado amanecer en el que la bruma cubría los campos como si fuera una suave nube de muselina y el sol brillaba a través de sus capas como un borroso y purpúreo melocotón incandescente.

En realidad, no tengo idea de la clase de amanecer que era. En la cárcel las ventanas están muy arriba, supongo que para que no te escapes por ellas, pero el caso es que ni siquiera te permiten ver a través de ellas lo que hay fuera, no quieren que pienses en la palabra «fuera», no quieren que contemples el horizonte y pienses que algún día tú podrías perderte en él como la vela de un barco que se aleja o un caballo y su jinete que desaparecen por la ladera de una lejana colina. Así que esta mañana sólo vi la luz habitual, una luz sin forma que penetra a través de las altas y sucias ventanas grises como si no la despidiera un sol o una luna ni una lámpara o una vela. Una simple franja de luz diurna, siempre la misma, como si fuera de sebo.

Me quité la camisa de dormir de la cárcel, que era de un tejido muy áspero y de color amarillento; no debería considerarla mía, pues aquí no tenemos nada y lo compartimos todo como los primeros cristianos, y la camisa de noche que te pones una semana y que te rasca la piel mientras duermes puede haber estado dos semanas antes muy cerca del corazón de tu peor enemiga y puede haber sido lavada y remendada por otras mujeres que no te quieren bien.

Mientras me vestía y me peinaba el cabello hacia atrás, oí mentalmente una melodía, una cancioncilla que Jamie Walsh solía tocar algunas veces con su flauta:

Tom, Tom, el hijo del gaitero,
tuvo que huir porque robó un cerdo,
y la única canción que sabía
sonó tras los montes en la lejanía.

Sabía que no la había recordado muy bien y que la verdadera canción decía que al cerdo se lo comieron y a Tom una paliza le dieron y él corriendo a la calle salió, gritando con gran dolor; pero no veía razón alguna para que yo no pudiera cambiar la letra por otra más bonita. Mientras no le dijera a nadie lo que pensaba, no tendría que rendirle cuentas a nadie ni nadie tendría que corregirme, de la misma manera que nadie podría decir que el verdadero amanecer no se parecía para nada al que yo me había inventado, sino que era de un blanco amarillento sucio, como un pez muerto flotando en las aguas del puerto.

Por lo menos en el manicomio se podía ver mejor lo de fuera. Cuando no te amordazaban y te encerraban en el cuarto oscuro.

Antes del desayuno hubo un azotamiento en el patio; lo hacen antes del desayuno, porque si los que reciben los azotes han comido, es probable que vomiten, lo cual no sólo es una guarrería sino también un despilfarro de buen alimento. Y además, los guardas y carceleros dicen que les gusta hacer ejercicio a esta hora del día, pues les despierta el apetito. Era sólo un azotamiento de rutina sin nada de particular, por eso no nos reunieron para que lo presenciáramos; sólo dos o tres, y todos hombres. A las mujeres no las azotan tan a menudo. El primero era joven, a juzgar por la fuerza de sus gritos. Puedo adivinarlo porque tengo mucha práctica. Procuré no prestar atención y pensar en su lugar en el cerdo que había robado Tom el ladrón y que después se habían comido; pero la canción no decía quién se lo había comido, si había sido el propio Tom o los que lo habían atrapado. Quien roba a un ladrón tiene cien años de perdón, solía decir Mary Whitney. Me preguntaba en primer lugar si el cerdo estaba muerto. Probablemente no; lo más seguro era que llevara una cuerda alrededor del cuello y una anilla en la nariz y se viera obligado a huir con Tom. Sería lo más lógico, ya que de esta manera no lo tendrían que llevar a cuestas. En toda la canción el pobre cerdo era el único que no había hecho nada malo, pero también el único que había muerto. He observado que muchas canciones son injustas en este sentido.

Durante el desayuno, todo estaba en silencio, exceptuando el rumor del pan que se masticaba y el té que se sorbía, el restregamiento de los pies en el suelo, el resoplido de las narices y el zumbido de la lectura en voz alta de la Biblia que hoy era lo de Jacob y Esaú y la historia de las lentejas, las mentiras que se contaron, la bendición y el derecho de primogenitura que se vendieron, los engaños y disfraces que se utilizaron y que a Dios no le importaron en absoluto sino todo lo contrario. Justo en el momento en que el viejo Isaac tocaba a su velludo hijo, que no era su hijo sino un pellejo de cabra, Annie Little me propinó un fuerte pellizco en el muslo, por debajo de la mesa para que no se viera. Yo sabía lo que pretendía, quería que gritara para que me castigaran o pensaran que estaba sufriendo otro ataque de locura, pero yo ya estaba preparada y me esperaba algo por el estilo.

La víspera en el lavadero, cuando estábamos junto a la pila, se inclinó hacia mí y me dijo en un susurro: niña mimada del médico, puta asquerosa; porque se ha corrido la voz y todo el mundo sabe lo de las visitas del doctor Jordan y hay quien cree que se me presta demasiada atención y que yo me enorgullezco de ello. Aquí cuando piensan eso de ti, procuran bajarte los humos. No sería la primera vez, pues me envidian porque también sirvo en la casa del alcaide; sin embargo, temen actuar con excesivo descaro, sabiendo que yo podría recurrir a la ayuda de algún poderoso personaje. No hay como la cárcel para los pequeños accesos de celos. He visto a la gente llegar a las manos e incluso al borde del asesinato por un simple pedazo de queso.

Pero me guardé muy bien de quejarme ante las carceleras. Éstas no sólo contemplan con desagrado a las que les van con estos cuentos, porque prefieren vivir tranquilas, sino que, además, tal vez no me creyeran o dijeran no creerme. El alcaide afirma que la palabra de una reclusa no es una prueba suficiente. Y encima, seguro que Annie Little buscaría la manera de vengarse de mí. Hay que soportarlo todo con paciencia y considerarlo parte de la corrección a la que todas estamos sometidas; a no ser que encuentres algún medio de ponerle la zancadilla a tu enemiga sin que nadie se dé cuenta. Tirar de los pelos a alguien no es aconsejable, pues el jaleo que se arma atrae a los guardas y entonces ambas partes reciben un castigo por haber provocado el alboroto. Echar porquerías en la comida a través de la manga tal como hacen los magos es algo que se puede hacer sin demasiada dificultad y puede producirte cierta satisfacción. Pero Annie Little había estado en el manicomio conmigo acusada de homicidio por haber golpeado y matado a un mozo de cuadra con un madero; decían que sufría excitación nerviosa y la habían vuelto a enviar aquí al mismo tiempo que a mí. No hubieran tenido que hacerlo, porque no creo que ande muy bien de la cabeza; así que esta vez decidí perdonarla a no ser que hiciera cosas peores. Al parecer, el pellizco le calmó los ánimos.

Después llegó el momento de los carceleros y de nuestro paseo más allá de la verja de la cárcel. Vaya, Grace, menuda suerte tienes, sales a dar una vuelta con tus dos pretendientes. Pero no, la suerte la tenemos nosotros por poder sujetar este bocado con nuestras manos, dice uno. ¿A ti qué te parece, Grace?, propone el otro, vamos a meternos por esta callejuela hasta llegar a la cuadra de atrás y nos tendemos sobre el heno; no tardaremos mucho si te estás quieta y aún iremos más rápido si te meneas. Pero ¿por qué tendernos?, la empujamos contra la pared, le levantamos las enaguas y listo, de pie se hace en un santiamén a menos que se te doblen las rodillas. Vamos, Grace, di que sí y seremos tus chicos, el uno tan bueno como el otro, ¿por qué conformarte con uno teniendo a los dos a punto? Vaya si estamos a punto, danos la mano y tú misma lo podrás comprobar. Además, no vamos a cobrarte ni un penique, afirma el otro, ¿qué menos que pasar un buen rato entre viejos amigos?

Vosotros no sois mis amigos, les digo, por vuestra cochina manera de hablar se nota que nacisteis en el arroyo y en él moriréis también. Vaya, hombre, eso es justo lo que a mí me gusta, una mujer ardiente, dicen que las pelirrojas lo son. Pero el color rojo tiene que estar en el sitio que interesa, interviene el otro, un fuego en la copa de un árbol no sirve de nada, tiene que estar en una chimenea para dar calor, en una cocina pequeñita. ¿Sabes por qué Dios hizo a las mujeres con faldas?, pues para que nosotros se las podamos levantar y atar en lo alto de la cabeza. De esta manera no meten tanto ruido, me fastidian las guarras que chillan. Las mujeres tendrían que nacer sin boca, sólo nos sirven de cintura para abajo.

Debería daros vergüenza hablar de esta manera, les digo mientras rodeamos un charco y cruzamos la calle; vuestra madre era una mujer o eso creo yo por lo menos. Que se vaya a la mierda la muy puta, exclama el uno, lo único que le interesaba ver de mí era mi trasero al aire cubierto de verdugones, estará ardiendo en el infierno en estos momentos; sólo siento no haberla enviado allí yo mismo en lugar de un marinero borracho a quien ella intentó aligerar el bolsillo y que por eso le golpeó la cabeza con una botella. Pues mira, observa el otro, mi madre era un ángel, una santa en la tierra, según ella misma decía y jamás dejaba de recordarme; no sé yo lo que es peor.

Yo soy un filósofo, añade el uno, a mí me gustan los términos medios, ni demasiado gorda ni demasiado flaca, no tenemos que desperdiciar los dones de Dios. Por cierto, Grace, ya estás madura y alguien debería recogerte; ¿por qué quedarte en el árbol sin que nadie te saboree?; te vas a caer y te pudrirás en el suelo. Muy cierto, asiente el otro, ¿por qué dejar que la leche se vuelva agria en la jarra?, una dulce nuez ha de cascarse cuando todavía está buena, no hay nada peor que una nuez rancia. Vamos, se me está haciendo la boca agua, tú sola te bastas para convertir a un hombre honrado en un caníbal, me encantaría hincarte el diente, darte eso que se llama un mordisquito en el extremo del jamón, ni siquiera lo notarías, tienes más que de sobra. Cuánta razón tienes, dice el uno, mira, su cintura es tan flexible como un sauce, pero está empezando a engordar por abajo, es por lo bien que les dan de comer en la cárcel, la alimentan con nata pura; toca, es un pernil digno de la mesa del Papa. Y empezó a manosearme y sobarme con la mano que escondía entre los pliegues de mi vestido.

Te agradecería que no te tomaras libertades, le digo, apartándome. Estoy a favor de las libertades, alega el uno, porque soy un acérrimo republicano y la reina de Inglaterra no me sirve más que para aquello a que la ha destinado la naturaleza. Sus tetas no están nada mal y no me importaría hacerle el favor de estrujárselas cada vez que ella me lo pidiera. Claro que tiene tan poca barbilla como un pato, pero yo digo que ningún hombre es mejor que otro y han de repartírselo todo a partes iguales. Y como ya te has entregado a uno, ahora los demás tienen que turnarse como verdaderos demócratas. ¿Por qué a aquel enano de McDermott se le permitió disfrutar de lo que ahora se niega a sus superiores?

Sí, dijo el otro, a él sí le diste libertades y bien que te lo debiste de pasar mientras él se entregaba con denuedo a la tarea, sudando toda la noche en la taberna de Lewiston sin apenas tomarse un descanso, pues dicen que era un atleta de primera que manejaba muy bien el hacha y era capaz de encaramarse por una cuerda como un mono. Es verdad, añadió el otro, pero al final el muy taimado intentó encaramarse hasta el cielo y acabó pegando un salto tan grande en el aire que se quedó dos horas allá arriba y, al no conseguir que bajara por su propia voluntad a pesar de lo mucho que lo llamaron, tuvieron que subir a buscarlo. Y, cuando estaba allí arriba, se puso a bailar una vertiginosa giga con la hija del cordelero, tan vivo como un gallo con el cuello recién retorcido, de modo que daba gloria verlo.

Después se quedó tan tieso como una tabla, según me contaron, continuó el primero; pero lo tieso es lo que más les gusta a las señoras. Aquí se rieron mucho, pensando que era el chiste más gracioso del mundo; sin embargo, yo creo que fue una crueldad reírse de un hombre por el simple hecho de estar muerto. Además, trae mala suerte porque a los muertos no les gusta que se rían de ellos y me dije que tienen medios de protegerse contra las ofensas, por lo que a su debido tiempo les darían su merecido a los carceleros, en la tierra o debajo de ella.

Me pasé la mañana remendando un encaje de blonda que la señorita Lydia se había rasgado en una fiesta; suele ser un poco descuidada con la ropa y deberían decirle que estas prendas tan bonitas que tiene no llueven del cielo. Fue un trabajo muy delicado y tuve que forzar mucho la vista, pero al final lo terminé.

El doctor Jordan vino por la tarde como de costumbre; parecía muy cansado y también un poco preocupado. No me trajo ninguna hortaliza para preguntarme qué pensaba de ella. Me quedé un poco desconcertada, porque ya me había acostumbrado a aquel ritual de la tarde y me divertía preguntándome qué iba a traerme al día siguiente y qué querría que yo dijera.

Así que le dije: hoy no trae ningún artículo, señor.

¿Un artículo, Grace?, preguntó.

Una patata o una zanahoria, contesté. O una cebolla. O una remolacha, añadí.

Pues sí, Grace, me dijo. He decidido seguir un plan distinto.

¿Y cuál es, señor?, pregunté.

He decidido preguntarte qué te gustaría que te trajera.

Vaya, señor, opiné. Es un plan muy distinto, en efecto. Tendría que pensarlo.

Me dijo que le parecía muy bien, pero entre tanto me preguntó si había tenido algún sueño. Al verlo acongojado, como si no supiera qué hacer, pensé que algo le ocurría y no le dije que no lo recordaba. Le contesté en su lugar que había tenido un sueño, en efecto. ¿Sobre qué?, me preguntó animándose considerablemente mientras jugueteaba con su lápiz. Le dije que había soñado con unas flores; lo anotó rápidamente y me preguntó qué clase de flores. Le contesté que eran unas flores rojas muy grandes con unas hojas relucientes como las de las peonías. Pero no le comenté que eran de tela ni cuándo las había visto por última vez; tampoco le dije que no eran un sueño.

¿Y dónde crecían?, me preguntó.

Aquí, contesté.

¿Aquí, en esta habitación?, preguntó poniéndose en estado de alerta.

No, respondí, en el patio donde damos nuestros paseos para hacer ejercicio. Eso también lo anotó.

O supongo que lo anotó. No estoy muy segura, ya que nunca veo lo que escribe y a veces me imagino que cualquier cosa que escriba no puede ser nada que haya salido de mi boca, pues no se entera mucho de lo que digo a pesar de que yo intento explicarle las cosas con la mayor claridad posible. Es como si estuviera sordo y aún no hubiera aprendido a leer los labios. Pero otras veces parece que lo comprende todo muy bien, aunque, como casi todos los caballeros, se empeña a menudo en que una cosa signifique más de lo que significa.

Cuando terminó de escribir, le dije: ya he pensado lo que me gustaría que usted me trajera la próxima vez, señor.

¿Qué es, Grace?, me preguntó.

Un rábano, le contesté.

Un rábano, repitió él. ¿Un rábano rojo? ¿Y por qué has elegido un rábano? Frunció el ceño como si fuera un tema merecedor de una seria reflexión.

Pues verá, señor, le expliqué, las cosas que me ha traído hasta ahora no eran para comer o eso parecía por lo menos, porque casi todas se hubieran tenido que hervir primero y usted se las volvía a llevar, menos la manzana que me trajo el primer día, muy bonita por cierto. He pensado que, si me trajera un rábano, me lo podría comer sin necesidad de prepararlo. Ahora es la temporada y en la cárcel casi nunca nos dan alimentos frescos e incluso cuando como en la cocina de esta casa no me dan productos del huerto, porque eso se reserva para la familia. De modo que sería un verdadero festín y le agradecería mucho que fuera tan amable de traerme también un poco de sal.

Lanzó una especie de suspiro y después me preguntó: ¿había rábanos en casa del señor Kinnear?

Por supuesto que sí, señor, contesté, pero cuando yo llegué allí ya había pasado un poco la temporada, pues un rábano está mejor al principio ya que, con el calor, se ablandan, se llenan de gusanos y granan.

Eso no lo anotó.

Cuando ya se disponía a marcharse me dijo: gracias por contarme tu sueño, Grace. Tal vez muy pronto me cuentes otro. Quizá sí, señor, le contesté. Después añadí:

intentaré recordarlos, si eso le sirve de ayuda, señor, con la de dificultades que está pasando. Se le veía tan deprimido que me compadecía de él. ¿Qué te induce a pensar que tengo dificultades, Grace? Los que han tenido dificultades son sensibles a las que tienen los demás, señor.

Me dijo que era un detalle muy amable de mi parte; después vaciló un instante como si estuviera a punto de añadir algo más, pero lo pensó mejor y se despidió con una inclinación de cabeza. Siempre inclina levemente la cabeza cuando se va.

Yo no había terminado el cuadro del *quilt* que tenía que hacer aquel día porque él no había permanecido conmigo tanto tiempo como de costumbre, por lo que me quedé sentada y seguí cosiendo. Al poco rato entró la señorita Lydia.

¿Ya se ha ido el doctor Jordan?, me preguntó. Le contesté que sí. Llevaba un nuevo vestido que yo había ayudado a coser, con un estampado de pajaritos y florecitas blancas sobre fondo violeta. Le sentaba muy bien y la falda parecía una media calabaza. Pensé que seguramente deseaba exhibirse ante un público algo mejor que yo.

Se sentó frente a mí en la silla previamente ocupada por el doctor Jordan y empezó a rebuscar en el costurero. No encuentro el dedal, pensaba que lo había puesto aquí, alegó. Después añadió: ay, veo que el doctor se ha olvidado de las tijeras; yo creía que no tenía que dejarlas a tu alcance.

No nos preocupamos demasiado por eso, afirmé. Él sabe que no le haré daño.

Permaneció sentada un ratito con el costurero sobre el regazo. ¿Sabías que tienes un admirador, Grace?, me preguntó.

Vaya, ¿quién es?, pregunté a mi vez, pensando que sería un mozo de cuadra o algún chico por el estilo que quizás había oído contar mi historia y le había parecido romántica.

El doctor Jerome DuPont, me contestó. En estos momentos se aloja en casa de la señora Quennell. Dice que tu vida es extraordinaria y le pareces una persona muy interesante.

Yo no conozco a ese caballero. Supongo que lee los periódicos y debe de estar haciendo un recorrido por aquí y me considera uno de los monumentos que no se puede perder, respondí con cierta aspereza, porque creía que la señorita Lydia se burlaba de mí; le gusta la diversión y a veces va demasiado lejos.

Es un hombre que se dedica a un trabajo muy serio, me dijo. Está estudiando el neurohipnotismo.

¿Y eso qué es?, pregunté.

Bueno, es como el mesmerismo, pero mucho más científico, me explicó, tiene que ver con los nervios. Pero debe de conocerte o por lo menos te ha visto, pues dice que sigues siendo muy agraciada. A lo mejor se ha cruzado alguna vez contigo por la calle cuando vienes aquí por la mañana.

A lo mejor, dije yo, pensando en la pinta que debía de tener, con un rufián sonriendo estúpidamente a cada lado.

Tiene unos ojos negros preciosos, añadió la señorita Lydia, te traspasan y te queman como si pudieran verte por dentro. Pero no sé muy bien si me gusta. Es viejo, claro. Es como mamá y los demás y supongo que debe de asistir a las sesiones y a lo de los golpecitos en la mesa. Yo no creo en todo eso y el doctor Jordan tampoco.

¿Se lo ha dicho él?, pregunté. Eso quiere decir que es un hombre sensato. No creo que haya que tomarse en serio estas cosas.

Un hombre sensato suena muy frío, dijo la señorita Lydia, lanzando un suspiro. Parece algo así como un banquero. Después añadió: habla contigo más que con todas nosotras juntas, Grace. ¿Qué clase de hombre es realmente?

Un caballero, contesté.

Bueno, eso ya lo sabía, dijo con aspereza. Pero ¿cómo es?

Un estadounidense, contesté, otra cosa que ella ya sabía. Después me compadecí un poco y añadí: parece un joven muy correcto.

Pues yo no quisiera que lo fuera tanto. El reverendo Verringer es demasiado correcto.

En mi fuero interno convine con ella en que así era en efecto, pero, puesto que el reverendo Verringer está tratando de conseguirme el indulto, dije: el reverendo Verringer es un hombre de Iglesia y los hombres de Iglesia tienen que comportarse con corrección.

Yo creo que el doctor Jordan es muy socarrón, comentó la señorita Lydia. ¿También es socarrón contigo, Grace?

No creo que me enterara en caso de que lo fuera, señorita, contesté.

Volvió a lanzar un suspiro diciendo: va a hablar en uno de los martes de mamá. Yo no suelo asistir a ellos porque son muy aburridos, aunque mamá dice que tendría que tomarme más interés por las cuestiones importantes relacionadas con el bienestar de la sociedad y lo mismo dice el reverendo Verringer; pero esta vez iré, porque estoy segura de que será muy emocionante oír hablar al doctor Jordan sobre los manicomios. Aunque yo preferiría que me invitara a tomar el té en sus aposentos. Con mamá y Marianne, claro, porque necesito una carabina.

Siempre es aconsejable en el caso de una joven, dije yo.

A veces eres una vieja pelmaza, Grace, me dijo. En realidad, ya no soy una joven, tengo diecinueve años. Supongo que eso no es nada para ti, que has hecho tantas cosas, pero yo nunca he tomado el té en los aposentos de un hombre.

El simple hecho de que usted nunca haya hecho una cosa, señorita, le contesté, no es razón para que la haga. Pero si la acompañara su madre, estoy segura de que sería totalmente respetable.

Se levantó y deslizó la mano por la superficie de la mesa de costura. Sí, dijo. Sería totalmente respetable. Pero me pareció que aquella idea la había desanimado. Después me preguntó: ¿me ayudarás a hacerme el nuevo vestido? Es para el círculo del martes; quisiera causar buena impresión.

Le contesté que de mil amores la ayudaría y ella me dijo que era un tesoro y que esperaba que nunca me dejaran salir de la cárcel, ya que quisiera tenerme siempre a mano para ayudarla en la confección de sus vestidos. Lo cual supongo que fue un cumplido a su manera.

Pero no me gustó la mirada perdida de sus ojos ni el tono abatido de su voz; se avecinan dificultades, pensé, tal como siempre ocurre cuando uno ama y el otro no.

28

Al día siguiente el doctor Jordan me trae el rábano prometido. Está lavado, le han cortado las hojas y es muy fresco y crujiente; no tiene la gomosa consistencia que adquieren cuando son viejos. Ha olvidado la sal pero no se lo digo, pues a caballo regalado no hay que mirarle el diente. Me como rápidamente el rábano —en la cárcel he aprendido a devorar la comida, porque te la tienes que terminar antes de que te la quiten— y me deleito con su fuerte sabor, muy parecido al del mastuerzo. Le pregunto cómo lo ha encontrado y me contesta que es del mercado, aunque él tiene intención de cultivar un pequeño huerto en la casa donde vive, allí hay sitio suficiente y ya ha empezado a cavar. Eso sí que se lo envidio.

Después le digo: se lo agradezco con todo mi corazón, señor, este rábano ha sido como el néctar de los dioses. Me mira sorprendido al oírme emplear semejante expresión; pero eso es sólo porque no recuerda que he leído los poemas de sir Walter Scott.

Como ha tenido la consideración de traerme el rábano, me dispongo a seguir contándole mi historia de tal forma que resulte lo más interesante posible y contenga gran riqueza de detalles para corresponder en cierto modo a su regalo, ya que siempre he creído que amor con amor se paga.

Cuando interrumpí el relato la última vez, señor, creo que el señor Kinnear se había ido a Toronto y que Jamie Walsh había acudido a la casa a tocar la flauta, y hubo una preciosa puesta de sol y después me fui a dormir con Nancy, pues ella tenía miedo de los ladrones cuando no había ningún hombre en casa. Nancy no contaba a McDermott porque éste no dormía en la casa propiamente dicha; o a lo mejor no lo consideraba un hombre o creía que se pondría del lado de los ladrones y no contra ellos. No me dijo lo que pensaba.

Subimos, pues, por la escalinata con nuestras velas. El dormitorio de Nancy, como ya he dicho, se encontraba en la parte posterior de la casa y era mucho más espacioso y bonito que el mío, aunque no disponía de un vestidor aparte como el del señor Kinnear. Pero tenía una cama mullida con un *quilt* de verano de muy buena calidad en tonos rosa y azul claro sobre fondo blanco; era el modelo Escalera Rota. Nancy tenía un armario lleno de vestidos y yo me preguntaba cómo era posible que hubiera ahorrado el dinero suficiente para comprarse tantos, pero ella me decía que el señor Kinnear era un amo muy generoso cuando le daba por ahí. También tenía un tocador con un tapete con capullos de rosa y lirios bordados, una caja de madera de sándalo donde guardaba los pendientes, un broche y sus tarros de afeites y lociones, porque antes de irse a la cama se engrasaba la piel de la cara como si fuera una bota. También tenía un frasco de agua de rosas que olía muy bien. Me permitió probarla, pues aquella noche era la esencia misma de la amabilidad. Después se frotó el cabello con una pomada especial para darle brillo y me pidió que le hiciera una fricción como si ella fuera una señora y yo su doncella. Lo hice con sumo gusto. Tenía un largo y ondulado cabello castaño oscuro. Oh, Grace, me dijo, qué agradable resulta, tienes un toque muy bueno. Yo me sentí halagada, pero recordé las veces en que Mary Whitney me cepillaba el cabello, porque nunca la había olvidado del todo.

Qué a gusto estamos aquí las dos juntitas, me dijo Nancy muy contenta en cuanto nos acostamos. Sin embargo, en el momento de apagar la vela lanzó un suspiro que no era propio de una mujer feliz sino de una mujer que procura sacar el mejor partido de la situación.

El señor Kinnear regresó el sábado por la mañana. Hubiera querido regresar el viernes, pero los negocios lo habían retenido en Toronto, o eso dijo él por lo menos. A la vuelta se había detenido en una posada situada al norte, no muy lejos de la primera puerta de peaje. A Nancy no le hizo mucha gracia, pues el lugar tenía muy mala fama y decían que era frecuentado por mujeres de mala vida, o eso por lo menos me comentó ella en la cocina.

En mi afán de tranquilizarla, le dije que un caballero podía alojarse en sitios como aquél sin ningún riesgo para su buen nombre. Nancy estaba muy alterada, porque por el camino de vuelta el señor Kinnear se había tropezado con dos amigos suyos, el coronel Bridgeford y el capitán Boyd, y los había invitado a comer. Por si fuera poco, aquél era el día en que el carnicero Jefferson solía servir los pedidos, pero aún no había llegado y en la casa no había carne.

Oh, Grace, me dijo, tendremos que matar una gallina; sal y pídele a McDermott que lo haga. Yo le dije que necesitaríamos dos, pues los comensales serían seis, contando a las damas; ella me contestó en tono enojado que no habría ninguna dama, ya que las esposas de aquellos caballeros jamás se rebajarían a entrar en la casa y ella tampoco comería con ellos en el comedor, por cuanto lo único que harían sería beber, fumar y contar historias sobre las grandes hazañas que habían protagonizado durante la Rebelión. Después se quedarían a jugar a las cartas hasta muy tarde, cosa muy perjudicial para la salud de señor Kinnear, que siempre sufría accesos de tos cuando aquellos hombres lo visitaban. Nancy atribuía al amo una salud muy frágil cuando le convenía.

Salí en busca de James McDermott, pero no hubo manera de encontrarlo. Lo llamé e incluso llegué al extremo de subir por la escalera de mano al henil de la cuadra donde él dormía. No estaba allí, pero no se había ido pues todas sus cosas estaban en el henil y yo no creía que se fuera sin cobrar la paga que le debían. Al bajar, vi que Jamie Walsh estaba ahí mirándome con curiosidad, tal vez pensaba que había ido a visitar a McDermott. Sin embargo, cuando le pregunté dónde demonios se había ido McDermott y le dije que lo necesitábamos, Jamie Walsh cambió de expresión y, dirigiéndome una sonrisa cordial, contestó que no lo sabía pero que, a lo mejor, había cruzado la calzada para reunirse con Harvey, un tipo muy bruto que vivía en una casa de madera, que más bien era una cabaña, en compañía de una mujer que no era su esposa y a quien yo conocía de vista. Se llamaba Hannah Upton, tenía un aspecto muy basto y la gente procuraba evitarla. Sin embargo, Harvey era un conocido —no diré un amigo— de McDermott y ambos tenían por costumbre beber juntos. Después Jamie me preguntó si tenía que mandarle algún recado.

Regresé a la cocina y dije que no había manera de encontrar a McDermott, y Nancy comentó que ya estaba harta de su holgazanería, porque siempre que ella lo necesitaba, se largaba y la dejaba en la estacada; yo misma tendría que matar la gallina. Oh, no, exclamé, no podría hacerlo, jamás lo he hecho y no sé cómo se hace; no soy capaz de derramar sangre de ningún ser vivo, aunque sí de desplumar un ave una vez muerta. Ella me dijo que no fuera tonta, que era muy fácil. Toma el hacha, dale un golpe en la cabeza y después córtale el cuello de un buen tajo.

Pero yo no podía soportar la idea y me eché a llorar. Entonces —lamento decirlo porque no es correcto hablar mal de los muertos— ella me sacudió por los hombros, me propinó una bofetada y me empujó hacia la puerta de la cocina que daba al patio, diciéndome que no regresara sin una gallina muerta y que me diera prisa pues no teníamos tiempo que perder, siendo así que al señor Kinnear le gustaba comer con puntualidad.

Me dirigí al corral llorando a lágrima viva, agarré una preciosa gallina blanca, me la coloqué bajo el brazo y me dirigí al lugar donde estaba la leña y el tajo secándome las lágrimas con el delantal; no me veía con fuerzas de hacer semejante cosa. Jamie Walsh me siguió y me preguntó amablemente qué me ocurría. Yo le pregunté si tendría la bondad de matar la gallina. Me contestó que nada más fácil. Tendría mucho gusto en hacerlo puesto que yo era tan remilgada y sentimental. Agarró la gallina, le cortó limpiamente la cabeza y la gallina decapitada correteó un momento y después se desplomó al suelo agitando las patas. Me pareció un espectáculo lastimoso. Luego desplumamos la gallina juntos, sentados el uno al lado del otro en una de las barras de la valla mientras las plumas volaban a nuestro alrededor. Al terminar, le di sinceramente las gracias por su ayuda y le dije que no podía darle nada a cambio, pero que más adelante me acordaría del favor que me había hecho. Esbozó una tímida sonrisa y me dijo que gustosamente me ayudaría en cualquier otra ocasión en que yo lo necesitara.

Nancy había salido durante la última fase de nuestra conversación y ahora permanecía de pie en la puerta de la cocina protegiéndose los ojos del sol con la mano mientras aguardaba con impaciencia que termináramos de preparar la gallina para cocinarla. Así que limpié la gallina con la mayor rapidez que pude, conteniendo la respiración para no aspirar el olor y reservando los menudillos por si quisieran hacer una salsa con ellos, la enjuagué bajo el chorro de agua de la bomba y la llevé a la cocina. Mientras la rellenábamos, Nancy me dijo: bueno, ya veo que has hecho una conquista. Le pregunté a qué se refería y ella me contestó: a Jamie Walsh, se le nota en la cara que está perdidamente enamorado de ti; antes era mi admirador, pero ahora veo que es el tuyo. Comprendí que estaba intentando recuperar mi amistad tras haber perdido los estribos. Me eché a reír diciendo que no me parecía demasiado buen partido, pues era un simple chiquillo tan pelirrojo como una zanahoria y tan pecoso como un huevo, aunque muy alto para su edad. Bueno, dijo ella, a su tiempo maduran las brevas. El comentario me pareció enigmático pero no pregunté qué quería decir por temor a que ella me considerara una ignorante.

Para asar la gallina tuvimos que atizar bien el fuego en la cocina de verano y preparamos el resto de la comida en la de invierno. Como acompañamiento de la gallina elaboramos un puré de cebollas y zanahorias y para postre pusimos fresas con nata y queso hecho en casa. El señor Kinnear guardaba el vino en el sótano, en parte en toneles y en parte en botellas. Nancy me mandó por cinco botellas. No le gustaba bajar al sótano porque decía que había muchas arañas.

Mientras estábamos ocupadas en esos quehaceres, se presentó James McDermott más fresco que una lechuga. Al preguntárle amablemente Nancy dónde se había metido, él le contestó que, como había terminado todas sus tareas antes de marcharse, no era asunto de su incumbencia, pero si tanto se empeñaba en saberlo, había ido a hacer un recado especial que el señor Kinnear le había encomendado antes de marcharse a Toronto. Nancy replicó que ya se enteraría ella y que él no tenía ningún derecho a entrar y salir justo en el momento en que más se le necesitaba. James contestó que eso él no podía saberlo pues no tenía dotes de adivino. Nancy le dijo a su vez que, si las tuviera, vería que no permanecería mucho tiempo en aquella casa. Pero como por el momento ella estaba muy ocupada, ya hablaría con él más tarde. Ahora lo mejor que podía hacer era ir a atender el caballo del señor Kinnear que necesitaba que lo almohazaran después del largo viaje, siempre y cuando su alteza real no lo considerara una tarea demasiado indigna de su condición. McDermott se fue a la cuadra con el semblante enfurecido.

El coronel Bridgeford y el capitán Boyd se presentaron en la casa según lo previsto y se comportaron tal como Nancy había dicho. Sus voces y sus risas llegaban hasta la cocina. Nancy me hizo servir la mesa. Ella no quiso hacerlo y se quedó en la cocina, donde tomó un vaso de vino y llenó también uno para mí. Pensé que estaba molesta con aquellos caballeros. Me dijo que no creía que el capitán Boyd fuera un capitán de verdad; muchos hombres habían obtenido semejante grado por el simple hecho de haber montado un caballo el día de la Rebelión. Yo le pregunté qué era el señor Kinnear, porque algunas personas de las inmediaciones también lo llamaban capitán. Nancy me contestó que no sabía nada al respecto, pues él nunca se vestía como tal y en sus tarjetas de visita aparecía simplemente «Don». No obstante, en caso de que hubiera sido capitán, no cabía duda de que habría pertenecido al bando gubernamental. Ésa era otra de las cosas que, al parecer, la molestaban.

Se llenó otro vaso de vino y dijo que a veces el señor Kinnear le gastaba bromas y la llamaba «ardiente y pequeña rebelde» ya que se apellidaba Montgomery como John Montgomery, el propietario de la taberna donde se reunían los rebeldes y que ahora estaba en ruinas. El tal Montgomery solía jactarse diciendo que, cuando sus enemigos estuvieran ardiendo en el infierno, él volvería a regentar una taberna en Yonge Street; y así fue, señor, por lo menos por lo que respecta a lo de la taberna; pero por entonces Montgomery aún se encontraba en los Estados Unidos tras haber protagonizado una audaz fuga del Penal de Kingston. Lo cual significa que es algo que se puede hacer.

Nancy se llenó un tercer vaso de vino y, apoyando la cabeza en los brazos, dijo que estaba engordando demasiado y no sabía qué hacer. Como ya era hora de que yo sirviera el café, no pude preguntarle por qué razón se había puesto tan triste de repente. En el comedor los caballeros estaban muy alegres, habían consumido las cinco botellas de vino y querían más. El capitán Boyd preguntó dónde me había encontrado el señor Kinnear y si crecían otras como yo en el árbol de donde yo venía; y, en caso afirmativo, si ya estaban maduras. El coronel Bridgeford preguntó qué había hecho Thomas Kinnear con Nancy. ¿Acaso la había encerrado en algún armario con el resto de su harén turco? El capitán Boyd me aconsejó que tuviera cuidado con mis preciosos ojos azules, porque Nancy sería capaz de arrancármelos con sólo que el viejo Tom me guiñara el ojo de soslayo. Aunque todo aquello era una broma, yo confiaba en que Nancy no lo hubiera oído.

El domingo por la mañana Nancy me pidió que fuera a la iglesia con ella. Yo le contesté que no tenía ningún vestido apropiado, aunque en realidad, era una excusa. La verdad es que no me apetecía ir a un lugar donde estaba segura de que sería objeto de la curiosidad de unos desconocidos. Ella me dijo que me prestaría uno de los suyos y así lo hizo, cuidando sin embargo de que fuera uno de los más sencillos y mucho menos bonito que el que ella llevaba. Me prestó también una papalina y comentó que mi aspecto era de lo más apropiado. Me dejó incluso un par de guantes que no me ajustaban a la perfección, pues ella tenía las manos más grandes. Por último, ambas nos pusimos unos chales de seda estampada.

El señor Kinnear tenía jaqueca y dijo que no iría —nunca había sido un hombre muy de iglesia de todos modos—, pero que McDermott nos podría llevar en el carro e ir a recogernos después, dando por sentado que éste no asistiría a la función religiosa pues era católico, mientras que la iglesia era presbiteriana. Era la única iglesia que se había construido en aquel lugar hasta la fecha y a ella acudían muchas personas que no pertenecían a aquella confesión por considerar que era mejor aquello que nada. Allí estaba también el único cementerio de la ciudad, lo cual significaba que la iglesia ostentaba el monopolio no sólo de los vivos sino también de los muertos.

Nos sentamos muy contentas en el carro; el día era claro y despejado y se oía por todas partes el gorjeo de los pájaros. Yo me sentía más en paz con el mundo de lo que jamás me hubiera sentido, cosa muy lógica en un día como aquél. Al entrar en la iglesia Nancy me tomó del brazo y yo pensé que lo hacía por amistad. Algunas cabezas se volvieron a mirarnos, pero creí que era porque no me conocían. Allí dentro había toda suerte de personas, pobres campesinos con sus mujeres, criados, comerciantes de la ciudad y personas que por su manera de vestir y su situación en los primeros bancos del templo se consideraban aristócratas o algo muy parecido.

El pastor parecía una garza de puntiagudo pico, con su cuello largo y huesudo y un tieso mechón de cabello en lo alto de la cabeza. El sermón giró en torno al tema de la Gracia Divina, mediante la que nos podíamos salvar sin necesidad de ningún esfuerzo ni de buenas obras por nuestra parte. Lo cual no significaba que tuviéramos que dejar de esforzarnos o de hacer buenas obras. Significaba que no podíamos contar con estas cosas ni creer que nos salvaríamos por nuestros esfuerzos y nuestras buenas obras, porque la Gracia Divina era un misterio y sólo Dios conocía a los destinatarios. Aunque las Sagradas Escrituras dijeran que por sus frutos los conoceríamos, los frutos a que se referían eran de carácter espiritual y nadie sino Dios los podía ver; y, aunque teníamos que pedir la Gracia Divina en nuestras oraciones, no debíamos ser tan orgullosos como para creer que nuestras oraciones serían escuchadas, pues el hombre propone y Dios dispone y no correspondía a nuestras insignificantes y pecaminosas almas mortales establecer el curso de los acontecimientos.

Los primeros serían los últimos y los últimos serían los primeros y algunos que se habían pasado muchos años calentándose con los fuegos de este mundo pronto se asarían en algo mucho más ardiente, ante su gran indignación y sorpresa; entre nosotros había muchos sepulcros blanqueados, bellos por fuera, pero llenos de podredumbre y corrupción por dentro; teníamos que guardarnos de la mujer sentada a la puerta de su casa, contra la que nos advierte el capítulo noveno de los Proverbios, o de cualquier otra que pudiera tentarnos diciendo que las aguas hurtadas son dulces y el pan comido de tapadillo resulta más sabroso, pues, tal como dicen las Escrituras, allí está la muerte y sus invitados van a parar a lo más profundo del infierno; por encima de todo teníamos que huir de la complacencia y no permitir que se nos apagaran las lámparas tal como habían hecho las vírgenes necias; pues nadie sabía el día ni la hora, por lo que teníamos que esperar temblando.

El pastor se pasó un buen rato hablando de esta guisa mientras yo me entretenía examinando las papalinas de las damas que tenía delante y las flores de sus chales y pensaba que, si no podías alcanzar la Gracia Divina ni por medio de la oración ni de ninguna otra manera y ni siquiera podías saber si gozabas de ella o no, lo mejor que podías hacer era olvidarte de toda aquella cuestión y dedicarte a lo tuyo, pues tu condenación o tu salvación no eran asunto de tu incumbencia. De nada sirve llorar por la leche derramada si no sabes si la leche se ha derramado o no y, si eso sólo lo sabe Dios, sólo Dios puede ponerle remedio en caso necesario. Pero el hecho de pensar en todas estas cosas siempre me produce sueño y aquel pastor tenía una voz muy monótona. Estaba a punto de echar una cabezadita cuando todos nos pusimos de pie para cantar el himno *Sé paciente conmigo*, que por cierto los fieles cantaron bastante mal, pero por lo menos era música y eso siempre es un consuelo.

A Nancy y a mí no nos saludaron con excesiva cordialidad al salir sino que más bien nos evitaron, aunque algunos de los más pobres inclinaron levemente la cabeza. Al pasar oí unos murmullos. Me pareció muy raro, pues, aunque yo era una desconocida, a Nancy la debían de conocer y, aunque los aristócratas o los que se tomaban por tales no tenían por qué prestarle la menor atención, Nancy no merecía semejante trato ni de los granjeros y sus esposas ni de los criados. Mientras ella caminaba con la cabeza muy alta sin mirar ni a la derecha ni a la izquierda, yo pensé: estas personas son frías y orgullosas y no son buenos vecinos. Son unos hipócritas que se creen que la iglesia es una jaula para encerrar a Dios, de tal manera que Éste se quede allí dentro y no ande vagando por la tierra durante la semana metiendo las narices en sus asuntos y examinando la negrura y la doblez de sus corazones y su falta de verdadera caridad. Creen que sólo tienen que prestarle atención los domingos cuando visten sus mejores galas y ponen la cara muy seria, se lavan las manos, se ponen los guantes y preparan sus historias. Pero Dios está en todas partes y no se le puede enjaular como se hace con los hombres.

Nancy me dio las gracias por haberla acompañado a la iglesia, pero quiso que aquel mismo día le devolviera el vestido y la papalina, pues temía que se los ensuciara.

Bien entrada aquella semana McDermott entró en la cocina a la hora de la comida con la cara muy larga y enfurruñada. Nancy lo había despedido y tenía que irse a final de mes. Dijo que se alegraba porque no le gustaba recibir órdenes de una mujer y jamás las había recibido ni en el Ejército ni en los barcos. Cuando se quejaba ante el señor Kinnear, éste se limitaba a decirle que Nancy era la señora de la casa y cobraba para organizarlo todo y él tenía que obedecer sus órdenes pues el amo no podía ocuparse de semejantes bagatelas. Eso, que ya era malo de por sí, lo era todavía más si se consideraba la clase de mujer que era Nancy. Maldita la falta que le hacía quedarse con aquel hato de putas.

Me escandalicé al oír aquellas palabras y pensé que era la manera de hablar de McDermott, que siempre exageraba y mentía. Le pregunté indignada qué había querido decir. Y entonces él me preguntó si no sabía que Nancy y el señor Kinnear se acostaban juntos con el mayor descaro y vivían en secreto como marido y mujer a pesar de ser tan solteros como él; aunque en realidad no era ningún secreto pues todos los vecinos lo sabían. Me quedé de piedra y se lo dije. McDermott me contestó que era una idiota y que a pesar de mi «la esposa del concejal Parkinson esto y la esposa del concejal Parkinson lo otro» y de mis ideas urbanas, no era tan lista como me creía y no veía tres en un burro. En cuanto al puterío de Nancy, cualquiera que no fuera tan boba como yo lo hubiera descubierto enseguida, pues era del dominio común que, cuando trabajaba en casa de los Wright, Nancy había tenido un hijo de un joven holgazán que huyó y la dejó plantada, sólo que el hijo había muerto. A pesar de todo, el señor Kinnear la había contratado, cosa que ningún hombre respetable hubiera hecho. Su propósito estuvo muy claro desde un principio, pues cuando un caballo se escapaba de la cuadra de nada servía cerrar la puerta y cuando una mujer estaba boca arriba le ocurría lo mismo que a una tortuga, que no podía darse la vuelta y estaba a la disposición de todo el mundo.

A pesar de mis protestas, se me ocurrió pensar que, por una vez, McDermott estaba diciendo la verdad. Comprendí de inmediato el significado de las cabezas que se habían vuelto en la iglesia, de los murmullos y de otros muchos pequeños detalles a los que no había prestado demasiada atención. Y también de los bonitos vestidos y de los pendientes de oro que eran como quien dice la soldada del pecado; e incluso de la advertencia que me hizo Sally, la cocinera de la señora Watson, antes de avenirme yo a ser contratada. A partir de aquel momento decidí mantener los ojos y los oídos muy abiertos y recorría la casa como una espía para cerciorarme de que Nancy no dormía en su cama cuando el señor Kinnear estaba en casa. Me avergoncé de haberme dejado engañar y embaucar de aquella manera y de haber sido tan ciega e insensata.

29

Lamento decir que a partir de aquel momento le perdí a Nancy el respeto que hasta entonces le había profesado por el hecho de ser mayor que yo y por su condición de señora de la casa; empecé a manifestarle mi desprecio y a contestarle con más insolencia de lo que hubiera sido prudente y hubo entre nosotras varias discusiones en que nos levantamos la voz y en que ella me propinó uno o dos bofetones, pues tenía el genio muy vivo y la mano muy rápida. A pesar de ello, como yo recordaba mi lugar, no le devolvía los bofetones. Reconozco que si me hubiera mordido la lengua, los oídos no me habrían silbado tan a menudo. Por consiguiente, asumo una parte de la culpa.

El señor Kinnear no parecía percatarse de nuestras desavenencias. Muy al contrario, se mostraba más amable conmigo, se detenía a mi lado cuando yo me hallaba ocupada en las distintas tareas de la casa y me preguntaba qué tal iba todo, y yo siempre le contestaba: muy bien, señor, pues no hay nada de lo que más desee librarse un caballero que de un criado insatisfecho; te pagan para que sonrías y más te conviene no olvidarlo. Entonces él me decía que era una buena chica y una trabajadora muy diligente. Una vez yo estaba acarreando un cubo de agua escalera arriba para la bañera que él quería que le llenaran en su vestidor, y el señor Kinnear me preguntó por qué no se encargaba McDermott de la tarea, porque el cubo pesaba demasiado para mí. Yo le contesté que era mi obligación y él se empeñó en tomar el cubo y subirlo él mismo, apoyando su mano sobre la mía en el asa. Oh, no, señor, dije yo, no puedo permitirlo; él se rió diciendo que era él quien decidía si una cosa estaba permitida o no, pues era el amo de la casa, ¿o no? A lo cual yo tuve que responder que sí. Mientras nos encontrábamos en la escalera y él seguía con su mano sobre la mía, Nancy apareció en el vestíbulo y nos vio, cosa que no sirvió precisamente para mejorar su disposición hacia mí.

Muchas veces he pensado que todo habría ido mejor si la casa hubiera tenido una escalera de servicio en la parte de atrás, según es costumbre; pero no la había. Por eso todos nos veíamos obligados a vivir demasiado juntos, una situación en modo alguno deseable, ya que apenas podías toser o reírte sin que te oyeran, sobre todo desde el vestíbulo de la planta baja.

En cuanto a McDermott, debo decir que cada día se mostraba más huraño y vengativo. Decía que Nancy quería despedirlo antes de que finalizara el mes para no pagarle el salario, pero que él no lo toleraría y que, si Nancy lo trataba de aquella manera, no tardaría en hacer lo mismo conmigo, por lo que ambos teníamos que aunar nuestros esfuerzos para exigir lo que nos correspondía. Cuando el señor Kinnear no estaba y Nancy se iba a visitar a sus amigos los Wright —los únicos vecinos que todavía seguían siendo amigos suyos—, McDermott solía echar mano del whisky que el señor Kinnear compraba en barriletes de cinco litros, lo que significaba que había mucho whisky en la casa y la desaparición de una cierta cantidad ni siquiera se notaba. En tales ocasiones McDermott decía que odiaba a los ingleses y, aunque Kinnear fuera un escocés de las tierras bajas, daba igual, pues todos eran rateros, prostitutas y ladrones de tierras y oprimían a los pobres dondequiera que fueran. Tanto el señor Kinnear como Nancy merecían que les propinaran un golpe en la cabeza y los arrojaran al sótano, cosa que él era el más indicado para hacer.

Pero yo pensaba que era sólo una manera de hablar,

pues siempre andaba presumiendo de las hazañas que era capaz de llevar a cabo. Mi propio padre, cuando estaba borracho, también había amenazado a menudo a mi madre con las mismas palabras, pero jamás lo había hecho. Así que cuando McDermott se ponía de esta manera lo mejor era inclinar la cabeza, darle la razón y no hacerle caso.

El doctor Jordan levanta la vista de las notas que está tomando. ¿O sea que al principio no le creíste?, me pregunta.

En absoluto, señor, contesto yo. Usted tampoco le hubiera creído si lo hubiera oído hablar. Pensé que era todo de boquilla.

Antes de que lo ahorcaran, McDermott dijo que tú fuiste la que lo indujiste a hacerlo, dice el doctor Jordan. Afirmó que pretendías asesinar a Nancy y al señor Kinnear echando veneno en sus gachas de avena y que le pediste varias veces que te ayudara; cosa que él virtuosamente se negó a hacer.

¿Quién le ha contado a usted semejante mentira?, replico.

Está escrito en la confesión de McDermott, contesta el doctor Jordan; cosa que yo sabía muy bien, pues lo había leído en el álbum de recortes de la esposa del alcaide.

El hecho de que una cosa esté escrita, señor, no significa que sea verdad, le digo.

Suelta su habitual carcajada semejante a un ladrido, ja, y me dice que en eso tengo mucha razón. Aun así, Grace, ¿qué tienes que decir al respecto?

Pues verá, señor, contesto, creo que es una de las mayores tonterías que he oído en mi vida.

¿Y eso por qué, Grace?, me pregunta.

Me tomo la libertad de sonreír. Porque si hubiera querido echar veneno en un cuenco de gachas de avena, señor, no me hubiera hecho falta su ayuda. Lo habría hecho yo sola y, de paso, hubiera vertido un poco de veneno en su cuenco. No me hubiera exigido más fuerza que el hecho de añadir una cucharada más de azúcar.

Hablas con mucha frialdad, Grace, observa el doctor Jordan. ¿Por qué crees que él dijo eso de ti si no era verdad?

Supongo que quería echarme la culpa a mí, contesto muy despacio. Nunca le ha gustado que le hagan quedar mal. Y a lo mejor quería que yo lo acompañara en el viaje. El camino hacia la muerte es muy solitario y más largo de lo que parece, incluso cuando conduce directamente hacia abajo desde el patíbulo por medio de una cuerda. Es un camino oscuro en el que nunca brilla la luna para iluminar tus pasos.

Parece que sabes mucho de eso, Grace, para ser alguien que jamás ha estado allí, me dice el doctor Jordan con su sonrisa torcida.

No he estado allí más que en sueños, respondo, pero lo he visto más de una noche. A mí también me condenaron a morir en la horca y pensé que allí acabaría mis días. Me libré por pura suerte y por la habilidad del señor MacKenzie, que alegó como atenuante mi extremada juventud. Cuando crees que pronto vas a seguir aquel mismo camino, es mejor que te orientes.

Muy cierto, admite él en tono pensativo.

No reprocho al pobre James McDermott haber experimentado semejante deseo, digo. Jamás le podría reprochar a un ser humano que se sintiera solo.

El miércoles siguiente era mi cumpleaños. Como mis relaciones con Nancy se habían enfriado, no esperaba que ésta me dijera nada a pesar de que conocía muy bien la fecha, pues yo le había dicho mi edad cuando me contrató y el día en que cumpliría dieciséis años. Para mi asombro, cuando entró en la cocina por la mañana se mostró muy amable conmigo, me deseó feliz cumpleaños, rodeó la casa para dirigirse a las espalderas que había en la fachada, me hizo un ramillete de rosas de las que allí crecían y lo colocó en un jarrón para que lo pusiera en mi cuarto. Le agradecí tanto aquella muestra de amabilidad, tan insólita en ella a causa de nuestras discusiones, que estuve a punto de echarme a llorar.

Después Nancy me dijo que, por ser mi cumpleaños, me podría tomar la tarde libre. Le di las gracias, pero le contesté que no sabría en qué emplearla, ya que no tenía amigos en la zona a quienes visitar y allí no había tiendas ni nada que ver. Quizá me quedaría en casa cosiendo o limpiando la plata tal como tenía previsto hacer. Me dijo que podía ir al pueblo si quería o dar un agradable paseo por la campiña. Me prestaría su sombrero de paja.

Pero más tarde averigüé que el señor Kinnear pensaba pasarse toda la tarde en casa y sospeché que Nancy quería quitarme de en medio para permanecer a solas con él sin temor a que yo entrara de repente en la estancia o subiera por la escalera, o a que el señor Kinnear se presentara en la cocina, donde yo estaba, y se quedara un rato allí, preguntándome esto y aquello tal como tenía por costumbre últimamente. Aun así, tras haberles servido al señor Kinnear y a Nancy la comida, que consistió en rosbif frío y ensalada dado lo caluroso del tiempo, y tras haber almorzado con McDermott en la cocina de invierno, haber fregado los platos y haberme lavado la cara y las manos, me quité el delantal, lo colgué y me puse el sombrero de paja de Nancy y mi pañuelo azul y blanco para que no me diera el sol en el cuello. McDermott, que aún no se había levantado de la mesa, me preguntó adónde iba, y yo le expliqué que como era mi cumpleaños, Nancy me había dado permiso para salir a dar un paseo. McDermott se ofreció a acompañarme, porque según él necesitaría protección contra los hombres de mala ley y los vagabundos que andaban por los caminos. Estuve a punto de decirle que el único hombre de esta clase que yo conocía era el que estaba sentado conmigo allí mismo en la cocina, pero, como McDermott se había esforzado en ser cortés, me mordí la lengua, le di las gracias por su interés pero dije que no sería necesario.

Me replicó que me acompañaría de todos modos, porque yo era muy joven y alocada y no sabía lo que me convenía. Le repliqué que no era su cumpleaños y que él tenía cosas que hacer. Me dijo que se fuera al diablo el cumpleaños, que a él los cumpleaños le importaban un bledo y no veía en ellos ningún motivo para celebrarlos, pues no le agradecía demasiado a su madre que lo hubiera puesto en este mundo. Y además, aunque hubiera sido su cumpleaños, Nancy jamás le habría concedido un rato libre. Le dije que no me envidiara por eso, pues yo no lo había pedido y no quería que me hicieran favores especiales. Y después, abandoné la cocina en cuanto pude.

No tenía la menor idea de adónde ir. No me apetecía llegarme hasta el pueblo pues no conocía a nadie de allí. De repente se me ocurrió pensar en lo sola que estaba, ya que no tenía ningún amigo como no fuera Nancy, si se podía llamar amiga a alguien tan voluble que un día se mostraba amable y al siguiente se revolvía contra mí; y quizá Jamie Walsh, pero era sólo un chiquillo. También tenía a *Charley*, pero era un caballo y, aunque me escuchaba con interés y era un gran consuelo para mí, no me servía de mucho cuando necesitaba un consejo.

No sabía dónde estaba mi familia, lo cual era lo mismo que no tenerla. Y no es que me apeteciera volver a ver a mi padre, pero sí me hubiera gustado tener alguna noticia de los niños. Estaba tía Pauline, a quien hubiera escrito una carta de haberme podido permitir el lujo de pagar el franqueo, porque eso fue antes de la Reforma y enviar una carta al otro lado del mar resultaba muy caro. Si examinaba mi situación a la fría luz del día, yo estaba sola en el mundo sin más perspectiva que las fatigosas tareas que había estado realizando hasta entonces, pues, aunque pudiera buscarme otra casa, el trabajo sería el mismo de la mañana a la noche y siempre habría un ama que me daría órdenes.

Pensando en estas cosas, bajé por el camino de la entrada apurando el paso ante la posibilidad de que McDermott me estuviera mirando. En efecto, cuando me di la vuelta, lo vi apoyado en la puerta de la cocina. Si me hubiese entretenido, tal vez lo hubiera tomado como una invitación a acompañarme. Cuando llegué al huerto de árboles frutales y pensé que McDermott ya no podía verme, aminoré el paso. En general yo controlaba mis sentimientos, pero los cumpleaños siempre resultan un poco deprimentes, sobre todo cuando una está sola. Entré en el huerto y me senté con la espalda apoyada contra uno de los grandes y viejos tocones que quedaban del bosque cuando éste se taló. A mi alrededor cantaban los pájaros, pero pensé que hasta los pájaros me eran desconocidos, pues ni siquiera sabía cómo se llamaban. Eso me pareció lo más triste de todo; entonces las lágrimas empezaron a rodar por mis mejillas, pero no me las sequé sino que me pasé varios minutos llorando.

Después me dije: lo que no se puede remediar se tiene que aguantar. Contemplé a mi alrededor las blancas margaritas, las zanahorias silvestres y los globos morados de las flores del algodoncillo; a continuación levanté los ojos y contemplé las ramas del manzano en las que ya se estaban formando los verdes frutos, y los retazos de cielo azul visibles más allá de éstas, y traté de animarme pensando que sólo un Dios benévolo que se preocupaba por nuestro bien hubiera podido crear semejante belleza y que las cargas que pesaban sobre mis hombros debían de ser medios para poner a prueba mi fortaleza y mi fe, tal como les había ocurrido a los primeros cristianos, a Job y a los mártires. Pero, como ya he dicho, las reflexiones acerca de Dios suelen provocarme somnolencia; y me quedé dormida.

Es curioso pero, por muy profundamente dormida que esté, siempre percibo si hay una persona cerca o si alguien me está mirando. Es como si una parte de mí jamás durmiera y mantuviera un ojo un poco abierto. Cuando era joven solía pensar que era mi ángel de la guarda. Pero a lo mejor todo me viene de la época de mi infancia en que, si me quedaba dormida y no me levantaba a la hora y empezaba a trajinar por la casa, mi padre me despertaba a gritos y me insultaba, sacudiéndome por un brazo o tirándome del pelo. En fin, yo estaba soñando que un oso había salido del bosque y me estaba mirando. Me desperté sobresaltada como si alguien hubiera apoyado una mano sobre mí, y vi a un hombre de pie a mi lado. No le distinguía bien la cara por culpa del sol. Lancé un grito y me levanté apresuradamente. Entonces me di cuenta de que no era un hombre sino sólo Jamie Walsh; y me quedé donde estaba.

Oh, Jamie, le dije, me has asustado.

No era ésa mi intención, me dijo él. Después se sentó a mi lado bajo el árbol. ¿Qué haces aquí en mitad del día?, me preguntó. ¿No vendrá Nancy a buscarte? Era un chico muy curioso que no paraba de hacer preguntas.

Le expliqué lo de mi cumpleaños y él comentó que Nancy había sido muy amable al concederme toda la tarde libre. Me deseó feliz cumpleaños y después me dijo: te he visto llorar.

¿Y dónde estabas tú, espiándome de esta manera?, le pregunté.

Me dijo que iba muy a menudo al huerto de árboles frutales cuando el señor Kinnear no miraba. Más entrada la estación, el señor Kinnear solía salir al porche con su telescopio para asegurarse de que los muchachos de los alrededores no le robaran la fruta del huerto. Pero las manzanas y las peras aún estaban demasiado verdes para eso. ¿Por qué estás triste, Grace?, me preguntó.

Porque aquí no tengo amigos, me limité a contestar, pues estaba a punto de echarme a llorar otra vez.

Yo soy tu amigo, dijo Jamie. Tras una pausa, añadió: ¿tienes novio, Grace? Le contesté que no. Me gustaría ser tu novio, añadió él. Dentro de unos años, cuando sea mayor y haya ahorrado dinero, nos casaremos.

No pude por menos de sonreír. Pero ¿acaso no estás enamorado de Nancy?, le pregunté en broma. Y él me contestó: no, aunque me gusta mucho. Luego preguntó: ¿qué dices a eso?

Pero Jamie, le dije en tono burlón, ya que no creía que hablara en serio, soy mucho mayor que tú.

Un año y un poquito más, dijo él. Un año no es nada.

No eres más que un chiquillo, insistí.

Soy más alto que tú, replicó. Era cierto. No sé por qué será, pero a una chica de quince o dieciséis años se la considera ya una mujer, mientras que un chico de quince o dieciséis años sigue siendo un muchacho. Pero preferí callármelo, pues comprendí que era un tema delicado, y como no quería herir sus sentimientos le di las gracias por su ofrecimiento con gravedad y le aseguré que lo tomaría en consideración.

Ven, me dijo, como es tu cumpleaños, te tocaré una canción. Sacó la flauta y tocó con mucho sentimiento aunque con cierta estridencia en las notas altas *El soldadito se fue a la guerra*. Después tocó *Créeme, si todos estos juveniles y cautivadores encantos*. Comprendí que eran unas nuevas melodías que estaba practicando y de las que se sentía muy orgulloso. Por consiguiente, le dije que era precioso.

Después anunció que me entretejería una corona de margaritas en honor del día y los dos nos pusimos a hacer guirnaldas de flores con el diligente entusiasmo de los chiquillos. No creo que jamás lo hubiera pasado mejor desde mis tiempos con Mary Whitney. Cuando terminamos, él me colocó solemnemente una guirnalda alrededor del sombrero y otra a modo de collar y dijo que yo era la Reina de Mayo. Le señalé que tendría que ser la Reina de Julio, pues estábamos en el mes de julio, y ambos nos echamos a reír. Después él me preguntó si me podía dar un beso en la mejilla; le contesté que sí pero sólo uno; y así lo hizo. Le dije que, al final, había convertido mi cumpleaños en una fiesta, porque había conseguido apartar de mi mente todas las preocupaciones. Él me miró sonriendo.

Pero el tiempo había pasado volando y la tarde ya había tocado a su fin. Al subir por el camino de la entrada vi al señor Kinnear mirándome con su telescopio desde el pórtico. Mientras me dirigía a la puerta de atrás, el señor Kinnear rodeó la casa y me dijo: buenas tardes, Grace.

Le devolví el saludo y él me preguntó: ¿quién era el hombre que estaba contigo en el huerto de árboles frutales? ¿Y qué estabas haciendo con él?

Adiviné por el tono de su voz la clase de sospecha que tenía y le contesté que era sólo el joven Jamie Walsh, con quien había estado haciendo guirnaldas de margaritas porque era mi cumpleaños. Lo aceptó aunque sin demasiada complacencia. Cuando entré en la cocina para preparar la cena, Nancy me dijo: ¿qué hace esta flor marchita en tu pelo? Menuda bobada.

Al quitarme el collar de margaritas, una flor se me había quedado prendida en el pelo.

Ambos incidentes le arrebataron al día una parte de su inocencia.

Así pues, me dispuse a preparar la cena. Más tarde se presentó McDermott con un haz de leña para la cocina y me dijo en tono despectivo: o sea que has estado retozando en la hierba y besando al chico de los recados. Alguien le tendría que machacar los sesos por su atrevimiento. Yo mismo lo haría si no fuera un mocoso. Está claro que prefieres los niños a los hombres hechos y derechos; eres una devoradora de bebés. Le contesté que no había hecho nada de eso, pero no me creyó. Tuve la sensación de que aquella tarde no había sido mía en absoluto y que tampoco había sido un acontecimiento agradable y privado, pues todo el mundo lo había espiado, incluido el señor Kinnear, a quien jamás hubiera creído capaz de caer tan bajo. Fue como si todos hubieran desfilado por delante de mi puerta y se hubieran turnado para mirar por la cerradura, lo cual no sólo me causó una profunda tristeza, sino también una gran irritación.

30

Transcurrieron varios días sin que se produjera ningún incidente digno de mención. Llevaba casi dos semanas en la casa del señor Kinnear, pero me parecía que era mucho más, pues el tiempo me pesaba en las manos tal como suele ocurrir, señor, cuando una persona no es feliz. El señor Kinnear se había ido a caballo, creo que a Thornhill, y Nancy se encontraba de visita en casa de su amiga la señora Wright. Jamie Walsh no había estado en la casa últimamente, por lo que me preguntaba si McDermott lo habría amenazado o si le habría advertido que no se acercara.

Ignoraba dónde estaba McDermott, supongo que durmiendo en el granero. Mis relaciones con él se habían enfriado porque aquella misma mañana me había estado diciendo que tenía unos ojos muy bonitos y que me servirían para coquetear mejor con los niños a los que todavía no se les habían caído los dientes de leche. Yo le repliqué que hiciera el favor de callarse pues a nadie le hacía gracia lo que estaba diciendo más que a él; a lo cual me contestó que tenía una lengua de víbora y yo le dije que, si no quería que le replicaran, que se fuera al granero y cortejara a la vaca, que era la clase de respuesta que le hubiera dado Mary Whitney, o eso pensaba yo por lo menos.

Me encontraba en el huerto de la cocina arrancando guisantes y rumiando la furia que me dominaba —pues todavía estaba dolida por las sospechas y los fisgoneos de que había sido objeto, y por los burlones comentarios de

McDermott— cuando oí un silbido melodioso y vi a un hombre que subía por el camino de la entrada con un fardo a la espalda, un viejo sombrero en la cabeza y un bastón en la mano.

Era Jeremiah el buhonero. Me alegré tanto de ver un rostro de tiempos mejores que dejé caer al suelo los guisantes que guardaba en el delantal, lo saludé con la mano y salí a su encuentro corriendo por el camino. Era un viejo amigo, o eso pensaba yo entonces. Cuando estás en un nuevo país, los amigos no tardan en convertirse en viejos amigos.

Bueno, Grace, me dijo, aquí me tienes, ya te dije que vendría.

Me alegro mucho de verte, Jeremiah, le contesté.

Lo acompañé a la puerta de atrás de la casa y le pregunté: ¿qué traes hoy? Siempre me había gustado ver el contenido del fardo de un buhonero, aunque la mayoría de las bagatelas no estuviera a mi alcance.

¿Es que no vas a invitarme a entrar en la cocina para que pueda resguardarme de este sol y estar en un sitio fresquito, Grace?, me preguntó. Recordé que ésa era la costumbre en casa de la esposa del concejal Parkinson, y así lo hice. Una vez dentro le indiqué que se sentara junto a la mesa de la cocina y le ofrecí un poco de cerveza floja de la despensa, un vaso de agua fría y una rebanada de pan con queso. Después empecé a trajinar de un lado para otro, ya que me pareció que él era algo así como un invitado y yo tenía que comportarme como una anfitriona hospitalaria. Para hacerle compañía, yo también me tomé un vaso de cerveza.

A tu salud, me dijo él. Le di las gracias y le devolví el brindis. ¿Estás contenta aquí?, me preguntó.

La casa es muy bonita, le contesté, tiene muchos cuadros y hasta un piano. No me gustaba hablar mal de nadie y mucho menos de mis amos.

Pero todo esto es demasiado tranquilo y apartado, insistió él, mirándome con sus ojos vivos y brillantes, tan oscuros como las moras y más perspicaces que los de la mayoría de la gente. Comprendí que estaba tratando de leerme el pensamiento, pero con buen fin, pues a mi entender siempre me había tratado con gran consideración.

Sí, es muy tranquilo, dije, y además el señor Kinnear es un caballero muy liberal.

Y tiene las aficiones propias de un caballero, replicó él, con una mirada intencionada. Dicen por ahí que le gustan las criadas, sobre todo las que tiene más cerca en casa. Espero que no acabes como Mary Whitney.

Experimenté un sobresalto al oír sus palabras, dado que yo creía ser la única persona que sabía la verdad sobre lo ocurrido y sobre la identidad del caballero y lo cerca que éste se encontraba en la casa, y yo jamás le había dicho nada a nadie.

¿Cómo lo has adivinado?, le pregunté.

Se apoyó el dedo en la parte lateral de la nariz para invitarme al silencio y la prudencia y contestó: el futuro está oculto en el presente para quienes lo saben leer. Y, puesto que ya estaba al corriente de tantas cosas, me desahogué con él y le referí todo lo que le he contado a usted, señor, incluso lo de que había oído la voz de Mary y me había desmayado y después andaba por la casa sin recordar nada de lo ocurrido; omitiendo lo del médico, pues pensé que a Mary no le hubiera gustado que lo contara. Pero creo que él lo adivinó, porque tenía una capacidad extraordinaria para intuir las cosas, aunque éstas no se expresaran en voz alta.

Es una historia muy triste, dijo Jeremiah cuando terminé. En cuanto a ti, Grace, más vale prevenir que curar. Sabes que Nancy era la criada de la casa no hace mucho tiempo y se encargaba de hacer todas las tareas duras y desagradables que tú cumples ahora.

El comentario era tan directo que bajé los ojos. No lo sabía, dije.

Cuando un hombre adquiere una costumbre, le cuesta mucho cambiar, añadió él. Es como un perro que se vuelve malo. En cuanto mata una oveja, le coge el gusto y tiene que matar otra.

Has viajado mucho, comenté para cambiar de tema, pues no me gustaba que me hablara de matar y de todo eso.

Pues sí, dijo, siempre ando de un lado para otro. Hace poco estuve en los Estados Unidos, donde puedo comprar las cosas más baratas para venderlas más caras aquí, ya que así es como nos ganamos el pan los buhoneros. Tenemos que pagarnos el cuero de los zapatos que gastamos.

¿Y qué tal es aquello?, le pregunté. Algunos dicen que se está mejor que aquí.

Pues no hay gran diferencia, contestó. Hay bribones y sinvergüenzas por todas partes, pero allí utilizan un lenguaje distinto para disculparse y hablan mucho de democracia, de la misma manera que aquí se habla del justo orden de la sociedad y de la fidelidad a la reina; aunque el pobre es pobre en todas partes. Sin embargo, cuando cruzas la frontera es como si traspasaras el aire: no se nota, pues los árboles son los mismos a ambos lados. Suelo pasar a través del bosque y generalmente de noche, porque pagar derechos de aduana por mi mercancía me resultaría una molestia y además, les tendría que subir el precio a las buenas clientas como tú, me dijo con una sonrisa.

¿Pero eso no es quebrantar la ley?, le pregunté. ¿Qué te pasaría si te pillaran?

Las leyes están para ser quebrantadas, contestó, y estas leyes no las hice yo y no son mías sino de las autoridades, que las hacen para su propio provecho. No hago ningún mal a nadie. El hombre de temple es aficionado a los desafíos y gusta de superar en ingenio a los demás. En cuanto a la posibilidad de que me atrapen, soy un viejo zorro y llevo demasiados años en eso. Además, soy un hombre de suerte, tal como se lee en la palma de mi mano. Me mostró la cruz de la palma de su mano derecha y la de la izquierda, ambas en forma de X y me explicó que gozaba de protección tanto despierto como dormido y que la mano izquierda era la de los sueños. Me miré las manos, pero no vi en ellas ninguna cruz.

La suerte se puede acabar, le dije. Confío en que tengas cuidado.

Pero ¿cómo, Grace? ¿te preocupas por mi seguridad?, me preguntó sonriendo. Yo bajé los ojos. En realidad, añadió hablando más en serio, estoy pensando en dejar este trabajo, porque ahora hay más competencia que antes y, con la mejora de los caminos, la gente se traslada a las ciudades para hacer sus compras en lugar de quedarse en casa y comprarme las cosas a mí.

Me entristecí al pensar en la posibilidad de que dejara la venta ambulante, pues, si lo hiciera, ya no nos visitaría con su fardo. Pero ¿qué harías entonces?, le pregunté.

Iría a las ferias, me contestó, sería un tragafuegos o un adivino de enfermedades, practicaría el mesmerismo y el magnetismo, que siempre llaman la atención. De joven me asocié con una mujer que conocía el paño, pues eso se suele hacer en pareja. Yo me encargaba de llamar a la gente y de pasar el plato, y ella era la que se cubría con un velo de muselina, entraba en trance, hablaba con voz hueca y le decía a la gente lo que le ocurría, a cambio de una tarifa, claro. Con eso nunca fallas pues, como la gente no puede ver lo que tiene dentro del cuerpo, ¿quién va a decir si tienes razón o te equivocas? Pero la mujer se cansó del trabajo o a lo mejor se cansó de mí; y se fue Misisipí abajo en uno de aquellos barcos. Podría convertirme en predicador, añadió. Al otro lado de la frontera hay más demanda de eso que aquí, sobre todo en verano, cuando los sermones se pronuncian al aire libre o en unas tiendas. A la gente le encanta sufrir ataques, adquirir el don de lenguas y ser salvada una vez cada verano o más de una si se tercia. Y está dispuesta a expresar su gratitud por medio de una generosa dádiva. Es una línea de actuación muy prometedora y, si se hace bien, resulta mucho más rentable que lo que hago ahora.

No sabía que fueras religioso, le dije.

Y no lo soy, admitió; pero que yo sepa, no hace falta serlo. Muchos de los predicadores de allí tienen menos fe en Dios que una piedra.

Le dije que aquello no me parecía nada bien, pero él se echó a reír. Mientras le des a la gente lo que quiere, ¿qué más da?, me replicó. Yo se lo daría a espuertas. Un predicador sin fe pero con buenos modos y una voz agradable es capaz de convertir a más personas que un necio de cara avinagrada y manos flojas, por muy piadoso que sea. Adoptó una postura solemne y dijo con voz sonora: los que poseen una fe sólida saben que en las manos del Señor hasta una frágil vasija tiene utilidad.

Veo que ya lo tienes muy estudiado, señalé, pues hablaba exactamente como un predicador. Volvió a reírse, pero de pronto adoptó un semblante más serio y se inclinó sobre la mesa. Creo que tendrías que venirte conmigo, Grace, me dijo. Tengo un mal presentimiento.

¿Irme de aquí? ¿Qué quieres decir?

Estarías más segura conmigo que aquí, me contestó.

Un estremecimiento me recorrió el cuerpo, porque era algo muy parecido a lo que yo sentía, sólo que hasta entonces no me había dado cuenta. Pero ¿qué iba a hacer yo?, pregunté.

Viajarías conmigo, me contestó. Podrías ser una adivina de enfermedades. Yo te enseñaría y te instruiría en lo que deberías decir y te colocaría en estado de trance. Veo por tu mano que tienes talento para eso; si te soltaras el cabello, tendrías un aspecto ideal. Te aseguro que conseguirías más dinero en dos días de lo que ganas fregando suelos en dos meses. Tendrías que cambiarte el nombre, claro; algo francés o extranjero, pues a la gente de este lado del océano le resultaría difícil creer que una mujer con el vulgar nombre de Grace pudiera estar dotada de poderes misteriosos. Para ellos lo desconocido es siempre más prodigioso que lo conocido, y también más convincente.

¿No sería un engaño y una estafa?, pregunté. No más que el teatro, contestó Jeremiah. Si la gente quiere creer una cosa, y la anhela con toda su alma y desea que sea cierta, ¿crees que es un engaño ayudarla a fortalecer su fe por medio de algo tan insignificante como un nombre? ¿No es más bien una muestra de caridad y de bondad humana? Planteado así, la cosa sonaba mejor.

Le dije que el hecho de cambiar de nombre no me supondría ningún problema, siendo así que no apreciaba demasiado mi apellido por ser el de mi padre. Pues entonces vamos a sellar el trato con un apretón de manos, me dijo sonriendo.

No le ocultaré, señor, que la idea me parecía muy tentadora, porque Jeremiah era un hombre muy apuesto con unos preciosos ojos oscuros y los dientes muy blancos; además, yo recordaba que el hombre con quien supuestamente me tenía que casar llevaba un nombre que empezaba por jota. También pensaba en el dinero que podría ganar y en la ropa que me podría comprar. Quizá podría comprarme incluso unos pendientes de oro; y vería otros muchos lugares y otras ciudades y no tendría que hacer las duras y agotadoras tareas de siempre. Después recordé lo que le había ocurrido a Mary Whitney y pensé que, aunque Jeremiah pareciera muy amable, a veces las apariencias engañan, tal como ella había descubierto para su desgracia. ¿Y si las cosas fueran mal y yo me quedara en la estacada en un lugar desconocido?

Entonces ¿quieres decir que nos casaríamos?, le pregunté.

¿Y eso para qué?, me replicó. A mi entender el matrimonio nunca sirve de nada, pues si los dos quieren permanecer juntos, permanecen, y si no, uno de ellos se va y ahí acaba todo.

Aquellas palabras me alarmaron. Creo que será mejor que me quede aquí, dije. En cualquier caso, soy demasiado joven para casarme.

Piénsalo bien, Grace, me dijo. Yo te aprecio y estoy dispuesto a ayudarte y a cuidar de ti. Te digo de verdad que aquí te acechan muchos peligros.

En aquel momento McDermott entró en la cocina y yo me pregunté si habría estado escuchando detrás de la puerta y durante cuánto rato, ya que parecía furioso. Le preguntó a Jeremiah quién demonios era y qué demonios estaba haciendo en la cocina.

Yo le expliqué que Jeremiah era un buhonero a quien yo conocía de antes. McDermott echó un vistazo al fardo —que Jeremiah había abierto mientras hablábamos, aunque sin sacar su contenido— y dijo que todo aquello estaba muy bien, pero que el señor Kinnear se enfadaría si averiguaba que yo había malgastado su excelente cerveza y su queso con un bribón de buhonero. Lo dijo no porque le importara lo que pudiera pensar el señor Kinnear, sino para ofender a Jeremiah.

Yo le repliqué que el señor Kinnear era un hombre de talante generoso y no le negaría a un hombre honrado una bebida fresca en un caluroso día de verano. McDermott me miró con semblante enfurecido, pues no le gustaba que yo elogiara al señor Kinnear.

Entonces Jeremiah, para calmar los ánimos y preservar la paz, dijo que tenía unas camisas usadas de muy buena calidad que además eran una ganga y eran justo de la talla de McDermott. A pesar de los murmullos de protesta de McDermott, Jeremiah sacó las camisas y ponderó sus cualidades; yo sabía que McDermott necesitaba unas cuantas camisas nuevas, pues una se la había roto sin posibilidad de arreglo y otra se le había llenado de moho por haberla dejado tirada por ahí de cualquier manera tras habérsela quitado húmeda y sucia. Vi que el tema le interesaba y le acerqué en silencio una jarra de cerveza.

Se veían unas iniciales, H. C., bordadas en las camisas, y Jeremiah dijo que habían pertenecido a un valiente soldado que no había muerto, pues trae mala suerte ponerse la ropa de un muerto, y a continuación indicó el precio de las cuatro. McDermott dijo que sólo podía comprarse tres, regateó un poco y, al final, Jeremiah convino en venderle las cuatro por el precio de tres, pero ni un penique menos, porque aquello era un auténtico atraco; como las cosas siguieran de aquella manera sería la ruina. McDermott pareció alegrarse de haber encontrado semejante ganga. Sin embargo, yo vi por el parpadeo del ojo de Jeremiah que éste fingía haberse dejado estafar por McDermott cuando en realidad acababa de hacer una venta excelente.

Y éstas fueron, señor, justo las camisas de que tanto se habló en el juicio; hubo mucha confusión al respecto porque McDermott primero dijo que se las había comprado a un buhonero y después cambió y dijo que se las había vendido un soldado. En realidad, ambas afirmaciones eran ciertas y yo creo que modificó la declaración porque no quería que Jeremiah compareciera en el juicio como testigo contra él, pues sabía que, al ser amigo mío, éste me ayudaría y confirmaría el mal carácter que él tenía; o al menos eso debió de pensar McDermott. Y además, los periódicos no consiguieron establecer exactamente el número de camisas. Estas eran cuatro y no tres como dijeron ellos, porque dos de ellas estaban en el morral de McDermott y otra se encontró completamente manchada de sangre detrás de la puerta de la cocina. Era la que McDermott llevaba puesta cuando escondió el cuerpo del señor Kinnear. La cuarta la llevaba el propio señor Kinnear, pues James McDermott lo había vestido con ella. O sea que eran cuatro y no tres.

Acompañé un trecho a Jeremiah por la avenida de la entrada de la casa mientras McDermott nos miraba con una expresión siniestra y ceñuda desde la puerta de la cocina, pero a mí me traía sin cuidado lo que éste pensara pues no era mi dueño. Cuando llegó el momento de la despedida, Jeremiah me miró muy serio y me dijo que muy pronto regresaría para saber mi respuesta y que esperaba por mi bien y por el suyo que ésta fuera afirmativa. Le agradecí sus buenos deseos. El simple hecho de saber que podía irme si quería me hizo sentir más segura y también más feliz.

Cuando regresé a la casa, McDermott me dijo que ya era hora y añadió que aquel hombre no le gustaba, pues tenía pinta de extranjero y seguramente iba detrás de mí olfateándome como un perro a una perra en celo. No contesté a su comentario porque me pareció una grosería, pero me sorprendió la crudeza de su expresión. Le pedí amablemente que se retirara de la cocina porque tenía que empezar a preparar la cena.

Sólo entonces me acordé de los guisantes que había dejado caer al suelo en el huerto y salí a recogerlos.

31

Unos días más tarde recibimos la visita del médico. El doctor Reid era un anciano caballero, o eso parecía por lo menos, aunque con los médicos es difícil de saber porque siempre ponen una cara muy seria y acarrean toda suerte de dolencias en los maletines de cuero donde guardan los cuchillos, por eso se hacen viejos antes de hora. Es lo mismo que ocurre con los cuervos: cuando ves a dos o tres juntos, es que se avecina una muerte y ellos la están discutiendo. Los cuervos deciden qué partes del cuerpo van a desgarrar y con cuáles de ellas se van a quedar, lo mismo que los médicos.

No me refiero a usted, señor, pues usted no lleva maletín de cuero ni cuchillos.

Cuando vi que el médico se acercaba por el camino de la entrada en su calesa de un solo caballo, sentí que el corazón me palpitaba dolorosamente en el pecho y temí desmayarme, pero no lo hice, por cuanto me encontraba sola en la planta baja y era la responsable de llevarle al médico cualquier cosa que pidiera. Nancy no me podría ayudar, pues yacía en la cama en el piso de arriba.

La víspera yo la había ayudado a probarse el nuevo vestido que se estaba haciendo y me había pasado una hora arrodillada en el suelo con la boca llena de alfileres mientras ella daba vueltas y se miraba al espejo. Me comentó que estaba engordando demasiado y yo le dije que era bueno tener un poco de carne y no sólo la piel y los huesos, y que las jóvenes de hoy en día pasaban hambre porque estaba de moda la palidez enfermiza y se apretaban tanto los corsés que se desmayaban en cuanto alguien las miraba. Mary Whitney solía decir que a los hombres no les gustaban los esqueletos y que preferían tener algo donde agarrarse, un poco por delante y un poco por detrás y, cuanto más trasero, mejor; pero eso a Nancy no se lo dije. La tela del vestido que se estaba haciendo era un estampado estadounidense de color marfil con ramitas y capullos y tenía un corpiño terminado en punta por debajo de la cintura y una falda con tres capas de volantes. Le dije que le sentaba muy bien.

Nancy se miró al espejo frunciendo el ceño y dijo que de todos modos tenía el talle demasiado ancho; como siguiera así, necesitaría un corsé nuevo y muy pronto parecería una corpulenta pescatera.

Me mordí la lengua y no le dije que, si apartara los dedos de la mantequilla, no correría semejante peligro. Antes del desayuno se había zampado media barra de pan untada con una gruesa capa de mantequilla rematada con mermelada de ciruela. Y la víspera yo la había visto comiéndose una lonja de grasa pura recortada del jamón que había en la despensa.

Me había pedido que le ajustara un poco más el corsé y que le volviera a retocar la cintura, pero mientras yo se lo hacía, dijo que se encontraba mal. No me extrañaba, teniendo en cuenta lo que había comido, aunque lo atribuí en parte a lo mucho que la oprimía el corsé. Sin embargo, aquella mañana también había sufrido un ligero mareo o eso decía ella por lo menos, a pesar de que apenas había desayunado y aún no se había apretado el corsé. Por consiguiente, yo me estaba empezando a preguntar qué ocurría y pensaba que a lo mejor habían avisado al médico para que visitara a Nancy.

Cuando vi aparecer al médico, yo estaba en el patio

bombeando otro cubo de agua para la colada, dado que el aire era muy seco, el sol calentaba mucho y sería un buen día para secar la ropa. El señor Kinnear salió para saludar al médico, quien ató su caballo a la valla y ambos entraron en la casa por la puerta principal. Yo seguí con mi tarea y no tardé mucho en tener toda la colada tendida en las cuerdas; era una colada de ropa blanca: camisas, camisones, enaguas y cosas por el estilo, pero no sábanas. Me pasé todo el rato preguntándome qué asunto se llevarían entre manos el médico y el señor Kinnear.

Ambos habían entrado en el pequeño despacho del señor Kinnear y habían cerrado la puerta; tras pensarlo un poco, me deslicé sigilosamente en la biblioteca contigua para quitar el polvo de los libros, pero no alcancé a oír más que un murmullo de voces procedente del interior del despacho.

Pensé toda clase de desgracias como, por ejemplo, que el señor Kinnear estaba vomitando sangre y exhalando su último suspiro, por lo que me puse muy nerviosa por él. Así que, cuando oí girar el tirador de la puerta, crucé rápidamente el comedor y entré en el salón que daba a la fachada con el plumero y el trapo en la mano, pues siempre es mejor enterarse de lo peor. El señor Kinnear acompañó al doctor Reid hasta la puerta principal y el médico dijo que estaba seguro de que podrían disfrutar de la compañía del señor Kinnear durante muchos años y que el señor Kinnear había leído demasiadas publicaciones de medicina que le habían hecho ver dolencias imaginarias; que no tenía nada que no se pudiera resolver con una dieta saludable y un horario regular, aunque, por el bien de su hígado, debería limitar el consumo de bebida. Aquellas palabras me tranquilizaron, pero aun así pensé que, a lo mejor, eran las cosas que un médico le dice a un moribundo para evitarle preocupaciones.

Miré cautelosamente a través de la ventana lateral del salón. El doctor Reid se acercó a su calesa y, de repente, apareció Nancy envuelta en un chal y con el cabello suelto y empezó a conversar con él. Debía de haber bajado sigilosamente por la escalera sin que yo la oyera, lo que significaba que tampoco quería que la oyera el señor Kinnear. Pensé que a lo mejor quería saber qué le ocurría al señor Kinnear, pero después se me ocurrió que quizá deseaba consultar algo acerca de su repentina dolencia.

El doctor Reid se alejó en su carruaje y Nancy se volvió hacia la parte posterior de la casa. Oí que el señor Kinnear la llamaba desde la biblioteca, pero, como ella aún estaba fuera y quizá no quería que él supiera lo que había hecho, yo misma acudí a su llamada. El señor Kinnear presentaba el mismo aspecto que de costumbre. Estaba leyendo uno de los ejemplares de *The Lancet* que se amontonaban en un estante. A veces yo también los hojeaba cuando limpiaba la estancia, aunque apenas entendía nada de lo que allí se decía, como no fuera que algunas cosas se referían a funciones corporales que no deberían mencionarse en letra impresa ni siquiera utilizando todos aquellos nombres tan estrambóticos.

Bueno, Grace, dijo el señor Kinnear, ¿dónde está tu ama?

Le contesté que no se encontraba muy bien y estaba descansando en el piso de arriba, pero que si él necesitaba algo, yo lo podría servir. Dijo que quería un café si no era mucha molestia. Le contesté que no pero que tardaría un poquito pues tendría que volver a encender el fuego. Me pidió que, cuando estuviera listo, se lo sirviera y me dio las gracias como siempre.

Crucé el patio para dirigirme a la cocina de verano y encontré a Nancy sentada junto a la mesa muy pálida, con aspecto triste y cansado. Le expresé mi deseo de que ya se encontrara mejor y me contestó que así era en efecto. Después, al verme avivar el fuego ya casi apagado, me preguntó qué estaba haciendo. Le expliqué que el señor Kinnear me había pedido que le hiciera un poco de café.

Pero si el café siempre se lo sirvo yo, dijo Nancy. ¿Por qué te lo ha pedido a ti?

Le contesté que seguramente porque ella no estaba presente. simplemente quería ahorrarle trabajo, contesté, sabiendo que estaba indispuesta.

Yo se lo llevaré, dijo. Por cierto, Grace, esta tarde me gustaría que fregaras este suelo. Mira qué sucio, ya estoy harta de vivir en una pocilga.

Pensé que la suciedad del suelo no tenía nada que ver, sino que más bien Nancy me quería castigar por haber entrado en el despacho del señor Kinnear. Me pareció una injusticia, porque yo sólo pretendía ayudarla.

Aunque el día había amanecido claro y despejado, al mediodía la atmósfera se volvió sofocante y desagradable. No soplaba la menor brisa, el aire era húmedo y el cielo estaba cubierto por unas nubes de un sombrío color gris amarillento, aunque por detrás de ellas seguía estando claro como si fuera de metal calentado y ofrecía un aspecto siniestro y amenazador. A veces, cuando hace este tiempo, resulta difícil respirar. Sin embargo, a media tarde, a la hora en que, si las cosas se hubieran desarrollado como de costumbre, yo quizás hubiera estado sentada en el patio para aspirar una bocanada de aire fresco mientras remendaba la ropa y me tomaba un pequeño descanso, pues me pasaba casi todo el día de pie, tuve que arrodillarme para fregar el suelo de piedra de la cocina. Reconozco que estaba sucio y había que limpiarlo, pero lo hubiera podido hacer cuando refrescara un poco, ya que en aquellos momentos el suelo estaba tan caliente que en él se hubiera podido freír un huevo y el sudor brotaba de mi piel tal como el agua se escapa de las plumas de un pato, si me permite usted la expresión, señor. Me preocupaba mucho más la carne guardada en la despensa, pues había más moscas que de costumbre zumbando a su alrededor. Yo que Nancy jamás hubiera pedido que nos trajeran un pedazo tan grande de carne en un día tan caluroso como aquél; estaba segura de que iba a estropearse y sería una pena y un desperdicio. Hubieran debido guardarla en el sótano para que estuviera más fresca. Pero sabía que de nada habría servido que yo le diera consejos a Nancy pues sólo hubiera conseguido que ella los rechazara.

El suelo estaba tan sucio como el de un establo; me pregunté cuándo le habrían dado un buen baldeo por última vez. Primero le di una barrida, claro, y luego empecé a fregarlo como Dios manda, o sea descalza y sin medias, arrodillada sobre unos trapos viejos para amortiguar un poco la dureza de la piedra, porque para hacer un buen trabajo tienes que entregarte a fondo, con las mangas recogidas por encima del codo y la falda y las enaguas entre las piernas y remetidas en el cinto del delantal, que es lo que se hace, señor, para proteger las medias y la ropa, como muy bien sabe cualquier persona que haya fregado el suelo. Tenía un buen cepillo de cerdas duras para frotar y un trapo viejo para secar, y trabajaba retrocediendo desde el rincón del fondo hacia la puerta, porque para este tipo de trabajo, señor, hay que procurar no acabar acorralada en un rincón.

Oí que alguien entraba en la cocina a mi espalda. Había dejado la puerta abierta para que penetrara el poco aire que había y así el suelo se secara más rápido. Supuse que sería McDermott.

No me pises el suelo limpio con las cochinas botas, le dije sin dejar de fregar.

No contestó pero tampoco se fue. Se quedó en la puerta y entonces pensé que me estaría mirando los sucios tobillos y las piernas desnudas y, si usted me disculpa, señor, el trasero que se movía hacia delante y hacia atrás siguiendo el ritmo del fregado como un perro que meneara los cuartos traseros.

¿Es que no tienes nada mejor que hacer?, le pregunté. No te pagan para que te quedes aquí mirando. Volví la cabeza para mirarlo por encima del hombro y vi que no era McDermott, sino nada menos que el señor Kinnear con una sonrisa irónica en los labios, como si aquello le pareciera un chiste muy gracioso. Me levanté apresuradamente y me alisé la falda hacia abajo con una mano sin soltar el cepillo que sostenía en la otra mientras el agua sucia me chorreaba sobre el vestido.

Disculpe, señor, murmuré. Pero pensé para mis adentros: ¿por qué no habrá tenido la honradez de decirme quién era?

No te preocupes, me dijo, un gato puede contemplar a una reina; justo en aquel momento entró Nancy con la cara más blanca que la tiza; parecía mareada, pero sus ojos eran tan afilados como agujas.

¿Qué ocurre? ¿Qué estás haciendo aquí? Me lo decía a mí, aunque se refería a él.

Fregando el suelo, contesté. Tal como usted me mandó hacer. ¿Qué habrá pensado que estoy haciendo?, me pregunté. ¿Bailando?

A mí no me repliques, dijo Nancy, ya estoy harta de tu insolencia. Pero no era cierto, me había limitado a contestar a su pregunta.

El señor Kinnear dijo como en tono de disculpa —pero ¿qué había hecho él?—: sólo quería otra taza de café.

Yo la preparo, dijo Nancy. Puedes retirarte, Grace.

¿Adónde quiere que vaya, señora?, pregunté. No había terminado de fregar el suelo.

A cualquier sitio con tal de que salgas de aquí, contestó Nancy muy enojada conmigo. Y, por el amor de Dios, recógete el pelo, añadió. Pareces una zarrapastrosa.

Estoy en la biblioteca, dijo el señor Kinnear, retirándose.

Nancy avivó el fuego como si lo apuñalara. Cierra la boca, te van a entrar las moscas. Y por tu bien, te aconsejo que en el futuro la mantengas cerrada.

Tuve ganas de arrojarle el cepillo de fregar y el cubo de agua sucia de propina. Me la imaginé de pie con el cabello cayéndole sobre el rostro como alguien que se hubiera ahogado.

Pero de pronto comprendí lo que le ocurría. Lo había visto muy a menudo. Comer cosas raras a deshora, el mareo, el color verdoso que le rodeaba la boca, la manera en que se estaba hinchando como una uva pasa en agua caliente, sus rarezas y su irritación. Se encontraba en estado interesante. Estaba embarazada. Tenía problemas.

Me la quedé mirando con la boca abierta como si me acabaran de propinar un puntapié en el estómago. Oh, no, oh, no, pensé. Sentí el corazón martilleándome en el pecho. No puede ser.

Aquella noche el señor Kinnear se quedó en casa y cenó con Nancy en el comedor, donde yo les serví la cena. Estudié el rostro del señor Kinnear tratando de descubrir en él algún indicio de que conocía el estado de Nancy, pero no vi ninguno. ¿Qué haría cuando se enterara?, me pregunté. Dejarla plantada. Casarse con ella. No tenía ni idea, pero ninguno de aquellos dos futuros me gustaba. No le deseaba ningún mal a Nancy y no quería que la echaran y la dejaran abandonada en el camino para que fuera presa de los bribones que acertaran a pasar por allí, pero al mismo tiempo me parecía injusto que acabara convirtiéndose en una respetable dama casada con una sortija en el dedo y, encima, rica. No estaría nada bien. Mary Whitney había hecho lo mismo que ella y había muerto. ¿Por qué tenía una que recibir una recompensa y la otra ser castigada por el mismo pecado?

Cuando ellos pasaron al salón quité la mesa como de costumbre. Hacía un calor tan sofocante como en un horno y unas nubes grises ocultaban la luz a pesar de que aún no se había puesto el sol; reinaba un silencio casi sepulcral, no se percibía el menor soplo de viento y unos relámpagos de calor parpadeaban en el horizonte sobre el trasfondo de un lejano retumbo de truenos. Cuando hace este tiempo hasta oyes los latidos de tu propio corazón; es como permanecer escondida esperando a que alguien te encuentre sin saber quién será esta persona. Encendí una vela para poder ver la comida de mi cena que tomé en compañía de McDermott. Era rosbif frío, pues no soportaba la idea de cocinar nada caliente. Lo tomamos en la cocina de invierno acompañándolo con cerveza, un poco de pan todavía fresco y crujiente y una o dos lonchas de queso. Después fregué los cacharros de la cena, los sequé y los guardé.

McDermott estaba limpiando los zapatos. Se había pasado toda la cena mirándome enfurruñado tras haberme preguntado por qué no podíamos tomar un guiso como es debido, por ejemplo, unos bistecs con guisantes como los que se habían comido los otros. Le contesté que los guisantes no crecían en los árboles y que él ya tendría que saber quién los iba a probar primero, pues sólo había cantidad suficiente para dos raciones; y además, yo era la criada del señor Kinnear y no la suya. Entonces él me dijo que, si fuera la suya, no duraría mucho en la casa, pues era una bruja protestona y para eso el único remedio era el extremo de un cinturón. Le repliqué que a palabras necias, oídos sordos.

Oí la voz de Nancy desde el salón y pensé que debía de estar leyendo algo en voz alta. Le encantaba hacerlo y le parecía un detalle elegante, pero siempre fingía que se lo pedía el señor Kinnear. Yo la oía porque tenían la ventana del salón abierta a pesar de que de esta manera entrarían polillas.

Encendí otra vela y le dije a McDermott que me iba a dormir. Me contestó con un simple gruñido, tomó su propia vela y salió al patio. En cuanto se fue, abrí la puerta que daba al pasillo y miré. El globo de la lámpara arrojaba un charco de luz sobre el suelo del pasillo a través de la puerta entornada y la voz de Nancy llegaba hasta el vestíbulo.

Dejé la vela encima de la mesa de la cocina, avancé sigilosamente por el pasillo y me pegué a la pared. Quería oír qué relato estaba leyendo Nancy. Era *La dama del lago*, que Mary Whitney y yo habíamos leído juntas en otros tiempos. Me entristecí al recordarlo. Nancy leía bastante bien aunque un poco despacio y de vez en cuando tropezaba con las palabras.

La pobre loca había recibido un disparo por error y se moría recitando varios versos de un poema. Me parecía un pasaje muy triste, pero el señor Kinnear no era de la misma opinión, ya que comentó que hubiera sido muy raro que alguien pudiera recorrer un solo centímetro de un romántico paisaje escocés sin que se le acercara alguna loca, porque tales mujeres siempre tenían la mala costumbre de plantarse de repente delante de unas flechas y unas balas que no les estaban destinadas, cosa que por lo menos tenía el mérito de poner fin a sus desdichas y a sus quejumbrosos maullidos; o se arrojaban constantemente al océano, a tal ritmo que el mar no tardaría en llenarse de cuerpos ahogados, cosa que constituiría un grave peligro para la navegación. Entonces Nancy le dijo que no tenía sentimientos y él contestó que no, pero que era bien sabido que sir Walter Scott ponía tantos cadáveres en sus libros para complacer a las damas, pues éstas quieren sangre y nada las deleita más que un cadáver lleno de verdugones.

Nancy le dijo entre risas que se estuviera quieto y se comportara si no quería que ella lo castigara, dejara de leer y, en su lugar, se pusiera a tocar el piano. El señor Kinnear se echó a reír y dijo que era capaz de resistir cualquier tortura menos aquélla. Se oyó el sonido de un ligero sopapo y un crujido de ropa y entonces yo llegué a la conclusión de que Nancy se había sentado sobre las rodillas del amo. Hubo una pausa de silencio hasta que el señor Kinnear le preguntó a Nancy si el gato se le había comido la lengua y por qué estaba tan pensativa.

Me incliné hacia delante pues pensé que ella le iba a revelar su estado, en cuyo caso yo sabría por dónde irían las cosas. Pero Nancy no le dijo nada. En su lugar, le comentó que estaba preocupada por los criados.

El señor Kinnear quiso saber por cuáles y Nancy le contestó que por los dos. El señor Kinnear soltó una carcajada y dijo que en la casa había tres criados y no dos, teniendo en cuenta que ella también era una criada. Nancy le dio las gracias por recordárselo y le anunció que debía retirarse pues tenía cosas que hacer en la cocina. Oí otro crujido de tela y también sus forcejeos al intentar levantarse. El señor Kinnear volvió a reírse y le dijo que se quedara donde estaba, porque él era el amo y se lo mandaba. Nancy replicó con amargura que suponía que para eso le pagaban. Él trató de tranquilizarla y le preguntó qué la preocupaba de los criados. ¿Hacen su trabajo?, preguntó. Eso es lo más importante, dijo. Le era indiferente quién le limpiara las botas siempre y cuando se las limpiaran. Pagaba buenos salarios y a cambio esperaba recibir un buen servicio.

Sí, contestó Nancy, hacían su trabajo pero, en el caso de McDermott, sólo porque ella le estaba siempre encima con el látigo a punto. Sin embargo, él le había contestado con insolencia tras recibir una reprimenda por su holgazanería y ella lo había despedido. El señor Kinnear dijo que McDermott era un bribón malcarado que jamás le había gustado. ¿Qué me dices de Grace?, preguntó después. Presté atención para oír la respuesta de Nancy.

Nancy contestó que yo era rápida y diligente en mi trabajo, pero que últimamente me había vuelto muy respondona y añadió que estaba pensando en la posibilidad de despedirme. Al oírlo, noté que me ardía la cara. Comentó que había algo en mí que la inquietaba; temía que no estuviera en mi sano juicio, pues me había oído hablar sola varias veces.

El señor Kinnear se rió y dijo que eso no era nada; él también hablaba solo muchas veces porque era un conversador extraordinario. Señaló que yo era una chica muy guapa con una elegancia innata y un perfil griego precioso y que, si me vistieran como es debido y me dijeran que levantara bien la cabeza y mantuviera la boca cerrada, cualquier día de éstos él me podría hacer pasar por una dama.

Nancy le dijo que esperaba que jamás me hiciera aquellos comentarios tan halagadores, pues se me subirían los humos a la cabeza y se me ocurrirían ideas impropias de mi condición, cosa que no me haría ningún favor. Después le reprochó que jamás hubiera expresado unas opiniones tan halagadoras acerca de ella; él le contestó algo que yo no llegué a oír y hubo más crujidos de tela. A continuación, el señor Kinnear dijo que ya era hora de acostarse. Regresé rápidamente a la cocina y me senté junto a la mesa, pues hubiera sido fatal que Nancy me sorprendiera escuchando.

Pero seguí haciéndolo cuando ellos ya estaban arriba. Oí al señor Kinnear diciendo: sé que estás escondida, sal ahora mismo, niña mala, y haz lo que te digo, de lo contrario, tendré que ir a buscarte y, como lo haga...

Después oí una carcajada de Nancy y un gritito.

Los truenos sonaban cada vez más cerca. Nunca me han gustado las tormentas y entonces tampoco me gustaban. Cuando me fui a dormir, cerré bien las persianas para que el ruido de los truenos no molestase y me tapé la cabeza con los cobertores a pesar del calor que hacía; pensé que no conseguiría conciliar el sueño. Pero al final me dormí. Un tremendo fragor que parecía el de la llegada del fin del mundo me despertó en medio de la negra oscuridad. Se había desencadenado una impresionante tormenta cuyo rugido y estruendo me aterrorizaban; permanecí encogida en la cama rezando para que terminara y cerrando los ojos para no ver los destellos de luz que penetraban a través de las rendijas de las persianas. Caía un fuerte aguacero y la casa azotada por el viento crujía como si le rechinaran los dientes. Yo estaba segura de que de un momento a otro nos partiríamos por la mitad como un barco en el mar y nos hundiríamos en la tierra. Inmediatamente después oí que una voz me susurraba al oído: no puede ser. Eso debió de causarme un ataque de pánico pues a continuación perdí totalmente el conocimiento.

Después tuve un sueño muy raro. Soñé que cesaba la tormenta y que yo me levantaba de la cama en camisón, abría la puerta del cuarto, me dirigía descalza a la cocina de invierno y salía al patio. Las nubes se habían disipado, la luna brillaba en todo su esplendor y las hojas de los árboles parecían plateadas plumas de ave. El aire era más fresco, como de terciopelo; oí el canto de los grillos, noté el perfume del huerto mojado y el penetrante olor del gallinero y también capté los suaves relinchos de *Charley*, señal de que éste había percibido la proximidad de una persona. Me detuve en el patio al lado de la bomba de agua mientras la luz de la luna me caía encima como si fuera agua. Me había quedado petrificada.

De pronto, dos brazos me rodearon por la espalda y empezaron a acariciarme. Eran los brazos de un hombre. Sentí la boca del hombre besándome ardientemente la nuca y la mejilla, y su cuerpo comprimido contra mi espalda; pero era algo así como el juego infantil de la gallinita ciega, porque no sabía quién era y no podía volverme para mirar. Aspiré un olor a polvo del camino y a cuero y pensé que a lo mejor era Jeremiah el buhonero; después aspiré un olor a excremento de caballo y pensé que era

McDermott. Sin embargo, no podía darme la vuelta para apartarlo. Después el olor cambió de nuevo y se convirtió en un aroma a tabaco y a jabón de afeitar del bueno, como el que usaba el señor Kinnear; no me extrañó demasiado porque ya lo estaba medio esperando. La boca del desconocido me seguía besando la nuca y yo sentía su aliento en mi pelo. Después me pareció que no era ninguno de aquellos tres hombres sino otro, alguien a quien yo conocía muy bien ya de niña pero del que me había olvidado: no era la primera vez que me encontraba en semejante situación con él. Sentí que una suave sensación de calor y soñolienta languidez se apoderaba de mí y me instaba a ceder y entregarme, porque tal cosa me hubiera sido más fácil que resistir.

Después volví a oír el relincho del caballo y comprendí que no era *Charley* ni el potro de la cuadra, sino otro caballo totalmente distinto. Me invadió un profundo temor, el cuerpo se me enfrió por completo y me quedé paralizada por el miedo, pues sabía que no era un caballo terrenal sino el pálido caballo que nos será enviado el Día del Juicio y que su jinete era la Muerte; la que se encontraba a mis espaldas era la Muerte, rodeándome con unos brazos tan fuertes como si fueran dos barras de hierro mientras su boca sin labios me besaba la nuca, como si estuviera enamorada de mí. Sin embargo, junto con el temor, yo experimentaba también un extraño anhelo.

Entonces salió el sol, pero no poco a poco, tal como ocurre cuando estamos despiertos, señor, sino todo de golpe con un gran estallido de luz. De haber sido un sonido, hubiera sido como el de muchas trompetas juntas. Los brazos que me rodeaban se desvanecieron y la luz me deslumbró, pero, al levantar los ojos, vi que en los árboles que crecían junto a la casa y también en los árboles frutales del huerto se encontraban posados varios pájaros gigantescos tan blancos como el hielo. El espectáculo era siniestro y aterrador, pues parecía que los pájaros estuvieran a punto de pegar un salto y sembrar la destrucción; en eso eran como cuervos, sólo que de color blanco. Sin embargo, a medida que se me aclaraba la vista, me fui dando cuenta de que no eran pájaros. Tenían forma humana y eran los ángeles cuyas blancas vestiduras estaban teñidas de sangre, tal como se dice al final de la Biblia, y presidían en silencio un juicio contra la casa del señor Kinnear y todos sus moradores. Después vi que no tenían cabeza.

En aquel momento perdí el conocimiento de puro terror y, al volver en mí, me encontré en la cama de mi cuartito con el *quilt* subido hasta las orejas. Pero al levantarme —porque ya había amanecido— descubrí que el dobladillo de mi camisa de dormir estaba mojado y que en mis pies había restos de tierra y hierba, y entonces pensé que debía de haber estado caminando fuera sin darme cuenta, tal como ya me había ocurrido una vez, el día en que murió Mary Whitney; y se me encogió el corazón.

Me vestí como de costumbre y decidí no contarle a nadie mi sueño, pues en aquella casa no había nadie en quien yo pudiera confiar. Si lo contara como advertencia, se reirían de mí. Cuando salí para llenar el primer cubo de agua en la bomba, toda la colada de la víspera había ido a parar a las copas de los árboles, empujada por el viento de la tormenta de la víspera. Había olvidado recogerla. No era propio de mí olvidar una cosa semejante, sobre todo una colada de ropa blanca en la que tanto había trabajado quitando las manchas; era otro mal presagio. Los camisones y las camisas colgados de las ramas de los árboles parecían en efecto unos ángeles sin cabeza y era como si nuestra ropa nos estuviera juzgando.

No podía sacudirme de encima la sensación de que algo malo iba a ocurrir en la casa y de que algunos de sus moradores estaban destinados a morir. Si en aquel momento se me hubiera presentado la ocasión, habría asumido el riesgo de irme con Jeremiah el buhonero. Deseaba correr tras él y ojalá lo hubiera hecho; pero no sabía adónde había ido.

El doctor Jordan escribe afanosamente como si su mano apenas pudiera seguir el ritmo de mi relato. Jamás lo había visto tan animado. Se me alegra el corazón al ver que puedo deparar un pequeño placer a otro ser humano; me pregunto qué sacará en claro de todo esto.

IX

CORAZONES Y MOLLEJAS

Por la noche vino James Walsh con su flauta y, como el señor Kinnear no estaba, Nancy sugirió: podríamos divertirnos un poco. Después se dirigió a McDermott: muchas veces has presumido de lo bien que bailas, vamos a bailar un rato. Pero él se había pasado toda la noche de muy mal humor y no quiso bailar. Sobre las diez nos fuimos a la cama. Aquella noche yo dormí con Nancy; antes de retirarnos, McDermott me dijo que había decidido matar a Nancy con un hacha cuando estuviera acostada. Le supliqué que no lo hiciera aquella noche, porque podría matarme a mí en su lugar. Maldita sea, exclamó él, pues entonces la mataré mañana muy temprano. El sábado me levanté con el alba y, cuando entré en la cocina, McDermott estaba limpiando los zapatos y el fuego ya estaba encendido. Me preguntó dónde estaba Nancy, le contesté que vistiéndose. ¿La vas a matar esta mañana?, le pregunté. Me contestó que sí. Por el amor de Dios, McDermott, le dije, no la mates en la habitación, pondrás el suelo perdido de sangre. Bueno, contestó, pues no la mataré allí, pero le daré con el hacha en cuanto salga.

Confesión de GRACE MARKS,
Star and Transcript,
Toronto, noviembre de 1843

El sótano ofrecía una imagen espeluznante [...]. [Nancy] Montgomery no estaba muerta, tal como yo creía; el golpe sólo la había aturdido, pero ahora había recuperado en parte el conocimiento y la vimos con una rodilla hincada en tierra mientras bajábamos por la escalera con la vela. No sé si nos vio pues la sangre que le bajaba por la cara debía de haberla cegado; pero sin duda nos oyó y levantó las manos como si implorara compasión.

Me volví hacia Grace. La expresión de su lívido rostro era todavía más terrible que la de aquella desventurada mujer. No lanzó ningún grito sino que se llevó la mano a la cabeza diciendo:

—Dios me condenará por eso.

—En tal caso, no tienes nada más que temer —le dije yo—. Dame ese pañuelo que llevas anudado al cuello.

Ella me lo dio en silencio. Me eché sobre el cuerpo del ama de llaves, até el pañuelo alrededor de su garganta con un solo nudo, le di a Grace un extremo y yo tiré del otro con fuerza suficiente para terminar mi horrible trabajo. Los ojos le salieron literalmente de las órbitas, emitió un gemido y todo terminó. Entonces corté el cuerpo en cuatro trozos y los cubrí con una gran tina de lavar la ropa colocada boca abajo.

JAMES MCDERMOTT
a Kenneth MacKenzie, según el relato de Susanna
Moodie, *Life in the Clearings*, 1853

[...] por tanto, la muerte de una mujer bella es indiscutiblemente el tema más poético del mundo.

EDGAR ALLAN POE,
«La filosofía de la composición», 1846

32

El calor del verano ha llegado sin previo aviso. Un día aún hacía un tiempo primaveral muy frío, soplaban ráfagas de viento, caían fuertes aguaceros y unas gélidas y distantes nubes blancas se cernían por encima del azul glacial del lago, y de repente los narcisos se marchitaron y los tulipanes abrieron sus corolas de par en par como si bostezaran; tras lo cual se les cayeron los pétalos. Los vapores de los pozos negros se elevan desde los patios traseros y los desagües, y una bruma de mosquitos se condensa alrededor de la cabeza de todos los peatones. A mediodía el aire riela como el espacio situado por encima de una parrilla caliente, el lago relumbra y sus márgenes apestan levemente a peces muertos y huevas de rana. Por la noche la lámpara de Simon sufre el acoso de las polillas que revolotean a su alrededor, y el leve toque de sus alas es como el roce de unos labios de seda.

Está aturdido por el cambio. El hecho de haber vivido en Europa, donde los cambios de estación son más graduales, le había hecho olvidar estas brutales transiciones. La ropa le pesa como si fuera un abrigo de pieles y se nota la piel constantemente húmeda. Tiene la sensación de que huele a grasa de tocino y a leche agria; o a lo mejor es su dormitorio el que huele así. Hace demasiado tiempo que no lo limpian a fondo y las sábanas no se han cambiado: aún no han encontrado una criada adecuada, aunque cada mañana la señora Humphrey le hace un detallado recuento de sus esfuerzos al respecto. Según ella, la fugitiva Dora ha estado difundiendo historias por toda la ciudad —por lo menos, entre las posibles criadas— sobre su antigua ama, señalando que ésta no le ha pagado el salario y que se encuentra en trance de ser desahuciada porque no tiene dinero; y también sobre la fuga del mayor, lo cual es todavía más vergonzoso. Por eso, le dice a Simon, es natural que ninguna criada quiera arriesgarse a servir en semejante casa. Y sonríe con tristeza.

La propia señora Humphrey ha estado preparando los desayunos que ambos comparten en la misma mesa, fue una sugerencia de su patrona que Simon aceptó, pues hubiera sido humillante que ella le subiera la bandeja a la habitación. Hoy Simon la escucha con inquieto desinterés mientras juguetea con su húmeda tostada y con el huevo que ahora se toma frito. Por lo menos con un huevo frito no hay sorpresas.

El desayuno es lo único que ella consigue hacer; sufre crisis de agotamiento nervioso y cefaleas provocadas por la reacción al sobresalto —o eso cree él y así se lo ha dicho a ella— y por la tarde ha de tenderse sin falta en la cama con la frente cubierta por un lienzo mojado que despide un intenso olor a alcanfor. Simon no puede dejar morir de hambre a su patrona, así que, a pesar de que toma casi todas las comidas en la mísera posada, de vez en cuando intenta alimentarla.

La víspera le compró un pollo a una rencorosa vieja del mercado, aunque al llegar a casa descubrió que éste había sido desplumado pero no limpiado. No podía enfrentarse con aquella tarea —jamás en su vida había limpiado un pollo— y estuvo tentado de deshacerse del cadáver avícola. Un paseo por la orilla del lago, un rápido movimiento del brazo... Pero después recordó que a fin de cuentas era sólo una disección y él había diseccionado cosas mucho peores que un pollo. En cuanto tuvo el escalpelo en la mano —conservaba los instrumentos de su antiguo oficio en su correspondiente maletín de cuero—, se sintió más tranquilo y consiguió hacer un corte impecable. Después la cosa empeoró, pero él superó la situación conteniendo la respiración. Troceó el pollo y lo frió. La señora Humphrey se acercó a la mesa comentando que se encontraba un poco mejor y comió de lo lindo para ser una persona tan frágil, pero a la hora de fregar los platos sufrió una recaída y lo tuvo que hacer Simon.

La cocina está todavía más pringosa que cuando Simon entró en ella por primera vez. Unas borras de polvo se han concentrado debajo de la cocina, hay arañas en los rincones y migas de pan al lado del fregadero; una familia de escarabajos se ha instalado en la despensa. Le alarma la rapidez con la que se hunde uno en la suciedad. Hay que hacer algo enseguida, hace falta algún esclavo o lacayo. No puede seguir viviendo solo en esa casa con la patrona: especialmente con una patrona tan trémula, que ha sido abandonada por su esposo. Si se divulga la situación y la gente empieza a hablar —por muy infundados que sean los comentarios—, puede que su reputación y su posición profesional se resientan de ello. El reverendo Verringer ha dejado muy claro que los enemigos de la Reforma utilizarán cualquier medio, por mezquino que sea, para desacreditar a sus adversarios. Además, en caso de que se produjera un escándalo, lo despedirían de inmediato.

Por lo menos podría hacer algo por el estado de la casa, haciendo acopio de toda su fuerza de voluntad. Podría barrer los suelos y la escalera y quitar el polvo de los muebles de sus habitaciones en un santiamén. Pero no podría ocultar el olor del silencioso desastre, de la lenta y desalentada ruina que surge de las fláccidas cortinas y se acumula en los almohadones y las molduras de madera. La llegada del calor veraniego lo ha empeorado todavía más. Recuerda con nostalgia el matraqueo del recogedor de basura de Dora; ha adquirido un nuevo respeto por las Doras de este mundo, pero aunque desea con toda su alma que tales problemas domésticos se resuelvan, no tiene ni la más remota idea de lo que hay que hacer para alcanzar semejante objetivo. Una o dos veces ha estado a punto de pedirle consejo a Grace Marks —cómo se contrata a una criada, cómo se limpia un pollo—, pero al final se ha echado atrás. Tiene que conservar ante la chica su posición de autoridad omnisciente.

La señora Humphrey reanuda la conversación; el tema es la gratitud que siente hacia él, el mismo que suele plantear siempre que él se toma la tostada: espera a que tenga la boca llena y se lanza. La mirada de Simon se desplaza hacia ella: el pálido óvalo de su rostro, su tirante y exangüe cabello, la envarada cintura cubierta de seda negra, los encrespados ribetes de encaje. Debajo de su rígido vestido tienen que estar los senos, no almidonados ni moldeados por un corsé, sino hechos de suave carne, con pezones; se entretiene tratando de adivinar de qué color deben de ser los pezones a la luz del sol o de una lámpara, y de qué tamaño. Unos pezones pequeños y rosados como los hocicos de los animales, de unos ratones o unos conejos tal vez; o casi rojos como las grosellas maduras; o pardos y ásperos como los casquetes de las bellotas. Observa que su imaginación recurre a referencias del bosque y a cosas duras o ágiles. En realidad, esta mujer no lo atrae: las imágenes surgen espontáneamente. Tiene la sensación de presión en los ojos; aún no le duele la cabeza, sólo siente una sorda tensión. Se pregunta si tendrá fiebre; esta mañana se ha examinado la lengua ante el espejo para ver si tenía alguna mancha reveladora o capas blanquecinas. Una lengua en mal estado parece un trozo de carne de ternera cocido: es de un blanco grisáceo y tiene una especie de telilla por encima.

No lleva una vida saludable. Su madre tiene razón, tendría que casarse. Casarse o arder, como dice san Pablo; o buscar los habituales remedios. En Kingston, como en todas partes, hay casas de mala nota, pero él no puede hacer uso de ellas tal como haría en Londres o en París. La ciudad es demasiado pequeña y él llama demasiado la atención, su situación es demasiado insegura, la mujer del alcaide demasiado mojigata y los enemigos de la Reforma demasiado ubicuos. No merece la pena correr el riesgo y en todo caso está seguro de que los burdeles serían muy deprimentes. Tristemente pretenciosos y con un mobiliario elegido según una idea nostálgica y provinciana de la seducción. Demasiados brocados y flecos. Pero también vigorosamente utilitarios, basados en el principio del rápido procesamiento tan típico de las ciudades industriales norteamericanas y destinados a la mayor felicidad del mayor número de personas posible, por mezquina y mínima que sea la calidad de dicha felicidad. Enaguas sucias, apagada piel de prostitutas tan pálida como la masa cruda de los pastelillos, tiznada por los gruesos y alquitranados dedos de los marineros y por los mejor cuidados del ocasional legislador del Gobierno que pasa por allí tímidamente de incógnito.

No le importa tener que evitar semejantes lugares. Tales experiencias agotan la energía mental.

—¿Se encuentra usted indispuesto, doctor Jordan? —pregunta la señora Humphrey, ofreciéndole una segunda taza de té que le ha llenado sin que él se la pidiera. Los ojos de la señora Humphrey permanecen inmóviles, verdes y azules como el mar, con pupilas pequeñas y negras. Simon despierta sobresaltado de sus ensoñaciones. ¿Se habrá quedado dormido?—. Se estaba comprimiendo usted la frente con la mano —añade—. ¿Acaso le duele?

Siempre que él intenta trabajar, la patrona tiene la costumbre de aparecer en su puerta para preguntarle si necesita algo. Se muestra muy solícita con él, casi tierna, pero hay en su actitud cierta adulación servil, como si temiera recibir una bofetada, un puntapié, un revés que, con temible fatalismo, sabe que acabará recibiendo tarde o temprano. Pero no de él, no de él, protesta Simon en silencio. Él es un hombre de muy buen carácter, jamás ha sido dado a las explosiones de ira, los arranques de furia o los ataques violentos. No hay noticias del mayor. Simon se imagina los pies desnudos de su patrona, finos como un caparazón de molusco, vulnerables y al descubierto, atados —¿de dónde habrá sacado semejante detalle?— con un trozo de cordel normal y corriente. Como un paquete. Si el umbral de su conciencia necesita entretenerse en la contemplación de unas posturas tan exóticas, tendría que ser capaz de adornarlas por lo menos con una cadena de plata...

Se bebe el té. Sabe a pantano, a raíces de junco. Enredadas y oscuras. Últimamente ha padecido algunos problemas intestinales y se ha estado administrando láudano; por suerte, dispone de unas buenas provisiones. Sospecha que la causa es el agua de la casa; puede que sus intermitentes actividades de hortelano cavando en el patio hayan enturbiado el pozo. Su proyecto de crear un huerto ha quedado en agua de borrajas, a pesar de que ha conseguido remover una satisfactoria cantidad de barro. Tras pasarse varios días luchando con las sombras encuentra un curioso alivio ocupando sus manos en algo real y concreto como la tierra. Sin embargo, ya está haciendo demasiado calor para eso.

—Tengo que irme —dice.

Se levanta, empuja la silla hacia atrás y se seca bruscamente la boca, fingiendo estar muy ocupado a pesar de que no tiene ninguna cita hasta la tarde. Sería de todo punto inútil permanecer en su habitación tratando de trabajar; se quedaría adormecido junto a su escritorio, pero con los oídos en estado de alerta como un gato amodorrado, atento al rumor de unas pisadas en la escalera.

Sale y empieza a pasear sin rumbo. Siente su propio cuerpo tan liviano como una vejiga, vacío de voluntad. Se deja arrastrar hacia la orilla del lago; contempla con los párpados entornados la intensa luz matinal, ve aquí y allá a los solitarios pescadores arrojando los cebos a las tibias e indolentes olas.

Cuando está en compañía de Grace, la situación mejora un poco, pues todavía se puede engañar a sí mismo esgrimiendo su sentido de la finalidad. Por lo menos Grace representa para él un objetivo o un logro. Pero hoy, mientras escucha el suave murmullo de su sincera voz, una voz como la de una niñera recitando un cuento muy apreciado y conocido, se queda casi dormido; sólo el rumor de su propio lápiz al caer al suelo lo despierta. Por un instante cree haberse quedado sordo o haber sufrido un pequeño ataque: ve que Grace mueve los labios, pero no consigue interpretar sus palabras. Sin embargo, eso no es más que una jugarreta de la conciencia pues, haciendo un esfuerzo, recuerda todo lo que ella estaba diciendo. Interponiéndose entre ambos sobre la mesa descansa un pequeño y mustio nabo blanco.

Tiene que concentrar sus fuerzas intelectuales; no puede permitirse el lujo de relajarse, ceder al letargo y soltar el hilo que ha estado siguiendo en el transcurso de las pasadas semanas, pues al final ambos se están acercando juntos al centro de la narración de Grace. Se están aproximando al confuso misterio, al área de la borradura; se están adentrando en el bosque de la amnesia, donde las cosas han perdido sus nombres. En otras palabras, están retrocediendo (día a día, hora a hora) a los acontecimientos inmediatamente anteriores a los asesinatos. Cualquier cosa que ella diga ahora puede aportar una clave; cualquier gesto; cualquier sacudida. Ella lo sabe; vaya si lo sabe. Puede que no sepa que lo sabe, pero en lo más hondo de su ser yace enterrado el conocimiento.

Lo malo es que, cuantas más cosas recuerda y refiere Grace, tanto mayores son las dificultades con que él tropieza. Tiene la sensación de que no puede estar atento a todas las piezas. Es como si ella le exprimiera la energía, utilizando las fuerzas mentales que él posee para dar forma a las figuras de su relato, tal como dicen que hacen los médiums durante sus trances. Pero eso es una tontería, claro. No tiene que dejarse arrastrar por fantasías insensatas. Aun así, había algo acerca de un hombre en la noche: ¿se le ha escapado? Uno de aquellos hombres. McDermott o Kinnear. En su cuaderno de apuntes ha anotado a lápiz la palabra «susurro» y la ha subrayado tres veces. ¿Qué quería recordar?

Mi queridísimo hijo: Me alarma no haber recibido noticias tuyas desde hace tanto tiempo. ¿Acaso estás indispuesto? Donde hay nieblas y brumas es inevitable que haya infecciones; y yo tengo entendido que la situación de Kingston es bastante mala, habiendo cerca tantos pantanos. Todas las precauciones son pocas en una ciudad de guarnición, pues tanto los soldados como los marineros tienen costumbres muy licenciosas. Espero que tengas la prudencia de permanecer en casa todo el tiempo que puedas durante este intenso calor y de no salir bajo el sol.

La esposa de Henry Cartwright ha comprado una de esas nuevas máquinas de coser domésticas para uso de sus criadas y a la señorita Cartwright le hizo tanta gracia que ella misma la ha probado y ha cosido el dobladillo de una enagua en un santiamén; ayer tuvo la amabilidad de traérmela para que viera las puntadas, pues sabe lo mucho que me interesan los inventos modernos. La máquina trabaja aceptablemente bien aunque se puede mejorar —el hilo se enreda con más frecuencia de lo que sería deseable y se tiene que cortar o desenredar—, pero semejantes aparatos nunca son perfectos al principio. La señora Cartwright dice que su marido cree que las acciones de la empresa que fabrica estas máquinas serían una excelente inversión a largo plazo. Es un padre muy afectuoso y considerado, y ha dedicado mucho tiempo a estudiar el futuro bienestar de su hija, que es el único vástago que le queda.

Pero no quiero aburrirte hablándote de dinero, pues sé que el tema te desagrada, si bien, hijo mío, el dinero es el que mantiene abastecida la despensa y es el medio necesario para alcanzar las pequeñas comodidades que señalan la diferencia entre una existencia mísera y una vida de modesta tranquilidad. Tal como tu difunto padre decía siempre, es una sustancia que no crece en los árboles...

El tiempo no transcurre a su ritmo habitual e invariable: experimenta extrañas sacudidas. Ahora se ha hecho de noche con demasiada rapidez. Simon se sienta junto a su escritorio con el cuaderno de apuntes abierto delante de él, mirando estúpidamente a través del oscuro cuadrado de la ventana. El ardiente ocaso se ha desvanecido dejando una morada tiznadura; en el aire del exterior vibran los zumbidos de los insectos y el susurro de los anfibios. Se nota todo el cuerpo hinchado como la madera bajo la lluvia. Aspira el perfume de las lilas marchitas del prado, un olor chamuscado como de piel quemada por el sol. Mañana es martes, el día en que tiene que hablar en el saloncito de la esposa del alcaide, según lo prometido. ¿Qué les va a decir? Ha de pergeñar unas cuantas notas, preparar una presentación mínimamente coherente. Pero es inútil; esta noche no consigue hacer nada que merezca la pena. No puede pensar.

Las polillas se golpean contra la lámpara. Aparta a un lado la cuestión de la reunión del martes y regresa a su carta inconclusa. «Mi querida madre. Mi salud sigue siendo excelente. Gracias por enviarme la funda bordada de reloj que te ha hecho la señorita Cartwright. Me sorprende que quieras desprenderte de ella, aunque digas que es demasiado grande para tu reloj; desde luego, es preciosa. Espero terminar muy pronto mi trabajo de aquí...»

Mentiras y evasivas por su parte e intrigas y añagazas por la de su madre.

¿Qué le importan a él la señorita Cartwright y sus interminables e infernales labores? Todas las cartas que le envía su madre incluyen noticias sobre aburridas labores de punto de aguja, costura y ganchillo. A estas horas la casa de los Cartwright debe de estar enteramente cubierta —todas las mesas, sillas, lámparas y pianos— de metros de borlas y flecos, con una flor de lana abierta en todos los rincones. ¿De veras cree su madre que le puede seducir con semejante visión de sí mismo, casado con Faith Cartwright y encadenado a un sillón a la vera del fuego, congelado en una especie de estupor mientras su querida esposa lo va envolviendo poco a poco en hilos de seda multicolores, como una oruga en su capullo o como una mosca atrapada en la telaraña?

Arruga la página y la arroja al suelo. Escribirá otra carta distinta. «Mi querido Edward. Confío en que goces de buena salud. Me encuentro todavía en Kingston, donde sigo...» ¿Sigo qué? ¿Qué está haciendo exactamente ahí? No puede mantener su habitual tono despreocupado. ¿Qué le puede escribir a Edward, qué premio o trofeo le puede mostrar? ¿Qué clave, tan siquiera? Tiene las manos vacías; no ha descubierto nada. Ha estado avanzando a ciegas, no sabe si hacia delante, sin averiguar nada como no sea que todavía no ha averiguado nada, excepto el alcance de su propia ignorancia; como esos que han buscado en vano la fuente del Nilo. Como ellos, tiene que contar con la posibilidad de la derrota. Informes sin esperanza garabateados en cortezas y enviados en unas varillas cortadas desde la impenetrable selva. «Hemos enfermado de malaria. Una mordedura de serpiente. Envíen más medicinas. Los mapas están equivocados.» No tiene nada positivo que contar.

Por la mañana se encontrará mejor. Estará más sereno. Cuando la temperatura refresque un poco. De momento, se va a la cama. En sus oídos resuena el zumbido de los insectos. El húmedo calor se posa sobre su rostro como si fuera una mano y su conciencia se enciende por un instante —¿qué está a punto de recordar?—, pero se extingue de inmediato.

Se despierta sobresaltado. Hay luz en la estancia, y una vela flotando en la puerta. Detrás de ella una figura vacilante: su patrona con bata blanca, envuelta en un chal de color claro. A la claridad de la vela su largo cabello suelto parece canoso.

Simon se sube la sábana; no lleva camisa de dormir.

—¿Qué ocurre? —pregunta.

Debería hablar en tono enojado, pero en realidad está asustado. No de ella, por supuesto. Pero ¿qué demonio está haciendo su patrona en su dormitorio? En el futuro tendrá que cerrar la puerta con llave.

—Doctor Jordan, lamento mucho molestarlo —dice ella—, pero he oído un ruido. Como si alguien intentara entrar por la ventana. Me he alarmado.

Su voz no tiembla ni se estremece. Tiene unos nervios de acero. Simon le dice que se reunirá con ella en la planta baja en cuestión de un minuto y comprobará las cerraduras y las persianas; le pide que lo espere en la habitación de la parte anterior de la casa. Se endosa con torpeza la bata que de inmediato se le pega a la húmeda piel y se dirige hacia la puerta, arrastrando los pies en medio de la oscuridad.

«Esto tiene que acabar —piensa—. Esto no puede seguir así.» Pero como no ha ocurrido nada, no puede terminar.

33

Es noche cerrada pero el tiempo sigue transcurriendo y también da vueltas y más vueltas como el sol y la luna del alto reloj del salón. Muy pronto amanecerá. Muy pronto romperá el alba. No puedo impedir que rompa, tal como siempre ha venido haciendo, y que después se quede rota y tirada por ahí; es siempre el mismo día que vuelve con absoluta precisión. Empieza con la víspera de la víspera de la víspera y después se convierte en el día propiamente dicho. Un sábado. El día que amanece. El día en que viene el carnicero.

¿Qué tendría que contarle al doctor Jordan acerca de este día? Porque ahora ya estamos llegando. Recuerdo lo que dije cuando me arrestaron, y lo que el abogado Mac-Kenzie me aconsejó que dijera, y lo que no le dije ni siquiera a él; y lo que dije en el juicio y lo que dije después, que también fue distinto. Y lo que McDermott aseguró que yo había dicho y lo que otros comentaron que yo debería haber dicho, pues siempre hay quienes te proporcionan sus propias palabras e incluso te las ponen en la boca. Ésos son como los magos que hablan en las ferias y los espectáculos y tú no eres más que su muñeco de madera. Eso fue lo que ocurrió en el juicio: yo estaba allí en el banquillo del acusado, pero hubiera podido ser de trapo, estar llena de serrín y tener una cabeza de porcelana; estaba encerrada en el interior de aquella muñeca de mí misma y mi verdadera voz no podía salir.

Dije que recordaba algunas de las cosas que yo había

hecho. Pero hay otras cosas que dijeron que hice y que yo aseguré que no recordaba en absoluto.

¿Declaró él: te vi fuera de noche en camisón bajo la luz de la luna? ¿Preguntó: a quién buscabas? ¿Era un hombre? ¿Dijo: pago buenos salarios pero quiero que me presten un buen servicio a cambio? ¿Dijo: no te preocupes, no se lo diré a tu ama, será nuestro secreto? ¿Dijo: eres una buena chica?

Es posible. O puede que yo estuviera soñando.

¿Me dijo ella: no creas que no sé lo que te propones? ¿Me dijo: te pagaré el salario el sábado y podrás irte de aquí en buena hora?

Sí. Lo dijo.

¿Y después yo me acurruqué llorando detrás de la puerta de la cocina? ¿Me tomó él en sus brazos? ¿Se lo permití yo? ¿Me preguntó él: Grace, por qué estás llorando? ¿Dije yo que ojalá Nancy se muriera?

No, seguro que no lo dije. O por lo menos no en voz alta. Y además, no deseaba en serio que se muriera. Sólo deseaba que se fuera a otro sitio, lo mismo que ella deseaba con respecto a mí.

¿Lo aparté yo a él? ¿Me dijo él: muy pronto haré que tengas mejor opinión de mí? ¿Me dijo: te contaré un secreto si prometes guardarlo? ¿Y, si no lo guardas, tu vida no valdrá nada?

Es posible.

Estoy tratando de recordar qué aspecto tenía el señor Kinnear para poder hablarle de él al doctor Jordan. Siempre se mostró amable conmigo, o al menos eso diré yo. En realidad no lo recuerdo muy bien. A pesar de todo lo que antes pensaba de él, ahora se ha esfumado; se ha ido difuminando con el paso de los años como un vestido lavado una y otra vez, ¿y ahora qué queda de él? Una forma tenue. Uno o dos botones. A veces una voz; pero sin ojos ni boca. ¿Qué aspecto tenía realmente cuando vivía? Nadie lo escribió, ni siquiera en los periódicos; hablaron mucho de McDermott y también de mí, de nuestra cara y nuestra apariencia, pero no dijeron nada acerca del señor Kinnear porque es más importante ser una asesina que un asesinado; si eres la asesina te miran más; pero ahora él ya no está. Lo imagino dormido y soñando en su cama por la mañana cuando le sirvo el té con el rostro oculto por la sábana revuelta. En la oscuridad de aquí me imagino otras cosas, pero a él no lo recuerdo en absoluto. Puedo hablar de sus objetos. La caja de rapé, el telescopio, la brújula de bolsillo, el cortaplumas; el reloj de oro, las cucharas de plata que yo limpiaba, los candelabros con el sello de la familia. «Vivo en la esperanza.» El chaleco a cuadros escoceses. No sé adónde habrán ido a parar.

Estoy tendida en este camastro duro y estrecho, sobre un colchón de áspero cutí, que así se llama la tela que recubre el colchón, aunque no sé por qué la llaman así pues la palabra suena más bien como el tic-tac de un reloj. El colchón está relleno de paja seca que, cuando me doy la vuelta, crepita como el fuego y, cuando me muevo, me dice en un susurro: sssssssss. La habitación está completamente a oscuras y te asfixias de calor; si contemplas la oscuridad con los ojos abiertos, al cabo de un rato ves formas. Espero que esta vez no sean flores. Pero ésta es la época en que suelen crecer las flores rojas, las peonías rojas tan relucientes como el raso y que, más que flores, parecen manchas de pintura. El suelo donde crecen es el vacío, el espacio vacío y el silencio. «Háblame», murmuro, porque preferiría una conversación a la lenta labor de jardinería que tiene lugar en silencio mientras los rojos pétalos de raso van resbalando por la pared.

Creo que estoy dormida.

Me veo en el pasillo de atrás y avanzo a tientas. Apenas distingo el papel de la pared; antes era verde. Aquí está la escalera que sube, aquí la barandilla. La puerta del dormitorio está entornada y oigo lo que dicen. Unos pies descalzos sobre la alfombra de flores rojas. Sé dónde te escondes, sal enseguida si no quieres que te encuentre y te atrape. Si te pillo, quién sabe lo que voy a hacer.

Permanezco inmóvil detrás de la puerta y oigo los latidos de mi corazón. Oh, no, oh, no.

Allá voy, voy ahora mismo. Es que nunca me obedeces, nunca haces lo que te digo, niña mala. Ahora tendré que castigarte.

Yo no tengo la culpa. ¿Qué voy a hacer ahora, adónde puedo ir?

Tienes que abrir la puerta, tienes que abrir la ventana y dejarme entrar.

O, mira, mira todos los pétalos esparcidos, ¿qué has hecho?

Creo que estoy dormida.

Estoy fuera y es de noche. Veo los árboles, el sendero, la valla en zigzag y el resplandor de la media luna, oigo el crujido de mis pies descalzos sobre la grava. Sin embargo, cuando doblo la esquina de la fachada de la casa, el sol acaba de ocultarse y las blancas columnas del pórtico están teñidas de rosa mientras las peonías blancas brillan con un fulgor rojo bajo la débil luz del ocaso. Tengo las manos entumecidas y no me noto las yemas de los dedos. Huele a carne fresca, el olor procede del suelo y de todo el ambiente, a pesar de que le dije al carnicero que no la quería.

En la palma de mi mano hay un desastre. Debo de haber nacido con él. Lo llevo conmigo dondequiera que voy. Cuando él me tocó, le trasmití la mala suerte.

Creo que estoy dormida.

Me despierto con el canto del gallo y sé dónde estoy. Estoy en el salón. Estoy en la trascocina. Estoy en el sótano. Estoy en mi celda, bajo la áspera manta de la prisión, cuyo dobladillo puede que hiciera yo misma. Aquí nos confeccionamos todo lo que usamos o vestimos tanto dormidas como despiertas; o sea que yo he hecho esta cama y ahora me acuesto en ella.

Ya ha llegado la mañana y es hora de levantarse. Hoy tengo que seguir con la narración. O la narración tiene que seguir conmigo y llevarme dentro de sí a lo largo del camino que ha de recorrer hasta el final, llorando a lágrima viva, sorda y tuerta, herméticamente cerrada, por mucho que yo me arroje contra sus paredes, llore y grite y le suplique a Dios que me deje salir.

Cuando estás dentro de una historia, cuando la vives, no es una historia sino una confusión; un oscuro rugido, una ceguera, un destrozo de vidrios rotos y madera astillada; como una casa en medio de un vendaval o un barco aplastado por los icebergs o empujado hacia unos rápidos sin que los que se hallan a bordo puedan hacer nada por impedirlo. Sólo después se convierte en algo parecido a una narración. Cuando lo estás contando, a ti misma o a otra persona.

34

Simon acepta la taza de té que le ofrece la esposa del alcaide. No le gusta demasiado el té, pero considera un deber social beberlo en este país; y acoger todos los chistes acerca del Té de Boston*, de los que ya se han contado hasta la saciedad, con una altiva pero indulgente sonrisa en los labios.

Al parecer, ya se ha repuesto de su indisposición. Hoy se encuentra mejor, aunque ha dormido poco. Ha conseguido soltar su charla al grupo del martes y ya se siente libre de su compromiso. Empezó con un alegato en favor de la reforma de los manicomios, muchos de los cuales siguen siendo los mismos antros de miseria e iniquidad que eran en el siglo pasado. Tuvo una excelente acogida. Después añadió unos comentarios acerca del torbellino intelectual que reina en este campo de estudio y acerca de las disputas entre las distintas escuelas de pensamiento de los alienistas.

Primero se centró en la escuela física. Sus seguidores sostenían que los trastornos mentales tenían un origen orgánico y eran debidos, por ejemplo, a lesiones nerviosas y cerebrales o a condiciones hereditarias de carácter muy específico, como la epilepsia; o a enfermedades contagiosas, incluidas las de transmisión sexual; aquí hizo una elip-

---

* Incursión que los colonos de Boston disfrazados de indios efectuaron el 16 de diciembre de 1773, en la que abordaron tres buques británicos anclados en el puerto de dicha ciudad y arrojaron al mar su cargamento de té como protesta por los impuestos británicos sobre el té y el monopolio de la Compañía de las Indias Orientales. *(N. de la T.)*

sis en atención a la presencia de las damas, pero todo el mundo comprendió a qué se refería. Después describió el planteamiento de la escuela mental, en cuya opinión las causas eran mucho más difíciles de aislar. ¿Cómo medir los efectos de una conmoción moral, por ejemplo? ¿Cómo diagnosticar las amnesias que no presentan ninguna manifestación física visible, o ciertas inexplicables y radicales alteraciones de la personalidad? ¿Cuál era, les preguntó, el papel desempeñado por la voluntad y cuál el desempeñado por el alma? Aquí la señora Quennell se inclinó hacia delante y volvió a recostarse contra el respaldo al decir él que no lo sabía.

A continuación examinó los nuevos descubrimientos que se estaban haciendo: la terapia del bromuro del doctor Laycock para la epilepsia, por ejemplo, que acabaría con muchas creencias erróneas y supersticiones; la investigación acerca de la estructura del cerebro; el empleo de los fármacos tanto en la inducción como en el alivio de las alucinaciones de distintos tipos. La labor experimental era incesante; en ese punto mencionó al valeroso doctor Charcot de París, que se había dedicado al estudio del histerismo; y la investigación de los sueños como clave de diagnóstico y su relación con la amnesia, labor a la que él esperaba hacer con el tiempo una modesta aportación. Todas aquellas teorías se encontraban en las fases iniciales de su desarrollo, pero cabía la posibilidad de que muy pronto se consiguieran grandes resultados con ellas. Tal como había dicho el eminente filósofo y científico francés Maine de Biran, había todo un nuevo mundo interior por descubrir, para lo cual uno se tenía que «hundir en las cavernas subterráneas del alma».

El siglo XIX, terminó diciendo, sería al estudio de la mente lo que el siglo XVIII había sido al estudio de la materia, una Era de Ilustración. Y él estaba orgulloso de formar parte de aquel importante progreso de la ciencia, a su pequeña y humilde manera.

Hubiera deseado que no hiciera tanto calor y tanta humedad. Cuando terminó estaba empapado en sudor y ahora todavía aspiraba el olor pantanoso de sus manos. La culpa debían de tenerla sus actividades de hortelano; aquella mañana se había dedicado un poco a cavar antes de que subiera la temperatura.

El grupo del martes aplaudió amablemente y el reverendo Verringer le dio las gracias. Había que felicitar al doctor Jordan, dijo, por los edificantes comentarios con los que había tenido a bien honrarlos aquel día. Les había ofrecido a todos muchos temas de reflexión. El Universo era en efecto un lugar muy misterioso, pero Dios había otorgado al hombre el don de la mente para que llegara a comprender mejor cualquier misterio que, efectivamente, estuviera al alcance de su comprensión. Daba a entender con ello la existencia de otros misterios que no lo estaban. Eso pareció satisfacer a todo el mundo.

Más tarde Simon recibió el agradecimiento de cada uno de los presentes. La señora Quennell le dijo que había hablado con sincera sensibilidad, lo cual le hizo sentirse ligeramente culpable, pues su principal objetivo había sido superar aquel trance con la mayor rapidez posible. Lydia, muy seductora con su vaporoso y susurrante conjunto veraniego, le dedicó elogios sin cuento y le manifestó toda la admiración que un hombre pudiera desear; pero él no pudo sacarse de la cabeza la idea de que la joven no había entendido ni una sola palabra de lo que él había dicho.

—Estoy intrigado —dice ahora Jerome DuPont junto a Simon—. Observo que no ha hecho ningún comentario acerca de la prostitución, que, junto con la bebida, es sin duda uno de los mayores males sociales que afligen a nuestra era.

—No he querido mencionarlo en atención a la audiencia —contesta Simon.

—Es natural. Me hubiera gustado conocer su opinión acerca del punto de vista de algunos de nuestros colegas europeos, según los cuales esta inclinación es una forma de locura relacionada con el histerismo y la neurastenia.

—Lo sé —dice Simon sonriendo.

En su época de estudiante solía comentar que, si a una mujer no se le ofrece más alternativa que la de morirse de hambre, la de prostituirse o la de suicidarse arrojándose al vacío desde un puente, la prostituta, que pone de manifiesto el más tenaz instinto de conservación que existe, debería ser considerada más fuerte y cuerda que sus hermanas más frágiles que ya no viven. No se podía nadar y guardar la ropa, señalaba: si las mujeres son seducidas y abandonadas, tienen que volverse locas; pero, si sobreviven y seducen a su vez, entonces es que están locas ya de entrada. Después añadía que semejante razonamiento le parecía poco coherente, lo que, dependiendo de cuál fuera su público, le había granjeado la fama de cínico o de hipócrita puritano.

—Yo mismo —dice el doctor DuPont— tiendo a incluir la prostitución en la categoría de las obsesiones homicidas o religiosas; es posible que todo eso no sea más que un impulso teatral que se escapa de las manos. Este mismo fenómeno se ha observado en el teatro entre actores que afirman transformarse en el personaje que interpretan. Las cantantes de ópera suelen ser especialmente propensas. Se tiene constancia de una tal Lucía que llegó a matar a su amante.

—Es una posibilidad muy interesante —admite Simon.

—Ya veo que no quiere usted comprometerse —dice el doctor DuPont mirando a Simon con sus ojos oscuros y brillantes—. Pero reconocerá por lo menos que las mujeres en general tienen un sistema nervioso más frágil y que, por consiguiente, muestran mayor tendencia a la sugestibilidad.

—Tal vez —contesta Simon—. No cabe duda de que ésa es la creencia más generalizada.

—Eso hace, por ejemplo, que se las pueda hipnotizar con mucha más facilidad.

Ah, piensa Simon. Cada loco con su tema. Ahora ya empieza a ir al grano.

—¿Cómo está su bella paciente, si así puedo llamarla? —pregunta el doctor DuPont—. ¿Ha hecho algún progreso?

—Nada definitivo todavía —contesta Simon—. Hay varias posibles líneas de investigación que espero seguir.

—Me sentiría muy honrado si me permitiera probar mi método. Una especie de experimento; o una demostración, si lo prefiere.

—He llegado a un punto crucial —dice Simon. No desea parecer grosero pero no quiere que aquel hombre se entrometa en su tarea. Grace es su territorio; tiene que alejar a los cazadores furtivos—. Eso la podría trastornar y destruir varias semanas de cuidadosa preparación.

—Como quiera —dice el doctor DuPont—. Tengo intención de quedarme aquí por lo menos otro mes. Me encantaría ayudarlo.

—Se aloja usted en casa de la señora Quennell, creo —dice Simon.

—Una anfitriona extremadamente generosa. Pero se ha encaprichado con los espiritistas que tanto han proliferado últimamente. Un sistema totalmente infundado, se lo aseguro. Sin embargo, los desconsolados deudos se dejan convencer muy fácilmente.

Simon se abstiene de decir que él no necesita que se lo aseguren.

—¿Ha asistido usted a alguna de sus... sus veladas? ¿O acaso debo llamarlas sesiones?

—A una o dos. A fin de cuentas soy su huésped; los engaños que allí se producen revisten un considerable interés para un investigador clínico. Sin embargo, ella no cierra en modo alguno su mente a la ciencia e incluso está dispuesta a financiar unas investigaciones auténticas.

—Ya —dice Simon.

—Le gustaría que yo intentara someter a la señorita Marks a una sesión de neurohipnosis —dice suavemente el doctor DuPont—. En nombre del comité. ¿Tendría usted algún reparo?

Malditos sean todos, piensa Simon. Deben de estar perdiendo la paciencia conmigo; deben de pensar que tardo demasiado. Pero, como sigan entrometiéndose, volcarán el carro de manzanas y lo estropearán todo. ¿Por qué no dejan que me valga por mí mismo?

Hoy es la reunión del martes y, como el doctor Jordan debe hablar en ella, no lo he visto por la tarde, pues tenía que prepararse. La esposa del alcaide preguntó si me podían conceder un poco más de tiempo, porque andaba escasa de servicio y le gustaría que yo le echara una mano con el refrigerio, tal como ya he hecho otras veces. Fue una petición de simple cumplido, claro, por cuanto la supervisora tenía que decir forzosamente que sí. Después yo tendría que cenar en la cocina como una criada auténtica, dado que la cena del penal ya habría terminado cuando yo regresara. Lo estaba deseando, pues sería como en los viejos tiempos, cuando era libre de entrar y salir y mis días eran más variados y podía esperar con ansia tales placeres.

Yo sabía, sin embargo, que tendría que aguantar desprecios, duras miradas y comentarios despectivos acerca de mi modo de ser. No por parte de Clarrie, que siempre ha sido amiga mía a pesar de su silencio, y tampoco de la cocinera, que ahora ya se ha acostumbrado a mí. Pero una de las doncellas de arriba me tiene manía porque llevo en esta casa más tiempo que ella y conozco las costumbres y cuento con la confianza de las señoritas Lydia y Marianne, mientras que ella no; seguro que hará algún comentario sobre asesinatos o estrangulamientos o alguna otra cosa desagradable por el estilo. Está también Dora, que viene para echar una mano con la colada, pero no vive permanentemente en la casa sino que le pagan por horas. Es muy corpulenta, tiene unos brazos muy fuertes y eso la hace muy apta para acarrear los pesados cestos de las sábanas mojadas; pero no es muy de fiar porque siempre anda contando historias de sus antiguos amos, que según ella jamás le pagaron lo que le debían y, encima, tenían una conducta escandalosa, pues él era tan aficionado a la bebida que se había vuelto medio imbécil y más de una vez le había puesto el ojo a la funerala a su mujer; y ella se ponía enferma cada dos por tres y a Dora no le extrañaría que el origen de tantos desmayos y dolores de cabeza también fuera la bebida.

Pero a pesar de contar todas estas cosas, Dora ha accedido a regresar a su antigua casa como criada para todo y ya ha empezado a trabajar allí. Cuando la cocinera le preguntó por qué lo había hecho, teniendo en cuenta la mala fama de sus amos, ella le guiñó el ojo y le contestó que el dinero todo lo puede y que el joven doctor que se hospedaba en la casa le ha pagado los salarios atrasados y le ha pedido casi de rodillas que regrese, pues no han encontrado a nadie más. Es un hombre que aprecia mucho la paz y la tranquilidad, que lo quiere todo limpio y ordenado y está dispuesto a pagar por ello. La patrona no puede ocuparse de la casa: su marido la ha abandonado y ahora no es más que una mujer separada y, encima, una pobre de solemnidad. Dora dice que ya no quiere recibir órdenes suyas, porque siempre fue un ama quisquillosa y criticona, sino tan sólo del doctor Jordan, que es el que paga.

Aunque él tampoco es que sea gran cosa, añade Dora, ya que tiene pinta de envenenador, como muchos médicos que andan por ahí con sus frascos, sus brebajes y sus píldoras, y ella le da gracias al Señor todos los días por no ser una acaudalada anciana encomendada a sus cuidados, pues no viviría mucho en este mundo. Además, ese hombre tiene la extraña costumbre de cavar en el huerto, a pesar de que ahora ya es demasiado tarde para plantar nada. Sin embargo, él sigue adelante como un enterrador y ya ha removido la tierra de casi todo el patio; y después le toca a ella barrer el barro que él arrastra al interior de la casa con sus zapatos, restregarle las camisas para quitarles la tierra y calentarle el agua del baño.

Me asombré al descubrir que aquel doctor Jordan de quien ella hablaba era el mismo que mi doctor Jordan y sentí curiosidad, pues ignoraba todos aquellos detalles acerca de su patrona y ni siquiera sabía de su existencia. Así que le pregunté a Dora qué clase de mujer era y Dora me contestó: un saco de huesos con una piel tan pálida como un cadáver y un cabello largo tan amarillo que casi parecía blanco; pero a pesar de eso y de sus aires de gran señora, no era trigo limpio, aunque ella no tenía ninguna prueba; sin embargo, la tal señora Humphrey ponía los ojos lánguidamente en blanco y contraía espasmódicamente los músculos del rostro, y ambas cosas juntas siempre significaban gato encerrado; el doctor Jordan haría bien en andarse con tiento, porque en los ojos de la señora Humphrey se leía la intención de quitarle los pantalones a un hombre y ahora ambos desayunaban juntos en el piso de arriba todas las mañanas, cosa que a su juicio no era normal. Todo aquello me pareció muy vulgar, por lo menos el comentario acerca de los pantalones.

Pensé para mis adentros: si eso dice acerca de las personas para las que trabaja, ¿qué dirá de ti, Grace? La sorprendo mirándome con sus ojillos color de rosa y me imagino las historias sensacionales que les contará a sus amigos, si los tiene, acerca de su experiencia de tomar el té con una famosa asesina a la que ya hubieran tenido que retorcer el cuello hace tiempo y cuyo cadáver los médicos hubieran debido partir en trozos como los carniceros cortan la carne de una res, y guardar después lo que quedara de mí en un fardo como si fuera un pudín de sebo para que criara moho en una ignominiosa tumba sobre la que sólo crecieran cardos y ortigas.

Pero yo soy partidaria de conservar la paz y no digo nada. Si me enzarzara en una pelea con ella, sé muy bien a quién le echarían la culpa.

Nos habían ordenado mantenernos bien atentas para el momento en que terminara la reunión, señalado por los aplausos y el discurso de agradecimiento al doctor Jordan por sus edificantes comentarios, que es lo que siempre se les dice a todos los que hablan en semejantes circunstancias; sería la señal para que sirviéramos el refrigerio; de modo que una de las criadas había recibido la orden de prestar atención junto a la puerta del salón. Ésta regresó al cabo de un rato y dijo que ya estaban dando las gracias; contamos hasta veinte y subimos la primera tetera y las primeras bandejas de pastas. Yo me quedé abajo cortando el bizcocho de pasas y disponiéndolo en una bandeja redonda en cuyo centro, según las instrucciones de la esposa del alcaide, se deberían colocar una o dos rosas; quedó muy bonito. Después nos transmitieron la orden de que yo misma llevara aquella bandeja, lo cual me pareció muy extraño; pero me alisé el cabello, subí con el pastel y crucé la puerta del salón sin temer el menor daño.

Allí vi entre otras personas a la señora Quennell con un peinado que parecía una borla de polvos, luciendo un vestido de muselina rosa demasiado juvenil para ella; a la esposa del alcaide, toda de gris; al reverendo Verringer, que miraba como de costumbre desde lo alto de su nariz; al doctor Jordan, un poco pálido y debilitado, como si la charla lo hubiera dejado exhausto; y a la señorita Lydia, con el vestido que yo había ayudado a confeccionar y tan hermosa como un cuadro.

Pero ¿quién me estaba mirando fijamente con una

leve sonrisa en los labios, sino Jeremiah el buhonero? Llevaba la barba y el cabello considerablemente recortados; iba muy elegante, con un traje color arena de corte impecable y una leontina sobre el chaleco, y sostenía una taza de té con el remilgado estilo propio de los caballeros, tal como solía hacer cuando los imitaba en la cocina de la esposa del concejal Parkinson; sin embargo, lo hubiera reconocido en cualquier lugar.

Me llevé tal sorpresa que solté un gritito; después me quedé petrificada y con la boca abierta como un bacalao y a punto estuve de soltar la bandeja; de hecho, varios trozos de bizcocho cayeron al suelo junto con las rosas. Pero no sin que antes Jeremiah posara la taza y se deslizara el índice por la nariz como si se la estuviera rascando, cosa que no creo que nadie viera pues todo el mundo me estaba mirando a mí. Comprendí que con aquel gesto me estaba diciendo que mantuviera la boca cerrada, que no dijera nada y no lo delatara.

Me guardé mucho de hacerlo, en cambio me disculpé por haber dejado caer las porciones de bizcocho, posé la bandeja en una mesita auxiliar y me arrodillé para recoger en mi delantal los trozos de pastel caídos. La esposa del alcaide me dijo: no te preocupes por eso ahora, Grace, quiero presentarte a alguien. Me tomó del brazo y se adelantó conmigo. Te presento al doctor Jerome DuPont, añadió, un reputado médico. Jeremiah me saludó con una inclinación de la cabeza y me dijo: ¿cómo está, señorita Marks? Yo aún no me había repuesto de la sorpresa, pero conseguí conservar la compostura. La esposa del alcaide le estaba diciendo a Jeremiah: a menudo se sobresalta en presencia de personas desconocidas. Dirigiéndose a mí añadió: el doctor DuPont es un amigo, no te hará ningún daño.

Al oírla estuve a punto de soltar una carcajada, pero en su lugar dije mirando al suelo: sí, señora. La esposa del alcaide debía de temer una repetición de lo que ocurrió la vez en que vino aquí el médico que me quería medir la cabeza y yo me puse a gritar como una loca. Pero no hubiera debido preocuparse.

Tengo que mirarla a los ojos, dijo Jeremiah. Suele ser una indicación de la eficacia o inutilidad del procedimiento. Acto seguido me levantó la barbilla y ambos nos miramos. Muy bien, declaró con serena solemnidad como si él fuera efectivamente lo que pretendía ser; no pude por menos de admirarlo. Después añadió: Grace, ¿te han hipnotizado alguna vez? A continuación, me sostuvo el mentón un momento para tranquilizarme y darme tiempo para que recuperara el control.

Espero que no, señor, contesté con cierta indignación. Ni siquiera sé muy bien lo que es.

Es un procedimiento totalmente científico, me explicó. ¿Estarías dispuesta a probarlo, si pudiera ayudar a tus amigos y al comité? ¿Si ellos decidieran que debes hacerlo? Me comprimió levemente la barbilla y movió rápidamente los ojos hacia arriba y hacia abajo para darme a entender que tenía que contestar afirmativamente.

Haré todo lo que esté en mi mano, señor, contesté. Si es eso lo que se espera de mí.

Muy bien, muy bien, dijo él con la misma ampulosidad que un médico de verdad. Pero, para que resulte eficaz, tienes que confiar enteramente en mí. ¿Crees que podrás hacerlo, Grace?

El reverendo Verringer, la señorita Lydia, la señora Quennell y la esposa del alcaide me estaban mirando con una radiante sonrisa en los labios para animarme. Lo intentaré, señor, contesté.

Entonces el doctor Jordan se adelantó y dijo que, a su juicio, yo había experimentado demasiadas emociones para un solo día y mis nervios eran delicados y no podían sufrir ningún daño. Claro, claro, dijo Jeremiah. Pero se le veía muy satisfecho de sí mismo. A pesar de lo mucho que aprecio al doctor Jordan y de lo amable que éste ha sido conmigo, en aquel momento pensé que parecía un pobre diablo al lado de Jeremiah, algo así como un hombre al que le han robado la cartera en una feria pero todavía no lo sabe.

En cuanto a mí, sentía deseos de reírme, pues Jeremiah había practicado un truco de magia tan claro como si me hubiera sacado una moneda de la oreja o hubiera fingido tragarse un tenedor; echando mano de uno de aquellos trucos que solía utilizar a la vista de todo el mundo sin que nadie se diera cuenta, había sellado un pacto conmigo delante de sus narices sin que ellos se enteraran. Sin embargo, después recordé que una vez Jeremiah había viajado practicando el mesmerismo y la clarividencia médica en las ferias y conocía realmente aquel arte, por lo que cabía la posibilidad de que me hipnotizara de verdad. Ante esta idea me detuve en seco y me paré a pensar.

35

—La cuestión de tu culpabilidad o inocencia no me interesa —dice Simon—. Yo soy médico, no juez. Sólo quiero averiguar lo que realmente recuerdas.

Al final han llegado a los asesinatos.

Simon ha revisado todos los documentos que tiene a su disposición: las descripciones del juicio, las opiniones de los periódicos, las confesiones de los acusados e incluso la exagerada versión de la señora Moodie. Está totalmente preparado y también muy nervioso: su conducta de este día será determinante para que Grace se abra por fin y revele sus tesoros escondidos o, por el contrario, se asuste, se esconda y se cierre como una almeja.

Hoy no ha traído una hortaliza, sino un candelabro de plata que le ha facilitado el reverendo Verringer, similar —espera— a los que se utilizaban en la casa de Kinnear y que fueron robados por James McDermott. Aún no lo ha sacado; lo guarda en una cesta de mimbre —una cesta de la compra que le ha prestado Dora— que ha dejado discretamente en el suelo junto a su silla. Aún no sabe muy bien qué va a hacer con él.

Grace sigue dando puntadas. No levanta los ojos.

—Eso jamás le ha importado a nadie, señor —dice—. Me dijeron que seguramente mentía; insistían en saber más. Salvo el abogado, el señor Kenneth MacKenzie, aunque estoy segura de que ni siquiera él me creía.

—Yo te creeré —dice Simon.

Se da cuenta de que es un compromiso muy grande.

Grace tensa levemente la boca, frunce el ceño y no dice nada. Simon se lanza.

—El señor Kinnear se fue el jueves a la ciudad, ¿no es cierto?

—Sí, señor —contesta Grace.

—¿A las tres de la tarde y a caballo?

—Justo a esa hora, señor. Tenía que regresar el sábado. Yo estaba fuera, rociando con agua los pañuelos de lino que se habían secado al sol. McDermott le llevó el caballo desde la cuadra. El señor Kinnear montaba a *Charley*, pues habían dejado el carro en el pueblo, donde le estaban dando una nueva mano de pintura.

—¿Te dijo algo en aquel momento?

—Me dijo: «aquí tienes a tu enamorado preferido, Grace, ven a darle un beso de despedida.»

—¿Se refería a James McDermott? Pero McDermott no tenía que ir a ningún sitio —dice Simon.

Grace lo mira con una expresión abstraída rayana en el desprecio.

—Se refería al caballo. Sabía que yo quería mucho a *Charley*.

—¿Y tú qué hiciste?

—Me acerqué y acaricié a *Charley* en el morro. Pero Nancy estaba mirando desde la puerta de la cocina de invierno, había oído lo que él había dicho y no le gustó. A McDermott tampoco le gustó. A pesar de que no había nada malo en ello. El señor Kinnear se divertía gastando bromas.

Simon respira hondo.

—¿Te había hecho el señor Kinnear alguna vez proposiones deshonestas, Grace?

Ella lo vuelve a mirar; esta vez con una leve sonrisa en los labios.

—No sé qué quiere decir con la palabra «deshonestas», señor. Él nunca utilizó conmigo un lenguaje indecente.

—¿Te tocó alguna vez? ¿Se tomó alguna libertad?

—Sólo las de costumbre, señor.

—¿Las de costumbre? —se extraña Simon.

Está perplejo. No sabe cómo expresar lo que quiere decir sin resultar ofensivo: Grace tiene un acusado rasgo puritano.

—Con una criada, señor. Era un amo muy amable —dice modestamente Grace.

Simon se deja llevar por la impaciencia. ¿Qué pretende decir Grace? ¿Está diciendo que le pagaban a cambio de ciertos favores?

—¿Te ponía las manos por dentro de la ropa? —pregunta—. ¿Estabas tendida?

Grace se levanta.

—Estoy harta de esta clase de conversación —dice—. No tengo por qué estar aquí. ¡Es usted como los del manicomio, como los capellanes de la prisión y el doctor Bannerling, con sus sucias ideas!

Simon se rebaja hasta el extremo de disculparse y, encima, sigue sin entender nada.

—Siéntate, por favor —le dice cuando ella se calma—. Volvamos a la sucesión de acontecimientos. El señor Kinnear se fue a caballo a las tres de la tarde del jueves. ¿Qué ocurrió después?

—Nancy dijo que los dos deberíamos marcharnos al día siguiente y que ya tenía el dinero para pagarnos. Dijo que el señor Kinnear estaba de acuerdo.

—¿Y tú la creíste?

—Con respecto a McDermott sí. Pero no con respecto a mí.

—¿No con respecto a ti? —pregunta Simon.

—Nancy temía que el señor Kinnear acabara apreciándome más a mí que a ella. Como ya le he dicho, señor, ella estaba embarazada, y los hombres suelen comportarse de ese modo: reemplazan a la mujer que se encuentra en esta situación por otra que no se encuentra en ella; lo mismo hacen con las vacas y las yeguas; en caso de que descubrieran su estado, la echarían a la calle con su bastardo. Estaba claro que quería quitarme de en medio antes de que el señor Kinnear regresara a casa. No creo que él supiera nada.

—¿Y qué hiciste entonces, Grace?

—Me eché a llorar, señor. En la cocina. No quería irme de allí y no tenía ninguna nueva casa adonde ir. Había sido todo tan repentino que no había tenido tiempo de buscarme nada. Temía que Nancy no me pagara y me echara de casa sin referencias, ¿y entonces qué iba a hacer yo? McDermott temía lo mismo.

—¿Y después? —pregunta Simon al ver que ella no continúa.

—Fue entonces, señor, cuando McDermott me dijo que tenía un secreto y yo le prometí no contárselo a nadie. Usted sabe, señor, que, tras haberle dado mi palabra, tenía que cumplirla. Después él me dijo que iba a matar a Nancy con el hacha y que además la estrangularía; y que le pegaría un tiro al señor Kinnear cuando volviera, y se llevaría todos los objetos de valor. Yo tendría que ayudarlo e irme con él por mi bien pues, de lo contrario, me echarían a mí la culpa. Si no hubiera estado tan disgustada, me hubiera reído, pero no lo hice; si quiere que le sea sincera, los dos nos tomamos un vaso de whisky del señor Kinnear. La verdad es que no vimos razón para no hacerlo ya que de todos modos nos iban a echar. Nancy se había ido a casa de los Wright y éramos libres de hacer lo que quisiéramos.

—¿Creíste que McDermott cumpliría sus amenazas?

—No del todo, señor. Por una parte pensaba que era una de sus fanfarronadas para presumir de lo que era capaz, cosa a la que era muy propenso cuando estaba bebido; a mi padre le ocurría lo mismo. Pero al mismo tiempo me pareció que hablaba en serio y me dio miedo; además, estaba firmemente convencida de que era el destino y no se podría evitar por mucho que yo lo intentara.

—¿No le dijiste nada a nadie? ¿Ni a la propia Nancy cuando ésta regresó de su visita?

—¿Qué razón hubiese tenido ella para creerme, señor? —contesta Grace—. Si lo hubiera dicho en voz alta, habría parecido una tontería. Habría pensado que me quería vengar porque ella me había despedido; o que se había producido una pelea de criados y yo me quería vengar de McDermott. Hubiera sido mi palabra contra la suya y él lo hubiese negado tranquilamente, diciendo que yo no era más que una muchacha estúpida e histérica. Al mismo tiempo, si McDermott hubiera querido, nos habría podido matar a las dos allí mismo; y yo no quería que me mataran. Lo mejor que podía hacer era intentar retrasarlo hasta que regresara el señor Kinnear. Al principio McDermott había dicho que pensaba hacerlo aquella misma noche, pero yo lo convencí de que no lo hiciera.

—¿Y cómo lo conseguiste? —pregunta Simon.

—Le dije que si mataba a Nancy el jueves, quedaría un día y medio en que tendríamos que dar cuenta de su paradero a cualquiera que preguntara. En cambio, si lo dejaba para más tarde, la cosa despertaría menos sospechas.

—Comprendo —asiente Simon—. Muy sensato.

—Por favor, no se burle de mí, señor —dice Grace con gran dignidad—. Para mí es muy doloroso, doblemente doloroso si se tiene en cuenta lo que me está pidiendo que recuerde.

Simon dice que no era ésa su intención. Tiene la sensación de que a cada paso ha de pedirle disculpas.

—¿Y qué ocurrió entonces? —pregunta, procurando ser amable y no mostrarse demasiado impaciente.

—Nancy regresó de su visita y parecía muy contenta. Siempre pasaba lo mismo; tras haber sufrido un arrebato, se comportaba como si nada hubiera ocurrido y como si fuéramos amigas íntimas; por lo menos cuando el señor Kinnear no estaba presente. Así que se comportó como si no nos hubiera despedido y no nos hubiera hablado con dureza y todo siguió como de costumbre. Los tres cenamos juntos en la cocina, jamón frío, ensalada de patatas y cebollinos del huerto; y ella no paró de reír y de charlar por los codos. McDermott estaba tan taciturno y enfurruñado como siempre; después Nancy y yo nos fuimos a la cama juntas, como siempre hacíamos cuando el señor Kinnear no estaba, pues ella tenía miedo de los ladrones. Nancy no sospechaba nada, pero yo cerré la puerta del dormitorio con llave.

—¿Y eso por qué?

—Ya le he dicho que siempre cierro la puerta con llave cuando me voy a dormir. Pero también porque a McDermott se le había ocurrido la insensata idea de recorrer la casa de noche con un hacha. Quería matar a Nancy cuando estuviera dormida. Le dije que no lo hiciera, ya que podía alcanzarme a mí por error; pero él era muy tozudo. Decía que no quería que ella lo mirara mientras lo hacía.

—Se comprende —dice fríamente Simon—. ¿Qué ocurrió a continuación?

—Bueno, pues en apariencia el viernes empezó muy bien, señor. Nancy se mostró muy alegre y despreocupada, y no me regañó o por lo menos no tanto como de costumbre y, por la mañana, hasta McDermott parecía de mejor humor, porque yo le había dicho que, como anduviera por allí con aquella cara de pocos amigos, Nancy acabaría sospechando que no se llevaba nada bueno entre manos.

»A media tarde apareció el joven Jamie Walsh con su flauta, tal como Nancy le había pedido. Nancy había dicho que, aprovechando que el señor Kinnear no estaba, organizaríamos una fiesta para celebrarlo. No sé muy bien qué pensaba celebrar, pero cuando estaba de buen humor, Nancy era muy alegre y le encantaba cantar y bailar. Cenamos pollo asado frío y lo regamos con cerveza. Después Nancy le pidió a Jamie que tocara para nosotros. Jamie me preguntó si yo prefería alguna canción en especial y se mostró muy atento y amable conmigo, cosa que no gustó a McDermott, quien le dijo que dejara de mirarme con ojos lánguidos pues se le estaba revolviendo el estómago de asco; el pobre Jamie se puso colorado como un tomate. Entonces Nancy le dijo a McDermott que no se burlara del chico, ¿o es que no recordaba lo que hacía él a su edad? Después le dijo a Jamie que de mayor sería muy guapo, ya que en eso ella tenía un ojo infalible... mucho más guapo que McDermott con su rostro ceñudo y enfurruñado, aunque la generosidad y la bondad valían más que la belleza; entonces McDermott la miró con odio reconcentrado, pero ella fingió no darse cuenta. A continuación, Nancy me envió al sótano a por más whisky, porque ya habíamos vaciado las jarras de arriba.

»Después nos reímos y cantamos; mejor dicho, fue Nancy la que se rió y cantó, mientras yo la acompañaba. Cuando cantamos *La rosa de Tralee*, me acordé de Mary Whitney y deseé que estuviera allí: ella sí hubiera sabido lo que había que hacer y me hubiera ayudado a superar mis dificultades. McDermott no cantó y se mostró muy malhumorado; tampoco quiso bailar cuando Nancy lo invitó a hacerlo diciendo que ahora tendría ocasión de demostrar si era tan buen bailarín como presumía ser. Nancy quería que nos despidiéramos como buenos amigos, pero McDermott no estaba por la labor.

»Al cabo de un rato la fiesta empezó a decaer. Jamie dijo que estaba cansado de tocar y Nancy señaló que ya era hora de que nos acostáramos. McDermott se ofreció a acompañar a Jamie a su casa atravesando los campos, supongo que para asegurarse de que estuviera bien lejos. Cuando McDermott regresó, Nancy y yo ya estábamos arriba en la habitación del señor Kinnear con la puerta cerrada con llave.

—¿La habitación del señor Kinnear? —pregunta Simon.

—La idea se le había ocurrido a Nancy —contesta Grace—. Dijo que la cama del señor Kinnear era más grande y resultaba más fresca cuando hacía calor; y yo tenía la costumbre de dar patadas mientras dormía. En cualquier caso, el señor Kinnear no se enteraría, teniendo en cuenta que las camas las hacíamos nosotras y no él. Y, aunque se enterara, no le importaría sino que más bien le gustaría la idea de tener a dos criadas en su cama al mismo tiempo. Nancy se había tomado varios vasos de whisky y hablaba con imprudencia.

»Al final, avisé a Nancy, señor. Mientras se cepillaba el cabello, le dije: McDermott te quiere matar. Ella se rió diciendo: no me extraña. A mí tampoco me importaría matarlo a él. No nos tenemos ninguna simpatía. Lo dice en serio, le advertí yo. Nunca habla en serio acerca de nada, contestó ella alegremente. Siempre presume y fanfarronea, pero todo es de boquilla.

»Entonces comprendí que no podría hacer nada para salvarla.

»En cuanto se acostó, se quedó dormida. Yo me senté para cepillarme el cabello a la luz de la vela bajo la mirada de la mujer desnuda del cuadro, la que se bañaba al aire libre, y también bajo la de la otra mujer de las plumas de pavo real. Las dos me sonreían de una manera que no me gustaba.

»Aquella noche Mary Whitney se me apareció en sueños. No era la primera vez; antes ya se me había aparecido en otras ocasiones, pero jamás me había dicho nada; ella estaba tendiendo la colada entre risas o pelando una manzana o escondiéndose detrás de una sábana tendida en la buhardilla, todo lo que hacía antes de que empezaran sus problemas; cuando la soñaba de esta manera, me despertaba consolada como si Mary todavía estuviera viva y fuera feliz.

»Pero todas aquellas escenas pertenecían al pasado. Esta vez Mary se encontraba en la habitación conmigo, la misma habitación donde yo estaba y que era el dormitorio del señor Kinnear. Permanecía de pie al lado de la cama, en camisón y con el cabello suelto, tal como la enterramos; en el lado izquierdo de su cuerpo yo veía su corazón de color rojo vivo a través del camisón blanco. Pero después me daba cuenta de que no era un corazón, sino el acerico de fieltro rojo que yo le había hecho como regalo de Navidad y que después puse en su ataúd debajo de las flores y los pétalos; me alegré de ver que todavía lo conservaba y no me había olvidado.

»Sostenía en la mano un vaso de vidrio en cuyo interior había una luciérnaga atrapada que brillaba con un frío fuego de color verdoso. Estaba muy pálida, pero me miraba sonriendo. Después apartó la mano de la parte superior del vaso y la luciérnaga salió y empezó a revolotear rápidamente por la habitación; entonces comprendí que era su alma que intentaba salir, pero la ventana estaba cerrada. De pronto, no vi adónde había ido. Cuando me desperté, unas lágrimas de tristeza rodaban por mis mejillas porque había vuelto a perder a Mary.

»Permanecí tendida en la oscuridad, oyendo la respiración de Nancy; oía también mi corazón latiendo con esfuerzo, como si yo recorriera un largo y agotador camino que estaba condenada a recorrer tanto si quería como si no, sin saber cuándo llegaría al final. No quería volver a dormirme por miedo a tener otro sueño como aquél. Mis temores no eran infundados, porque eso fue exactamente lo que ocurrió.

»En el nuevo sueño yo paseaba por un lugar en el que jamás había estado anteriormente; por todas partes se levantaban unos altos muros de piedra de un triste color gris, como las piedras de la aldea donde yo había nacido, al otro lado del océano. En el suelo había unos guijarros grises y entre la grava crecían unas peonías. Brotaban sólo con los capullos, pequeños y duros como manzanas verdes, después se abrían y se convertían en unas grandes flores de color rojo oscuro con unos relucientes pétalos como de raso y finalmente estallaban al viento y caían al suelo.

»Dejando aparte el color rojo, las peonías eran como las del jardín delantero de la casa del señor Kinnear el día en que llegué allí y Nancy las estaba cortando; en el sueño la veía tal como era entonces, con su claro vestido estampado con rosados capullos de rosas, la falda de triple volante y una papalina de paja que le ocultaba el rostro. Llevaba un cesto plano para ir poniendo las flores; ella se volvía y se acercaba la mano a la garganta como si se hubiera sobresaltado.

»Después yo regresaba al patio empedrado y, mientras caminaba, las puntas de mis zapatos se escondían bajo el dobladillo de mi falda a rayas azules y blancas al ritmo de mis pasos. Sabía que jamás había tenido una falda como aquélla y, al verla, experimentaba un profundo abatimiento y una gran desolación. Pero las peonías seguían brotando entre las piedras y yo comprendía que no hubieran tenido que estar allí. Alargaba la mano para tocar una de ellas, la notaba muy seca y me daba cuenta de que era de tela.

»Más allá veía a Nancy de rodillas, con el cabello sobre el rostro y la sangre que le bajaba hacia los ojos. Alrededor del cuello llevaba un pañuelo de algodón blanco estampado con flores azules, arañuelas, un pañuelo que era mío. Extendía las manos hacia mí implorando compasión; en los lóbulos de las orejas llevaba los pendientes de oro que tanto le envidiaba yo. Hubiera querido acercarme corriendo para ayudarla, pero no podía; mis pies seguían el mismo ritmo regular, como si no me pertenecieran. Cuando ya casi había llegado al lugar donde Nancy estaba arrodillada, me sonrió. Pero sólo con los labios pues los ojos estaban ocultos por la sangre y el cabello. De pronto se desintegró en manchas de color y se desparramó sobre las piedras en una cascada de pétalos rojos y blancos.

»Luego oscureció de repente y vi a un hombre que, de pie y con una vela en la mano, bloqueaba los peldaños que subían a la trampilla; los muros del sótano me rodeaban y comprendí que jamás saldría de allí.

—¿Soñaste todo eso antes de que se produjeran los acontecimientos? —pregunta Simon, escribiendo febrilmente.

—Sí, señor —contesta Grace—. Y lo he soñado muchas veces desde entonces. —Su voz se ha convertido en un susurro—. Por eso me encerraron.

—¿Te encerraron? —repite Simon para animarla a seguir contando.

—En el manicomio, señor. Por las pesadillas.

Grace ha apartado a un lado su labor de costura y se está mirando las manos.

—¿Sólo por los sueños?

—Dijeron que no se trataba de sueños, señor. Dijeron que estaba despierta. Pero ya no quiero hablar más de eso.

36

—El sábado me desperté al amanecer. Fuera en el corral el gallo estaba cantando; su canto era áspero y chirriante, como si una mano ya le estuviera apretando el cuello. Sabes que muy pronto acabarás en la cazuela, pensé. Muy pronto serás un cadáver. Aunque estaba pensando en el gallo, no niego que también pensaba en Nancy. Eso suena muy frío y puede que lo fuera. Me sentía aturdida y como separada de mí misma, como si en realidad no estuviera presente y sólo mi cuerpo se encontrara allí.

»Sé que los pensamientos que le estoy revelando son muy extraños, señor, pero no quiero mentir ni ocultarlos, tal como fácilmente podría hacer porque jamás se los he contado a nadie. Quiero describírselo todo tal y como me ocurrió, y ésos fueron los pensamientos que tuve.

»Nancy aún dormía y yo procuré no molestarla. Pensé que era mejor dejarla en paz, pues cuanto más tiempo se quedara en la cama tanto más tardaría en ocurrirnos algo malo tanto a ella como a mí. Mientras me levantaba cuidadosamente de la cama del señor Kinnear, ella gimió y se dio la vuelta y me pregunté si estaría teniendo una pesadilla.

»La víspera yo me había puesto el camisón en mi cuarto contiguo a la cocina de invierno antes de subir al piso de arriba con la vela, por lo que bajé y me vestí como de costumbre. Aunque todo estaba igual, algo había cambiado; cuando fui a lavarme la cara y a peinarme, el rostro que vi en el espejo que había sobre el fregadero de la cocina no era el mío en absoluto. Era más redondo y más blanco, tenía dos grandes ojos asustados y yo no quería verlo.

»Fui a la cocina y abrí los postigos de la ventana. Los vasos y los platos de la víspera aún estaban sobre la mesa y ofrecían un aspecto muy solitario y desvalido, como si un enorme y repentino desastre se hubiera abatido sobre todos los que habían bebido y comido en ellos, y yo me los encontrara por casualidad muchos años después. Me entristecí profundamente mientras los recogía y los llevaba a la trascocina.

»Cuando regresé a la cocina vi una extraña luz, como si una película de plata lo envolviera todo; parecía escarcha, sólo que más fluida, como una delgada corriente de agua que discurriera sobre unas piedras planas; de repente se me abrieron los ojos y comprendí que Dios había entrado en la casa y aquélla era la plata que recubría el cielo. Dios había entrado porque Dios está en todas partes, no lo puedes dejar fuera, forma parte de todo lo que existe, por consiguiente, ¿cómo se hubiera podido construir un muro o cuatro muros o una puerta o cerrar una ventana que Él no traspasara como si fueran aire?

»¿Qué buscas aquí?, le pregunté. Pero Él no me contestó. Se limitó a seguir siendo plata y entonces salí a ordeñar la vaca, pues lo único que se puede hacer con Dios es seguir con lo que estabas haciendo, ya que no puedes detenerlo ni arrancarle ninguna respuesta. A Dios le puedes sacar un haz esto o haz aquello, pero nunca un porqué.

»Cuando regresé con los cubos de leche vi a McDermott en la cocina. Estaba limpiando los zapatos. ¿Dónde está Nancy?, me preguntó.

»Se está vistiendo, le contesté. ¿La vas a matar esta mañana?

»Sí, contestó, maldita sea su estampa, voy por el hacha ahora mismo y le daré en la cabeza.

»Yo le apoyé la mano en el brazo y lo miré a la cara. No lo hagas, no es posible que quieras cometer esta maldad, le dije. Pero no me comprendió, creyó que me burlaba de él. Pensó que lo estaba llamando cobarde.

»Ahora mismo vas a ver lo que hago, replicó en tono enfurecido.

»Por el amor de Dios, no la mates en la habitación, le dije, dejarás todo el suelo lleno de sangre. Era una estupidez, pero fue lo que me vino a la mente pues usted sabe, señor, que mi tarea en aquella casa era fregar los suelos y en la habitación de Nancy había una alfombra. Nunca había tratado de limpiar la sangre de una alfombra, pero había limpiado otras cosas y la tarea tiene su mérito.

»McDermott me dirigió una mirada despectiva, como si fuera una imbécil y la verdad es que lo debía de parecer. Después salió y tomó el hacha que había al lado del tajo.

»Yo no sabía qué hacer. Salí al huerto para arrancar unos cebollinos ya que Nancy quería que le hiciera una tortilla para el desayuno. En las frescas lechugas los caracoles estaban creando encajes. Me arrodillé y contemplé sus ojos en los extremos de las antenas; alargué la mano hacia los cebollinos y me pareció que no era mi mano, sino tan sólo una cáscara o una piel en cuyo interior estaba creciendo otra mano.

»Intenté rezar pero no me salían las palabras y creo que era porque yo le tenía inquina a Nancy y le había deseado la muerte; aunque en aquel momento no se la deseaba. Sin embargo, ¿qué necesidad tenía de rezar si Dios estaba allí mismo, cerniéndose como el Ángel de la Muerte sobre los egipcios? Percibía su frío aliento, oía el batir de sus negras alas dentro de mi corazón. Dios está en todas partes, pensé, así que Dios está en la cocina y en Nancy y en McDermott y en las manos de McDermott, y Dios es también el hacha. A continuación, oí un sordo rumor procedente del interior de la casa, como de una puerta pesada que se cerrara, y después ya no recuerdo nada más.

—¿No recuerdas nada acerca del sótano? —pregunta Simon—. ¿No recuerdas haber visto a McDermott arrastrando a Nancy por el cabello hacia la trampilla y arrojándola escalera abajo? Eso figura en tu confesión.

Grace se sujeta la cabeza con las manos.

—Eso es lo que ellos querían que dijera. El señor Mac-Kenzie me dijo que tenía que decirlo para salvar la vida. —Por una vez está temblando—. Me dijo que no era una mentira, pues eso era lo que debía de haber ocurrido, tanto si yo lo recordaba como si no.

—¿Le diste a James McDermott el pañuelo que llevabas alrededor del cuello?

Sin darse cuenta, Simon habla como un fiscal, pero no puede evitarlo y sigue insistiendo.

—¿El que se usó para estrangular a la pobre Nancy? Era mío, eso lo sé. Pero no recuerdo habérselo dado a McDermott.

—¿Tampoco recuerdas haber estado en el sótano? —pregunta Simon—. ¿Ni haber ayudado a McDermott a matarla? ¿Ni haber querido robarle al cadáver los pendientes de oro, tal como él dijo que deseabas hacer?

Grace se cubre brevemente los ojos con la mano.

—Todo aquello está muy oscuro para mí, señor —contesta—. Y en todo caso nadie robó los pendientes de oro. No digo que no lo pensara más tarde cuando hicimos las maletas; pero pensar una cosa no es lo mismo que hacerla. Si nos juzgaran por nuestros pensamientos, nos ahorcarían a todos.

Simon se ve obligado a reconocer la lógica del razonamiento. Prueba otra táctica.

—El carnicero Jefferson declaró haber hablado contigo aquella mañana.

—Lo sé, señor, pero yo no lo recuerdo.

—Dice que le extrañó, porque en general no eras tú quien le hacía los pedidos sino Nancy; también le extrañó que tú le dijeras que aquella semana no queríais carne. Le pareció muy raro.

—Si hubiera sido yo, señor, y hubiera estado en mi sano

juicio, le habría pedido la carne como de costumbre. Hubiera resultado menos sospechoso.

Simon se muestra de acuerdo.

—Bien, pues —dice—, ¿qué otra cosa recuerdas?

—Me encontraba delante de la casa, señor, allí donde crecían las flores. Me sentía muy aturdida y me dolía la cabeza. Pensé: tengo que abrir la ventana, pero era absurdo pues ya estaba fuera. Debían de ser aproximadamente las tres de la tarde. El señor Kinnear estaba subiendo por el camino de la entrada con su carro recién pintado de verde y amarillo. McDermott salió de la parte de atrás y ambos ayudamos al amo a sacar los paquetes. McDermott me dirigió una mirada amenazadora. El señor Kinnear entró en la casa y yo comprendí que estaba buscando a Nancy. Me vino un pensamiento a la mente: no la encontrarás allí, tendrás que buscarla abajo, es un cadáver. De repente, tuve miedo.

»Entonces McDermott me dijo: sé que se lo vas a decir y, como lo hagas, tu vida no valdrá nada. Lo miré perpleja. ¿Qué has hecho?, le pregunté. Lo sabes muy bien, me contestó soltando una carcajada. No lo sabía, pero ya me temía lo peor. Después me hizo prometer que lo ayudaría a matar al señor Kinnear y yo le dije que sí, porque adiviné por su mirada que de lo contrario también me hubiera matado a mí. A continuación, McDermott llevó el carro y el caballo a la cuadra.

»Me fui a la cocina para cumplir mis tareas como si nada hubiera ocurrido. Entró el señor Kinnear y me preguntó: ¿dónde está Nancy? Le contesté que se había ido a la ciudad en la diligencia. Dijo que era muy raro, pues él se había cruzado con la diligencia y no había visto a Nancy. Le pregunté si le apetecía comer algo y él contestó que sí y preguntó si Jefferson había servido la carne. Le contesté que no. Comentó que era muy curioso y me pidió que le preparara un poco de té, unas tostadas y unos huevos.

»Se lo preparé y se lo serví en el comedor donde él me

esperaba leyendo un libro que había comprado en la ciudad. Era el último ejemplar de la gaceta femenina *Godey*, que tanto le gustaba a la pobre Nancy por las modas. A pesar de que él siempre decía que aquello no eran más que perifollos de mujeres, el señor Kinnear le echaba a menudo un vistazo cuando Nancy no estaba, pues había otras cosas, aparte de los vestidos. Y además, al señor Kinnear le gustaba ver los nuevos estilos de ropa interior y leer los artículos sobre el correcto comportamiento de las damas, acerca de los cuales con frecuencia yo lo sorprendía riéndose las veces que le servía el café.

»Al regresar a la cocina vi a McDermott. Creo que lo voy a matar ahora, me dijo. Por el amor de Dios, McDermott, le dije yo, es muy pronto todavía, espera a que oscurezca.

»Entonces el señor Kinnear subió arriba a echar la siesta sin quitarse la ropa y McDermott tuvo que esperar tanto si le gustaba como si no. Ni siquiera él tenía valor para disparar contra un hombre dormido. McDermott se pasó toda la tarde pegado a mí como con cola, ya que estaba seguro de que yo huiría y lo contaría todo. Tenía una escopeta y estuvo todo el rato jugueteando con ella. Era la vieja escopeta de dos cañones que el señor Kinnear guardaba para cazar patos, pero no estaba cargada con perdigones. McDermott dijo que estaba cargada con dos balas de plomo; una de ellas la había cogido y la otra la había hecho él mismo con un trozo de plomo; la pólvora la había encontrado en casa de su amigo John Harvey, que vivía al otro lado de la calzada, a pesar de que Hannah Upton, la bruja que vivía con Harvey, le había dicho que no se la quería dar. Él se la llevó de todos modos y le dijo que se fuera al infierno. Para entonces McDermott estaba muy nervioso y excitado, se daba muchos aires y presumía de su audacia. Soltaba muchas maldiciones, pero yo estaba muerta de miedo y decidí no decir nada.

»El señor Kinnear bajó sobre las siete de la tarde, se tomó el té y parecía muy preocupado por Nancy. Lo voy a hacer ahora, dijo McDermott, tienes que ir y pedirle que venga a la cocina para que yo pueda pegarle un tiro sobre el suelo de piedra. Le contesté que no quería.

»McDermott dijo que lo haría él. Conseguiría que el amo fuera a la cocina, diciéndole que algo le había ocurrido a su nueva silla de montar, que estaba toda cortada en tiras.

»Yo no quería tener nada que ver con el asunto. Crucé el patio y llevé la bandeja del té a la cocina de atrás, que era la que tenía el fuego encendido, pues pensaba fregar los platos allí. Cuando estaba posando la bandeja, oí un disparo de escopeta.

»Corrí a la cocina de la parte anterior y vi al señor Kinnear muerto en el suelo y a McDermott de pie a su lado. La escopeta estaba en el suelo. Yo intenté huir, pero McDermott empezó a gritar y a soltar maldiciones, diciéndome que abriera la trampilla del vestíbulo. No quiero hacerlo, le dije. Lo harás, replicó él. La abrí y McDermott arrojó el cuerpo escalera abajo.

»Yo estaba tan asustada que crucé la puerta principal, salí al jardín y rodeé la casa pasando por delante de la bomba de agua para dirigirme a la cocina de la parte de atrás. Entonces McDermott salió a la puerta de la cocina delantera con la escopeta, me disparó un tiro y yo caí al suelo desmayada. Eso es todo lo que recuerdo, señor, hasta muy entrada la noche.

—Jamie Walsh declaró que entró en el patio sobre las ocho, que debió de ser justo después de que tú te desmayaras. Dijo que McDermott aún sostenía la escopeta en la mano y le explicó que había estado cazando pájaros.

—Ya lo sé, señor.

—Dijo que tú estabas junto a la bomba de agua y le dijiste que el señor Kinnear aún no había regresado y que Nancy se había ido a visitar a los Wright.

—De eso no puedo dar razón, señor.

—Dijo que estabas bien y de buen humor. Que ibas mejor vestida que de costumbre y que llevabas unas medias blancas, dando a entender que eran de Nancy.

—Eso fue lo que le oí decir en la sala de justicia, señor, pero la verdad es que las medias eran mías. Para entonces Jamie ya había olvidado todo el afecto que me tenía y sólo quería hacerme daño y, a ser posible, conseguir que me ahorcaran. Pero yo no puedo impedir que los demás digan cosas.

El tono de su voz revela un abatimiento tan profundo que Simon se compadece de la muchacha y experimenta el impulso de estrecharla en sus brazos, tranquilizarla y acariciarle el cabello.

—Mira, Grace —dice enérgicamente—, veo que estás muy cansada. Mañana seguiremos con tu relato.

—Sí, señor. Confío en tener fuerzas.

—Tarde o temprano llegaremos hasta el fondo.

—Así lo espero, señor —respondió Grace con un hilillo de voz—. Para mí sería un gran alivio averiguar finalmente toda la verdad.

37

Las hojas de los árboles ya están empezando a adquirir el aspecto mate, lacio y polvoriento propio del mes de agosto, a pesar de que todavía no es agosto. Simon regresa lentamente en medio del sofocante calor de la tarde. Lleva el candelabro de plata; no ha recordado que podía utilizarlo. Le cuelga del brazo casi como si lo llevara a rastras; de hecho, se nota en ambos brazos una curiosa tensión, como si hubiera estado tirando con fuerza de una pesada cuerda. ¿Qué esperaba? Que hubiera recobrado la memoria perdida, claro: aquellas pocas horas decisivas. Bueno, pues no había conseguido su propósito.

Recuerda una velada de hace mucho tiempo, cuando todavía estudiaba en Harvard. Visitó Nueva York con su padre, que entonces aún vivía y era rico, y ambos fueron a la ópera. Daban *La sonámbula* de Bellini: Amina, una casta y humilde doncella del campo, es descubierta dormida en los aposentos del conde, tras haberse dirigido inconscientemente hasta allí; su prometido y los aldeanos la acusan de ser una ramera a pesar de las protestas del conde, basadas en sus superiores conocimientos científicos; pero, cuando ven a Amina cruzando dormida un peligroso puente que se hunde a su espalda y cae a un río impetuoso, la inocencia de la doncella queda demostrada sin el menor asomo de duda y ella despierta y recobra la felicidad. Una parábola del alma, tal como sentenciosamente había señalado su profesor de latín, pues «Amina» era un tosco anagrama de «anima». Pero ¿por qué, se pregunta

Simon, se representa el alma como inconsciente? Y otra cosa todavía más intrigante: mientras Amina dormía, ¿quién caminaba? La pregunta encierra ahora para él unas implicaciones mucho más apremiantes.

¿Estaba Grace inconsciente cuando ella afirmaba estarlo, o estaba plenamente despierta, tal como aseveró Jamie Walsh en sus declaraciones? ¿Cuánta parte de su relato se puede creer él? ¿Con qué grado de escepticismo se lo puede tomar? ¿Es un verdadero caso de amnesia del mismo tipo que el que se da en el sonambulismo o él está siendo víctima de una hábil impostura? Se previene a sí mismo contra las afirmaciones tajantes: ¿por qué razón tendría que esperarse de ella toda la pura e inmaculada verdad? Cualquiera que se encontrara en su situación seleccionaría y reorganizaría los hechos para producir una impresión positiva. En su favor cabe decir que buena parte de lo que le ha contado concuerda con la confesión escrita; pero ¿de veras se puede decir que eso redunda en su favor? Quizá concuerda demasiado. Simon se pregunta si Grace ha estado estudiando el mismo texto que él ha utilizado para poder convencerlo mejor. La dificultad estriba en que él desea convencerse. Quiere que Grace sea «Amina».

Tiene que andarse con mucho tiento, piensa. Tiene que distanciarse. Si lo examina objetivamente, lo que ha ocurrido entre ellos, a pesar de la evidente inquietud de Grace a propósito de los asesinatos y de su aparente complicidad, ha sido una contienda de voluntades. Ella no se ha negado a hablar, muy al contrario. Le ha dicho muchas cosas; pero sólo lo que le ha convenido. Lo que él busca es lo que ella se niega a contar; lo que quizás ella prefiere no saber. La conciencia de la culpabilidad o de la inocencia: cualquiera de las dos se podría ocultar. Pero él se la arrancará. Ya le ha colocado el anzuelo en la boca, pero ¿puede tirar de ella? Tirar de ella hacia arriba desde el abismo en que se encuentra y sacarla a la luz. Sacarla de las azules profundidades del mar.

Se pregunta por qué razón piensa en términos tan drásticos. Quiere ayudar a Grace, piensa. Lo considera un rescate, sin la menor duda.

Pero ¿está seguro de que es así? Si ella tiene algo que ocultar, tal vez quiera permanecer en el agua, en la oscuridad, en su elemento. Quizá teme no poder respirar de otro modo. Simon se dice que no ha de ser tan exagerado e histriónico. Grace es una auténtica amnésica. O simplemente lo contrario. O simplemente culpable.

También podría estar loca, claro, y poseer la sorprendente y tortuosa verosimilitud de un hábil demente. Algunos de sus recuerdos, en especial los que guardan relación con el día de los asesinatos, dejan entrever la existencia de un fanatismo de carácter religioso. Sin embargo, aquellos mismos recuerdos podrían interpretarse fácilmente como ingenuos temores y supersticiones de un alma sencilla. Lo que él busca es la certeza de uno u otro signo; y eso es precisamente lo que ella le niega.

A lo mejor ha utilizado unos métodos equivocados. Está claro que su técnica de sugestión no ha sido eficaz: las hortalizas han sido un lamentable fracaso. Quizás él se ha mostrado demasiado vacilante y acomodaticio. Tal vez convendría que actuara con más contundencia. Quizá debería alentar el experimento neurohipnótico del doctor Jerome DuPont y arreglárselas para presenciarlo e incluso elegir las preguntas. Desconfía del método. No obstante, puede que surja algo nuevo, que se descubra algo que él no ha conseguido descubrir hasta ahora. Por lo menos valdría la pena probarlo.

Llega a la casa, rebusca la llave en su bolsillo, pero Dora le abre la puerta. La mira con repugnancia: a una mujer tan porcina y —con el calor que está haciendo— tan visiblemente sudorosa, no se le debería permitir presentarse en público. Es una difamación de todo su sexo. Él mismo ha jugado un papel decisivo en el regreso de esa mujer a la casa —prácticamente la ha sobornado para que lo haga—, pero eso no significa que ahora la aprecie más que antes. Sin embargo, ella tampoco lo aprecia a él a juzgar por la mirada venenosa que le dirige con sus enrojecidos ojillos.

—Ella quiere verlo —dice, señalando con la cabeza la parte posterior de la casa.

Sus modales son tan democráticos como de costumbre.

La señora Humphrey se ha opuesto con ahínco al regreso de Dora y no soporta permanecer en la misma estancia que ella, lo cual no es de extrañar. Sin embargo, Simon le dijo que no podía trabajar en medio del desorden y, como alguien tenía que encargarse de llevar a cabo las tareas domésticas y de momento no había nadie más a mano, tendrían que conformarse con Dora. Mientras le pagaran el salario, añadió, ésta se mostraría aceptablemente dócil, aunque sería demasiado esperar de ella que se mostrase educada; y Simon ha acertado en todo.

—¿Dónde está? —pregunta.

No hubiera tenido que utilizar esa elipsis del pronombre; suena demasiado íntimo. «Dónde está la señora Humphrey» hubiera sido mejor.

—Tendida en el sofá, supongo —contesta Dora en tono despectivo—. Como siempre.

Sin embargo, cuando Simon entra en el salón —todavía espectralmente vacío de mobiliario, aunque algunas piezas originales han reaparecido de un modo misterioso—, la señora Humphrey se encuentra de pie delante de la chimenea, con un brazo y una mano graciosamente apoyados en la blanca repisa, la mano en la que sostiene un pañuelo de encaje. Simon aspira un perfume de violetas.

—Doctor Jordan —dice la señora Humphrey, descomponiendo su postura—, he pensado que a lo mejor aceptaría usted cenar conmigo esta noche como prenda de gratitud por todos los esfuerzos que ha hecho por mí. No quisiera parecer ingrata. Dora ha preparado un poco de pollo frío.

Pronuncia cuidadosamente cada una de las palabras como si se hubiera aprendido las frases de memoria.

Simon declina la invitación con toda la cortesía de que puede hacer acopio. Se lo agradece muchísimo, pero esa noche tiene un compromiso. Su respuesta linda con la verdad: ha medio aceptado una invitación de la señorita Lydia para unirse a un grupo de jóvenes que desean ejercitarse en el deporte del remo por el puerto interior.

La señora Humphrey acepta su negativa con una gentil sonrisa y dice que otra vez será. Algo en su porte —eso, y la deliberada lentitud de su lenguaje— le llama la atención. ¿Habrá estado bebiendo? Sus ojos miran fijamente y sus manos experimentan un leve temblor.

Una vez en el piso de arriba, Simon abre su maletín. Parece que todo está en orden. Los tres frascos de láudano están en su sitio: ninguno de ellos está más vacío de lo que debería. Los destapa y prueba el contenido: uno de los frascos es casi de agua pura. La patrona lleva Dios sabe cuánto tiempo saqueando sus existencias. Los dolores de cabeza vespertinos adquieren un significado distinto. Simon hubiera debido comprenderlo: con un marido como aquél, ella no tenía más remedio que buscarse un apoyo de la clase que fuera. Cuando tiene dinero, seguramente compra ese calmante, piensa Simon; pero últimamente el dinero ha sido más bien escaso y él ha sido descuidado. Debería haber cerrado su habitación con llave, pero ahora ya es demasiado tarde para empezar.

No hay forma de comentárselo a ella, claro. Su patrona es una mujer muy remilgada. Acusarla de robo sería no sólo brutal sino también vulgar. Pero él ha sido víctima de un hurto.

Simon acude al paseo en barca por las aguas del puerto. La noche es cálida y serena y brilla la luna llena. Bebe un poco de champán —sólo hay un poco—, ocupa la misma embarcación de remos que Lydia y coquetea con ella sin mucho entusiasmo. Ella por lo menos es normal, está sana y, encima, es bonita. Quizá convendría que se le declarase. Cree que a lo mejor ella lo aceptaría. Después se la llevaría a casa para apaciguar a su madre y dejaría que ambas se ocuparan de su bienestar.

Sería una manera de decidir su propio destino o de buscarse la ruina; o de librarse de situaciones perjudiciales. Pero no lo hará; no es tan perezoso ni se siente tan cansado como para eso; todavía no.

X

LA DAMA DEL LAGO

Entonces empezamos a recoger todos los objetos de valor que pudimos encontrar; ambos bajamos juntos al sótano. El señor Kinnear yacía tendido boca arriba en la bodega. Yo sostuve en alto la vela y McDermott le sacó de los bolsillos las llaves y un poco de dinero. No hablamos para nada de Nancy. Yo no la veía pero sabía que estaba en el sótano. Hacia las once McDermott colocó las guarniciones al caballo, cargamos las arcas en el carro y emprendimos el camino de Toronto. McDermott dijo que iría a los Estados Unidos y se casaría conmigo. Yo accedí a acompañarlo. Llegamos al City Hotel de Toronto sobre las cinco; despertamos a la gente y desayunamos allí. Yo abrí el arca de Nancy, me puse algunas de sus cosas y subimos al barco, que zarpó a las ocho. Llegamos a Lewiston hacia las tres; nos fuimos a la taberna; por la noche cenamos en la mesa común y yo me fui a dormir a una habitación y McDermott a otra. Antes de acostarme le dije a McDermott que me quedaría en Lewiston y no iría a ningún otro sitio; él me respondió que me obligaría a acompañarlo y, sobre las cinco de la mañana, el señor Kingsmill, el primer alguacil, se presentó, nos detuvo y nos condujo de nuevo a Toronto.

Confesión de GRACE MARKS,
Star and Transcript,
Toronto, noviembre de 1843

Descubre por la celestial largueza
     a la doncella de su destino; una oculta mano
le revela toda la inmensa belleza
     que otros buscan en vano.
En su presencia las virtudes que él posee se acrecientan,
     para emular las promesas de la mirada de ella,
cuyas alegres pisadas se acompañan
     de la verdadera brisa del Paraíso hermoso...

COVENTRY PATMORE,
The Angel in the House, 1854

38

Lo que McDermott me dijo más tarde fue que, tras haber disparado contra mí con la escopeta y haber caído yo desmayada, él bombeó un cubo de agua fría y me lo arrojó encima, después me dio a beber un poco de agua con menta y yo me recuperé de inmediato y estaba tan alegre como unas pascuas; avivé el fuego, le preparé la cena, que fue de huevos con jamón con un poco de té y un trago de whisky para calmarnos los nervios; comimos juntos con muy buen apetito, entrechocamos los vasos y brindamos por el éxito de nuestra empresa. Pero yo no recuerdo absolutamente nada de todo eso. No es posible que me comportara con tanta crueldad mientras el señor Kinnear yacía muerto en el sótano, por no hablar de Nancy, que también debía de estar muerta aunque yo no sabía a ciencia cierta qué había sido de ella. Pero es que McDermott era un gran embustero.

Debí de permanecer inconsciente mucho rato, pues cuando desperté la luz ya se estaba apagando. Me encontraba tendida boca arriba en la cama de mi cuarto; no llevaba la cofia puesta y el húmedo y alborotado cabello me caía sobre los hombros; también me notaba húmeda la parte superior del vestido, seguramente por el agua que James me había arrojado encima, lo cual significa que por lo menos parte de lo que él había dicho era cierto. Permanecí tendida en la cama tratando de recordar lo que había ocurrido, porque no sabía cómo había llegado a la habitación. Seguramente me llevó allí James, dado que la puerta estaba abierta y, si yo hubiera entrado por mi propio pie, la hubiera cerrado con llave.

Quería levantarme y correr la aldaba, pero me dolía la cabeza y la atmósfera de la estancia era sofocante y opresiva. Me quedé nuevamente dormida y debí de dar muchas vueltas pues, cuando desperté, la ropa de la cama estaba arrugada y el cubrecama había caído al suelo. Esta vez me incorporé de repente y, a pesar del calor, me noté el cuerpo cubierto por una capa de sudor frío. La causa de mi sobresalto era la presencia de un hombre que me estaba mirando desde la puerta de la habitación. Al ver que era James McDermott pensé que, tras haber matado a los demás, pretendía estrangularme mientras dormía. El terror me había dejado sin voz y no podía articular ni una sola palabra.

Pero él me preguntó amablemente si ya me encontraba mejor después de haber descansado. Recuperé la voz y le contesté que sí. Sabía que el hecho de mostrarme excesivamente asustada y perder el dominio de mí misma sería un error, pues en tal caso él pensaría que no podía fiarse de mí ni estar seguro de mi valor y temería que me viniera abajo y rompiera a llorar o a gritar cuando hubiera otras personas presentes y acabara contándolo todo; ésa era precisamente la razón de que hubiera disparado contra mí. En caso de que temiera semejante posibilidad, se desharía de mí en menos de lo que canta un gallo para no tener un testigo.

A continuación se sentó en el borde de mi cama y dijo que ya era hora de que yo cumpliera mi promesa; le pregunté de qué promesa se trataba y él me contestó que lo sabía muy bien, porque yo le había prometido mi propia persona a cambio del asesinato de Nancy.

No recordaba haberle dicho semejante cosa, pero como ya había llegado al convencimiento de que estaba loco, pensé que había interpretado erróneamente algo que yo había dicho; algo absolutamente inocente o que cualquier otra persona hubiera dicho en mi lugar; como, por ejemplo, que ojalá Nancy muriera o que daría cualquier cosa para que así fuera, porque algunas veces Nancy era muy dura conmigo. Pero esas imprecaciones suelen decirlas los criados cuando los amos no los oyen, pues, cuando no les puedes contestar a la cara, tienes que desahogarte de alguna otra manera.

No obstante, McDermott le había dado la vuelta haciéndome decir cosas que yo jamás había pretendido y ahora quería que cumpliera un pacto que yo no había hecho. Y además hablaba en serio porque, apoyando la mano sobre mi hombro, me estaba empujando hacia atrás en la cama mientras con la otra mano me levantaba la falda. Adiviné por el olor de su aliento que le había estado dando a la botella de whisky del señor Kinnear.

Pensé que sería mejor seguirle la corriente. Oh no, le dije riéndome, en esta cama no, es demasiado estrecha y no resulta nada cómoda para dos personas. Vamos a otra cama.

Para mi asombro, la idea le pareció de perlas y dijo que le encantaría dormir en la cama del señor Kinnear, donde Nancy se había comportado tantas veces como una puta; entonces me dije que, en cuanto me hubiera entregado a él, McDermott también me consideraría una puta, menospreciaría mi vida y probablemente me mataría con el hacha y me arrojaría al sótano, ya que siempre decía que una puta sólo servía para que uno se limpiara en ella las botas sucias propinándole un buen puntapie en el cochino cuerpo. Decidí darle largas todo el tiempo que pudiera.

Tiró de mí para levantarme y juntos encendimos la vela de la cocina y subimos al piso de arriba. Entramos en el dormitorio del señor Kinnear, que estaba completamente ordenado y con la cama muy bien hecha, pues yo misma me había encargado de arreglarlo aquella manaña; McDermott echó el cobertor hacia abajo y me hizo tender a su lado, diciendo: nada de paja para los nobles señores, para ellos sólo plumas de ganso, no me extraña que a Nancy le gustara pasar tanto rato en esta cama. Por un instante me pareció que estaba impresionado, no por los actos que él mismo había cometido sino por la magnificencia de aquella cama. Pero después empezó a besarme y a desabrocharme el vestido diciendo: ya es hora, muchacha. Recordé que la soldada del pecado es la muerte y estuve a punto de desmayarme, aunque sabía que, si me desmayaba, podría darme por muerta teniendo en cuenta el estado de McDermott.

Rompí a llorar diciendo: no, aquí no puedo, es la cama de un muerto, no sería correcto estando él tieso en el sótano.

Mis sollozos le molestaron mucho. Me dijo que me calmara si no quería que me soltara un sopapo, pero no lo hizo. Lo que yo le había dicho le había enfriado el ardor, como dicen en los libros; o, tal como Mary Whitney hubiera dicho, le había hecho perder los papeles, pues en aquel momento el señor Kinnear no le hubiera podido causar el menor daño, estando tan tieso como estaba.

Me levantó de la cama sin contemplaciones y me arrastró por el pasillo mientras yo gemía y gritaba desesperada. Si no te gusta esa cama, me dijo, lo haré en la de Nancy, porque eres tan puta como ella. Adiviné sus intenciones y comprendí que había llegado mi hora. Esperaba que de un momento a otro me derribara al suelo y me arrastrara por el cabello.

Abrió la puerta de par en par y me empujó al interior de la habitación, que estaba tan desordenada como Nancy la había dejado, porque yo no la había arreglado por falta de tiempo y porque ya no me parecía necesario. Cuando McDermott echó el cubrecama hacia abajo, la sábana estaba toda salpicada de oscura sangre y un libro que había en la cama también estaba cubierto de sangre. Al verlo lancé un grito de terror. McDermott se detuvo en seco y observó el libro diciendo: lo había olvidado.

Le pregunté qué demonios era aquello y qué estaba

haciendo allí. Me contestó que era la revista que estaba leyendo el señor Kinnear y que éste se había llevado a la cocina donde él le había pegado un tiro. Al desplomarse al suelo, el amo había juntado las manos sobre su pecho sin soltar el libro, por cuyo motivo éste había recibido las primeras salpicaduras de sangre. McDermott había arrojado el libro sobre la cama de Nancy para quitárselo de la vista y también porque era donde debía estar, ya que ella era la responsable de la muerte del señor Kinnear: si Nancy no hubiera sido una grandísima puta y una arpía, todo habría sido diferente y el señor Kinnear no hubiera tenido por qué morir. Por consiguiente, aquello era una señal. Después se santiguó; fue la única vez que le vi hacer un gesto tan papista.

Pensé que estaba más loco que un cencerro, tal como Mary Whitney solía decir; sin embargo, la contemplación de la sangre lo serenó y le quitó de la cabeza lo que estaba a punto de hacer. Acerqué la vela, di la vuelta al libro con el índice y el pulgar y vi que era efectivamente la gaceta femenina *Godey* que el señor Kinnear había estado leyendo con tanta complacencia aquel día. Al recordarlo estuve a punto de echarme a llorar en serio.

Pero era imposible saber cuánto tiempo le duraría a McDermott aquel estado de ánimo, así que le dije: eso los desconcertará. Cuando encuentren el libro, no comprenderán cómo llegó hasta aquí. Él soltó una risa extrañamente hueca y contestó que así sería en efecto, pues tendrían que devanarse mucho los sesos.

Entonces yo le dije: será mejor que nos demos prisa pues podría venir alguien mientras todavía estamos aquí; tenemos que hacer las maletas enseguida y viajar de noche; de lo contrario, si alguien nos viera por el camino con el carro del señor Kinnear, comprendería que algo malo ha ocurrido. Tardaremos mucho en llegar a Toronto de noche, añadí. Además, *Charley* estará cansado, porque ya ha hecho hoy mismo ese viaje.

McDermott se mostró de acuerdo e inmediatamente empezamos a recorrer la casa para recoger las cosas. Yo no quería llevar muchas, sólo los objetos más ligeros y de más valor, como la caja de rapé de oro del señor Kinnear, su telescopio y su brújula de bolsillo, su cortaplumas de oro y todo el dinero que pudiéramos encontrar; pero McDermott dijo que nos condenarían lo mismo por un penique que por una libra y que le daba igual que lo ahorcaran por una oveja o por una cabra; al final, saqueamos toda la casa y nos llevamos la vajilla de plata y los candelabros, las cucharas, los tenedores y demás, incluso los que llevaban grabado el timbre de la familia, pues McDermott dijo que se podrían fundir.

Eché un vistazo al arca de Nancy y a sus vestidos y pensé: es una pena que nadie los aproveche, la pobre Nancy ya no los necesita. Así que tomé el arca con todo lo que contenía y también la ropa de abrigo, pero dejé el vestido que ella se estaba haciendo porque, como no estaba terminado, me pareció algo demasiado próximo a ella y había oído decir que los muertos regresaban para completar lo que habían dejado incompleto y no quería que ella lo echara en falta y me persiguiera. Para entonces ya estaba casi segura de que Nancy había muerto.

Antes de marcharme ordené la casa, fregué los platos, incluso los de la cena, hice la cama del señor Kinnear, tapé la de Nancy con el cubrecama, pero dejé el libro donde estaba, pues no quería mancharme las manos con la sangre del señor Kinnear, y vacié el orinal de Nancy, porque consideraba incorrecto no hacerlo y me parecía una falta de respeto. Entre tanto, McDermott estaba enjaezando a *Charley* y cargando las arcas y el morral en el carro, aunque en determinado momento lo encontré sentado en el peldaño con la mirada perdida en la distancia. Le dije que espabilara y se portara como un hombre, pues lo que menos deseaba era quedarme en aquella casa con él, sabiendo que no estaba en sus cabales. Lo de que se portara como un hombre le hizo efecto, porque salió de su ensimismamiento, se levantó y me dijo que tenía razón.

Lo último que hice fue quitarme la ropa que llevaba y ponerme uno de los vestidos de Nancy, el de fondo claro con un estampado de florecitas, el mismo que llevaba puesto el día en que llegué a la casa del señor Kinnear. Me puse también su enagua ribeteada de encaje más la única enagua limpia de repuesto que yo tenía, y los zapatos de verano de cuero claro de Nancy que tantas veces había admirado a pesar de que no me encajaban muy bien. Y también su papalina de paja. Me llevé su chal de suave lana de cachemira, aunque no pensaba que lo necesitara pues la noche era muy templada. Después me apliqué detrás de las orejas y en las muñecas un poco del agua de rosas que Nancy guardaba en su tocador; el perfume me proporcionó cierto consuelo.

A continuación me puse un delantal limpio, avivé el fuego de la cocina de verano en el que todavía quedaban unas pavesas y quemé mi ropa; no me gustaba la idea de volver a ponérmela, porque me recordaría cosas que deseaba olvidar. Puede que fueran figuraciones mías, pero me pareció que olía a carne chamuscada y pensé que era como si estuviera quemando mi piel desechada y sucia.

Mientras me hallaba ocupada en esta tarea entró McDermott y me dijo que ya estaba listo y que por qué perdía el tiempo. Le contesté que no encontraba mi pañuelo blanco, el de las florecitas azules; lo necesitaba para que no me diera el sol en el cuello cuando al día siguiente cruzáramos el lago en el transbordador. Entonces él soltó una carcajada de sorpresa y me dijo que el pañuelo estaba abajo en el sótano impidiendo que el sol le diera a Nancy en el cuello, tal como yo hubiera tenido que recordar, pues yo misma había tirado con fuerza de él y lo había anudado. Al oírlo experimenté un sobresalto; sin embargo no quise llevarle la contraria porque resulta muy peligroso contradecir a los locos. Preferí decirle que lo había olvidado.

Eran aproximadamente las once de la noche cuando nos pusimos en marcha; una noche preciosa en que soplaba una brisa refrescante y no había demasiados mosquitos. Brillaba la media luna, pero no recuerdo si era cuarto creciente o cuarto menguante; mientras bajábamos, recorríamos la avenida bordeada de arces y pasábamos por delante del huerto de árboles frutales, volví la cabeza y vi la casa muy tranquila y como iluminada por un suave fulgor bajo la luz de la luna. Quién podría adivinar lo que hay dentro, pensé. Después lancé un suspiro y me preparé para el largo viaje.

Íbamos muy despacio a pesar de que *Charley* conocía el camino, pero es que el caballo sabía también que el cochero no era el mismo y que algo malo había ocurrido, pues se detuvo varias veces y no quiso seguir a menos que lo azotaran con la fusta. No obstante, después de haber recorrido varios kilómetros y haber dejado atrás los lugares que mejor conocía, el caballo se acostumbró y avanzamos junto a los campos silenciosos y plateados, las vallas en zigzag semejantes a unas oscuras trenzas y las tupidas manchas de bosque mientras los murciélagos revoloteaban por encima de nuestras cabezas; en determinado momento se cruzó en nuestro camino una lechuza tan pálida y suave como una mariposa nocturna.

Al principio temí que nos encontráramos con algún conocido que nos preguntara adónde íbamos a una hora tan intempestiva; pero no vimos ni un alma. James empezó a animarse y se puso a hablar de lo que haríamos cuando llegáramos a los Estados Unidos, donde venderíamos los objetos, nos compraríamos una pequeña granja y seríamos independientes; suponiendo que al principio no tuviéramos suficiente dinero, nos pondríamos a trabajar como criados y ahorraríamos el salario. Yo no le dije ni que sí ni que no, pues, en cuanto hubiéramos cruzado el lago sanos y salvos y nos encontráramos en medio de otras personas, no pensaba permanecer a su lado ni un minuto más.

Al poco rato, James se calló y sólo se oía el rumor de los cascos de *Charley* en el camino y el susurro de la suave brisa. Pensé en la posibilidad de saltar del carro y correr hacia el bosque, pero sabía que no podría llegar muy lejos y que, aunque lo consiguiera, me devorarían los osos y los lobos. Me dije: estoy caminando por cañadas oscuras, tal como dice el salmo; procuré no temer nada, pero me fue muy difícil, porque el mal viajaba conmigo en el carro cual si fuera una especie de niebla. Así pues, intenté pensar en otras cosas. Levanté los ojos al cielo despejado y cuajado de estrellas; me pareció tan cercano que creí poder tocarlo con los dedos, y tan delicado como una telaraña salpicada de centelleantes gotas de rocío que yo pudiera atravesar con la mano.

Pero mientras lo contemplaba, una parte de él empezó a arrugarse como la telilla de la leche hirviendo, aunque más dura y quebradiza y más llena de guijarros, como una playa oscura o un negro crespón de seda; después el cielo no fue más que una fina superficie como de papel y yo vi que se estaba chamuscando. Detrás de él había una gélida oscuridad, pero lo que yo estaba contemplando no era el cielo ni el infierno sino tan sólo el vacío. Era algo mucho más aterrador que cualquier otra cosa que hubiera podido imaginar. Recé en silencio para que Dios perdonara mis pecados; pero ¿y si no hubiera ningún Dios que pudiera perdonármelos? Después pensé que a lo mejor aquello era la oscuridad exterior donde reinaba el llanto y el rechinar de dientes y Dios estaba ausente. En cuanto lo pensé, el cielo volvió a cerrarse como el agua cuando le arrojas una piedra, recuperó su intacta suavidad y se llenó de estrellas.

La luna había estado bajando mientras el carro seguía su camino. Poco a poco me entró sueño; el aire nocturno era fresco y me envolví en el chal de lana de cachemira; debí de quedarme medio dormida y apoyé la cabeza contra McDermott, pues lo último que recuerdo fue el roce de sus manos colocándome tiernamente el chal alrededor de los hombros.

Cuando me desperté estaba tendida boca arriba en el suelo sobre las hierbas del borde del camino, tenía un peso encima y una mano tanteaba bajo mis enaguas; empecé a forcejear y a gritar. Entonces la mano me cubrió la boca y la voz de James me preguntó en tono enfurecido qué pretendía con aquel alboroto; ¿acaso quería que nos descubrieran? Me calmé, él apartó la mano de mi boca y yo le dije que se levantara y me dejara en paz.

Al oírlo se puso hecho un basilisco, afirmó que yo le había pedido que parara el carro para hacer mis necesidades al borde del camino y que, una vez aliviada, había extendido mi chal en el suelo y, como una perra en celo, lo había invitado a tenderse a mi lado, diciéndole que ahora iba a cumplir mi promesa.

Yo sabía que no había hecho tal cosa pues estaba dormida como un tronco, y así se lo dije. Él me replicó que no permitiría que me burlara de él y que yo era una maldita puta y un demonio y que el infierno era un lugar demasiado bueno para mí, porque lo había atraído y engatusado y encima lo había inducido a perder su alma. Entonces yo me puse a llorar, ya que no creía merecer semejantes palabras. Él me dijo que esta vez las lágrimas de cocodrilo no me servirían de nada, pues ya estaba hasta la coronilla de mí. Acto seguido, empezó a tirar con fuerza de mis faldas y trató de inmovilizarme la cabeza sujetándome por el cabello. Yo le mordí una oreja.

Lanzó un rugido y pensé que me iba a matar allí mismo. Pero en lugar de eso, me soltó, se levantó e incluso me ayudó a levantarme a mi vez, diciendo que en el fondo yo era una buena chica y que esperaría a casarse conmigo, porque era lo mejor y lo más correcto; lo había hecho para ponerme a prueba. Después añadió que yo tenía unos dientes muy fuertes: le había hecho sangre, cosa que al parecer, le había gustado.

Me sorprendí pero no dije nada, ya que todavía estaba sola con él en un camino desierto y nos faltaban muchos kilómetros por recorrer.

39

Así proseguimos nuestro viaje a través de la noche y, al final, el cielo empezó a aclararse y llegamos a Toronto pasadas las cinco de la mañana. McDermott dijo que iríamos al City Hotel, despertaríamos a los empleados y les pediríamos que nos prepararan el desayuno, porque se moría de hambre. Le repliqué que el plan no me parecía muy bueno y que sería más prudente esperar a que hubiera mucha gente, por cuanto si hiciéramos lo que él decía, llamaríamos mucho la atención y después nos recordarían. Me preguntó por qué me pasaba el rato discutiendo con él; era para volver loco a cualquiera; el dinero que tenía en el bolsillo valía tanto como el de cualquiera y, si le apetecía un desayuno y se lo podía pagar, lo tendría.

Desde entonces he pensado muchas veces en lo curioso que resulta el comportamiento del hombre que tiene unas cuantas monedas, sea cual sea el medio que haya empleado para adquirirlas, pues enseguida se cree con derecho a ellas y a poseer todo lo que pueda comprarse con aquel dinero, y se considera el dueño del cotarro.

McDermott se empeñó en que hiciéramos lo que él decía, no tanto por el desayuno, creo yo ahora, cuanto para enseñarme quién era el amo. Tomamos unos huevos con jamón y hay que ver cómo presumió y fanfarroneó, dando órdenes al criado y diciéndole que su huevo no estaba bien cocido. En cambio, yo apenas pude probar bocado porque me llené de inquietud al ver que McDermott estaba llamando la atención.

Más tarde averiguamos que el siguiente transbordador a los Estados Unidos no zarparía hasta las ocho, por lo que tendríamos que esperar en Toronto unas dos horas más. Me pareció muy peligroso, estaba segura de que algunas personas de la ciudad reconocerían el carro y el caballo del señor Kinnear dada la frecuencia con que éste se desplazaba hasta allí. Convencí a McDermott para que dejara el carro en el lugar más discreto que encontré, una oculta callejuela, a pesar de que él quería pasearse y presumir; más tarde supe que, a pesar de mis precauciones, alguien lo había visto.

Hasta que salió el sol no pude echar un buen vistazo a McDermott y entonces me di cuenta de que llevaba puestas las botas del señor Kinnear. Le pregunté si se las había quitado al cadáver del sótano y él me contestó que sí; la camisa también era una de las que había en los estantes del vestidor del señor Kinnear, una camisa de una calidad muy superior a la de cualquier camisa que él jamás hubiera poseído. McDermott había pensado quitarle al cadáver la que llevaba puesta, pero estaba empapada de sangre y la había dejado tirada detrás de la puerta. Me horroricé y le pregunté cómo había podido hacer semejante cosa y él me replicó que a qué me refería, porque yo llevaba un vestido y una papalina de Nancy. Le contesté que no era lo mismo y él dijo que sí; de todos modos, no había querido dejar el cadáver desnudo y le había puesto su propia camisa.

Le pregunté cuál le había puesto y me contestó que una de las que le había comprado al buhonero. Me entristecí y le dije: ahora le echarán la culpa a Jeremiah, pues localizarán el origen de la camisa y yo lo sentiré mucho porque es un buen amigo mío.

Un amigo demasiado íntimo a mi juicio, declaró McDermott; le pregunté qué había querido decir con eso. Me contestó que Jeremiah me miraba de una manera que no le gustaba y que si él tuviera mujer, no permitiría que mantuviera tratos con buhoneros judíos ni que chismorreara y coqueteara con ellos en la puerta de atrás; en caso de que lo hiciera, él le pondría a su mujer un ojo a la funerala y le daría un estacazo en la cabeza.

Empecé a enfadarme y estaba a punto de decirle que Jeremiah no era judío, pero aunque lo fuera, antes me casaría con un buhonero judío que con él, pero comprendí que pelearnos no sería positivo para ninguno de los dos, sobre todo si llegábamos a las manos y a cruzar insultos. Así que me mordí la lengua; quería atravesar el lago y llegar sana y salva a los Estados Unidos sin que hubiera ningún incidente y, una vez allí, darle esquinazo a McDermott y librarme definitivamente de él.

Le aconsejé que se cambiara de ropa; yo también pensaba hacer lo mismo, porque si alguien preguntaba por nosotros quizás eso lo despistaría. No creíamos que tal cosa ocurriera antes del lunes por lo menos pues ignorábamos que el señor Kinnear había invitado a unos amigos a cenar el domingo. Así pues, me cambié de vestido en el City Hotel y James se puso una ligera chaqueta de verano del señor Kinnear. Después me dijo en tono levemente despectivo que estaba muy elegante y hasta parecía una señora y todo con mi sombrilla de color de rosa.

A continuación se fue al barbero; en aquel momento yo hubiera podido escapar para pedir socorro. Pero él me había dicho varias veces que teníamos que permanecer juntos pues de lo contrario nos ahorcarían por separado y, aunque yo me considerara inocente, sabía que las apariencias estaban en mi contra. Sin embargo, aunque a él lo ahorcaran y a mí no, y a pesar de que no deseaba su compañía, tampoco quería traicionarlo. La traición es siempre despreciable; yo había sentido latir su corazón junto al mío y, por mucho que lo aborreciera, no por ello dejaba de ser un corazón humano y yo no quería tener nada que ver en el hecho de que dejara de latir a no ser que me obligaran. Recordé tambien lo que está escrito en la Biblia: «La venganza me pertenece, dice el Señor.» No me consideraba con derecho a hacer algo tan grave como tomarme la justicia por mi mano; de modo que me quedé donde estaba hasta que él regresó.

A las ocho embarcamos en el vapor *Transit* con el carro, *Charley*, las arcas y todo lo demás, y zarpamos del puerto. Lancé un suspiro de alivio; era un día muy bonito, soplaba una suave brisa y el sol centelleaba en las azules aguas del lago. Para entonces James ya estaba otra vez de buen humor y se sentía muy orgulloso. Yo no quería perderlo de vista por temor a que anduviera por ahí presumiendo de su nuevo vestuario y exhibiendo los objetos de oro del señor Kinnear. Por su parte, él tampoco quería perderme de vista por temor a que le contara a alguien lo que él había hecho; por eso permanecía pegado a mí como una sanguijuela.

Estábamos en la cubierta inferior a causa de *Charley*, pues yo no quería dejarlo solo. El caballo estaba muy nervioso y yo sospechaba que jamás había viajado en un vapor; el ruido del motor y el movimiento de la rueda de paletas debían de haberlo asustado. Así que me quedé con él y le di de comer unas galletas saladas que le encantaron. Una chica y un caballo siempre atraen la atención de los jóvenes admiradores que fingen interesarse por el caballo. Eso fue lo que ocurrió y muy pronto me vi obligada a responder a varias preguntas. James me había ordenado que dijera que éramos hermana y hermano y que ambos habíamos dejado atrás unas relaciones insatisfactorias con ciertas personas con quienes nos habíamos peleado; decidí llamarme Mary Whitney y dije que él se llamaba David Whitney y expliqué que nos dirigíamos a Rochester. Los jóvenes no vieron ninguna razón para no cortejarme sabiendo que James era mi hermano. Así lo hicieron y yo por mi parte correspondí a sus ocurrentes comentarios con buen humor, cosa que más tarde me perjudicó en el juicio; James me dirigió varias miradas siniestras, a pesar de que yo sólo quería disipar las sospechas no sólo de los chicos sino también las suyas y, por debajo de mi alegre despreocupación, me sentía muy abatida.

Nos detuvimos en Niágara, pero lejos de las cataratas, de manera que no pude verlas. James bajó a la playa, me obligó a acompañarlo y se comió un bistec. Yo no tomé ningún refresco porque estaba demasiado nerviosa. Sin embargo, no ocurrió nada y reanudamos la travesía del lago. Un joven me señaló otro vapor en la lejanía y me dijo que era el *Lady of the Lake**, un buque de los Estados Unidos que hasta tiempos muy recientes estaba considerado el barco más rápido del lago; pero había perdido la carrera de velocidad ante el *Eclipse*, el nuevo vapor de la Royal Mail Standard, que le había sacado cuatro minutos y medio. Le pregunté si no se enorgullecía de la hazaña del barco y él me contestó que no, porque había apostado un dólar por el *Lady*. Todos los presentes se echaron a reír.

De pronto comprendí una cosa por la que siempre había sentido curiosidad. Hay un modelo de *quilt* llamado La Dama del Lago, en cuyo dibujo jamás había visto ninguna dama y tampoco ningún lago. En aquel momento caí en la cuenta de que el barco había sido bautizado con el título del poema y que el *quilt* tenía el nombre del barco, ya que el dibujo era una rueda catalina que debía de representar una paleta en movimiento. Entonces me dije que las cosas tienen sentido y albergan sus propios designios, basta con reflexionar acerca de ellas el tiempo suficiente. Así que tal vez ocurriera lo mismo con los más recientes acontecimientos que de momento me parecían totalmente absurdos; el hecho de haber descubierto la explicación del motivo del *quilt* me había dado una lección: la de que hay que tener fe.

Después recordé que Mary Whitney me había leído aquel poema y que ambas nos habíamos saltado los aburridos galanteos y habíamos pasado directamente a los pasa-

* En inglés, «La dama del lago», poema de Walter Scott. *(N. de la T.)*

jes más emocionantes y a los combates; pero el pasaje que yo recordaba mejor era el de la pobre mujer que había sido secuestrada en la iglesia el día de su boda para satisfacer los apetitos de un noble y había enloquecido por esta causa y vagaba por la campiña recogiendo flores silvestres y cantando para sus adentros. Pensé que yo también había sido secuestrada en cierto modo, aunque no en el día de mi boda; y temí acabar en la misma desdichada situación.

Entre tanto estábamos llegando a Lewiston. James había intentado vender el caballo y el carro entre los viajeros en contra de mi opinión, pero el precio que pedía era demasiado bajo y despertó sospechas. Y, como los había puesto a la venta, el funcionario de aduanas de Lewiston les aplicó un arancel y los retuvo porque no teníamos dinero para pagarlo. Al principio James se enfureció, pero muy pronto se le pasó el enfado y dijo que no tenía importancia, que venderíamos algunos de los objetos que llevábamos y regresaríamos al día siguiente por el carro. Sin embargo, yo no las tenía todas conmigo pues deberíamos pasar la noche allí y, a pesar de que nos encontrábamos en los Estados Unidos y hubiéramos podido considerarnos a salvo por estar en un país extranjero, esa circunstancia jamás había impedido que los negreros estadounidenses cruzaran la frontera y atraparan a los esclavos fugitivos que, a su juicio, les pertenecían; además, nos encontrábamos demasiado cerca para sentirnos tranquilos.

Le dije que hiciera lo que quisiera con el carro e intenté arrancarle la promesa de que no vendería a *Charley*. Pero me contestó que *Charley* le importaba un bledo; creo que estaba celoso del pobre caballo por el mucho cariño que yo le tenía. El paisaje de los Estados Unidos era muy parecido al de la campiña de la que procedíamos, aunque de hecho estábamos en un lugar distinto, ya que las banderas eran diferentes. Recordé lo que me había dicho Jeremiah acerca de las fronteras y de lo fácil que resultaba cruzarlas. La vez en que me lo había dicho en la cocina del señor Kinnear se me antojaba muy lejana, como si hubiera sido en otra vida; pero en realidad había transcurrido apenas una semana.

Nos dirigimos a la taberna más próxima, que no era un hotel, como se dijo en el poema que publicó el periódico acerca de mí, sino simplemente una posada barata del puerto. Allí James bebió una cantidad de brandy y cerveza muy superior a lo que hubiera sido conveniente; después cenamos y él siguió bebiendo. Cuando llegó el momento de retirarnos, quiso que fingiéramos ser marido y mujer y compartiéramos una habitación, y de esta manera pagaríamos la mitad. Pero yo adiviné sus propósitos y le dije que, puesto que en el barco nos habíamos hecho pasar por hermanos, ahora no podíamos cambiar, ya que cabía la posibilidad de que alguien nos recordara. Así pues, él compartió una habitación con otro hombre y a mí me dieron una para mí sola.

Sin embargo, él intentó entrar en mi habitación, señalando que muy pronto nos íbamos a casar. Yo le contesté que antes preferiría casarme con el demonio y él me replicó que me obligaría a cumplir mi promesa de la manera que fuera. Entonces le amenacé con ponerme a gritar, y añadí que eso en un lugar lleno de gente no sería lo mismo que en otro en el que sólo había dos cadáveres. Él dijo que callara la boca y me llamó guarra y puta y yo le repliqué que utilizara otros epítetos pues ya me estaba cansando de oírlo. Se fue hecho una furia.

Decidí levantarme temprano, vestirme y marcharme, porque de verme obligada a casarme con él, no tardaría nada en estar muerta y enterrada; si ahora James sospechaba de mí, no quería ni pensar en lo que ocurriría más tarde. En cuanto él me encerrara en una granja de un lugar desconocido donde yo no tuviera ningún amigo, mi vida no valdría un pimiento, pues en menos de lo que canta un gallo me propinaría un estacazo en la cabeza, me enterraría a dos metros de profundidad en el huerto y mi cadáver haría que las zanahorias y las patatas crecieran mucho más deprisa de lo que cabría esperar.

Por suerte, la puerta tenía una aldaba y yo la corrí. Después me quité la ropa dejándome puesta la interior y la dejé cuidadosamente doblada sobre el respaldo de la silla, tal como solía hacer en el cuartito de la casa del concejal Parkinson que compartía con Mary. A continuación apagué la vela, me deslicé entre las sábanas, que por un extraño prodigio estaban casi limpias, y cerré los ojos.

Dentro de los párpados veía el movimiento del agua y las azules olas del lago brillando bajo el sol; sólo que eran unas olas mucho más grandes y oscuras, algo así como bamboleantes colinas; eran las olas del océano que había cruzado hacía apenas tres años, que a mí se me antojaban un siglo. Me pregunté qué sería de mí y me consolé al pensar que en cuestión de cien años ya estaría muerta y disfrutaría de la paz del sepulcro; en ese punto me dije que quizá me ahorraría complicaciones si acababa en él mucho antes.

Sin embargo, las olas seguían moviéndose y la blanca estela del barco las abría por un instante y el agua las volvía a alisar. Tuve la sensación de que mis pasos se borraban a mi espalda, los pasos que yo había dado en mi infancia en las playas y los caminos del país que había dejado atrás, y los pasos que había dado a este lado del océano desde mi llegada aquí; todas mis huellas alisadas y borradas como si jamás hubieran existido, como cuando se limpian las manchas de la plata o como cuando alguien pasa la mano por la arena seca.

En el umbral del sueño pensé: es como si jamás hubiera existido, porque no he dejado ninguna huella. Y por eso no me pueden seguir.

Es casi como ser inocente.

Después me quedé dormida.

40

Esto es lo que soñé mientras dormía entre las sábanas casi limpias de la taberna de Lewiston:

Caminaba por la larga avenida curvada que llevaba a la casa del señor Kinnear, entre las hileras de arces plantados a ambos lados. Lo contemplaba todo por primera vez, pero yo sabía que había estado antes allí, tal como suele ocurrir en los sueños. Y me preguntaba: ¿quién vivirá en esta casa? De pronto me daba cuenta de que no estaba sola en la avenida. El señor Kinnear caminaba a mi espalda, hacia la izquierda; estaba allí para asegurarse de que yo no sufriera ningún daño. Después se encendía la lámpara del salón y yo comprendía que Nancy estaba dentro, esperándome para darme la bienvenida a mi regreso del viaje, por cuanto yo había estado de viaje, de eso no me cabía la menor duda, y había permanecido ausente largo tiempo. Sólo que no era Nancy sino Mary Whitney la que me esperaba; y yo me alegraba mucho de saber que volvería a verla tan sana y risueña como era antes.

Contemplé la casa y me pareció muy hermosa, con las paredes totalmente blancas, las columnas delante y las blancas peonías en flor brillando junto al pórtico al anochecer mientras la luz de la lámpara resplandecía en la ventana. Ansiaba estar allí, aunque en el sueño ya lo estaba; la casa me atraía con fuerza porque era mi verdadero hogar.

Mientras sentía todo eso, la luz de la lámpara se iba apagando, la casa se quedaba a oscuras, yo distinguía el fulgor de las luciérnagas, aspiraba el perfume de las flores del algodoncillo que crecían en los campos circundantes y sentía la suave tibieza de la húmeda brisa del anochecer estival contra la mejilla y el roce de una mano que se deslizaba en la mía. Justo en aquel momento llamaron a la puerta.

XI

ÁRBOLES CAÍDOS

La muchacha, lejos de mostrar alguna señal de que padece de un sueño agitado y una conciencia culpable, se presenta muy tranquila y despejada, con los ojos bien abiertos, como si hubiera dormido a pierna suelta; al parecer, su única preocupación es la de que le envíen algunas de sus prendas de vestir y su arca. De aquéllas nunca tuvo demasiadas; el vestido que ahora lleva pertenecía a la mujer asesinada y el arca que pide también era de esa desdichada.

Chronicle and Gazette,
Kingston, 12 de agosto de 1843

Pero, a pesar de que me he arrepentido de mi maldad con amargas lágrimas, Dios ha querido que jamás volviera a disfrutar de un momento de paz. Desde que ayudé a McDermott a estrangular a [Nancy] Montgomery, su rostro terrible y aquellos espantosos ojos inyectados en sangre no me han abandonado ni un solo instante. Me miran con furia noche y día y, cuando cierro los ojos desesperada, los veo contemplando mi alma; me es imposible borrarlos por la noche. En el silencio y la soledad de mi celda, esos ardientes ojos hacen que mi prisión sea tan clara como el día. No, no como el día, porque su ardiente e iracunda mirada no se parece a nada de este mundo...

GRACE MARKS
a Kenneth MacKenzie, según el relato de
Susanna Moodie, *Life in the Clearings*, 1853

No era amor, a pesar de que la esplendorosa belleza de ella lo enloquecía; tampoco era horror, por más que él imaginara el espíritu de ella saturado por la misma mortífera esencia que parecía invadir su cuerpo físico; era más bien un salvaje fruto del amor y el horror que contenía a ambos progenitores y ardía como el uno y temblaba como el otro. ¡Benditas sean todas las emociones sencillas, tanto si son claras como si son oscuras! La espeluznante mezcla de ambas es la que produce la esclarecedora llamarada de las regiones infernales.

NATHANIEL HAWTHORNE,
«Rappacini's Daughter», 1844

41

Al doctor Simon Jordan, en casa del mayor C. D. Humphrey, Lower Street, Kingston, Canadá Occidental; de la señora Jordan, Laburnum House, Loomisville, Massachusetts, Estados Unidos de Norteamérica.

3 de agosto de 1859

Mi queridísimo hijo:

Estoy profundamente preocupada porque hace mucho tiempo que no recibo carta tuya. Envíame por lo menos una palabra para hacerme saber que no ha ocurrido ningún percance. En los tiempos que corren, con una desastrosa guerra cada vez más cerca, la principal esperanza de una madre es la de que sus seres más queridos, de los cuales a mí sólo me quedas tú, estén sanos y salvos. Quizá sería mejor que te quedaras en ese país para evitar lo inevitable, pero eso sólo te lo pide el débil corazón de una madre, porque no puedo en conciencia defender la cobardía cuando tantas madres estarán sin duda preparadas para enfrentarse con cualquier cosa que el destino les tenga reservada.

Estoy deseando volver a contemplar tu amado rostro, mi querido hijo. La ligera tos que me aqueja desde que tú naciste se ha agravado últimamente y por la noche se intensifica; cada día que pasas lejos de nosotros me sume en un estado de angustia, pues temo morir de repente, quizás en mitad de la noche, sin haber tenido la ocasión de despedirme amorosamente de ti y darte una última bendición de madre. Si se pudiera evitar la guerra, cosa que todos debemos esperar, rezo para llegar a verte bien instalado en tu propio hogar antes de la inevitable fecha. Pero no dejes que mis absurdos temores y fantasías te aparten de tus estudios e investigaciones, y de tus locos o cualquier otra cosa que estés haciendo y que estoy segura de que debe de ser muy importante.

Espero que sigas un nutritivo régimen alimenticio y que conserves las fuerzas. No hay nada mejor que una constitución sólida, pero, cuando uno no la ha heredado, es tanto más conveniente que se cuide. La señora Cartwright dice que está muy contenta, porque su hija no ha estado enferma ni un solo día en su vida y es fuerte como un caballo. La herencia de una mente sana en un cuerpo sano es el mejor legado que se puede dejar a los hijos, un legado que, por desgracia, tu pobre madre no ha podido transmitir a su amado hijo, aunque no por falta de deseo. Pero todos tenemos que conformarnos con el lugar en el que la Providencia ha tenido a bien colocarnos en la vida.

Mis fieles Maureen y Samantha te envían su respeto y su afecto y piden que las recuerdes. Samantha dice que sus confituras de fresas que tanto te gustaban de niño siguen siendo tan buenas como siempre y debes apresurarte a regresar para saborearlas antes de que ella «cruce el río», según su propia expresión; y mi pobre Maureen, que tal vez muy pronto estará tan inválida como tu propia madre, dice que no puede tomar una cucharada sin pensar en ti y recordar tiempos más felices. Ambas están deseando volver a ver tu siempre grato semblante, tal como mil veces desea

Tu siempre amante y leal
MADRE

42

Simon se encuentra de nuevo en el pasillo de la buhardilla donde viven las criadas. Las intuye esperando detrás de las puertas cerradas, aguzando el oído mientras sus ojos brillan en la semipenumbra; pero no hacen ruido. Las pisadas de sus gruesas botas de colegial resuenan con sordo rumor en las tablas del suelo. Ojalá hubiera una alfombra o una estera; todos los de la casa deben de estar oyéndolo.

Abre una puerta al azar confiando en encontrar a Alice, ¿o acaso se llamaba Effie? Pero está otra vez en el Guy's Hospital. Lo huele y casi percibe el sabor, el denso y fuerte olor de la piedra húmeda, de la lana mojada, de la halitosis y de la séptica carne humana. Es el olor del juicio y la censura: está a punto de ser examinado. Delante de él hay una mesa cubierta con un lienzo: ha de practicar una disección, a pesar de que sólo es un estudiante, no le han enseñado nada y no sabe cómo se hace. No hay nadie en la sala, pero él sabe que quienes tienen que juzgarlo lo están observando.

Debajo de la sábana hay una mujer; lo adivina por los perfiles. Espera que no sea demasiado vieja, porque tal cosa agravaría en cierto modo la situación. Una pobre mujer fallecida a causa de una dolencia desconocida. Nadie sabe de dónde sacan los cadáveres; o nadie lo sabe a ciencia cierta. Los desentierran en el cementerio a la luz de la luna, dicen los estudiantes en broma. Se encargan de hacerlo los ladrones de cadáveres.

Se acerca poco a poco a la mesa. ¿Tiene los instrumentos a punto? Sí, aquí está la palmatoria, pero él va descalzo y se nota los pies mojados. Ha de retirar la sábana y después levantar, capa tras capa, la piel de quienquiera que sea, o que hubiera sido en el pasado. Retirar la gomosa carne, abrirla y destriparla como un abadejo. Tiembla de terror. El cadáver estará frío y rígido. Los conservan en hielo.

Pero debajo de la sábana hay otra sábana y, debajo de ésta, otra. Parece una cortina de muselina blanca. Debajo hay un velo negro y después, ¿será posible?, una enagua. La mujer debe de estar debajo de todo aquello; rebusca desesperadamente. Pero no; la última sábana es una sábana y debajo no hay más que una cama. Eso y la forma de alguien que ha estado tendido allí. Aún está caliente.

Está fracasando sin remedio, fallando el examen y, además, nada menos que en público; pero ahora eso ya no le importa. Es como si le hubieran indultado.

Ahora todo irá bien, alguien cuidará de él. Al otro lado de la puerta, que es la misma por la que entró, hay un prado verde más allá del cual discurre un arroyo. El rumor del agua lo tranquiliza. Percibe una rápida inspiración y un perfume de fresas y nota que una mano se apoya sobre su hombro.

Se despierta o sueña que se despierta. Sabe que aún debe de estar dormido porque Grace Marks se inclina hacia él en la semipenumbra y su cabello suelto le roza la cara. No se sorprende y tampoco pregunta cómo se las ha arreglado ella para llegar hasta aquí desde su celda de la cárcel.

La atrae hacia sí —va vestida tan sólo con un camisón—, se echa encima de ella y la penetra con un gruñido de lujuria y sin la menor educación pues en los sueños todo está permitido. Su propia columna vertebral lo sacude como un pez que ha picado el anzuelo y después lo suelta. Jadea y le falta el aire.

Sólo entonces se da cuenta de que no está soñando; o que no está soñando con la mujer. Ella está realmente allí en carne y hueso, tendida inmóvil a su lado en la cama donde de repente reina un excesivo sosiego, con los brazos a ambos lados del cuerpo como una efigie; pero no es Grace Marks. Ahora ya no es posible confundir su escualidez, su caja torácica de pájaro, su olor a ropa de cama chamuscada, alcanfor y violetas. El opiáceo sabor de su boca. Es su delgada patrona cuyo nombre ni siquiera conoce. Cuando él la penetró, no emitió el menor gemido ni de protesta ni de placer. ¿Respira de verdad?

La besa con cierta indecisión y la vuelve a besar: unos besos muy leves. Es la alternativa a tomarle el pulso. Busca a tientas hasta que encuentra una vena, la palpitante vena del cuello. Tiene la piel cálida y un poco pegajosa como un jarabe; el cabello de detrás de su oreja huele a cera de abejas.

O sea que no está muerta.

Oh, no, piensa. ¿Y ahora qué? ¿Qué es lo que he hecho?

43

El doctor Jordan se ha ido a Toronto. Ignoro cuánto tiempo estará ausente; espero que no mucho, porque ya me he acostumbrado en cierto modo a él y temo que cuando se vaya, tal como sin duda ocurrirá más tarde o más temprano, quedará un triste vacío en mi corazón.

¿Qué tendré que decirle cuando vuelva? Querrá que le hable de la detención, del juicio y de todo lo que se dijo. Todas esas cosas están en parte desordenadas en mi mente, pero podría elegir un poco de aquí y un poco de allá, algunos trozos de tela por así decirlo, como cuando se revuelve la bolsa de los retales en busca de algo que pueda ser útil para dar un toque de color.

Podría decir lo siguiente:

Pues verá, señor, primero me detuvieron a mí y después detuvieron a James. Él aún estaba durmiendo en su cama y lo primero que hizo cuando lo despertaron fue intentar echarle la culpa a Nancy. Si encuentran a Nancy, lo averiguarán todo, dijo, ella tuvo la culpa. Me pareció una gran estupidez por su parte, porque, aunque todavía no hubieran encontrado a Nancy, no tendrían más remedio que descubrir su cadáver más tarde o más temprano, aunque sólo fuera por el olor; eso es justamente lo que ocurrió al día siguiente. James fingía ignorar dónde estaba Nancy e incluso que ésta hubiera muerto; pero más le hubiera valido no hablar de ella.

Todavía era de madrugada cuando nos detuvieron. Nos sacaron de la taberna de Lewiston a toda prisa. Creo que temían que los hombres de allí se lo impidieran, atrajeran a la muchedumbre y ésta nos rescatara, como quizás hubiera ocurrido si McDermott hubiera tenido la astucia de proclamar a gritos que era un revolucionario o un republicano o algo por el estilo, si hubiera exigido que se respetaran sus derechos y hubiera gritado abajo los británicos, pues mucha gente seguía estando a favor del señor William Lyon Mackenzie y la Rebelión y muchos estadounidenses querían invadir el Canadá. Y además, los hombres que nos detuvieron no tenían ninguna autoridad. Pero McDermott estaba demasiado acobardado como para protestar o quizá le faltó presencia de ánimo. Cuando nos llevaron hasta la aduana y dijeron que se nos buscaba como sospechosos de asesinato, nos dejaron pasar y zarpar sin más.

Estuve muy triste durante la travesía del lago a pesar del buen tiempo y la práctica ausencia de oleaje, pero me animé pensando que la Justicia no dejaría que me ahorcaran por algo que no había hecho. Me bastaría con contar la historia tal como había ocurrido o con contar la parte de ella que recordara. No creía que McDermott tuviera muchas posibilidades de salvarse; pero él seguía negándolo todo y diciendo que nos habíamos llevado las cosas del señor Kinnear porque Nancy se había negado a pagarnos lo que nos debía y habíamos decidido cobrárnoslo por nuestra cuenta. Dijo que si alguien había matado a Kinnear lo más probable era que fuera un vagabundo, pues él había visto por allí a un hombre de aspecto sospechoso que alegó ser un buhonero y le había vendido unas camisas; a ése era a quien tenían que buscar y no a un hombre honrado como él cuyo único delito había sido el de querer mejorar su suerte por medio del trabajo y la emigración. Estaba claro que sabía mentir, pero no demasiado bien; más le hubiera valido no decir nada, porque no le creyeron. Me pareció muy mal, señor, que tratara de endosarle el asesinato a mi viejo amigo Jeremiah que jamás en su vida había hecho nada semejante, que yo supiera.

Nos encerraron en unas celdas de la cárcel de Toronto como animales enjaulados, pero no lo bastante cerca el uno del otro como para que pudiéramos hablar. Nos hicieron muchas preguntas. Yo estaba muy asustada y no sabía muy bien lo que tenía que decir. En aquellos momentos no tenía abogado, pues el señor MacKenzie vino mucho más tarde. Pedí mi arca, sobre la que tanto alboroto armaron los periódicos y tanto me atacaron por haber dicho que era mía cuando no tenía en realidad ninguna prenda que fuera mía; sin embargo, aunque fuera cierto que el arca y las prendas que contenía habían pertenecido a Nancy, ya no eran suyas, porque a los muertos no les sirven de nada estas cosas.

También me echaron en cara que al principio me mostrara tan tranquila y de tan buen humor y tuviera una mirada tan serena, cosa que a su juicio era una señal de insensibilidad; pero si hubiera llorado, habrían dicho que era una señal de culpabilidad, por cuanto ya habían llegado a la conclusión de que yo era culpable y, cuando la gente llega a la conclusión de que has cometido un delito, cualquier cosa que hagas se considera una prueba; creo que si me hubiera rascado o me hubiera sonado la nariz, los periódicos también lo habrían comentado con frases maliciosas y altisonantes. Fue entonces cuando dijeron que yo era la amante de McDermott y su cómplice, y también dijeron que lo había ayudado a estrangular a Nancy, pues se necesitaban dos personas para hacerlo. A los periodistas les gusta creer lo peor; de esta manera venden más periódicos, tal como uno de ellos me dijo, ya que hasta las personas honradas y respetables gustan de leer cosas malas acerca de los demás.

Después, señor, vino la investigación, que se llevó a cabo poco después de nuestro regreso. Era preciso establecer de qué manera habían muerto Nancy y el señor Kinnear, si de forma accidental o de resultas de un asesinato. Para ello tendrían que interrogarme en una sala de justicia. Yo estaba totalmente aterrorizada, pues sabía que los ánimos de la gente estaban soliviantados contra mí y los vigilantes de Toronto me gastaban bromas crueles cuando me llevaban la comida; decían que, cuando me ahorcaran, esperaban que el patíbulo fuera muy alto, porque así ellos me podrían echar un buen vistazo a los tobillos. Uno de ellos trató de aprovecharse, afirmando que más me valía disfrutar mientras pudiera, pues en el sitio adonde iría a parar no tendría entre mis rodillas a un amante tan entusiasta como él. Le ordené que apartara su cochina figura de mí y puede que la cosa hubiera terminado muy mal de no haber aparecido un compañero suyo que le dijo que aún no me habían juzgado y tanto menos condenado, por lo que, si quería conservar su puesto, le convenía dejarme en paz. Así lo hizo más o menos.

Le contaré todo eso al doctor Jordan, ya que le gusta que le cuente cosas de este tipo y siempre las anota.

Pues bien, señor, añadiré, vino el día de la investigación y yo procuré acudir muy limpia y arreglada, porque el aspecto es tan importante como cuando te presentas para un nuevo trabajo. Siempre te miran las muñecas y los puños para ver si eres aseada; en los periódicos dijeron que iba correctamente vestida.

La investigación se llevó a cabo en el Ayuntamiento en presencia de varios magistrados que me miraban con el ceño severamente fruncido y de una inmensa multitud de espectadores y periodistas que se empujaban y daban codazos para poder ver y oír mejor; varias veces tuvieron que amonestarlos por su comportamiento. Yo no comprendía cómo iba a poder entrar más gente en aquella sala tan abarrotada, pero la gente seguía entrando.

Procuré dominar mis temblores y enfrentarme con lo que se avecinaba con todo el valor de que pude hacer acopio y que, si he de serle sincera, señor, no era mucho. McDermott estaba allí con la cara tan enfurruñada como de costumbre. Era la primera vez que lo veía desde nuestra detención. Los periódicos dijeron que puso de manifiesto una «siniestra obstinación y un temerario desafío», lo cual debía de ser su manera de expresarlo, supongo. En realidad su aspecto era el mismo que siempre tenía a la hora del desayuno.

Después empezaron a interrogarme acerca de los asesinatos y yo no supe qué decir. Pues tal como usted sabe, señor, yo no recordaba muy bien los acontecimientos de aquel terrible día y en varios momentos había estado inconsciente; pero sabía que si hubiera dicho eso se habrían burlado de mí, porque Jefferson el carnicero había asegurado en su declaración que habló conmigo y yo le dije que no necesitaríamos carne, cosa que, por la presencia de los cadáveres en el sótano, dio lugar a un poema burlesco que se publicó en un periódico coincidiendo con el ahorcamiento de McDermott. Me pareció una ordinariez y una falta de respeto hacia las angustias mortales de un ser humano.

Así pues, declaré que la última vez que había visto a Nancy había sido hacia la hora de comer, cuando me asomé a la puerta de la cocina y la vi encerrando los patitos; después McDermott dijo que Nancy había entrado en la cocina y yo negué que fuera cierto; entonces él me mandó ocuparme de mis asuntos y añadió que Nancy se fue a casa de los Wright. Yo dije que sospeché algo y que le pregunté varias veces por Nancy a McDermott durante nuestro viaje a los Estados Unidos, y que él me contestó que Nancy estaba bien; afirmé que no supe a ciencia cierta que Nancy había muerto hasta que descubrieron su cadáver el lunes por la mañana.

Después les conté que había oído un disparo y había visto el cuerpo del señor Kinnear tendido en el suelo, que me había puesto a gritar y había salido corriendo y que McDermott disparó contra mí y yo me desplomé desmayada. Eso lo recordaba. Y efectivamente encontraron la bala de la escopeta en el marco de la puerta de la cocina de verano, lo cual demostraba que yo no mentía.

Decidieron someternos a juicio, pero éste no se celebró hasta el mes de noviembre, por lo que tuve que pasarme tres aburridos meses encerrada en la cárcel de Toronto, que era mucho peor que el penal de aquí, pues estaba sola en una celda, y la gente entraba con la excusa de hacer algo aunque en realidad venía para verme y me sentía muy desdichada.

Fuera de los muros de la cárcel las estaciones iban cambiando, pero la única diferencia que yo notaba era la luz que penetraba a través del ventanuco con barrotes situado en la parte superior de la pared y por el que yo no podía mirar porque estaba demasiado alto, y el aire que me llevaba los perfumes y los olores de todas las cosas que me faltaban. En agosto aspiraba el olor del heno recién segado, de la uva y los melocotones maduros; en septiembre el de las manzanas y en octubre el de las hojas muertas y el primer anticipo de la gélida nieve. No tenía nada que hacer excepto permanecer sentada en mi celda y preocuparme por lo que iba a ocurrir y por la posibilidad de que me ahorcaran, tal como cada día me decían los carceleros. Debo decir que disfrutaban con todas las palabras de muerte y desastre que salían de sus bocas. No sé si usted ha reparado en ello, señor, pero hay personas que disfrutan con el dolor de sus congéneres, sobre todo cuando creen que éstos han cometido un pecado. Sin embargo, ¿quién de nosotros no ha pecado, como nos dice la Biblia? Yo me avergonzaría de disfrutar con el sufrimiento ajeno.

En octubre me asignaron como abogado al señor Mac-Kenzie. No era muy apuesto y tenía una nariz que parecía una botella. Pensé que era muy joven e inexperto pues el mío era su primer caso; a veces me trataba con una familiaridad que no era muy de mi gusto, porque quería permanecer encerrado a solas conmigo en la celda y trataba de consolarme dándome palmadas en la mano, pero aun así yo me alegraba de que alguien se ocupara de defenderme y de presentar las cosas de la mejor manera posible; por eso no decía nada y me esforzaba en sonreír y en mostrarle mi gratitud. El señor MacKenzie quería que le contara mi historia de una manera coherente, pero me acusaba a menudo de divagar y entonces se enojaba conmigo; al final me dijo que lo mejor era no contar la historia tal como yo verdaderamente la recordaba, ya que todo el mundo la hubiera considerado absurda, sino contar una historia que tuviera pies y cabeza y resultara creíble. Tendría que omitir los detalles que no recordara y, muy especialmente, el hecho de que yo no los recordara. Y decir lo que lógicamente debía de haber ocurrido y no lo que yo efectivamente recordaba. Y eso es lo que intenté hacer.

Estaba casi siempre sola y dedicaba largas horas a pensar en mi futuro suplicio y en qué ocurriría en caso de que me condenaran a la horca y cuán largo y solitario sería el camino de la muerte que tal vez yo me viera obligada a recorrer y qué me esperaría al otro lado. Rezaba a Dios pero no obtenía respuesta y me consolaba pensando que su silencio era una muestra más del carácter inescrutable de sus caminos. Traté de recordar todas las cosas que había hecho mal para poder arrepentirme de ellas; como, por ejemplo, haber elegido la sábana más gastada para amortajar a mi madre o no haber permanecido en vela mientras Mary Whitney se moría. Cuando me enterraran a mí, puede que no me amortajaran con una sábana sino que me cortaran en trozos tal como dicen que hacen los médicos cuando te ahorcan. Éste era mi mayor temor.

Después procuraba animarme evocando acontecimientos más felices. Recordaba a Mary Whitney y los planes que ella tenía para cuando se casara y tuviera una granja de la que incluso había elegido las cortinas; y cómo todo había quedado en agua de borrajas y ella había muerto entre grandes sufrimientos; recordaba el último día de octubre y la noche en que mondamos las manzanas y ella me dijo que cruzaría el agua tres veces y después me casaría con un hombre cuyo nombre empezaba por jota. Ahora todo aquello se me antojaba un juego infantil y ya no me lo creía. Oh, Mary, pensaba, cuánto desearía estar en nuestro frío cuartito de la casa de la esposa del concejal Parkinson con su jofaina desportillada y su única silla, en lugar de estar aquí en esta oscura celda donde corro el peligro de perder la vida. A veces me parecía experimentar un pequeño consuelo e incluso una vez la oí reírse. Pero cuando una persona se pasa el rato sola, en ocasiones se imagina cosas.

Fue por aquel entonces cuando empezaron a crecer por vez primera las peonías rojas.

La última vez que vi al doctor Jordan, éste me preguntó si recordaba a la señora Susanna Moodie cuando ésta me había visitado en el penal. Debió de ser hace siete años, poco antes de que me encerraran en el manicomio. Le contesté que sí. Me preguntó qué opinaba de ella y le contesté que parecía un escarabajo.

¿Un escarabajo?, preguntó el doctor Jordan. Vi que lo había sorprendido.

Sí, un escarabajo, señor. Era redonda, gorda e iba vestida de negro, caminaba con unos pasitos muy rápidos como si correteara y tenía unos brillantes ojos negros. No lo digo como un insulto, señor, añadí al ver que soltaba una de sus habituales risitas. Es lo que parecía a mi juicio.

¿Y recuerdas la última vez que te visitó poco después de eso en el Manicomio Provincial?

No muy bien, señor, contesté. Allí recibíamos muchas visitas.

Dice que gritabas y corrías de un lado para otro. Estabas confinada en la sala de pacientes violentos.

Es posible, señor, dije. No recuerdo haber sido violenta con nadie a menos que los otros lo fueran primero conmigo.

Y creo que cantabas, dijo él.

Me gusta cantar, repliqué lacónicamente, pues me molestaba la línea que estaba siguiendo el interrogatorio. Un buen himno o una balada elevan el espíritu.

¿Le dijiste a Kenneth MacKenzie que los ojos de Nancy Montgomery te seguían por todas partes?, me preguntó.

He leído lo que escribió la señora Moodie a este respecto, señor, contesté. No me gusta llamar embustero a nadie pero el señor MacKenzie interpretó erróneamente lo que yo le dije.

¿Qué le dijiste?

Primero le hablé de unas manchas rojas, señor. Y era verdad. Parecían unas manchas rojas.

¿Y después?

Después, cuando él insistió en que se lo explicara, le dije lo que yo creía que eran. Pero no mencioné para nada unos ojos.

¿De veras? ¡Sigue!, dijo el doctor Jordan, procurando disimular su interés, pero estaba inclinado hacia delante como si esperara la revelación de un gran secreto. Sin embargo, no era un gran secreto. Se lo hubiera dicho antes si él me lo hubiera preguntado.

No le dije nada de ojos, señor; le dije «peonías». Lo que ocurre es que el señor MacKenzie era más aficionado a escuchar su propia voz que la de los demás. Y supongo que resulta más normal que te sigan unos ojos. Es algo más lógico dadas las circunstancias, usted ya me entiende, señor. Creo que fue por eso por lo que el señor MacKenzie no me entendió y la señora Moodie lo anotó. Querían que la cosa quedara bien. Pero aun así, eran peonías. Rojas. No hay confusión posible.

Comprendo, dijo el doctor Jordan. Pero por su expresión parecía tan desconcertado como siempre.

Después querrá que le hable del juicio. Empezó el 3 de noviembre y había tanta gente en la sala que el suelo se hundió. Cuando volvieron a acompañarme al banquillo de los acusados, al principio tuve que permanecer de pie, aunque después me ofrecieron una silla. La atmósfera era sofocante y se oía un constante zumbido de voces semejante al de un enjambre de abejas. Varias personas se levantaron, algunas para defenderme, señalando que jamás me había metido en ningún lío, era una buena trabajadora y tenía muy buen carácter. Otros hablaron en mi contra; su número era superior al de mis defensores. Miré a mi alrededor en busca de Jeremiah el buhonero, pero no estaba allí. Él por lo menos hubiera comprendido en parte mi apurada situación y hubiera intentado ayudarme a salir de ella, pues me había dicho que existía cierta afinidad entre nosotros. O eso creía yo por lo menos.

Luego llamaron a Jamie Walsh. Esperaba de él alguna muestra de simpatía pero, en cambio, me miró con tal expresión de reproche y desconsolada cólera que enseguida comprendí lo que pensaba. Se sentía traicionado en su amor porque yo me había ido con McDermott, por lo que, de ser a sus ojos un idolatrado ángel digno de veneración, yo había pasado a convertirme en un demonio y él haría todo lo posible por destruirme. Al comprenderlo así, mi corazón se hundió en el desánimo, pues de entre todos los conocidos de Richmond Hill, yo contaba con él para que hablara en mi favor; se le veía tan joven, natural e inocente que sentí una punzada de dolor, ya que apreciaba en gran manera la buena opinión que él tenía de mí y lamentaba perderla.

Se levantó y le tomaron juramento. La solemnidad con que prestó juramento y la rabia mal contenida de su voz no presagiaban nada bueno. Habló de nuestra fiesta de la víspera, de la música que él interpretó con su flauta, de la negativa de McDermott a bailar y de su decisión de acompañarlo hasta medio camino de su casa; dijo que cuando él se fue Nancy estaba viva y que, cuando regresó a la tarde siguiente, vio a McDermott empuñando una escopeta de dos cañones que éste alegó haber utilizado para matar unos pájaros. Añadió que yo me encontraba de pie junto a la bomba de agua con las manos cruzadas y que llevaba unas medias blancas de algodón y que, al preguntar él dónde estaba Nancy, yo le contesté en tono burlón que siempre preguntaba demasiado, pero que, si tanto le interesaba saberlo, un hombre había acudido a recoger a Nancy para llevarla a casa de los Wright, donde alguien estaba enfermo.

Yo no recuerdo nada de todo eso, señor, pero Jamie Walsh hizo su declaración con tal seriedad que hubiera sido muy difícil ponerla en duda.

Después se dejó llevar por la emoción y me señaló con el dedo diciendo: lleva puesto un vestido de Nancy, las cintas de su papalina también son de Nancy, lo mismo que la esclavina y la sombrilla que sostiene en la mano.

Entonces se produjo en la sala un clamor semejante al tumulto de voces del día del Juicio Final; y yo comprendí que estaba perdida.

Cuando me correspondió hablar, dije lo que el señor MacKenzie me había aconsejado decir; estaba trastornada por la necesidad de recordar las respuestas correctas y tenía especial empeño en explicar por qué razón no había advertido a Nancy y al señor Kinnear en cuanto tuve conocimiento de las intenciones de James McDermott. El señor MacKenzie declaró que no lo hice porque temía por mi vida y reconozco que, a pesar de su nariz, fue muy elocuente. Señaló que yo era casi una niña, una pobre niña huérfana de madre que en la práctica era una huérfana absoluta, arrojada al mundo sin nadie que me enseñara; que ya desde muy temprana edad había tenido que trabajar de firme para ganarme el sustento y que, a pesar de mi diligencia y laboriosidad, era una criatura ignorante y analfabeta, casi una deficiente mental, muy dócil y manejable y muy fácil de embaucar.

Sin embargo, todos sus esfuerzos fueron vanos, señor, y sus palabras me perjudicaron. El jurado me consideró culpable de asesinato por mi complicidad antes y después de los hechos, y el juez dictó sentencia de muerte. Me obligaron a levantarme para oír la sentencia. Cuando el juez pronunció la palabra «muerte», me desmayé y me desplomé sobre la barandilla de puntiagudas púas que rodeaba el banquillo de los acusados; y una de las púas se me clavó en el pecho justo al lado del corazón.

Podría enseñarle la cicatriz.

44

Simon ha tomado el tren de la mañana con destino a Toronto. Viaja en segunda clase, pues ha gastado mucho dinero últimamente y siente la necesidad de ahorrar.

Está deseando entrevistarse con Kenneth MacKenzie: puede que por este medio consiga averiguar algún que otro detalle que Grace no ha mencionado porque tal vez arrojaría sobre ella una luz negativa o porque sinceramente lo ha olvidado. La mente, piensa, es como una casa: los pensamientos que el propietario ya no desea mostrar o los que despiertan dolorosos recuerdos se quitan de la vista y se esconden en la buhardilla o en el sótano; y el olvido, como el almacenamiento de muebles rotos, es sin la menor duda un acto voluntario.

La voluntad de Grace es de tipo femenino negativo: le resulta más fácil negar y rechazar que afirmar y aceptar. Pero en su fuero interno —él ha visto, aunque sólo por un instante, aquella mirada consciente e incluso taimada del rabillo de sus ojos—, la joven sabe que le oculta algo. Mientras sigue dando puntadas a su labor de costura, tan aparentemente serena como una virgen de mármol, Grace ejerce sobre él su fuerza pasiva y obstinada. Una prisión no sólo encierra en su interior a los reclusos sino que mantiene fuera a todos los demás. La prisión más inexpugnable de Grace se la ha construido ella misma.

Algunos días él siente el impulso de abofetearla. La tentación es casi irresistible. Pero en tal caso ella lo tendría atrapado y dispondría de un motivo para oponerle resistencia. Le dirigiría aquella mirada de corza herida que las mujeres reservan para tales ocasiones. Se echaría a llorar.

Simon no cree que a ella le disgusten las conversaciones que mantiene con él. Muy al contrario, parece que son de su agrado y que incluso disfruta con ellas; tal como suele disfrutar una persona con cualquier tipo de juego en el que esté ganando, piensa sombríamente. El sentimiento que ella con más claridad le manifiesta es el de una discreta gratitud.

Simon está empezando a odiar la gratitud de las mujeres. Es como sentirse acariciado por unos conejos o como estar cubierto de jarabe: no te la puedes quitar de encima. Te dificulta el avance y te coloca en una situación de inferioridad. Cada vez que una mujer le expresa su gratitud, siente el deseo de tomar un baño frío. En su fuero interno, ellas lo desprecian. Recuerda con turbación y una especie de reseco aborrecimiento de sí mismo la ingenua condescendencia que solía manifestar cuando le daba el dinero a alguna desventurada y agotada muchacha de la calle; la mirada suplicante de los ojos de la chica y lo grandioso, rico y compasivo que él se sentía, como si el que estuviera a punto de otorgar favores fuera él y no ella. ¡Cuánto desprecio debían de esconder ellas bajo su gratitud y sus sonrisas!

Se oye el silbido del tren; una nube de humo gris pasa por delante de la ventanilla. A la izquierda, más allá de los campos, está el sereno lago, lleno de hoyuelos como el peltre trabajado a martillo. Aquí y allá ve una cabaña de troncos, una cuerda de tender la ropa con la colada agitada por el viento, una obesa madre que sin duda maldice el humo, una nidada de chiquillos mirando con los ojos muy abiertos; unos árboles recién talados, unos viejos tocones; una hoguera medio apagada. De vez en cuando, una casa más grande de ladrillo rojo o de chilla blanca. La locomotora late como un corazón de hierro mientras el tren avanza inexorablemente hacia el oeste.

Lejos de Kingston; lejos de la señora Humphrey. Rachel, como ahora ella lo ha obligado a llamarla echando mano de sus poderes de seducción. Cuantos más kilómetros consigue interponer entre su persona y Rachel Humphrey, tanto más ligero y menos espiritualmente turbado se siente. Se ha enredado demasiado con ella. Se está hundiendo —cruzan por su mente las imágenes de unas arenas movedizas—, pero no sabe cómo liberarse, todavía no. Tener una amante —porque en eso se ha convertido ella, supone él, ¡y no ha tardado demasiado!— es peor que tener una esposa. Las responsabilidades son más pesadas y más complejas.

La primera vez se trató de un accidente; fue víctima de una emboscada mientras dormía. La naturaleza se aprovechó de él y se fue acercando poco a poco mientras yacía en la cama sumido en una especie de trance y sin su armadura diurna; sus propios sueños se revolvieron contra él. Es justo lo mismo que dice Rachel hablando de su propia experiencia: dice que caminaba en estado de sonambulismo. Creía estar fuera bajo la luz del sol, cogiendo flores, pero se encontró en la habitación de Simon, presa en sus brazos en medio de la oscuridad, y fue demasiado tarde, estuvo perdida. Lo de «perdida» lo utiliza mucho. Siempre ha tenido una naturaleza muy sensible, le ha dicho, y ya de niña era sonámbula. De noche tenían que encerrarla en su habitación para evitar que vagara a la luz de la luna. Él no se cree la historia ni por asomo pero, tratándose de una refinada mujer de su clase, supone que debe de ser una manera de guardar las apariencias. Apenas se atreve a imaginar lo que pensaba ella entonces y lo que está pensando ahora.

Casi cada noche acude a su habitación en camisa de dormir y envuelta en un salto de cama lleno de volantes. Las cintas del cuello están desatadas y los botones desabrochados. Sostiene una vela en la mano: parece muy joven en medio de las sombras. Sus verdes ojos resplandecen y su largo cabello rubio se derrama sobre sus hombros como un velo brillante.

Y las veces en que él permanece fuera hasta muy tarde, paseando por la orilla del río en medio del frescor de la noche, tal como suele hacer cada vez con mayor frecuencia, ella le está esperando cuando regresa a casa. Su reacción inicial es de hastío: hay que pasar primero por una danza ritual que lo aburre soberanamente. El encuentro se inicia con unas lágrimas, un temblor y una manifestación de desgana: ella solloza, le hace reproches, se cree deshonrada, un alma condenada que se revuelca en la vergüenza. Jamás había sido la amante de nadie, nunca había caído tan bajo, jamás había sufrido semejante humillación; si su marido los descubriera, ¿qué sería de ella? La culpa es siempre de la mujer.

Simon la deja hablar un poco y después la consuela y le asegura en términos indefinidos que todo irá bien y que él no la menosprecia por lo que tan inadvertidamente ha hecho. Luego añade que nadie tiene por qué saberlo, siempre y cuando ambos sean discretos. Deben procurar no traicionarse delante de los demás con palabras o miradas —sobre todo, en presencia de Dora, pues Rachel debe saber que los criados son muy chismosos—, una precaución cuya finalidad no es sólo protegerla a ella sino también a él. Simon ya se imagina lo que diría el reverendo Verringer, entre otros.

Ella lloriquea un poco más al pensar en la posibilidad de que los descubran y vuelve a estremecerse de humillación. Simon no cree que haya seguido tomando láudano o, por lo menos, no tanto como antes; de otro modo, no estaría tan excitada. Su conducta no sería tan reprobable si fuera una viuda, añade la señora Humphrey. Si el mayor hubiera muerto, ella no traicionaría las promesas matrimoniales; pero, de hecho... Él le dice que el mayor la ha tratado muy mal y es un sinvergüenza, un bribón y un miserable, y se merece cosas mucho peores de ella. Simon ha conservado una apariencia de precaución: no le ha hecho propuestas de matrimonio inmediato en caso de que el mayor cayera súbita y accidentalmente desde lo alto de un peñasco y se rompiera el cuello. Para sus adentros, le desea una larga y saludable vida.

Le seca los ojos con el pañuelo que ella siempre lleva debidamente remetido en la manga, siempre limpio y recién planchado y oliendo a perfume de violetas. Ella lo rodea con sus brazos, se comprime contra él y Simon percibe sus pechos que lo empujan, sus labios y toda la longitud de su cuerpo. Tiene un talle asombrosamente fino. Su boca le roza el cuello. Después se aparta escandalizada de lo que ha hecho con un gesto de tímida ninfa en actitud de huir; pero esta vez él ya no se aburre.

Rachel es distinta a cualquier otra mujer que jamás haya poseído Simon. Ante todo, es una mujer respetable, algo que para él es primordial; y la respetabilidad de una mujer, como ahora acaba de descubrir, complica considerablemente las cosas. Las mujeres respetables son sexualmente frías por naturaleza y carecen de los anhelos perversos y los deseos neurasténicos que empujan a sus degeneradas hermanas a la prostitución; o eso dice la teoría científica. Sus propias exploraciones le han permitido descubrir que las prostitutas actúan movidas no tanto por la depravación cuanto por la pobreza, pero, aun así, tienen que presentarse tal como sus clientes se las imaginan. Una puta debe fingir deseo y después placer, tanto si los siente como si no; le pagan para que finja. Una prostituta barata es barata no porque sea fea o vieja, sino porque es una mala actriz.

Sin embargo, en el caso de Rachel ocurre lo contrario. Ha de simular aversión: su papel es el de oponer resistencia y el de Simon el de vencerla. Ella quiere que la seduzcan, la dominen y la tomen contra su voluntad. En el momento culminante —que ella siempre intenta disfrazar de dolor— siempre dice que no.

Por si fuera poco, con sus encogimientos, su manera de

aferrarse a él y sus serviles súplicas, le da a entender que le ofrece su cuerpo como una especie de pago, algo que ella le debe a cambio del dinero que él se ha gastado por ella, como en uno de esos melodramas lacrimógenos protagonizados por malvados banqueros y virtuosas pero pobres doncellas. Otro de los juegos que interpreta Rachel es el de estar atrapada y a merced de su voluntad, como en aquellas novelas obscenas que se compran en los mugrientos tenderetes de París, con sus sultanes de retorcidos mostachos y sus atemorizadas esclavas. Colgaduras plateadas, tobillos encadenados. Senos como melones. Ojos de gacela. La banalidad de semejantes metáforas no les quita su poder.

¿Qué idioteces pronuncia Simon en el transcurso de sus orgías nocturnas? Apenas las recuerda. Con palabras ardientes y apasionadas, le dice que no puede resistirse a sus encantos, cosa que —aunque parezca extraño— él cree en ese momento. Durante el día Rachel es una carga y un estorbo y Simon quisiera librarse de ella, pero de noche es una persona totalmente distinta y él también lo es. Dice que no cuando quiere decir que sí, al igual que hace ella. Quiere decir más, más allá y más profundamente. Desearía practicarle una incisión —muy pequeña— para saborear su sangre, un anhelo que en medio de las sombras del dormitorio le parece normal. Se siente empujado por una ansia que le parece incontrolable; pero dejando eso aparte, dejando aparte su propia persona, mientras las sábanas se agitan como si fueran olas y él da vueltas, se revuelca y jadea, otra parte de su ser permanece de pie con los brazos cruzados y con toda la ropa puesta, limitándose a observar la escena con curiosidad. ¿Hasta dónde llegará exactamente? Hasta dónde.

El tren entra en la estación de Toronto y Simon procura dejar atrás semejantes pensamientos. En la estación alquila una calesa y le indica al cochero el hotel elegido;

no es el mejor —no quiere malgastar innecesariamente el dinero— pero tampoco es una choza, pues no quiere que le roben y se lo coman las pulgas. Mientras recorren las calles —calurosas y polvorientas, llenas de vehículos de todo tipo, lentos carros, coches, carruajes particulares— Simon mira a su alrededor con interés. Todo es nuevo y rebosante de vida, bullicioso y brillante, vulgar y satisfecho de sí mismo, todo huele a dinero reciente y a recién pintado. Aquí se han hecho fortunas en un santiamén y se están haciendo otras muchas. Hay las consabidas tiendas y los habituales edificios comerciales y un sorprendente número de bancos. Ninguna casa de comidas parece prometedora. La gente que camina por las aceras parece próspera en su mayoría y no se ven las hordas de pordioseros, los enjambres de chiquillos mugrientos y raquíticos y los pelotones de sucias o llamativas prostitutas que afean tantas ciudades europeas; y, sin embargo, es tan grande la perversa obstinación de Simon que preferiría estar en Londres o en París. Allí sería un personaje anónimo y no tendría ninguna responsabilidad. Ningún lazo y ninguna relación. Podría perderse por completo.

XII

EL TEMPLO DE SALOMÓN

La miré con asombro. «¡Dios mío!, pensé, ¿es posible que esto sea una mujer? Y, encima, una preciosa mujer de delicada apariencia, ¡y era sólo una niña! ¡Qué coraje debe de tener!» Sentí también la tentación de decirle que era un demonio y que yo no quería tener nada más que ver con aquel asunto tan horrible; pero era tan bonita que no tuve más remedio que sucumbir a la tentación...

JAMES MCDERMOTT
a Kenneth MacKenzie,
según el relato de Susanna Moodie,
Life in the Clearings, 1853

[...] pues el destino de una mujer es
ser paciente y silenciosa, esperar como un mudo fantasma,
hasta que una inquisitiva voz disuelve el hechizo de su
    silencio.
De ahí que la vida interior de tantas mujeres dolientes
carezca de sol y sea callada y profunda, como los ríos
    subterráneos
que discurren a través de oscuras cuevas [...]

HENRY WADSWORTH LONGFELLOW,
«The Courtship of Miles Standish», 1858

45

El bufete jurídico de Bradley, Porter y MacKenzie tiene su sede en un nuevo y un tanto pretencioso edificio de ladrillo rojo de King Street West. Un joven delgado de cabello descolorido permanece sentado junto a un alto escritorio del despacho exterior, garabateando anotaciones con una pluma de punta de acero. Cuando entra Simon se levanta de un salto, salpicando gotas de tinta como un perro que se estuviera sacudiendo.

—El señor MacKenzie lo está esperando, señor —dice.

Coloca un reverente paréntesis alrededor de la palabra «MacKenzie». Qué joven es, piensa Simon; éste debe de ser su primer empleo. El muchacho acompaña a Simon a lo largo de un pasillo alfombrado y llama con los nudillos a una pesada puerta de madera de roble.

Kenneth MacKenzie se encuentra en su santuario interior. Se ha construido un marco formado por unas lustrosas estanterías, unos volúmenes profesionales lujosamente encuadernados y tres cuadros de carreras de caballos. Sobre su escritorio destaca un esplendoroso tintero de intrincados adornos. No es exactamente lo que Simon esperaba: no es un heroico Perseo libertador ni tampoco un san Jorge. Es un hombre bajito y con forma de pera —hombros estrechos y una confortable barriguita bajo el chaleco a cuadros escoceses—, con una voluminosa nariz picada de viruelas y, detrás de sus gafas de montura de plata, dos ojillos observadores. Se levanta de su sillón con la mano tendida y una sonrisa en los labios. Tiene dos largos dientes frontales que parecen de castor. Simon intenta imaginar su aspecto dieciséis años atrás, cuando era joven —más de lo que él mismo es ahora—, pero no lo consigue. Kenneth MacKenzie ya debía de parecer un caballero de mediana edad a los cinco años.

O sea que éste es el hombre que salvó la vida de Grace Marks a pesar de tener todos los factores en contra: las pruebas irrefutables, la indignada opinión pública y la confusa e inverosímil declaración de la propia acusada. Simon siente curiosidad por saber cómo se las arregló para conseguirlo.

—Doctor Jordan. Es un placer.

—Ha sido usted muy amable al dedicarme su tiempo —dice Simon.

—De ninguna manera. Tengo la carta del reverendo Verringer. Me habla muy bien de usted y me ha explicado en parte su actuación. Me alegro de poder ayudarlo en aras de la ciencia; tal como seguramente ya sabe, nosotros los abogados siempre agradecemos la oportunidad de exhibirnos. Pero antes de entrar en materia...

Aparecen una jarra y unos cigarros. El jerez es excelente: el señor MacKenzie se cuida muy bien.

—¿No será usted pariente del famoso rebelde? —pregunta Simon para iniciar la conversación.

—En absoluto, aunque no me disgustaría; ahora eso no es un inconveniente, el muchacho ha sido amnistiado hace tiempo e incluso se le considera el padre de las reformas. Pero por aquel entonces no gozaba de la menor simpatía; eso sólo hubiera podido colocar la soga alrededor del cuello de Grace Marks.

—¿De veras? —dice Simon.

—Si ha leído usted los periódicos de la época, habrá observado que los que apoyaban a MacKenzie y su causa fueron los únicos que hablaron en favor de Grace Marks. Todos los demás eran partidarios de ahorcarla junto con William Lyon MacKenzie y cualquier otra persona sospechosa de albergar inclinaciones republicanas.

—¡Pero no había la menor relación entre ambos casos!

—Por supuesto que no. En esos asuntos nunca es necesario que haya una relación. El señor Kinnear era un caballero *tory* y William Lyon MacKenzie se puso del lado de los pobres escoceses e irlandeses y de los emigrantes en general. Le aseguro que sudé sangre durante la celebración del juicio. Era mi primer caso, ¿sabe usted?; acababa de ingresar en el Colegio de abogados. Sabía que podía significar mi prosperidad o mi ruina, pero resultó que me ayudó a subir.

—¿De qué manera se hizo cargo del caso? —pregunta Simon.

—Mi querido señor, el caso me lo «entregaron». Era lo que se llama una patata caliente. Nadie más lo quería. El bufete lo aceptó de oficio (ninguno de los dos acusados tenía dinero, naturalmente) y, como yo era el letrado más joven, el caso cayó en mis manos; y, por si fuera poco, en el último minuto, con apenas un mes de tiempo para prepararme.

»—Bueno, muchacho —me dijo el viejo Bradley—, aquí lo tienes. Todo el mundo sabe que lo vas a perder porque la culpabilidad de los acusados es indudable; pero lo importante será el "estilo" con el que pierdas. Hay una manera torpe de perder y una manera elegante. Vamos a ver si pierdes con la mayor elegancia posible. Todos te animaremos.

»El viejo creyó que me hacía un favor, y es posible que me lo hiciera.

—Los defendió usted a los dos, si no me equivoco —dice Simon.

—Sí, y visto retrospectivamente fue un error, pues los intereses de ambos no coincidían. Hubo muchos errores en el juicio, pero la práctica de la jurisprudencia era mucho más laxa por aquel entonces.

MacKenzie estudia su cigarro con el ceño fruncido al ver que se le ha apagado. Simon comprende que el pobre hombre no es aficionado al tabaco, pero se ve obligado a fumar porque eso encaja con los cuadros de las carreras de caballos.

—¿O sea que ha conocido usted a Nuestra Señora de los Silencios? —pregunta MacKenzie.

—¿Así la llamaba usted? Pues sí, he pasado mucho tiempo con ella, tratando de establecer...

—¿Si es inocente?

—Si está loca. O si lo estaba en el momento de los asesinatos. Lo cual equivaldría a una forma de inocencia, supongo.

—Le deseo mucha suerte —dice MacKenzie—. Yo nunca logré descubrirlo.

—Alega no recordar los asesinatos; o por lo menos el de la mujer apellidada Montgomery.

—Mi querido señor —dice MacKenzie—, se sorprendería usted si supiera lo frecuentes que son estos fallos de memoria entre el elemento criminal. Muy pocos de ellos recuerdan haber cometido un acto reprobable. Apalizan a un hombre hasta casi matarlo, lo dejan hecho trizas y después dicen que sólo le dieron un golpecito con el culo de una botella. Olvidar en tales casos es mucho más conveniente que recordar.

—Sin embargo, la amnesia de Grace parece auténtica —dice Simon—, o al menos eso creo yo basándome en mi experiencia clínica. Por otra parte, aunque aparentemente no recuerda el asesinato, recuerda con gran precisión los detalles que lo rodearon; todas las prendas de ropa que lavó, por ejemplo; y cosas como la carrera de barcas que precedió a su fuga a la otra orilla del lago. Recuerda incluso los nombres de los barcos.

—¿Cómo ha comprobado los datos? Supongo que a través de los periódicos —dice MacKenzie—. ¿Se le ha ocurrido pensar en la posibilidad de que ella haya obtenido los detalles confirmatorios en las mismas fuentes? Los criminales, si tienen ocasión, leen incansablemente todo lo que se escribe acerca de ellos. En este sentido son tan presumidos como los escritores. Cuando McDermott declaró que Grace lo ayudó a estrangular a la víctima, es posible que la idea la sacara del *Chronicle and Gazette* de Kingston, que lo presentó como un hecho probado antes incluso de que se llevara a cabo la investigación. Dijeron que para hacer el nudo alrededor del cuello de la víctima eran necesarias dos personas. Una bobada. Del examen del nudo no se puede deducir si lo hizo una persona o lo hicieron dos o veinte. Como es natural, durante el juicio desmonté esta teoría.

—Ahora ha cambiado de chaqueta y está defendiendo a la otra parte del juicio —dice Simon.

—Siempre hay que tener en cuenta a las dos partes; es la única manera de adelantarse a los movimientos del contrincante. Y no es que la tarea del mío fuera muy ardua en este caso. Pero hice lo que pude; un hombre sólo puede hacer lo que está en su mano, como Walter Scott ha señalado no sé dónde. La sala estaba abarrotada de gente y, a pesar de que estábamos en el mes de noviembre, hacía tanto calor como en el infierno y el aire estaba tremendamente viciado. Aun así, me pasé más de tres horas haciendo preguntas a algunos testigos. Reconozco que para eso se requiere mucho aguante. Pero yo era entonces más joven.

—Si no recuerdo mal, empezó usted negando la validez de la detención.

—Sí. Verá, Marks y McDermott fueron detenidos en territorio estadounidense y sin ningún tipo de mandato. Pronuncié un excelente discurso acerca de la violación de las fronteras internacionales, el *hábeas corpus* y cosas por el estilo; pero el presidente del tribunal, Robinson, no lo aceptó.

»Entonces me encargué de destrozar la reputación de la desventurada Montgomery. No me remordió la conciencia por el hecho de calumniarla pues la pobre criatura ya estaba por encima de todas estas cosas. Había tenido otro hijo anteriormente, ¿sabe usted?, que murió, supongo, por obra de la compasión de las comadronas, y en la autopsia se descubrió que estaba embarazada. No cabe la menor duda de que el padre era Kinnear, aunque yo hice todo lo posible por sacarme de la manga a un misterioso Romeo que estranguló a la pobre mujer por celos. Sin embargo, por mucho que lo intentara, el conejo se negaba a salir del sombrero de copa.

—Tal vez porque no había ningún conejo —dice Simon.

—Muy cierto. Mi siguiente estratagema consistió en un intento de juego de manos con las camisas. ¿Quién llevaba la camisa, cuándo y por qué? McDermott llevaba puesta una de las camisas de Kinnear cuando lo detuvieron... bueno, ¿y qué? Dejé claro que Nancy tenía por costumbre vender a los criados las prendas que el amo desechaba, con o sin permiso del amo; lo cual significaba que McDermott habría podido adquirir honradamente su Túnica de Neso*. Por desgracia, el cadáver de Kinnear tuvo la grosería de resbalar sobre una de las camisas de McDermott, lo que era a todas luces un obstáculo. Hice todo lo posible por evitarlo, pero el fiscal lo utilizó para pulverizar mi tesis.

»Entonces señalé con el dedo de la sospecha al buhonero en quien se podía localizar el origen de la camisa ensangrentada arrojada detrás de la puerta, siendo así que éste había intentado endosar los mismos artículos en otro sitio. Pero tampoco me sirvió de nada; había pruebas de que el buhonero le había vendido precisamente aquella camisa a McDermott (en realidad, le había vendido toda una mano de póquer de camisas) y después había tenido la descortesía de desaparecer sin dejar ni rastro. Por alguna razón no quiso comparecer en el juicio y correr el riesgo de que le colgaran del cuello.

* Centauro que, antes de morir a causa de una flecha envenenada de Heracles, entregó a Deyanira su túnica envenenada, lo que dio lugar finalmente a la muerte del héroe. (N. de la T.)

—Menudo cobarde —dice Simon.

—En efecto —dice MacKenzie riéndose—. Y cuando llegamos a Grace, debo decir que no conté con mucha ayuda. No hubo manera de convencer a la imprudente muchacha de que no se presentara vestida con las mejores galas de la mujer asesinada, un comportamiento que horrorizó a la prensa y al público, aunque, si yo hubiera sido un poco más listo, habría podido presentar este hecho como prueba de una conciencia inocente y serena o, mejor todavía, de demencia. Pero en aquellos momentos no se me ocurrió pensarlo.

»Además, Grace había embrollado considerablemente la pista. En el momento de su detención había dicho que no sabía dónde estaba Nancy. Más tarde, durante la investigación, dijo que sospechaba que Nancy estaba muerta en el sótano, aunque no había visto que la colocaran allí. En cambio, durante el juicio y en su presunta confesión (el pequeño reportaje que publicó el *Star* y que le hizo ganar a este periódico una bonita suma de dinero), afirmó haber visto cómo McDermott arrastraba a Nancy por el cabello y la arrojaba escalera abajo. Sin embargo, jamás llegó al extremo de confesar su participación en el estrangulamiento.

—Pero más tarde se lo confesó a usted —dice Simon.

—¿De veras? No recuerdo...

—En el penal —prosigue Simon—. Le dijo que los ojos inyectados en sangre de Nancy la perseguían por todas partes; o eso escribió la señora Moodie que usted había dicho.

MacKenzie se remueve nerviosamente en su asiento y mira al suelo.

—Es evidente que Grace estaba mentalmente trastornada —manifiesta—. Confusa y melancólica.

—Pero ¿y lo de los ojos?

—La señora Moodie, a la que yo respeto profundamente —contesta MacKenzie—, posee una imaginación un tanto convencional y tiende a exagerar. Pone en boca de sus personajes preciosos discursos que no es probable que éstos pronunciaran, pues McDermott era un patán absoluto (hasta yo que lo defendía tuve dificultades para poder juntar unas cuantas frases en su favor) y Grace era prácticamente una niña analfabeta. En cuanto a eso de los ojos, debo decir que la misma mente suele producir aquello que cree con firmeza. Es algo que se ve a diario en la tribuna de los testigos.

—¿O sea que lo de los ojos no es cierto?

MacKenzie vuelve a removerse en su asiento.

—No lo podría jurar —contesta—. Grace no dijo nada que en el juicio pudiera considerarse una confesión, pero sí declaró que lamentaba la muerte de Nancy. No obstante, eso lo habría podido decir cualquiera.

—En efecto —dice Simon. Ahora sospecha que lo de los ojos no fue una invención de la señora Moodie y se pregunta qué otros pasajes de su relato se deben a los recargados gustos de narrador de MacKenzie—. Pero también tenemos la declaración que hizo McDermott poco antes de ser ahorcado.

—Sí, sí; una declaración en el cadalso siempre llega a la prensa.

—Me pregunto por qué tardó tanto en hacerla.

—Confió hasta el último momento en que le conmutarían la pena, sabiendo que a Grace se la habían conmutado. Pensaba que ambos tenían el mismo grado de culpabilidad y creía que las sentencias deberían ser iguales; no podía acusar a Grace sin colocarse la soga al cuello, pues en tal caso hubiera tenido que confesar haber utilizado el hacha.

—Mientras que Grace podía acusarlo a él con relativa impunidad —dice Simon.

—Exactamente —apunta MacKenzie—. Y ella no tuvo el menor reparo en hacerlo cuando llegó el momento. *Sauve qui peut!* Esa mujer tiene unos nervios de acero. De haber sido un hombre, habría sido un buen abogado.

—Pero McDermott no consiguió que suspendieran la ejecución —dice Simon.

—¡Por supuesto que no! Era una locura esperar tal cosa; aun así, se puso hecho una furia. Pensaba que la culpable era Grace (en su opinión, ésta había acaparado toda la clemencia) y me imagino que quiso vengarse.

—Muy comprensible —asiente Simon—. Si no recuerdo mal, dijo que Grace bajó al sótano con él y estranguló a Nancy con su propio pañuelo.

—Bueno, el pañuelo se encontró efectivamente allí. Pero lo demás no es una prueba irrefutable. El hombre ya había contado varias versiones distintas y, por si fuera poco, tenía fama de mentiroso.

—Aunque —replica Simon—, y ahora interpreto el papel de abogado del diablo, del hecho de que un hombre tenga fama de mentiroso no cabe deducir que siempre lo sea.

—Muy cierto —admite MacKenzie—. Bueno, veo que la encantadora Grace le ha estado dando mucho trabajo.

—No tanto —dice Simon—. Reconozco que me ha desconcertado. Lo que dice suena a verdadero; su manera de hablar es espontánea y sincera; y, sin embargo, no puedo librarme de la sospecha de que, de alguna manera que yo no consigo identificar, me está mintiendo.

—Mintiendo —repite MacKenzie—. Una palabra muy seria. ¿Me pregunta usted si Grace le ha estado mintiendo? Digámoslo así: ¿mentía Scherezade? Según ella, no; de hecho, los cuentos que ella relataba jamás deberían haberse sometido a las tajantes clasificaciones de la verdad o la mentira. Pertenecen a otro reino completamente distinto. A lo mejor Grace Marks se ha limitado a contarle lo que ella necesita contar para alcanzar el fin apetecido.

—¿Cuál sería? —pregunta Simon.

—Entretener al sultán —contesta MacKenzie—. Evitar que caiga el golpe. Aplazar la partida de usted haciendo que permanezca en la estancia con ella el mayor tiempo posible.

—¿Y con qué propósito? —pregunta Simon—. El hecho de entretenerme no la sacará de la cárcel.

—No creo que ella espere tal cosa —apunta MacKenzie—. Pero ¿es que no se da cuenta? La pobre criatura se ha enamorado de usted. Un hombre soltero más o menos joven y no mal parecido se presenta ante una mujer que lleva mucho tiempo encerrada y privada de compañía masculina. No cabe duda de que usted es el objeto de sus ensoñaciones.

—No lo creo —protesta Simon ruborizándose muy a pesar suyo. Si Grace está enamorada de él, disimula muy bien su secreto.

—¡Pues yo le digo que sí! Yo viví la misma experiencia u otra muy parecida. Tuve que pasar muchas horas con ella en la cárcel de Toronto mientras ella se esforzaba en alargar al máximo el cuento. Estaba locamente enamorada de mí y no quería dejar de verme. ¡Qué miradas tan lánguidas y dulces me dirigía! Hubiera bastado con que yo apoyara una mano sobre la suya para que se arrojara en mis brazos.

Simon se siente asqueado. ¡Será presumido el enano ese, con su elegante chaleco y su voluminosa nariz!

—¿De veras? —dice, procurando disimular su cólera.

—Pues sí —afirma MacKenzie—. Pensaba que la iban a ahorcar, ¿sabe usted? El temor es un afrodisíaco extraordinario; le aconsejo que lo pruebe alguna vez. Nosotros los abogados tenemos que interpretar a menudo el papel de san Jorge, por lo menos provisionalmente. Busque a una doncella encadenada a una roca y a punto de ser devorada por un monstruo, rescátela y será suya. Es lo que suele ocurrir con las doncellas, ¿no cree? No diré que no tuve tentaciones. Ella era entonces muy joven y tierna; aunque no cabe duda de que la vida en la cárcel la habrá endurecido.

Simon carraspea para disimular su furia. ¿Cómo no se había dado cuenta de que aquel hombre hablaba como un depravado libertino? Un putero provinciano. Un calavera calculador.

—En mi caso jamás ha habido la menor insinuación en este sentido —declara.

Creía que las ensoñaciones sólo las había tenido él, pero ahora empieza a dudarlo. ¿Qué habrá pensado Grace de él mientras cosía y le contaba su historia?

—Tuve la suerte y, naturalmente, Grace también la tuvo —continúa MacKenzie—, de que el asesinato del señor Kinnear fuera juzgado antes que el otro. Todo el mundo tuvo muy claro que ella no había podido ser cómplice de la muerte de Kinnear por arma de fuego; y por lo que respecta al asesinato de Nancy (en realidad, al de ambos) las pruebas eran sólo indiciarias. Fue condenada no como autora del delito sino como cómplice, pues lo único que se pudo demostrar en su contra fue que tuvo conocimiento por adelantado de las intenciones de McDermott de cometer los asesinatos y no lo denunció; y que no comunicó lo que éste había hecho. Hasta el presidente del tribunal recomendó clemencia y, con ayuda de las distintas peticiones que se presentaron en su favor, pude salvarle la vida. Para entonces ya se había dictado contra ambos la sentencia de muerte y el juicio había terminado, porque no se consideró necesario entrar en los detalles del segundo caso; así que Grace jamás fue juzgada por el asesinato de Nancy Montgomery.

—¿Y si lo hubiera sido? —pregunta Simon.

—No habría podido salvarla. La opinión pública hubiera sido demasiado desfavorable. La hubieran ahorcado.

—Pero en su opinión ella era inocente —dice Simon.

—Muy al contrario —declara MacKenzie. Toma un sorbo de jerez, se seca los labios con delicadeza y esboza una leve sonrisa al recordar los hechos—. No, en mi opinión era totalmente culpable.

46

¿Qué está haciendo el doctor Jordan y cuándo volverá? Aunque creo que ya he adivinado lo que está haciendo. Está hablando con gente de Toronto para tratar de averiguar si soy culpable. Pero no lo averiguará de esta manera. No comprende que la culpa no procede de lo que has hecho, sino de lo que los demás te han hecho a ti.

Su nombre de pila es Simon. No sé por qué le puso su madre este nombre, o puede que lo hiciera su padre. El mío nunca se preocupó por nuestros nombres de pila, eso dependía de mi madre y de tía Pauline. Está Simón Pedro el apóstol, claro, el que Nuestro Señor convirtió en pescador de hombres. Pero también está Simón el Simple del cuento, que encontró a un vendedor de empanadas que iba a la feria y le dijo: déjame probar tu mercancía, y no tenía un penique. McDermott era así, pensaba que podía apropiarse de las cosas sin pagarlas; y el doctor Jordan también. Siempre ha estado delgado y tengo la impresión de que lo está cada día más. Creo que una pena lo devora. Mi nombre viene de un himno. Mi madre jamás me lo dijo, pero hay muchas cosas que nunca me dijo.

¡Gracia prodigiosa! ¡Cuán dulce el sonido
que a una desventurada como yo salvó!
Perdida estaba pero encontrada he sido,
ciega estaba pero ahora ver puedo yo.

Espero que me pusieran el nombre por eso. Me gustaría ser encontrada. Me gustaría ver. O que me vieran. No sé si, a los ojos de Dios, es lo mismo una cosa que otra. Tal como dice la Biblia: «Ahora vemos a través de un espejo oscuro; pero entonces lo veremos cara a cara.» Si es cara a cara, los que miran tienen que ser dos.

Hoy es el día del baño. Se ha comentado que nos harán bañar desnudas en grupo y no de dos en dos y con la ropa interior. Dicen que de esta manera ahorrarán tiempo y resultará más barato, porque se necesitará menos agua, pero a mí me parece una idea impúdica y, si lo intentan, me quejaré a las autoridades. Aunque quizá no lo haga, pues con todo eso pretenden ponernos a prueba y tengo que aceptarlo sin quejarme, tal como suelo hacer con todo lo demás. Los baños ya son desagradables de por sí y el suelo de piedra está resbaladizo a causa del jabón sucio y viejo que parece de gelatina; siempre hay una supervisora vigilando, lo que me parece muy bien pues de lo contrario habría mucho chapoteo. En invierno te mueres de frío, pero ahora con el calor del verano, el sudor y la mugre, que se duplican cuando trabajas en las cocinas, no me importa demasiado que el agua esté fría, ya que me refresca.

Cuando terminaron los baños me pasé un rato cosiendo. En la prisión van un poco retrasados con los uniformes de los hombres porque cada vez ingresan más reclusos, sobre todo en plena canícula, cuando la gente se desmanda y se entrega a actos de venganza; por eso han de recurrir a la ayuda extraordinaria de mis manos. Tienen que cumplir los pedidos y los cupos exactamente igual que en una fábrica.

Annie Little, que estaba sentada a mi lado en el banco, se inclinó hacia mí y me preguntó en un susurro: Grace, Grace, ¿es guapo tu joven doctor? ¿Te sacará de la cárcel? ¿Estás enamorada de él? Supongo que sí.

No seas tonta, le contesté en voz baja, menudas bobadas dices, yo nunca he estado enamorada de ningún hombre y no pienso empezar ahora. Estoy condenada a cadena perpetua y aquí dentro no hay tiempo para estas cosas y tampoco espacio en caso de que se presentara la ocasión.

Annie tiene treinta y cinco años y es mayor que yo, pero además de que no siempre anda bien de la cabeza, no se ha hecho adulta. Eso suele ocurrir en el penal; por dentro, algunas se quedan en la misma edad que tenían cuando ingresaron.

No seas tan presuntuosa, me dijo, dándome un codazo. Ya te gustaría un buen revolcón en un rinconcito, nunca viene mal. Eres tan lista, añadió en un susurro, que ya encontrarías el lugar y el momento si quisieras. Bertha Flood lo hizo con un vigilante en el cobertizo de las herramientas, sólo que a ella la pillaron y a ti nunca te pillarían. Tienes tan buena mano que podrías cargarte a tu abuelita en su cama sin que se te despeinara ni un solo cabello. Soltó una risotada de desprecio.

Me temo que ha llevado una vida muy licenciosa.

Silencio, dijo la supervisora que estaba de guardia, si no queréis que anote vuestros nombres. Se han vuelto más severas desde que les han cambiado la jefa; cuando hay demasiadas anotaciones sobre ti, te rapan el pelo.

Después de la comida del mediodía me enviaron a casa del alcaide. Dora estaba otra vez allí, la patrona del doctor Jordan le ha dado permiso para venir a ayudarnos los días de colada; como de costumbre, tenía toda suerte de chismes que contar. Dijo que si contara la mitad de lo que sabía, algunos tendrían que bajar uno o dos escalones, pues muchas personas eran sepulcros blanqueados que lucían vestidos de seda negra y usaban pañuelos de encaje y por la tarde sufrían fuertes dolores de cabeza como si fueran personas respetables, y añadió que, aunque le importaba un bledo lo que hicieran los demás, ella no se chupaba el dedo. Dijo que desde que el doctor Jordan se había ido, su ama se pasaba las horas paseando arriba y abajo, mirando a través de la ventana o sentada en un estado de estupor; lo cual no era de extrañar, porque debía de temer que él la abandonara al igual que había hecho el otro. Y entonces ¿quién pagaría los platos rotos y tendría que correr de acá para allá buscando lo que ella le pedía? Clarrie no suele prestar atención a las cosas que dice Dora. No le interesan los chismorreos acerca de las clases superiores; se limita a fumar su pipa diciendo: hummm. Pero hoy ha dicho que le daba igual lo que hiciera esa gente, para ella era algo parecido a contemplar a los gallos y las gallinas que correteaban por el patio. Dios debía de haberlos puesto en este mundo para que ensuciaran la ropa, ya que ella no acertaba a comprender para qué otra cosa podían servir. Entonces Dora le contestó: pues hay que ver lo bien que lo hacen, la ensucian con tanta rapidez como yo la limpio. Los dos la ensucian juntos que es un gusto.

Un estremecimiento me recorrió todo el cuerpo, pero no le pedí que se explicara mejor. No quería que dijera nada malo acerca del doctor Jordan, porque en general éste siempre ha sido muy amable conmigo y en mi vida de monotonía y trabajo duro es también una gran distracción.

Cuando regrese el doctor Jordan, me van a hipnotizar. Ya está todo decidido. Jeremiah, o el doctor DuPont, tal como ahora tengo que llamarlo, se encargará de hacerlo y los demás mirarán y escucharán. La mujer del alcaide me lo ha explicado todo y dice que no debo sentir miedo pues estaré entre amigos que me quieren bien. Lo único que tendré que hacer será sentarme en una silla y quedarme dormida cuando el doctor DuPont me diga. Cuando esté dormida me harán preguntas. De esta manera esperan devolverme la memoria.

Le dije que no estaba muy segura de querer recuperarla aunque, como es natural, haría lo que ellos quisieran. Me comentó que se alegraba mucho de que yo quisiera colaborar, porque ella confiaba mucho en mí y estaba segura de que se descubriría mi inocencia.

Después de la cena la supervisora nos entregó una labor de punto para que nos la lleváramos a la celda y la termináramos después del horario, ya que andan muy retrasados con las medias. En verano hay luz hasta muy tarde y no hace falta malgastar velas de sebo con nosotras.

Ahora estoy haciendo calceta. Soy muy rápida y puedo tejer sin mirar siempre y cuando sean sólo medias y no otra labor más complicada. Mientras hago calceta, pienso. ¿Qué pondría en mi álbum de recuerdos si lo tuviera? Un trozo del fleco del chal de mi madre. Una hilacha de lana roja de los mitones floreados que me hizo Mary Whitney. Un trozo de seda del chal de vestir de Nancy. Un botón de hueso de Jeremiah. Una margarita de la guirnalda que me hizo Jamie Walsh.

Nada de McDermott, no deseo recordarlo.

Pero ¿cómo debe ser un álbum de recuerdos? ¿Has de conservar en él sólo las cosas buenas de tu vida o todas las cosas? Muchos ponen imágenes de personas y escenas que jamás han visto, como por ejemplo, de duques y de las cataratas del Niágara, lo cual a mi juicio es un engaño. ¿Haría yo lo mismo? ¿O sería fiel a mi vida?

Un trozo de basto tejido de algodón de mi camisón del penal. Un cuadrado de enagua ensangrentada. Un retazo de pañuelo blanco con flores azules. Arañuelas.

47

A la mañana siguiente poco después del amanecer, Simon se pone en camino hacia Richmond Hill a lomos de un caballo que ha alquilado en el establo que hay en la parte de atrás de su hotel. Como todos los caballos acostumbrados a una sucesión de jinetes desconocidos, el animal es muy terco, tiene la boca dura e intenta empujarlo dos veces contra las vallas. Poco a poco se va calmando y avanza a un trote pausado, interrumpido de vez en cuando por un galope más ágil y saltarín. Aunque muy polvoriento y lleno de rodadas en algunos puntos, el camino es mejor de lo que Simon esperaba y, tras varias paradas en posadas para descansar y beber, llega a Richmond Hill poco después del mediodía.

No es una ciudad propiamente dicha. Cuenta con una tienda de artículos diversos, una herrería y unas cuantas casas. La posada debe de ser la misma que Grace recuerda. Entra, pide rosbif y una cerveza y pregunta por la antigua casa del señor Kinnear. El posadero no se sorprende. Simon no es en modo alguno la primera persona que se lo pregunta. De hecho, dice, acudía mucha gente a la posada en la época en que se cometieron los asesinatos y, desde entonces, ha habido un constante goteo de turistas. La ciudad ya está cansada de que se la conozca sólo por una cosa. Que los muertos entierren a los muertos, opina él. Pero a la gente le encanta contemplar las tragedias. Es una vergüenza. Cabría esperar que no le interesaran los problemas, pero, al contrario, quiere tomar parte en ellos. Algunos llegan hasta el extremo de llevarse cosas: piedrecitas del camino, flores de los parterres. El actual propietario de la casa no está muy preocupado, ya que ahora viene menos gente. Pero tampoco le interesa la vana curiosidad.

Simon le asegura al posadero que su curiosidad dista mucho de ser vana: es médico y está haciendo un estudio sobre Grace. Es una pérdida de tiempo, dice el posadero, porque Grace era culpable.

—Era una mujer agraciada —añade, sonriendo con orgullo por el hecho de haberla conocido—. Parecía una mosquita muerta. Nadie hubiera podido imaginar lo que estaba tramando detrás de aquel rostro tan dulce.

—Creo que sólo tenía quince años por aquel entonces —dice Simon.

—Pero hubiera podido hacerse pasar por una chica de dieciocho. Lástima que fuera tan mala a su edad.

El hombre afirma que el señor Kinnear era un caballero excelente aunque un poco disoluto, y que todo el mundo apreciaba a Nancy Montgomery a pesar de que vivía en pecado. También conoció a McDermott, un espléndido atleta que hubiera podido abrirse camino en la vida de no haber sido por Grace.

—Fue ella la inductora y la que después le colocó la soga alrededor del cuello.

Apostilla que las mujeres siempre salen bien libradas.

Simon le pregunta por Jamie Walsh, pero Jamie Walsh se ha ido. A la ciudad, dicen algunos; a los Estados Unidos, dicen otros. Cuando se vendió la casa de Kinnear, los Walsh tuvieron que irse a otro sitio. En realidad, apenas queda nadie en aquella zona de los que había entonces, porque se han vendido y comprado muchas tierras y ha habido muchas idas y venidas desde entonces; la hierba siempre parece más verde al otro lado de la valla.

Simon cabalga hacia el norte y no tiene ninguna dificultad para localizar la propiedad de Kinnear. No quería llegar hasta la casa —sólo tenía intención de contemplarla desde lejos—, pero los árboles frutales del huerto, que eran jóvenes en tiempos de Grace, han crecido y ocultan en parte la vista. Advierte que ya ha recorrido la mitad del camino de la entrada, y de un modo maquinal ata su caballo a la valla que hay al lado de las dos cocinas y se planta delante de la puerta.

La casa es más pequeña y está un poco más descuidada de lo que él imaginaba. El pórtico y las columnas necesitan una mano de pintura, los rosales se han vuelto silvestres y sólo exhiben unos cuantos capullos infestados por plagas de insectos. ¿Qué se saca con mirar, se pregunta Simon, aparte de un vulgar escalofrío de emoción y el complacerse en un interés morboso? Es como visitar el escenario de una batalla: sólo se ve lo que ya está en la mente. Estos enfrentamientos con lo verdadero provocan siempre una decepción.

Aun así, llama a la puerta principal, y vuelve a llamar. No contesta nadie. Cuando da media vuelta para marcharse, se abre la puerta. Aparece una mujer delgada de rostro triste, no vieja pero sí de cierta edad, con un severo vestido de estampado oscuro y un delantal. Simon piensa que en eso se hubiera convertido Nancy Montgomery de no haber muerto.

—Ha venido a ver la casa —dice la mujer. No es una pregunta—. El amo no está, pero tengo orden de acompañarlo.

Simon se queda de una pieza: ¿cómo sabían que él iría? ¿Acaso siguen recibiendo muchas visitas a pesar de lo que le ha dicho el posadero? ¿Se habrá convertido aquel lugar en un siniestro museo?

El ama de llaves —pues eso debe de ser— se aparta a un lado para franquearle la entrada al vestíbulo.

—Querrá saber lo del pozo, supongo —dice—. Siempre lo quieren saber.

—¿El pozo? —pregunta Simon. No ha oído hablar de ningún pozo. A lo mejor, piensa, su visita se verá recompensada con algún nuevo detalle acerca del caso, jamás mencionado anteriormente—. ¿A qué pozo se refiere?

La mujer le dirige una mirada extraña.

—Es un pozo cubierto, señor, con una bomba nueva. Siempre interesa conocer la existencia del pozo cuando uno quiere comprar una casa.

—Pero yo no quiero comprarla —dice Simon, desconcertado—. ¿Acaso está a la venta?

—¿Por qué otra razón se la enseñaría, si no? Pues claro que está a la venta, y no es la primera vez. Los que viven aquí nunca se sienten enteramente a gusto. No es que haya nada, ni fantasmas ni cosas por el estilo, aunque uno siempre piensa que podría haberlos, y a mí no me gusta bajar al sótano. Pero todo eso atrae a los mirones.

El ama de llaves mira a Simon con dureza: si no es un comprador, ¿qué está haciendo allí? Simon no quiere que lo consideren un ocioso mirón.

—Soy médico —dice.

—Ah —dice la mujer, asintiendo con aire de enterada, como si eso lo explicara todo—. O sea que usted quiere ver la casa. Recibimos muchas visitas de médicos que quieren verla. Más visitas de médicos que de abogados. Bueno, pero aprovechando que está aquí, puede echarle un vistazo. Éste es el salón donde, según me han dicho, en tiempos del señor Kinnear estaba el piano que la señorita Nancy Montgomery solía tocar. Dicen que cantaba como un jilguero. Era muy aficionada a la música.

El ama de llaves mira a Simon con una sonrisa, la primera que le dedica.

El recorrido de Simon es muy completo. El ama de llaves le muestra el comedor, la biblioteca, la cocina de invierno, la cocina de verano, la cuadra y el henil «donde dormía por la noche el muy bribón de McDermott». Los dormitorios del piso de arriba —«sólo Dios sabe lo que ocurría aquí arriba»— y el cuartito de Grace. El mobiliario es distinto, naturalmente. Más sencillo y gastado. Simon trata de imaginar cómo debía de ser el de entonces, pero no lo consigue.

Con gran teatralidad, el ama de llaves reserva el sótano para el final. Enciende una vela y baja primero, advirtiéndole a Simon que tenga cuidado, no vaya a resbalar. Hay muy poca luz y los rincones están llenos de telarañas. Huele a humedad, a tierra y a hortalizas almacenadas.

—A él lo encontraron justo aquí —dice el ama de llaves con cierto regodeo—, y ella estaba escondida detrás de aquel tabique. Aunque no sé por qué se molestaron en esconderla. El crimen siempre se descubre, y lo descubrieron. Lástima que no ahorcaran a la tal Grace, no soy la única en decirlo.

—No me cabe la menor duda —dice Simon.

Ya ha visto suficiente y quiere irse. Al llegar a la puerta le ofrece una moneda al ama de llaves —le parece lo correcto—; ella asiente con la cabeza y se la guarda en el bolsillo.

—Puede ver también las tumbas en el cementerio de la ciudad —le dice—. No les pusieron los nombres, pero son inconfundibles. Son las únicas que tienen estacas alrededor.

Simon le da las gracias. Tiene la sensación de estar retirándose subrepticiamente tras haber presenciado un vergonzoso espectáculo de bailarinas en cueros. ¿En qué clase de mirón se ha convertido? Al parecer, en un mirón de marca mayor, piensa mientras se encamina directamente hacia la iglesia presbiteriana, muy fácil de encontrar, pues es el único chapitel que se ve.

Detrás está el cementerio, muy verde y bien cuidado. Por lo visto, tienen a los muertos muy controlados. No hay malas hierbas, guirnaldas sucias ni desorden; aquello no tiene nada que ver con las barrocas florituras de Europa. Nada de ángeles, vía crucis y bobadas. para los presbiterianos el cielo debe de parecerse a un establecimiento bancario en el que todas las almas están etiquetadas, rotuladas y colocadas en sus correspondientes casilleros.

Las tumbas que busca son muy visibles. Cada una de ellas está rodeada por una valla de estacas, las dos únicas que hay en el cementerio: sin duda para mantener a sus ocupantes encerrados, pues los que han muerto asesinados tienen fama de salir a pasear. Al parecer, ni siquiera los presbiterianos se libran de las supersticiones.

La valla de estacas de Thomas Kinnear está pintada de blanco y la de Nancy Montgomery, de negro, lo que tal vez sea un indicio de la opinión que ésta le merece a la ciudad: tanto si fue víctima de un asesinato como si no, no era mejor de lo que tenía que ser. No los enterraron juntos en la misma tumba, no había necesidad de fomentar el escándalo. Curiosamente, la tumba de Nancy se encuentra a los pies de la de Kinnear y formando ángulo recto con ésta; parece una alfombra de cama. Un gigantesco rosal llena casi todo el cercado de Nancy —o sea que la balada del periódico tuvo carácter profético—, pero en el de Thomas Kinnear no hay ninguna enredadera. Simon arranca una rosa de la tumba de Nancy con la confusa intención de llevársela a Grace, pero lo piensa mejor.

Pernocta en una sencilla posada a medio camino de Toronto. Los cristales de la ventana están tan sucios que apenas se ve nada y las mantas huelen a moho; directamente debajo de su habitación unos ruidosos borrachines arman jaleo hasta muy pasada la medianoche. Son los peligros de los viajes por las zonas rurales. Coloca una silla detrás de la puerta para evitar visitas inoportunas.

Por la mañana se levanta temprano y examina las distintas picaduras de insecto que ha recibido durante la noche. Se moja la cabeza con el agua tibia de la pequeña jofaina que le ha traído una camarera que también es la moza de la cocina de abajo; el agua huele a cebollas.

Después de desayunar una loncha de jamón antediluviano y un huevo de edad incierta, reanuda su camino. Hay muy poca gente fuera; pasa por delante de un carro, un leñador que está talando un árbol en un campo y un bracero que está meando en una zanja. Unos retazos de niebla cubren los campos aquí y allá y se disipan como los sueños en medio de la naciente luz. La atmósfera es brumosa y las hierbas del borde del camino están cubiertas de rocío; el caballo las arranca a bocados al pasar. Simon lo refrena a regañadientes y después lo deja caminar a paso de andadura. Se siente perezoso, incapaz de realizar esfuerzos y lejos de sus objetivos.

Antes de tomar el tren de la tarde, tiene que hacer otro recado. Quiere visitar la tumba de Mary Whitney. Quiere cerciorarse de que ésta existe realmente.

La iglesia metodista de Adelaide Street es la única que Grace mencionó; Simon lo ha buscado en sus notas. En el cementerio, el granito pulido sustituye al mármol y los versos escasean: la ostentación reside en el tamaño y la solidez, no en los adornos. A los metodistas les gusta que sus monumentos sean monumentales; sólidos bloques, tan inconfundibles como las gruesas líneas negras que se trazaban debajo de las cuentas terminadas del libro mayor de su padre: «Totalmente pagado.»

Va de arriba abajo por las hileras de sepulcros, leyendo los nombres: los Bigg, los Stewart, los Fluke y los Chamber, los Cook, los Randolph y los Stalworthy. Al final la encuentra en un rincón: una pequeña lápida gris que parece ser más antigua que los diecinueve años transcurridos. MARY WHITNEY; el nombre y nada más. Grace dijo que sólo había podido pagar el nombre.

El convencimiento lo asalta como una llama —luego la historia es cierta— pero se disipa con la misma rapidez. ¿De qué sirven las pruebas materiales? Un mago se saca una moneda del sombrero y el hecho de que el sombrero y la moneda sean reales hace que el público crea que la ilusión también es real. Pero esta piedra es sólo eso: una piedra. En primer lugar, no lleva ninguna fecha y cabe la posibilidad de que la Mary Whitney que allí está enterrada no guarde la menor relación con Grace Marks. Podría ser un simple nombre grabado en una lápida que Grace hubiera visto allí y más tarde hubiera utilizado para tejer su historia. Podría ser una anciana, una esposa, una niña de pecho, cualquier persona.

Nada se ha demostrado. Pero tampoco se ha refutado nada.

Simon regresa a Kingston en un vagón de primera. El tren está casi lleno y merece la pena gastar un poco más para evitar los apretujones. Mientras se dirige hacia el este y deja a su espalda Toronto y Richmond Hill con sus granjas y sus prados, se pregunta cómo sería su vida en aquella verde y serena campiña; por ejemplo, en la casa de Thomas Kinnear, con Grace de ama de llaves. No sólo de ama de llaves sino también de amante secreta. La mantendría oculta bajo otro nombre.

Una vida perezosa y condescendiente con unos sencillos placeres. Se imagina a Grace cosiendo sentada en una silla del salón mientras la luz de la lámpara le ilumina la parte lateral del rostro. Pero ¿por qué sólo su amante? Se le ocurre pensar que, de entre todas las mujeres que ha conocido, Grace Marks es la única con quien desearía casarse. Es una idea repentina pero, en cuanto surge en su mente, Simon le empieza a dar vueltas. Piensa con mordaz ironía que tal vez podría ser también la única capaz de satisfacer todas o casi todas las veladas exigencias de su madre. Grace no es rica, por ejemplo, pero es dueña de una belleza carente de frivolidad y de una domesticidad exenta de aburrimiento; es de trato sencillo, prudente y circunspecto y es también una excelente costurera y sin duda le daría ciento y raya a la señorita Faith Cartwright con sus labores de ganchillo. Su madre no tendría la menor queja en este sentido.

Sin embargo, hay que tener en cuenta sus propias exigencias. En Grace se oculta la pasión, está seguro, si bien no sería fácil encontrarla. Y ella le estaría agradecida, si bien con cierta reticencia. La gratitud por sí sola no lo atrae, pero le gusta la idea de la reticencia.

Sin embargo, está la cuestión de James McDermott. ¿Le ha dicho Grace la verdad a este respecto? ¿Sentía de veras antipatía y temor por aquel hombre tal como con tanta insistencia ha afirmado? Él la había tocado, de eso no cabe la menor duda; pero ¿hasta qué extremo y con cuánto consentimiento por parte de ella? Vistos retrospectivamente, estos episodios se desarrollan de un modo que nada tiene que ver con lo ocurrido en el ardor del momento; nadie mejor que él para saberlo. ¿Por qué iba a ser distinto en el caso de una mujer? Uno miente, uno trata de justificarse, uno procura salir de la situación lo mejor que puede. Pero ¿y si una noche bajo la luz de la lámpara del salón, ella le revelara más detalles de los que a él le interesara conocer?

Pero sí le interesa conocerlos.

Todo esto es una locura, claro, una fantasía perversa, casarse nada menos que con una sospechosa de asesinato. Pero ¿y si la hubiera conocido antes de la comisión de los asesinatos? Lo piensa y rechaza la idea. Antes de que se cometieran los asesinatos Grace debía de ser una mujer totalmente distinta de la que él conoce ahora. Una muchacha sin apenas formación; tímida, insípida e insulsa. Un paisaje aburrido.

«Asesina, asesina», murmura para sus adentros. La

palabra posee un encanto, casi un perfume. Gardenias de invernadero. Algo llamativo pero también furtivo. Se imagina a sí mismo susurrando la palabra mientras atrae a Grace hacia sí y la besa con pasión. Asesina. Estas sílabas se incrustan en la garganta de Grace como un hierro candente.

XIII

LA CAJA DE PANDORA

Mi esposo se había inventado una especie de «espiritus-copio» muy ingenioso. Yo siempre me había negado a poner las manos en aquella tabla que se movía en respuesta a las personas que se encontraban bajo la influencia, y que transmitía letra a letra mensajes y nombres. Pero, cuando estaba sola, apoyaba las manos sobre la tabla y preguntaba: «¿Fue un espíritu el que levantó mi mano?», y la tabla se balanceaba hacia delante y me contestaba: «Sí.» [...]

Quizás usted piense, como a menudo yo también he pensado, que todo eso es obra de mi propia mente, pero mi mente debe de ser mucho más lista de lo que yo, su propietaria, imagino, porque puede deletrear letra por letra páginas enteras de materias relacionadas entre sí y frecuentemente abstrusas sin que yo sepa ni una sola palabra acerca de ellas. sólo comprendo de qué se trata cuando el señor Moodie me lo lee tras la suspensión de la comunicación. Mi hermana, la señora Traill, es una poderosa médium para estas comunicaciones y las recibe en idiomas extranjeros. Sus espíritus la maltratan con frecuencia y la llaman cosas muy feas... Pero no vaya usted a pensar que estoy loca o poseída por malos espíritus. Ojalá estuviera usted dominado por tan espléndida locura.

SUSANNA MOODIE,
Carta a Richard Bentley, 1858

Una sombra pasa volando por delante de mí,
no eres tú pero se parece mucho a ti.
¡Ay, Dios, si posible fuera
por un instante la presencia sentir
de las almas amadas, para que decir nos pudieran
qué son ahora y adónde se fueron desde aquí!

ALFRED TENNYSON,
Maud

Sentí en mi mente una hendidura
como si el cerebro se me acabara de partir.
Traté de cerrarla costura a costura,
pero no lo pude conseguir.

EMILY DICKINSON,
h. 1860

48

Esperan en la biblioteca de la residencia de la señora Quennell, sentados en sillas y discretamente vueltos hacia la puerta entornada. Las cortinas, que son de felpa rojo oscuro con ribete negro y borlas y a Simon le recuerdan los funerales episcopalianos, están corridas; han encendido una lámpara de pantalla de globo. Ésta ocupa el centro de la ovalada mesa de madera de roble y ellos permanecen sentados a su alrededor, silenciosos, expectantes, tan serios y circunspectos como si fueran los miembros de un jurado poco antes del comienzo de un juicio.

En cambio, la señora Quennell se muestra relajada y sus manos cruzadas descansan plácidamente sobre su regazo; espera prodigios pero está claro que éstos no la sorprenderán, cualesquiera que sean. Su aspecto es el de una guía profesional para quien las maravillas de las cataratas del Niágara, por ejemplo, se han convertido en un tópico pero que, sin embargo, espera gozar indirectamente del arrobamiento que sin duda experimentarán los visitantes neófitos. La esposa del alcaide muestra una expresión de anhelante fervor atemperado por la resignación, mientras que el reverendo Verringer consigue transmitir una imagen de benévolo reproche; alrededor de sus ojos se observa un centelleo que le da la apariencia de llevar gafas, a pesar de que no las lleva. Lydia, sentada a la izquierda de Simon, luce un vestido confeccionado con una tela vaporosa y brillante de color malva claro jaspeado de blanco cuyo escote deja al descubierto sus encantadoras clavículas; rezuma un húmedo aroma de muguete. Retuerce nerviosamente el pañuelo pero esboza una sonrisa cuando su mirada se cruza con la de Simon.

Por su parte, Simon intuye que su rostro está petrificado en una sonrisa despectiva y escéptica no demasiado agradable; es una expresión falsa porque, por debajo de ella, está tan emocionado como un mozuelo en un carnaval. No cree en nada, se imagina que habrá un truco y ansía descubrir cómo se hace, pero al mismo tiempo está deseando que lo sorprendan. Sabe que su estado mental es muy peligroso: tiene que conservar la objetividad.

Llaman a la puerta, ésta se abre un poco más y entra el doctor Jerome DuPont tomando de la mano a Grace. Ésta no lleva cofia y su cabello recogido brilla con reflejos rojizos bajo la luz de la lámpara. Luce un cuello de color blanco, cosa que Simon jamás le había visto, y parece asombrosamente joven. Camina con paso incierto, como si estuviera ciega, pero sus ojos enormemente abiertos están clavados en DuPont con aquel temeroso, trémulo, pálido y silencioso encanto que Simon —ahora se da cuenta— ha estado esperando en vano.

—Veo que ya están todos reunidos —dice el doctor DuPont—. Les agradezco su interés y, si me permiten decirlo, también su confianza. Hay que retirar la lámpara de la mesa. ¿Puedo imponerle esta exigencia, señora Quennell? Y bajar la luz, por favor. Y hay que cerrar la puerta.

La señora Quennell se levanta, toma la lámpara y la coloca encima de una mesita de un rincón. El reverendo Verringer cierra la puerta.

—Grace se sentará aquí —dice el doctor DuPont. La coloca de espaldas a las cortinas—. ¿Estás cómoda? Muy bien. No tengas miedo, aquí nadie desea causarte daño. Le he explicado que lo único que tiene que hacer es escucharme y quedarse dormida. ¿Has entendido, Grace?

Grace asiente con la cabeza. Está rígidamente sentada, con los labios apretados y las pupilas dilatadas bajo la débil luz. Sus manos se aferran con fuerza a los brazos del sillón. Simon ha visto en las salas de los hospitales posturas muy parecidas en pacientes que sufren dolores o están a la espera de una operación. Es un temor animal.

—Se trata de un procedimiento totalmente científico —explica el doctor DuPont. Se dirige a los presentes más que a Grace—. Les ruego que destierren todas las ideas de mesmerismo y otros fraudulentos procedimientos por el estilo. El sistema braidiano es totalmente lógico y seguro y ha sido demostrado por expertos europeos sin el menor asomo de duda. Consiste en la relajación deliberada y la reordenación de los nervios a fin de inducir un sueño neurohipnótico. Lo mismo se puede observar en los peces cuando se les acaricia la aleta dorsal e incluso en los gatos; aunque en los organismos superiores los resultados son naturalmente más complejos. Les pido que eviten los movimientos repentinos y los ruidos, ya que éstos podrían sobresaltar y tal vez incluso ser perjudiciales para el sujeto. Les ruego que permanezcan en absoluto silencio hasta que Grace se quede dormida, en cuyo momento podrán ustedes conversar en voz baja.

Grace contempla la puerta cerrada como si estuviera deseando escapar. Está tan tensa que Simon casi la siente vibrar como una cuerda estirada. Jamás la había visto tan aterrorizada. ¿Qué le ha dicho o hecho DuPont antes de traerla aquí? Cualquiera creería que la ha amenazado, pero, cuando él le habla, ella lo mira con confianza. Sea lo que fuere, no es de DuPont de quien ella tiene miedo.

DuPont baja un poco más la luz de la lámpara. La atmósfera de la estancia parece espesarse por la presencia de un humo casi invisible. Los rasgos de Grace están ahora envueltos en sombras y sólo se percibe el vítreo fulgor de sus ojos.

DuPont inicia su procedimiento. Primero la induce a sentir pesadez y somnolencia; después le dice que sus miembros están flotando y se dejan llevar por la corriente y que ella se va hundiendo cada vez más, como si estuviera en el agua. Su voz posee una apaciguante monotonía. Los párpados de Grace se cierran y su respiración es profunda y regular.

—¿Estás dormida, Grace? —le pregunta DuPont.

—Sí —contesta ella con un lánguido susurro que, sin embargo, resulta claramente audible.

—¿Me oyes?

—Sí.

—¿Me oyes sólo a mí? Muy bien. Cuando despiertes, no recordarás nada de lo que se ha hecho aquí. Ahora, húndete un poco más. —DuPont hace una pausa—. Por favor, levanta el brazo derecho.

El brazo se levanta lentamente, como estirado por un hilo hasta quedar extendido.

—Tu brazo —dice DuPont— es una barra de hierro. Nadie lo puede doblar. —Mira a su alrededor—. ¿Alguien quiere probarlo? —Simon está tentado de hacerlo, pero decide no correr el riesgo; en este momento no quiere estar ni convencido ni decepcionado—. ¿No? —dice DuPont—. Pues entonces permítanme. —Apoya las dos manos en el brazo extendido de Grace y se inclina hacia delante—. Estoy empleando toda mi fuerza —indica. El brazo no se dobla—. Muy bien. Puedes bajar el brazo.

—Tiene los ojos abiertos —señala Lydia alarmada.

Entre los párpados se distinguen dos blancas medias lunas.

—Es normal —dice DuPont—, pero no tiene importancia. Cuando se encuentra en este estado, el sujeto parece distinguir ciertos objetos, incluso con los ojos cerrados. Es una característica del sistema nervioso en la que debe de intervenir algún órgano sensorial todavía no mensurable con medios humanos. Pero sigamos.

Se inclina hacia Grace como si estuviera escuchando los latidos de su corazón. Después se saca de un bolsillo oculto un cuadrado de tela —un velo normal de mujer de color gris claro— y lo deja caer suavemente sobre la cabeza de Grace, donde se posa con una leve ondulación. Ahora sólo se ve una cabeza y, detrás de ella, el borroso perfil de un rostro. La sugerencia de un sudario es inequívoca.

Demasiado teatral y exagerado, piensa Simon; recuerda a las salas de conferencias de las ciudades provincianas de quince años atrás con su público de crédulos dependientes de comercio y lacónicos campesinos acompañados de sus desaliñadas esposas, a quienes los charlatanes de pico de oro soltaban trascendentales bobadas y falsos consejos médicos como excusa para vaciarles los bolsillos. Quisiera burlarse, pero se nota un estremecimiento en la nuca.

—Se la ve tan... tan rara —susurra Lydia.

—¿Qué esperanza de respuesta o enmienda? Detrás del velo, detrás del velo —cita el reverendo Verringer. Simon no sabe si pretende dárselas de gracioso o no.

—¿Perdón? —dice la esposa del alcaide—. Ah, sí... un verso de nuestro querido señor Tennyson.

—Eso favorece la concentración —explica el doctor DuPont en voz baja—. La vista interior es más aguda cuando está resguardada de las miradas del exterior. Ahora, doctor Jordan, podemos viajar al pasado con toda seguridad. ¿Qué desea usted que yo le pregunte?

Simon no sabe por dónde empezar.

—Pregúntele por la casa del señor Kinnear —contesta.

—¿Qué parte de ella? —dice DuPont—. Hay que concretar.

—El pórtico —contesta Simon, que es partidario de empezar con suavidad.

—Grace —dice DuPont—, estás en el pórtico de la casa del señor Kinnear. ¿Qué es lo que ves?

—Veo unas flores —contesta Grace con voz pastosa y un tanto húmeda—. Es la hora del ocaso. Estoy muy contenta. Quiero quedarme aquí.

—Pídale —dice Simon— que se levante y entre en la

casa. Dígale que se dirija a la trampilla del vestíbulo, la que conduce al sótano.

—Grace —dice DuPont—, tienes que...

De repente, se oye un golpe seco en la puerta que suena casi como una explosión. Lydia deja escapar un gritito y aprieta la mano de Simon; sería una grosería que éste la retirara y por eso no lo hace, teniendo en cuenta, además, que ella está temblando como una hoja.

—¡Chist! —protesta la señora Quennell con un susurro penetrante protesta—. ¡Tenemos una visita!

—¡William! —exclama en voz baja la esposa del alcaide—. ¡Sé que es mi amorcito! ¡Mi chiquitín!

—Por favor —dice DuPont en tono irritado—. ¡Esto no es una sesión de espiritismo!

Debajo del velo, Grace se agita con inquietud. La esposa del alcaide se lleva el pañuelo a la boca y gimotea. Simon mira al reverendo Verringer. En la penumbra no se distingue muy bien su expresión; pero parece una mueca de dolor, que recuerda a la de un bebé que tiene gases.

—Tengo miedo —dice Lydia—. ¡Enciendan la luz!

—Todavía no —murmura Simon, dándole unas palmaditas en la mano.

Se oyen otros tres golpecitos, como si alguien llamara perentoriamente a la puerta, exigiendo entrar.

—Eso ya es demasiado —dice DuPont—. Pídales por favor que se retiren.

—Lo intentaré —responde la señora Quennell—. Pero estamos a jueves. Solían venir los jueves. —Inclina la cabeza y junta las manos. Momentos después se oye una serie de chasquidos sincopados, como si alguien estuviera arrojando un puñado de guijarros a una tubería de desagüe—. Bueno —dice—, creo que ya está.

Debe de haber un compinche, piensa Simon, una especie de cómplice o de artilugio al otro lado de la puerta o debajo de la mesa. A fin de cuentas, estamos en la casa de la señora Quennell. ¿Quién sabe lo que puede haber montado? Pero debajo de la mesa no hay más que los pies de los presentes. ¿Cómo lo habrán conseguido? El simple hecho de permanecer sentado allí le hace sentirse absurdo, un rehén ignorante, un incauto. Pero ahora no puede marcharse.

—Gracias —dice DuPont—. Le ruego disculpe la interrupción, doctor. Sigamos.

Simon es cada vez más consciente de la mano de Lydia en la suya. Es una mano pequeña y muy cálida. En realidad, están todos demasiado apretujados en la estancia y le resulta un poco molesto. Quisiera apartarse un poco, pero Lydia lo agarra con fuerza. Simon confía en que nadie se dé cuenta. Nota un hormigueo en el brazo; cruza las piernas. Tiene una súbita visión de Rachel Humphrey totalmente desnuda, a excepción de las medias que lleva puestas, mientras él la inmoviliza apoyando las manos en sus piernas y ella forcejea. Forcejea deliberadamente y lo observa a través de las pestañas de sus ojos semicerrados para ver qué efecto produce en él. Serpea como una hábil anguila. Suplica como una cautiva. Piel sudorosa y resbaladiza, la suya o la de ella, cada noche el húmedo cabello de Rachel sobre su boca. Se siente prisionero. La piel de su patrona brilla como el raso en los lugares donde él se la ha lamido. No puede seguir así.

—Pregúntele —dice— si tuvo alguna vez relaciones con James McDermott.

No tenía intención de plantear aquella pregunta; rotundamente no al principio y tanto menos de una manera tan directa. Pero ¿no será —ahora lo comprende— lo que más le interesa saber?

DuPont le repite la pregunta a Grace con voz pausada.

Se produce una pausa; después Grace se ríe. O alguien se ríe; no parece Grace.

—¿Relaciones, doctor? ¿Qué quiere usted decir? —La voz es débil y vacilante, llorosa, aunque suena totalmente presente y alerta—. Pero bueno, doctor, ¿qué hipócrita es usted! Quiere saber si lo besé, si me acosté con él. ¡Si yo era su amante! ¿Es eso?

—Sí —contesta Simon.

Está turbado, pero ha de procurar que no se le note. Esperaba una serie de monosílabos, unos simples síes y noes arrancados con esfuerzo de su estupor y su letargo; una serie de obligadas y soñolientas respuestas a sus firmes exigencias. No una burla tan vulgar. Esa voz no puede ser la de Grace; pero en tal caso, ¿a quién pertenece?

—¿Si hice lo que usted quisiera hacer con esa pequeña pelandusca que le sujeta la mano?

Se oye una risita seca.

Lydia emite una exclamación ahogada y retira la mano como si se la hubiera quemado. Grace vuelve a reírse.

—Quisiera saberlo y yo se lo voy a decir. Pues sí. Me reunía con él en el patio en camisón, a la luz de la luna. Me apretaba contra él, dejaba que me besara y me tocara por todas partes, doctor, en los mismos sitios donde usted desearía tocarme, porque eso yo siempre lo adivino, sé lo que piensa cuando permanece sentado en ese sofocante cuartito de costura conmigo. Pero eso fue todo, doctor. Eso fue lo único que le permitía hacer. McDermott bailaba al son que yo tocaba y también el señor Kinnear. ¡Los dos bailaban al son que yo tocaba!

—Pregúntele por qué —dice Simon.

No comprende lo que ocurre, pero es posible que ésta sea la última oportunidad que se le ofrezca de comprenderlo. Tiene que procurar no perder la cabeza y seguir una línea directa de investigación. Su voz se le antoja como un áspero graznido.

—Respiraba así —dice Grace, emitiendo un gemido altamente erótico—. Me agitaba y retorcía. Y después él decía que haría cualquier cosa que yo le pidiera. —Suelta una risita—. Pero ¿por qué? Vamos, doctor, usted siempre pregunta por qué. Siempre anda metiendo la nariz, y no sólo la nariz. ¡Qué hombre tan curioso! La curiosidad mató al gato, doctor. Debería vigilar al ratoncito que tiene al lado. ¡Con esa ratonera tan pequeña y peluda que tiene!

Para asombro de Simon, el reverendo Verringer se ríe por lo bajo; o a lo mejor está carraspeando.

—Esto es un escándalo —dice la esposa del alcaide—. ¡No pienso permanecer aquí sentada escuchando todas estas indecencias! ¡Ven conmigo, Lydia!

Se levanta a medias y se oye el susurro de sus faldas.

—Por favor —dice DuPont—. Tengan paciencia. El recato está por debajo del interés científico.

A juicio de Simon la situación se les está escapando de las manos. Ha de tomar la iniciativa; ha de impedir que Grace le lea el pensamiento. Había oído hablar del poder de clarividencia de los hipnotizados pero jamás lo había creído.

—Pregúntele —dice con firmeza— si estaba en el sótano de la casa del señor Kinnear el sábado 23 de julio de 1843.

—El sótano —dice DuPont—. Tienes que imaginarte el sótano, Grace. Retrocede en el tiempo, desciende en el espacio...

—Sí —dice Grace con su nueva y delicada voz—. Bajo por el pasillo, levanto la trampilla y desciendo por la escalera del sótano. Los toneles, el whisky, las hortalizas en sus cajas llenas de arena. Allí en el suelo. Sí, estaba en el sótano.

—Pregúntele si vio a Nancy allí.

—Pues claro que la vi. —Una pausa—. Tal como le estoy viendo a usted, doctor, desde detrás del velo. Y también lo oigo.

DuPont parece sorprenderse.

—No es frecuente —musita—, pero tampoco es un fenómeno desconocido.

—¿Estaba viva? —pregunta Simon—. ¿Estaba viva cuando la viste?

La voz se ríe con disimulo.

—Estaba parcialmente viva. O parcialmente muerta. Necesitaba que la libraran de su sufrimiento. —Grace pronuncia estas palabras agitada por un fuerte temblor.

El reverendo Verringer aspira bruscamente una bocanada de aire. Simon percibe los latidos de su propio corazón.

—¿Ayudaste a estrangularla? —pregunta.

—La estranguló mi pañuelo. —Un nuevo gorjeo, una risita—. ¡Tenía un estampado precioso!

—Qué vergüenza —musita Verringer.

Debe de estar pensando en todas las oraciones que ha malgastado en ella y también en toda la tinta y todo el papel que ha desperdiciado. Las cartas, las peticiones, la confianza.

—Lamenté perder aquel pañuelo; lo tenía desde hacía mucho tiempo. Era de mi madre. Yo lo hubiera retirado del cuello de Nancy. Pero James no me dejó y tampoco permitió que me llevara los pendientes de oro. Estaba manchado de sangre, aunque hubiera podido lavarlo.

—Tú la mataste —murmura Lydia—. Siempre lo creí.

Habla casi en tono de admiración.

—La mató el pañuelo. Unas manos lo sostenían —dice la voz—. Tenía que morir. La soldada del pecado es la muerte. Y por una vez, en esta ocasión también murió el caballero. ¡Participaron por igual!

—Oh, Grace —gime la esposa del alcaide—. ¡Jamás lo hubiera imaginado!¡ Nos has estado engañando todos estos años!

La voz habla en tono jubiloso.

—Deje de decir tonterías —ordena—. ¡Ustedes mismos se han engañado! ¡Yo no soy Grace! ¡Grace no sabía nada de todo eso!

Ninguno de los presentes dice nada. La voz, que parece el zumbido de una abeja, tararea ahora una cancioncilla.

—«Roca de los siglos, grieta para mí, deja que me esconda dentro de ti. Que el agua y la sangre...»

—Tú no eres Grace —insiste Simon. A pesar del calor que reina en la estancia, siente frío—. Si no eres Grace, ¿quién eres?

—«Grieta para mí... Deja que me esconda dentro de ti...»

—Tienes que contestar —insiste DuPont—. ¡Yo te lo ordeno!

Se oye otra serie de golpes rítmicos y pesados, como si alguien estuviera bailando sobre la mesa calzado con unos zuecos. Después, un susurro:

—No puede dar órdenes. ¡Sólo puede adivinar!

—Sé que eres un espíritu —dice la señora Quennell—. Pueden hablar a través de otras personas en trance. Utilizan nuestros órganos físicos. Éste habla a través de Grace. Pero a veces mienten, ¿saben ustedes?

—¡Yo no miento! —protesta la voz—. ¡Estoy por encima de la mentira! ¡Ya no necesito mentir!

—No siempre se les puede creer —señala la señora Quennell como si hablara de un niño o de un criado—. Quizá sea James McDermott en su afán de mancillar la reputación de Grace. Para acusarla. Fue lo último que hizo en la vida y los que mueren con deseos de venganza quedan a menudo atrapados en el plano terrenal.

—Por favor, señora Quennell —interviene el doctor DuPont—. Eso no es un espíritu. Lo que estamos presenciando aquí debe de ser un fenómeno natural.

Estas frases adquieren un deje apesadumbrado.

—¡No soy James, vieja chiflada! —dice la voz.

—Pues entonces es Nancy —replica la señora Quennell, que al parecer no se siente afectada por el insulto—. Suelen ser groseros —explica—. Nos dicen palabrotas. Algunos están enojados, son los espíritus pegados a la tierra que no pueden soportar estar muertos.

—¡No soy Nancy, vieja estúpida! Nancy no puede decir nada, no puede pronunciar ni una sola palabra con el cuello así. ¡Un cuello tan bonito! Pero Nancy ya no está enojada, no le importa, Nancy es mi amiga. Ahora lo comprende y quiere compartir cosas. Vamos, doctor —dice la voz en tono lisonjero—. A usted le gustan los acertijos. Ya conoce la respuesta. Le dije que era mi pañuelo, el que yo le dejé en herencia a Grace, cuando, cuando... —Se pone a cantar otra vez—. «Oh, no, fue la verdad que brillaba en sus ojos lo que me hizo amar a Mary...»

—Mary, no —dice Simon—. No es Mary Whitney.

Se oye una especie de ruido seco que parece proceder del cielo.

—Yo le dije a James que lo hiciera. Yo lo empujé. ¡Estuve allí desde el principio!

—¿Allí? —pregunta DuPont.

—¡Aquí! Con Grace, donde estoy ahora. Tenía mucho frío allí en el suelo, y estaba sola. Necesitaba entrar en calor. Pero Grace no lo sabe; ¡jamás lo ha sabido! —La voz ha perdido su tono burlón—. Estuvieron a punto de ahorcarla y hubiera sido un error. ¡Ella no sabía nada! Yo sólo le pedí prestada momentáneamente la ropa.

—¿La ropa? —pregunta Simon.

—Su cáscara terrenal. Su prenda de carne. ¡Olvidó abrir la ventana y yo no pude salir!

La vocecita habla ahora en tono suplicante.

—¿Por qué no? —pregunta Simon.

—Usted sabe por qué, doctor Jordan. ¿Quiere que ella vuelva al manicomio? Al principio me gustaba estar allí pues podía hablar en voz alta. Me podía reír. Podía decir lo que ocurrió. Pero nadie me hacía caso. —Se oye un leve sollozo—. No me escuchaban.

—Grace —dice Simon—, ¡deja de gastar bromas!

—Yo no soy Grace —responde, vacilante, la voz.

—¿De veras eres tú? —pregunta Simon—. ¿Estás diciendo la verdad? No tengas miedo.

—¿Lo ve? —El tono es quejumbroso—. Usted es

como ellos, no quiere escucharme, no quiere creerme, quiere que las cosas sean como a usted le interesan, no me hace caso...

La voz se desvanece y se produce el silencio.

—Se ha ido —dice la señora Quennell—. Siempre se sabe cuándo regresan a su reino. La electricidad se nota en el aire.

Durante un largo momento todos permanecen callados. Después el doctor DuPont se mueve.

—Grace —dice inclinándose hacia ella—. Grace Marks, ¿me oyes?

Le apoya la mano en el hombro.

Se produce una nueva y prolongada pausa en cuyo transcurso se oye la respiración anhelosa de Grace, como si estuviera bajo los efectos de un sueño agitado.

—Sí —contesta al final.

Es su voz de siempre.

—Ahora voy a despertarte —anuncia el doctor DuPont. Levanta delicadamente el velo que le cubre la cabeza y lo aparta a un lado. El rostro de Grace muestra una expresión reposada y tranquila—. Ahora estás flotando. Subes desde las profundidades. No recordarás nada de lo que ha ocurrido aquí. Cuando yo chasquee los dedos, te despertarás. —Se aproxima a la lámpara, la enciende, regresa y acerca la mano a la cabeza de Grace. Chasquea los dedos.

Grace se mueve, abre los ojos, mira a su alrededor con expresión asombrada y sonríe a los presentes. Su sonrisa ya no es tensa y temerosa, sino serena.

—Debo de haberme quedado dormida —dice.

—¿Recuerdas algo? —le pregunta el doctor DuPont con inquietud—. ¿Algo de lo que acaba de ocurrir?

—No —contesta Grace—. Estaba dormida. Pero debo de haber soñado. He soñado con mi madre. Flotaba en el mar. Estaba en paz.

Simon experimenta una sensación de alivio y el doctor DuPont también, a juzgar por su cara. Toma la mano de la joven y la ayuda a levantarse de la silla.

—Debes de sentirte un poco aturdida —le dice amablemente—. Suele ocurrir. Señora Quennell, ¿tendrá la bondad de disponer que la acompañen a un dormitorio donde pueda tenderse a descansar?

La señora Quennell abandona la estancia tomando a Grace del brazo como si fuera una inválida. Pero ahora Grace camina con mucha ligereza y parece casi feliz.

49

Los hombres se quedan en la biblioteca. Simon se alegra de poder permanecer sentado; nada le vendría mejor que una buena copa de brandy para que se le calmaran un poco los nervios pero, dada la compañía, no hay muchas esperanzas de que eso ocurra. Se siente aturdido y se pregunta si le estará volviendo la fiebre que ya había padecido.

—Caballeros —empieza diciendo DuPont—, estoy desconcertado. Jamás había vivido una experiencia como ésta. Los resultados han sido de lo más inesperados. Por regla general, el sujeto permanece bajo el control del hipnotizador.

Parece muy trastornado.

—Hace doscientos años no se hubiera desconcertado —dice el reverendo Verringer—. Habría sido un caso muy claro de posesión diabólica. Hubieran dicho que Mary Whitney habitaba en el cuerpo de Grace Marks y que había sido por tanto la inductora del crimen y cómplice del estrangulamiento de Nancy Montgomery. Se hubiera tenido que practicar un exorcismo.

—Pero ahora estamos en el siglo XIX —observa Simon—. Podría tratarse de un trastorno neurológico.

Quisiera decir «tiene que ser» pero no se atreve a contradecir con demasiada contundencia a Verringer. Por otra parte, aún está considerablemente perturbado y no se siente muy seguro del terreno intelectual que pisa.

—Ha habido casos de este tipo —dice DuPont—. Ya en 1816 hubo el de Mary Reynolds de Nueva York, cuyas extrañas alternancias fueron descritas por el doctor S. L. Mitchill de esa misma ciudad. ¿Conoce usted el caso, doctor Jordan? ¿No? Desde entonces, Wakley, de *The Lancet*, ha escrito ampliamente acerca de este fenómeno; lo llama «doble conciencia», aunque rechaza enérgicamente la posibilidad de llegar a la personalidad secundaria a través del neurohipnotismo, porque se corre demasiado peligro de que el sujeto sufra la influencia del profesional. Siempre ha sido un gran enemigo del mesmerismo y medios afines, pues en este sentido es muy conservador.

—Puysegeur describe algo muy parecido, si no recuerdo mal —dice Simon—. Puede tratarse de lo que se conoce como *dédoublement*: el sujeto en estado de sonambulismo pone de manifiesto una personalidad totalmente distinta de la que tiene en estado de vigilia y ambas mitades no poseen conocimiento la una de la otra.

—Caballeros, cuesta mucho creerlo —dice Verringer—. Pero cosas más extrañas han ocurrido.

—A veces la naturaleza produce dos cabezas en un solo cuerpo —dice DuPont—. Si ello es así, ¿por qué no dos personas, por así decirlo, en un cerebro? Puede que existan ejemplos no sólo de estados alternos de conciencia, tal como afirmaba Puysegeur, sino también de dos personalidades distintas que coexisten en el mismo cuerpo y tienen, sin embargo, dos memorias distintas y son en la práctica dos individuos separados. Siempre y cuando se acepte el discutible aserto según el cual somos lo que recordamos.

—A lo mejor —dice Simon—, también somos, con carácter preponderante, lo que olvidamos.

—Si está usted en lo cierto —tercia el reverendo Verringer—, ¿qué ocurre con el alma? ¡No podemos ser unos simples *quilts*! La idea es terrible y, de ser cierta, acabaría con el concepto de la responsabilidad moral e incluso de la moralidad propiamente dicha tal como actualmente la definimos.

—La otra voz, fuera lo que fuese —dice Simon—, llamaba la atención por la violencia que encerraba.

—Pero no estaba exenta de cierta lógica —replica secamente Verringer— y además, podía ver en la oscuridad.

Simon recuerda la cálida mano de Lydia y se ruboriza. En este momento, desearía hundir a Verringer hasta el fondo del mar.

—Y si hay dos personas —señala DuPont—, ¿por qué no dos almas? Siempre y cuando se considere necesario plantear aquí la cuestión del alma. O tres almas y tres personas, que para el caso es lo mismo. Pensemos en la Trinidad.

—Doctor Jordan —dice el reverendo Verringer, sin responder al desafío teológico—, ¿qué dirá usted a este respecto en su informe? Está claro que los acontecimientos de esta noche distan mucho de ser ortodoxos desde un punto de vista médico.

—Tendré que meditar cuidadosamente acerca de mi postura —contesta Simon—. Pero ya ve usted que, si aceptamos la premisa del doctor DuPont, Grace Marks queda exculpada.

—El hecho de aceptar semejante posibilidad exigiría una decisión drástica en el ámbito de la fe —dice el reverendo Verringer—. Un salto que sólo podré dar si se me concede la fuerza necesaria, porque siempre he creído en la inocencia de Grace; o más bien la esperaba, aunque confieso que me he llevado un buen susto. Sin embargo, si lo que hemos presenciado fuera un fenómeno natural, ¿quiénes somos nosotros para ponerlo en duda? La base de todos los fenómenos es Dios y él debe de tener sus razones, por muy oscuras que éstas resulten para los ojos mortales.

Simon regresa solo a casa. La noche es clara y tibia y la luna casi llena está cercada por un nimbo de bruma; el aire huele a hierba segada y a estiércol de caballo con un matiz secundario de perro.

A lo largo de toda la velada ha conseguido mantener un autodominio convincente, pero ahora tiene la sensación de que su cerebro es una castaña asada o un animal en llamas. Silenciosos aullidos resuenan en su interior; percibe un confuso y enloquecido movimiento, una lucha, unos correteos de acá para allá. ¿Qué ha ocurrido en la biblioteca? ¿Se encontraba Grace realmente en estado hipnótico o fingía y se reía para sus adentros? Simon sabe lo que él ha visto y oído, pero cabe la posibilidad de que todo haya sido una ilusión, por más que no pueda demostrarlo.

Si describe en su informe lo que ha visto y si el informe se incluye en alguna petición en favor de la puesta en libertad de Grace Marks, sabe que de inmediato tal descripción daría al traste con cualquier posibilidad de éxito. Son los ministros de Justicia y otros varones de su misma condición quienes leen semejantes peticiones, y se trata de hombres muy duros y prácticos que exigen pruebas sólidas. Si se divulgara el informe, se confirmara su existencia y se hiciera circular ampliamente, él se convertiría al momento en el hazmerreír de la gente y muy especialmente de los representantes de la profesión médica. Y sería el final de sus planes para construir un manicomio, pues, ¿quién confiaría en semejante institución sabiendo que la dirigía un chiflado que creía en la existencia de voces místicas?

No puede escribir el informe que Verringer quiere sin incumplir su juramento. Lo mejor sería no escribir nada, pero no es probable que Verringer lo deje marchar tan fácilmente. Sin embargo, está claro que es incapaz de afirmar nada con certeza y decir al mismo tiempo la verdad, porque la verdad se le escapa. O es más bien Grace la que se le escapa. Se desliza hacia delante sin que él consiga alcanzarla y vuelve la cabeza para ver si él la sigue.

La aparta bruscamente de sus pensamientos y vuelve a Rachel. A ella por lo menos puede atraparla y sujetarla. Ella no se le escapará a través de los dedos.

La casa está a oscuras. Rachel debe de estar durmiendo. No quiere verla, no la desea esta noche, muy al contrario; la idea de su tenso cuerpo del color de los huesos y del perfume de alcanfor y violetas marchitas que la envuelve le produce una leve repugnancia, pero sabe que todo eso cambiará en cuanto cruce el umbral. Subirá de puntillas por la escalera, tratando de evitarla. Después dará media vuelta, se dirigirá al dormitorio de Rachel y la despertará violentamente. Esta noche le pegará, tal como ella le ha suplicado que haga; jamás en su vida lo ha hecho, será una novedad. Quiere castigarla por haberle convertido en un adicto a su persona. Quiere hacerla llorar, aunque no demasiado fuerte, no sea que Dora los oiga y proclame a los cuatro vientos el escándalo. Es un milagro que aún no los haya oído pues ambos son cada vez más descuidados.

Sabe que se está acabando el repertorio; que se está acabando lo que Rachel le puede ofrecer y lo que ella misma es. Pero ¿qué ocurrirá antes de que todo termine? Y el final propiamente dicho, ¿qué forma adoptará? Debe haber alguna conclusión, un último acto. No puede pensar. Quizás esta noche tendría que abstenerse de verla.

Abre la puerta con su llave procurando no hacer ruido. Ella está esperándolo en la oscuridad del vestíbulo envuelta en su salto de cama con volantes, que brilla suavemente bajo la luz de la luna. Lo rodea con sus brazos, lo atrae hacia dentro y se comprime contra él. Su cuerpo se estremece. Simon experimenta el impulso de apartarla como si fuera una telaraña sobre su rostro o una masa de viscosa gelatina. Pero, en lugar de eso, la besa. El rostro de ella está mojado; ha llorado. Está llorando en este momento.

—Chsss —murmura él, acariciándole el cabello—. Chsss, Rachel.

Eso es lo que él quería que hiciera Grace... que temblara y se aferrara a él; se lo ha imaginado a menudo, pero ahora se da cuenta de que su figuración era sospechosamente teatral. Unas escenas hábilmente iluminadas, unos gestos —los suyos incluidos— extremadamente lánguidos y delicados, con un temblor sensual semejante al de las escenas de muerte en un ballet. La conmovedora angustia es mucho menos atractiva cuando uno tiene que habérselas con ella en carne y hueso. Una cosa es enjugar las lágrimas de unos ojos inocentes y otra muy distinta secarle los mocos de la nariz. Rebusca en su bolsillo el pañuelo.

—Él va a volver —le comunica Rachel en un penetrante susurro—. He recibido una carta suya.

Por un instante, Simon no tiene ni idea de a quién se refiere. Pero es el mayor, naturalmente. Lo había imaginado sumido en un libertinaje sin límites y se había olvidado de él.

—¿Qué será de nosotros? —pregunta Rachel, lanzando un suspiro.

Lo melodramático de la frase no disminuye la emoción, por lo menos la de Rachel.

—¿Cuándo? —pregunta Simon en voz baja.

—Me ha escrito una carta —responde ella entre sollozos—. Dice que tengo que perdonarlo. Dice que se ha enmendado, quiere iniciar una nueva vida, es lo que siempre dice. Y ahora voy a perderte... ¡no puedo soportarlo!

Le tiemblan los hombros y sus brazos lo aprietan entre espasmos.

—¿Cuándo regresa? —vuelve a preguntar Simon.

Imagina una vez más con renovada claridad y un agradable hormigueo de temor la escena que tantas veces se ha imaginado: él acostado con Rachel, el mayor que aparece repentinamente en la puerta, rebosante de indignación y con la espada desenvainada.

—Dentro de dos días —contesta Rachel con la voz entrecortada por el dolor—. Pasado mañana por la noche. Viene en tren.

—Vamos —dice Simon.

La acompaña por el pasillo a su dormitorio. Ahora que sabe que su huida no sólo es posible sino también necesaria, experimenta un intenso deseo de ella. Rachel ha encendido una vela; conoce sus aficiones. Les quedan muy pocas horas; el descubrimiento está muy próximo; dicen que el miedo y el temor aceleran los latidos del corazón y acrecientan el deseo. Toma mentalmente nota: es cierto, mientras, quizá por última vez, la empuja hacia atrás sobre la cama y cae pesadamente encima de ella rebuscando entre las capas de ropa.

—No me dejes —gime ella—. ¡No me dejes sola con él! ¡No sabes lo que es capaz de hacerme! —Esta vez sus angustiosos temblores de temor son auténticos—. ¡Lo odio! ¡Ojalá muriera!

—Chsss —susurra Simon—, Dora nos puede oír.

Casi espera que los oiga; en ese momento, experimenta una imperiosa necesidad de tener público. Coloca alrededor de la cama a toda una confusa serie de mirones: no sólo el mayor, sino también el reverendo Verringer, Jerome DuPont y Lydia. Y, muy especialmente, Grace Marks. Quiere que todos se sientan celosos.

Rachel deja de moverse. Sus verdes ojos se abren y se clavan directamente en los de Simon.

—No tiene por qué volver —dice. Los iris de sus ojos son enormes y las pupilas son unos puntos minúsculos; ¿estará tomando láudano otra vez?—. Podría sufrir un accidente. Si nadie lo viera. Podría sufrir un accidente en la casa: tú podrías enterrarlo en el jardín. —No es algo impremeditado: Rachel habrá estado elaborando un plan—. No deberíamos quedarnos aquí, podrían encontrarlo. Tendríamos que irnos a los Estados Unidos. ¡En el ferrocarril! Entonces estaríamos juntos. ¡Jamás nos encontrarían!

Simon le cubre la boca con la suya para acallarla. Ella cree que está de acuerdo.

—Oh, Simon —dice lanzando un suspiro—. ¡Sabía que jamás me dejarías! ¡Te quiero más que a mi propia vida!

Le besa todo el rostro y sus movimientos adquieren un carácter epiléptico.

Es uno más de los guiones que se inventa Rachel para despertar la pasión, sobre todo la suya. Cuando poco después descansa a su lado, Simon trata de imaginarse lo que ella debe de haberse inventado. Algo así como una horripilante historia de tercera categoría, uno de los más triviales y sangrientos relatos de Ainsworth o de Bulwer-Lytton: el mayor que sube solo los peldaños de la entrada con andares de borracho en medio de la oscuridad y entra en la casa. Rachel está en el vestíbulo: él la golpea y después apresa su trémula figura con embrutecida lascivia. Ella grita y suplica compasión y él se ríe como una fiera infernal. Pero la salvación está cerca: alguien le asesta por detrás un seco golpe en la cabeza con la azada. El mayor se desploma con un sordo rumor de madera y es arrastrado por los pies hasta la cocina, donde espera el maletín de cuero de Simon. Una rápida incisión en la yugular con un bisturí; la sangre cae al interior de un cubo de agua sucia y todo termina. Simon cava rápidamente un hoyo a la luz de la luna y el mayor va a parar en un santiamén a la parte del huerto reservada a los repollos mientras Rachel, debidamente envuelta en un chal, sostiene una oscura linterna y jura que, después de lo que él se ha atrevido a hacer por ella, será eternamente suya.

Pero Dora está mirando desde la puerta de la cocina. No pueden dejarla escapar. Simon la persigue por toda la casa, la acorrala en la trascocina y la apuñala como si fuera un cerdo al tiempo que Rachel tiembla y se desmaya, pero se recupera enseguida como una auténtica heroína y acude en su ayuda. Hay que cavar otro hoyo más hondo para Dora, a lo cual sigue una orgiástica escena en el suelo de la cocina.

Todo esto en cuanto a la farsa de medianoche. Pero después, ¿qué? Después él será un asesino con Rachel como único testigo. Se casará con ella y estará soldado a ella, que es lo que ella quiere. Jamás será libre. Pero ahora viene la parte que ella seguramente no ha imaginado: una vez en los Estados Unidos, tendrá que ir de incógnito. Carecerá de nombre. Será una mujer desconocida, de esas que a menudo se encuentran flotando en los canales o las corrientes de agua: Mujer desconocida hallada flotando en el canal. ¿Quién sospecharía de él?

¿Qué método utilizará? En la cama, en el momento del delirio, teniendo ella el cabello enredado alrededor de su propio cuello, bastaría una ligera presión. El acto posee una indudable emoción y es digno del género.

Por la mañana, Rachel lo habrá olvidado todo. Simon vuelve a dedicarle su atención, la coloca como es debido y le acaricia el cuello.

La luz del sol lo despierta; está acostado con Rachel en la cama de ésta. La víspera olvidó regresar a su dormitorio y no era para menos: estaba agotado. Oye a Dora en la cocina, armando ruido con los cacharros. Tendida de lado y apoyada en un codo, Rachel lo mira. Está desnuda pero se ha envuelto en la sábana. Tiene en la parte superior del brazo una magulladura que él no recuerda haberle hecho.

Se incorpora.

—Debo irme —musita—. Dora nos oirá.

—No me importa —dice Rachel.

—Pero tu reputación...

—No me importa —contesta ella—. Sólo estaremos aquí un par de días.

Adopta un tono práctico. Lo considera una especie de negocio y cree que está todo arreglado. A Simon se le ocurre pensar —¿por qué sólo ahora por primera vez?— que a lo mejor está loca o al borde de la locura; o que cuando menos, es una degenerada.

Simon sube sigilosamente la escalera llevando en la mano los zapatos y la chaqueta, lo mismo que un estudiante libertino de regreso de una juerga. Se estremece de frío. Lo que él se ha limitado a imaginar ella lo ha confundido con la realidad. Rachel cree de veras que él, Simon, asesinará a su marido por amor a ella. ¿Qué hará cuando él se niegue a hacerlo? Le da vueltas la cabeza y el suelo que pisa le parece irreal, como si estuviera a punto de disolverse.

Antes del desayuno, la busca. La encuentra en el salón de la parte anterior de la casa, sentada en el sofá; ella se levanta y lo recibe con un beso apasionado. Simon se aparta y le dice que está indispuesto; es una fiebre palúdica recurrente que contrajo en París. Para poder cumplir sus propósitos —lo expresa de esta manera a fin de desarmarla— necesita urgentemente la correspondiente medicina, o de lo contrario, no responde de las consecuencias.

Ella le toca la frente que él ha tenido la precaución de mojarse con la esponja en su habitación del piso de arriba. Como es natural, Rachel se alarma, pero se advierte en ella cierto júbilo: se está aprestando a cuidarlo, a entregarse a un nuevo papel. Simon se imagina lo que ella está pensando: le preparará caldos y jaleas, lo envolverá en mantas y en cataplasmas de mostaza, le vendará cualquier parte del cuerpo que esté hinchada o a punto de estarlo. Y él, debilitado y desvalido, estará enteramente en su poder: ése es su objetivo. Tiene que salvarse de ella ahora que todavía está a tiempo.

Simon le besa las yemas de los dedos. Ella debe ayudarlo, le dice con ternura. Su vida depende de ella. Le deposita en la mano una nota dirigida a la esposa del alcaide donde requiere el nombre de un médico, pues él no conoce a ninguno en aquel lugar. En cuanto obtenga el nombre, Rachel deberá acudir a toda prisa al médico y pedirle el medicamento. Simon ha escrito una receta con un garabateo ilegible; le entrega el dinero para el medicamento. Dora no puede ir, dice, porque él teme que no se dé bastante prisa. El tiempo es fundamental: hay que iniciar el tratamiento enseguida. Ella asiente con la cabeza, lo comprende: hará cualquier cosa, afirma con ardor.

Pálida y temblorosa pero con los labios firmemente apretados, se pone la papalina y sale corriendo. En cuanto la pierde de vista, Simon se seca el rostro y empieza a hacer el equipaje. Envía a Dora a buscar un coche de alquiler, tras haberla sobornado con una generosa propina. Mientras aguarda su regreso, le escribe a Rachel una carta de cortés despedida, alegando como excusa la salud de su madre. No se dirige a ella llamándola por su nombre de pila. Incluye varios billetes de banco, pero ninguna palabra de afecto. Es un hombre de mundo y no lo podrán pillar de esta manera y tanto menos chantajear: nada de juicio por incumplimiento de compromiso en caso de que el mayor muriera. Cabe la posibilidad de que ella mate al mayor; es capaz de eso y mucho más.

Sopesa la conveniencia de escribirle también una carta a Lydia, pero rechaza la idea. Menos mal que no le hizo en ningún momento una declaración formal.

Llega el coche, que más bien parece un carro, y él arroja las dos maletas a su interior.

—A la estación de ferrocarril —dice. En cuanto esté lejos de allí, le escribirá una carta a Verringer, procurando ganar tiempo y prometiéndole redactar algún tipo de informe. Puede que al final consiga inventarse algo que no lo desacredite por completo. Pero, por encima de todo, tiene que dejar firmemente a su espalda ese desastroso intermedio. Tras una rápida visita a su madre y una reorganización de su economía, se irá a Europa. Si su madre se las puede arreglar con menos, y sí puede, él podrá permitirse ese lujo, aunque muy justito.

No empieza a sentirse a salvo hasta que se encuentra en el vagón del tren con las puertas firmemente cerradas. La presencia de un revisor uniformado lo tranquiliza, en su vida se está volviendo a imponer una especie de orden.

Una vez en Europa, reanudará sus investigaciones. Estudiará las distintas escuelas de pensamiento dominantes, pero no se adherirá a ninguna de momento. Ha llegado al umbral del inconsciente y ha mirado al otro lado o más bien al interior; hubiera podido caer dentro. Se hubiera podido ahogar.

Mejor será quizá que abandone las teorías y se concentre en los medios. Cuando regrese a los Estados Unidos, se moverá. Pronunciará conferencias, buscará apoyos. Construirá un manicomio modelo en unos terrenos muy bien cuidados y con el mejor alcantarillado y las mejores instalaciones sanitarias. Lo que valoran los norteamericanos por encima de todo en cualquier institución es la comodidad. Un manicomio con cómodas y espaciosas habitaciones, instalaciones de hidroterapia y un buen número de dispositivos mecánicos podría ser muy rentable. Tiene que haber ruedecitas que giren emitiendo un pequeño zumbido y también copas de succión de goma, cables que se conecten al cráneo y aparatos para medir. Incluirá en el prospecto el adjetivo «eléctrico». El principal objetivo tiene que ser el de mantener a los pacientes limpios y dóciles —los medicamentos serán una ayuda— y a los familiares, admirados y satisfechos. Como en los colegios de niños, hay que causar buena impresión, no a los usuarios propiamente dichos sino a los que pagan las facturas.

Todo ello le exigirá un compromiso. Pero ahora ya ha alcanzado —muy bruscamente, por cierto— la edad adecuada para eso.

El tren abandona la estación. Ve una negra nube de humo y oye un gemido largo y quejumbroso que lo sigue por la vía como un fantasma.

Hasta que no está a medio camino de Cornwall no se permite pensar en Grace. ¿Creerá que él la ha abandonado? ¿Que ha perdido la confianza en ella quizá? Si efectivamente ignora los acontecimientos de la víspera, será comprensible que lo piense. Él la desconcertará tanto como ella lo ha desconcertado a él.

Grace todavía no puede saber que él ha abandonado la ciudad. Se la imagina sentada en su silla de costumbre, cosiendo su *quilt*; tal vez cantando mientras espera su aparición en la puerta.

Fuera ha empezado a lloviznar. Al cabo de un rato el traqueteo del tren lo adormece y él se apoya pesadamente contra la pared. Ahora Grace se acerca a él cruzando un inmenso prado bajo el sol, toda vestida de blanco y con un brazado de flores rojas: las ve con tal claridad que incluso distingue las gotas de rocío que las cubren. Grace lleva el cabello suelto, va descalza y sonríe. Después él se da cuenta de que Grace no está caminando sobre la hierba sino sobre el agua; cuando alarga las manos para abrazarla, ella se disipa como la niebla.

Se despierta; está todavía en el tren y la nube de humo gris pasa por delante de la ventanilla. Comprime los labios contra el cristal.

XIV

LA LETRA X

1 de abril de 1863. La reclusa Grace Marks ha sido declarada culpable de un doble, o quizá debería decir de un bíblico, asesinato. Su descaro demuestra que no es una persona sensible y su ingratitud es una prueba convincente de su funesto carácter.

1 de agosto de 1863. Esta desventurada mujer se ha convertido en una criatura peligrosa y mucho me temo que todavía tenga ocasión de demostrarnos lo que es capaz de hacer. Por desgracia, hay grupos que la ayudan. No se atrevería a mentir de no ser por el apoyo de los grupos que le son afines.

DIARIO OFICIAL DE PRISIONES,
Penal provincial,
Kingston, Canadá Occidental, 1863

[...] su ejemplar conducta a lo largo de sus treinta años de encierro en el penal, durante la última parte de los cuales ha ejercido las funciones de sirvienta de confianza en la residencia del alcaide, y el hecho de que tantos caballeros influyentes de Kingston consideren que merece un indulto, nos permiten albergar serias dudas acerca de la posibilidad de que fuera la terrible encarnación femenina del demonio con que McDermott intentó presentarla al público.

WILLIAM HARRISON,
«Recuerdos de la tragedia Kinnear»,
escritos para el *Newmarket Era*, 1908

¡Mis cartas! ¡Todas papel muerto, blanco y mudo!
Y, sin embargo, se estremecen como si estuvieran vivas
en mis trémulas manos que desanudan la cinta...

ELIZABETH BARRETT BROWNING,
Sonetos del portugués, 1850

50

*A la señora Humphrey; del doctor Simon Jordan,
Kingston, Canadá Occidental.*

15 de agosto de 1859

Mi querida señora Humphrey:

Le escribo unas apresuradas líneas pues he tenido que regresar urgentemente a casa por un asunto familiar que es de todo punto necesario que yo atienda de inmediato. Mi querida madre ha sufrido una imprevista recaída en su siempre delicada salud y se encuentra en estos momentos a las puertas de la muerte. Rezo para que logre llegar a tiempo para asistirla en sus últimos momentos.

Lamento no haber podido despedirme de usted personalmente y agradecerle sus amables atenciones durante mi permanencia como huésped en su casa, pero estoy seguro de que su corazón y su sensibilidad de mujer comprenderán de inmediato la necesidad de mi repentina partida.

No sé cuánto tiempo permaneceré ausente y ni siquiera si podré regresar a Kingston.

En caso de que mi madre falleciera, tendré que encargarme de los asuntos familiares; y si ella continuara entre nosotros durante algún tiempo, mi lugar estaría a su lado. Alguien que tanto se ha sacrificado por su hijo merece sin duda un considerable sacrificio por parte de éste.

Mi regreso a su ciudad en el futuro es altamente improbable, pero siempre conservaré el recuerdo de mis días en Kingston, un recuerdo del que usted constituye una parte muy estimada. Sabe lo mucho que admiro su valor ante la adversidad y lo mucho que la respeto. Confío en que albergue en su corazón esos mismos sentimientos hacia éste su humilde y sincero servidor,

SIMON JORDAN

P.D. En el sobre adjunto le he dejado una suma que confío alcance para cubrir las pequeñas cantidades que quedaban pendientes entre nosotros.

P.D. adicional. Confío en que muy pronto pueda felizmente recuperar la compañía de su esposo.

S.

❧

De la señora Jordan, Laburnum House, Loomisville, Massachusetts, Estados Unidos de Norteamérica; a la señora Humphrey, Lower Union Street, Kingston, Canadá Occidental.

29 de septiembre de 1859

Mi querida señora Humphrey:

Me tomo la libertad de devolverle las siete cartas que ha dirigido usted a mi querido hijo y que se han acumulado aquí en su ausencia; un sirviente las abrió por error y eso explica la presencia en ellas de mi sello en lugar del de usted.

Mi hijo está efectuando actualmente un recorrido por varios manicomios y clínicas de Europa, una investigación muy necesaria para la tarea que tiene entre manos y que es de la máxima trascendencia, pues aliviará el sufrimiento humano, por cuyo motivo no se debe interrumpir por ninguna consideración de menor importancia por muy acuciante que ésta les parezca a otras personas que no comprenden el alcance de su misión. Puesto que mi hijo viaja constantemente, me ha sido imposible hacerle llegar sus cartas. Ahora se las devuelvo, ya que supongo que deseará usted conocer la razón de que no haya contestado, si bien le ruego repare en que el simple hecho de que no haya una respuesta ya es en sí mismo una respuesta.

Mi hijo había comentado la posibilidad de que usted intentara reanudar sus relaciones de amistad con él; y, aunque haciendo gala de una exquisita discreción, no quiso darme explicaciones, yo no estoy tan inválida ni permanezco tan alejada del mundo como para no haber sabido leer entre líneas. Si quiere usted aceptar el sincero pero bienintencionado consejo de una anciana, permítame señalarle que en las uniones permanentes entre los sexos, las diferencias de edad y de fortuna siempre son perjudiciales; pero mucho más lo son todavía las diferencias de criterios morales. La conducta imprudente e irreflexiva es comprensible en una mujer que se halla en la situación en que usted se ha encontrado. Me doy perfecta cuenta de lo desagradable que debe de ser ignorar el paradero del propio esposo; pero ha de saber que, en caso de que se produjera el fallecimiento de semejante esposo, ningún hombre de principios convertiría en su esposa a una mujer que hubiera desempeñado prematuramente dicho papel. A los hombres, por naturaleza y por designio de la Providencia, se les permiten ciertas libertades; pero la fidelidad al matrimonio es sin duda el principal requisito que se le exige a una mujer.

En los primeros tiempos de mi viudez yo solía hallar alivio en la lectura cotidiana de la Biblia; los bordados también ayudan a ocupar la mente. Aparte de estos remedios, tal vez usted tenga una amiga respetable que la consuele en su aflicción sin empeñarse en conocer su causa. Lo que la sociedad cree no siempre equivale a lo que es cierto, pero, con respecto a la reputación de una mujer, es lo mismo. Conviene tomar todas las medidas necesarias para conservar la reputación, procurando no dar a conocer las propias angustias para evitar que éstas se conviertan en tema de maliciosos chismorreos; a tal fin, es prudente evitar la manifestación de los propios sentimientos en las cartas que han de pasar por los peligros de las instituciones públicas y pueden caer en manos de personas que sientan la tentación de leerlas sin el conocimiento del remitente.

Le ruego, señora Humphrey, que acepte los sentimientos que le he expresado con el mismo espíritu de sincera preocupación por su futuro bienestar con que se los ofrece su segura servidora,

CONSTANCE JORDAN

❧

De Grace Marks, Penal provincial, Kingston, Canadá Occidental; al doctor Simon Jordan.

19 de diciembre de 1859

Mi querido doctor Jordan:

Le escribo con la ayuda de Clarrie, que siempre ha sido mi amiga y me ha facilitado este papel y lo echará al correo cuando pueda a cambio de la ayuda que yo le presto con los encajes y las manchas. Lo malo es que no sé adónde enviarlo, porque ignoro adónde se ha ido usted. Pero ya lo averiguaré y entonces le enviaré la carta. Espero que pueda leer mi letra pues no estoy muy acostumbrada a escribir y sólo puedo dedicarle un ratito cada día.

Cuando me enteré de que se había ido tan de repente sin enviarme ni una nota, me entristecí mucho, ya que pensé que se había puesto enfermo. No comprendía que se hubiera ido sin despedirse después de lo mucho que habíamos hablado juntos; me desmayé en el dormitorio de arriba y la camarera se llevó tal susto que me arrojó el agua de un jarrón de flores con el jarrón y todo, lo cual me hizo volver en mí de inmediato aunque el jarrón se rompió. La camarera temió que me hubiera dado otro ataque de locura, pero no fue así, porque enseguida me dominé. Se debió simplemente al sobresalto de enterarme tan de repente de la noticia y a las palpitaciones del corazón que sufro a menudo. El jarrón me produjo una herida en la frente. Es asombrosa la cantidad de sangre que puede salir de una herida en la cabeza, aunque sea una herida superficial.

Lamenté que se fuera pues lo pasaba muy bien con nuestras conversaciones; me habían dicho también que usted escribiría una carta al Gobierno solicitando mi puesta en libertad y temía que no lo hiciera. No hay nada más desalentador que alentar las esperanzas y volver a apagarlas; es casi peor que no dar ningún tipo de esperanza.

Confío en que pueda escribir la carta en mi favor, por lo cual le estaría profundamente agradecida, y deseo que siga bien de salud.

GRACE MARKS

❧

Del doctor Simon P. Jordan, en casa del doctor Binswanger, Bellevue, Kreutzlinger, Suiza; al doctor Edward Murchie, Dorchester, Massachusetts, Estados Unidos de Norteamérica.

12 de enero de 1860

Mi querido Ed:

Perdona que haya tardado tanto en escribirte y en comunicarte mi cambio de dirección. El caso es que las cosas han estado un poco revueltas y he tardado algún tiempo en organizarme. Tal como Burns ha señalado, los proyectos mejor trazados de los ratones y los hombres pueden irse al garete, y yo me vi obligado a huir precipitadamente de Kingston, porque me encontré atrapado en unas complicadas circunstancias que hubieran llegado a ser muy perjudiciales tanto para mi persona como para mis futuros planes. Quizás algún día te cuente toda la historia mientras nos tomamos unas copas de jerez; aunque, de momento, más que una historia me parece una pesadilla.

Entre sus elementos figura el hecho de que mi estudio sobre Grace Marks adquirió al final un sesgo tan inquietante que aún no he podido establecer si estaba despierto o dormido. Cuando pienso en las esperanzas con que di comienzo a esta empresa, firmemente dispuesto, de eso puedes estar seguro, a obtener unas revelaciones trascendentales que dejarían al mundo asombrado y admirado, poco me falta para hundirme en la desesperación. Pero ¿eran de veras unas grandes esperanzas y no una simple ambición egoísta? Desde este estratégico lugar no estoy demasiado seguro; sin embargo, si fuera esto último, quizá me estaría bien empleado, pues cabe la posibilidad de que haya estado persiguiendo inútilmente una quimera o unas sombras vanas y, en mi incesante afán de desentrañar los misterios de la mente de otra persona, haya corrido el riesgo de perjudicar la mía propia. Como mi tocayo el apóstol, he echado las redes en aguas profundas, pero, a diferencia de él, tal vez haya pescado una sirena que no es ni carne ni pescado sino ambas cosas a la vez y cuyo canto es dulce pero peligroso.

No sé si considerarme un primo o, lo que es peor, un necio que se ha engañado a sí mismo; pero es posible que estas dudas también sean una ilusión y que yo haya estado tratando con una mujer de una inocencia tan transparente que, en mi exagerada astucia, no haya tenido la inteligencia de reconocerlo. Debo confesar —pero sólo ante ti— que he llegado casi al borde del agotamiento nervioso por este motivo. El hecho de no saber —tratar de arrancar insinuaciones y prodigios, indirectas y tentadores susurros— es tan malo como una obsesión. A veces su rostro flota de noche ante mí en medio de la oscuridad como un espejismo encantador y enigmático...

Pero perdóname estos locos desvaríos. Aún abrigo la esperanza de poder llevar a cabo un gran descubrimiento si consigo ver claramente el camino. Aunque de momento ando todavía vagando en la oscuridad y sólo me guían unas luces apenas visibles.

Pero hablemos de asuntos más positivos. La clínica de aquí está muy bien administrada en lo tocante a la limpieza y la eficiencia y utiliza varias líneas de tratamiento, entre ellas la hidroterapia; puede que sea el modelo de mi proyecto si éste llega a hacerse realidad. El doctor Binswanger me ha acogido con gran amabilidad y me ha permitido estudiar algunos de los casos más interesantes. Para mi gran alivio, no figura entre ellos ninguna famosa asesina sino tan sólo los que el buen doctor Workman de Toronto califica de «dementes inocentes» y los habituales enfermos de afecciones nerviosas, alcohólicos y sifilíticos; si bien, como es lógico, no se observan las mismas dolencias entre los ricos que entre los pobres.

He sentido una gran alegría al enterarme de la posibilidad de que muy pronto regales al mundo una copia en miniatura de ti mismo a través de los buenos oficios de tu estimada esposa, a la que te ruego presentes mis más respetuosos saludos. ¡Qué relajante debe de ser tener una vida familiar estable con una mujer responsable y de confianza que te la pueda proporcionar! La tranquilidad sólo es valorada por los hombres que carecen de ella. ¡Cómo te envidio!

En cuanto a mí, me temo que estoy condenado a vagar solo por la faz de la tierra como uno de los más siniestros y lúgubres proscritos de Byron; sin embargo, me reconfortaría mucho, mi querido muchacho, estrechar una vez más tu mano de fiel amigo. Quizá muy pronto se me presente la ocasión de hacerlo, pues tengo entendido que no hay muchas esperanzas de que se produzca una resolución pacífica de las actuales diferencias entre el Norte y el Sur, y en los Estados sureños se habla muy en serio de la posibilidad de una secesión. En caso de que se rompan las hostilidades, mi deber para con mi país estará muy claro. Tal como dice Tennyson con su estilo exageradamente botánico, ha llegado la hora de arrancar «el capullo rojo sangre de la guerra». Dado mi tumultuoso y malsano estado mental, el hecho de que se me imponga algún tipo de deber será un alivio para mí, por muy deplorable que sea la ocasión que me lo exija.

Tu trastornado, agotado pero afectuoso amigo,

Simon

❧

De Grace Marks, Penal provincial, Kingston;
al signor Geraldo Ponti, maestro de neurohipnotismo,
ventrílocuo y lector mental extraordinario; en The Prince
of Wales Theatre, Queen Street, Toronto,
Canadá Occidental.

25 de septiembre de 1861

Mi querido Jeremiah:

He visto el anuncio de tu espectáculo en un cartel que Dora ha conseguido y ha pegado a la pared del lavadero para darle un poco de color; de inmediato he comprendido que eras tú, a pesar de que tienes otro nombre y te has dejado crecer una barba muy llamativa. Uno de los caballeros que corteja a la señorita Marianne vio el espectáculo cuando estuvo en Kingston y dijo que el número de El futuro contado en letras de fuego era de tal calidad que sólo por eso merecía la pena pagar la entrada, y que dos damas llegaron al extremo de desmayarse. Dice que tu barba era de un color intensamente rojo. Supongo que te la habrás teñido, a menos que sea un postizo.

No intenté ponerme en contacto contigo cuando estuviste en Kingston porque tal vez habrían surgido dificultades en caso de que lo hubieran descubierto. Pero vi en qué lugar ibas a presentar el espectáculo siguiente y es por eso por lo que te envío esta carta al teatro de Toronto confiando en que la recibas. Debe de ser un teatro nuevo, pues no había ninguno que tuviera este nombre la última vez que yo estuve allí; pero de eso hace veinte años aunque a mí me parezcan cien.

¡Cuánto me gustaría volver a verte y hablar de los viejos tiempos en la cocina de la esposa del concejal Parkinson, donde lo pasábamos tan bien antes de que muriera Mary Whitney y la desgracia se cebara en mí! Pero para poder entrar aquí tendrías que disfrazarte un poco más, porque una barba pelirroja no sería suficiente, vista de cerca. Y, si descubrieran tu identidad, pensarían que los habías engañado, pues lo que se hace en el escenario de un teatro no es tan aceptable como lo mismo hecho en una biblioteca; y querrían saber por qué has dejado de ser el doctor Jerome DuPont. Supongo que lo de ahora te resulta más rentable.

Desde la sesión de hipnotismo parece que la gente de aquí me trata mejor y con más aprecio, aunque, a lo mejor, ello se debe simplemente a que me tienen más miedo; a veces es difícil saberlo. No hablan de lo que se dijo en aquella ocasión, pues creen que eso me trastornaría la razón, cosa que dudo mucho que ocurriera. Pero, aunque puedo volver a recorrer libremente la casa y arreglo las habitaciones y sirvo el té tal como antes hacía, la experiencia no ha servido para conseguir mi puesta en libertad.

Me he preguntado a menudo por qué motivo el doctor Jordan se fue tan de repente poco después de la sesión, aunque supongo que tú no conoces la respuesta. La señorita Lydia se disgustó mucho con la partida del doctor Jordan y se pasó toda una semana sin bajar a comer, de modo que había que subirle la comida en una bandeja mientras ella permanecía en la cama como si estuviera enferma, lo que dificultaba mucho el arreglo del dormitorio. Estaba muy pálida, tenía unas ojeras oscuras y se comportaba como la reina de una tragedia. Pero a las señoritas se les permiten estos caprichos.

Después le dio por acudir a más fiestas y con más jóvenes que nunca, especialmente con cierto capitán con el que no llegó a ninguna parte, por lo que se ganó la fama de casquivana entre los militares; ella y su madre tuvieron muchas peleas y, al cabo de un mes, se anunció su boda con el reverendo Verringer, lo cual fue una sorpresa pues ella siempre se burlaba de él a su espalda y decía que parecía una rana.

La boda se fijó para mucho antes de lo que es costumbre y yo estuve muy ocupada cosiendo de la mañana a la noche. El vestido de viaje de la señorita Lydia era de seda azul con botones forrados del mismo tejido y una falda con sobrefalda; por poco me quedo ciega cosiéndole el dobladillo. Pasaron la luna de miel en las cataratas del Niágara, una experiencia que no hay que perderse, según dicen; yo sólo las he visto en cuadros; cuando regresaron, ella era una persona distinta, muy pálida, taciturna y apagada. No merece la pena casarse con un hombre al que no se ama, aunque muchas se acostumbran con el tiempo. Otras se casan por amor y se van arrepintiendo poco a poco de haberlo hecho. Pensé durante algún tiempo que a la señorita Lydia le gustaba el doctor Jordan, pero no hubiera sido feliz con él ni él con ella, ya que ella no habría comprendido su interés por los locos, sus rarezas y las extrañas preguntas que solía hacerme acerca de las hortalizas. O sea que tanto mejor.

No he sabido nada de la ayuda que el doctor Jordan me prometió y tampoco he sabido nada de él; sólo he sabido a través del reverendo Verringer que se fue a la guerra sureña; pero ignoro si está vivo o muerto. Dejando eso aparte, corrieron muchos rumores sobre él y su patrona, que era una especie de viuda; cuando él se fue, la vieron vagando con aire ausente por la orilla del lago vestida de negro y con una capa y un velo negros volando al viento, por lo que algunos dijeron que pretendía arrojarse al agua. Se habló mucho de eso sobre todo en la cocina y el lavadero, y nos enteramos de muchas cosas a través de Dora, que antes había servido en aquella casa. Te costaría creer lo que nos contó de ellos dos: que por fuera eran unas personas respetables y que, sin embargo, de noche se entregaban a unas actividades horribles con tales gritos y gemidos que cualquiera hubiera dicho que aquello era una casa habitada por fantasmas; por la mañana la ropa de la cama estaba tan revuelta y en tal estado que Dora se ruborizaba con sólo verla. Dora comentó que era un milagro que él no hubiera matado a su patrona y la hubiera enterrado en el patio, pues ella había visto la azada y la tumba ya cavada, lo que le heló la sangre en las venas; era el tipo de hombre capaz de destrozar a una mujer tras otra y después asesinarlas para librarse de ellas. Cada vez que miraba a la viuda, lo hacía con unos fieros y ardientes ojos de tigre, como si estuviera a punto de abalanzarse sobre ella y hundirle los dientes en la carne. Lo mismo hacía con Dora, de modo que quizás ésta hubiera sido la siguiente víctima de su delirante frenesí. En la cocina Dora contaba con un público muy adicto, siempre hay personas aficionadas a los relatos tremebundos. Debo reconocer que lo contaba muy bien aunque creo que exageraba un poco.

Por aquel entonces la esposa del alcaide me mandó llamar al salón y me preguntó con la cara muy seria si alguna vez el doctor Jordan me había hecho proposiciones deshonestas, y yo le contesté que no y, en cualquier caso, la puerta del cuarto de costura siempre estaba abierta. Después la esposa del alcaide me dijo que se había equivocado con respecto al doctor Jordan y que había albergado una víbora en el seno de su familia; añadió que la pobre dama de negro había sido seducida por él, aprovechando que estaba sola en la casa y no tenía criada, aunque yo no debería comentarlo con nadie pues, si lo hiciera, causaría más daños que beneficios; aunque la dama estaba casada y su esposo se había comportado muy mal con ella, por cuyo motivo su conducta no era tan reprobable como hubiera sido en el caso de una muchacha, el comportamiento del doctor Jordan había sido extremadamente indigno. Menos mal que la señorita Lydia no había llegado a comprometerse con él.

No creo que el doctor Jordan tuviera semejante propósito y tampoco me creo todo lo que se dijo contra él. Sé lo que son las mentiras que se cuentan sobre una persona sin que ésta pueda defenderse. Y las viudas siempre están dispuestas a hacer de las suyas hasta que son demasiado viejas para estos asuntos.

Pero todo eso no son más que vanos chismorreos. Lo que yo quisiera preguntarte sobre todo es lo siguiente: ¿Viste realmente el futuro cuando me examinaste la palma de la mano y me dijiste «cinco para que tengas suerte», cosa que yo interpreté en el sentido de que todo iría bien al final? ¿O lo dijiste sólo para animarme? Me gustaría mucho saberlo porque a veces el tiempo se me hace tan largo que casi no puedo resistirlo. Temo caer en una desesperación irremediable a causa de la inutilidad de mi vida, pues todavía no sé cómo ocurrió todo aquello. El reverendo Verringer reza a menudo conmigo o más bien debería decir que él reza y yo lo escucho; pero me sirve de muy poco y sólo me produce cansancio. Dice que presentará otra petición pero creo que será tan inútil como las anteriores, por lo que mejor sería que no malgastara el papel.

La otra cosa que quisiera saber es por qué quisiste ayudarme. ¿Lo hiciste a modo de desafío, para burlarte de los demás tal como hacías cuando te dedicabas al contrabando, o fue por aprecio y compañerismo? Una vez dijiste que éramos de la misma clase y yo a menudo he meditado sobre ello.

Espero que recibas esta carta, aunque, en caso de que así sea, no sé cómo podrás contestarme, pues seguro que ellos abrirán cualquier carta que yo reciba. De todos modos, creo que tú me enviaste un mensaje, por cuanto hace unos meses recibí un botón de hueso dirigido a mí pero sin firma, y la supervisora me preguntó: Grace, ¿por qué te habrán enviado un solo botón? Le contesté que no lo sabía. Sin embargo, como el botón era idéntico a los que me diste en la cocina de la esposa del concejal Parkinson, pensé que debías de ser tú para hacerme saber que no había sido totalmente olvidada. Tal vez el botón contuviera otro mensaje, pues un botón sirve para cerrar o abrir las cosas y quizá quisiste decirme que guardara silencio acerca de ciertas cuestiones que ambos sabemos. El doctor Jordan creía que hasta los objetos más comunes y despreciados pueden tener un significado o bien evocar el recuerdo de algo que se ha olvidado; quizá sólo pretendías recordarme tu persona, algo de todo punto innecesario, porque yo no te he olvidado y jamás olvidaré lo bueno que fuiste siempre conmigo.

Espero que goces de buena salud, querido Jeremiah, y que tu espectáculo de magia tenga mucho éxito.

De tu vieja amiga,
GRACE MARKS

De la señora Jordan, Laburnum House, Loomisville, Massachusetts, Estados Unidos de Norteamérica; a la señora Humphrey, Lower Union Street, Kingston, Canadá Occidental.

15 de mayo de 1862

Querida señora Humphrey:

Esta mañana se ha recibido la carta que usted ha enviado a mi querido hijo. Actualmente yo abro toda su correspondencia por motivos que enseguida le explicaré.

Pero primero permítame señalar que hubiera preferido que usted se expresara de una manera un poco menos exagerada. Amenazar con causarse daño arrojándose desde un puente u otro lugar elevado podría ejercer cierto efecto en un joven impresionable y compasivo, pero no en su más experta madre.

En cualquier caso, su esperanza de entrevistarse con él se verá frustrada. Al estallar la lamentable guerra que estamos padeciendo, mi hijo se incorporó al Ejército de la Unión para combatir por su país en calidad de médico militar y fue enviado inmediatamente a un hospital de campaña cerca del frente. Los servicios postales se han interrumpido y las tropas se desplazan con tal rapidez gracias al ferrocarril que yo llevo varios meses sin saber nada de mi hijo, lo que es impropio de él, pues siempre había escrito con fiel regularidad, todo lo cual me hizo temer lo peor.

Entre tanto, hice cuanto pude dentro de mi limitado ámbito. Esta desdichada guerra ha matado y herido a tantos hombres que cada día veíamos los resultados, pues a nuestros improvisados hospitales llegaban numerosos hombres y muchachos mutilados, ciegos o enloquecidos a causa de las fiebres infecciosas; cada uno de ellos era para nosotras como un hijo muy querido. Las damas de nuestra ciudad dedicaban todo su tiempo a visitarlos y a proporcionarles cuantas comodidades hogareñas estaba en su mano ofrecerles; yo misma presté toda la ayuda que pude a pesar de mi delicado estado de salud, confiando en que si mi querido hijo estuviera enfermo o sufriendo en otro lugar, otra madre hiciera lo mismo por él. Al final, un soldado convaleciente en esta ciudad dijo haber oído rumores de que mi querido hijo había sido alcanzado en la cabeza por unos cascotes y que lo último que se había sabido de él era que su vida pendía de un hilo. Como es natural, sufrí angustias de muerte y removí cielo y tierra con el propósito de averiguar su paradero hasta que, para mi gran alegría, nos fue devuelto todavía vivo, pero lamentablemente debilitado tanto en el cuerpo como en el espíritu. Como consecuencia de su lesión, mi hijo había perdido parcialmente la memoria, y aunque recordaba a su querido padre y los acontecimientos de su infancia, sus más recientes experiencias se habían borrado por completo de su mente, entre ellas su interés por los manicomios y la época que pasó en la ciudad de Kingston, incluida cualquier relación que haya podido mantener con usted.

Se lo digo para que vea las cosas con una perspectiva más amplia y, si me permite que se lo diga, menos egoísta. Las circunstancias personales resultan tan insignificantes cuando se comparan con las trascendentales convulsiones de la Historia que sólo cabe esperar que sean para un bien mayor.

Aprovecho la ocasión para felicitarla por el hecho de que al final hayan localizado a su esposo, pero la compadezco por las lamentables circunstancias en que tal cosa ha tenido lugar. Descubrir que el propio esposo ha fallecido a causa de una prolongada intoxicación etílica y del consiguiente delírium no habrá sido en modo alguno agradable. Me alegro de saber que él aún no se había gastado todos sus bienes de fortuna y le aconsejo a efectos prácticos que suscriba una pensión vitalicia con una entidad de confianza o —a mí me ha sido muy útil durante mis tribulaciones— que haga una modesta inversión en acciones de ferrocarril, si la empresa es solvente, o en máquinas de coser, que sin duda serán un negocio provechoso en el futuro.

Sin embargo, la línea de acción que usted propone a mi hijo no es deseable ni factible aunque él estuviera en condiciones de emprenderla. Mi hijo no tenía ningún compromiso con usted y tampoco tiene ninguna obligación. Es también mi deber informarla de que, antes de su partida, mi hijo se comprometió prácticamente en matrimonio con la señorita Faith Cartwright, una joven de excelente familia y de intachable moralidad. El único obstáculo para un compromiso oficial fue su propio honor, que le impidió rogar a la señorita Cartwright que uniera su destino al de un hombre cuya vida estaba a punto de correr tan grave peligro; sin embargo, a pesar de los daños que ha sufrido mi hijo y de los delirios que a veces padece, ella está firmemente decidida a respetar los deseos de ambas familias y también los de su propio corazón, por lo que actualmente me está ayudando a cuidarlo con todo su afecto.

Él todavía no la recuerda e insiste en creer que se llama Grace, una confusión muy comprensible pues el concepto de Faith* guarda estrecha relación con el de Grace**, pero nosotras no cejamos en nuestros esfuerzos y cada día le mostramos pequeños objetos domésticos que antaño le eran muy queridos y lo acompañamos a dar paseos por lugares de especial belleza natural; tenemos la creciente esperanza de que muy pronto recuperará toda la memoria o por lo menos la suficiente para que le sea posible cumplir sus proyectos matrimoniales. El mayor empeño de la señorita Cartwright, un empeño que también debería ser el de todas las personas que aman desinteresadamente a mi hijo, es el de rezar para que muy pronto recupere la salud y el pleno uso de sus facultades mentales. Por último, permítame desearle que su vida futura sea más feliz de lo que ha sido en el reciente pasado y que el ocaso de su existencia traiga consigo la serenidad que, desgraciada y a veces fatalmente, las pasiones vanas y tormentosas de la juventud tan a menudo suelen obstaculizar.

Sinceramente suya,
CONSTANCE P. JORDAN

P.D. Cualquier ulterior carta suya será destruida sin leer.

* En inglés, «fe». *(N. de la T.)*
** En inglés, «gracia». *(N. de la T.)*

Del reverendo Enoch Verringer, presidente del Comité de Indulto de Grace Marks, Iglesia Metodista de Sydenham Street, Kingston, Ontario, dominio de Canadá; al doctor Samuel Bannerling, The Maples, Front Street, Toronto, Ontario, dominio de Canadá.

Kingston, 15 de octubre de 1867

Querido doctor Bannerling:

Me atrevo a escribirle, señor, en nombre del comité que me honro en presidir, a propósito de una digna misión que no puede serle desconocida. En su calidad de médico que atendió a Grace Marks durante la estancia de ésta en el manicomio de Toronto hace casi quince años, me consta que los representantes de comités anteriores encargados de presentar peticiones al Gobierno se han puesto en contacto con usted en nombre de esta desventurada, desgraciada y, en opinión de muchos, injustamente condenada mujer, con la esperanza de que usted incluya su nombre en las susodichas peticiones, una inclusión que, como seguramente comprenderá, ejercería una considerable influencia en el ánimo de las autoridades gubernamentales, pues éstas suelen respetar las opiniones médicas bien informadas como la suya.

Nuestro comité está integrado por varias damas, entre ellas mi querida esposa, varios prestigiosos caballeros y clérigos de tres confesiones distintas, entre ellos el capellán de la prisión, cuyos nombres le adjunto. Tales peticiones han sido hasta ahora infructuosas, pero este comité confía y espera que, con los cambios políticos que recientemente se han producido, en especial con la creación de un Parlamento plenamente representativo bajo el liderazgo de John A. MacDonald, ésta recibirá la favorable acogida que les fue negada a las anteriores.

Además, contamos con la ventaja de la ciencia moderna y de los avances que se han realizado en el estudio de las enfermedades cerebrales y los trastornos mentales, unos avances que sin duda favorecerán la causa de Grace Marks. Hace varios años nuestro comité contrató los servicios de un especialista en dolencias nerviosas, el doctor Simon Jordan, que nos había sido calurosamente recomendado y que pasó varios meses en esta ciudad efectuando un detallado examen de Grace Marks y estudiando sobre todo los fallos de memoria que ésta registraba en relación con los asesinatos. Para intentar que recuperara la memoria, la sometió a una sesión de neurohipnosis practicada por un experto en aquella ciencia, una ciencia que, tras un prolongado eclipse, parece que vuelve por sus fueros como método no sólo diagnóstico sino también curativo, si bien cabe señalar que sus adeptos son más numerosos en Francia que en este hemisferio.

Como consecuencia de aquella sesión y de las asombrosas revelaciones que en ella se produjeron, el doctor Jordan llegó a la conclusión de que la pérdida de memoria de Grace Marks era auténtica y no fingida y de que en aquel fatídico día ella se encontraba bajo los efectos de un ataque de histerismo provocado por el miedo, lo que dio lugar a una forma de «sonambulismo autohipnótico» no muy estudiada hace veinticinco años pero muy bien documentada desde entonces; este hecho explica la subsiguiente amnesia. En el transcurso del trance neurohipnótico, del que fueron testigos varios miembros de nuestro comité, Grace Marks no sólo puso de manifiesto una recuperación total de la memoria de aquellos acontecimientos del pasado sino que además dio pruebas evidentes de la existencia de una «doble conciencia» de carácter sonámbulo, con una personalidad secundaria claramente definida, capaz de actuar sin conocimiento de la primera. A la vista de las pruebas, el doctor Jordan llegó a la conclusión de que la mujer a la que nosotros conocemos como Grace Marks, en el momento del asesinato de Nancy Montgomery no fue consciente ni responsable de los actos que cometió, y de que el recuerdo de aquellos actos sólo lo conservaba su yo secundario y oculto. El doctor Jordan expresó además la opinión de que este otro yo dio pruebas evidentes de su existencia durante el período de enajenación mental de Grace en 1852, si los informes testificales de la señora Moodie y de otras personas pueden considerarse una indicación en este sentido.

Confiaba en poder presentarle un informe escrito, para lo cual nuestro comité ha ido aplazando de año en año la presentación de esta petición. El doctor Jordan tenía intención de preparar dicho informe, pero tuvo que ausentarse súbitamente a causa de la enfermedad de un familiar, seguida de un asunto urgente en Europa; tras lo cual el estallido de la guerra de Secesión en la que él sirvió en calidad de médico militar constituyó un grave obstáculo para sus esfuerzos. Tengo entendido que resultó herido en el transcurso de las hostilidades y, aunque ahora ya se está restableciendo providencialmente, aún no ha recuperado la energía necesaria para terminar su tarea. De otro modo, no me cabe la menor duda de que hubiera añadido sus fervientes y sinceras súplicas a la nuestra.

Yo mismo estuve presente en la susodicha sesión neurohipnótica, al igual que la dama que después accedió a convertirse en mi querida esposa; ambos nos sentimos profundamente afectados por lo que vimos y oímos. Me conmuevo hasta las lágrimas al pensar en lo injustamente que ha sido tratada esta pobre mujer por pura ignorancia científica. El alma humana es un misterio profundo y pavoroso cuyas honduras sólo ahora se están empezando a sondear. Bien pudo decir san Pablo: «Ahora vemos a través de un espejo oscuro; pero entonces veremos cara a cara.» Sólo podemos conjeturar acerca de los designios de nuestro Creador al hacer de la Humanidad un nudo tan gordiano y complicado.

Pero, independientemente del juicio que le merezca la opinión profesional del doctor Jordan —y comprendo muy bien que sus conclusiones tal vez sean difíciles de aceptar por parte de quien no esté familiarizado con la práctica del neurohipnotismo y no haya sido testigo de los acontecimientos a que me refiero—, no cabe duda de que Grace Marks lleva muchos años en prisión, más que suficientes para expirar sus delitos. Ha sufrido unos indecibles tormentos mentales y también corporales y se ha arrepentido amargamente de cualquier papel que haya podido desempeñar en ese grave crimen, tanto si lo desempeñó de forma consciente como si no. Ya no es en modo alguno una muchacha y su estado de salud deja mucho que desear. Si obtuviera la libertad, algo se podría hacer por su bienestar no sólo temporal sino también espiritual, y es posible que se le ofreciera la oportunidad de meditar acerca del pasado y de prepararse para una vida futura.

¿Querrá usted —podrá, en nombre de la caridad— seguir negándose a unir su nombre a la petición en favor de su puesta en libertad, cerrando tal vez con ello las puertas del Paraíso a una pecadora arrepentida? ¡Estoy seguro de que no!

Le ruego —le suplico una vez más— que nos ayude en este empeño digno de toda alabanza.

Sinceramente suyo,
Enoch Verringer,
Licenciado en Letras y doctor en Teología

Del doctor Samuel Bannerling, The Maples, Front Street, Toronto; al reverendo Enoch Verringer, Iglesia Metodista de Sydenham Street, Kingston, Ontario.

Estimado señor:

Acuso recibo de su carta del 10 de octubre, que contiene el relato de sus pueriles fantasías respecto de Grace Marks. El doctor Jordan me ha decepcionado; había mantenido anteriormente correspondencia con él y le había advertido explícitamente que se guardara de las artimañas de esa astuta mujer. Dicen que no hay más necio que un viejo necio, pero yo afirmo que no hay más necio que un joven, y me asombra que una persona en posesión de un título de medicina se haya dejado embaucar por una muestra tan descarada de charlatanería y por una bobada tan absurda como un «trance neurohipnótico» cuya imbecilidad sólo superan el espiritismo, el sufragio universal y otras memeces por el estilo. Este disparate del neurohipnotismo, por mucho que se adorne con nuevas terminologías, no es más que una refundición del estúpido mesmerismo o magnetismo animal que ya fue desacreditado hace tiempo como un simple subterfugio revestido de solemnidad, mediante el que unos hombres de dudosos antecedentes y naturaleza lasciva ejercían su poder sobre mujeres de su misma condición, haciéndoles preguntas impertinentes y ofensivas y ordenándoles que llevaran a cabo actos deshonestos sin que éstas dieran aparentemente su consentimiento. Mucho me temo por tanto que el doctor Jordan sea un crédulo de grado infantil o un gran bribón; y que, de haber redactado su presunto «informe», éste no hubiera valido ni el papel sobre el que lo hubiera escrito. Sospecho que la lesión a que usted se refiere no se produjo durante la guerra sino antes y que consistió en un fuerte golpe en la cabeza, pues eso es lo único que podría explicar semejante idiotez. Si el doctor Jordan sigue con estas ideas descabelladas muy pronto tendrán que encerrarlo en el manicomio privado que, si no recuerdo mal, tanto empeño tenía en construir.

Leí el presunto «testimonio» de la señora Moodie y también algunos de sus restantes escritos, y los eché al fuego: es el lugar que les corresponde, porque sólo allí podían arrojar, por una vez, un poco de luz. Como otras personas de su condición, la señora Moodie es propensa a las efusiones exaltadas y a inventarse los cuentos de hadas que más convienen a sus propósitos; basarnos en ellos para averiguar la verdad sería algo así como fiarnos de los «informes testificales» de un ganso.

En cuanto a las puertas del Paraíso a las que usted se refiere, debo decirle que yo no ejerzo el menor control sobre ellas y que si Grace Marks es digna de entrar en él, será indudablemente aceptada sin la menor interferencia por mi parte. Pero le aseguro que las puertas del penal jamás se le abrirán con mi participación. La he estudiado cuidadosamente y conozco su carácter y su disposición mucho mejor que usted. Es una criatura carente de cualidades morales y con una tendencia muy desarrollada al asesinato. No se le pueden otorgar los privilegios ordinarios de la sociedad pues, si recuperara la libertad, es muy posible que más tarde o más temprano otras vidas fueran sacrificadas.

Para terminar, señor, permítame decirle que, en su calidad de clérigo, no es propio de usted salpicar sus escritos con alusiones a la «ciencia moderna». Un poco de erudición es peligrosa, tal como en cierta ocasión observó Pope si no me equivoco. Dedíquese al cuidado de las conciencias y a los sermones edificantes acerca de la mejora de la vida pública y la moralidad privada, que bien sabe Dios lo mucho que lo necesita este país, y deje los cerebros de los degenerados a los expertos en tales menesteres. Y, por encima de todo, le ruego que se abstenga de seguir molestándome en el futuro con estos llamamientos importunos y ridículos.

Su más humilde y sincero servidor,
(DR.) SAMUEL BANNERLING

XV

EL ÁRBOL DEL PARAÍSO

La porfía obtuvo al final su recompensa. El Gobierno recibió una petición tras otra y sin duda estuvo sujeto a otras influencias. Esta singular delincuente consiguió el indulto y fue trasladada a Nueva York, donde cambió de identidad y poco después se casó. Por lo que sabe el autor de estas líneas, sigue viva en la actualidad. Se ignora si sus tendencias asesinas se han vuelto a manifestar en el intervalo transcurrido desde entonces, pues probablemente oculta su identidad con más de un alias.

AUTOR DESCONOCIDO,
History of Toronto and the County of York,
Ontario, 1885

Viernes, 2 de agosto de 1872. Visité la ciudad de doce a dos para entrevistarme con el ministro de Justicia a propósito de Grace Marks, cuya orden de indulto he recibido esta mañana. Sir John solicitó que fuese yo quien, junto con una de mis hijas, acompañara a esta mujer a una casa que se le había proporcionado en Nueva York.

Martes, 7 de agosto de 1872. He examinado y despedido a Grace Marks, indultada tras una permanencia de veintiocho años y diez meses en este penal. Emprendí viaje a Nueva York con ella y mi hija a la una de la tarde por orden del ministro de Justicia...

NOTAS DEL DIARIO DEL CARCELERO DE PRISIONES,
Penal provincial, Kingston, Ontario,
dominio del Canadá

En este Paraíso terrenal suele ocurrir,
si bien lo entendéis y me queréis perdonar,
que algunos una isla de dicha se afanan en construir
en medio de las embravecidas olas del acerado mar,
donde los corazones de los hombres se han de debatir...

WILLIAM MORRIS,
The Earthley Paradise, 1868

Lo imperfecto es nuestro paraíso.

WALLACE STEVENS,
The Poems of Our Climate, 1938

51

He pensado a menudo en escribirle para comunicarle la suerte que tuve y le he escrito mentalmente muchas cartas; cuando encuentre la manera de decirle las cosas como es debido, tomaré pluma y papel y así tendrá usted noticias mías si todavía se halla en el reino de los vivos. En caso contrario, ya lo sabrá de todos modos.

No sé si se enteró usted del indulto que me otorgaron. No lo vi publicado en ningún periódico, lo que no es nada extraño porque cuando finalmente me concedieron la libertad la noticia ya era antigua y no le hubiera interesado a nadie. Pero así fue mejor, sin duda. Cuando me lo comunicaron, comprendí con toda seguridad que usted debía de haber enviado la carta, pues finalmente ésta consiguió el objetivo junto con todas las peticiones, aunque debo decir que les llevó mucho tiempo y no mencionaron para nada su carta sino que se limitaron a decir que era una amnistía general.

La primera noticia que tuve del indulto me la comunicó la hija mayor del oficial de prisiones, llamada Janet. A este oficial usted jamás lo conoció, señor, porque hubo muchos cambios con posterioridad a su partida y tuvimos también dos o tres alcaides y fueron tantos los nuevos guardias, vigilantes y supervisoras que al final perdí la cuenta. Yo estaba sentada en el cuarto de costura, donde usted y yo solíamos mantener nuestras charlas vespertinas, remendando medias (pues seguía prestando servicio en casa de los nuevos alcaides tal como siempre había hecho) cuando entró

Janet. Era muy amable y siempre me sonreía, a diferencia de otras personas, y, aunque nunca había sido una belleza, había conseguido comprometerse en matrimonio con un joven y respetable granjero y yo le deseaba lo mejor. Algunos hombres, especialmente los más sencillos, prefieren que sus mujeres sean más bien feas, pues éstas se limitan a trabajar y se quejan menos que las otras y, además, no hay tanto peligro de que huyan con otro hombre porque, ¿qué otro hombre se tomaría la molestia de robárselas?

Aquel día Janet entró apresuradamente en el cuarto. Parecía muy emocionada. Grace, me dijo, tengo una noticia asombrosa.

Ni siquiera me molesté en dejar de coser, ya que cuando la gente me decía que tenía una noticia asombrosa, ésta siempre se refería a otra persona. Me interesaba conocerla, claro, pero no estaba dispuesta a perder por ella ni una sola puntada, usted ya me entiende, señor. ¿De veras?, dije.

Se ha recibido la noticia de tu indulto, dijo ella. De sir John MacDonald y del ministro de Justicia en Ottawa. ¿No te parece maravilloso?, añadió, batiendo palmas como una chiquilla, corpulenta y bastante fea por cierto, en presencia de un precioso regalo. Era una de las personas que jamás me habían considerado culpable, siendo compasiva y sentimental por naturaleza.

Al oír la noticia interrumpí la costura y de repente sentí mucho frío, como si estuviera a punto de desmayarme, cosa que llevaba mucho tiempo sin ocurrirme, desde que usted se fue, señor. ¿Es posible que sea cierto?, pregunté. De haber sido otra persona, hubiera pensado que me estaba gastando una broma cruel, pero a Janet no le gustaban las bromas de esta clase.

Sí, contestó, es realmente cierto. ¡Te han indultado! ¡Cuánto me alegro por ti!

Comprendí que se imponían algunas lágrimas y derramé unas cuantas.

Aquella noche, a pesar de que el padre, el oficial de prisiones, no tenía el documento en la mano sino tan sólo una carta que lo mencionaba, la familia se empeñó en sacarme de mi celda del penal y en ofrecerme el dormitorio de invitados de su casa. Todo fue obra de Janet, que era muy buena, pero contó con la ayuda de su madre, pues mi indulto era un acontecimiento insólito en la aburrida rutina del penal y a la gente le encantan los acontecimientos de este tipo, ya que más tarde puede comentarlos con sus amistades; así pues, se armó un gran revuelo a mi alrededor.

Tras apagar la vela me acosté en la mejor cama con uno de los camisones de algodón de Janet en lugar del áspero y amarillento camisón del penal y miré hacia el oscuro techo. A pesar de que di muchas vueltas no conseguí ponerme cómoda; supongo que la comodidad es aquello a lo que una está acostumbrada y para entonces yo estaba más acostumbrada a mi estrecha cama de la cárcel que al dormitorio de invitados con sus sábanas limpias. La estancia era tan grande que casi me daba miedo, por lo que me cubrí la cabeza con la sábana para que todo estuviera más oscuro. Entonces me pareció que se me disolvía la cara y se convertía en la de otra persona y recordé cuando arrojaron a mi pobre madre amortajada en el mar y pensé que en el interior de la sábana ella era otra mujer. Ahora me estaba ocurriendo lo mismo a mí. Claro que yo no me estaba muriendo, pero la sensación era parecida en cierto modo.

Al día siguiente, a la hora del desayuno, toda la familia del oficial de prisiones me miró con una radiante expresión de felicidad y los ojos humedecidos por las lágrimas, como si yo fuera algo insólito y extremadamente apreciado, por ejemplo, un niño pequeño salvado de morir ahogado en un río. El oficial dijo que teníamos que dar gracias por la oveja extraviada que se había encontrado y todos lo confirmaron diciendo fervorosamente amén.

Ya comprendo, pensé. Me había extraviado y ahora tengo que comportarme como si me hubieran encontrado. Intenté hacerlo. Me resultó muy extraño darme cuenta de que ya no sería una célebre asesina sino que quizá me considerarían una mujer inocente que había sido acusada y encarcelada injustamente o, por lo menos, durante un período de tiempo demasiado largo; un objeto de compasión y no ya de horror y temor. Tardé unos cuantos días en acostumbrarme a la idea; en realidad, todavía no me he acostumbrado del todo. Es algo que exige una expresión facial distinta, pero supongo que con el tiempo me resultará más fácil.

Como es natural, para los que no conocen mi historia yo no seré nadie en particular.

Aquel día, después del desayuno, me sentí extrañamente abatida. Janet se dio cuenta y me preguntó la causa. Llevo casi veintinueve años en este penal, le contesté, fuera no tengo amigos ni familia, ¿adónde iré y qué haré? No tengo dinero ni medios para ganarlo, carezco de ropa apropiada y no es fácil que pueda colocarme en ninguna casa de por aquí. Mi historia es demasiado conocida y a pesar del indulto, que está muy bien, ninguna señora de una familia bienpensante me querría en su casa, porque temería por la seguridad de sus seres queridos, y yo lo comprendo, pues haría lo mismo en su lugar.

No le dije: soy demasiado mayor para echarme a la calle. Ella era una metodista muy bien educada y yo no quería escandalizarla. Aunque le confieso, señor, que la idea me pasó por la cabeza. Pero ¿qué posibilidades tendría yo a mi edad habiendo tanta competencia? Sólo podría cobrar un penique a los marineros más borrachos a cambio de cada servicio prestado en el fondo de un callejón; en menos de un año las enfermedades me matarían. Se me encogía el corazón con sólo pensarlo.

O sea que, en lugar de parecerme un pasaporte a la libertad, el indulto me pareció una sentencia de muerte. Me encontraría sola y sin amigos en la calle, me moriría de hambre y de frío en una esquina, sin más ropa que la puesta, la misma que llevaba al ingresar en la cárcel; y puede que ni siquiera fuera aquélla, ya que ni sabía adónde habría ido a parar. Debían de haberla vendido o regalado mucho tiempo atrás.

Oh, no, querida Grace, dijo Janet. Han pensado en todo. No te lo queríamos contar todo de golpe, porque temíamos que la emoción de tanta felicidad después de tanta desdicha fuera demasiado grande para ti, suele ocurrir a veces. Te han buscado un buen hogar en los Estados Unidos. Una vez allí podrás dejar a tu espalda el triste pasado, pues nadie tendrá por qué conocerlo. Podrás empezar una nueva vida.

No utilizó exactamente estas palabras, aunque ésta fue la esencia de lo que dijo.

Pero ¿qué ropa me voy a poner?, pregunté todavía presa de la desesperación. A lo mejor era cierto que había perdido el juicio, una persona en sus cabales hubiera preguntado primero qué clase de hogar le iban a proporcionar, dónde estaba éste y qué iba a hacer allí. Más tarde pensé en la manera en que ella me lo había dicho: te han buscado un buen hogar, lo mismo que se suele decir de un perro o un caballo demasiado viejo para trabajar, al que el propietario no quiere sacrificar pero del que desea deshacerse.

También he pensado en eso, contestó Janet. Era una criatura extremadamente servicial. He echado un vistazo a los almacenes y, por un milagro, el arca que trajiste aún está allí con tu nombre en la etiqueta, supongo que debido a todas las peticiones que se presentaron en tu favor después del juicio. Al principio debieron de guardar tus cosas porque pensaron que pronto te pondrían en libertad y después debieron de olvidarse del asunto. Haré que la suban a tu habitación y entonces la abriremos, ¿te parece?

Me consolé un poco, pero sentía cierta desconfianza. Y con razón, porque al abrir el arca descubrimos que las polillas se habían comido todas las prendas de lana, entre ellas el grueso chal de invierno de mi madre, y otras cosas habían perdido el color y olían a moho tras haber permanecido tanto tiempo guardadas en un lugar húmedo; los hilos de algunas prendas estaban casi podridos y se podía introducir la mano a través de ellos. Todas las prendas han de airearse de vez en cuando y aquéllas jamás se habían aireado.

Lo sacamos todo y lo extendimos por la habitación para ver qué se podía salvar. Allí estaban los vestidos de Nancy, tan bonitos cuando eran nuevos pero ahora casi todos inservibles; las cosas que me había dejado Mary Whitney y que yo tanto apreciaba me parecían ahora de mala calidad y pasadas de moda. También estaba el vestido que yo había confeccionado en casa de la esposa del concejal Parkinson, el de los botones de hueso de Jeremiah, pero de él sólo podían aprovecharse los botones. Encontré un mechón de cabello de Mary atado con una cinta y envuelto en un pañuelo tal como yo lo había dejado, pero las polillas también lo habían atacado; se comen el cabello cuando no hay nada mejor y cuando no ha sido guardado en una arca de madera de cedro.

Experimenté unas emociones muy fuertes y dolorosas. Me pareció que la habitación se quedaba a oscuras y casi creí ver a Nancy y a Mary tomando lentamente forma en el interior de sus vestidos, sólo que la idea no me pareció muy agradable porque para entonces ellas también debían de encontrarse en el mismo estado de deterioro que la ropa. Me sentí tan débil que tuve que sentarme, pedir un vaso de agua y rogar que abrieran la ventana.

La propia Janet se quedó de una pieza. Era demasiado joven para haber previsto el efecto de veintinueve años de encierro en el interior de una caja, pero, tal como cabía esperar de su carácter bondadoso, procuró arreglarlo lo mejor que pudo. Dijo que de todos modos aquellos vestidos estaban pasados de moda y yo no podía afrontar mi nueva vida con pinta de espantapájaros, aunque algunas cosas se podrían aprovechar; por ejemplo la enagua roja de franela y varias enaguas blancas que lavaríamos con vinagre para quitarles el olor a moho antes de ponerlas a blanquear al sol. De esta manera quedarían como nuevas. Sin embargo, no fue así, pues, cuando las hubimos lavado, quedaron más claras pero no completamente blancas.

En cuanto a lo demás, dijo Janet, tendríamos que buscar un poco por ahí. Necesitarías un vestuario nuevo, afirmó. No sé cómo lo hizo —supongo que debió de pedirle algún vestido a su madre y que otras cosas las consiguió recurriendo a sus amistades, y creo que el alcaide le dio dinero para medias y zapatos—, pero el caso es que al final reunió una considerable cantidad de prendas. Los colores me parecían demasiado llamativos, como, por ejemplo, el de un estampado verde, o el de un velarte a rayas color magenta sobre fondo azul cielo. Eran el resultado de los nuevos tintes químicos que ahora se utilizan. No me sentaban muy bien pero los mendigos no pueden elegir, como la experiencia me ha enseñado en numerosas ocasiones.

Las dos nos sentamos juntas para arreglar los vestidos. Éramos como una madre y una hija preparando alegremente el ajuar. Al cabo de un rato me sentí mucho más animada. Sólo echaba de menos los miriñaques; habían pasado de moda y ahora todo eran polisones de alambre y grandes drapeados de tejido recogidos en la parte de atrás con volantes y flecos como los de un sofá; o sea que ya no tendría ocasión de lucir un miriñaque. Pero no se puede tener todo en esta vida.

Las papalinas también habían pasado de moda. Se estilaban en su lugar unos sombreros planos atados bajo la barbilla y echados hacia delante, como si llevaras un barco navegando sobre la cabeza, con unos velos flotando detrás como si fueran la estela. Janet me consiguió uno. Cuando me lo puse y me miré al espejo me sentí muy rara. No me cubría las canas, aunque Janet dijo que parecía diez años más joven, casi una niña en realidad. Es cierto que conservo la esbeltez y casi todos los dientes. Me dijo que parecía una señora de verdad y puede que sea cierto, ahora ya no hay tantas diferencias como antes entre ama y criada y las modas se copian muy fácilmente. Nos divertimos mucho adornando el sombrero con flores y cintas de seda, aunque yo rompí varias veces a llorar de emoción. Un cambio de fortuna suele producir este efecto, tanto si es de malo a bueno como si es al revés. Seguramente lo habrá usted observado en la vida, señor.

Mientras hacíamos las maletas y doblábamos las prendas, recorté varios trozos de los vestidos que había llevado tanto tiempo atrás y que ahora iban a desechar y pregunté si podía llevarme como recuerdo uno de los camisones que solía usar en la cárcel. Janet me contestó que le parecía un recuerdo muy raro, pero lo preguntó y me lo permitieron. Necesitaba llevarme algo que fuera mío, ¿comprende?

Cuando todo estuvo listo, le di las gracias a Janet de todo corazón. Aún no las tenía todas conmigo respecto a lo que iba a ocurrir, pero por lo menos mi apariencia sería la de una persona normal y nadie me miraría, lo que ya era mucho. Janet me dio unos guantes de verano casi nuevos que no sé de dónde sacó. Después se echó a llorar y, al preguntarle yo el porqué, me contestó que porque yo tendría un final feliz como en los libros; me pregunté qué libros habría estado leyendo.

52

El 7 de agosto de 1872 fue el día de mi partida y yo jamás lo olvidaré mientras viva.

Después del desayuno con la familia del oficial de prisiones, durante el cual apenas pude probar bocado por lo nerviosa que estaba, me puse el vestido de color verde con el que haría el viaje, el sombrero de paja con adornos a juego y los guantes que me había facilitado Janet. El arca ya estaba cerrada; no era la de Nancy, que olía demasiado a moho, sino otra que me había proporcionado el penal, de cuero y no muy gastada. Debía de haber pertenecido a algún pobrecillo que había muerto allí, pero hacía mucho tiempo que yo no le miraba el diente a caballo regalado. A continuación me llevaron a ver al oficial; fue una pura formalidad en la que él no supo qué decirme como no fuera que me felicitaba por mi puesta en libertad. De todos modos, él y Janet me acompañarían al hogar que me habían buscado a petición de sir John MacDonald, pues querían asegurarse de que yo llegara sana y salva y sabían muy bien que no estaba acostumbrada a las modernas formas de viajar tras haber permanecido tanto tiempo encerrada; además, andaban sueltos por ahí muchos hombres brutales, soldados licenciados de la guerra de Secesión, algunos tullidos y otros sin medios de vida, y puede que yo corriera algún peligro con ellos. Así pues, me alegré de que me acompañaran.

Cuando crucé por última vez las puertas del penal el reloj estaba dando las doce del mediodía y sus toques resonaron en mi cabeza como mil campanas. Hasta aquel momento no me lo había creído del todo; mientras me vestía para el viaje me había sentido aturdida y todos los objetos que me rodeaban me habían parecido planos y sin color, pero ahora todo cobraba vida de repente. El sol lucía en todo su esplendor y las piedras del muro eran tan claras como el cristal y brillaban como una lámpara encendida. Fue como cruzar las puertas del infierno y entrar en el paraíso, para mí que ambos están más cerca el uno del otro de lo que cree la gente.

Al otro lado de las puertas había un castaño, cada una de cuyas hojas me pareció orlada de fuego; en las ramas del árbol estaban posadas tres palomas blancas que resplandecían como los ángeles de Pentecostés. En aquel momento comprendí que me habían puesto efectivamente en libertad. En las ocasiones en que había más claridad u oscuridad que de costumbre yo solía desmayarme, pero aquel día le pedí a Janet su frasco de sales y conseguí mantenerme en pie aunque tuve que apoyarme en su brazo; ella me comentó que no habría sido lógico que yo no me emocionara en una ocasión tan importante.

Hubiera querido volver la cabeza y mirar hacia atrás pero, recordando a la mujer de Lot y la columna de sal, me abstuve de hacerlo. El hecho de mirar hacia atrás hubiera significado que lamentaba irme y deseaba regresar, y no era así, como usted puede suponer, señor. Sin embargo, se sorprenderá si le digo que experimenté cierto pesar pues, aunque el penal no fuera precisamente un lugar acogedor, era el único hogar que yo había conocido durante casi treinta años, y eso es mucho tiempo, más del que muchas personas pasan en este mundo; y aunque fuera un odioso lugar de dolor y castigo, por lo menos lo conocía muy bien. Dejar algo conocido, por muy desagradable que sea, produce siempre una sensación de inquietud y supongo que es por eso por lo que muchas personas temen la muerte.

Una vez superado aquel momento, la luz del día volvió a parecerme normal pero, aun así, me sentí un poco mareada. Era un día húmedo y caluroso muy propio del clima del lago en agosto, aunque soplaba una suave brisa desde el agua y la atmósfera no era demasiado opresiva; había algunas nubes pero eran de color blanco, de esas que no presagian lluvias ni truenos. Janet llevaba una sombrilla que nos protegía a las dos mientras caminábamos. Entre los objetos de los que yo carecía figuraba una sombrilla, pues la de seda color rosa de Nancy se había podrido por completo.

Nos dirigimos a la estación del tren en un carruaje ligero conducido por uno de los criados del oficial de prisiones. El tren no saldría hasta la una y media, pero yo temía llegar tarde y una vez en la estación no pude permanecer tranquilamente sentada en la sala de espera reservada a las señoras, sino que me pasé el rato paseando arriba y abajo por el andén, hecha un manojo de nervios. Al final llegó el tren, un enorme y reluciente monstruo de hierro que echaba bocanadas de humo. Jamás había visto un tren tan de cerca y, aunque Janet me aseguró que no era peligroso, tuvieron que ayudarme a subir.

Viajamos en tren hasta Cornwall, pero, a pesar de la brevedad del trayecto, creí que no sobreviviría a la experiencia. El ruido era tan fuerte y el movimiento tan rápido que temí quedarme sorda. Además el humo era muy negro y el silbido del tren me atacaba los nervios, aunque procuré controlarme y no grité.

Me sentí mejor cuando nos apeamos en la estación de Cornwall y allí tomamos un coche para dirigirnos al muelle, donde subimos al transbordador que nos trasladaría al otro lado del lago; esta modalidad de viaje me era más conocida y me permitiría tomar un poco el aire. El cabrilleo de la luz del sol sobre las olas me desconcertó momentáneamente, pero el efecto cesó cuando dejé de mirar. El oficial me ofreció el refrigerio que llevaba en un cesto y yo conseguí comer un poco de pollo frío y beber un poco de té templado. Me distraje contemplando los vestidos de las damas que se encontraban a bordo, que eran muy variados y de brillantes colores. El polisón me molestaba un poco cuando me sentaba y me levantaba, pues es algo que requiere una cierta práctica y me temo que yo no resultaba muy elegante; para mí era como tener otro trasero atado encima del mío y que ambos me siguieran por todas partes como un cubo de hojalata anudado a un cerdo, aunque, como es natural, no le hice este comentario tan vulgar a Janet.

Al llegar al otro lado del lago pasamos por la aduana de los Estados Unidos y el oficial de prisiones dijo que no teníamos nada que declarar. A continuación tomamos otro tren; me alegré de que me hubiera acompañado el oficial, porque de lo contrario no hubiera sabido qué hacer con los mozos y el equipaje. Mientras estábamos sentados en el nuevo tren, que no traqueteaba tanto como el primero, le pregunté a Janet cuál era mi destino final. Íbamos a Ithaca, Nueva York —eso ya me lo habían dicho—, pero ¿qué sería de mí después? ¿Cómo era el hogar que me habían buscado? ¿Trabajaría como criada? En caso afirmativo, qué le habían dicho de mí a la familia? No quería que me colocaran en una situación falsa, ¿comprende usted, señor?, ni que me exigieran ocultar la verdad acerca de mi pasado.

Janet me contestó que me esperaba una sorpresa, pero que no me podía decir nada porque era un secreto; sin embargo, sería una sorpresa agradable, o eso esperaba ella por lo menos. Llegó al extremo de decirme que se refería a un hombre, un caballero, precisó; pero ella tenía la costumbre de utilizar este término para referirse a cualquier cosa que llevara pantalones y estuviera por encima de la categoría de camarero, por lo que no me hice muchas ilusiones.

Al preguntarle yo qué caballero, me contestó que no me lo podía decir, pero que era un viejo amigo mío, o eso por lo menos le habían dado a entender. Después se volvió muy reservada y no conseguí sacarle ni una sola palabra más.

Empecé a repasar los hombres que yo había tratado para adivinar cuál podía ser. No había conocido a muchos pues no se me habían ofrecido muchas ocasiones para ello; los dos a los que quizás había conocido mejor, aunque no durante mucho tiempo, habían muerto. Me refiero al señor Kinnear y a James McDermott. Estaba también Jeremiah el buhonero, pero no creí que él estuviera en condiciones de facilitar un buen hogar, pues nunca me había parecido muy casero. Estaban también mis antiguos amos, el señor Coates y el señor Haraghy, pero seguramente ya habrían muerto o eran muy viejos. El único que quedaba era usted, señor. Debo reconocer que la idea se me pasó por la cabeza.

Por consiguiente, bajé finalmente al andén de la estación de Ithaca con una mezcla de inquietud y expectación. Había mucha gente esperando la llegada del tren y todo el mundo hablaba a la vez; los empujones de los mozos y la gran cantidad de baúles y arcas que éstos acarreaban y transportaban en carros hacían que la permanencia en aquel lugar resultara un tanto arriesgada. Me agarré fuertemente al brazo de Janet mientras el oficial se encargaba de organizar el transporte del equipaje . Después éste nos acompañó al otro lado del edificio de la estación, lejos de los trenes, y allí empezó a mirar a su alrededor. Frunció el ceño al no encontrar lo que esperaba, consultó su reloj y consultó también el reloj de la estación, se sacó una carta del bolsillo y le echó un vistazo. Viendo esto, yo empecé a desanimarme. Pero entonces él levantó los ojos y, mirándome con una sonrisa, me dijo: aquí está nuestro hombre. En efecto, un hombre se acercaba a nosotros a toda prisa.

Era fornido y de estatura superior a la media, pero al mismo tiempo parecía desgarbado, ya que de su tronco sólido y rotundo salían unas piernas y unos brazos muy largos. Sus cabellos y su tupida barba eran pelirrojos y llevaba un traje negro como el que suelen ponerse el domingo casi todos los hombres a poco adinerados que sean, una camisa blanca, un corbatín oscuro y un sombrero alto que sostenía sobre el pecho como si fuera un escudo, lo que me hizo pensar que también él estaba cohibido. A pesar de que jamás en mi vida lo había visto, en cuanto se acercó a nosotros, el hombre me miró inquisitivamente y cayó de rodillas a mis pies. Después me tomó la mano, todavía enguantada y me dijo: Grace, Grace, ¿podrás perdonarme alguna vez? Lo dijo casi a gritos como si lo hubiera practicado mucho.

Convencida de que era un loco, traté de apartar la mano, pero, cuando me volví a mirar a Janet, la vi anegada en un mar de sentimentales lágrimas, mientras que el oficial de prisiones me miraba con una radiante sonrisa de felicidad como si su esperanza no se hubiera visto defraudada. Comprendí que yo era la única que estaba completamente desorientada.

El hombre me soltó la mano y se levantó. No me reconoce, dijo con tristeza. Grace, ¿acaso no me reconoces? Yo te hubiera reconocido en cualquier lugar.

Lo miré y, aunque me pareció que no me era totalmente desconocido, no conseguí identificarlo. Entonces él me dijo: Soy Jamie Walsh. Y yo vi que era verdad.

Desde allí nos fuimos a un hotel cercano a la estación, donde el oficial alquiló unas habitaciones y todos tomamos juntos un refrigerio. Como puede usted imaginar, señor, hubo muchas explicaciones, pues la última vez que yo había visto a Jamie Walsh había sido durante mi juicio por asesinato, cuando su declaración contribuyó a que el juez y los miembros del jurado se pusieran en mi contra por el hecho de haberme presentado con la ropa de la difunta.

El señor Walsh —así lo llamaré a partir de ahora— me explicó que entonces él me creía culpable muy a pesar suyo, porque siempre me había tenido simpatía, lo que era cierto; pero con el paso del tiempo y a medida que se iba haciendo mayor había llegado a la conclusión contraria y se sentía culpable por el papel que había desempeñado en mi condena, por más que a la sazón fuera sólo un muchacho y no pudiera competir con unos abogados que lo indujeron a decir cosas cuyas consecuencias no comprendió hasta más tarde. Lo consolé diciendo que era algo que le podía ocurrir a cualquiera.

A la muerte del señor Kinnear, él y su padre se habían visto obligados a abandonar la propiedad, pues los nuevos propietarios no los necesitaban. Él encontró trabajo en Toronto gracias a la buena impresión que causó en el juicio por ser un joven inteligente y prometedor, porque eso fue lo que escribieron de él los periódicos. Podría decirse que empezó a abrirse camino en la vida gracias a mí. Se pasó varios años ahorrando y después se fue a los Estados Unidos. En su opinión, allí un hombre tenía más oportunidades de labrarse un porvenir; uno era lo que tenía; el sitio de procedencia no tenía importancia y nadie hacía preguntas. Había trabajado en los ferrocarriles y también en el Oeste, había ahorrado y ahora era propietario de una granja y dos caballos. Tuvo especial empeño en mencionar los caballos, recordando lo mucho que yo quería a *Charley*.

Se había casado, pero ahora era viudo y no tenía hijos; nunca había dejado de atormentarle la suerte que yo había corrido por su culpa y varias veces había escrito al penal preguntando cómo estaba yo; pero no me había escrito directamente a mí pues no quería disgustarme. Así fue como se enteró del indulto y lo concertó todo con el oficial de prisiones.

En suma, me suplicaba que lo perdonara, cosa que yo hice de mil amores. No quería guardarle rencor y le dije que me habrían encarcelado de todos modos aunque él no hubiera comentado lo de la ropa de Nancy. Después de ese intercambio de confesiones, durante el que no me soltó la mano ni un momento, me pidió que me casara con él. Dijo que, aunque no fuera millonario, podía proporcionarme un buen hogar, con todas las comodidades necesarias, porque tenía un poco de dinero ahorrado en el banco.

Me hice de rogar un poco, pero la verdad es que no se me ofrecían muchas alternativas y habría sido una ingrata si le hubiera dicho que no después de todas las molestias que se había tomado. Le contesté que no quería que se casara conmigo por simple obligación y remordimientos, y él negó que ésos fueran sus motivos, señalando que siempre me había tenido afecto y yo apenas había cambiado de aspecto; seguía siendo un pimpollo, eso fue lo que dijo. Recordé las margaritas del huerto del señor Kinnear y comprendí que no mentía.

Lo que más me costó fue verlo como un hombre adulto, porque lo recordaba como el desgarbado muchacho que tocó la flauta la víspera de la muerte de Nancy y que estaba sentado en la valla el día en que yo llegué a la casa del señor Kinnear.

Al final le dije que sí. Él ya tenía el anillo preparado en un estuche que guardaba en el bolsillo del chaleco, y estaba tan emocionado que éste se le cayó dos veces sobre el mantel antes de conseguir ponérmelo en el dedo; para lo cual yo tuve que quitarme el guante.

Los detalles de la boda los acordamos con la mayor rapidez posible y, entre tanto, permanecimos alojados en el hotel, donde cada mañana subían agua caliente a la habitación que yo compartía con Janet, porque nos pareció más correcto que ésta se quedara conmigo. Todo por cuenta del señor Walsh. Se celebró una sencilla ceremonia en presencia de un juez de paz y, recordando que tía Pauline me había dicho muchos años atrás que seguramente me casaría con un hombre de condición inferior, me pregunté qué pensaría ahora; Janet fue mi dama de honor y lloró de emoción.

La barba del señor Walsh era muy roja y poblada, pero yo me dije que eso podría cambiar con el tiempo.

53

Han pasado casi treinta años, yo aún no había cumplido los dieciséis, desde que subí por primera vez por la larga avenida que llevaba a la casa del señor Kinnear. Entonces también estábamos en el mes de junio. Ahora estoy sentada en una mecedora en el pórtico de mi casa; es el atardecer y la escena que tengo ante mis ojos es tan apacible que parece un cuadro. Los rosales de la parte anterior de la casa están floridos; son unas rosas Lady Hamilton preciosas, aunque muy propensas a las plagas de pulgones. Dicen que lo mejor es rociarlas con arsénico, pero yo no quiero tener una sustancia tan peligrosa en casa.

Están floreciendo las últimas peonías, de color blanco y rosa y con muchos pétalos. No sé cómo se llaman pues yo no las planté; su perfume me recuerda el del jabón que usaba el señor Kinnear para afeitarse. La fachada de nuestra casa mira al suroeste y el sol es cálido y dorado, aunque yo no me siento directamente bajo sus rayos, pues es malo para el cutis. En días así pienso: esto es como el cielo. Aunque yo antes no pensaba nunca que pudiera ir al cielo alguna vez.

Ahora ya llevo casi un año casada con el señor Walsh y, aunque la situación no es la que imaginan casi todas las chicas cuando son jóvenes, puede que así sea mejor, pues por lo menos nosotros sabemos qué trato hemos hecho. Cuando la gente se casa joven suele cambiar con el tiempo, mientras que nosotros ya somos mayores y no tendremos decepciones. Un hombre mayor ya tiene el carácter formado y no es fácil que se dé a la bebida y otros vicios porque, si hubiera tenido intención de hacerlo, tiempo habría tenido para ello; o eso por lo menos es lo que creo y espero que el tiempo me dé la razón. He conseguido convencer al señor Walsh para que se recorte la barba y sólo fume en pipa fuera de la casa. Es posible que, con el tiempo, ambas cosas, la barba y la pipa, desaparezcan por completo, pero nunca es bueno regañar y acosar a un hombre, ya que eso lo vuelve más obstinado. El señor Walsh no mastica y escupe tabaco tal como hacen algunos, y yo siempre agradezco los pequeños favores.

Nuestra casa es una granja normal de color blanco con las persianas pintadas de verde y cuenta con unas comodidades más que suficientes para nosotros. Tiene un vestíbulo con unos percheros para colgar los abrigos en invierno —aunque por regla general solemos entrar por la puerta de la cocina—, y una escalera con una barandilla sencilla. En lo alto de la escalera hay un arcón de madera de cedro donde se guardan los *quilts* y las mantas. El piso de arriba dispone de cuatro habitaciones: una más pequeña destinada a cuarto de los niños, un dormitorio principal, otro para invitados, aunque no esperamos ninguno, y una cuarta habitación que de momento está vacía. En los dos dormitorios amueblados hay un lavabo y una alfombra ovalada y trenzada, pues no quiero alfombras gruesas; cuesta demasiado arrastrarlas escalera abajo y sacudirles el polvo en primavera, y la situación se agravaría a medida que yo me hiciera mayor.

Encima de cada cama hay un cuadro en punto de cruz que he hecho yo misma, un jarrón de flores en la mejor habitación y un cuenco de fruta en la nuestra. El *quilt* de la mejor habitación es del modelo La Rueda del Misterio; el de la nuestra es del modelo Cabaña de Troncos; se los compré a unas personas a quienes les fueron mal los negocios y tuvieron que irse al Oeste; pero yo me compadecí de la mujer y le pagué más de lo que pedía. Me costó mucho trabajo conseguir que la casa resultara acogedora, pues el señor Walsh se había acostumbrado a vivir como un soltero a la muerte de su primera esposa, y algunas cosas estaban algo ajadas. Tuve que quitar muchas telarañas y mucha borra de debajo de las camas y tuve que fregar y restregar mucho.

Los visillos de verano de los dos dormitorios son de color blanco. Me gustan los visillos blancos.

En la planta baja tenemos el salón, que dispone de una estufa, además está la cocina, con despensa y trascocina, y una bomba para sacar agua en el interior de la casa, lo cual es una gran ventaja en invierno. Hay un comedor, pero no solemos recibir invitados. Por regla general comemos en la mesa de la cocina; tenemos dos lámparas de petróleo y estamos muy a gusto allí. La mesa del comedor la utilizo para coser, me viene muy bien para cortar los patrones. Ahora tengo una máquina de coser que funciona con un volante y parece cosa de magia. Me alegro mucho de tenerla pues me ahorra mucho trabajo, sobre todo en cosas sencillas, como hacer cortinas o coser el dobladillo de las sábanas. Sigo prefiriendo hacer a mano las labores de costura más delicadas, aunque mi vista ya no es la de antes.

Aparte de lo que ya he descrito, tenemos lo habitual: un huerto con hierbas aromáticas, repollos, hortalizas y guisantes en primavera; gallinas y patos, una vaca y una cuadra, un coche y dos caballos, *Charley* y *Nell*, que me encantan y me hacen compañía cuando el señor Walsh no está. Pero *Charley* trabaja demasiado, es el que utilizan para arar. Dicen que muy pronto habrá unas máquinas que harán este trabajo y entonces el pobre *Charley* podrá disfrutar comiendo hierba. Yo jamás lo vendería para que hicieran pegamento o carne para los perros, tal como hacen algunos.

Tenemos un hombre que nos ayuda en las tareas de la granja, aunque no vive en la propiedad. El señor Walsh quería contratar también a una chica, pero le dije que prefería hacer las tareas domésticas yo misma. No quiero tener una criada en la casa, fisgonean demasiado y escuchan detrás de las puertas; para mí es más fácil hacer bien un trabajo a la primera que tener a alguien que lo haga mal y tenga que repetirlo.

Nuestra gata se llama *Tabby*; es de pelaje atigrado y caza muchos ratones. Nuestro perro se llama *Rex*. Es un setter no demasiado listo pero hace lo que puede; su pelaje tiene un precioso color castaño rojizo que recuerda al de una castaña bien pulida. No son unos nombres muy originales, pero no queremos ganarnos la fama de gente demasiado original entre los vecinos. Acudimos a la iglesia metodista de la zona, cuyo predicador es un hombre muy aficionado a soltarnos un poco de fuego del infierno los domingos, aunque yo creo que tiene tan poca idea de lo que es el infierno como sus feligreses; éstos son buenas personas aunque algo intolerantes. Hemos decidido no revelarle a nadie demasiados detalles del pasado, pues eso sólo serviría para despertar la curiosidad y fomentar los chismorreos y los rumores falsos. Hemos dicho que el señor Walsh era el novio de mi infancia, que yo me casé con otro pero recientemente me quedé viuda y que, habiendo muerto la primera esposa del señor Walsh, ambos decidimos volver a reunirnos y casarnos. Es una historia muy creíble y tiene la ventaja de ser romántica e inofensiva.

Nuestra iglesita es muy provinciana y anticuada; pero en la localidad de Ithaca propiamente dicha hay otras más modernas, aparte de un considerable número de espiritistas que se valen de célebres médiums alojadas en las mejores casas. Yo no suelo asistir a ninguna sesión, pues nunca se sabe lo que podría ocurrir; si quiero establecer comunicación con los muertos, puedo hacerlo por mi cuenta; y además, temo que haya muchos engaños y supercherías.

En abril vi el anuncio de un célebre médium en el que figuraba su imagen. El retrato era muy oscuro pero yo pensé: debe de ser Jeremiah el buhonero; y efectivamente lo era, pues el señor Walsh y yo fuimos a hacer unos recados a la ciudad y me crucé con él por la calle. Iba más elegante que nunca, con el cabello negro como antes y la barba recortada al estilo militar, cosa que debe de inspirar más confianza, ya que ahora se ha convertido en el señor Gerald Bridges. Representaba con propiedad a un hombre distinguido que sabe desenvolverse en el mundo pero que tiene la mente puesta en verdades superiores; él también me vio y me reconoció; me saludó respetuosamente tocándose el sombrero con un gesto apenas perceptible para que nadie se diera cuenta, y me guiñó el ojo. Yo correspondí saludándolo ligeramente con la mano enguantada, porque ahora llevo guantes siempre que voy a la ciudad. Por suerte, el señor Walsh no se dio cuenta de ninguna de ambas cosas, pues se hubiera alarmado.

No quisiera que nadie averiguara mi verdadero nombre. Pero con Jeremiah sé que mis secretos están a salvo, al igual que los suyos lo están conmigo. Recordé la vez en que hubiera podido huir con él y convertirme en una gitana o una adivina de dolencias, como estuve tentada de hacer; en ese caso mi destino habría sido muy distinto. Pero sólo Dios sabe si hubiera sido mejor o peor; ahora ya he realizado todas las fugas que puedo hacer en esta vida.

Por regla general, el señor Walsh y yo estamos de acuerdo y nos llevamos bien. Pero hay algo que me preocupa, señor; y, dado que no tengo ninguna amiga de confianza, se lo digo a usted con la certeza de que me guardará el secreto.

Se trata de lo siguiente. De vez en cuando, el señor Walsh se pone muy triste, me toma la mano, me mira con lágrimas en los ojos y me dice: y pensar que te he causado tantos sufrimientos.

Yo le aseguro que él no me ha causado ningún sufrimiento. Fueron los otros quienes me los causaron junto con mi mala suerte y mi mala cabeza, pero él prefiere pensar que él es el culpable de todo y hasta creo que sería capaz de echarse la culpa de la muerte de mi pobre madre si consiguiera encontrar la manera de hacerlo. Le gusta imaginarse los sufrimientos y yo me veo obligada a contarle historias del penal o del manicomio de Toronto. Cuanto más aguada le describo la sopa y más rancio el queso y cuanto más vulgares son las palabras y las burlas que pongo en boca de los vigilantes, tanto más disfruta. Lo escucha todo con el mismo interés con que un niño escucha un prodigioso cuento de hadas y después me pide que le siga contando más cosas. Si adorno mi relato con sabañones, temblores nocturnos bajo la raída manta y azotes en caso de que me quejara, se vuelve loco de entusiasmo y, si le añado el indecoroso comportamiento del doctor Bannerling, los baños fríos desnuda y envuelta en una manta y la camisa de fuerza que me ponían cuando me encerraban en un cuarto oscuro, llega casi al borde del éxtasis. Sin embargo, la parte de mi historia que más le gusta es aquella en la que el pobre James McDermott me arrastra por toda la casa del señor Kinnear buscando una cama adecuada para cumplir sus perversos propósitos mientras Nancy y el señor Kinnear yacen muertos en el sótano y yo me muero de terror; entonces se culpa de lo ocurrido por no haber estado allí para salvarme.

El caso es que yo preferiría olvidar esta parte de mi vida en lugar de detenerme tan dolorosamente en ella. Es cierto que me gustó la época en que usted visitaba el penal, señor, pues su presencia constituía un cambio en mis días, que entonces eran casi siempre iguales. Pero ahora que lo pienso, usted se mostraba tan ávido de conocer los sufrimientos y las penalidades de mi vida como el señor Walsh;

y no sólo eso sino que, encima, lo anotaba todo. Yo adivinaba en qué momento perdía usted el interés, pues clavaba la mirada en la distancia. Pero me alegraba mucho cuando conseguía decirle algo que le interesaba. Entonces se le arrebolaban las mejillas y me dirigía una sonrisa más resplandeciente que el sol del reloj de pared del salón y, si hubiera tenido orejas como un perro, las habría inclinado hacia delante y se le habrían iluminado los ojos y habría dejado colgar la lengua como si acabara de descubrir un urogallo en un arbusto. Y eso me hacía pensar que yo servía para algo en este mundo aunque nunca comprendí muy bien qué se proponía usted con todo aquello.

En cuanto al señor Walsh, cuando ya le he contado unas cuantas historias de tormentos y desgracias, me estrecha en sus brazos, me acaricia el cabello y empieza a desabrocharme el camisón, pues tales escenas suelen ocurrir de noche; y entonces me dice: ¿querrás perdonarme alguna vez?

Al principio todo eso me molestaba bastante, aunque me guardaba mucho de decirlo. El caso es que muy pocas personas comprenden la verdad acerca del perdón. No son los culpables los que necesitan ser perdonados sino más bien las víctimas, pues son las que causan todo el problema. Si fueran menos débiles y descuidadas y más previsoras y si no se empeñaran en meterse en dificultades, piense en todos los dolores que podrían evitarse en este mundo.

Durante muchos años estuve furiosa en lo más hondo de mi ser con Mary Whitney y especialmente con Nancy Montgomery por haberse dejado matar en la forma en que lo hicieron y por haberme dejado cargar sola con el peso de todo aquello. Me pasé mucho tiempo sin poder perdonarlas. Preferiría mil veces que el señor Walsh me perdonara a mí en lugar de empeñarse tanto en que sea al revés; pero a lo mejor con el tiempo aprenderá a ver las cosas bajo una luz más auténtica.

Cuando él empezó con todo eso, le dije que no tenía nada que perdonarle y que no debía preocuparse; pero no era la respuesta que él quería. Insiste en que lo perdone, no se siente a gusto si no lo hago y, ¿quién soy yo para negarle algo tan sencillo?

Por consiguiente, ahora cada vez que eso ocurre, le digo que lo perdono. Apoyo las manos en su cabeza como si fuera un libro, levanto los ojos con la cara muy seria, lo beso y lloro un poquito; y, cuando yo lo perdono, al día siguiente vuelve a ser el de siempre y se pone a tocar la flauta como si fuera un mozo y yo tuviera quince años y ambos estuviéramos en el huerto de árboles frutales del señor Kinnear trenzando guirnaldas de margaritas.

Sin embargo, yo no me siento muy tranquila perdonándolo de esta manera pues sé muy bien que miento. Aunque supongo que no debe de ser la primera mentira que he dicho; no obstante, tal como decía Mary Whitney, una mentira inocente como las que cuentan los ángeles es un precio muy pequeño a cambio de la paz y la tranquilidad.

Últimamente pienso a menudo en Mary Whitney y en aquel día en que ambas arrojamos las mondaduras de manzana a nuestra espalda; todo se ha cumplido hasta cierto punto. Tal como ella pronosticó, me he casado con un hombre cuyo nombre empieza por jota y, tal como también dijo, primero he tenido que cruzar tres veces el agua, pues fueron dos veces en el viaje de ida y vuelta a Lewiston y otra vez al venir aquí.

Algunas noches sueño que estoy de nuevo en mi pequeño dormitorio de la casa del señor Kinnear antes de todo aquel horror y aquella tragedia; y allí me siento segura sin saber lo que va a ocurrir. En otras ocasiones sueño que estoy todavía en el penal y que me despertaré encerrada en mi celda temblando sobre el colchón de paja en una fría mañana invernal mientras los vigilantes se ríen en el patio.

Pero estoy aquí en mi propia casa, sentada en el pórtico. Abro y cierro los ojos y me pellizco, pero sigue siendo verdad.

A continuación voy a decirle otra cosa que no le he contado a nadie.

Acababa de cumplir cuarenta y cinco años cuando salí del penal y ahora me falta menos de un mes para cumplir los cuarenta y seis. No pensaba en la posibilidad de tener hijos pero, a no ser que esté equivocada, he tenido tres faltas; o es eso o es el cambio de vida. Cuesta creerlo pero, puesto que ya ha habido un milagro en mi vida, ¿por qué he de sorprenderme de que haya otro? Estas cosas se cuentan en la Biblia y quizá Dios quiere compensarme un poco todas las penalidades que tuve que sufrir cuando era más joven. Pero también podría ser un tumor como el que mató a mi pobre madre pues, aunque noto cierta pesadez, no me mareo por las mañanas. Es extraño pensar que llevas dentro la vida o la muerte sin saber si es lo uno o lo otro. Aunque todo se podría aclarar consultando a un médico, me resisto a dar este paso; así que supongo que sólo el tiempo lo dirá.

Por las tardes me siento en el pórtico a coser el *quilt* que estoy haciendo. Aunque he confeccionado muchos *quilts* en mi vida, éste es el primero que hago para mí. Es un Árbol del Paraíso, pero he cambiado un poco el motivo para adaptarlo a mis ideas.

He pensado mucho en usted y en su manzana, señor, y en el acertijo que me planteó la primera vez que nos vimos. Entonces no le comprendí, pero debía de ser algo que usted trataba de enseñarme y que quizás ahora ya he adivinado. Tal y como yo lo entiendo, la Biblia debió de inspirarla Dios pero la escribieron unos hombres. Y, como en todo lo que escriben los hombres, por ejemplo, los periódicos, la historia esencial es verdadera pero los detalles son falsos.

El motivo de este *quilt* se llama Árbol del Paraíso y quienquiera que fuera el que le puso el nombre acertó más de lo que pensaba, pues la Biblia no dice que hubiera muchos árboles. Dice que había dos árboles, el árbol de la vida y el árbol de la ciencia; pero yo creo que sólo había uno y que el fruto de la vida y el fruto del bien y del mal eran lo mismo. Si uno se lo comía, se moría, pero si no se lo comía, también se moría; sin embargo, en caso de que se lo comiera, sería menos zoquete cuando le llegara la hora de la muerte.

Semejante interpretación estaría un poco más de acuerdo con la realidad de la vida.

Eso no se lo he dicho a nadie más que a usted, pues sé muy bien que no es una interpretación autorizada.

A mi *quilt* del Árbol del Paraíso pienso ponerle un ribete de serpientes entrelazadas; a los demás les parecerán zarcillos o maromas pues los ojos serán muy pequeños, pero para mí serán serpientes, porque si no hubiera una o dos serpientes, a la parte principal del relato le faltaría algo. Algunas personas utilizan este motivo para hacer varios árboles, cuatro o más dentro de un cuadrado o un círculo, pero yo haré un solo árbol muy grande sobre fondo blanco. El árbol propiamente dicho está formado por unos triángulos en dos colores, un color más oscuro para las hojas y otro más claro para los frutos; yo haré las hojas de color morado y los frutos de color rojo. Ahora, con los nuevos tintes químicos, hay unos colores muy vivos y variados y creo que el *quilt* me saldrá muy bonito.

Pero tres de los triángulos de mi Árbol serán distintos. Uno será blanco como la enagua de Mary Whitney que todavía conservo; otro será de un amarillo desteñido como el camisón de la cárcel que pedí como recuerdo al salir de allí; y el tercero será de algodón claro, un estampado de flores en tonos blanco y rosa recortado del vestido que llevaba Nancy el día en que llegué a la casa del señor Kinnear, el mismo que yo lucía en el transbordador de Lewiston durante mi huida.

Haré alrededor de cada uno de ellos un bordado rojo en punto de espina para que formen un todo con el motivo.

Y de esta manera estaremos las tres juntas.

Epílogo de la autora

Alias Grace es una obra imaginaria pero basada en la realidad. Grace Marks, su principal protagonista, fue una de las mujeres canadienses más famosas en la década de los cuarenta del siglo XIX, y fue declarada culpable de asesinato a la edad de dieciséis años.

Los asesinatos Kinnear-Montgomery tuvieron lugar el 13 de julio de 1843 y de ellos informó ampliamente no sólo la prensa canadiense sino también la estadounidense y la británica. Los detalles eran sensacionales: Grace Marks era insólitamente agraciada y también extremadamente joven; Nancy Montgomery, el ama de llaves de Kinnear, había dado a luz a un hijo ilegítimo antes de entrar a servir en la casa de Thomas Kinnear, de quien se convirtió en amante, y en la autopsia se descubrió que estaba embarazada. Grace y su compañero, el criado James McDermott, huyeron juntos a los Estados Unidos y la prensa dio por sentado que eran amantes. La combinación de sexo y violencia con la deplorable insubordinación de las clases más bajas resultaba extremadamente atractiva para los periodistas de la época.

El juicio se celebró a principios de noviembre. Sólo se juzgó el asesinato de Kinnear: puesto que ambos acusados fueron condenados a muerte, el juicio por el asesinato de Montgomery se consideró innecesario. McDermott fue ahorcado en presencia de una gran multitud el 21 de noviembre; sin embargo, la opinión acerca de Grace estuvo dividida desde el principio y, gracias a los esfuerzos de su abogado, Kenneth MacKenzie, y a la petición presentada por un grupo de respetables caballeros —que alegaron como eximente su juventud, la debilidad de su sexo y su supuesta falta de luces— la pena de muerte le fue conmutada por la de cadena perpetua, por lo que ingresó en el Penal provincial de Kingston el 19 de noviembre de 1843.

A lo largo de todo el siglo se siguió escribiendo acerca de ella y su persona siguió dividiendo las opiniones. Las posturas a este respecto constituían un reflejo de la ambigüedad que en aquella época suscitaba la naturaleza femenina: ¿era Grace una fiera seductora, la inductora del crimen y la verdadera asesina de Nancy Montgomery, o fue una víctima involuntaria obligada a guardar silencio a causa de las amenazas de McDermott y su propio temor a perder la vida? Las tres versiones que ofreció del asesinato de Montgomery, contra las dos de McDermott, no sirvieron precisamente para despejar la duda.

Entré por primera vez en contacto con la historia de Grace Marks a través de *Life in the Clearings* (1853) de Susanna Moodie. Moodie ya era conocida como autora de *Roughing It in the Bush*, un deprimente relato acerca de la vida de los pioneros en lo que entonces era el Alto Canadá y actualmente es Ontario. Su continuación, *Life in the Clearings*, pretendía mostrar la faceta más civilizada del «Canadá Occidental», que así se llamaba por aquel entonces dicha región, e incluía elogiosas descripciones tanto del Penal provincial de Kingston como del manicomio de Toronto. Tales instituciones públicas solían visitarse como si fueran jardines zoológicos y en ambos lugares Moodie pidió ver a Grace Marks, la principal atracción.

La descripción que hace Moodie del crimen es un relato de tercera mano. En él la autora presenta a Grace como la principal instigadora del delito, la cual, movida por el amor que le inspiraba Thomas Kinnear y los celos que sentía de Nancy, aguijonea a McDermott prometiéndole favores sexuales. Moodie describe a McDermott como un personaje ciegamente enamorado y al que Grace manipula con facilidad. la escritora no puede resistir la tentación de dejarse llevar por las posibilidades melodramáticas que ofrece el tema y llega a reseñar el descuartizamiento del cuerpo de Nancy en cuatro trozos, lo cual es no sólo una pura invención sino también un pasaje digno del más puro estilo de Harrison Ainsworth. La influencia del *Oliver Twist* de Dickens —una de las obras preferidas de Moodie— queda claramente de manifiesto en el detalle de los ojos inyectados en sangre que, al parecer, perseguían a Grace Marks.

Poco después de ver a Grace en el penal, Susanna Moodie la visitó también en el manicomio de Toronto, donde estaba confinada en la sala reservada a los pacientes violentos. Las observaciones directas de Moodie son generalmente fidedignas, lo cual significa que, cuando dice que Grace gritaba y pegaba brincos, eso es sin la menor duda lo que hacía. Sin embargo, tras la publicación del libro de Moodie —y tras el nombramiento del bondadoso Joseph Workman como director del manicomio—, Grace fue considerada lo bastante cuerda como para regresar al penal, donde, según los archivos, se sospechó que había quedado embarazada durante su estancia en el manicomio. Fue una falsa alarma, pero ¿qué hombre de aquella institución hubiera podido ser el responsable? Las salas del manicomio estaban separadas y los hombres con más fácil acceso a las pacientes eran los médicos.

A lo largo de las dos décadas siguientes, Grace aparece esporádicamente en los archivos del penal. No cabe duda de que sabía leer y escribir, pues en el diario del oficial de prisiones se dice que escribía cartas. Causó tan favorable impresión a tan gran número de personas respetables —entre ellas, varios clérigos— que éstas trabajaron incansablemente por ella y presentaron varias peticiones en favor de su puesta en libertad, recabando la opinión de distintos médicos para respaldar sus argumentos. Dos escritores afirman que durante muchos años fue una criada de confianza en la casa del alcaide, pese a que los archivos reconocidamente incompletos de la prisión no mencionan este aspecto. Sin embargo, en la Norteamérica de aquella época era frecuente la contratación de reclusos como jornaleros.

En 1872 Grace Marks fue finalmente indultada; los archivos indican que se trasladó al estado de Nueva York y que el oficial de prisiones y su hija la acompañaron a un «hogar que se le había preparado». Escritores posteriores señalan que allí se casó, aunque no hay constancia de que así fuera; a partir de esta fecha, se le pierde la pista. No está claro que fuera cómplice del asesinato de Nancy Montgomery y amante de James McDermott; ni tampoco si estaba auténticamente «loca» o se hizo pasar por tal —como muchos hacían— para asegurarse un trato mejor. La verdadera personalidad de la Grace Marks histórica sigue siendo un enigma.

Parece ser que Thomas Kinnear procedía de una familia de las Tierras Bajas de Escocia, concretamente de Kinloch, cerca de Cupar, en Fife, y que era el hermanastro menor del heredero de las propiedades familiares; aunque, curiosamente, una edición de finales del siglo pasado del *Burke's Peerage* lo da por muerto aproximadamente en las mismas fechas en que apareció en el Canadá Occidental. La casa Kinnear de Richmond Hill permaneció en pie hasta finales de siglo y era un foco de atracción turística. La visita de Simon Jordan está basada en el relato de un visitante. Los sepulcros de Thomas Kinnear y Nancy Montgomery se encuentran en el cementerio presbiteriano de Richmond Hill, pero sin ninguna identificación. William Harrison escribe en 1908 que las vallas de estacas que los rodeaban desaparecieron en la época en que se retiraron todas las indicaciones de madera. El rosal de Nancy también ha desaparecido.

Otras notas adicionales: los detalles de la vida en la cárcel y el manicomio proceden de las crónicas existentes. Casi todas las palabras de la carta del doctor Workman son las que éste escribió efectivamente. El «doctor Bannerling» expresa opiniones que se atribuyeron al doctor Workman a la muerte de éste, pero que no es posible que fueran suyas.

La descripción de la residencia de los Parkinson tiene mucho en común con la de Dundurn Castle, en Hamilton, Ontario. Lot Street de Toronto era antiguamente el nombre de una parte de Queen Street. La historia económica de Loomisville y del trato que recibían las obreras de las fábricas textiles se parece bastante a la de Lowell, Massachusetts. El destino de Mary Whitney es análogo al de otra mujer que consta en los archivos del doctor Langstaff de Richmond Hill. Los retratos de Grace Marks y James McDermott de la página 20 pertenecen a las confesiones de ambos, publicadas por el *Star and Transcript* de Toronto.

El furor del espiritismo en Norteamérica se inició en el norte del estado de Nueva York a finales de la década de los cuarenta del siglo XIX con los «golpecitos» de las hermanas Fox, naturales de Belleville, lugar de residencia de Susanna Moodie, donde ésta se convirtió al espiritismo. Aunque muy pronto atrajo a un considerable número de charlatanes, el movimiento se extendió rápidamente y alcanzó su apogeo a finales de la década de los cincuenta del siglo XIX, con una fuerte implantación en el norte del estado de Nueva York y en la zona Kingston-Bellevue. El espiritismo era la única actividad pseudorreligiosa de la época en la que las mujeres podían ocupar una posición de poder, más bien dudosa, pues se las consideraba simples conductos de la voluntad de los espíritus.

El mesmerismo ya había sido rechazado anteriormente como procedimiento científico serio, pero en los años cuarenta del siglo XIX lo seguían practicando charlatanes sin escrúpulos. Al igual que el «neurohipnotismo» de James Braid, que acabó con la idea del «fluido magnético», el mesmerismo recuperó poco a poco la respetabilidad y a mediados del XIX adquirió cierto predicamento entre los médicos europeos, aunque no una aceptación tan amplia como la que llegaría a adquirir como técnica psiquiátrica en las últimas décadas del siglo.

La rápida generación de nuevas teorías acerca de las enfermedades mentales fue una característica de mediados del siglo XIX, al igual que la creación de clínicas y manicomios tanto públicos como privados. Fenómenos como la memoria y la amnesia, el sonambulismo, la histeria, los trances hipnóticos, las «enfermedades nerviosas» y el significado de los sueños despertaban una enorme curiosidad y emoción tanto entre los científicos como entre los escritores. El interés médico por los sueños estaba tan extendido que hasta un médico rural como el doctor James Langstaff anotaba los sueños de sus pacientes. El «desdoblamiento de la personalidad», o *dédoublement*, se había descrito a principios del siglo XIX y fue objeto de amplias discusiones en la década de los cuarenta, pero alcanzó su apogeo durante las tres últimas décadas del siglo. He intentado basar las conjeturas del doctor Simon Jordan en las ideas de su época a las que éste hubiera podido tener acceso.

Como es natural, he novelado los acontecimientos históricos (tal como hicieron muchos comentaristas de este caso que afirmaron haber descrito acontecimientos reales). No he modificado ningún hecho conocido, si bien los relatos escritos son tan contradictorios que los hechos inequívocamente «ciertos» son muy escasos. ¿Estaba Grace ordeñando la vaca o recogiendo cebollinos en el huerto cuando Nancy fue atacada con el hacha? ¿Por qué razón el cadáver de Kinnear llevaba puesta la camisa de McDermott y de dónde sacó McDermott la camisa, de un buhonero o de un amigo del Ejército? ¿Cómo llegó el libro o la revista manchada de sangre a la cama de Nancy? ¿Cuál de los distintos Kenneth MacKenzie posibles fue el abogado en cuestión? En caso de duda, he procurado elegir la alternativa más probable, tratando de dar cabida a todas las posibilidades siempre que ello fuera factible. En los puntos de los archivos donde sólo hay insinuaciones o visibles huecos, me he tomado la libertad de inventar.

Agradecimientos

Quisiera dar especialmente las gracias a los siguientes archiveros y bibliotecarios que me ayudaron a encontrar las piezas que faltaban y sin cuya pericia profesional la confección de esta novela no hubiera sido posible:

Dave Saint Onge, conservador y archivero, del Departamento de Instituciones Disciplinarias del museo de Canadá, Kingston, Ontario; Mary Lloyd, bibliotecaria de Historia y Genealogía Local, de la Biblioteca Pública de Richmond Hill, Richmond Hill, Ontario; Karen Bergsteinsson, archivera de obras de referencia de los Archivos de Ontario, Toronto; Heather J. Macmillan, archivera de la División de Archivos Gubernamentales, Archivos Nacionales de Canadá, Ottawa; Betty Jo Moore, archivera de los Archivos de la Historia de la Psiquiatría Canadiense y de los Servicios de Salud Mental, Centro de Salud Mental de Queen Street, Toronto; Ann-Marie Langlois y Gabrielle Earnshaw, archiveras de los Archivos de la Sociedad de Jurisprudencia del Alto Canadá, Osgoode Hall, Toronto; Karen Teeple, archivera jefa, y Glenda William, asistente, Archivos de la Ciudad de Toronto; Ken Wilson, de los Archivos de la Iglesia Unida, Universidad Victoria, Toronto; y Neil Semple, que está escribiendo una historia del metodismo en Canadá.

Quisiera dar también las gracias a Aileen Christianson, de la Universidad de Edimburgo, Escocia, y a Ali

Lumsden, quienes me ayudaron a localizar los orígenes de Thomas Kinnear.

Aparte de los materiales de los archivos arriba citados, he consultado los periódicos de la época , y especialmente el *Star and Transcript* (Toronto), el *Chronicle and Gazette* (Kingston), *The Caledonian Mercury* (Edimburgo), *The Times* (Londres), el *British Colonist* (Toronto), *The Examiner* (Toronto), el *Toronto Mirror* y *The Rochester Democrat*.

Encontré muchos libros útiles, pero muy especialmente: *Life in the Clearings* (1853, reeditado por Macmillan en 1959) de Susanna Moodie; y *Letters of a Lifetime*, editadas por Ballstadt, Hopkins y Peterman, University of Toronto Press, 1985; Capítulo IV, Anónimo, en *History of Toronto and County of York, Ontario*, Volumen I, Toronto: C. Blackett Robinson, 1885; *Beeton's Book of Household Management*, 1859-1961, reeditado por Chancellor Press, en 1994; Jacalyn Duffin, *Langstaff: A Nineteenth-Century Medical Life*, University of Toronto Press, 1993; Ruth McKendry, *Quilts and Other Bed Coverings in the Canadian Tradition*, Key Porter Books, 1979; Mary Conway, *300 Years of Canadian Quilts*, Griffin House, 1976; Marilyn L. Walker, *Ontario's Heritage Quilts*, Stoddard, 1992; Osborne y Swainson, *Kingston: Building on the Past*, Butternut Press, 1988; K. B. Brett, *Women's Costume in Early Ontario*, Royal Ontario Museum/Universidad de Toronto, 1966; *Essays in the History of Canadian Medicine*, editado por Mitchinson y McGinnis, McClelland & Stewart, 1988; Jeanne Minhinnick, *At Home in Upper Canada*, Clarke, Irwin, 1970; Marion Macrae y Anthony Adamson, *The Ancestral Roof*, Clarke, Irwin, 1963; *The City and the Asylum*, Museum of Mental Health Services, Toronto, 1993; Henri F. Ellenberger, *The Discovery of the Unconscious*, Harper Collins, 1970; Ian Hacking, *Rewriting the Soul*, Princeton University Press, 1995; Adam Crabtree, *From Mesmer to Freud: Magnetic Sleep and the Roots of Psychological Healing*,

Yale University Press, 1993; y Ruth Brandon, *The Passion for the Occult in the Nineteenth and Twentieth Centuries*, Knopf, 1983.

La historia de los asesinatos Kinnear ha sido novelada en dos ocasiones anteriores: por Ronald Hambleton (1978) en *A Master Killing*, centrado especialmente en la búsqueda de los sospechosos, y por Margaret Atwood en la producción televisiva de la CBC *The Servant Girl* (1974, dirigida por George Jonas), que se basaba exclusivamente en la versión de Moodie y ahora no se puede considerar definitiva.

Finalmente, quisiera dar las gracias a mi principal investigadora, Ruth Atwood, y a Erica Heron, que copió los motivos de los *quilts*; a mi inestimable ayudante Sarah Cooper; a Ramsay Cook, Eleanor Cook y Rosalie Abella, que leyeron el manuscrito y aportaron valiosas sugerencias; a mis agentes Phoebe Larmore y Vivienne Schuster y a mis editores Ellen Seligman, Nan A. Talese y Liz Calder; a Mary Rusloff, Becky Shaw, Jeanette Kong, Tania Charzewski y Heather Sangster; a Jay Macpherson y Jerome H. Buckley, que me enseñaron a apreciar la literatura del siglo XIX; a Michael Bradley, Alison Parker, Arthur Gelgoot, Gene Goldberg y Bob Clark; al doctor George Poulakakis, a John y Christiane O'Keeffe, Joseph Wetmore, Black Creek Pioneer Village y Annex Books; y a Rose Tornato.

Índice